Ausgelöscht

Cody McFadyen

Ausgelöscht

THRILLER

Aus dem Englischen von Angela Koonen
und Dietmar Schmidt

Weltbild

Die englische Originalausgabe erschien 2009
unter dem Titel *Abandoned*.

Besuchen Sie uns im Internet:
www.weltbild.de

Genehmigte Lizenzausgabe für Verlagsgruppe Weltbild GmbH,
Steinerne Furt, 86167 Augsburg

Übersetzung: Angela Koonen und Dietmar Schmidt
Umschlaggestaltung: Alexandra Dohse, München, www.grafikkiosk.de
Umschlagmotiv: © Mauritius Images/Image Source, Mittenwald
Gesamtherstellung: GGP Media GmbH, Pößneck
Printed in the EU
ISBN 978-3-86800-568-4

2014 2013 2012 2011
Die letzte Jahreszahl gibt die aktuelle Lizenzausgabe an.

Dieser Roman ist für meinen Vater,
David Mcfadyen, der mich gelehrt hat,
ein Mann zu sein. Ohne ihn hätte ich
nie mehr zurück ans Ufer gefunden.

TEIL 1

DIE SONNE

KAPITEL 1 *1974*

»Ich werde das Leben sein«, sagte der Mann zu dem Jungen.

Der Junge deutete den Tonfall seines Vaters richtig und machte sich bereit.

»Ja, Vater.«

»Du wirst du sein, und ich werde das Leben sein.«

»Ja, Vater.«

Es war ein Rollenspiel.

Der Vater streckte die offene Hand aus. Es war eine große, harte Hand. Das wusste der Junge aus eigener Erfahrung, denn er hatte diese Hand häufig zu spüren bekommen.

»Gib mir einen Dollar«, verlangte der Vater.

»Ich habe keinen Dollar.«

Der Vater betrachtete den Jungen, und der Junge schaute seinen Vater an und wartete. Der Vater hatte ein derbes Gesicht, passend zu den Händen; sein ganzer Schädel war grob, als wäre er aus einem Betonblock oder aus Schlacke gehauen. Seine Augen waren eisblau und eiskalt – die Augen eines Philosophen und eines Mörders.

»Wird's bald«, sagte der Vater. Er blickte auf den Tisch, tippte mit einem seiner dicken Finger darauf. »Na los. Ich frage nur noch einmal.« Er richtete den Blick wieder auf das Gesicht seines Sohnes. »Gib mir einen Dollar.« Wieder streckte er die Hand aus, schloss und öffnete sie, um seine Forderung zu unterstreichen.

»Aber ich habe keinen Dollar, das habe ich doch schon gesagt. Das ändert sich auch nicht, wenn du mich zweimal fragst.«

Der Vater entgegnete die Bemerkung mit einem stechenden Blick. Was der Junge gerade getan hatte, war gefährlich gewesen, aber auch mutig, und vor allem der Mut zählte.

»Und ich sagte, ich werde das Leben sein«, sprach der Vater gefährlich leise. »Wenn das Leben einen Dollar von dir verlangt, solltest du ihm diesen Dollar geben, oder das Leben bestraft dich so lange, bis du es tust.«

Der Tisch war klein, und die Arme des Vaters waren lang. Seine Hand zuckte vor und traf mit furchtbarer Wucht die linke Gesichtshälfte des Jungen, dem augenblicklich schwarz vor Augen wurde. Als er zu sich kam, lag er bäuchlings auf dem Fußboden. Der Stuhl war umgekippt, und die Handflächen des Jungen berührten den Boden dort, wo er seinen Sturz instinktiv abgefangen hatte. Ihm dröhnte der Schädel, und er schmeckte Blut.

»Steh auf, Sohn.«

Dem Jungen wurde schwindlig. Er suchte nach Worten.

»Ja, Vater«, sagte er schließlich.

Er war dankbar, so dankbar.

Der Junge war erst zehn, hatte aber schon ein bisschen von dem gelernt, wie die Welt funktionierte: Das Leben geht immer weiter und weiter – mit dir, wenn du stark bist, und ohne dich, wenn du schwach bist. Sein Vater wollte, dass er stark war. Konnte ein Vater seinem Sohn seine Liebe deutlicher zeigen?

Der Junge mühte sich noch. Er schwankte kurz, riss sich zusammen. Schwäche war das größte Vergehen, Feigheit das zweitgrößte.

»Du darfst niemals nur einstecken, Junge«, sagte sein Vater. »Du musst immer zurückschlagen. Immer. Wenn du einen Kampf zu verlieren drohst, lass den Gegner wenigstens für jeden Schlag, den er dir verpasst, teuer bezahlen.«

»Ja, Sir«, sagte der Junge artig. Er brachte die Fäuste hoch und staunte einmal mehr, wie klein seine Hände waren im Vergleich zu den riesigen Pranken seines Vaters.

»Das Leben will einen Dollar«, sagte der Vater und schlug zu.

Der Junge versuchte sich zu wehren, konnte aber keinen einzigen Treffer landen. Er blieb still, als sein Vater ihn bewusstlos schlug, und vergoss keine Träne.

Der Junge kam in seinem Bett zu sich, zitternd und von Schmerzen geplagt. Er wollte stöhnen, verkniff es sich aber, denn sein Vater saß neben ihm auf dem Bettrand, ein Koloss im Dunkeln, versilbert vom Mondlicht, das durch die Vorhänge sickerte.

»Ich bin das Leben, und das Leben will einen Dollar, Sohn«, sagte er. »Ich werde jede Woche nach diesem Dollar fragen, bis du ihn mir gibst. Hast du verstanden?«

»Ja, Sir«, sagte der Junge durch die aufgeplatzten Lippen und gab sich Mühe, seine Stimme kräftig und deutlich klingen zu lassen.

Sein Vater schaute aus dem Fenster, betrachtete den Mond, als hätten sie beide etwas zu bedauern. Vielleicht war es ja auch so.

»Weißt du, was Freude ist, Sohn?«

»Nein, Sir.«

»Freude ist alles, was nach dem Überleben kommt.«

Der Junge prägte sich das ein, legte es dort ab, wo er die großen und bedeutsamen Wahrheiten aufbewahrte. Dann wartete er, denn sein Vater war noch nicht fertig; er konnte es sehen.

»Wir haben in diesem Leben nur ein Ziel, und das ist der nächste Atemzug. Alles andere sind bloß Lügen. Man braucht Essen, man braucht einen Unterschlupf, man braucht einen Platz zum Schlafen und ein Loch zum Scheißen.« Der große, schwere Mann blickte den Jungen durchdringend an.

Der Junge hatte nie wirklich Angst vor seinem Vater gehabt. Bei all den brutalen und schmerzhaften Lektionen hatte er nie bezweifelt, dass der Mann, der ihm das Leben geschenkt hatte, es auch bewahren würde. Bis jetzt. Diesmal aber war es anders, und der Junge hielt den Atem an und die Zunge im Zaum und wartete, gebannt vom Blick zweier Augen, die so hell brannten wie sterbende Sterne.

»Warum will ich einen Dollar?«, sagte der Vater. »Weil Geld die Grundlage von allem ist. Das Leben will einen Dollar, Sohn. Es will ihn jeden Tag, von heute an, bis du unter die Erde kommst. Wenn du nicht zahlen kannst, dann kannst du auch nicht essen. Wenn du nicht essen kannst, kannst du nicht leben. So einfach ist das. Verstehst du, was ich meine?«

»Ja, Sir.«

»Ich bin mir da nicht so sicher, aber wir werden ja sehen. Das ist eine Prüfung. Ich gebe dir ein paar Versuche. Aber wenn du nicht bald einen Dollar anschleppst, schlag ich dich zu Brei.«

Nach einer schier endlosen Minute wandte der Vater sich ab. Er sah durch das Fenster zum Mond hinauf, und es schien beinahe so, als würde er mit ihm in ein stummes Zwiegespräch verfallen.

»Es gibt keinen Gott, Junge«, sagte er irgendwann. »Es gibt auch keine Seele. Es gibt nur Blut, Fleisch und Knochen. Du wurdest nicht von einer höheren Macht auf diese Erde gestellt. Du bist hier, weil ich mein Ding in deine Mutter gesteckt habe und dein Fleisch in ihr gewachsen ist. Dieses Fleisch muss gefüttert werden, und dazu brauchst du Dollars, und das ist alles, was wir sind und was wir immer sein werden.«

Der große Mann stand auf und ging ohne ein weiteres Wort. Der Junge lag auf dem Bett, betrachtete den Mond und dachte darüber nach, was sein Vater ihm gesagt hatte. Er stellte die Lehren seines Vaters nicht infrage, niemals, und nahm ihm die Schmerzen nicht übel. Das war seit langer Zeit vorbei. Der Junge erinnerte sich, dass er früher wütend und traurig gewesen war, doch inzwischen kam es ihm eher wie ein Traum vor, nicht wie eine echte Erinnerung. Diese Schwäche hatte sein Vater ihm mit den Fäusten ausgetrieben, so wie ein Hammer die Beulen aus einem Blech treibt. Sein Vater war sein Gott, und sein Gott lehrte ihn, wie man überlebte.

Er brauchte einen Dollar. Wenn er keinen Dollar anschleppte, würde er sterben. Das war alles, was zählte; nur darauf konzentrierte er sich.

Als er einschlief, hatte er einen Plan.

Der Junge war gerade in die fünfte Klasse gekommen. Sein Vater betrachtete die Schule als etwas Notwendiges.

»Du brauchst Wissen, um das Fleisch zu füttern, Sohn«, sagte er, »und die Schule kostet nichts. Nur ein Schwachkopf würde dieses Angebot ablehnen.«

Nun saß der Junge in seiner Klasse und wartete, dass die Schulglocke klingelte. Er hatte keine Freunde und wollte auch keine. Andere Menschen waren Gegner. Am besten, man blieb für sich, und daran hielt er sich.

Der Junge beobachtete Martin O'Brian, den Schulrowdy, maß ihn mit kritischem Blick. O'Brian war groß und ein brutaler Schläger. Er hatte ausdruckslose braune Augen und dünne braune Haare, die immer so aussahen, als wären sie ihm zu Hause geschnitten worden. Er trug ausgelatschte Schuhe, und seine Jeans hatten Löcher an den Knien. Manchmal kam er mit einem blauen Auge zur Schule oder zuckte bei jedem Schritt zusammen. Das waren dann immer schreckliche Tage für die Schwachen, denn an solchen Tagen war Martin O'Brian wie ein Raubtier.

Er wurde von allen gefürchtet, sogar von den älteren Sechstklässlern, denn er war gnadenlos. Man konnte nie sicher sein, wie weit er gehen würde. Darin lag das Geheimnis seiner Macht. Groß und kräftig waren viele, aber deshalb waren sie noch lange nicht furchterregend.

Martin O'Brian jedoch legte eine Art von Brutalität an den

Tag, die Eltern einem Zehnjährigen gar nicht zutrauten (oder, wie im Fall von O'Brians Eltern, lieber ignorierten, da sie den Ursprung dieser Gewalttätigkeit bei sich selbst vermuteten). Von besiegten, schluchzenden Gegnern verlangte er, dass sie die eigene Mutter eine Hure nannten. Gehorchte man nicht, schlug und trat er weiter zu. Einem seiner Gegner hatte er sogar den Arm gebrochen.

Und was war die Folge? O'Brian wurde von den Lehrern getadelt, musste nachsitzen oder wurde vorübergehend vom Unterricht ausgeschlossen, mehr aber auch nicht. Das bedeutete, dass er sich weiter austoben konnte wie ein Elefant unter Pygmäen. Die Erwachsenen sahen das Dorf brennen, weigerten sich aber, den Rauch zu riechen.

Der Junge aber roch ihn. Und mehr als einmal hatte er gesehen, wie ein seltsames Leuchten in O'Brians Augen trat, wenn er sich mit einem Gegner befasste. Es waren die Augen eines Wahnsinnigen, der genoss, was er tat. Und sein verzerrtes, fiebriges Lächeln ließ ahnen, dass er viel über Schmerz und Tränen wusste, aber nichts über Fröhlichkeit und Lachen.

Das war Martin O'Brian.

Deshalb war er die Lösung für das Problem des Jungen.

Als die Glocke schellte, ging der Junge zu seinem Spind. Er legte seine Schulbücher hinein und ließ sie da; er hatte seine Hausaufgaben während des Unterrichts gemacht, damit er die Hände frei hatte. Nun nahm er aus dem Spind, was er am Morgen hineingelegt hatte, und ging durchs Schultor, ohne sich umzudrehen.

Ein Stück weiter setzte er sich auf den Bordstein und wartete. Es war ein schöner Tag. Die Sonne wärmte ihm die Schultern. Ein ungeduldiger Wind wehte, fuhr durch das Laub der nahen Bäume und streifte die Wangen des Jungen mit einem Kuss, bevor er weiterzog.

Fast zehn Minuten vergingen, bis Martin O'Brian erschien. Er pfiff vor sich hin, lächelte gedankenverloren und ballte unbewusst die Fäuste in permanentem Zorn. Der Junge sah Martin vorbeigehen. Dann stand er auf und folgte ihm in einigem Abstand.

Martin O'Brian blieb fünf Minuten auf der Straße, ehe er in eine Seitengasse abbog. Noch zwei Querstraßen, und O'Brian wäre zu Hause.

Jetzt oder nie.

Der Junge rannte los, den Gegenstand aus seinem Spind fest in der Hand. Sein Herz schlug langsam und gleichmäßig. Nach zehn Schritten hatte er O'Brian eingeholt und schwenkte den Arm.

Der Junge hatte den Besenstiel vor dem Unterricht durchgebrochen. Nun schlug er damit zu, drosch ihn gegen O'Brians linke Niere. Der Rowdy erstarrte; dann schrie er vor Schmerzen.

O'Brian ging in die Knie und rang nach Atem. Der nächste Hieb brach ihm die Nase, der übernächste kostete ihn ein paar Zähne.

Der Junge zerschlug O'Brian methodisch und mit erschreckender Ruhe, doch ohne Freude oder gar Genuss. Er war kein Sadist. Die Schläge waren Mittel zum Zweck, nicht mehr und nicht weniger. Sie waren nötig, um Martin O'Brian zu zerbrechen, und der Junge würde erst aufhören, wenn dieses Ziel erreicht war.

O'Brian fiel hin und krümmte sich, schützte Gesicht und Kopf mit den Armen, versuchte, dem Angreifer möglichst wenig Körperfläche zu bieten. Der Besenstiel sauste weiter herab. Wieder und wieder und wieder. Auf Arme, Beine, Rücken, Hintern. Nicht fest genug, um Knochenbrüche oder innere Verletzungen zu hinterlassen, aber so schmerzhaft, dass O'Brian in ein hilfloses Bündel verwandelt wurde.

Der Junge hörte auf, als O'Brian zu wimmern anfing.

»Sieh mich an, Arschloch.«

O'Brian sagte nichts, blieb zusammengekrümmt liegen,

schluchzte, heulte und furzte hörbar, als er sich in die Hose machte.

»Wenn du mich nicht anschaust und mir nicht zuhörst, schlag ich dich tot«, sagte der Junge.

Das wirkte. Der Rowdy hob den Kopf, wobei sein ganzer Körper vor Angst und Schmerz zuckte. Seine Augen waren groß und weit aufgerissen, sein sonst so überheblicher Blick war furchtsam und unstet. Der Rotz lief ihm aus der Nase, vermischt mit Blut und Tränen. An einem Wangenknochen wuchs bereits eine Beule, die Lippen würden genäht werden müssen, und die abgebrochenen Zähne mussten raus. Sein Atem ging stoßweise, als er versuchte, seine Hysterie in den Griff zu bekommen.

»Martin.« Die Stimme des Jungen war beinahe gelangweilt, sein Blick leer und ausdruckslos. Er atmete ganz ruhig. »Du wirst etwas für mich tun. Wenn du gehorchst, passiert dir nichts. Gehorchst du nicht, muss ich dich bestrafen. Verstehst du?«

O'Brian starrte seinen Angreifer an, ohne zu antworten. Der Junge hob den Besenstiel.

»Ja! Ja!«, kreischte O'Brian. »Ich hab verstanden!«

Der Junge ließ den Besenstiel sinken. »Gut. Du wirst mir drei Dollar die Woche besorgen. Das wird dir nicht schwerfallen, denn ich hab dich beobachtet. Ich weiß, dass du klaust. Essensgeld, Taschengeld und so.«

»J-ja …«, wimmerte O'Brian, am ganzen Körper zitternd.

»Du brauchst also nur das zu tun, was du sowieso tust. Der einzige Unterschied ist, dass du mir drei Dollar die Woche gibst. Kapiert?«

O'Brian nickte. Er konnte nicht mehr sprechen, denn er klapperte zu sehr mit den blutigen Zähnen.

»Gut. Und was ich dir jetzt sage, ist besonders wichtig, also pass gut auf. Wenn du *jemals* einem erzählst, was ich mit dir gemacht habe, oder von den drei Dollar, oder wenn du mir das Geld nicht gibst, komme ich eines Nachts zu euch nach Hause, bringe zuerst deine Eltern um und dann dich. Und es wird lange dauern und verdammt wehtun.«

O'Brian hörte diese Worte, und die Zeit stand still. Etwas Seltsames geschah: Alles wurde deutlicher und unwirklich zugleich. O'Brian sah die Gegenwart und die Zukunft und wurde von einer Erregung erfasst, die alle Furcht wegfegte:

Die Sonne steht am wolkenlosen Himmel. Das Pflaster auf dem Bürgersteig ist warm, aber nicht heiß, und er ist nur fünf Minuten von zu Hause entfernt. Gleich wird er durch die Tür gehen, wird sich eine Cola und eins von Moms Plätzchen mit in sein Zimmer nehmen. Er wird sich die Tennisschuhe von den Füßen treten und das neuste Batman-Comic lesen. Später wird Mom ihn zum Essen rufen (wahrscheinlich Hackbraten). Dad wird wieder nicht dabei sein, denn er ist unterwegs und verkauft Sachen, und das bedeutet, er und Mom würden DIE FÄUSTE nicht spüren (so nannte O'Brian seinen Vater insgeheim). Vielleicht schauen sie sich später zusammen »Happy Days« an, und Mom wird vielleicht sogar lachen.

Martin O'Brian dachte an das alles, und für einen Augenblick hörte es sich albern an, was sein Angreifer soeben gesagt hatte. Umbringen? Blödsinn. Sie waren erst zehn! Die Sonne schien, und …

Der Junge starrte ihn an. Und als O'Brian in die Augen seines Bezwingers blickte, wurde ihn etwas bewusst – mit einer Klarheit, wie er es nie zuvor erlebt hatte.

O'Brian war nicht besonders schlau, aber klug genug, dass er wusste, was er von sich selbst zu halten hatte. Er tat anderen weh, beklaute sie, terrorisierte sie. Er brachte sie zum Schluchzen und zum Flehen, und er genoss es. Es verschaffte ihm Erleichterung. DIE FÄUSTE konnten ihm nicht erklären, warum er sich manchmal so *gut* fühlte, wenn andere weinten. Er war eine miese Ratte, doch er akzeptierte seine Verderbtheit genauso wie seine Unfähigkeit, etwas daran zu ändern.

Doch die Augen, die nun auf ihn hinunterstarrten, gehörten jemandem, der auf einer völlig anderen Stufe des Bösen stand. Es waren leere Augen, in denen weder Trauer noch Freude zu sehen war, keine unvergossenen Tränen und kein Lachen, das auf einen Anlass wartete. Das war kein Junge, der nach Hause ging, um Batman zu lesen, und seine Augen hatten noch nie eine Folge von »Happy Days« gesehen. Diese Augen musterten ihn nun von oben bis unten, warteten mit unerbittlicher Festigkeit.

Und in diesem Moment wusste O'Brian, dass es keine Rolle spielte, ob die Sonne schien und ob sie erst zehn waren. Er wusste, dass jedes Wort des Jungen eine Drohung gewesen war, die er wahrmachen würde.

»Ich hab verstanden«, flüsterte O'Brian.

Die Augen starrten ihn an, suchten nach der Wahrheit, während O'Brian jämmerlich zu schluchzen anfing und sich nichts anderes auf der Welt wünschte, als dass sein Bezwinger ihm glaubte. Irgendwann nickte der Junge und warf den abgebrochenen Besenstiel zur Seite.

»Erste Zahlung diesen Freitag«, sagte er.

Dann drehte er sich um und ging.

Der Junge kam zufrieden nach Hause, doch er pfiff nicht oder lächelte vor sich hin. Wozu auch? Es brachte nichts; es war völlig sinnlos. Doch der Junge war beruhigt: Er hatte sein Problem gelöst und sogar vorgesorgt. Denn was, wenn sein Vater demnächst mehr wollte als einen Dollar? Dieser Gedanke war dem Jungen in der Nacht zuvor gekommen, als er stumm die Schmerzen ertrug und nachdachte. Er war zu dem Schluss gelangt, dass es sehr gut möglich war: Wenn das Leben einen Dollar wollte, konnten es dann nicht auch zwei sein? Oder drei?

Das Einfachste war, von denen zu nehmen, die hatten. Das aber warf ein weiteres Problem auf: Wie konnte man vermeiden, dass man geschnappt wurde?

Alles hatte auf Martin O'Brian als Lösung des Problems hingedeutet: Er würde die Arbeit tun und den Ärger mit der Polizei kriegen, wenn es dazu käme. Und wenn O'Brian den Bullen von einem kleineren Jungen erzählte, der ihn, den gefürchteten Schläger, erpresste – wer würde ihm glauben?

Der Rest war eine Rechenaufgabe. Wie viel Schmerzen, wie viel Angst brachten wie viel Sicherheit? Menschliches Kalkül war die einfachste Mathematik überhaupt, wenn man den Bogen raus hatte. Und der Junge hatte ihn raus, das hatte er an diesem Tag erfahren.

Nicht alles Böse ist Zufall. Manches wächst in einem finsteren Keller unter einer finsteren Sonne heran, gehegt und gepflegt von einem finsteren Gärtner mit einer Hacke aus Knochen.

KAPITEL 2 *Heute*

Jeder ist eine Insel, das habe ich früh lernen müssen.

Verstehen Sie mich nicht falsch: Ich liebe Tommy, und wenn ich nachts aufwache, und er liegt neben mir, sodass ich ihn anfassen, wecken, mit ihm reden und vielleicht mit ihm schlafen kann, gibt es nichts Schöneres für mich. Dieses Gefühl und die intime Kenntnis seines Körpers teile ich mit nur wenigen Frauen (ja, es gibt ein paar, aber nicht viele). Ich genieße meine eigene Begierde ebenso wie Tommys Verlangen nach mir, das mich mit einer Art egoistischem Stolz erfüllt. In solchen Augenblicken bin ich die Besitzerin geheimen Wissens und Hüterin verborgener Dinge.

Doch das ändert nichts an der Wahrheit: Trotz aller Intimität weiß Tommy nicht, was ich in meinem Innern empfinde – genauso wenig, wie ich es von ihm weiß. Bei aller Leidenschaft bleibt die Seele in der Dunkelheit verborgen.

Inzwischen komme ich damit zurecht, auch wenn es eine Zeit gab, in der ich mich gegen diesen Gedanken gewehrt habe, wie wahrscheinlich jeder von uns. Wir wollen alles über den anderen wissen, die kleinste Kleinigkeit. Wir wollen in ihm lesen wie in einem offenen Buch und selbst gelesen werden. Wir wollen eins mit ihm werden. Aber das geht nicht, jedenfalls nicht bei mir. Jeder ist eine Insel. Wie nahe wir uns auch kommen, eine gewisse Entfernung bleibt. Liebe, so habe ich begriffen, heißt nicht nur, sich mitzuteilen, sondern auch mit dem klarzukommen, was eben nicht mitgeteilt wird.

Ich drehe mich auf die Seite, die Wange an der Hand, und betrachte Tommy. Sein Gesicht mit der Narbe an der linken Schläfe ist nicht hübsch, aber sehr attraktiv, auf eine raue und männliche Art. Er ist groß, eins fünfundachtzig, und hat das dunkle Haar und die dunklen Augen eines Latinos. Er hat einen offenen und zugleich vorsichtigen Blick – einen Blick, wie man ihn nur dann bekommt, wenn man ein ehrlicher Mensch ist und zwei Leute getötet hat.

Tommy schläft tief und fest, den Mund geschlossen. Ich traue mich nicht, ihn zu lange anzustarren. Er könnte meinen Blick spüren und wach werden, denn er weiß wie ich, dass der Tod immer und überall lauert, und ist deshalb wachsam, selbst im Schlaf. Menschen wie Tommy und ich eignen sich einen leichten Schlaf an. Menschen, die Dinge tun, wie wir sie getan haben. Die sehen, was wir gesehen haben.

Ich drehe mich auf den Rücken und blicke durch die offene Balkontür in den Nachthimmel. Wir haben die Tür offen gelassen, damit wir das Meer hören können. Hier auf Hawaii ist es warm genug, um bei offener Tür zu schlafen. Wir machen hier fünf Tage Urlaub. Für mich ist es der erste Urlaub seit mehr als zehn Jahren.

Hawaii, Insel aus Feuer und Eis. Als Tommy und ich vom Flughafen Hilo zum Hotel fuhren, haben wir uns gefragt, ob wir bei der Wahl der Insel einen Fehler gemacht haben. So weit das Auge reichte, waren nur schwarzes Vulkangestein, dürre Bäume und spärliches Gras zu sehen, als wären wir auf einem unwirtlichen Mond gelandet. Doch als wir uns der Ferienanlage näherten, legten sich unsere Befürchtungen. In der Ferne konnten wir den schneebedeckten Mauna Kea sehen, über 4000 Meter hoch. Es war merkwürdig, auf Hawaii aus dem offenen Wagenfenster zu schauen und Schnee zu sehen, aber da war er und leuchtete weiß in der Sonne. Wunderschön, genau wie der Rezeptionsbereich der Ferienanlage. Wir hatten einen herrlichen Blick aufs Meer und den makellosen Strand, und ein warmer Wind küsste unsere Wangen, wie um uns willkommen zu heißen. »Aloha«, sagte der junge Mann an der Rezeption, und seine weißen Zähne leuchteten in seinem tiefbraunen Gesicht.

Wir sind jetzt seit vier Tagen hier, und unsere Hauptbeschäftigung ist das Faulenzen. Hawaii hat uns freundlich aufgenommen, hat das Blut an unseren Händen ignoriert, hat uns durch seine Schönheit überredet, abzuschalten und auszuruhen. Unser Zimmer ist im dritten Stock, und der Balkon ist nur fünfzig Meter vom Meer entfernt. Wir liegen den ganzen Tag in der Sonne, und abends gehen wir am Strand spazieren, beobachten die fantastischen Sonnenuntergänge und bewundern die Sternenpracht am außergewöhnlich klaren Himmel, der noch nicht von Smog getrübt ist.

Doch für uns ist es ein Paradies auf Zeit. Bald fliegen wir nach Los Angeles zurück, wo ich im dortigen FBI-Büro als NCVAC-Koordinatorin arbeite. Das NCVAC ist das US-Bundesamt zur Analyse von Gewaltverbrechen mit Hauptsitz in Washington, D.C., doch in jedem FBI-Büro gibt es einen örtlichen Repräsentanten des NCVAC. In Los Angeles mache ich diesen Job jetzt seit über zwölf Jahren. Ich leite ein vierköpfiges Team (mich eingerechnet), das immer dann gerufen wird, wenn die schlimmste Drecksarbeit getan werden muss – die Aufklärung von Morden,

Verstümmelungen, Vergewaltigungen, Folterungen und dergleichen. Es sind Verbrechen, die meist auf das Konto von Psychopathen gehen. Die Täter, die wir jagen, handeln selten im Affekt. Ihre Taten sind keine Absonderlichkeiten eines Augenblicks, sondern die Befreiung von irgendeinem krankhaften Trieb. Die meisten morden aus Lustgewinn, geilen sich auf am Leid und Tod anderer.

Ich verbringe mein Leben damit, in die Dunkelheit zu schauen, in der diese Bestien hausen. Es ist eine kalte Schwärze, angefüllt mit Wimmern und huschenden Schatten, mit schrillem Gelächter, gellenden Schreien und dumpfem Stöhnen. Ich habe einige der Ungeheuer getötet, die in dieser Finsternis lauern, und wurde von anderen gejagt – in furchtbaren Träumen, aber auch in der Wirklichkeit, die manchmal schlimmer sein kann als der schrecklichste Alptraum. Doch ich habe mir dieses Leben selbst ausgesucht, also darf ich mich nicht beklagen.

Es kommt selten vor, dass ich zum Himmel schaue und die Schönheit der Sterne bewundere. Meist sind sie für mich stumme und gleichgültige Beobachter jener Welt, in der wir leben und sterben, wobei mich selbst eher das Sterben beschäftigt, weil mein Job das mit sich bringt.

Hier auf Hawaii habe ich mir endlich mal die Zeit genommen, die Sterne in Ruhe zu betrachten. Jede Nacht habe ich das Gesicht dem Himmel zugekehrt und mir von den Sternen sagen lassen, dass ihre Schönheit schon viel länger besteht als der Mensch und die Abscheulichkeiten, die er zu begehen imstande ist.

Ich schließe für einen Moment die Augen und lausche. Das Rauschen der Brandung hört sich an wie der unaufhörliche Atem eines Riesen. Oder wie der Herzschlag Gottes. Doch Gott und ich, wir haben so unsere Probleme miteinander. Obwohl wir uns inzwischen näher sind als noch vor ein paar Jahren, wechseln wir kaum ein Wort.

Etwas Gewaltiges, Ewiges schiebt die Wellen vor sich her

auf den Sandstrand, im Takt mit dem Metronom der Welt. Das Meer ist unermesslich, so rein an Klang und Farbe, dass es kein Zufall sein kann. Ich bin mir nicht sicher, ob es uns wahrnimmt, aber vielleicht hält es die Welt für immer in Gang, während wir unsere nichtigen Entscheidungen treffen.

Ich mache die Augen auf und rücke von Tommy weg, ganz langsam und so leise ich kann. Ich will auf den Balkon, ohne Tommy zu wecken. Die Laken streichen sanft über meine Haut, und meine Füße berühren den Teppichboden. Der Mond leuchtet ins Zimmer, deshalb ist der Bademantel (den ich mitgehen lassen will, wenn wir abreisen) nicht schwer zu finden. Ich ziehe ihn über, binde ihn aber nicht zu. Ich werfe noch einen Blick auf Tommy und gehe nach draußen.

Der Mond überzieht alles mit schimmerndem Silber. Ich betrachte ihn mit stummer Bewunderung. Er ist nur eine gigantische Kugel aus Stein, die das kalte Licht der Sonne zurückwirft, doch sobald der Himmel dunkel wird, hat er immense Kraft. Ich strecke den Arm aus und tue so, als könnte ich mit den Fingern durch das Mondlicht greifen. Für einen Moment glaube ich sie tatsächlich zu spüren, die Ströme samtigen Lichts, die mir bei meiner Arbeit oft den Weg erleuchtet haben, der nicht selten ein Weg in eine Welt gewesen ist, in der unsägliche Schrecken lauern. Doch daran will ich jetzt nicht denken.

Auf dem Balkon ist es angenehm. Ich lasse den Blick über den Himmel schweifen. In Los Angeles sind die Sterne bloß trübe Lichtpunkte in einem Meer der Schwärze, während sie hier wie Brillanten auf schwarzem Samt aussehen; dieser viel strapazierte Vergleich trifft es ziemlich genau. Über mir kann ich den Gürtel des Orion sehen, und als ich den Blick schweifen lasse, entdecke ich den Großen Bären und den Polarstern.

»Stella Polaris«, flüstere ich und denke an meinen Vater. Er gehörte zu den Menschen, die sich für alle möglichen Dinge begeistern konnten. Er spielte ganz ordentlich Gitarre und schrieb

Kurzgeschichten, die mir sehr gefielen, die aber nie veröffentlicht wurden. Und er liebte den Nachthimmel und Bücher über Astronomie.

»Der Polarstern«, hat er mir einmal in einer kalten Nacht erzählt, »wird auch Nordstern genannt. Er ist nicht der hellste Stern am Himmel, wie manche Leute glauben. Der hellste Stern ist Sirius. Aber der Polarstern ist einer der wichtigsten.«

Damals war ich neun und interessierte mich nicht allzu sehr für die Welt der Sterne, und schon gar nicht liebte ich sie, aber ich liebte meinen Vater; deshalb heuchelte ich Interesse und machte ein erstauntes Gesicht. Heute bin ich froh, dass ich es getan habe, denn es hat Dad glücklich gemacht. Er starb, bevor ich einundzwanzig war, und ich hege und pflege jede Erinnerung an ihn.

»Woran denkst du?« Die Stimme hinter mir ist belegt vom Schlaf.

»An meinen Vater. Er hat die Sterne geliebt.«

Tommy kommt zu mir und umfasst mich. Er ist nackt und warm. Ich lege den Kopf an seine Brust. Ich bin nur eins fünfzig, und es gefällt mir, dass er so viel größer ist als ich.

»Kannst du nicht schlafen?«, fragt er.

»Ich will nicht. Es ist schön, wach zu sein.«

Es ist, als könnte ich ihn lächeln hören. Das mag verrückt klingen, aber es ist die Wahrheit. Tommy und ich sind uns so nahe gekommen, dass wir die unsichtbaren Zeichen des anderen lesen können. Wir sind jetzt fast drei Jahre zusammen, und es war eine wunderschöne Zeit.

Tommys unerwartete Liebe hat mir damals das Leben gerettet. Vor dreieinhalb Jahren war ein Serienmörder namens Joseph Sands – ein Killer, den meine Leute und ich gejagt hatten – in mein Haus eingebrochen. Er folterte Matt, meinen Mann, vor meinen Augen zu Tode. Dann kam ich an die Reihe. Nachdem Sands mich vergewaltigt hatte, nahm er sich mein Gesicht vor und entstellte es so sehr, dass ich mich später selbst nicht wiedererkannte. Zum Schluss starb Alexa, meine damals zehnjährige Tochter. Sands benutzte sie als lebenden Schutzschild, als ich an eine Waffe kam und auf ihn feuerte.

Danach verbrachte ich sechs Monate in einer Welt aus Schmerz und Schock, an die ich mich kaum noch erinnern kann. Die Zeit ist zwar präsent, aber jeder Mensch besitzt eine Art Schutzmechanismus, der das Erinnern an solche Qualen verhindert oder sie zumindest schneller verblassen lässt. Ich weiß nur noch, dass ich damals sterben wollte und nahe daran war, mir das Leben zu nehmen.

Dann aber kamen Tommy und ich zusammen. Tommy war damals noch beim Secret Service. Bei einer meiner Ermittlungen kamen wir uns näher und landeten irgendwann im Bett, womit ich nun wirklich nicht gerechnet hatte – nicht nur, weil ich noch um Matt trauerte und weil Tommy ein so gut aussehender Bursche war, sondern wegen meines Aussehens.

Joseph Sands hatte mir mit einem rostigen alten Messer das Gesicht zerschnitten – methodisch, voller Hass und perverser Freude. Er hat sich in meinem Gesicht verewigt, hat mich mit Blut und Stahl gezeichnet. Die Narbe beginnt mitten auf der Stirn, am Haaransatz, verläuft zwischen den Augenbrauen hindurch und dann in einem Neunzig-Grad-Winkel nach links und über die Schläfe, wo sie eine schwungvolle Schleife auf der Wange beschreibt. Von dort führt sie wieder nach oben und über den Nasenrücken und dann über die Nasenwurzel hinweg, ehe sie wieder kehrtmacht, eine Diagonale über den linken Nasenflügel zeichnet und schließlich über den Kiefer hinunter bis zum Schlüsselbein führt. Die linke Augenbraue fehlt. Sands hat sie mir weggeschnitten, als er mit der Klinge in meinem Gesicht schnitzte, sabbernd vor perverser Erregung.

Ich weiß noch, wie er innehielt, als er mit dem Schneiden fertig war. Ich schrie, während er das, was mein Gesicht gewesen war, aus nächster Nähe betrachtete. Dann nickte er. »Ja«, sagte er, »so ist es gut. Gleich beim ersten Mal ist alles richtig geworden.«

Ich habe mich nie für schön gehalten, habe mich aber stets wohl in meiner Haut gefühlt. Nach dieser Nacht jedoch fürchtete ich mich vor dem Spiegel wie das Phantom der Oper. Auch wenn ich es geschafft hatte, am Leben zu bleiben, führte ich von nun an ein Leben im Dunkeln – ein Monstrum, verborgen in den Schatten.

Erst Tommys unbefangene Leidenschaft öffnete mich wieder für die Welt. Tommy war ein Mann – ein gut aussehender noch dazu –, und er wollte mich. Nicht um mich zu trösten, sondern weil er mich haben wollte, als Frau, trotz meines entstellten Gesichts.

Mittlerweile ist viel Zeit vergangen, und aus uns beiden ist ein Paar geworden. Wir leben zusammen, und wir lieben uns. Auch Bonnie, meine Adoptivtochter, hat Tommy ins Herz geschlossen. Unser Verhältnis ist ohne Schuldgefühle und gesegnet durch die Geister meiner Vergangenheit.

»Es ist wunderschön«, sagt Tommy nun und holt mich aus meinen Gedanken.

»O ja.«

»Es war eine gute Idee von mir, hier ein paar Tage zu verbringen. Eine geniale Idee.«

Ich muss lachen. »Pass auf dein Ego auf. Es war eine tolle Idee, das stimmt, aber wenn wir wieder in L.A. sind, ist dein Kredit aufgebraucht.«

Seine Hände schieben sich um meine Taille und unter den Bademantel. »Dann muss ich mich wohl auf den Sex verlassen.«

»Das könnte funktionieren …« Ich mache die Augen zu und lege den Kopf in den Nacken. Seine Lippen finden meine, während uns der Mond zuschaut. Tommys Berührung lässt mich vor Wonne schaudern.

»Ich will es hier«, flüstere ich und streiche mit den Fingern durch sein Haar.

Er löst sich von mir, richtet sich auf, um zu Atem zu kommen, und zieht eine Braue hoch.

»Auf dem Balkon?«

Ich zeige auf die Liege. »Genau da.«

Ich sehe, wie er suchend über den Rasen blickt, und ziehe seinen Kopf zu mir herunter.

»Da ist niemand. Es ist drei Uhr früh.«

Es braucht nicht viel Überredung. Wir machen Liebe unter dem Mond und dem Polarstern, während das Meer leise zu uns spricht. Irgendwann schlafen wir auf dem Balkon ein, zugedeckt mit dem Bademantel.

Ich erwache träge und ausgeschlafen. Ich habe eine verschwommene Erinnerung daran, wie Tommy mich irgendwann ins Zimmer getragen und ins Bett gelegt hat. Es ist früh, noch keine sechs Uhr, und gerade erst geht die Sonne auf und erfüllt unser Zimmer mit mildem Licht. Ich werfe mir den Bademantel über und gehe nach draußen. Tommy hat schon Kaffee gekocht und den Balkontisch gedeckt. Er trägt eine Jeans, sonst nichts, und es turnt mich schon wieder an, ihn so zu sehen.

Als ich mich hinsetze, höre ich das Zirpen meines Handys, das den Empfang einer SMS meldet.

»Das darf doch nicht wahr sein«, stöhnt Tommy.

Ich nehme das Handy, lese die Textnachricht und muss lächeln.

Du bist in deinem Inselparadies, und wir stehen hier im Regen von L.A. Eigentlich sollte ich sauer auf dich sein, aber solange du rund um die Uhr Sex hast, ist dir alles verziehen.

Als ich den Rest der Nachricht lese, vergeht mir das Lächeln.

übrigens, wir haben gerade den Hurensohn geschnappt, der die toten Kinder in Dixieklos gestopft hat. Er heißt Timothy Jakes (für meine Freunde ›Tim-Tim‹, sagt er, aber ich glaube nicht, dass er Freunde hat, der Typ ist viel zu unheimlich). Er hat geplärrt wie ein Baby und sich die Hose vollgepinkelt, als die Handschellen zuschnappten. Das war ein sehr befriedigendes Erlebnis für uns alle. Genieß die Sonne, Süße. Lass dich aufgeilen und stoße auf Tim-Tim an, der von Bubba (oder wer sonst gerade das Begrüßungsvergewaltigungskomitee im Knast leitet) bald in neue sexuelle Praktiken eingeführt wird.

Ich schließe kurz die Augen, während mich Erleichterung durchströmt. Der Fall war bei meinem Urlaubsantritt noch nicht abgeschlossen und war mit uns gereist wie ein zusätzlicher Koffer mit einer Leiche darin. So schön es auf Hawaii ist – die toten Kinder standen die ganze Zeit in der Nähe und schauten mir zu, wie ich die Sterne beobachtete und vertrauliche Gespräche mit dem Mond führte. Jetzt endlich spüre ich, wie sie sich umdrehen und zufrieden davongehen ins Nichts.

»Was gibt's?«, fragt Tommy vom Bett.

Ich klappe das Handy zu, hole tief Luft und hoffe, dass mein Lächeln ein bisschen lasziv ist, als ich mich umdrehe und den Bademantel fallen lasse.

»Das war Callie. Sie wollte sich vergewissern, dass wir reichlich Sex haben.«

Ich werde ihm die Einzelheiten irgendwann erzählen, aber jetzt nicht. Es würde uns nur die Stimmung kaputtmachen. Das mag egoistisch erscheinen, aber ich musste lernen, mich gegen

Gefühle abzuschotten und mein Leben behalten zu können. Ich kann mir die Leiche einer vergewaltigten, verstümmelten Zwölfjährigen anschauen und eine Stunde später meine Tochter auf die Wange küssen.

Tommy grinst. »Ich würde sagen, für reichlich Sex haben wir schon gesorgt, aber lass uns ganz sichergehen.«

»Schade, dass wir morgen abreisen müssen.«

»Lass uns ein bisschen länger bleiben.«

»Hast du vergessen, dass ich Trauzeugin bei Callies Hochzeit bin? Wenn ich nicht aufkreuze, bringt sie zuerst dich um und dann mich.«

»Ja, wahrscheinlich.«

Ich beuge mich zu Tommy hinunter und hauche ihm ins Ohr: »Sei jetzt still und tue, was ich immer so gern habe.«

Und er tut es. Die Sonne steigt weiter, und das Meer rauscht auf den Strand. Ich genieße jede Sekunde, doch selbst als wir uns gegeneinander treiben lassen, weiß ich, dass dieser Frieden flüchtig ist. Ich schreie auf, als Tommy mich zum Höhepunkt bringt, und in der Stille danach sagt die Insel mir auf Wiedersehen. Wir gehören nicht hierher an diesen Ort, an dem es so viel Licht und Heiterkeit gibt. Ich sehe andere Kinder vor mir, tote und lebende, die auf meine Rückkehr warten.

KAPITEL 3

Ich wollte, ich hätte jetzt meine Waffe in der Hand, meine Neun-Millimeter-Glock, die ich so selbstverständlich trage wie eine Handtasche oder ein Paar gut sitzende Schuhe.

Ich bin eine ausgezeichnete Schützin, eine Fähigkeit, die ich anscheinend einem genetischen Erbe aus ferner Vergangenheit verdankte, denn meine Mutter und mein Vater können Schusswaffen nicht ausstehen. Einer von Dads Freunden hat mein Interesse für Waffen geweckt, als ich ungefähr acht Jahre alt war. Er war ein Waffennarr, und seitdem bin ich es auch. Eine Pistole in der Hand zu halten kam mir irgendwie richtig vor. Sie gehörte da hin.

Ich bin ein Naturtalent. Zwar habe ich mich nie mit jemandem gemessen, nehme aber an, dass ich eine der besten Schützinnen beim FBI bin. Diese Fähigkeit ist mir schon oft nützlich gewesen, und ich wünschte, jetzt könnte ich sie einsetzen.

»Dieses Kleid ist einfach zu warm!«, schimpfe ich.

Es ist Ende Februar in Los Angeles, und Callies Hochzeit findet am Strand statt. Die Luft ist frisch, doch aus irgendeinem Grund weht nicht der leichteste Windhauch, und die Sonne, die bei normaler Kleidung angenehm wäre, verwandelt mein Trauzeuginnenkleid in eine Sauna.

»Ich bin schweißgebadet«, flüstert Marilyn mir zu und kichert.

Marilyn ist Callies Tochter. Die beiden haben sich erst vor ein paar Jahren kennen gelernt, denn Callie war mit fünfzehn schwanger geworden und gab Marilyn auf Drängen ihrer Eltern zur Adoption frei, was sie stets bedauert hat – bis irgendein Dreckskerl, hinter dem wir her waren, diese Information ausgrub und Callie damit zu erpressen versuchte. Das Ergebnis war eine erzwungene Vereinigung von Mutter und Tochter, die sich glücklicherweise in eine echte Beziehung verwandelt hat.

»Pssst, Smoky«, raunt Bonnie mir zu.

Ich schaue auf Bonnie, die in ihrem sonnengelben Brautjungfernkleid neben mir steht. Sie hat sich die Haare hochgesteckt und ein gelbes Band darum gebunden. Sie ist sehr hübsch, und ich lächle sie an.

Bonnie ist dreizehn und sieht aus wie ihre Mutter: blondes Haar, makellose weiße Zähne und blaue Augen. Was Bonnie von ihrer Mutter unterscheidet, schlummert hinter diesen Augen. Bonnie ist erst dreizehn, doch ihre Augen sind die eines viel älteren Menschen, der zu viel gesehen hat.

Ich weiß, was diese Augen gesehen haben.

Bonnies Mutter, Annie King, war meine beste Schulfreundin. Wir hatten uns kennengelernt, als wir beide fünfzehn waren. Es scheint mir eine Ewigkeit her zu sein. Damals hatte ich noch keine Narben im Gesicht und auf der Seele.

Annie wurde von einem Verrückten verstümmelt und getötet, weil er auf diese Weise erreichen wollte, dass *ich* ihn jage, niemand sonst. Er zwang Bonnie, das langsame Sterben ihrer eigenen Mutter mit anzusehen, und fesselte sie dann an ihre Leiche. Es dauerte drei Tage, bis Bonnie gefunden wurde.

Ich erfüllte Annies Mörder seinen Wunsch: Ich habe ihn gejagt und getötet. Diese Jagd auf den Mörder meiner Freundin – und mein brennender Wunsch, sie zu rächen – war einer meiner beiden Rettungsanker. Der andere war Bonnie, denn Annie hatte sie mir anvertraut, wie sich herausstellte. Unsere Beziehung wäre normalerweise zum Scheitern verurteilt gewesen, denn ich war ein körperlicher und seelischer Krüppel, und Bonnie hatten die Schrecken, die sie durchstehen musste, die Sprache geraubt, sodass sie sich in eine Welt zurückzog, von der ich gar nicht erst wissen möchte, wie sie aussah. Doch Bonnie ist stark, und so fand sie mit der Zeit wieder zu sich.

Wir halfen uns gegenseitig. Zwei Jahre nach ihrem grauenvollen Erlebnis fand Bonnie die Sprache wieder, und ich bekam meinen Lebenswillen zurück.

Inzwischen sind wir wie Mutter und Tochter. Sie ist jetzt mein Kind – in jeder Hinsicht, auf die es ankommt.

Bonnie lächelt mich an. Der wachsame Ausdruck ihrer Augen verflüchtigt sich wie Nebel in der Sonne.

»Ist dir nicht heiß?«, frage ich.

Sie zuckt die Achseln. »Geht so. Ist ja nicht für lange.«

Ich blicke zu dem Mann hinüber, den Callie heiraten wird, Agent Samuel Brady, Chef des SWAT-Teams beim FBI in Los Angeles. Wer einen solchen Job macht, muss ein harter Mann sein – und genauso sieht Sam aus, trotz seines schwarzen Smokings. Er ist sehr groß, eins fünfundneunzig, und wie alle seine Kollegen trägt er die Haare militärisch kurz.

»Sam scheint gar nicht nervös zu sein«, flüstere ich Marilyn zu.

»Ich glaube, den kann nichts mehr schrecken«, flüstert sie zurück, »außer vielleicht Callie.«

Beinahe hätte ich losgeprustet. Callie Thorne ist meine Freundin und eine langjährige Kollegin, die zu meinem Team gehört. Sie ist eine schlanke, langbeinige Rothaarige mit einem Master in Forensik, Nebenfach Kriminologie. Callie ist bekannt für ihre Respektlosigkeit, die sie durch ihr Können und ihre Erfolge jedoch immer wieder wettmacht. Bei der Suche nach der Wahrheit ist sie rücksichtslos.

Neben Sam steht Tommy. Er fängt meinen Blick auf und zwinkert mir zu. Ich strecke ihm die Zunge raus, was mir einen Stupser und ein Stirnrunzeln von Bonnie einbringt.

»Seit wann spielst du die strenge Tante?«, flüstere ich ihr zu.

»Seit Kirby mich zu ihrer Stellvertreterin ernannt hat«, antwortet Bonnie.

Es gefällt mir gar nicht, was ich da höre.

Kirby Mitchell ist ein weiblicher Profikiller. Sie hat die Aufgabe als Callies »Hochzeitsorganisatorin« übernommen. Es gibt Gerüchte, sie habe Drohungen ausgestoßen – sogar die Waffe gezogen –, um einige Lieferanten zu bewegen, Callie bei ihrer Hochzeit preislich entgegenzukommen.

Die hübsche Kirby, das All-American Girl mit dem Aussehen eines kalifornischen Beach Bunnies. Schlank, blond, sexy, eins fünfundsiebzig groß, strahlend blaue Augen und ein ewiges Lächeln. Wenn man sie sieht, glaubt man Meerwasser, Surfwachs und Marihuana zu riechen. Sie ist die Sorte Frau, die im Bikini genauso sexy aussieht wie im kleinen Schwarzen.

Doch ihre Lebensgeschichte ist so düster, dass ich lieber darüber schweige. Ich weiß nicht, was ich davon halten soll, dass Bonnie sich mit ihr anfreundet, doch ich lasse es ihr durchgehen – nicht dass ich groß die Wahl hätte. Ich bin von Menschen umgeben, die so sind wie ich: Menschen mit sichtbaren und unsichtbaren Narben. Menschen, die andere getötet haben und es wieder tun werden. Das ist nicht die beste Umgebung, um ein Kind großzuziehen, ich weiß, aber es ist nun mal die, die ich mir ausgesucht habe und mit der ich klarkommen muss.

Neben Tommy stehen die beiden letzten Mitglieder meines Teams, Alan Washington und James Giron. Mit seinen fast fünfzig Jahren ist Alan der Älteste und Erfahrenste von uns, ein ehemaliger Cop des Los Angeles Police Departments. Er ist Afroamerikaner mit der Statur eines Profiwrestlers – die Sorte Mann, bei der man von allein auf die andere Straßenseite ausweicht, wenn er einem entgegenkommt. Sein Smoking spannt sich bei jeder Bewegung bedenklich an den Nähten. Doch seine Größe und Massigkeit verbirgt seine wahre Begabung: Er hat schier endlose Geduld und kann sich stundenlang mit Detailfragen beschäftigen, ohne die Geduld zu verlieren. Das macht ihn zum besten Vernehmungsspezialisten, den ich kenne.

Der einunddreißigjährige James Giron ist der Jüngste in meinem Team. James ist beinahe schon ein Menschenfeind. Nicht, dass er die Menschen hasst – sie kümmern ihn einfach nicht. Was er in mein Team einbringt, ist sein messerscharfer Verstand. James ist ein Genie, und das meine ich so, wie ich es sage. Er hat die Highschool mit fünfzehn abgeschlossen und mit zwanzig seinen Doktor in Kriminologie gemacht. James hatte eine ältere Schwester namens Rosa. Sie wurde ermordet, als James zwölf war. Rosa brauchte drei Tage zum Sterben, nachdem sie mehrmals vergewaltigt und mit einem Gasbrenner gefoltert worden war. Am Tag ihrer Beerdigung beschloss James, zum FBI zu gehen und sein Leben der Jagd auf Mörder zu widmen.

Er hat die gleiche Gabe wie ich: die Fähigkeit, ins Dunkel

vorzudringen, sich an die zischenden, glitschigen, mörderischen Kreaturen anzuschleichen und zwar verändert, aber halbwegs unversehrt aus einer Begegnung mit ihnen hervorzugehen. Sosehr ich James manchmal ablehne (und er mich): Wenn ich jemanden brauche, um mich in das Denken eines Mörders einzufühlen, ist er ein unschätzbarer wertvoller Kollege.

Und schließlich ist da noch Barry Franklin, ein Detective vom Los Angeles Police Department, mit dem wir des Öfteren zusammenarbeiten und der zu unseren Freunden zählt. Barry ist Mitte vierzig, massig, aber nicht dick, Brillenträger, fast kahlköpfig, mit unscheinbarem Gesicht. Doch trotz äußerlicher Defizite trifft er sich ständig mit den hübschesten jungen Frauen.

Mein Team und ich kommen selten freiwillig zu unseren Fällen. Zwar gibt es Bereiche spezifischer FBI-Zuständigkeit – Entführung und Bankraub zum Beispiel –, doch in den meisten Fällen, besonders bei Tötungsdelikten, müssen wir von den örtlichen Polizeidienststellen hinzugezogen werden. Barry ist einer der wenigen Kollegen, die sich in ihrem Denken nicht von Politik beeinflussen lassen, wenn es um Fortschritte bei einer Ermittlung geht. Wenn er meint, dass wir bei der Lösung eines Falles eine Hilfe sein können, ruft er uns an. Wir haben schon bei vielen Gelegenheiten zusammengearbeitet und schwierige Fälle gelöst. Wer am Ende den Ruhm einheimst, hat weder Barry noch mich und mein Team jemals gekümmert.

Ich schaue zu den übrigen Gästen, die auf ihren Plastikklappstühlen sitzen. Es sind nicht allzu viele. Callies Eltern sind nicht darunter; sie wurden nicht eingeladen. Sie hatten Callie damals gezwungen, Marilyn abzugeben, und das hat sie ihnen nie verziehen. Mein Blick schweift weiter zu Alans Frau, Elaina. Sie schaut zu mir, und ihre Lachfältchen kräuseln sich. Ich erwidere ihr Lächeln. Elaina ist einer der wenigen von Grund auf guten Menschen, die ich kenne. Zu viele Leute verbergen unschöne Geheimnisse hinter einer Fassade der Anständigkeit und einem Zahnpastalächeln. Auch Elaina ist nicht fehlerlos; das ist niemand. Aber sie war es, die mich nach Sands' Blutorgie im Krankenhaus besucht hat, als ich mit Schmerzen und Entsetzen zu kämpfen hatte, während ich an die weißen Deckenplatten starrte und den unpersönlichen Piep- und Zischlauten der Geräte lauschte, die meine Körperfunktionen stützten. Elaina schob die protestierende Schwester beiseite, um mich in die Arme zu nehmen, sodass ich mich an ihrer Schulter ausheulen konnte. Ich habe buchstäblich bis zur Besinnungslosigkeit geweint, und als ich wieder zu mir kam, war Elaina immer noch da. Ich liebe sie. Sie ist wie eine Mutter für mich.

Neben ihr sitzt Assistant Director Jones, mein Chef. Er wirkt ein bisschen desinteressiert und schaut ständig auf dic Uhr. Wahrscheinlich wird man so, wenn man zwei gescheiterte Ehen hinter sich hat. AD Jones ist lange Zeit mein Mentor gewesen, mein privater Rabbi sozusagen. Er ist zu sehr Führungspersönlichkeit, um ein Freund zu sein, aber er ist ein großartiger Chef.

Es ist eine Gesellschaft aus Jägern menschlicher Ungeheuer und den Opfern unvorstellbarer Gewalt. Manche Gäste sind beides zugleich. Es sind Menschen, die täglich mit Leid und Tod zu tun haben.

Mein Handy meldet den Empfang einer SMS. Ich klappe es auf und erstarre.

> Ich bin ganz nah. Und ich habe ein Geschenk
> für Sie, Special Agent Barrett.

Ich lasse den Blick schweifen, schaue suchend über die Gäste hinweg. Ein Paar, das am Strand entlangspaziert, ist stehen geblieben, um die Hochzeit zu beobachten. Ein Surfer paddelt aufs Meer hinaus, obwohl das Wasser eiskalt sein muss. Vor dem Eingang des nahen Hotels gehen und kommen Leute. Doch außer dem Paar schaut niemand zu uns herüber.

Wer immer die SMS geschickt hat, könnte sich im Hotel ein Zimmer gemietet haben, überlege ich. Vielleicht beobachtet er uns genau in diesem Augenblick von einem Fenster aus …

Ich schaue nach oben, doch durch die Scheiben ist nichts zu erkennen. Außerdem hat das Hotel zehn Stockwerke. Ich klappe das Handy zu. Ich bin mehr ängstlich als zornig. Wer auch immer diese Nachricht geschickt hat, kennt meine Nummer und ist mir damit näher, als mir liebt ist.

Ich sehe Bonnie an und merke, dass sie mich mustert und mit ihren viel zu alten Augen meine Gefühlslage erkundet.

»Alles in Ordnung?«, fragt sie.

Ich streichle ihr über die Wange. »Ja, Schatz. Aber wo bleibt eigentlich Callie?«

Wir haben sie vor zehn Minuten allein gelassen. Sie trug bereits ihr Kleid, das Make-up war perfekt – sie brauchte bloß noch in die Schuhe zu steigen und sich auf den Weg zur ihrem Zukünftigen zu machen.

»Ob was mit Kirby ist?«, flüstert Marilyn.

Es stimmt: Dass Callie und Kirby gleichzeitig fehlen, ist ein bisschen beunruhigend. Ich schaue zum Priester, Pater Yates. Er lächelt mich an, ein Bild der Geduld. Ich habe ihn bei unserem letzten Fall kennengelernt und unsere Bekanntschaft aufrechterhalten.

Dann endlich setzt die Musik ein, und ich sehe Kirby durch den Gang an ihren Platz huschen. Sie macht einen verärgerten Eindruck.

»Das ist nicht das Lied, das Kirby ausgesucht hat«, flüstert Bonnie.

Gespielt wird »Let it be« von den Beatles, allerdings in der Originalversion, nur Paul und sein Piano. Ich finde es großartig.

»Welches Lied wollte Kirby denn?«, frage ich.

»Here Comes the Bride«, sagt Bonnie.

Stattdessen »Let it be«. Das passte. Konformität war noch nie Callies Ding.

Dann erscheint die Frau der Stunde, und die rätselhafte SMS tritt vorerst in den Hintergrund.

Callie ist wunderschön in ihrem schlichten langen Seidenkleid. Ihr rotes Haar trägt sie lang und mit Blumen umwickelt. Es sieht aus, als würden Feuerrosse über ihren Rücken galoppieren. Sie bemerkt meine staunenden Blicke und zwinkert mir zu. Es schnürt mir das Herz ab.

Ich hatte immer Angst, dass Callie allein bleibt. Ich bin jetzt einundvierzig, und Callie ist ungefähr in meinem Alter. Wir sind in den besten Jahren, aber ich habe die Zukunft gesehen, den sich nähernden Scheitelpunkt, hinter dem der Staub sich nach und nach legt und die Falten tiefer werden. Irgendwann werden wir die Aufgabe nicht mehr erfüllen können, der wir unser Leben gewidmet haben – die Jagd auf geisteskranke Verbrecher. Wir werden unsere Waffen niederlegen, weil wir zu alt geworden sind. Vielleicht werden wir jüngere Jäger unterrichten. Vielleicht werden wir zu Hause sitzen und unsere Enkel auf den Knien schaukeln. Doch was auch passiert, das Alter kommt herangaloppiert. Ich kann die Hufschläge schon viel deutlicher hören als damals, als ich noch knackige einundzwanzig war.

Ich habe mir Sorgen gemacht, meine beste Freundin würde allein alt werden müssen, deshalb bin ich jetzt froh und erleichtert. Callie liebt einen Mann, und er liebt sie. Sie werden zusammen sein, was auch passiert.

Für einen Moment wird meine Freude durch ein Bild aus der Vergangenheit getrübt. Ich sehe Matt und mich an unserem Hochzeitstag. Ich trug damals weiße Seide, genau wie Callie heute. Wir waren so unglaublich jung … eine Jugend, an die ich mich kaum noch erinnere. Vom Tag der Hochzeit weiß ich fast nichts mehr, doch drei Erinnerungen werden bleiben, solange ich lebe: unsere Liebe, unser Lachen, unsere Freude.

Callie tritt neben Sam, und er lächelt sie an. Es ist das Lächeln eines Jungen, was umso schöner ist bei diesem sonst so einsilbigen Mann. Es macht ihn zehn Jahre jünger. Callies Lächeln ist schüchtern, was nicht minder seltsam ist, und mindestens genauso schön. Pater Yates beginnt die Trauungszeremonie, die Callie sich selbst ausgedacht hat. Die Zeremonie ist ernst und feierlich, und das überrascht mich, denn es passt so gar nicht zu Callie.

Ich fühle die Sonne im Rücken, als ich zuschaue, wie meine Freunde sich ihrem Glück hingeben.

»Sie dürfen die Braut jetzt küssen«, sagt Pater Yates schließlich, und Sam tut es nur zu gerne. Endlich geht ein bisschen Wind, kalt, aber wohltuend, und die Sonne gibt ihr Bestes, den Tag zu verschönern.

Pater Yates sagt irgendetwas, doch er wird übertönt von einem schwarzen Mustang mit getönten Scheiben, der vielleicht dreißig Meter von uns entfernt auf den Parkplatz rast. Der Fahrer bremst, und der Mustang kommt in einer Rauchwolke aus verbranntem Gummi zum Stehen. Der Motor dröhnt. Die Tür schwingt auf. Eine Frau wird auf den Asphalt geworfen. Die Tür knallt zu, und der Wagen jagt davon. Er hat kein Nummernschild.

Die Frau müht sich auf die Beine. Ihr Schädel ist kahl rasiert, und sie trägt nur ein schmuddeliges Nachthemd. Sie taumelt ein paar Schritte in unsere Richtung, greift sich mit beiden Händen an den Kopf, hebt das Gesicht zum Himmel und schreit, schreit, schreit.

KAPITEL 4

Als die Frau zusammenbrach, stürzten Callie und ich zu ihr, um Erste Hilfe zu leisten, während Tommy und Sam die Notrufnummer wählten. Kirby nahm die Verfolgung des schwarzen Mustangs auf, jedoch vergebens, wie sich bald herausstellte.

Die Frau sah entsetzlich aus. Sie war abgemagert und ausgetrocknet. Die Lippen waren rissig, die Haut unter den Augen fast schwarz, als hätte sie Tage und Wochen nicht geschlafen, was umso gespenstischer wirkte, als ihr Gesicht so weiß war wie Papier. So etwas hatte ich noch nie gesehen. Unwillkürlich musste ich an die blinden Albinoratten denken, die im Dunklen geboren und gehalten werden und nie Tageslicht sehen.

»Schürfwunden am Hals und an den Hand- und Fußgelenken«, sagte Callie.

Ich sah mir die betreffenden Stellen an. Callie hatte recht. Da waren sogar Narben, die darauf hindeuteten, dass diese Frau sehr lange Zeit in Fesseln verbracht hatte.

»Was ist mit dir passiert?«, murmelte ich, als endlich der Rettungswagen vorfuhr. Die Sanitäter sprangen aus dem Fahrzeug und kamen zu uns gerannt, ganz auf ihre Aufgabe konzentriert. »Ich werde sie begleiten«, sagte ich.

»Dann nehme ich Bonnie mit zu uns nach Hause«, erbot sich Elaina.

»Ich will mit ins Krankenhaus«, protestierte Bonnie.

»Nein, Schatz.« Es muss wohl irgendetwas in meiner Stimme gelegen haben, das Bonnie erkennen ließ, dass Widerspruch zwecklos gewesen wäre. Sie war nicht glücklich darüber, ging aber mit Elaina, ohne zu maulen.

»Wir treffen uns im Krankenhaus«, sagte Alan. »Tolles Ende für eine Hochzeitsfeier.«

Ich blickte Callie und Sam an. »Ihr wollt eure Flitterwochen auf Bora Bora verbringen. Ihr seid frisch verheiratet, also ab mit euch.«

»Ts-ts«, machte Callie kopfschüttelnd. »Du solltest mich besser kennen.«

Ich bekam keine Gelegenheit mehr, Callie zu antworten, denn die Sanitäter hatten die Frau nun in den Wagen geschoben. Als die Türen sich hinter mir schlossen, hing sie bereits am Tropf.

Ich musterte die Bewusstlose, während wir über den Highway jagten. Ich schätzte sie auf Anfang vierzig. Ungefähr eins fünfundsechzig groß, zierlich, längliches Gesicht. Die Lippen waren weder ausgeprägt noch schmal. Sie hatte nichts Auffälliges und sah aus wie hundert andere Frauen ihres Alters. Dennoch wurde ich das Gefühl nicht los, dass ich sie schon einmal gesehen hatte.

Ihre Fingernägel waren ein bisschen zu lang und ziemlich schmutzig, ebenso die Zehennägel und die Füße, deren Sohlen von einer dicken Hornhaut überzogen waren, als hätte sie nie Schuhe getragen. Die Narben an den Fußgelenken waren breiter, als mir zuerst aufgefallen war; sie sahen aus, als wären sie immer wieder aufgescheuert und verheilt.

Im Krankenhaus schaue ich den Ärzten und Schwestern zu. Die Frau kommt allmählich zu sich und wehrt die helfenden Hände ab. Sie schreit, starrt mit wirrem Blick um sich.

»Schnallen Sie sie fest«, ordnet der Arzt an, worauf die Frau sich noch heftiger aufbäumt.

Ich ziehe den Arzt an der Schulter zu mir herum. Er starrt mich an, verärgert über die Unterbrechung. Ich zeige ihm meinen Dienstausweis, sage ihm, was ich vermute, und deute dabei auf die Narben an den Gelenken. »Können Sie die Frau nicht einfach ruhigstellen?«, frage ich abschließend.

»Wir wissen ja nicht einmal, was sie hat«, erwidert der Arzt gereizt. »Ihr Herzschlag ist unregelmäßig. Möglicherweise wurde sie unter Drogen gesetzt. Es ist am sichersten, wir legen ihr Gurte an.«

»Wenn Sie die Frau festschnallen, richten Sie noch mehr Schaden an, glauben Sie mir. Ich sehe so etwas nicht zum ersten Mal.«

Ich weiß nicht, ob es an meinem Dienstausweis, meinem Narbengesicht oder meinem Tonfall liegt, aber der Arzt nickt.

»Vier Milligramm Ativan intramuskulär«, erteilt er Anweisung, »keine Gurte.«

Das Team gehorcht, ohne zu murren. Die Frau kreischt und windet sich, als man sie festhält und ihr die Nadel in den Arm drückt. Kurz darauf wimmert sie nur noch, und ihr Körper entspannt sich. Ihr Atem geht ruhiger, die Augen fallen ihr zu. Die Pfleger lassen sie vorsichtig los.

»Doktor«, sage ich, und der Arzt schaut mich an. »Entschuldigen Sie, aber da ist noch etwas. Die Frau muss auf Anzeichen sexueller Misshandlung untersucht werden.«

Er nickt und dreht sich wieder zu seiner Patientin um. In diesem Augenblick sehe ich, dass irgendetwas unter dem Bett liegt. Ich beuge mich hinunter und hebe es auf. Es ist ein Blatt Papier, weiß, Briefbogengröße, zweimal gefaltet. Ich schlage es auseinander. Da steht in schwarzer Maschinenschrift:

> Wie versprochen, so geliefert. Folgen Sie den üblichen Ermittlungsschritten. Um Fragen zuvorzukommen: Ja, ich habe noch mehr in meiner Gewalt. Und ich werde sie töten, wenn Sie mich verfolgen. Seien Sie zufrieden mit dem, was ich Ihnen gegeben habe.

Ich werfe einen Blick auf das Nachthemd der Frau. Es hat eine Seitentasche. In dieser Tasche muss der Zettel gewesen sein. Ich falte ihn zusammen und stecke ihn ein.

Was ist das wieder für ein verrücktes Spiel? Was haben diese Irren davon, wenn sie einem anderen Menschen das Leben nehmen? Reicht es nicht, das Opfer zu vergewaltigen? Muss es die völlige Vernichtung sein?

Aber das sind müßige Fragen. Außerdem kenne ich die Antwort – wenn nicht verstandesmäßig, so doch tief in meinem Innern: Je größer die Erniedrigung, desto intensiver das sexuelle Erlebnis. In gewisser Weise ist es nicht anders als bei einem Amphetaminschlucker oder einem Heroinabhängigen. Viele Vergewaltiger und Serienmörder schildern ihre erste Tat als Höhepunkt. Der erste Höhepunkt ist der schönste; die späteren Taten sind nur der Versuch, diesen Höhepunkt zu wiederholen.

Ich bin an den Ermittlungen beteiligt, die von der Behavioral Analysis Unit, kurz BAU, vorgenommen werden. BAU ist die Abteilung für Verhaltensanalyse des FBI, die die Aufgabe hat, Verbrechen aus der Sicht des Verhaltensforschers zu untersuchen, insbesondere das Verhältnis von Täter und Opfer. Gefasste Täter werden aufgefordert, einen Fragebogen auszufüllen und sich einer Vernehmung zu unterziehen, die aufgezeichnet wird. Einige lehnen ab, doch die meisten sind einverstanden. Viele dieser Leute sind bösartige, selbstverliebte Irre – wie könnten sie da widerstehen, sich vor FBI-Leuten zu profilieren?

Einer der Täter, die ich verhört habe, nahm die Schreie seiner Opfer auf. Sonst nichts. Er hatte keine Fotos, keine Videos, keine Trophäen. Seine Befriedigung bezog er allein aus dem auditiven Nacherleben, dem »Hörerlebnis« sozusagen. Er war Anfang fünfzig. Ein kleiner, untersetzter Mann namens Bill Keats. Harmlos aussehend. Unscheinbar. Halbglatze. Brille mit altmodischem Horngestell. Ein Familientyp, wie viele dieser Verrückten. Ich hatte Fotos von ihm gesehen, die vor seiner Gefängniszeit aufgenommen worden waren. Auf einem der Bilder war er mit seiner verhärmten Ehefrau zu sehen. Er hatte den Arm um ihre Schultern gelegt und lächelte in die Kamera. Sie standen im Vorgarten, und es war ein sonniger Tag. Keats trug ein Chambray-Hemd, Jeans und Tennisschuhe. Über dem Hemd spannten sich ein Paar Hosenträger.

Drei Dinge fielen mir auf. Erstens das Datum: Das Foto war aufgenommen worden, noch während Keats sein vorletztes Opfer gefangen hielt. Er hatte alle seine Opfer entführt (Frauen mittleren Alters mit dunklen Haaren und großen Brüsten) und hielt sie in einer schalldichten Truhe in einem Lagerschuppen auf seinem

Grundstück fest, einem gut vier Quadratkilometer großen Stück Land in Apple Valley.

Als Zweites fiel mir sein Lächeln auf. Es war wohlwollend. Nichts deutete darauf hin (außer vielleicht der niedergeschlagene Blick seiner Frau), dass man sich vor Keats in Acht nehmen sollte, zumal er nicht wie der Nachbar aussah, auf den man ein Auge haben musste. Er sah wie einer dieser Burschen aus, deren einziger Charakterfehler darin besteht, dass sie im unpassenden Augenblick einen schlüpfrigen Witz reißen, für den sie sich dann überschwänglich entschuldigen.

Als Drittes fiel mir sein Bauch auf, der nicht zu seiner übrigen Erscheinung passte. Keats' Gesicht war beinahe hager, Arme und Beine dünn. Doch er hatte einen Bauch wie ein Kobold im Märchen.

Bei seinem Anblick drehte sich mir der Magen um, weil ich bereits die Fakten kannte, denn sein letztes Opfer, Mary Booth, hatte die Tortur überlebt. Keats war hauptsächlich aufgrund ihrer Aussage verhaftet worden – und an diese Aussage erinnerte ich mich wieder, als ich das Foto sah. Marys Aussage war aufgezeichnet worden; ich hörte sie mir eine Woche vor meinem Besuch bei Keats an.

Alan hatte Mary Booth befragt. Bei Vernehmungen ist er der Beste von uns, sowohl bei den Opfern als auch bei den Tätern.

»Also, Mrs. Booth«, sagte Alan freundlich. »Wir werden uns Zeit lassen. Kein Grund zur Eile. Wenn Sie eine Pause machen wollen, sagen Sie es bitte. Wir hören dann sofort auf – so lange, wie Sie möchten.«

Man könnte meinen, dass Alans Körpergröße auf Vergewaltigungsopfer einschüchternd wirkt. Doch es gelingt ihm, das genaue Gegenteil zu bewirken. Er macht sich zum Beschützer; damit wird seine Körpergröße beruhigend und tröstlich.

»Ist gut«, antwortete Mary mit schwacher, aber entschlossener Stimme. Mary Booth erwies sich alles in allem als robust. Keats hatte sie schrecklich zugerichtet, seelisch und körperlich, aber nicht zerstört.

»Es ist wichtig, dass wir gründlich vorgehen, Mrs. Booth«, sagte Alan. »Je genauer Ihre Angaben sind, desto besser. Allgemein gehaltene Aussagen sind vor Gericht anfechtbarer, verstehen Sie?«

»Ja.«

»Wenn der Kerl irgendwelche Angewohnheiten hat, zum Beispiel das wiederholte Benutzen bestimmter Ausdrücke, oder wenn er besondere körperliche Merkmale hat, wie etwa Muttermale oder Tätowierungen, hilft uns das weiter. Mir ist klar, dass es nicht einfach für Sie ist, sich so etwas ins Gedächtnis zu rufen, aber ich weiß, dass Sie den Mann hinter Gittern sehen wollen.«

»Ich will ihn nicht hinter Gittern sehen«, widersprach sie.

Alan stutzte. »Nein?«

»Nein«, bekräftigte sie. Ihre Stimme war nun fest und ruhig. »Ich will, dass er stirbt.«

Alan ging mit einem Nicken darüber hinweg. Ich konnte ihn beinahe vor mir sehen: kein erstaunter Blick, keine großen Augen, nur ein Nicken. »Verständlich. Also, sind Sie bereit?«

»Ich glaub schon.«

»Gut. Erzählen Sie.«

»Ich kenne ein besonderes körperliches Merkmal bei ihm«, begann Mary. »Er hat einen riesigen Schwanz.«

Diesmal war Alan ehrlich verblüfft; ich erkannte es an der Länge der Pause.

»Wie bitte?«, brachte er schließlich hervor.

»Bill Keats«, sagte Mary Booth mit fester Stimme, aber irgendwie geistesabwesend. Ich konnte sie vor mir sehen, wie sie ins Leere blickte, als sie sich erinnerte. »Er hat den größten Schwanz, den ich je gesehen habe. Bestimmt fünfundzwanzig Zentimeter lang. Ich weiß noch genau, wie sein Ding unter seinem fetten, weißen Bauch hervorragte.«

»Ich verstehe«, sagte Alan. »Er hat also einen großen Penis. Noch etwas?«

»Eine Narbe an der Innenseite des rechten Oberschenkels.«

»Gut. Das ist sehr gut, Mrs. Booth. Was noch?«

»Ich …« Sie stockte, zögerte. An der Art dieses Zögerns erkannte ich, dass sie als Nächstes etwas Schreckliches sagen würde.

»Unten am Bauch hat er eine Tätowierung. Er hob die Speckfalte an, wenn er mich zwang, ihn … mit dem Mund zu befriedigen. ›Sieh her‹, sagte er, und ich tat es. Da waren zwei Buchstaben.«

»Welche Buchstaben?«

»Ein S und ein H.«

»Hat er Ihnen gesagt, wofür diese Buchstaben stehen?«, fragte Alan.

»Ja. Für Sklavenhalter.«

Sie erzählte noch mehr, viel mehr. Stundenlang. Alan führte sie durch alle grausamen Augenblicke, holte mit sanfter Beharrlichkeit jede noch so schmutzige Einzelheit hervor. Manchmal weinte Mary, doch meistens hatte sie sich in der Gewalt, und ihre Stimme klang fest.

Der Staatsanwalt ersparte den Geschworenen kein Detail von Marys Aussage, und das – zusammen mit den Ergebnissen der körperlichen Untersuchung und anderen Beweisstücken – tat seine Wirkung.

Ich bekam das Bild nicht aus dem Kopf: fette Wampe unter dem Chambray-Hemd, unter dem sein erigiertes Glied hervorragt … die eintätowierten Buchstaben, die nur seine Opfer verstanden … und dann dieses Lächeln, dieses ewige falsche Lächeln.

Als ich in den Vernehmungsraum kam, hielt Keats die Hände über dem Bauch gefaltet und zeigte sein widerliches Lächeln. Er starrte mir unverwandt ins Gesicht. Seine Blicke gierten nach meiner Narbe wie ein Verhungernder nach einem saftigen Steak. Er trug keine Handschellen, und wir waren allein. Obwohl ich wusste, wie liebend gerne dieser Hurensohn meine Schreie aufgenommen hätte, hatte ich keine Angst: Kulisse bedeutete diesem Verrückten alles, ebenso wie Abgeschiedenheit, und da war dieser Raum nicht das Richtige.

Ich stellte den Rekorder auf den Tisch.

»Ich werde das Gespräch wie vereinbart aufzeichnen, Mr. Keats, in Ordnung?«

»Na klar«, sagte er.

Wir gingen den üblichen Fragenkatalog durch, und er war ziemlich kooperativ. Seine Mutter hatte den Missbrauch begangen. Sie misshandelte Keats' Schwester körperlich und ihren Sohn sexuell. Sie hatte – wie könnte es anders sein – dunkle Haare und große Brüste, wie die Opfer ihres Sohnes. Es war vorhersehbar und jämmerlich zugleich.

Dann kamen wir zu dem Thema, das uns beide am meisten interessierte, wenn auch aus verschiedenen Gründen: die Schreie der Opfer.

»Waren die Schreie schon immer eine Quelle sexueller Erregung für Sie?«, fragte ich.

Solche Befragungen werden stets möglichst nüchtern gehalten, auch die Wortwahl. Es heißt immer »Quelle sexueller Erregung« und nie »antörnen« oder »aufgeilen« oder Ähnliches. Mit Absicht. Wer die Dinge klinisch-sachlich benennt, wird zum Spiegel, nicht zum Richter oder gar zum Teilnehmer. Die Täter betrachten sich gerne im Spiegel, zumindest solche armen Irren wie Keats.

»Eigentlich nicht«, sagte er mit ruhiger, freundlicher Stimme.

»Warum waren die Schreie dann so wichtig für Sie? Gab es irgendeinen Auslöser dafür? Ein bestimmtes Erlebnis?«

Er drehte und wendete die Frage im Geiste und musterte mich dabei. Ich sah die Veränderung in seinem Blick. Abgeschnitten von seinen Rauschmitteln – Vergewaltigung und Mord – suchte er nach irgendetwas, um seine Gier zu stillen.

Unvermittelt beugte er sich nach vorn und starrte mit hungrigen Blicken, ohne jede Zurückhaltung, auf die Narben in meinem Gesicht.

»Haben Sie geschrien, als er Sie geschnitten hat, Agentin Barrett?«, fragte er.

Ich verkniff mir einen Seufzer. Genau das hatte ich erwartet. Ich war nicht angewidert oder wütend. Eigentlich empfand ich gar nichts. Es war ein Spiel, und er spielte seine Rolle. Er hielt sich für originell, dieser arme kranke Irre, dabei war er so berechenbar wie sonst was.

»Ja«, sagte ich. »Natürlich.«

Seine Augen wurden groß. »Hat es ihm gefallen, als Sie geschrien haben?«

»Ja.«

»Woher wissen Sie das?«

Ich wollte ihm die Antwort verweigern, doch Scham würde ihn nur noch mehr antörnen. Das war nun mal der Preis für seine Informationen. Natürlich hätte ich mich weigern können, aber ich wollte unbedingt wissen, warum die verdammten Schreie so wichtig für ihn waren. Also hielt ich seinem Blick stand, ohne mit der Wimper zu zucken.

»Sein Glied wuchs in mir, als ich geschrien habe.« Ich sagte es mit derselben sachlichen Distanz, die ein Mediziner an den Tag legen würde. »Er wurde mit jedem Schrei härter. Ich konnte es fühlen.«

Für Bill Keats war das nicht mehr wichtig. Er konnte seine Reaktion nicht verbergen. Er atmete keuchend und schlug unwillkürlich die Beine übereinander. Ein Auge zuckte. Es war ekelhaft.

»Jetzt sind Sie dran, Mr. Keats«, sagte ich.

Er blinzelte ein paar Mal und kehrte von dem dunklen Meer

zurück, auf dem er sich hatte treiben lassen. Ich konnte beinahe zusehen, wie er mein Bild, das er vor seinem geistigen Auge hatte erstehen lassen, zwecks späterer Benutzung in einen Winkel seines kranken Hirns schob. Er nickte, lehnte sich zurück und legte die Hände auf seinen fetten Wanst.

»Und?«, fragte ich ungeduldig. »Wann sind Sie bei den Schreien auf den Geschmack gekommen?«

»Bei der ersten Frau, die ich vergewaltigt habe«, sagte er. »Ich wollte sie penetrieren, aber …«

»Aber?«

»Sie wusste, was ich tun würde, und schrie. Es war das Wunderbarste, was ich je gehört habe. Sie wusste, was ich wollte, und dass sie nichts dagegen tun kann. Die Empfindungen, die ich in ihrem Schrei gehört habe … mein Gott, es war perfekt. Ich habe abgespritzt, noch bevor ich in ihr drin war.« Sein Blick wurde verträumt. »Sie hat nie wieder geschrien. Nicht mal, als ich sie stranguliert habe. Mit ihrem letzten Schrei war sie zerbrochen.« Sein Blick suchte meinen, und sein widerwärtiges Lächeln kehrte zurück. Es kam mir jetzt irgendwie persönlicher vor, wissender, beinahe intim. Ich hatte mit einem Mal das Gefühl, als würde der bloße Blick dieses Wahnsinnigen mich besudeln. »Seitdem war ich auf den Klang dieses einen Schreies aus«, sagte er. »Ich habe ihn nicht auf Band, wissen Sie. Ich war nicht darauf vorbereitet.«

»Und?«, fragte ich. »Haben Sie den Klang noch mal gehört?«

Wehmütig schüttelte er den Kopf. »Nein«, sagte er. »Manchmal war ich nahe dran. Aber es war nie der Schrei, den ich gesucht habe.«

Es dauerte noch zehn Minuten, bis ich mit der Vernehmung fertig war. Danach war ich sehr, sehr erleichtert. Ich hatte bekommen, was ich wollte. Ich konnte von dort weggehen, während Bill Keats mit seiner dicken Wampe und der Hornbrille und dem dreckigen Lächeln dableiben musste. Er würde in einem Käfig sterben. Das war bei Weitem nicht genug, aber mehr war nun mal nicht drin.

»He«, sagte er plötzlich, als ich auf dem Weg zur Tür war. »Erzählen Sie mir etwas über mich.«

Ich runzelte die Stirn. »Wie bitte?«

Er zuckte die Achseln. »Sie haben alles über mich gelesen. Ich habe jede Ihrer Fragen beantwortet und sämtliche Fragebögen ausgefüllt. Also, Sie sind die Expertin. Was können Sie mir über mich sagen?«

Ich sah den aufrichtigen Wunsch in seinen Augen, wie schon bei anderen zuvor. Es war ein kurzes Aufflackern von Menschlichkeit, ein Grauton, wo man lieber Schwarz und Weiß sehen würde. Das größte Geheimnis für Menschen wie Keats war das eigene Elend. Warum bin ich, wie ich bin?, wollen sie wissen.

Ich wollte ihn mit meiner Antwort verletzen. Etwas Tiefschürfendes sagen. Das Problem war, dass es an Bill Keats nichts Tiefschürfendes gab. Er war bloß ein großer Haufen Dreck.

Also beließ ich es bei der Antwort: »Sie sind ein fettbäuchiges, perverses armes Arschloch.«

Für einen Moment zog er den Kopf zwischen die Schultern. Sein Dauerlächeln erlosch, und seine Hände verkrampften sich. Doch es dauerte nur ein paar Sekunden, dann nahm er seine entspannte Haltung wieder ein, und das Lächeln kehrte zurück. Nur mit dem Unterschied, dass es jetzt aufgesetzt wirkte.

»Auf Wiedersehen, Mr. Keats«, sagte ich.

Er sagte nichts mehr.

Und nun stehe ich hier im Krankenhaus und betrachte die fremde Frau auf der Liege. Ich kenne sie nicht, aber ich kenne den Mann, der sie gehabt hat. Mit dieser Sorte habe ich ständig zu tun. Ich kenne seine Augen, ohne je sein Gesicht gesehen zu haben.

Und das bedrückt mich.

Es bedrückt mich, dass ich eine genauere Vorstellung vom Täter habe, der weiß Gott wo ist, als vom Opfer, das vor mir liegt.

»Das ist ja eine schöne Bescherung!«, schimpft Callie.

Sam steht ein paar Meter von uns entfernt und telefoniert.

»Bucht ihr um?«, frage ich mit einer Kopfbewegung in Sams Richtung.

Callie macht ein trauriges Gesicht. »Die Arbeit ruft, Süße. Und Gott allein weiß, wohin sie Sam führt.«

Sam klappt sein Handy zu und kommt zu uns. Er sieht bedrückt aus.

»Das war Hickman«, sagt er zu Callie. »Ich werde gebraucht.«

»Ich dachte, Hickman hat alles im Griff«, protestiert Callie. »Stell dir vor, wir wären schon auf Bora Bora.«

»Sind wir aber nicht, mein Schatz.« Sam nimmt ihre Hände und zieht sie an seine Lippen. »Es ist ein Geiselfall, Calpurnia. Der wird mich nicht lange aufhalten.«

Callie sucht seinen Blick. »Und wenn doch? Wenn sich herausstellt, dass wir ganz auf die Flitterwochen verzichten müssen?«

Er zuckt die Schultern. »Du hast gewusst, welchen Beruf du mitheiratest, genau wie ich.«

Callie seufzt tief. »Na schön. Aber wehe, du lässt dich erschießen. Und bevor du abreist, erwarte ich im Bett einen flitterwochenmäßigen Auftritt von dir.«

Sam grinst. »Ich werde mir Mühe geben.«

»Das rate ich dir auch. Sonst lasse ich mich nämlich gleich wieder scheiden.«

Er küsst sie. »Bis später, Calpurnia.« Und weg ist er.

Callie fächelt sich das Gesicht, als bräuchte sie Abkühlung. »Meine Güte. Dieser Mann weiß, wie er mich zum Glühen bringt. Und jetzt lässt er mich im Regen stehen.«

»Halt die Pferde im Zaum, *Calpurnia*«, sage ich lächelnd.

James schnaubt gereizt, und ich drehe mich zu ihm um. »Du möchtest etwas dazu sagen?«

»Ja. Warum sind wir hier? Was immer mit dieser Frau passiert sein mag, ist nicht unsere Angelegenheit. Es ist nicht unser Job, irgendwelche Fälle aufzugreifen.«

»Es ist nicht irgendein Fall«, widerspreche ich.

James runzelt die Stirn. »Wie meinst du das?«

Ich ziehe den Zettel aus der Tasche, zeige ihn herum und erzähle von der SMS.

»Die Frau wurde einer Hochzeitsgesellschaft, zu der FBI-Leute und andere Gesetzesvertreter gehörten, gewissermaßen vor die Füße geworfen. Hältst du das für einen Zufall? Das ist eine Botschaft.«

James zuckt die Achseln. »Und wenn schon. Wir springen auch sonst nicht auf jeden Drohbrief an, der uns geschickt wird.«

»Es ist nicht nur eine Drohung gegen uns«, erwidere ich gereizt, »es ist eine offensichtliche Entführung. Und damit fällt die Sache in unsere Zuständigkeit. Basta.«

Der Arzt kommt zu uns. Er wirkt müde und erschöpft. Nun runzelt er verwundert die Stirn, als er uns sieht. Offenbar bemerkt er erst jetzt unser Erscheinungsbild.

»Sie kommen von einer Hochzeit?«, fragt er.

»Allerdings«, sagt Callie. »Gott sei Dank konnten wir beide vorher noch Ja sagen. Wie geht es der Patientin?«

Der Arzt wischt sich über sein müdes Gesicht. »Sie ist in schlechter Verfassung. Sie ist untergewichtig und leidet an starker Austrocknung, was wahrscheinlich der Grund für ihr Delirium ist. Die Hand- und Fußgelenke sind vernarbt. Ich bin kein Experte, aber ich vermute, dass die Frau lange Zeit gefesselt war.«

»Wie lange?«, frage ich. »Können Sie das anhand der Narben schätzen?«

»Schwierig. Solche Heilungsprozesse verlaufen individuell

sehr unterschiedlich. In der Regel dauert es zwischen sieben und zwölf Monaten, bis eine Narbe verblasst. Gemessen an der Farbe und Dicke der Narben dieser Patientin könnte es sich um eine Gefangenschaft über Monate, vielleicht Jahre hinweg gehandelt haben.«

Das hatte ich bereits vermutet, aber seltsamerweise ist es schrecklicher, wenn man es von jemand anderem hört.

»Was können Sie uns noch sagen?«

»An mehreren Körperstellen, vor allem am Rücken, gibt es Anzeichen dafür, dass sie ausgepeitscht wurde. Außerdem hat sie Verbrennungen, die möglicherweise von Elektroschocks stammen.«

»Also wurde sie gefoltert?«, fragt Alan.

»Ich bin mir ziemlich sicher«, erwidert der Arzt. »Was die Frage sexueller Misshandlung angeht, habe ich nach einer ersten, allerdings flüchtigen Untersuchung keine Anzeichen dafür gefunden. Keine jüngeren oder älteren Risse in der Scheidenwand oder am Anus. Keine Bissspuren. Ich konnte jedoch feststellen, dass sie eine Geburt gehabt hat.«

Ich zucke zusammen. »Was?«

»Die Frau hat eine Kaiserschnittnarbe und Dehnstreifen.«

»O Gott«, flüstere ich. »Und wo ist das Kind?«

»Haben Sie sonst noch etwas herausgefunden?«, fragt Callie.

Der Arzt zögert. »Sie ist zu hellhäutig«, erklärt er schließlich.

Alan zieht eine Braue hoch, sagt aber nichts.

»Wie meinen Sie das?«, frage ich.

»Manche Menschen haben von Natur aus sehr helle Haut, aber diese Frau hat eine extrem ungesunde Farbe. Ich kann keine Hinweise auf eine Anämie feststellen, aber ihre Augenlider sind weiß, und in Anbetracht der Narben liegt die Vermutung nahe, dass ihr über einen langen Zeitraum hinweg das Tageslicht verwehrt wurde.«

»Du lieber Himmel!«, stößt Alan hervor.

»Ich habe ihr Blut abgenommen und werde es unter anderem

auf Vitamin-D-Mangel prüfen. Das ist vorerst alles, was ich Ihnen berichten kann.«

»Danke«, sage ich. Es klingt lahm und unangemessen, aber so ist es immer.

»Seltsam, dass keine sexuelle Gewalt angewendet wurde«, sagt James. Ich habe gar nicht bemerkt, dass er sich wieder zu uns gesellt hat. »Lange Gefangenschaft und Folterungen haben in den meisten Fällen entweder politische oder sexuelle Motive.«

Er hat recht. Da macht sich jemand die Mühe, einer Frau zu folgen und ihren Tagesablauf auszukundschaften. Er beobachtet sie und entführt sie dann. Er fesselt sie an Händen und Füßen, peitscht sie aus, sodass Narben zurückbleiben, aber er vergewaltigt sie nicht?

»Er kann es natürlich auf nicht invasive Art getan haben«, überlegt James. »Möglicherweise hat er sie betäubt, oder er hat sie gezwungen mitzumachen, um Willigkeit vorzutäuschen.«

»Aber das passt nicht mit dem Foltern zusammen«, entgegne ich. »Die andere Frage ist: Warum hat er sie freigelassen? Und warum hat er sie vor unseren Augen aus dem Wagen geworfen? Glaubt hier noch jemand an einen Zufall?«

»Ein Zufall ist sehr unwahrscheinlich«, sagt James.

»Der Ansicht bin ich auch«, sagt Barry, der sich zum ersten Mal äußert. »Jemand, der diese Frau über einen so langen Zeitraum hinweg am Leben halten konnte, kann kein Idiot sein. Er würde nicht den Fehler begehen und sie grundlos in der Nähe einer Versammlung von Polizisten freilassen. Was hat er noch mal geschrieben? ›Folgen Sie den üblichen Ermittlungsschritten.‹ Er weiß, was wir tun werden, und er will, *dass* wir es tun.«

Ich schaue ihn an, und er zieht fragend die Augenbrauen hoch. »Was ist?«

»Das weißt du genau. Ich glaube nicht, dass ich Zuständigkeitsprobleme bekommen werde, da es offenbar ein Entführungsfall ist, aber falls doch, könntest du ein Wort für mich einlegen?«

Barry kratzt sich am Kopf und überlegt. »Ich werde mit dem Captain reden«, sagt er dann. »Den Entführungsaspekt hochspielen und darauf hinweisen, dass ihr schon immer solche Fälle bekommen habt.«

»Danke.«

»Nicht der Rede wert. Diesen Fall wird sowieso keiner wollen. Der stinkt meilenweit nach unlösbar.«

»Wir werden sehen.«

»Ja«, sagt Barry. »So, Leute, ich muss los. Ich habe ein heißes Date heute Abend.«

Callie blickt ihn finster an. »Du hast dich an meinem Hochzeitstag verabredet?«

Barry lächelt. »Du bist immer noch die Schönste im ganzen Land.«

Sie schnieft. »Entschuldigung akzeptiert.«

Barry tippt sich grüßend an die Stirn und geht.

»Das ist Bockmist«, sagt James kopfschüttelnd.

Ich beachte ihn nicht, sondern wende mich Callie zu. »Wir werden die Fingerabdrücke der Frau nehmen und durchs Suchprogramm laufen lassen, Callie. Vielleicht haben wir Glück, und sie ist schon mal aufgefallen.« Ich zeige auf ihr Kleid. »Hast du was zum Wechseln?«

Sie hält ihr Handy in die Höhe. »Ich ruf Kirby an. Sie wird mir alles bringen, was ich brauche.«

Mein Handy klingelt.

»Barrett«, melde ich mich.

»Sie müssen ins Büro kommen, Smoky«, sagt AD Jones.

»Jetzt, Sir?«

»Unverzüglich.«

»In Ordnung. Ich fahre nur schnell nach Hause und ziehe …«

»Keine Zwischenstopps. Kommen Sie so schnell wie möglich.«

Ich schaue an meinem sonnengelben Kleid hinunter und seufze.

»Ja, Sir. Ich bin gleich da.«

KAPITEL 5

Der Mann starrt auf die E-Mail und fängt an zu zittern. Er kann nichts dagegen tun. Der Schrecken wirkt sofort und mit voller Wucht.

Auf dem Bildschirm steht:

Du hast deine Chance vertan. Ich habe dir etwas in den Garten gelegt.

Die Nachricht trägt keinen Namen, aber das ist auch nicht nötig. Der Mann weiß, von wem sie stammt.

O *Gott, warum habe ich nicht getan, was er verlangt hat?*

Er schaut zum anderen Ende des Wohnzimmers, wo die Glasschiebetür hinaus in den Garten führt. Die Angst jagt seinen Puls hoch. Sein Herz klopft heftig. Zu heftig.

Bekomme ich einen Herzanfall?

Er blickt wieder auf die E-Mail, dann noch einmal zur Terrassentür. Er schließt die Augen.

Reiß dich zusammen.

Der Mann steht auf, geht vom Computer weg und aus dem Arbeitszimmer. Er lässt die Nachricht auf dem Bildschirm. Ihm ist jeder Schritt bewusst, den er über das Nussbaumparkett macht. Beinahe zählt er seine Schritte ab.

Das wird schlimm.

Er weiß es, weil er den Mann kennt, mit dem er es zu tun hat. Nein, das ist nicht ganz richtig. Wenn es so wäre, wenn er wirklich begriffen hätte, wie dieser Mann ist, hätte er seinen Teil der Abmachung auf jeden Fall eingehalten.

Er erreicht die Schiebetür und späht hindurch. Es ist früher

Vormittag, und die Sonne ringt mit den Wolken um die Vorherrschaft am Himmel. Er hat einen großen Garten mit einem überreichlich bewässerten Rasen, wie Kalifornier ihn bevorzugen.

Er sieht es sofort und blinzelt.

Was ist das?

Es sieht aus wie ein schwarzer Plastiksack mit einem … Strohhalm? Ist das ein durchsichtiger Plastikstrohhalm, der da rausguckt?

Sein Herz klopft noch heftiger, soweit das überhaupt möglich ist. In seinem Kopf bahnt sich ein Gedanke seinen Weg.

Schwarzer Plastiksack …

Er kennt ein Wort dafür.

Leichensack.

Der Mann schluckt Galle, schiebt die Tür zur Seite und überquert die Terrasse. Er ist barfuß, und das Gras ist feucht und kalt unter seinen Sohlen, doch er bemerkt es kaum. Der schwarze Sack nimmt seine Aufmerksamkeit gänzlich in Anspruch.

Er glänzt in der Sonne. Ein starker Reißverschluss zieht sich über die gesamte Länge hinweg. Der Strohhalm (das sieht der Mann jetzt) ist ein Stück durchsichtiges Plastikrohr und steckt in einem Loch, das in den Sack geschnitten wurde.

Mach ihn nicht auf!

Die innere Stimme ist laut und voller Angst.

Wahrscheinlich ist es ein guter Rat, den Sack nicht aufzumachen.

Der Mann kniet sich ins Gras. Schmutz und Nässe, die in den Stoff seiner hellen Hose dringen, sind ihm egal. Er greift nach dem Reißverschluss. Zögert.

Das ist deine letzte Chance. Noch kannst du zurück.

Er schluckt und zieht den Reißverschluss zur Hälfte herunter, ehe er weiter darüber nachdenken kann.

Er sieht ihr Gesicht und taumelt zurück. Fast wird ihm schwarz vor Augen.

»Dana!«

Das Wort kommt wie ein Keuchen hervor, als hätte er sich einen Schlag in den Magen eingefangen.

Sie ist da. Der Strohhalm ist an ihren Mund geklebt; das Klebeband verdeckt die Lippen. Mit ihren Augen stimmt etwas nicht, ganz und gar nicht. Sie sind klar, aber leer.

Tote Augen.

»O Gott, o Gott …«, flüstert der Mann.

Sie sollte gestern in einen Badeort reisen. Ein Zwei-Tage-Trip, ein kleiner Tapetenwechsel. Zwar hatte sie am Abend nicht angerufen, aber der Mann hat sich nichts dabei gedacht. Er hatte zu viele andere Dinge im Kopf.

»Verzeih mir, Liebling … o Gott, es tut mir so leid … warte, ich nehme den Strohhalm weg …« Er plappert dummes Zeug, das ist ihm klar, aber er kann nicht anders.

Sanft zieht er das Klebeband von ihren Lippen und das Röhrchen aus ihrem Mund.

Der Mund öffnet sich, bleibt schlaff. Speichel läuft aus den Mundwinkeln, während sie geistlos in den Himmel starrt. Aus dem Sack riecht es. Der Mann braucht ein paar Sekunden, um zu begreifen, wonach es riecht: Urin und Kot.

»Dana?«, spricht er sie an und hofft auf eine Reaktion.

Ihr Kehlkopf bewegt sich ein bisschen, und er glaubt, sie wolle etwas sagen. Ungeachtet des Gestanks beugt er sich vor.

»Liebling?«

Sie rülpst lange und laut, leckt sich über die Lippen. Weiterer Speichel fließt aus ihrem Mund.

Er weicht hastig zurück, auf allen vieren, will Abstand zu dem Grauen gewinnen. Dann fällt er auf den Rücken ins Gras und blickt hinauf zum Himmel, der tiefblau ist. Die Sonne ist durch die Wolken gekommen. Es wird ein schöner Tag werden im südlichen Kalifornien.

Der Mann dreht sich und übergibt sich ins saftig grüne Gras.

Ob Wochenende oder nicht, beim FBI herrscht immer Betrieb. Ich fahre hinauf zu AD Jones' Büro. Es sind noch drei andere Leute im Aufzug. Alle starren ungeniert auf mein Kleid. Keiner grinst. Wahrscheinlich wissen sie, dass die Sache nicht lustig ist. Schließlich gibt es nicht viele Gründe, eine FBI-Agentin von einer Hochzeit wegzureißen.

Während die Ziffern auf der Anzeigeleiste meinem Ziel entgegenklettern, denke ich an die Frau. Das Entsetzen in ihrem Blick hat sich bei mir festgesetzt. Es lag so viel Schrecken darin, so viel Leid. Mit einiger Mühe schüttle ich diesen Gedanken ab. Stattdessen frage ich mich, weshalb AD Jones mich mit solcher Eile herbestellt hat. Er ist nicht der Typ, der sich Dringlichkeiten ausdenkt.

Jones ist mein Beschützer und Mentor gewesen. Er hatte gleich zu Anfang meiner Polizeilaufbahn etwas in mir gesehen, das er dann nach Kräften gefördert hat. Das ist seine Art. Jones ist eine Seltenheit auf den Führungsetagen des FBI: Ein Mann, den Ergebnisse mehr interessieren als Karriere und Kompetenzgerangel.

Das *Pling* sagt mir, dass ich oben bin. Ich atme tief durch, steige aus dem Lift und gehe auf den Flur, biege rechts ab und sehe Shirley, Jones' langjährige Rezeptionistin. Sie ist zehn Jahre älter als ich, eine kleine, sachkundige Frau mit freundlichen, funkelnden grünen Augen, die ihr strenges Auftreten Lügen strafen.

»Wie war die Hochzeit?«, fragt sie.

»Großartig. Bis zu dem Moment, als der Wagen bei uns stoppte und uns die schreiende Frau vor die Füße warf.«

Sie bedenkt mich mit einem unsicheren Lächeln und einem Schulterzucken, als wollte sie sagen: Was soll man da machen?

»Wer ist drin, Shirley?«, erkundige ich mich.

Ihr Lächeln wird säuerlich. »Direktor Rathbun.«

Meine Brauen zucken in die Höhe. »Wirklich? Wissen Sie, warum?«

»Ich habe keinen blassen Schimmer. Trotzdem viel Glück.«

Ich blicke erneut an mir hinunter und seufze. »Danke.«

»Braten Sie ihnen eins über«, sagt Shirley, und ihre Augen funkeln mir ein bisschen zu sehr. Offenbar findet sie an der Situation allerhand Komisches.

Ich betrete das Zimmer, in dem AD Jones und Rathbun stehen. Sie machen nicht den Eindruck, als hätten sie einen Plausch gehalten. Es sieht eher so aus, als hätten sie auf mich gewartet. Ein Stück abseits steht noch jemand, den ich kenne: Rachel Hinson, eine attraktive Blondine, ungefähr in meinem Alter. Ihr Gesicht ist wie ein leeres Blatt Papier, ihr Blick wachsam. Sie hat ein Blackberry in der Hand und Bluetooth-Kopfhörer im Ohr und redet leise vor sich hin. Rachel ist Rathbuns Assistentin – die Frau fürs Grobe, wie ich immer sage, die mit jeder Aufgabe fertig wird. Sie weiß, wo die Leichen vergraben liegen, weil sie selbst das Vergraben übernommen hat.

Samuel Rathbun sieht mich und kurbelt seine Wattleistung an, um sein Politikerlächeln aufzusetzen und mir die Hand entgegenzustrecken. Ich werfe einen Blick zu AD Jones, dessen Augen mir ein Schwimme-mit-dem-Strom signalisieren. Ich erwidere Rathbuns Lächeln und schüttle ihm die Hand – fest, aber nicht zu fest.

»Danke, dass Sie gekommen sind, Agentin Barrett. Ich weiß, dass Sie etwas vorhatten.« Er deutet lächelnd auf mein Kleid.

»Ich bin immer im Dienst, Sir«, erwidere ich, was mir einen warnenden Blick des AD einbringt.

»Freut mich zu hören«, entgegnet Rathbun. Entweder entgeht ihm mein Sarkasmus, oder er beachtet ihn nicht. »Setzen wir uns.«

AD Jones setzt sich an seinen Schreibtisch, Director Rathbun und ich in die Sessel davor, ein bisschen schräg, damit wir uns anschauen können. Rachel Hinson bleibt im Hintergrund, wo sie weiter vor sich hin murmelt.

Ich nehme Rathbun kritisch in Augenschein. Er ist ein politisches Wesen, aber der Boss der Bosse, deshalb ruft er ein bisschen Ehrfurcht hervor. Er ist Anfang fünfzig, hat dunkles Haar mit der richtigen Menge Grau darin und dem üblichen (hier aber stilvollen) FBI-Schnitt. Er sieht ziemlich gut aus. Für mich wäre er nichts, aber ich schätze, die Rachel Hinsons dieser Welt finden ihn begehrenswert. Er steht in dem Ruf, rücksichtslos, aber fair zu sein, wobei die Fairness allerdings beiseitegelassen wird, wenn er den eigenen Hals retten muss. Aber das werfe ich ihm nicht vor: Er steht auf einem ganz anderen Spielfeld und ist dem Präsidenten, dem Generalbundesanwalt und ähnlich hohen Tieren verantwortlich. Außerdem sorgt er für unsere Mittel, und das ist nicht immer ganz einfach, wie ich weiß.

Zu meinen kurzen Begegnungen mit Rathbun kann ich nichts Negatives sagen, denn er ist mir ähnlich: schnörkellos und vor allem an Ergebnissen interessiert. Bevor er zum FBI kam, war er ein einfacher Cop. Er hat sich hochgearbeitet, genau wie AD Jones, was mir Respekt abringt.

»Ich will gleich zur Sache kommen, Agentin Barrett«, sagt Rathbun. »Wir werden eine Sondereinheit bilden, die mit der Aufklärung von Serienmorden, Kindsmorden, Entführungen und dergleichen betraut wird, und zwar über die bundesstaatlichen Grenzen hinweg in den gesamten USA. Ich möchte, dass Sie diese Sondereinheit leiten.«

Für einen Moment verschlägt es mir die Sprache. Damit hatte ich am wenigsten gerechnet, als ich dieses Büro betrat.

Rathbun lächelt, als er mein Erstaunen bemerkt. Dieses Lächeln ist echter als die vorherigen; vermutlich versteht er mich. Er entspannt sich, lehnt sich zurück. »Wie Sie wissen, hat das Hauptaufgabengebiet des FBI sich seit dem elften September in Richtung Terrorismusbekämpfung verlagert, und dorthin wandert auch der Großteil unseres Budgets. Die Folge ist ein beträchtlicher Druck auf örtliche Polizeidienststellen, ihre Verbrechensfälle selbst zu lösen, aus eigener Kraft, damit die FBI-Pflichten auf Spezialbereiche reduziert werden können: Profiling, CODIS und VICAP. Zuarbeit statt aktiver Ermittlung.«

CODIS ist eine nationale Datenbank mit den DNA-Profilen vermisster Personen und verurteilter Straftäter, die es den Strafverfolgungsbehörden ermöglicht, DNA-Profile auf elektronischem Weg auszutauschen und zu vergleichen, sodass Verbindungen zwischen verschiedenen Verbrechen hergestellt werden können. VICAP ist eine Falldatei, die ebenfalls dazu benutzt wird, Gewaltverbrechen miteinander in Verbindung zu bringen, um Täterprofile zu erstellen. Beide Datenbanken werden vom FBI verwaltet und sind von unschätzbarem Wert, erfordern aber keine FBI-Beteiligung vor Ort.

»Bei allem Respekt, Sir, aber das habe ich schon immer für eine blödsinnige Idee gehalten.« Ich kann mir den Ausdruck nicht verkneifen. »Die örtlichen Polizeireviere leisten gute Arbeit, aber es hat sich immer wieder gezeigt, dass FBI-Unterstützung bei der Festnahme speziell von Serientätern entscheidend ist. Wenn wir die Zusammenarbeit weiter einschränken, verringern wir unsere Effektivität – Sondereinheit hin oder her.« Ich schüttle den Kopf. »Es wird länger dauern, bis Mörder gefasst werden, und das wiederum erhöht die Zahl der Opfer.«

Rathbun hebt in einer hilflosen Geste die Hände. »Ich weiß. Ich bin zufällig Ihrer Meinung.« Seine Miene wird ernst, und mir wird klar, dass er tatsächlich meiner Meinung ist. »Ich sage ja auch nicht, dass es dazu kommen wird. Ich sage nur, dass es einflussreiche Leute gibt, die diesen Gedanken gerne verwirklichen würden.«

»Warum gerade jetzt?«, frage ich. »Seit dem Anschlag vom elften September sind Jahre vergangen. Außerdem war ich bisher der Meinung, das Heimatschutzministerium sollte die Lösung aller dahingehenden Probleme sein.«

»Bürokraten sind langsam und Politiker vorsichtig, Barrett.

Niemand will einen zweiten elften September, und so viel Zeit, wie Sie meinen, ist seitdem gar nicht verstrichen.«

»Warum möchten Sie, dass gerade ich diese Sondereinheit leite?«

»Weil Sie die Beste sind, Agentin Barrett. Es gibt ein paar andere Ermittler, die ebenfalls infrage kämen, aber Sie sind die perfekte Wahl.«

Ich blicke AD Jones an, der bisher geschwiegen hat. »Was halten Sie davon, Sir?«

»Der Direktor hat recht«, sagt er. »Sie sind nun mal die Beste. Und bestimmten Abteilungen des FBI stehen in diesen Zeiten leerer Kassen tatsächlich schwere Zeiten bevor. Vielleicht lässt sich das alles abwenden, aber für den Fall der Fälle bin ich dafür, dass wir retten, was zu retten ist. Sie sollten über den Vorschlag nachdenken.«

Ich wende mich wieder an Rathbun. »Und wie soll die Sache laufen, Sir?«

»Sobald ich Ihre Zusage habe, die Sondereinheit zu übernehmen, setze ich mich mit dem Generalbundesanwalt in Verbindung. Er steht auf unserer Seite. Das gilt auch für den Präsidenten. Er kann es sich nicht leisten, seine eigene Partei zu verstimmen, nicht vor einem Wahljahr, aber er ist ein guter Politiker, und unsere Sondereinheit würde ihm Rückendeckung geben. Wenn man die Zusammenarbeit zwischen FBI und Polizei gänzlich kappt, und die Folge wäre ein Anstieg ungelöster Gewaltverbrechen, weil die Polizei überfordert ist«, Rathbun zuckt die Achseln, »kann der Präsident behaupten, er habe die Sondereinheit gebildet, um den Schaden zu begrenzen.«

»Und das Organisatorische?«, frage ich ihn. »Ich habe eine Tochter und einen Verlobten. Ich habe mein Team.«

»Wir können Sie vorerst in Los Angeles lassen. Außer dass Ihr Name möglichst oft in den Nachrichten auftauchen sollte, haben Sie keine politische Bedeutung. Sie wären mir direkt unterstellt.«

»Und später?«

»Ich kann nichts versprechen. Im Idealfall landen Sie in Quantico, aber das müssen wir abwarten.«

»Und mein Team?«

»Das müsste mit Ihnen umziehen. Sie alle bilden die neue Sondereinheit.« Er deutet mit dem Kopf auf Rachel Hinson. »Mrs. Hinson hat intensiv herausgearbeitet, was die Gründe für Ihre Erfolge sind. Sie ist zu dem Ergebnis gekommen, dass Ihr jetziges Team für zukünftige Erfolge genauso wichtig ist wie Sie selbst.«

»Da hat sie vollkommen recht«, sage ich und betrachte Rachel mit neuem Respekt. »Und warum wollen Sie meinen Namen so oft wie möglich in die Nachrichten bringen, Sir?«

»Es gibt drei Aspekte, die wir berücksichtigen müssen. Der erste ist pragmatischer Natur: Wenn Ihre Zusammenarbeit mit den Polizeibehörden gekappt wird, haben wir durch die Sondereinheit immer noch die Möglichkeit, vor Ort tätig zu werden. Der zweite Punkt ist, die allgemeine Aufmerksamkeit darauf zu lenken, wie wichtig eine solche Einheit für das FBI ist. Drittens geht es darum, die Basis für eine spätere Wiederaufnahme einer intensiven Zusammenarbeit mit den Polizeibehörden zu schaffen.« Rathbun lächelt, doch er sieht mit einem Mal müde aus. »Aber wie gesagt, vielleicht haben wir Glück, und es kommt gar nicht erst so weit.«

»Wenn nicht, was wird dann aus der Sondereinheit?«

»Darüber machen wir uns Gedanken, wenn es so weit ist.«

»Wann erwarten Sie eine Antwort von mir?«

»In spätestens zweiundsiebzig Stunden.«

Ich reiße die Augen auf. »Bei allem Respekt, Sir, das ist Wahnsinn!«

Er nickt. »Stimmt. Aber so ist nun mal die Lage.«

»Warum diese Eile?«

»Weil in dieser Stadt alles zu viel Zeit braucht, Agent Barrett. Weil nicht nur der Präsident, sondern auch ich mit einer Heerschar politischer Feinde gesegnet bin, sodass wir einen möglichst großen Vorsprung brauchen. Und weil ich es so *will*, verdammt.«

Seine Gutmütigkeit ist offensichtlich aufgebraucht. Manchmal kann man seinen Chef herausfordern, aber manchmal ist es besser, den Mund zu halten.

»Ich werde Ihnen meine Entscheidung mitteilen, Sir.«

KAPITEL 6

Ich fahre mit dem Aufzug hinunter zu meinem Büro und treffe dort auf Callie, James und Alan. Callie ist aus dem Hochzeitskleid raus, doch James und Alan tragen noch ihre Smokings.

»Wo bist du gewesen?«, fragt Callie.

»Bei AD Jones.«

»Schwieriges Thema?«, erkundigt sich Alan.

»Das Schwierigste überhaupt. Wie weit sind wir mit unserer Unbekannten?« Ich bin noch nicht bereit, diese Dose Würmer mit meinen Freunden und Kollegen zu öffnen. Ich brauche ein paar Minuten, um mich vom Schock zu erholen, bevor ich ihnen einen Schock versetze.

»Ich habe ihre Fingerabdrücke abgenommen«, sagt Callie. »Ich wollte gerade ins Labor, um Digitalaufnahmen davon zu machen und sie ins System einzugeben.«

»Wie lange wirst du brauchen?«

»Ungefähr eine Stunde. Anschließend würde ich gerne nach Hause fahren – vorausgesetzt, das ist okay.«

»Geht in Ordnung. Alan?«

»Ich habe mit dem Arzt gesprochen. Die Frau zeigt Anzeichen von Vitamin-D-Mangel und Kalziumverlust. Wahrscheinlich ist es auf den langen Entzug von Sonnenlicht und einseitige

Ernährung zurückzuführen. Der Arzt sagt, die Frau hat Schorf an Armen, Beinen und am Kopf, weil sie sich ständig gekratzt hat – eine Angewohnheit, wie man sie beispielsweise bei Amphetaminsüchtigen beobachten kann. Außerdem fehlen ihr ein paar Zähne, und die restlichen sind locker.«

»Woher kommt das?«

»Der Arzt tippt auf Knochenschwund.« Alan blickt auf seinen Notizblock. »Das mit den Peitschenschlägen wissen wir ja schon. Die Brandwunden sind vermutlich auf Stromschläge zurückzuführen. Der Täter hat wahrscheinlich eine Autobatterie oder etwas Ähnliches benutzt, wobei er Körperstellen ausgesucht hat, die besonders schmerzempfindlich sind.«

»Bestrafung«, murmele ich. »Sonst noch was?«

Wieder blickt Alan in seinen Notizblock. »Drogen konnten nicht nachgewiesen werden. Die Frau hat keine Muttermale und keine Tätowierungen. Der Arzt schätzt ihr Alter auf Anfang bis Mitte vierzig. Keine Knochenbrüche, aber ein paar alte Verkalkungen am linken Handgelenk und zwei am linken Brustkorb. Vermutlich Brüche, die sie sich in der Kindheit zugezogen hat.«

»Das könnte bei der Identifizierung helfen«, meint Callie.

»Hoffen wir's.« Alan klappt den Notizblock zu. »Da ist noch eine Sache.«

»Und welche?«, frage ich.

»Die Frau hat gut entwickelte Muskeln.«

»Und das bedeutet?«

»Dass ihr Entführer sie wahrscheinlich Gymnastik machen ließ.«

»Das ist verrückt.» Was Alan sagt, stellt mich vor ein Rätsel. »Keine Hinweise auf sexuelle Misshandlung. Folter, aber nicht exzessiv. Außerdem hat er sie ernährt und am Leben gehalten.«

»Was die Frage erlaubt, warum er sie jetzt freigelassen hat«, sagt Alan. »Und warum vor unserer Nase?«

Wir alle schweigen. Keiner hat eine Antwort.

»Okay«, sage ich schließlich. »Das Wichtigste ist erst einmal, die Identität der Frau festzustellen. Wenn wir wissen, wer sie ist, können wir vielleicht auf den Grund für die Entführung schließen.« Ich hole tief Luft. »Und jetzt werde ich euch von meinem Gespräch mit AD Jones und Director Rathbun erzählen.«

Ich berichte haarklein und lasse nichts aus. Alle hören erst einmal zu. Als ich fertig bin, hat nur Callie einen spontanen Kommentar parat:

»Eins steht fest. Ich werde keine Schwierigkeiten haben, mich an meinen Hochzeitstag zu erinnern.«

Alan seufzt. »Also, wenn ich das richtig verstanden habe«, sagt er, »haben die Mächtigen in ihrer unermesslichen Weisheit befunden, dass wir zu viel Geld und Personal verbrauchen, weil wir Kriminelle fangen anstatt Terroristen?«

»So ungefähr«, antworte ich. »Durch die Gründung der Sondereinheit versucht Rathbun, wenigstens ein bisschen von dem zu erhalten, was bisher unser Aufgabenbereich gewesen ist. Ohne die neue Sondereinheit gäbe es wahrscheinlich überhaupt keine Vor-Ort-Beteiligung des FBI mehr an polizeilichen Ermittlungen. Wir würden der Polizei nur noch Täterprofile faxen und VICAP-Anfragen bearbeiten.«

James erhebt sich. »Dann sind Rathbuns Überlegungen mehr als vernünftig«, sagt er. »Gib mir Bescheid, wie du dich entscheidest.« Er geht zur Tür.

»Hast du noch einen Moment Zeit, James?«, halte ich ihn auf. »Ich möchte einige Fragen mit dir durchgehen und versuchen, die Person des Entführers zu beleuchten.«

»Tut mir leid. Ruf mich an, oder warte bis morgen. Ich hab was Wichtiges vor und bin spät dran.« Er geht, ohne sich umzudrehen oder noch etwas zu sagen.

Ich blicke ihm wütend hinterher. »Charmant. Was ist mit dir, Callie?«

»Tut mir leid, ich bin jetzt eine verheiratete Frau. Ich muss das erst mit meinem Mann besprechen.« Sie lächelt lasziv. »Vorzugsweise nach ausgedehntem Geschlechtsverkehr.«

»Viel Spaß«, sage ich säuerlich.

Alan legt den Kopf schief und mustert mich. »Was ist mir dir, Smoky? Was wirst du tun?«

»Ich weiß es nicht.« Ich setze mich auf einen Stuhl. Mein Kleid bauscht sich ringsherum, und ich fühle mich albern und völlig erschöpft. »Ich muss mit Bonnie und Tommy darüber reden und nachdenken …« Ich seufze. »Ich weiß es wirklich nicht. James hat recht. AD Jones' Begründung ist vernünftig, aber …«

»Vernunft ist nicht alles.«

»Genau.«

Er zupft sich nachdenklich an der Unterlippe. »Ich bin nicht mehr der Jüngste, Smoky. Elaina auch nicht. Wenn es dazu kommt, dass wir nach Quantico müssen … ich weiß nicht. Ich glaube nicht, dass wir dazu bereit sind.«

Callie tätschelt ihm die Schulter. »Pah! Alter ist ein Geisteszustand.«

»Und meiner ist miserabel.« Das war als Witz gemeint, aber es steckt noch etwas anderes dahinter.

»Callie, geh doch inzwischen ins Labor und erledige das. Wir sehen uns dann morgen früh. Ruf mich an, wenn sich bei den Fingerabdrücken irgendwas ergibt.«

Ihr Blick huscht zwischen Alan und mir hin und her. Sie merkt, dass ich mit ihm allein sein will.

»Das brauchst du mir nicht zweimal zu sagen«, sagt sie naserümpfend.

»He, Callie«, ruft Alan.

»Was?«

Er lächelt sie an, ein dickes, warmes Alan-Lächeln. »Herzlichen Glückwunsch.«

Sie macht einen Knicks. »Vielen Dank, Sir.« Dann dreht sie sich um und geht zur Tür hinaus.

»Sie ist glücklich«, sagt Alan, als Callie fort ist.

»Ja, das glaube ich auch. Du aber nicht. Was ist los?«

Er sieht weg. Trommelt mit den Fingern auf den Schreibtisch. Seufzt. »Das ist eine große Veränderung für mich, Smoky. Wie gesagt, ich bin nicht mehr der Jüngste. Ich habe dir schon vor ein paar Jahren gesagt, dass ich daran denke, den Job an den Nagel zu hängen, damit ich mehr Zeit für Elaina habe.«

»Ich weiß.«

»Ich will nicht sagen, dass ich schon klapprig bin, aber morgens aufzustehen fällt mir schwerer als vor zehn Jahren. Ich bin einigermaßen in Form, aber mein Cholesterinspiegel und mein Blutdruck sind zu hoch. Mein Arzt sagt, ich muss was dagegen tun.«

»Willst du wirklich aufhören?«

Er zuckt die Achseln. »Ich bin mir nicht sicher. Da liegt das Problem. Dass ich nie so recht weiß, was ich will. Das war immer schon so. Ich habe stets für den Job gelebt, weißt du.« Er grinst mich freudlos an. »Nicht dass ich ihn mir wegen der großartigen Erfolgserlebnisse und der üppigen Bezahlung ausgesucht hätte. Okay, es gab Zeiten, da hatte ich schon mal daran gedacht, aufzuhören. Es gab da ein paar ungelöste Fälle mit ermordeten Kindern, die ich einfach nicht aus dem Kopf bekomme. Aber solche Tiefs gehören dazu. Bis jetzt hat mich noch jedes Mal irgendwas wieder aufgerichtet, und ich habe wieder Witterung aufgenommen. Du weißt, was ich meine.«

»Klar.«

»Aber in letzter Zeit fällt es mir immer schwerer, mich zu begeistern. Nicht dass ich niedergeschlagen wäre, und gelangweilt ist auch nicht das richtige Wort. Ich bin eher … gesättigt.« Er nickt. »Ja, das ist es. Vielleicht habe ich genug von den Psychopathen, und die Welt muss sich jetzt ohne meine Hilfe drehen.«

Irgendwie beneide ich ihn. Ich habe auch schon daran gedacht aufzuhören, aber dieser Wunsch war immer auf Verzweiflung gegründet. Sich eine Zukunft vorzustellen, in der man glaubt, man habe genug getan? Unmöglich. Ich sehne mich zwar danach, kann es mir aber nicht ausmalen.

»Na ja«, sage ich langsam. »Du weißt, dass du meine Unterstützung hast, egal, wie du dich entscheidest.«

»Ja.«

»Aber ich möchte dich um einen Gefallen bitten.«

»Nur zu.«

»Wenn ich beschließe, bei der Sache mitzumachen – was noch nicht raus ist –, kannst du dann noch so lange im Team bleiben, wie wir in Los Angeles sind? Ich verstehe deine Bedenken, was einen Umzug nach Quantico angeht. Das ist auch für mich heftig, aber erst einmal wären wir noch hier.« Ich deute auf die kargen Möbel und verdrehe die Augen. »In all der Pracht und dem Luxus. Ich brauche dich vorerst noch, Alan. Ich könnte es nicht ohne dich schaffen. Nicht zu Anfang.«

Er sagt nichts, betrachtet mich nur. Ich warte. Es ist ein angenehmes Schweigen, wie fast immer zwischen uns. Mit diesem Mann arbeite ich schon seit Jahren zusammen. Wir haben im Angesicht verstümmelter Leichen unsere Empfindungen geteilt. Alan hat mich gehalten, wenn ich geweint habe. Er kannte Matt und Alexa und mochte beide sehr. Er war bei ihrer Beerdigung an meiner Seite, ganz in Schwarz, und hat ohne Scham Tränen vergossen. Er kann Tommy gut leiden, und Bonnie liebt er. Alan ist eines der seltenen Bindeglieder zwischen meiner Vergangenheit und der Gegenwart. Der Gedanke, dass er aufhören könnte, dass ich ihm hinterherschauen muss, wie er sich in ein Leben zurückzieht, mit dem ich kaum noch zu tun habe, macht mich traurig und flößt mir Angst ein. Nach zwölf Jahren kennt man einen Menschen sehr gut. Und bei allem, was Alan und ich zusammen erlebt haben, sind zwölf Jahre fast ein ganzes Leben.

Er lächelt mich an, und ich weiß, was er sagen wird.

»Es geht nicht ohne mich? Na, wenn das kein Grund ist, ’ne Zeit lang weiterzumachen, dann weiß ich auch nicht.«

KAPITEL 7 Ich bin fast zu Hause, und wie immer ist es eine Erleichterung für mich. Das Zuhause war stets meine Zuflucht – der Ort, den das Dunkle nicht erreichen konnte.

Natürlich ist es inzwischen ein anderes Zuhause. Tommy und Bonnie sind nicht unschuldig wie Matt und Alexa. Sie haben Morde mit angesehen, und Tommy hat Menschen getötet. Doch ich schiebe die Gedanken an die Vergangenheit beiseite, denn ich habe schon in der Gegenwart Sorgen genug.

Wie soll ich mich in Sachen Sondereinheit entscheiden?

Was ist mit dem Geheimnis zwischen Tommy und mir?

Und was ist mit dem Geheimnis, von dem nur ich alleine weiß?

Ich höre die Reifen meines Wagens auf dem Pflaster scharren, höre das leise Geplärre aus dem Funkgerät. Als ich in die Einfahrt zu meinem Haus einbiege, schiebe ich alle diese unbeantworteten Fragen beiseite.

Was bleibt mir auch anderes übrig?

»Willkommen zu Hause«, sagt Tommy. Sein Blick ist bedrückt, sein Kuss flüchtig.

»Was ist los?« Ich schaue mich um. »Wo ist Bonnie?«

»Es ist etwas passiert«, sagt er. »Komm, setzen wir uns.«

Angst erfasst mich. Meine rechte Hand zuckt zur Waffe, eine unwillkürliche Bewegung. »Bonnie? Ist ihr etwas zugestoßen?«

Tommy greift beruhigend nach meiner Waffenhand. Seine Berührung ist sanft. »Nein. Komm, setzen wir uns.«

Ich lasse mich zum Sofa führen. Ich bin aufgeregt. Die kleinen Alltagsschwierigkeiten sorgen sonst nur bei mir für Gereiztheit, egal ob lauwarmer Kaffee, ein überzogenes Konto oder ein rücksichtsloser Fahrstil. Tommy bringt so etwas gar nicht aus der Ruhe. Doch jetzt ist auch er nervös und bedrückt, und das erschreckt mich umso mehr.

»Bonnie hat vor ein paar Tagen etwas Dummes getan«, sagt er. »Sie fühlt sich schrecklich deswegen, deshalb hat sie es mir gestanden. Sie hatte es in sich hineingefressen. Aber als wir vorhin nach Hause kamen, hat sie sich mir anvertraut.«

Ich schließe die Augen und atme ein wenig auf. Das ist vertrautes Terrain. Kinder stellen manchmal etwas an. Damit umzugehen gehört zum Elterndasein. Tommy aber hat keine Kinder; deshalb trifft es ihn so unvorbereitet.

Ich mache die Augen auf und lege ihm eine Hand aufs Knie.

»Was hat sie angestellt? Ladendiebstahl? Oder hat sie ein anderes Kind verprügelt?«

Tommys Blick wandert zögernd zu meinen Augen. »Sie hat eine Katze getötet.«

Ich starre ihn an. »Was?«

Ich muss mich verhört haben.

»Sie hat eine streunende Katze getötet. Vor zwei Tagen. Sie hat sie in den Garten gebracht und ihr mit der Sportpistole aus dem Waffensafe in den Kopf geschossen.«

Ich kann es nicht fassen. »Aber … wie ist sie an die Safekombination gekommen?«

»Sie hat sie erraten: Alexas Geburtsdatum.«

Dumm von mir, wirklich dumm.

»Hat sie gesagt, warum sie das getan hat?«

Ich wundere mich, wie ruhig meine Stimme sich anhört. Wir könnten ebenso gut über einen Auflauf reden.

»Ja. Aber ich will, dass sie es dir selbst sagt.«

Er schaut weg, kann mir nicht mehr in die Augen blicken. In meinem Magen regen sich Angst und düstere Vorahnungen. »Sag du es mir, Tommy.«

Er schüttelt den Kopf. »Nein. Du musst es von ihr selbst hören. Du solltest sie sehen, wenn sie es sagt.«

»Warum?« Jetzt höre ich Angst in meiner Stimme. Sie hat den Weg in meine Stimmbänder gefunden.

Tommy nimmt meine Hände. »Weil ich ihr glaube. Du sicher auch … aber nur, wenn du ihr dabei in die Augen siehst.«

Ich reiße meine Hände los. Sie zittern.

»Geh zu ihr«, sagt Tommy. »Sie wartet in ihrem Zimmer auf dich.«

Ich stehe vor Bonnies Tür. Ich habe die Hand zum Anklopfen erhoben, lasse sie dann aber sinken und greife stattdessen an den Türknauf.

Bonnie hat eine Katze getötet. In den Kopf geschossen. Egal, warum sie das getan hat, sie hat ihr Recht auf Privatsphäre verloren.

Ich gebe mir einen Ruck und öffne die Tür.

Bonnie liegt auf dem Bett. Sie starrt an die Decke. Ihr Gesicht ist ausdruckslos, aber sie weint. Sie dreht nicht den Kopf, als ich hereinkomme.

»Bonnie.«

»Es tut mir leid …«, schluchzt sie.

»Das schafft es nicht aus der Welt. Ich möchte, dass du es mir erklärst.«

Sie wischt sich mit dem Handrücken die Tränen weg. Ihr Seufzer klingt so müde, so resigniert, dass es mir ins Herz schneidet. Ich möchte sie in die Arme nehmen, bezwinge mich aber. Jetzt ist nicht der Augenblick, ihr Trost zu spenden.

Bonnie rafft sich mühsam auf. Ihre Beine hängen über die Bettkante, und ihr Blick bleibt von mir abgewandt.

»Was ist passiert?«, frage ich. Ich fürchte mich vor der Antwort, aber ich muss alles erfahren.

Bonnie hebt den Kopf, schaut mit ihren blauen Augen in meine braunen.

»Ich wollte wissen, wie es sich anfühlt.«

»Eine Katze zu töten?«

Sie schlägt den Blick nieder. Nickt.

»Wozu?«

»Weil …« Sie zögert. »Weil es so bei ihnen losgeht.«

»Bei wem?«

Sie schaut mich an, und die Trostlosigkeit in ihren Augen erschüttert mich. Jedes Auge ist eine Wüste aus Fels, Sand und Wind.

»Du weißt schon. Bei Serienmördern.« Beschämt sieht sie zu Boden.

Ich bin still. Mir fällt das Denken schwer, mehr noch als das Sprechen. Bonnie hätte mir ebenso gut ins Gesicht schlagen können.

»Und?« Ich komme mir vor wie in einem Alptraum, wo ich mich durch zähen Morast wühle. »Du hast einer Katze in den Kopf geschossen, weil Serienmörder anfangs kleine Tiere umbringen?«

»Ja.«

Ich versuche gar nicht erst, meine Bestürzung zu verbergen. »Aber warum? Warum wolltest du tun, was diese Leute tun?«

»Um sie zu verstehen. Damit ich sie später schnappen kann«, flüstert sie, und ihre Stimme klingt verzweifelt.

Der Morast, durch den ich mich gewühlt habe, verschwindet. Ich kann das Metronom meines Herzens wieder spüren. Aus irgendeinem Grund denke ich an Hawaii, wo ich gedacht habe, am Strand den Herzschlag Gottes zu hören.

»Sieh mich an, Bonnie.« Es dauert einen Moment, aber sie tut es. »Und? Wie denkst du jetzt darüber? Hat es dir geholfen?«

»Nein«, flüstert sie. In ihren Augen schimmern Tränen. »Nein, es hat nicht geholfen.«

Ich lasse nicht nach. »Wie denkst du jetzt darüber?«

Was ich als Nächstes sehe, ist keine Trostlosigkeit, keine Trauer, sondern Verzweiflung. Bonnie lässt ihren Tränen nun wieder freien Lauf. Sie kullern ihr über die Wangen, tropfen vom Kinn auf Ärmel und Jeans. »Ich fühle mich mies«, sagt sie schluchzend.

»Ich fühle mich wie …« Sie schließt die Augen, und Selbsthass verzerrt ihr Gesicht. »Wie der Mann, der meine Mom getötet hat.«

Ich will sie an mich ziehen, ihr Geborgenheit geben. Ich will ihr sagen, dass alles gut ist, dass sie nicht böse ist, dass sie sich selbst verzeihen soll, was sie getan hat. Doch irgendetwas hält mich davon ab.

Das reicht nicht.

Ich weiß nicht genau, woher der Gedanke kommt, aber ich stelle ihn nicht infrage, weil die Stimme, die diesen Gedanken in Worte fasst, meine eigene Stimme ist und weil ich das Gefühl kenne, das mich nun erfüllt: Es ist dasselbe Gefühl, das ich habe, wenn ich an einem Fall arbeite und wenn Dinge, die zuvor nichts miteinander zu tun hatten, plötzlich zusammengehören.

Bonnie hat ihre Mutter durch einen Verrückten verloren. Sie musste zusehen, wie er Annie überwältigt, vergewaltigt und aufgeschlitzt hat. Dann nahm er Bonnie mit sanfter, aber unerbittlicher Hand und fesselte sie an die Leiche. Ich habe mir nie vorstellen können, wie jemand drei solche Tage erlebt, schon gar nicht ein zehnjähriges Mädchen.

Bonnie hat oft zu mir gesagt, dass sie später dasselbe machen möchte wie ich. Sie will Bestien in Menschengestalt jagen. Manchmal ist in ihren viel zu alten Augen eine seltsame Starre, eine bohrende Traurigkeit. Ab und zu treffe ich sie dabei an, wie sie den Sonnenaufgang beobachtet, und mache mir Sorgen um sie. Doch bisher verschwand das alles immer wieder, und die unverwüstliche Dreizehnjährige kam wieder zum Vorschein.

Aber diesmal ist es anders. Wir stehen an einem Scheideweg. Ich kann nicht sagen, woher ich das weiß, aber es ist so. Entweder rette ich Bonnie hier und jetzt, oder sie wird mir entgleiten, immer weiter, bis sie eines Tages an einem Ort ist, an dem ich sie nicht mehr erreichen kann.

Bonnie ist kein schlechter Mensch, aber …

Sie könnte einer werden, beendet meine innere Stimme den Satz.

Ich weiß das, weil ich selbst an diesem Punkt gewesen bin. Es gibt eine Trennlinie, an der das Verstehenwollen zu viel wird, sodass man an seinem Wissen zu ersticken droht. Ich war zwanzig, als ich diese Grenzlinie erreichte. Bonnie aber ist erst dreizehn. Sie ist noch in der Entwicklung. Da sind sieben Jahre wie eine ganze Lebensspanne.

Bonnie hat eine Katze gefangen und ihr in den Kopf geschossen, weil sie nachempfinden wollte, was die Bösen empfinden. Nun weint sie und ist verzweifelt, aber das reicht nicht. Es ist keine Garantie, dass Bonnie sie selbst bleibt.

Ich versuche, meinen Beschützerwillen zurückzudrängen, den Wunsch, ihr die Tränen abzuwischen. Es fällt mir nicht leicht, aber auch nicht so schwer wie manch anderen vielleicht. Wenn man Verdächtige befragt, muss man lernen, jedes Mitgefühl beiseitezuschieben. Der brutalste Vergewaltiger und der schlimmste Mörder sind auch nur Menschen. Einmal geschnappt, klappen die meisten früher oder später zusammen und treten den inneren Rückzug an. Was sie so furchterregend macht, ist vor allem das Rätsel, wer sie wirklich sind. Was dann noch von ihnen übrig bleibt, ist meistens jämmerlich.

Es ist ganz natürlich, Mitgefühl zu entwickeln, aber man muss es überwinden. »Wir alle haben ein Stück kalten Granit in uns«, hat Alan einmal zu mir gesagt. »Der eine mehr, der andere weniger. Ein guter Vernehmungsbeamter lernt, hin und her zu springen. Er kann liebevoll sein wie eine Mutter und gnadenlos wie ein Henker. Das kann ziemlich hart sein, darum muss man das Stück Granit in sich finden und darauf beißen. Sollen die Zähne ruhig weh tun.«

Ich finde das Stück Granit und beiße fest zu.

»Weißt du noch, wie deine Mutter aussah, als der Mann sie geschnitten hat?«, frage ich Bonnie und bin bestürzt darüber, welche Distanz ich geschafft habe. Meine Stimme hat nichts Tröstendes mehr. Ich klinge wie ein Gefängniswärter.

Bonnies Augen weiten sich. Sie gibt keine Antwort.

»Ich habe dich was gefragt. Ehe deine Mutter starb und du an sie gefesselt wurdest, wie sah sie da aus? Weißt du das noch?«

»Ja«, flüstert Bonnie. Sie starrt mich an, kann gar nicht mehr wegsehen, wie ein Kaninchen vor der Schlange.

»Dann sag es mir. Wie sah sie aus?«

Sie braucht eine ganze Weile. »Sie sah aus wie …« Sie schluckt. »Eines habe ich dir nie erzählt, Smoky. Etwas, das der Mann zu Mom gesagt hat, als er anfing, sie mit dem Messer zu zerschneiden. Er hat zu ihr gesagt, dass sie wählen kann.«

»Wählen?«

»Ja. Sie könne ihm jederzeit sagen, dass er mich nehmen soll, dann würde er sofort aufhören, ihr wehzutun.«

In meiner Seele tut sich ein Abgrund auf.

»Mom hat furchtbar geschrien. Er hatte sie geknebelt, aber die Schmerzen waren zu schlimm. Sie zerrte an den Fesseln, dass ihre Gelenke geblutet haben, ganz schrecklich geblutet. Der Mann tanzte zu der Musik, die er laufen ließ, und hat gelacht.« Wieder schluckt sie. Ihr Blick klebt an mir. »Und einmal, da habe ich es in Moms Augen gesehen. Es war nur eine Sekunde, aber ich hab's gesehen …«

»Was hast du gesehen?«, frage ich, die Zähne auf dem kalten Granit.

»Sie wollte mich dem Mann überlassen. Nur eine Sekunde lang. Sie wollte mich ihm geben, und sie hat sich dafür gehasst.« Der Schmerz in ihrer Stimme bricht mir beinahe das Herz. Bonnie schüttelt den Kopf, sieht das Erlebte vor sich und kann es kaum glauben, weiß aber, dass es so gewesen ist. »Mit diesem Hass auf sich selbst ist Mom gestorben.« Bonnie schlingt die Arme um sich, wiegt sich vor und zurück, und die Tränen strömen heftiger als zuvor.

Nein, nein, nein, will ich ihr zurufen. Sie ist nicht in Selbsthass gestorben. Sie starb voller Liebe zu dir.

Doch ich widerstehe dem Verlangen. Wir sind noch nicht durch. Ich weiß nicht, was »durch« heißt, aber ich werde es wissen, wenn es so weit ist.

»Du musst etwas Wichtiges begreifen, Bonnie«, sage ich, und wieder staune ich über meinen kühlen Tonfall. »Hör gut zu. Du musst den Unterschied begreifen zwischen dem, was du getan hast, und dem, was du bist. Du bist nicht böse. Du bist nicht wie der Mann, der deiner Mutter die schrecklichen Dinge angetan hat.« Ich beuge mich nach vorn, fixiere sie mit festem Blick. »Aber als du die hilflose Katze getötet hast, als du sie gejagt, gefangen, in unseren Garten gebracht und ihr eine Kugel in den Kopf geschossen hast – in dem Moment warst du nicht anders als der Mann, der deine Mom gequält hat. Du sagst, du willst zum Gedenken an sie in meine Fußstapfen treten?« Ich lächle höhnisch und verabscheue mich dafür, denn Bonnie zuckt heftig zusammen. Ich rücke mit dem Gesicht dicht an sie heran, so nahe, dass sie die Wärme meines Atems spüren kann. »Sie hat die Qualen ertragen, um dich zu retten, Bonnie. Als du die Katze getötet hast, hast du deiner Mutter ins Gesicht gespuckt.«

Ihre Augen werden größer, als ich es je für möglich gehalten hätte, und ihr Gesicht wird weiß wie Papier. Nach ein paar Sekunden entsetzter Stille stößt sie so heftig den Atem aus, als hätte sie einen Schlag in den Magen bekommen. Dann stöhnt sie dumpf. Es ist ein kläglicher Laut, ein Laut des Jammers.

Jetzt sind wir »durch«.

Bonnie kriecht auf ihr Bett. Die Fäuste auf den Mund gepresst, schüttelt sie den Kopf, unaufhörlich, entsetzt über sich selbst, über ihre Tat und über die Wahrheit.

Ich setze mich zu ihr. Sie wehrt mich ab, doch ich packe sie, drücke sie an mich und lasse sie nicht mehr los, egal was sie versucht und wie sehr sie nach mir schlägt. Irgendwann gibt sie den

Widerstand auf und klammert sich an mich. Sie schluchzt und schluchzt. Ich weine jetzt ebenfalls. Schließlich beuge ich mich zu ihr und sage ihr, was ich bis jetzt zurückgehalten habe:

»Als deine Mom starb«, flüstere ich ihr ins Haar, »hat sie sich nicht gehasst. Sie hat dich geliebt. Lass dir das nicht von diesem Mann wegnehmen.«

Irgendwann schaue ich auf und sehe Tommy in der Tür stehen. Ich frage mich, wie viel er mitbekommen hat. Er betrachtet uns noch ein paar Sekunden lang mit unergründlichem Blick; dann zieht er behutsam die Tür hinter sich zu und lässt uns allein.

Bonnie hat bis zur Erschöpfung geweint. Sie liegt in meinem Schoß. Sie ist zu groß, um es dort bequem zu haben, will mich aber nicht loslassen.

»Es tut mir so leid …«, flüstert sie.

Ich streiche ihr übers Haar. »Ich weiß, Schatz, glaub mir.«

Wieder verfallen wir in Schweigen. Bonnie seufzt, und ich streiche ihr weiter übers Haar. Ich schaue aus dem Fenster, und da steht mein alter Widersacher am Himmel, der Mond.

So sieht man sich wieder.

»Hör zu, Schatz«, sage ich zu Bonnie, nachdem einige Zeit verstrichen ist. »Es ist nichts Verkehrtes, wenn du dir vornimmst, meinen Beruf zu ergreifen. Das ist nicht der Job, den ich mir für dich wünschen würde, aber wenn du es in ein paar Jahren immer noch willst, werde ich dich unterstützen.«

»Ich will es ganz bestimmt«, sagt sie.

»Aber es muss Grenzen geben, Bonnie. Es gibt einen großen Unterschied zwischen uns und den Leuten, die ich jage. Wir können sie verstehen, aber wir werden niemals sein wie sie, begreifst du das?«

»Ich glaub schon.«

Ich suche nach einem Vergleich. »Stell dir vor, du bist ein Leuchtturm. Egal wie neblig es ist oder wie stürmisch die See ist, der Leuchtturm führt dich nach Hause. Aber wenn du diesen

Leuten zu nahe kommst, wenn du zu weit gehst, kann das Licht verlöschen. Du wirst dann zwar nicht so, wie sie sind, aber du verlierst dich.«

Eine Zeit lang sagt sie nichts und denkt darüber nach. Schließlich fragt sie: »Wenn das Licht ausgeht, kann es auch wieder angehen?«

»Fast nie.«

»Was ist das für ein Licht?« Bonnie kuschelt sich in meinen Arm.

»Die Liebe. Unser größter Vorteil gegenüber bösen Menschen ist, dass sie nicht verstehen, wie wir denken. Sie können einfach nicht verstehen, wie wir uns so sehr lieben können. Das ist der Hauptgrund, warum sie uns so hassen. Die Liebe ist das Licht.«

Bonnie schläft endlich. Ich habe mich zu ihr gelegt, solange sie versucht hat, Schlaf zu finden. Immer wieder ist sie aufgewacht und hat sich vergewissert, ob ich noch da bin. Ich habe gewartet, bis sie fest schlief. Dann habe ich mich von ihr gelöst und bin ins Schlafzimmer gegangen.

Ich ziehe mich aus. Meine Kleidung riecht nach dem Salz von Bonnies schweißnasser Stirn und ihren Tränen. Nackt krieche ich neben Tommy ins Bett und strecke die Hände nach ihm aus.

»Wie geht es ihr?«, fragt er.

»Es wird schon wieder.«

»Und bei dir?«

Ich schüttle den Kopf; dann erst wird mir klar, dass Tommy es im Dunkeln nicht sehen kann. »Nicht so richtig. Kannst du das ändern?«

Er zieht mich an sich und küsst mir die Tränen weg; dann sucht er meine Lippen, eher wir auf die süßeste Art zusammenkommen. Hinterher liege ich neben ihm, den Kopf auf seiner Brust, und lausche dem Pochen seines Herzens und seinem langsamen, regelmäßigen Atmen. Er ist nach dem Sex eingeschlafen, und auch ich bin jetzt todmüde, mache aber noch einmal die Augen auf, um den Mond zu betrachten und ein paar Worte zum Gott zu flüstern, auch wenn ich meine Probleme mit ihm habe.

Danke, dass du mir gezeigt hast, wie ich zu Bonnie durchdringen kann, sage ich zu ihm. *Mach weiter so, dann gibt es vielleicht Waffenruhe zwischen uns.*

Wahrscheinlich hat es nichts zu sagen, aber genau in diesem Moment verschwindet der Mond hinter einer Wolke, und ich stelle mir vor, dass Er es ist – der, an dem ich mehr zweifle, als dass ich an ihn glaube – und dass Er zu mir sagt: *Gern geschehen.*

KAPITEL 8

Einmal setzte sein Vater sich auf die Couch im Wohnzimmer. Er klopfte auf den Platz neben sich.

»Komm näher, Sohn. Ich möchte dir etwas zeigen.«

Der Junge gehorchte und ließ sich auf das alte Möbelstück mit dem verblassten Karomuster nieder. So war alles in ihrem Haus: zweckdienlich, aber durch Gebrauch und Alter verschlissen. Sie waren weder reich noch arm, doch sein Vater hatte die bitterste Armut erlebt, die man sich vorstellen kann; deshalb behielten sie die Möbel und andere Dinge, bis sie nicht mehr zu gebrauchen waren.

Sein Vater nahm ein großes Buch vom Couchtisch und legte es sich auf die Knie. Auf dem Einband war ein Foto, das einen Berg schmelzender Zifferblätter zeigt.

»Lies laut, was da steht«, verlangte sein Vater.

»Leben und Werk von Salvador Dalí«, sagte der Junge und sprach den Namen »Dalei« aus. Sein Vater verbesserte ihn und ließ es ihn noch einmal sagen.

»Dalí war ein Maler. Manche meinen, dass er verrückt war, andere halten ihn für ein Genie. Ich zum Beispiel.«

Der Junge kniff die Augenbrauen zusammen und suchte nach dem Sinn dieser Lektion.

»Du meinst, er war schlau?«

»Schlau ist man, wenn man das Einmaleins beherrscht. Genial sein heißt, ein anderes Licht auf die Welt zu werfen.«

Der Junge runzelte die Stirn; er hatte Mühe mit diesen Gedankengängen. »Ich verstehe nicht«, gab er zu.

»Manche Menschen blicken auf die Welt und sehen sie anders als andere Leute, Sohn. Sie versuchen, uns ihre Sicht der Welt durch Gemälde oder Gedichte mitzuteilen oder durch die klassische Musik, die wir manchmal hören.«

»Wie Beethoven? Die Neunte?«

Der Junge mochte die neunte Symphonie sehr. In seinem mühseligen, eingleisigen Leben war sie das Licht, das durch das Kerkerfenster schien. Wenn er diese Musik hörte, strömte das Blut schneller durch seine Adern.

»Ja, wie Beethovens Neunte.«

Der Junge schaute mit neuem Interesse auf das Dalí-Buch.

»Und du meinst, dieser Maler tut dasselbe mit seinen Bildern?«

»Für mich schon. Du siehst es vielleicht anders.«

Eine heftige Verwirrung erfasste den Jungen. In seiner Welt hatte sein Vater immer recht.

»Das begreife ich nicht. Wie kann ich etwas anders empfinden als du?«

»Ich erziehe dich zur Stärke, Sohn, denn die Welt da draußen ist voller Schwäche. Verstehst du?«

»Ja.«

»Doch hierbei«, sein Vater deutete auf das Buch, »oder bei der Musik oder der Poesie sind die Dinge nicht so klar. Aber das ist in Ordnung.« Sein Vater strich mit der Hand über das Buch, eine zärtliche Geste, die der Junge noch nie bei ihm gesehen und nur selten gespürt hatte. »Dalís Gemälde sprechen mich an. Dich vielleicht nicht. Deshalb musst du selbst herausfinden, was dich anspricht.«

Der Junge dachte darüber nach, mühte sich mit der Vorstellung ab und fand nur zu einer einzigen Frage:

»Warum?«

Sein Vater musterte ihn mit ernstem Blick. »Der Schlüssel zum Überleben ist nicht Zähigkeit, sondern Schnelligkeit. Man muss schneller als die anderen denken, handeln und notfalls töten. Du wirst nie so schnell sein, wie du sein könntest, wenn du das, was dich anspricht, nicht findest. Ich weiß nicht, warum das so ist, aber es ist so.«

Warum hast du das nicht gleich gesagt, ging es dem Jungen durch den Kopf, doch er sprach es nicht aus.

»Finde etwas, das dich anspricht, Sohn, weil es dich schneller machen wird. Es ist wie ein Zauber, der wirkt, ohne dass wir den Grund dafür wissen. Wir lesen Gedichte, wir hören Musik, und es macht uns schneller und stärker.«

»Den Körper und die Seele?«, fragte der Junge.

Der Vater beugte sich vor, ragte wie ein düsterer Turm über seinem Sohn auf und erdrückte ihn mit seiner finsteren Präsenz. »Es gibt keine Seele, Sohn. Es gibt nur Fleisch und Blut. Vergiss das nie.«

»Jawohl, Sir.«

Und er vergaß es nie.

KAPITEL 9

Als ich aufwache, bin ich erschöpft, aber nicht unglücklich. Ich empfinde die träge, wohlige Mattheit, die sich einstellt, wenn man gute Arbeit geleistet hat.

Im tiefsten Innern habe ich es wahrscheinlich schon gewusst. Ich habe gewisse Dinge schleifen lassen, was Bonnie betrifft, wegen ihrer Vergangenheit, und das war ein Fehler. Ich finde, jetzt bin ich auf dem richtigen Weg, diesen Fehler zu korrigieren.

Tommy ist längst aufgestanden. Er gehört zu diesen infernalischen Morgenmenschen, die um sechs Uhr oder früher aufwachen und sofort aus dem Bett springen. Er geht morgens gerne joggen, was für mich eine Albtraumvorstellung ist. Manchmal werde ich wach, wenn er seine Sportsachen anzieht, und schaue ihm mit einem trüben, aber anerkennenden Auge zu.

Ich horche mit einem Ohr, schnuppere. Ich höre Stimmengemurmel von unten und rieche den köstlichen Duft von brutzelndem Speck. Das reicht, um mich aus dem Bett zu treiben. Tommy macht immer ein großartiges Frühstück.

Ich wanke in die Dusche und drehe sie heiß auf. Die Dusche ist mein Wonneplatz. Vor sechs Jahren hat Matt mir eine Superdusche zum Geburtstag geschenkt. Eine Firma hat die alte Kabine aus PVC herausgerissen und ein thermostatgesteuertes, doppelköpfiges Marmor-Glas-Wunderding installiert. Die Dusche hat sogar einen Sitz, auf den ich mich niederlassen und beobachten kann, wie der Dampf aufwölkt, während ich allmählich wach werde oder mir die Beine rasiere. Ich finde es jeden Morgen großartig, und heute ist es nicht anders.

An beiden Duschköpfen lässt sich die Brausestärke unabhängig einstellen. Ich drehe den Regler so, dass sie einen wunderbar leichten Prasselstrahl abgeben. Selig lächelnd stehe ich da und wiege mich leicht, während die Wassertropfen auf meine Haut regnen. Wenn wir wirklich nach Virginia umziehen, muss dort die gleiche Dusche installiert werden, sonst geht gar nichts.

Allmählich wird mein Kopf klar. Im Allgemeinen brauche ich eine halbe Stunde, um in der Gegenwart anzukommen. Die Dusche setzt diesen Prozess in Gang, der Kaffee schließt ihn ab.

Ich wasche mir die Haare und drehe einen der Duschköpfe auf »Strahl«, sodass mir das Wasser hart auf die Kopfhaut schießt. Es ist so heiß, wie ich es gerade noch aushalten kann. Kalt duschen ist in meinen Augen etwas für Verrückte.

Ich drehe widerstrebend den Hahn zu und mache mich ans Abtrocknen und Anziehen. Schwarze Hose, weißes Hemd. Dann tappe ich noch einmal ins Bad, um mich zurechtzumachen – mit dem Bisschen, zu dem ich mich entschließen kann. Ich war schon früher nicht der Schmink-Typ, und seit der Narbe bin ich es erst recht nicht mehr. Ich kämme die Haare nach hinten und binde sie zusammen. Zurück ins Zimmer. Schwarze Jacke, flache Pumps. Schulterholster. Ich öffne den Waffensafe (muss heute Abend daran denken, die Kombination zu ändern), nehme meine Glock, betätige den Verschluss, schiebe das Magazin ein. Dreimal prüfe ich, ob die Waffe gesichert ist. Was das angeht, bin ich übervorsichtig, seit ich gehört habe, dass ein Kollege sich zwei Zehen abgeschossen hat. Ich ziehe das Ladekabel aus dem Handy und klippe es am Gürtel fest. Mein Dienstausweis kommt in die Innentasche der Jacke. Ein letzter Blick in den Spiegel: Ich befinde, dass ich der Welt entgegentreten kann.

Ich nehme meine Handtasche und gehe die Treppe hinunter. Die Frühstücksgerüche werden kräftiger, und mir knurrt der Magen. Bonnie hat mich kommen hören. Sie passt mich am Fuß der Treppe mit einer Tasse Kaffee ab, was sie längere Zeit nicht getan hat. Schuldgefühle haben auch ihr Gutes.

»Danke, Kleines.«

»Gern geschehen.« Bonnie sieht ein bisschen mitgenommen aus. Kann sein, dass sie das gleiche Gefühl der Erschöpfung hat wie ich: matt, aber zufrieden.

Ich trinke den Kaffee und lächle anerkennend. »Hmmm, lecker.«

Das bringt mir ein Lächeln ein. Bonnie verschwindet in der Küche, nimmt drei Teller, Gläser und Besteck aus dem Schrank und deckt den Tisch.

Tommy steht am Herd. Er trägt eine rotkarierte Schürze von der Art, die mich an Fotos in alten Kochbüchern erinnert. Zum ersten Mal habe ich ihn damit in seiner Wohnung gesehen. Mehr hatte er damals nicht an, und wir haben es so gerade eben bis nach dem Frühstück ausgehalten, dann bin ich über ihn hergefallen.

Ich gehe zu ihm, lege eine Hand auf eine seiner breiten Schultern. Er hebt den Speck auf ein Küchenpapier, um das Fett abtropfen zu lassen. Der Speck brutzelt und riecht köstlich. »Wie möchtest du die Eier?«, fragt er. »Spiegelei oder Rührei?«

»Heute mal Spiegelei.«

»Dein Wunsch ist mir Befehl.« Er deutet auf den Kühlschrank. »Bonnie hat heute Orangen ausgepresst.«

»Mein Lieblingssaft, wow!«

»Bonnie ist im Moment sehr zuvorkommend.«

»Habt ihr schon über gestern Abend gesprochen?«, frage ich leise, damit Bonnie es nicht hört.

»Nein. Werden wir wohl auch nicht. Aber ich denke, fürs Erste ist es okay.«

Ich lehne mich an den Schrank, trinke meinen Kaffee und schaue Bonnie beim Tischdecken zu. Sie merkt, dass ich sie beobachte, und schenkt mir ein zaghaftes Lächeln.

»Ja«, sage ich zu Tommy. »Ich glaube, du hast recht.«

»Fürs Erste« ist natürlich Auslegungssache, aber so ist das Leben.

»Alles fertig«, ruft Tommy und bugsiert die Eier auf einen Servierteller. »Kannst du den Speck mitbringen?«

Ich befördere den abgetropften Speck vom Küchenpapier auf den richtigen Teller und trage ihn zum Esstisch. Bonnie holt den Krug O-Saft aus dem Kühlschrank. Tommy stellt eine Platte mit Toast hin, schaut prüfend über den Tisch und nickt zufrieden. »Okay, lasst uns essen.«

Das Zimmer füllt sich mit den Geräuschen dreier Menschen, die zu sehr mit Essen beschäftigt sind, um sich zu unterhalten: Besteck klappert gegen Porzellan; der knusprige Speck knackt beim Hineinbeißen; leises Schlürfen und Schlucken, als Orangensaft und Kaffee im Magen verschwinden.

Ich bin bei meiner zweiten Tasse Kaffee, und nach der Dusche, dem Frühstück und der relativen Harmonie in der Familie fühle ich mich munter und erfrischt. Ich esse den letzten Bissen Ei, schiebe meinen Teller von mir weg und reibe mir über den Bauch, während ich den Blick zur Decke richte und mit einem Seufzer »Wunderbar!« sage.

»Finde ich auch«, sagt Bonnie. »Dein Frühstück ist immer super, Tommy.«

»Meine Mutter hat immer gesagt, ein Mann, der kochen kann, macht Eindruck bei den Frauen. Ich nehme an, sie hat recht gehabt.«

Ich schaue auf die Uhr. Bonnie hat noch eine halbe Stunde, bevor sie zum Schulbus gehen muss. Zeit genug, um den beiden von Rathbuns Angebot zu erzählen. Das ist zwar ein bisschen zwischen Tür und Angel, aber bei dieser Familie ist Zeitplanung so eine Sache.

»Ich muss euch etwas erzählen«, sage ich. »Mir wurde ein Angebot gemacht.« Ich lasse nichts aus. Als ich fertig bin, sind beide still. Ich schaue nervös in die Gesichter, ob einer von ihnen erschrocken ist.

»Und?«, frage ich. »Was haltet ihr davon?«

Tommy wischt sich den Mund mit der Papierserviette ab. »Bonnie muss als Erste weg«, sagt er. »Wir beide können dann noch reden.«

Ich schaue Bonnie an. »Und?«

»Was würde sich denn ändern?«, fragt sie.

Das ist die entscheidende Frage. Die Schlüsselfrage.

»Na ja, zu Anfang wohl nicht viel. Wir würden hier wohnen bleiben …« Ich schüttle den Kopf. »Nein, das stimmt so nicht. Das Team würde durchs ganze Land reisen. Ich wäre mehr unterwegs als jetzt. Es wäre ungefähr so wie im vorigen Jahr, als ich nach Virginia musste. Übrigens müssten wir später dorthin ziehen, wenn es bei der Änderung bleibt.«

Bonnie knabbert an ihrem Toast. »Wie ist es in Virginia?«

Dazu kann ich nichts Genaues sagen. Ich habe während

meiner Ausbildung 21 Wochen in Quantico verbracht, aber ich glaube nicht, dass Quantico repräsentativ ist. Es liegt inmitten von 285 Morgen Waldland, und die Sommer dort sind überraschend mild. Zumindest war es so, als ich dort gewesen bin. Die Luftfeuchtigkeit ist höher als in Kalifornien, und ab und zu regnet es. Im Herbst ist es dort atemberaubend schön. Im Frühjahr und im Winter vermutlich auch, obwohl ich die beiden Jahreszeiten dort noch nie erlebt habe.

»Die Laubfärbung im Herbst ist wunderschön, und die Sommer sind nicht so heiß«, sage ich. »Wahrscheinlich gibt es dort Schnee im Winter und einen milden Frühling.« Es fällt mir schwer, meine blassen Erinnerungen in Worte zu fassen. »Alles ist ein bisschen altmodisch im Vergleich zu Kalifornien. An der Ostküste … ich weiß nicht, wie ich es sagen soll … alles hat irgendwie mehr Bedeutung.«

»Ich würde es gern mal sehen«, sagt Bonnie.

»Klar, Schatz. Ich verspreche, dass wir hinfahren, falls es so weit kommt.«

Sie klopft sich über ihrem Teller die Hände ab. »In Ordnung.«

»Was heißt in Ordnung?«

»Ich bin mit dem Umzug einverstanden. Ich finde, du solltest den Job annehmen.«

»Warum?«

»Was du tust, ist wichtig.« Sie meint es ernst, vielleicht ernster, als für eine Dreizehnjährige gut ist. »Dein Chef hat recht. Du bist die Beste, also musst du die Stelle annehmen. Das ist deine Pflicht. Und es ist meine Pflicht, dir ein gutes Gefühl dabei zu geben.«

Darauf fällt mir nichts mehr ein. Pflicht? Ich staune, mit welcher Bestimmtheit sie dieses Wort benutzt.

»Um ehrlich zu sein, ich habe mich noch nicht entschieden, aber ich sag dir Bescheid.« Ich schaue auf die Uhr. »Du musst los.«

Bonnie nimmt ihren Rucksack, und ich bringe sie zur Tür. Die Bushaltestelle ist nur eine Querstraße entfernt. Bonnie umarmt mich noch einmal, bevor sie geht. »Ich hab dich lieb, Smoky«, sagt sie.

Ich drücke sie an mich. »Ich dich auch, Kleines.«

Dann ist sie zur Tür raus, und ich sehe ihr nach, bis sie um die Straßenbiegung verschwindet. Ich schließe die Tür und setze mich wieder an den Tisch. Tommy hat mir noch einen Kaffee eingegossen. Er hält sich an seiner Tasse fest und schmunzelt.

»Das ist ja toll«, sagt er. »Woher auf einmal dieses ganze ›meine Pflicht‹ und ›deine Pflicht‹?«

»Manchmal denke ich, es wäre besser, wenn ich zu Hause bliebe«, antworte ich, »wenn ich das FBI sausen ließe und mich nur noch um Bonnie kümmern würde.«

Tommy betrachtet das Innere seiner Tasse, trinkt einen Schluck und blickt mich forschend an. »Ich gebe dir Rückendeckung, egal, wie du dich entscheidest, Smoky. Wenn du beim FBI aufhören und nur noch Mutter sein willst, hast du meine Unterstützung. Wenn du diese Sondereinheit leiten willst, stehe ich genauso hinter dir. Wenn du nicht mehr arbeiten willst – wir sind auf dein Einkommen nicht angewiesen. Und auch wenn wir umziehen, ist Geld kein Problem.«

Tommy ist nicht reich, aber finanziell unabhängig. Seit seinem Ausstieg beim Secret Service arbeitet er als selbstständiger Sicherheitsberater. Er verdient gut. Wir können uns zwar kein Flugzeug für Wochenendtrips nach Las Vegas mieten, haben aber keine Geldsorgen, zumal das Haus dank Matts Lebensversicherung schuldenfrei ist. Und es ist heute viel mehr wert, als wir dafür bezahlt haben, selbst bei der gegenwärtigen Immobilienkrise.

»Was meinst du denn, was ich tun soll, Tommy?«, frage ich.

Er lächelt mich an und streicht mir über die Wange. »Ich glaube, wenn du mit der Arbeit aufhörst, kriegst du einen Koller.

Dein Job liegt dir im Blut. Eines Tages vielleicht nicht mehr, aber jetzt noch. Als ich beim Secret Service war, habe ich genauso empfunden, nur im letzten Jahr nicht mehr. Also war es besser für mich auszusteigen. Du aber bist noch nicht so weit.«

»Und Bonnie?«

Tommy trinkt einen Schluck und blickt in die Ferne. »Menschen kommen nicht in Schachteln mit Zutatenliste zur Welt, Smoky. Wir können nicht wissen, wie Bonnie sich entwickelt. So ist das Leben. Aber wo wir gerade von Bonnie reden … ich habe mir Gedanken gemacht. Meiner Ansicht nach braucht sie eine Therapie. Ich kann verstehen, dass du bis jetzt darauf verzichtet hast, aber ich finde, nun wird es Zeit.«

»Du hast recht«, pflichte ich ihm bei. »Es fällt mir nur schwer, sie jemand anderem anzuvertrauen.«

»Ich weiß.« Er schaut mich ernst an. »Okay, Smoky. Wie du dich auch entscheidest, ich werde dich unterstützen – unter einer Bedingung.«

»Und welche wäre das?«, frage ich, obwohl ich es schon weiß.

»Wenn du dich entschließt, die neue Stelle anzunehmen, wirst du ihnen alles sagen.«

Du ahnst nicht mal, was das alles heißt, geht es mir durch den Kopf, doch ich behalte es für mich. Seine Bitte ist fair.

»Ist gut.«

Er schüttelt den Kopf. »Ich will deine Hand darauf. Dein Ehrenwort.«

Tommy verspottet normalerweise jedes Machoverhalten, doch ab und zu kommt es bei ihm selbst durch, so wie jetzt. Wenn er nicht so todernst wäre, würde ich mich darüber lustig machen.

Ich greife über den Tisch und nehme seine Hand. Unsere Hände sind warm von den Kaffeebechern.

»Ich verspreche es.«

KAPITEL 10 »Wir haben einen Treffer bei den Fingerabdrücken«, sagt Callie, als ich ins Büro komme. Dieser Morgen gehört zu den angenehmen. Ich fühle mich frisch und munter.

»Lass hören«, sage ich.

Alan und ich sind uns auf dem Parkplatz begegnet und zusammen im Aufzug gefahren. James und Callie sind schon vor uns gekommen. Alan schraubt seine Thermosflasche auf und gießt sich Kaffee ein.

»Sie heißt Heather Hollister«, sagt Callie.

Ich runzle die Stirn. »Warum kommt mir der Name bekannt vor?«

»Wahrscheinlich, weil sie mal beim Morddezernat hier in Los Angeles gearbeitet hat«, erwidert Callie. »Vor acht Jahren ist sie spurlos verschwunden.«

»Ich kann mich an den Fall erinnern«, sagt Alan und nickt. »Ist das schon acht Jahre her? Du meine Güte.«

Ich erinnere mich jetzt auch. »Das hat damals einen Riesenwirbel verursacht. Sie war verheiratet, nicht wahr?«

»Ja«, sagt James. »Ihr Mann war bei einem Internetanbieter tätig. Er heißt …«, James schaut auf seine Notizen, »Douglas Hollister. Sie hatten Zwillinge, Avery und Dylan, damals zwei Jahre alt.« Er blickt auf. »Jetzt sind sie zehn.«

Eine unnötige Bemerkung, aber ich weiß, warum er das sagt. James ist ein mitfühlender Mensch, egal wie sehr er es zu verbergen versucht. Dass diese Frau acht Jahre lang gefangen gehalten wurde, kann ein normaler Verstand kaum fassen. Erst das Alter ihrer Kinder führt es einem richtig vor Augen: Avery und Dylan fuhren damals Dreirad, redeten in Zwei-Wort-Sätzen und tollten herum wie alle Zweijährigen. Sie waren noch drei Jahre von der Vorschule entfernt. Jetzt kommen sie in die fünfte Klasse oder besuchen sie bereits.

Ich habe Mühe, mich zu konzentrieren. »Was wissen wir über die damaligen Ermittlungen?«

»Nicht viel, fürchte ich«, sagt Callie. »Das FBI war beteiligt, versteht sich, aber hauptsächlich hat sich das LAPD um den Fall gekümmert.«

Natürlich. Heather war eine von ihnen. Die Cops hätten den Fall niemals an andere abgetreten.

»Gibt es Neuigkeiten über ihren jetzigen Zustand?«, frage ich.

»Ich habe von zu Hause in der Klinik angerufen«, sagt Alan. »Ihr Zustand ist stabil. Gesprochen hat sie allerdings noch nicht.«

Ich kaue am Daumennagel, eine schlechte Angewohnheit, die jedoch das Rauchen ersetzt. Ich finde, das ist ein guter Tausch.

»Callie, James – ihr besorgt sämtliche alten Akten über den Fall. Sagt niemandem, warum wir sie brauchen, unter gar keinen Umständen, und erwähnt auch Heathers Namen nicht. Die Familie soll noch nichts erfahren.«

»Wieso?«, fragt Callie.

James, der begriffen hat, worauf ich hinauswill, antwortet ihr: »Weil alles auf jemanden hindeutet, der sie kannte, oder auf eine geheime Absprache zwischen jemandem aus ihrem Umfeld und einem Fremden. Wie sonst könnte man einen ausgebildeten Detective wie Heather Hollister entführen, ohne eine Spur zu hinterlassen?«

»Das leuchtet ein, Süßer«, sagte Callie. »Was werdet ihr tun, du und Alan?«

»Wir fahren zu Heather ins Krankenhaus. Wenn wir sie mit Namen ansprechen, dringen wir vielleicht zu ihr durch. Sie ist die beste Zeugin, die wir haben.«

James steht auf und geht zur Tür.

»Wartet!«, ruft Callie.

Alle halten inne.

Callie lächelt schief. »Will mich denn keiner fragen, wie meine Hochzeitsnacht gewesen ist?«

James wirft ihr einen finsteren Blick zu. »Verschwende nicht unsere Zeit, Weib.«

»Fertig?«, frage ich Alan.

Mit einem Blick zum Himmel und einem kurzen Dankgebet kippt er den letzten Schluck Kaffee hinunter, schraubt den Deckel auf die Thermosflasche und steht auf. »Fertig«, sagt er.

Callie schmollt. Ich tätschle ihr die Wange. »Wir fragen deshalb nicht, weil wir uns denken können, wie großartig es war.«

Sie schnieft, scheint aber besänftigt zu sein und folgt James durch die Tür.

Alan und ich fahren zur Klinik. Jeder ist mit seinen Gedanken beschäftigt.

Wir kennen die genaue Dauer von Heather Hollisters Gefangenschaft. Acht Jahre. Es ist unfassbar. Ich denke an die vielen Veränderungen, die während dieser Zeit in meinem Leben und auf der Welt stattgefunden haben, und bin bestürzt.

Ich stelle mir vor, dass es auf irgendeinem Friedhof einen Sarg ohne Leiche gibt, der vielleicht mit Andenken von Heathers Familie, Freunden und Kollegen gefüllt ist. Und wenn es auch einen Grabstein gäbe, was würde darauf stehen? Heather Hollister, geliebte Ehefrau und Mutter? Mutter und Ehefrau? Der ewige Streit: Was kommt zuerst?

»Willst du mit ihr reden, oder soll ich?«, fragt Alan.

»Warten wir ab, auf wen sie reagiert.«

»Falls sie reagiert.«

»Stimmt.«

Acht Jahre. Das erklärt die tiefen, mehrmals verheilten und wieder aufgerissenen Narben an den Gelenken. Der Arzt hat gesagt, Heather habe vermutlich keine Sonne gesehen. Heißt das, sie hat die ganze Zeit im Dunkeln verbracht? Acht Jahre?

Mich schaudert.

Wie würde ich damit zurechtkommen? Acht Jahre im Dunkeln gefesselt …

»Grauenhaft«, murmele ich und merke erst jetzt, dass ich laut geredet habe.

»Was ist grauenhaft?«, fragt Alan.

»Ich habe mich gerade gefragt, wie ich mit acht Jahren Gefangenschaft ohne Sonne klarkommen würde.«

»Hmmm.«

Die Sonne an diesem Tag ist blass und erinnert mich an Heathers Alabasterhaut. Ich beschließe, das Thema zu wechseln. »Hast du noch mal über die Sondereinheit nachgedacht, Alan?«, frage ich.

»Natürlich. Ich habe auch mit Elaina darüber gesprochen.«

»Und?«

»Sie ist einverstanden. Ich würde anfangs bei euch bleiben. Alles Weitere werden wir dann sehen. Ich verspreche nichts.«

»Danke, Alan.«

Er schaut mich von der Seite an. »Hast du dich schon entschieden?«

»Nicht offiziell.«

Er schmunzelt. »Also ist es ein Ja?«

»Ein Wahrscheinlich.«

»Wenn du es sagst.«

»Weißt du, es ist komisch, aber ich muss immer wieder an die ersten Frauen im FBI denken.«

»Duckstein und Davidson«, sagt Alan.

Ich bin verblüfft. »Du kennst sie?«

Er tut beleidigt. »He, ich hab auch Niveau.«

»Und Lenore Houston.«

»Richtig.«

Alaska Davidson, Jessie Duckstein und Lenore Houston dienten im »Bureau of Investigation«, bevor es zum FBI wurde. J. Edgar Hoover übernahm das FBI 1924. Bis 1928 waren die drei

Frauen auf Hoovers Anweisung entlassen. Bis 1972, Hoovers Todesjahr, gab es keine weiblichen Ermittler mehr. Das ist jetzt anders. Mehr als zweitausend Frauen ermitteln zurzeit, und die Resultate zeigen am deutlichsten, was diese Frauen leisten.

Als Alan auf den Parkplatz des Krankenhauses einbiegt, wische ich diese Gedanken beiseite und stelle mich auf Heather Hollister ein.

Wir müssen sehen, ob wir sie zum Sprechen bewegen können.

Dann stehen wir im Krankenzimmer an ihrem Bett, ich ein bisschen näher als Alan. Wahrscheinlich ist der Täter ein Mann; da wird Heather sich bei einer Frau sicherer fühlen.

Ihre Augen sind offen, aber ich bin mir nicht sicher, ob sie etwas sieht. Ihr Blick huscht nervös hin und her, zu meinem Gesicht, zu den Deckenlampen, zum vergitterten Fenster, durch das Licht ins Zimmer fällt. Dorthin schaut sie am häufigsten, fällt mir auf.

Ich spreche sie an: »Heather? Heather Hollister?«

Sie sieht mich kurz an, antwortet aber nicht und lässt auch sonst nicht erkennen, ob sie mich wahrgenommen hat. Ihre Blässe ist geisterhaft, aber nicht weiß wie frische Milch; dafür hat sie zu viele Narben. Auf dem kahlen Kopf und den Unterarmen sind neue verschorfte Stellen, die abheilen und Narben bilden werden.

Sie kaut auf der Unterlippe und beißt so fest zu, dass plötzlich Blut kommt. Sie zuckt zusammen, hört auf zu kauen. Sekunden später wiederholt sich das Ganze. Sie atmet mit offenem Mund. Schnelle, flache Atemzüge.

Ich versuche es noch einmal. »Mrs. Hollister?«

Plötzlich lacht sie. Es ist ein wieherndes Lachen, das grässlich klingt. Ich weiche erschrocken zurück. Genauso plötzlich endet das Lachen, und ihr Blick huscht wieder durchs Zimmer. Sie fasst sich an den Unterarm, zupft und zerrt an der Haut.

»Nein, nein«, sage ich beruhigend und will ihre Hand wegziehen.

»Neiiiin!«, kreischt sie und zuckt vor mir zurück. Sie öffnet ein wenig den Mund und schiebt in einer trotzigen Geste das Kinn vor. Es macht ihr Gesicht hässlich, beinahe primitiv. Ich ziehe die Hand zurück.

»Verzeihung«, sage ich.

Sie zupft und zerrt weiter. Wieder huscht ihr Blick durchs Zimmer.

»Sie ist noch nicht so weit«, sagt Alan.

Leider hat er recht. Ich spüre den egoistischen Impuls, die Frau zu schütteln und ihr ins Gesicht zu schreien, dass es jetzt genug sei. Doch der Augenblick verstreicht.

Ich greife in die Handtasche, ziehe eine Visitenkarte heraus und zeige sie ihr. »Das ist meine Karte, Mrs. Hollister, mit meinem Namen und meiner Telefonnummer. Ich bin vom FBI und möchte den Mann finden, der Ihnen das angetan hat. Wenn Sie reden möchten, rufen Sie mich an.« Ich lege die Karte auf ihren Nachttisch an die große Lampe. »Gehen wir«, sage ich zu Alan.

Wahrscheinlich bemerkt Heather Hollister nicht einmal, dass wir das Zimmer verlassen.

»Was gibt es Neues, Doc?«, frage ich.

Dr. Mills scheint ein anständiger Kerl zu sein. Er ist Mitte bis Ende dreißig, wird bereits kahl und sieht aus, als wäre er stets müde, doch ich spüre aufrichtige Fürsorge bei ihm. Für so etwas habe ich feine Antennen.

»Sie leidet an Vitamin- und Kalziummangel. Wir behandeln das bereits. Außerdem muss sie zunehmen. Ansonsten hat sie keine physischen Schäden. Ich bin zuversichtlich, dass sie sich körperlich erholt.« Er seufzt. »Aber was ihren Geisteszustand angeht, sieht es ganz anders aus. Sie leidet offenbar an einer schweren psychischen Störung. Ich habe ein psychiatrisches Gutachten in Auftrag gegeben. Die Untersuchung wird heute Nachmittag vorgenommen. Ich habe nichts dagegen, sie vorübergehend hierzubehalten, aber sie braucht psychiatrische Behandlung.«

»Was hat es zu bedeuten, dass sie sich ständig kratzt und sich die Lippen blutig beißt?«, frage ich.

»Das gibt Anlass zur Hoffnung.«

Alan sieht ihn stirnrunzelnd an. »Wie bitte?«

»Sie hört auf, sobald es wehtut. Ich hatte schon Patienten, die sich die Nase abgetrennt hatten, und einen Mann, der sich für den wiedergeborenen van Gogh hielt. Er hatte sich mit einer Gartenschere beide Ohren abgeschnitten und sie an das Objekt seiner Begierde geschickt. Mrs. Hollister weiß, wann sie aufhören muss. Das ist ein gutes Zeichen.«

»Würden Sie uns Bescheid geben, wenn sich eine Veränderung zeigt? Ich habe meine Karte auf den Nachttisch gelegt.«

»Natürlich. Könnten Sie feststellen, ob sie einen Hausarzt hatte? Wenn ich ihre alten Patientenakten bekäme, wäre das sehr hilfreich.«

Als wir gehen, bleibt Alan nach ein paar Schritten stehen und dreht sich noch einmal zu dem Arzt um. »Beide Ohren? Ich dachte, van Gogh hatte sich nur ein Ohr abgeschnitten.«

Dr. Mills zuckt die Achseln. Es ist eine müde Geste, die zu seinem müden Gesicht passt. »Der Mann sagte, eines habe beim vorigen Mal nicht gereicht.«

Als wir auf den Freeway auffahren, ruft Callie an. Sie redet, während ich beobachte, wie draußen die Hügelhänge vorüberziehen, die mit verbranntem Gras und verkohlten Bäumen bedeckt sind, denn in den letzten Jahren waren die Waldbrände besonders heftig.

»Heather Hollisters Partner ist voriges Jahr an einem Herzinfarkt gestorben«, berichtet sie, »aber ich habe die alten Akten.«

»Was habt ihr der Polizei gesagt?«

»Dass Profiling eine Wissenschaft ist, die sich ständig weiterentwickelt, und dass wir aufgrund neuer Erkenntnisse alte Fälle durchgehen in der Hoffnung, etwas zu finden, was bisher übersehen wurde.«

»Wo seid ihr jetzt?«

»Zwanzig Minuten vom Büro entfernt.«

Ich schaue nach den Ausfahrtschildern, um festzustellen, wo wir uns befinden. »Wir sind in einer halben Stunde da.« Ich lege auf. »Callie hat die Akten«, sage ich zu Alan.

Er nickt. »Gut. Wir brauchen etwas Konkretes. Wir hängen völlig in der Luft.«

KAPITEL 11

Callie sitzt mit einer Akte auf dem Schoß an ihrem Schreibtisch. Alan hält sich an seinen Kaffee, während James die Unterarme auf die Schreibtischplatte stützt und die Hände wie ein Schuljunge gefaltet hat. Ich stehe mit dem Marker in der Hand an der Weißwandtafel. Einen Fall wie diesen anschaulich auszubreiten, schafft einen guten Überblick. Man findet uns häufig in diesem Büro, wie wir alle zusammensitzen und auf die Weißwandtafel starren, als wäre ein Kunstwerk darauf zu sehen.

Dieses Vorgehen haben wir bereits am ersten Tag unserer Zusammenarbeit bei unserem ersten Fall eingesetzt. Ich erinnere mich noch genau. Ich war damals noch nicht ganz dreißig und sehr unsicher. Zwar hatte ich schon ein paar Jahre beim FBI gearbeitet, und mein Verantwortungsbereich war ständig gewachsen, aber es war ein Quantensprung. Ich war jetzt Vorgesetzte, verantwortlich für die Verhaftung von Personen, die mehr am Tod als am Leben interessiert waren. Ich fühlte mich verwundbar und hatte Angst.

Ich war overdressed und trug einen teuren, maßgeschneiderten dunkelblauen Hosenanzug, den ich später nie wieder getragen habe. James schockte mich mit einer spöttischen Bemerkung über mein Outfit. Alan, als Hüne schon beeindruckend genug, war ziemlich unfreundlich, weil er mich erst einmal beobachten wollte, um dann zu entscheiden, ob er von einer Agentin Befehle entgegennehmen wollte, die weniger Erfahrung hatte als er selbst. Und Callie war mit der Schnauze vorneweg und schöner, als ich je sein würde.

Unser Start als Team war langsam und stockend. Es krachte im Getriebe wie bei einem Anfänger während der ersten Fahrstunde. Es dauerte seine Zeit, bis wir zu einem reibungslosen Ablauf fanden. Die Tafel dient uns seit damals als eine Art Gruppenhirn.

»Erzähl uns von Heather«, fordere ich Callie auf. »Was für eine Polizistin war sie?«

»Heather Hollister«, liest Callie ab, »machte ihren BA in Kriminologie, ging anschließend auf die Polizeiakademie und schloss sie eine Woche nach ihrem dreiundzwanzigsten Geburtstag ab.«

»Der BA in Kriminologie war vorausschauend«, meint Alan. »Er war ihr später von Nutzen, als sie sich als Ermittlerin beworben hat. Klug.«

»Oder ehrgeizig«, sage ich. »Sie wusste schon auf der Highschool, dass sie Cop werden wollte. Aus bürgerlicher Verantwortung oder aus anderen Gründen?« Ich schaue Callie an. »Steht was in der Akte?«

Callie blättert durch die Seiten; dann nickt sie. »Hier steht etwas in ihrer psychischen Beurteilung. Ihr Vater hatte ein Reifengeschäft in Hollywood. Er wurde bei einem Raubüberfall getötet, als Heather zwölf war.« Callie seufzt. »Mannomann. Die Mutter, Margaret, löste das Einkommensproblem, indem sie einen gewalttätigen Typen heiratete. Der Kerl schlug sie regelmäßig, bis Heather sechzehn war. Sie hatte heimlich gefilmt, wie der Stiefvater ihre Mutter verprügelte, und brachte das Band zu dem Detective, der den Mord an ihrem Vater untersucht hatte …« Sie liest stumm weiter.

»Und?«, fragt James ungeduldig.

»Nicht so stürmisch. Hier werden die Dinge undurchsichtig. Da steht was von … offenbar wurde die Rechtsgültigkeit des Videos beim Prozess verworfen, und Margaret wollte nicht gegen ihren Peiniger aussagen …« Callie runzelt die Stirn und liest weiter; dann hellt sich ihr Gesicht auf. »Ah. Hier ist ein Vermerk des Gutachters, die Mitschrift eines Gesprächs. ›Was wurde aus deinem Stiefvater?‹ – ›Der hat sich aus dem Staub gemacht.‹ – ›Er ist gestorben?‹ – Die Befragte lächelt. – ›Nein. Detective Burns hat mit ihm geredet. Dann hat er beschlossen, uns in Ruhe zu lassen.‹« Callie sieht von der Akte auf.

»Ich weiß, was zwischen den Zeilen steht«, sagt Alan. »Burns – und vielleicht ein paar von seinen Freunden – führen eine Unterhaltung mit dem Stiefvater, bei der er Schläge einsteckt. Sie drohen, ihm das Leben zur Hölle zu machen, wenn er sich nicht verzieht. Die Gerechtigkeit der Straße.«

Ich schreibe zwei Dinge an die Tafel: *Wurde Cop wegen Mord an Vater.* Und: *Verbindung Detective Burns.*

»Wir müssen Burns ausfindig machen«, sage ich. »Er hat sich für die Familie interessiert, besonders für Heather. Er dürfte Einblick haben.« Mir fällt noch etwas ein. »Hat der Psychologe Heather gefragt, ob der Stiefvater sie missbraucht hat?«

Callie legt den Finger auf die Seite und blättert. Hält inne. »Ja, hat er. Sie sagte nein. Er habe ihr meist gar keine Beachtung geschenkt. Mommy hat seine ganze Liebe abbekommen.«

»Glück gehabt«, sagt James. »Statistisch gesehen war Heather in großer Gefahr, missbraucht zu werden.«

Lassen wir alle Vorurteile einmal beiseite – es ist tatsächlich so, dass Stiefkinder häufiger sexuell missbraucht werden als leibliche Kinder. Man nennt es den »Cinderella-Effekt«, und auch wenn viele entrüstet widersprechen werden, so kann ich es aus meiner Erfahrung bestätigen. Die jüngeren Kinder müssen meist körperliche Gewalt hinnehmen, während die älteren Opfer sexuellen Missbrauchs werden.

»Wurde der Mord am Vater je aufgeklärt?«, erkundigt sich Alan.
Callie blättert zurück. »Nein.«
»Hat der Gutachter das aufgegriffen?«, frage ich.
»Oh ja. Das hat ihn sehr beschäftigt.« Callie blättert um, dann noch einmal. »Er hat viel Zeit darauf verwendet.«
»Zu welchem Schluss ist er gekommen?«
»Dass der Tod ihres Vaters Heather dazu getrieben hat, Polizistin zu werden. Der Gutachter war allerdings überzeugt davon, dass es keine Obsession war ... Dann kommt das übliche Blabla, dass die Polizei als Gruppe zur Vaterfigur wurde und dass die Mutter sie betrogen hat, sodass Heather sich hauptsächlich mit patriarchalischen Gruppen identifizieren konnte ...«
»Toll«, sagt James.
»Sie war getrieben, aber nicht obsessiv«, sage ich. »Getrieben zu was?«
James überlegt. »Kompetenz«, sagt er dann. »Kompetenz als Gesetzeshüterin. Heather fühlt mit den Opfern. Schlampige Arbeit wäre ihr ein Gräuel.«
»Stimmt, ihr Gerechtigkeitsgefühl dürfte stark ausgeprägt sein«, nehme ich den Faden auf. »Ungelöste Verbrechen sind eine schwere Last für sie. Wahrscheinlich ist sie die Art Cop, die Akten mit nach Hause nimmt, um nach Feierabend weiter daran zu arbeiten.«
»Stimmt, das wird durch ihre Personalakte bestätigt«, sagt Callie. »Sie war die vorgeschriebenen vier Jahre auf Streife und hat offenbar einen guten Job gemacht. Zahlreiche lobende Erwähnungen, fast alle unverlangt und von Bürgern. Die einzigen Beschwerden aus dieser Zeit stammen von Kollegen.«
»Von Detectives, stimmt's?«, meint Alan.
Callie hebt erstaunt den Blick. »Ja. Woher weißt du das?«
»Ich kenne die Sorte. Die Streifenpolizisten sind meist als Erste am Tatort, doch sie dürfen nicht ermitteln. Ihre Aufgabe ist es, den Tatort zu sichern und an die Ermittler zu übergeben.

Die Streife macht die Dreckarbeit.« Er zuckt die Achseln. »Ein Cop wie Heather Hollister ist wie ein Pitbull. Sie verbeißt sich in den Fall. Sie findet, dass die Ermittler nicht gründlich genug vorgehen, und nervt sie damit. Vielleicht geht sie sogar hin, stellt auf eigene Faust Nachforschungen an und beschafft neue Beweismittel. Manche Ermittler sind dankbar dafür. Denen geht es um die Aufklärung der Tat, um das Opfer. Sie haben kein Problem mit Dienstgraden und Kompetenzen. Aber«, er zieht ein angewidertes Gesicht, »es gibt auch ein paar Blödmänner, die dem Kastendenken verhaftet sind. Denen geht es um Status und die Sicherung ihres Territoriums. Sie wissen es nicht zu schätzen, wenn ein Streifenpolizist mehr tut, als er tun soll, ungeachtet der Ergebnisse.« Er lächelt. »Solche Typen steigen meistens zum Polizeipräsidenten auf.«

»Was kam nach den vier Jahren Streifendienst?«, frage ich Callie.

»Sie wurde zum Detective befördert, begann beim Jugenddezernat und blieb dort fast zwei Jahre. Von da ging sie zur Sitte.«

»Von der Mutter zur Hure«, meint Alan. »Manche Dinge ändern sich nie.«

»Was meinst du damit?«, frage ich.

»Zum Jugenddezernat kam sie, weil sie eine Frau war, denn Frauen finden oft besseren Zugang zu Jugendlichen. Dann wurde sie aus dem gleichen Grund – weil sie eine Frau war – zur Sitte versetzt. Ich garantiere euch, dass sie nicht auf der Schokoladenseite anfing. Man wird sie in einen Minirock und kniehohe Stiefel gesteckt haben, damit sie Freier anbaggert.«

»Stimmt«, bestätigt Callie. »Aber unser Pitbull ließ sich dadurch nicht aufhalten. Sie knüpfte ein Jahr lang Beziehungen zu Prostituierten und baute sie so weit aus, dass sie einen mittelgroßen Menschenhändlerring sprengen konnte. Man wurde auf sie aufmerksam, und sie landete beim Morddezernat.«

»Burns«, sagt Alan.

»Du meinst, durch ihn?«, frage ich.

Er nickt. »Wahrscheinlich war er Heathers Mentor. Sie hatte zwar die erforderlichen Referenzen, aber das reicht fast nie. Man braucht jemanden, der auf einen aufpasst. Der ein gutes Wort einlegt. Jede Wette, dass Burns derjenige war.«

»Wie dem auch sei«, fährt Callie fort, »im Morddezernat läuft Heather zu großer Form auf. Sie hatte eine hervorragende Aufklärungsrate.« Anerkennend zieht sie die Brauen hoch. »Innerhalb von sechs Jahren wurde sie wegen ihrer Leistungen zum Detective Second Grade befördert.« Sie blickt auf. »Kurz bevor sie entführt wurde.«

»Wie alt ist sie jetzt?«, frage ich und wundere mich, warum mir das jetzt erst einfällt.

Callie schaut in die Akte. »Vierundvierzig.«

»Wenn sie acht Jahre lang verschwunden war«, sagt James, »war sie bei der Entführung sechsunddreißig. Ihre Söhne waren zwei, das heißt, sie hat mit dem Kinderkriegen gewartet, bis sie vierunddreißig war.«

»Das ist nicht so alt«, bemerke ich.

»Nein«, räumt er ein, »aber es bestätigt, dass die Karriere für sie an erster Stelle kam. Sie wartete noch die ersten vier Jahre im Morddezernat ab, bis ihre Position gesichert war.«

»Was weiß man über ihre Ehe?«, frage ich.

Callie wendet sich wieder der Akte zu. »Ihr Mann heißt Douglas Hollister. Systemadministrator bei einem landesweiten Internetanbieter. Ein Jahr älter als Heather. Sie lernten sich kennen, als Heather sechsundzwanzig war, also noch in Uniform. Sein Wagen war gestohlen worden, und sie war es, die die Meldung aufnahm. Zwei Jahre später haben sie geheiratet.«

»Wurde Douglas Hollister bei den Ermittlungen überprüft?«, fragt James. »Das wäre wichtig.«

Bei allen Verbrechen gegen Personen ermittelt man zuerst innerhalb der Familie. Aus gutem Grund. Traurig, aber wahr.

Callie legt Heathers Personalakte beiseite und nimmt eine von fünf dicken Mappen zur Hand.

»Sind das alles Fallakten?«, fragt Alan.

»Ja«, antwortet Callie.

Er stößt einen leisen Pfiff aus. »Die haben wirklich alle Hebel in Bewegung gesetzt.«

Callie schlägt die Mappe auf und blättert sie durch. Plötzlich stößt sie auf irgendetwas. »Der Ermittler war …«, sie stockt überrascht. »Sieh mal einer an. Der Ermittler war kein anderer als Detective Daryl Burns.« Sie liest weiter. »Ja, es scheint, dass er sich auf den Ehemann eingeschossen hat … Hollister hat deswegen sogar Beschwerde eingereicht.«

»Warum?«, fragt Alan. »Abgesehen von den offensichtlichen Gründen.«

»Offenbar gab es Ärger an der Heimatfront. Bei seiner ersten Vernehmung sagte Douglas Hollister aus, in ihrer Ehe sei alles bestens. Aber das war gelogen. Burns fand heraus, dass er einen Scheidungsanwalt konsultiert hatte. Und Heather hatte einen Privatdetektiv engagiert.«

»Und? Hat er irgendetwas herausgefunden?«, fragt Alan.

Callie zieht einen großen braunen Umschlag aus der Mappe und breitet den Inhalt auf dem Schreibtisch aus. Wir scharen uns darum. Es sind Schwarz-Weiß-Fotos im Format 20 x 25 cm, fünf insgesamt. Auf den Fotos sieht man einen Mann und eine Frau ein Hotelzimmer betreten. Als sie hineingehen, trägt der Mann eine Krawatte und wirkt verstohlen. Als sie herauskommen, lacht er mit der Frau, und der Schlips steckt in der Jacketttasche.

»Douglas Hollister, nehme ich an«, murmelt Callie.

Ich schaue mir ein Foto an, das ihn von vorne zeigt. Hollister sieht ziemlich gut aus, wenn auch auf unscheinbare Art. Kurzes Haar, gut sitzender Anzug, sportliche Figur. Er hat ein freundliches, ungezwungenes Lächeln. Frauen mögen das, weil es auf einen soliden und vertrauenswürdigen Mann hindeutet.

Die Frau ist ebenfalls attraktiv, aber mehr auch nicht. Ich schätze, sie ist in demselben Alter wie Hollister, ein bisschen pummelig, und die Frisur macht sie fünf Jahre älter. Sie schaut ihn an, während er lacht.

»Sie bewundert ihn«, sage ich. Ich zeige James das Foto. Er nickt.

»Das war eine Liebesgeschichte, keine Affäre«, meint Callie, nachdem auch sie sich das Bild angeschaut hat. »Diese Frau springt nicht in jedes Bett. Eindeutig Hausfrau, keine Studentin.«

Ich drehe das Foto um und finde einen Datumsstempel. »Wann wurde Heather entführt?«

»Am zwanzigsten April.«

»Einen Monat, nachdem die Fotos gemacht wurden«, sage ich. »Ich verstehe, warum Burns misstrauisch war.«

Ich gehe zur Weißwandtafel und schreibe: *Ehemann/Affäre PD-Fotos einen Monat vor Entführung.* Dann: *Ehemann erwägt Scheidung, sucht Anwalt auf.*

»Noch einmal zu Heather. Ich möchte etwas über die Entführung hören.«

»Der Wagen des Opfers wurde um dreiundzwanzig Uhr dreiundfünfzig auf dem Parkplatz des Fitnessstudios gefunden. Die Wagenschlüssel lagen neben der Tür auf dem Pflaster. Keine Spuren eines Kampfes. Keine Zeugen.«

»Sie hatte den Schlüssel in der Hand und wollte aufschließen, als der Täter sie in seine Gewalt brachte«, folgert James. »Er hat sie überrascht.«

»Was hat sie dort gemacht?«, frage ich Callie.

»Sie ging einmal die Woche zum Fitness-Kickboxen.«

»Wann war der Kurs zu Ende? Steht das da?«

»Klar doch. Die haben die gleichen Überlegungen angestellt wie du. Der Kurs fing um neunzehn Uhr an und endete um zwanzig Uhr. Das Fitnessstudio war nur zehn Minuten entfernt, und Hollister zufolge kam Heather immer sofort nach Hause. Als sie um elf noch nicht gekommen und auch nicht ans Handy gegangen war, rief er ihre Dienststelle an.«

Ich ziehe eine Augenbraue hoch. »Nach drei Stunden? Warum hat er so lange gewartet?«

»Ich wette, er hat gesagt, dass er sich keine Sorgen gemacht hat, weil sie ja Polizistin ist«, meint Callie.

»Punkt für dich«, sage ich. »Wo hatte sie geparkt?«

»Das steht hier nicht.«

»Und niemand hat etwas bemerkt?«

»Nein. Waren wahrscheinlich alle zu sehr mit ihrem Muskelkater beschäftigt.«

Ich schüttle den Kopf. »Der Täter war selbstsicher, vielleicht ein bisschen zu sehr. Und er war risikofreudig. Ein gut beleuchteter Parkplatz kurz nach Ende eines Kurses. Ganz schön gewagt.«

»Streich das ›gut beleuchtet‹«, sagt Callie. »Es wurde festgestellt, dass dort, wo Heathers Wagen stand, drei Laternen ausgefallen waren. Sie waren fachmännisch zerstört worden.«

Ich wende mich an Alan. »Heather ist Polizistin. Wie hättest du dich als Entführer verhalten?«

Alan überlegt. »Sie war beim Morddezernat. Sie wusste also, dass in dem Moment, wenn sie zu ihm ins Auto steigt, ihre Überlebenschancen sinken. Ich an seiner Stelle hätte ihr die Pistole an den Kopf gehalten und ihr gesagt, sie soll keinen Mucks von sich geben. Cops wissen besser als jeder andere, dass man auf einen Bewaffneten hören sollte. Man kooperiert und wartet auf eine günstige Gelegenheit.«

»Er hat offenbar ihren Alltag ausgekundschaftet oder die Einzelheiten vom Ehemann erfahren«, sagt James. »Und das wiederum könnte er als zusätzliches Druckmittel verwendet haben: ›Mein Komplize ist bei deinem Mann und den Kindern. Wenn du nicht tust, was ich sage, stirbt deine Familie.‹ Ist bloß eine Vermutung, aber fest steht, es gibt Mittel.«

»Es ist trotzdem noch riskant«, sage ich.

»Ja und nein«, meint James. »Im April geht die Sonne ungefähr zwischen viertel nach sieben und halb acht abends unter. Es war also dunkel, und der Kerl hatte die Straßenlaternen zerstört. Die Frauen kommen aus dem Fitnessstudio, sind erschöpft, denken nur daran, in ihre Fahrzeuge zu kommen und nach Hause zu fahren. Wie viele Vergewaltigungen passieren nach Einbruch der Dunkelheit auf den Parkplätzen von Einkaufszentren?«

»Tausende«, gebe ich zu.

»Die Frauen achten nicht auf die Umgebung und gehen geradewegs zu ihren Wagen. Der Kerl nähert sich Heather, drückt ihr den Lauf einer Waffe in den Rücken und flüstert ihr Drohungen ins Ohr, um sie in sein Auto zu kriegen. Er verlangt, dass sie sich ganz normal verhält und keinen Mucks von sich gibt.« Er zuckt die Achseln. »Riskant, ja, aber nicht allzu sehr, wenn der Kerl selbstsicher und aggressiv genug auftritt.«

»Heather hat dabei wahrscheinlich den Schlüssel fallen lassen, als Hinweis, dass sie entführt wurde«, sage ich. »Ihr ist klar, dass man ihren Wagen finden wird.« Ich schreibe die entsprechende Information an die Tafel. »Was passiert als Nächstes?«, frage ich Callie.

»Zwei Prozent von null, fürchte ich. Es ist, als hätte Heather sich in Luft aufgelöst.« Sie blättert eine Seite um. »Offenbar hat der Ermittler den Gedanken, dass das Opfer zufällig ausgewählt wurde, ziemlich schnell fallen lassen.«

»Warum?«, frage ich.

»Ich bin mir nicht sicher, aber«, Callie deutet auf den Aktenstapel, »da ist noch eine Menge zu lesen. Gegen Hollister wurde gründlich ermittelt, aber man konnte ihm nichts anhängen. Keine verdächtigen Überweisungen, keine geheimen Konten auf seinen Namen, nichts. Auch nichts Belastendes auf seinem Computer oder Laptop, weder zu Hause noch in der Firma. Beide hatten eine hohe Lebensversicherung, aber keine war erst kurz zuvor abgeschlossen worden.«

»Wurde Heather für tot erklärt?«, fragt James.

Callie blättert. Sie findet nichts in der ersten und zweiten Mappe, aber am Ende der dritten. »Hier ist eine Aktennotiz aus dem vorigen Jahr. Hollister ließ sie nach sieben Jahren für tot erklären. Und jetzt kommt's: Er hat erst vor zwei Monaten die Lebensversicherung kassiert. Mehr als siebenhunderttausend Dollar.«

»Und dann taucht Heather wieder auf? Ein seltsamer Zufall.«

Was natürlich keiner ist. Ich gehe an die Tafel und schreibe: *Frau gefangen gehalten bis Auszahlung Lebensversicherung, dann Wiederauftauchen.* Ich kringle das ein. Doppelt.

»Hat Hollister wieder geheiratet?«, frage ich.

»Allerdings«, sagt Callie mit einem Haifischlächeln. »Die Dame auf dem Hotelzimmerfoto. Drei Jahre nach dem Verschwinden seiner Frau.«

Ehemann heiratet Geliebte, schreibe ich, und: *Geduldig*, in Großbuchstaben. Wieder kreise ich es doppelt ein.

»Er selbst hat es getan«, sage ich. »Oder er hat jemanden beauftragt.«

»So sicher wie das Amen in der Kirche«, sagt Alan.

Folgen Sie den üblichen Ermittlungsschritten, hatte der Entführer mir per SMS geschrieben. Allmählich wird der Satz verständlich.

»James, Callie – ich möchte, dass ihr die Akten sorgfältig durchkämmt. Stellt eine genaue Zeittafel auf und macht eine Zusammenfassung der relevanten Informationen. Ich brauche einen Grund für die Ausstellung eines neuen Haftbefehls.«

»Das ist viel spannender als Bora Bora«, murmelt Callie.

»Alan, du fährst mit mir zu Douglas Hollister. Irgendwie glaube ich nicht, dass Heathers Auftauchen Teil seines Plans war. Lassen wir die Bombe platzen und schauen mal, wie hoch er springt.«

»Gute Idee.«

Mein Handy klingelt. »Barrett.«

»Smoky.« Es ist AD Jones. »Ich brauche Sie in meinem Büro. Pronto.«

»Ja, Sir.« Ich lege auf. »Okay«, sage ich zu meinen Leuten. »Wer kann mir jetzt schon eine Antwort geben, ob er bei der neuen Sondereinheit dabei ist? Alan, wir haben schon darüber gesprochen. James?«

Er wirft mir einen finsteren Blick zu. »Warst du taub gestern Abend? Ich hatte dir doch schon gesagt, dass ich die Gründe für vernünftig halte, und egal wie du dich entscheidest, ich bin dabei.« Er vergräbt sich wieder in der Akte, mit der er sich beschäftigt hatte.

Ich drehe ihm in Gedanken den Hals um. »Callie?«

»Ich habe mit meinem Mann geredet. Nachdem ich ihn eingewickelt hatte mit meinen …«

»Hey, hey«, warnt Alan.

»… Kochkünsten«, sagt Callie augenzwinkernd. »Was dachtest du denn, was ich sagen würde? Jedenfalls sind wir beide einverstanden. Zumindest zu Anfang bin ich dabei. Wenn der Umzug nach Quantico ansteht, müssen wir noch mal darüber nachdenken.« Sie neigt den Kopf zur Seite und sieht mich erwartungsvoll an. »Wie hast du dich denn entschieden?«

»Ich weiß noch nicht, was ich tun werde. Aber ich danke euch allen.«

»Als ob wir zulassen würden, dass du dich allein abstrampelst«, sagt Callie tadelnd. »Du solltest uns besser kennen.«

Ich lächle den anderen zu und gehe zur Tür.

»Kochkünste?«, höre ich Alan sagen. »Dass ich nicht lache.«

»Na ja«, sagt Callie. »Der Nachtisch war ich.«

KAPITEL 12 »Setzen Sie sich«, fordert AD Jones mich auf.

Er sitzt in dem abgenutzten Ledersessel, der bereits in seinem Büro stand, als ich ihm das erste Mal vorgestellt wurde. Dieser Sessel passt zu ihm. Wenn ich meinen Chef mit einem Wort beschreiben sollte, würde ich sagen, er ist ein Arbeitstier. Der Job bedeutet ihm alles. Er lebt dafür, sein Feld zu beackern. Nicht des Ruhmes wegen, sondern wegen der Freude an einer gut gezogenen, geraden Furche.

»Ich dachte, ich hätte achtundvierzig Stunden Zeit, Sir«, sage ich, nachdem ich Platz genommen habe.

Er macht eine wegwerfende Handbewegung. »Ich wollte selbst mit Ihnen reden, ohne den Direktor. Tut mir leid, dass Sie so unvorbereitet mit der Sache überfallen wurden.«

»Ich könnte mir vorstellen, dass Sie genauso überrascht waren wie ich, Sir.«

Er nickt. »Oh ja. Der Direktor kreuzte auf, allein und mit ernstem Gesicht, ohne diesen finsteren Sensenmann, den er seine Assistentin nennt.« Er zögert. »Ich habe ihm die Daumenschrauben angesetzt, Smoky. Ich wollte sicherstellen, dass die Angelegenheit im Aufwind ist und nicht bloß ein politisches Machtspiel von seiner Seite.«

»Und?«

»In seiner Position ist alles Politik, zumindest in gewissem Maße. Aber ich bin überzeugt, dass er seine Beweggründe ehrlich benannt hat. Er versucht, das Netz des NCAVC so gut wie möglich zu erhalten. Das können Sie mir unbesehen glauben.«

»Okay.«

»Gut. Ich wollte Sie sprechen, weil ich Ihnen einen kleinen Leitfaden an die Hand geben möchte. Falls Sie auf Rathbuns Angebot eingehen – und ich finde, das sollten Sie –, wird er Sie persönlich führen. Das ist teils gut, teils schlecht. Und es gibt ein paar Dinge, auf die Sie achten müssen.«

»Lassen Sie uns mit dem Guten anfangen, Sir.«

Sein Lächeln macht Jones mindestens zehn Jahre jünger. »Erstens, niemand will Ihnen das Leben schwer machen. Die finanziellen, personellen und logistischen Mittel des FBI werden Ihnen besser zugänglich sein als jetzt. Der Direktor wird persönliches Interesse am Erfolg Ihres Teams haben, und ich kann Ihnen garantieren, dass das gesamte FBI dies im Voraus erfährt. Sie können mit einem roten Teppich rechnen und mit einem besseren Budget als bisher.«

»Hört sich so weit ganz gut an.«

»Zweitens werden Sie in der Hierarchie erheblich weiter oben stehen. Das zahlt sich in vieler Hinsicht aus. Macht ist Macht. Und das führt uns zu den Nachteilen.«

»Das dachte ich mir.«

»Erfolg und Macht wecken Neid. Es wird Leute geben, die Ihnen und Ihrem Team beides missgönnen und Ihnen unterstellen werden, Sie hätten die Beförderung als Lohn für politische Unterstützung bekommen. Ihre Gegner werden auf Fehler lauern und Sie ganz genau beobachten. Ein Fehltritt, und ich verspreche Ihnen, dass sofort jemand zur Stelle ist, um es auszuposaunen. Außerdem müssen Sie ständig darauf achten, ob jemand Ihre Arbeit sabotiert – nicht durch spektakuläre Dinge, sondern indem er die Strategie der Nadelstiche anwendet. Kleine Hürden und Schlaglöcher bei der Koordination, durch die Sie schlecht dastehen.«

»Ernsthaft?«

»Ja. Sie haben bisher Glück gehabt, dass Sie in einem guten Umfeld arbeiten konnten, mit einem erstklassigen Team und einem fähigen Chef. Sie haben sich nicht mit Feinden herumschlagen müssen. Das wird sich ändern. Wenn Sie das nicht akzeptieren und nicht höllisch auf sich aufpassen, werden Sie untergehen.«

Ich lehne mich zurück und denke darüber nach. Das ist starker Tobak, aber ich werde es bestimmt nicht in den Wind schlagen.

AD Jones hat mir, wenn überhaupt, nur selten einen schlechten Rat gegeben.

»Was noch?«, frage ich.

»Rathbun ist der rabiateste Mann, den ich kenne. Er ist durch und durch Politiker, aber damit kann ich leben, weil er Cop ist, genau wie Sie und ich. Er kennt unsere Arbeit, und ich bewundere ihn dafür, was er hier auf die Beine stellen will. Aber Sie müssen eines bedenken, Smoky. Wenn es jemals heißen sollte, er oder Sie, wird er Sie fallen lassen. Erschießung bei Morgengrauen, und nicht mal eine letzte Zigarette.« Er lehnt sich zurück. »Deshalb müssen Sie auch Rathbun im Auge behalten und ein kleines Druckmittel in petto halten, falls sich eins findet.«

»Druckmittel? Sie meinen Erpressung?«

»Nein, ich meine ein Druckmittel. Wir sind beim FBI, Smoky. Wir erpressen niemanden.« Er zwinkert mir zu. »Sagen wir einfach … wenn Sie das Glück haben, ihn dabei zu erwischen, wie er das Gesetz beugt oder sich daran vorbeimogelt, egal wie leichtfertig, sollten Sie das schriftlich festhalten und in einen geheimen Safe legen.«

Ich starre ihn an. »Du lieber Himmel, Sir. In welcher Welt leben Sie?«

Er seufzt, reibt sich mit beiden Händen das Gesicht. »Nicht alle Soziopathen sind Serienmörder. Einige sind Politiker und Verwaltungsspezialisten. Ich gebe zu, Rathbun fällt nicht in diese Kategorie, dafür aber viele Leute in seinem Umfeld.«

Vom psychologischen Standpunkt aus klingt das einleuchtend. Narzissten werden von Positionen mit Macht und Einfluss angezogen.

»Das ist ja alles sehr beruhigend, Sir«, sage ich ironisch.

Das sympathische Lächeln kehrt zurück. »Sie schaffen das schon. Sie sind zäh und intelligent. Außerdem habe ich nicht erwartet, dass Sie ewig bei mir bleiben. Eine Beförderung ist längst überfällig.«

»Wissen Sie, Sir, da wäre nur eine Sache …«

Er hebt die Brauen. »Und welche?«

»Ich habe mich noch nicht entschieden.«

Er sieht mich mit schmalen Augen an. »Sparen Sie den Quatsch für andere auf.« Er zückt seine Brieftasche und zieht eine Banknote heraus. »Ich wette einen Hunderter, dass Sie den Job annehmen. Wenn nicht, gehört der Schein Ihnen.«

Ich blicke auf den Hunderter, den er mir hinhält. Dann schaue ich weg. »Nein, danke«, sage ich.

Er hält eine Hand ans Ohr. »Ich habe nicht verstanden. Was haben Sie gesagt?«

»Verschonen Sie mich, Sir.«

Er schiebt den Schein in die Brieftasche und steckt sie wieder weg.

»Noch eine Sache, bevor wir zum Tagesgeschäft kommen.« Seine Haltung ändert sich ein wenig, wirkt milder, wie man es bei ihm selten erlebt. AD Jones ist ein Mann der alten Schule, zielstrebig und streng, dessen Gefühle nur der Spiegel zu sehen bekommt und sonst niemand. »Wenn Sie etwas brauchen – einen Rat oder jemanden zum Reden –, kommen Sie zu mir.«

»Danke, Sir. Das bedeutet mir viel.«

»Und wenn Sie Ihren neuen Job erst angetreten haben, müssen Sie natürlich aufhören, mich Sir zu nennen, und mich mit Vornamen ansprechen.«

»Das wird mir schwerfallen.«

»Dann sollten Sie langsam mit dem Üben anfangen. Okay, und jetzt bringen Sie mich auf den neusten Stand, was die Frau angeht, die in Callies Hochzeit geplatzt ist.«

Ich erzähle ihm alles. Er schweigt dabei wie immer, hört sich erst alles an, bevor er Fragen stellt.

»Sie haben noch niemandem gesagt, wer die Frau ist?«

»Nein, Sir. Alan und ich wollen heute Nachmittag zu ihrem Ehemann und die Bombe platzen lassen.«

»Daraus wird nichts. Sie werden zu diesem Detective fahren und ihn einweisen. Wie hieß er noch?«

»Burns.«

»Burns, richtig. Er hat eine persönliche Verbindung zum Opfer und zum Verdächtigen. Er könnte Ihnen helfen, beide zum Reden zu bringen.«

Gut überlegt. »Ja, Sir.«

»Halten Sie mich auf dem Laufenden. Und sagen Sie mir, wenn Sie dem Direktor Ihre Entscheidung mitteilen wollen.«

Callie und James haben sich in den Akten vergraben, als ich wieder ins Büro komme. James sitzt am Computer, während Callie ihm die Zeittafel diktiert.

»Können wir fahren?«, fragt Alan.

»Ja, aber nicht zu Hollister.« Ich erkläre es ihm.

Alan nickt. »Der AD hat recht. Es ist klüger, zuerst mit Burns zu reden.«

»Ja. Aber ich würde mich lieber außerhalb mit ihm treffen. Heathers Leidensgeschichte wird eine Riesensache, und ein Rudel sensationsgeiler Journalisten, das ihr Krankenzimmer belagert, kann sie jetzt am wenigsten gebrauchen.«

»Stimmt. Ich rufe Burns an. Vielleicht geht er mit uns Waffeln essen.«

Alans Liebe zu Waffeln ist so rein und ewig wie Callies Liebe zu Mini-Schokodonuts.

Während Alan den Anruf macht, gehe ich zur Weißwandtafel und schaue mir die Fakten an, die wir bis jetzt haben. Heather Hollister hat alles verloren. Acht Jahre sind vergangen. Ihr Mann ist wieder verheiratet, ihre Söhne kommen bald ins Teenageralter. Die Welt hat sich verändert. Als sie entführt wurde, hatte der 11. September noch nicht stattgefunden. Wir waren nicht im Krieg mit dem Irak. Es fuhren noch keine Hybridautos auf den Straßen. Die meisten Leute gingen noch via ISDN ins Internet.

Was wäre mir lieber? Acht Jahre im Dunkeln eingesperrt sein und dann freikommen, um dann festzustellen, dass Matt wieder geheiratet hat und Alexa aufs College geht?

Oder das, was ich jetzt habe?

Ich trete von einem Bein aufs andere. Es bedrückt mich, dass ich nicht spontan auf diese Frage antworten kann. Sollte ich mir als selbstlose Mutter nicht unter allen Umständen wünschen, Alexa wäre noch am Leben?

Ihr Gesicht taucht vor mir auf, der Morgen ihres Todestages. Ich sehe sie beim Frühstück. Sie aß Cornflakes. Matt hatte verschlafen und stand noch unter der Dusche.

»Daddy ist faul heute Morgen«, sagte Alexa.

»Spät dran sein ist nicht das Gleiche wie faul sein, Schatz. Und sprich nicht mit vollem Mund.«

Sie bekam einen schelmischen Blick und grinste plötzlich, sodass Milch mit Cornflakeskrümeln aus ihren Mundwinkeln rann. »Grrr!«, machte sie.

»Ekelhaft!«, sagte ich und musste gegen meinen Willen lachen.

Sie bekam einen Lachanfall, worauf ihr die Milch aus der Nase kam, was zu heulendem Gelächter führte. Wir prusteten noch, als Matt die Treppe herunterkam.

»Was ist denn hier los?«, fragte er.

»Ach, nichts«, sagte ich. »Wir haben uns nur darüber unterhalten, wie faul du bist.«

»Stiiinkfaul«, sagte Alexa kichernd.

Kurz darauf gewann der Alltagsablauf die Oberhand. Matt und ich mussten zur Arbeit, Alexa zur Schule. Es schien ein Tag wie jeder andere zu werden …

Alan legt den Hörer auf und reißt mich aus meinen Erinnerungen. »Er trifft uns in einer Stunde am Missionszentrum in Hollywood.«

Ich gehe mit ihm zur Tür und blicke noch einmal zur Tafel.

Ja, denke ich, froh über meine innere Gewissheit. Ich würde acht Jahre Isolationshaft ertragen, wenn das bedeuten würde, dass ich Alexa noch hätte.

Ich kann nur hoffen, dass Heather Hollister Trost darin findet.

KAPITEL 13

»Sie ist wirklich am Leben?«

Daryl Burns ist sechzig Jahre alt und sieht keine Sekunde jünger aus. Er hat kurze, schüttere weiße Haare und ein Hängebackengesicht, das einem Bluthund zur Ehre gereichen würde, dazu jede Menge Aknenarben. Die Natur hat ihm ein leicht verlottertes Aussehen verliehen, das er mit tadelloser Kleidung wettmacht. Der Anzug ist zwar von der Stange – bei einem Polizistengehalt nicht verwunderlich –, aber er hat ihn offensichtlich von einem Schneider ändern lassen. Sein Hemd ist gebügelt, und seine Schuhe glänzen. Er ist ungefähr eins fünfundsiebzig groß und hat sich in Form gehalten. Ich halte nach einem Ehering Ausschau, aber er trägt keinen.

»Wir haben ihre Fingerabdrücke durchlaufen lassen, Detective«, versichere ich ihm. »Sie ist es.«

Er fährt sich durchs Haar. »Gütiger Himmel«, sagt er und trinkt einen Schluck Kaffee. Alan hat einen Viererstapel Waffeln vor sich stehen und verschlingt sie, während er Burns beobachtet.

»Ich muss Sie allerdings warnen, Detective«, fahre ich fort. »Die Frau hat eine schwere Psychose. Sie ist wach, spricht aber kein Wort. Wir sind nicht mal sicher, ob sie ihre Umgebung wahrnimmt. Agent Washington und ich wollten mit ihr reden, hatten aber keinen Erfolg. Deshalb könnten wir Ihre Hilfe gebrauchen.«

»Was meinen Sie?«

»Sie kennen Heather persönlich.«

Er sieht mich prüfend an. »Warum gerade ich? Warum nicht der Ehemann?«

»Weil wir genau wie Sie vermuten, dass der Ehemann an der Tat beteiligt war. Es kann kein Zufall sein, dass Heather zwei Monate, nachdem ihr Mann die Lebensversicherungssumme kassiert hat, plötzlich wieder auftaucht.«

»Es ist auch kein Zufall«, sagt Burns. Es klingt wie eine nüchterne Feststellung. »Ihr Mann hat die Tat verübt oder in Auftrag gegeben. Davon war ich von Anfang an überzeugt.«

»Wir werden ihm Angst einjagen«, sagt Alan, nachdem er einen weiteren Bissen sirupgetränkter Waffeln hinuntergeschluckt hat.

Burns grinst. »Das würde ich zu gerne sehen.«

»Dann kommen Sie mit«, entgegne ich. »Aber vorläufig möchte ich jedes Aufsehen vermeiden.«

»Da bin ich ganz Ihrer Meinung. Bloß keine Kamerafuzzis.«

Ein bisschen wehmütig schiebt Alan den leeren Teller von sich. »Ich habe bei der Polizei gearbeitet«, sagt er zu Burns. »Zehn Jahre.«

Burns nickt. »Ich habe von Ihnen gehört.«

»Gut. Wenn es Ihnen nichts ausmacht, würde ich gerne die Führung bei Hollisters Befragung übernehmen.«

Eigentlich bräuchten wir die Polizei noch gar nicht in die Ermittlungen mit einzubeziehen. AD Jones hat meiner ursprünglichen Beurteilung zugestimmt – Heather ist ein ungelöster Entführungsfall und fällt damit in die Zuständigkeit des FBI. Und dass sie vor den Augen Callies und ihrer Hochzeitsgäste aus einem Wagen geworfen wurde, kann man als Drohung gegenüber FBI-Mitarbeitern betrachten. Doch mein Team hat gegenüber dem LAPD und anderen Polizeibehörden schon immer eine kooperative Haltung eingenommen.

»Okay«, sagt Burns. »Solange ich dabei zuschauen kann, wie der Kerl schwitzt, bin ich zufrieden.«

Währenddessen tupft Alan sich die Lippen mit der Serviette ab, knüllt sie zusammen und wirft die Papierkugel auf seinen Teller. »Was können Sie uns über die ganze Sache sagen?«

»Die ganze Sache?«, fragt Burns.

»Sie kennen Heather Hollister und ihre Familie, seit Heather zwölf gewesen ist«, entgegne ich. »Sie haben die Ermittlungen geleitet, als sie mit sechsunddreißig entführt wurde. Wahrscheinlich hat niemand eine längere persönliche Beziehung zu Heather als Sie, von ihrer Mutter abgesehen.«

»Sogar länger als ihre Mutter. Sie starb vor drei Jahren.«

»Noch etwas«, fährt Alan an meiner Stelle fort. »Wir wissen nicht, was letzten Endes wichtig ist. Wir nehmen alles, was wir kriegen können, und sortieren es dann aus.«

»Ich verstehe«, sagt Burns und trinkt einen Schluck Kaffee. Sein Blick ist mit einem Mal nach innen gerichtet. »Ich habe Heather kennengelernt, als sie zwölf war. Ich war damals achtundzwanzig und seit acht Jahren bei der Polizei, davon zwei Jahre beim Morddezernat.«

»Schneller Aufstieg«, bemerkt Alan.

»Es gab jemanden, der mir geholfen hat«, erklärt Burns. »Mein Vater war Cop. Sein Expartner war Chef des Raubdezernats.« Noch ein Schluck Kaffee. »Heather war ganz anders als ihre Mutter. Ich rede nicht gerne schlecht über Verstorbene, aber ihre Mom war immer ein schwacher Mensch gewesen. Heather dagegen war stark. Sie trauerte, aber sie war auch zornig. Sie hat mich von Anfang an belagert. Sie wollte nicht wissen, *ob* ich den Kerl schnappen würde, der ihren Vater erschossen hatte, sondern *wann*. Sie wollte meine Karte haben und meine Telefonnummer und sagte, sie werde mich regelmäßig anrufen – was sie dann auch getan hat.«

»Was haben Sie ihr erzählt, wenn sie angerufen hat?«, fragt Alan.

Burns seufzt. »So gut wie nichts. Wir hatten keine Spur. Ihrem Vater gehörte ein Laden, und er arbeitete allein. Es war ein Raubüberfall, der aus dem Ruder lief. Wahrscheinlich war der Täter ein Anfänger. Aber es gab keine Zeugen, und es kamen keine Hinweise. Keiner von meinen Informanten, keiner von den Schnorrern und Taschendieben wusste etwas.«

»Ungewöhnlich«, sagt Alan.

»Ja. Deshalb vermute ich, es könnte jemand von auswärts gewesen sein. Ich habe nie aufgegeben. Herausgekommen ist allerdings nichts. Ungefähr zwei Jahre später ruft Heather mich an. Sie fragt, ob wir uns treffen können. Na klar, sage ich. Ich lasse sie zum Bahnhof kommen und nehme sie mit zu Pink's Hot Dogs. Sie war noch nie da gewesen. Okay, sagte ich mir, wenn du schon keine guten Neuigkeiten für sie hast, kannst du ihr wenigstens in einem berühmten Lokal einen legendären Hotdog spendieren.«

Das Pink's ist eine Institution in L. A., ein Stück Geschichte. Paul Pink eröffnete 1939 an der Ecke La Brea und Melrose einen Hotdog-Stand. Damals gehörte die Straßenecke noch nicht zur Innenstadt. 1946 baute er sich an derselben Stelle ein Häuschen, und da steht es noch heute. Die Wände hängen voller Fotos von Filmstars und anderen Berühmtheiten, die im Pink's gegessen haben.

»Heather ist immer zielstrebig gewesen. Ich glaube, so war sie schon vor der Ermordung ihres Vaters. Viele andere kapseln sich nach einem solchen Erlebnis ab, oder sie werden feindselig, oder sie haben keine Zeit mehr für scheinbar unwichtige Dinge. Heather war anders. Sie schaute sich die Fotos im Pink's an und fragte mich nach der Geschichte des Lokals. Ich war erstaunt. Schließlich war sie erst vierzehn. Nachdem sie den Hotdog gegessen hatte, rückte sie mit der Sprache raus. ›Sie müssen jetzt ganz ehrlich zu mir sein, Mr. Burns‹, sagte sie. ›Glauben Sie, Sie werden den Mörder jemals finden?‹«

Burns verstummt und starrt düster in seinen Kaffee. Dann fährt er fort: »Ich dachte daran, sie zu belügen, entschied mich aber dagegen. Eine Lüge hatte sie nicht verdient. ›Es ist immer möglich, dass sich eines Tages etwas ergibt‹, antwortete ich ihr. ›Die Leute werden älter und fangen an zu reden, weil sie glauben, davongekommen zu sein. Jemand hört, was sie sagen, und gibt es an einen Cop weiter. Das ist schon vorgekommen. Aber ich glaube nicht, dass ich ihn schnappe, bloß weil ich ein guter Detective bin.‹«

»Wie hat sie darauf reagiert?«, frage ich.

»Besser, als ich selbst reagiert hätte.« In seiner Stimme liegt Bewunderung. »Sie sagte, sie verstünde das, und dankte mir für meine Ehrlichkeit. Ich war froh, dass ich nicht gelogen hatte, denn offenbar hatte sie die Wahrheit vorher schon gekannt. Sie schwieg eine Zeit lang und bat mich dann um einen zweiten Hotdog. Ich konnte ihr ansehen, dass noch etwas kommen würde und dass ich ihr Zeit lassen musste.« Er lächelt. »Der zweite Hotdog schien ihr genauso gut zu schmecken wie der erste. Wir redeten nicht, aber das war keinem von uns beiden unangenehm, im Gegenteil. Dieses Schweigen machte uns zu Freunden.« Er wirft einen schnellen, abwägenden Blick auf uns. »Mancher würde es verdächtig finden, dass ein Cop sich mit einer Vierzehnjährigen anfreundet …«

»Der Gedanke ist mir allerdings gekommen«, sagt Alan.

Ich schaue ihn überrascht an, denn er hat ein besseres Gespür für Menschen als ich. Ich selbst hatte nicht an so etwas gedacht. Es steht Burns ins Gesicht geschrieben, dass seine Beziehung zu Heather rein väterlicher Natur gewesen ist. Ich sah es auch an seinem hilflosen Zorn, als er uns sagte, dass er den Mord an ihrem Vater nicht hatte aufklären können, und ich hörte es an seiner Stimme, die wie die eines großen Bruders klang.

Burns scheint Alans Bemerkung gelassen hinzunehmen. »Ich will ehrlich sein und Ihnen sagen, welche Probleme ich habe, damit Sie sehen können, welche ich *nicht* habe. Ich hatte eine Schwester. Sie starb mit zwölf an Leukämie. Ich war damals neun.« Bei der Erinnerung presst er die Lippen zusammen, selbst nach so vielen Jahren. »Deshalb bekam ich einen guten Draht zu Heather. Zweitens hatte ich ein kleines Spielproblem. Poker, um genau zu sein. Manchmal habe ich achtundvierzig Stunden am Stück gespielt und bin dann zur Arbeit gegangen, aufgedreht und übermüdet.« Er lächelt, als wäre das gar keine so schlechte Erinnerung. »Wäre schön und gut gewesen, wenn ich meinen Lebensunterhalt damit verdient hätte, aber so war es nicht. Ich ruinierte mein häusliches Leben und bekam Schwierigkeiten im Job.« Er zuckt die Achseln. »Aber ich bekam es in den Griff, ein für alle Mal. Haben wir uns verstanden?« Er sieht Alan an, nicht mich.

»Haben wir«, sagt Alan.

»Gut. Es war nie etwas Schlechtes an meiner Beziehung zu Heather Hollister. Niemals. Sie wollte Polizistin werden, sagte sie zu mir, und ob ich ihr helfen könne.« Er leert seine Tasse und stellt sie beiseite.

»Was haben Sie geantwortet?«, fragt Alan.

»Ich habe versucht, es ihr auszureden. Ich habe ihr gesagt, sie müsse zuerst einen guten Highschoolabschluss machen und dann auf dem College Kriminologie studieren. Ich wollte sie entmutigen. Du meine Güte, sie war erst vierzehn. Ich konnte sie mir nicht in blauer Uniform auf der Straße vorstellen und wollte es auch gar nicht.« Er schüttelt den Kopf. »Aber ich habe sie unterschätzt. Sie tat genau das, was ich ihr gesagt hatte: Sie machte einen erstklassigen Abschluss an der Highschool und studierte dann Kriminologie. Als sie zweiundzwanzig war, kreuzte sie bei mir auf und sagte, ich solle ihr helfen. Sie wollte sich bei der Polizeiakademie einschreiben.«

»Was ist mit ihrem Stiefvater?«, fragt Alan.

Ich beobachte Burns genau. Sein Gesicht verfinstert sich nicht. Es wird milde, und ein Lächeln streift die Mundwinkel. Wie die meisten Cops ist er ein vollendeter Lügner. Hätte er noch Kaffee in der Tasse, würde er jetzt bedächtig einen Schluck nehmen, um uns zu zeigen, dass die Frage ihn nicht im Geringsten berührt. »Pete? Was soll mit ihm sein?«

Ich berühre unter dem Tisch Alans Bein, und er überlässt mir die Gesprächsführung. »Hören Sie, Burns, unser Interesse gilt ausschließlich Heather. Wir können uns denken, was mit dem Stiefvater passiert ist, und es könnte uns gleichgültiger nicht sein. Aber haben Sie mal in Betracht gezogen, dass er bei der Entführung die Hand im Spiel gehabt haben könnte? Letzten Endes hat Heather dafür gesorgt, dass er vor Gericht kam und von hier verschwinden musste.«

»Ich weiß.«

»Und? Erzählen Sie uns von ihm.«

Burns hält sein Wasserglas auf eine Art, dass ich den Eindruck habe, er würde lieber an einer Kneipentheke sitzen. Er macht ein geringschätziges Gesicht. »Pete entsprach sämtlichen Klischees, die Sie sich vorstellen können. Ein kleiner, nervöser Typ, dem es einen Kick verschafft hat, Frauen zu schlagen, weil er bei Männern zu feige war. Er war ein paar Jahre zuvor in die Stadt geschneit und hat Gelegenheitsjobs angenommen. Ich weiß nicht mehr, wo Margaret ihn kennengelernt hat, aber er schätzte sie gleich richtig ein, wie solche Kerle es immer tun. Er konnte es wittern.« Wieder trinkt er einen Schluck Wasser, dass ich an Whiskey denken muss. »Gott sei Dank war Heather nicht schwach. Und er war kein Kleiderschrank.«

Ich weiß, was er meint. Die Ansicht, dass alle Schläger Feiglinge sind, ist Wunschdenken. Manche sind keineswegs feige; es macht ihnen Spaß, anderen mit ihrer bedrohlichen Größe ihren Willen aufzuzwingen.

»Wie alt war Heather, als Margaret und Pete geheiratet haben?«, frage ich.

»Knapp fünfzehn. Ich wusste nichts über Pete oder was er tat, bis Heather zu mir kam. Ich war ziemlich aufgebracht, denn ich hatte an dieser Familie persönlichen Anteil genommen. Sie hatten Schlimmes durchgestanden, und dann kommt dieses Stück Scheiße und stürzt sich auf sie wie ein Geier, der ein leichtes Fressen wittert.«

»Heather hatte ein Videoband?«, frage ich.

Er nickt. Wieder wischt ein bewunderndes Lächeln die zornige Verachtung weg. »Kluges Mädchen. Sie brachte es zu mir, und ich tat das einzig Richtige und ließ das Arschloch verhaften. Aber er hatte einen guten Anwalt, der dafür gesorgt hat, dass dem Video vor Gericht keine Beweiskraft beigemessen wurde.« Bei dem »guten Anwalt« bekommt seine Stimme einen sarkastischen Tonfall.

»Was haben Sie unternommen?«, frage ich.

»Ich habe mir einen Bekannten geschnappt, einen Ehemaligen, der ungenannt bleiben soll und der … sagen wir mal, sehr flexibel ist in der Wahl seiner Verhörmethoden. Mit diesem Bekannten ging ich den guten alten Pete besuchen. Margaret war mit Heather ins Kino gegangen.« Er stockt, und ich sehe zum ersten Mal einen Anflug von Scham auf seinem Gesicht.

»Heather hat es gewusst?«, frage ich. »Sie wusste, was geschehen würde?«

»Wie gesagt, sie war ein kluges Mädchen.« Noch ein Whiskey-Schluck von seinem Eiswasser. »Wir haben nicht geklopft. Wir warteten zehn Minuten, nachdem wir Margaret und Heather hatten wegfahren sehen, und gingen direkt ins Haus. Heather hatte die Tür für uns offen gelassen. Pete saß im Unterhemd in seinem Sessel, eine Flasche Bier im Schoß.« Er schüttelt den Kopf. »Dieser Kerl war die reinste Karikatur. Vielleicht schaute er sich Talkshows mit gewalttätigen Familienvätern an und ahmte die Typen dann nach. Ich weiß es nicht. Jedenfalls ging mein namenloser Freund hin, packte Pete an den Haaren und riss ihn nach hinten. Der Sessel kippte um, und wir machten uns an die Arbeit.« Unwillkürlich ballt er eine Hand zur Faust. Die Macht der Erinnerung.

»Zehn Minuten lang haben wir kein Wort geredet. Er muss mich erkannt haben, aber ich schätze, das hat ihm nur noch mehr Angst gemacht. Wir haben ihn tüchtig bearbeitet. Nicht so gründlich, dass er nachher nicht mehr laufen konnte, aber es hat wehgetan.

Als die zehn Minuten um waren und er zusammengekrümmt dalag, sich bepisst hatte und wimmerte wie ein Baby, redete ich mit ihm. Ich sagte ihm, er solle aus der Stadt verschwinden, noch diesen Abend. Wenn er Margaret je wieder anfasste oder sich noch einmal hier blicken ließe oder wenn er Beschwerde über mich einreichte, würde ich ihn umbringen. Und wenn er Heather je anfasste, würde ich ihn zu Tode foltern, und zwar ganz, ganz langsam.« Er zuckte die Achseln. »Er hat es kapiert.«

»Ist er abgehauen?«, frage ich.

»Oh ja. Er konnte gar nicht schnell genug wegkommen. Ich gab ihm sogar Geld, zweitausend Dollar aus einem Pokergewinn. Ich habe ab und zu nach ihm Ausschau gehalten, aber er ist nie wieder aufgekreuzt.« Er sieht mich an. Sein Blick ist nun wieder bekümmert. »Meinen Sie, er könnte etwas mit Heathers Entführung zu tun haben? Ich habe in diese Richtung ermittelt, aber nichts entdeckt. Und ich habe auch Pete nicht gefunden. Es gibt keinen Hinweis, dass er zu der Zeit oder später nach L. A. zurückgekehrt ist. Wo er sich früher immer aufgehalten hat, wurde er nicht mehr gesehen.«

Ich denke darüber nach. Die ganze Geschichte ist faszinierend und schrecklich zugleich. Heathers Komplizenschaft ist natürlich beunruhigend. Und von diesem Pete habe ich nur einen ungefähren Eindruck, der zudem von einem Mann vermittelt wurde, der ihn verabscheut. Aber trotzdem …

»Das bezweifle ich«, antworte ich schließlich. »Ich kann es nicht hundertprozentig ausschließen, aber dieser Pete scheint mir kein Mann zu sein, der sich einen klugen Plan zurechtlegt. Diese Tat ist zu ausgeklügelt für einen wie ihn.«

Burns starrt in sein Whiskey-Wasser. »Da bin ich erleichtert.«

»Ich verstehe, warum Sie sich auf den Ehemann und Pete konzentriert haben«, sage ich, um wieder auf die laufende Ermittlung zurückzukommen. »Gab es noch andere Verdächtige?«

»Einen«, antwortet er zögernd. »Heathers Freund.«

»Sie hatte eine Affäre?«

Er seufzt. »Ja. Ein netter Kerl namens Jeremy Abbott. Immobilienmakler, geschieden, ungefähr im selben Alter wie sie. Sie haben sich ein halbes Jahr lang getroffen.«

»Bevor oder nachdem Heather auf den Verdacht kam, dass ihr Mann fremdgeht?«

»Keine Ahnung. Ich habe durch eine E-Mail von ihm erfahren.«

»Warum wurde er als Verdächtiger fallen gelassen?«

Burns macht ein verwirrtes Gesicht. »Haben Sie es denn nicht gelesen? In den Akten?«

»Wir sind noch nicht ganz durch.«

»Jeremy Abbott verschwand in derselben Nacht wie Heather. Sein Wagen wurde mit laufendem Motor in seiner Einfahrt gefunden. Die Fahrertür stand offen, und einer seiner Schuhe lag neben dem Auto.«

»Man hat nie wieder etwas von ihm gehört?«, fragt Alan.

Burns schüttelt den Kopf. »Nichts. Genau wie bei Heather. Wie vom Erdboden verschluckt.«

Ich schaue Alan an. Er nickt.

»Was ist?«, fragt Burns.

»Wir überlegen gerade«, antworte ich, »ob Jeremy vielleicht auch in Kürze irgendwo aus einem Wagen geworfen wird.«

KAPITEL 14 Der Tag ist makellos. Der Himmel über Kalifornien ist blau von einem Horizont zum anderen, und die Sonne scheint mit sanfter Wärme. Ein Tag für T-Shirts und Jeans und auch für Sonnenbrillen, wenn man will. Eltern und Surfer schauen sich das Wetter an und denken an das Wochenende in der Hoffnung, dass diese unverhoffte Belohnung anhält.

Wir sind unterwegs zu Douglas Hollister, und ich bin aufgeregt. Nicht wie ein Kind, das in den Comic-Laden darf, sondern wie ein Raubtier, bevor es seine Beute reißt.

Ich habe mir von Heather Hollister ein Bild gemacht. Genau wie ich hat sie in jungen Jahren ein Elternteil verloren. Wie ich hat sie ihre Lebensaufgabe in der Arbeit eines Cops gesehen. Doch unsere Beweggründe waren verschieden: Sie wollte Gerechtigkeit für die Welt als Ausgleich für den Mangel an Gerechtigkeit, die ihrem Vater zuteil geworden war, während ich durch einen inneren Sirenengesang dazu verlockt wurde, Polizistin zu werden.

Nach allem, was man hört, hat Heather einen guten Job gemacht. Sie hat sich von ihrer Besessenheit nicht kaputt machen lassen. Sie hat sich für die Opfer interessiert, denen sie als Ermittlerin über den Weg lief. Und sie hat Zeit gefunden, zu heiraten und Kinder zu bekommen.

Jetzt hat sie ihren Mann und ihre Kinder verloren. Das Leben, das sie kannte, gibt es nicht mehr. Unsere Lebensgeschichten sind sehr verschieden und doch ähnlich.

Ich fühle mich ihr so verwandt, dass es eine schmerzliche Sehnsucht auslöst. Ich fühle mit jedem Toten, der in meine Zuständigkeit fällt. Jeder hatte ein Leben mit Hoffnungen und Träumen, mit Langeweile, Lachen, Tränen und täglichem Einerlei. Das gilt für alle, doch bei einigen kann ich es so deutlich sehen wie jetzt die Hügel neben dem Highway durchs Wagenfenster.

David Rhodes ist ein Schriftsteller, den ich sehr schätze, auch wenn er manchmal ein bisschen unzugänglich sein kann. In einem seiner Bücher gibt es einen Abschnitt, der einen Gedanken ausdrückt, der eine große Rolle für mich spielt: das Abgekapseltsein, das Leben als Insel, das jeder von uns führt.

> Jeder Mensch denkt, dass sein Traum Verehrung verdient. Er kam von ihm, es gibt ihn nicht zweimal, also muss er einzigartig sein.
>
> Gott sagt (mit donnernder, zorniger Surroundanlagen-Stimme, die das Gebälk der Welt zum Zittern bringt): TORHEIT!
>
> Und der Mensch zittert.
>
> Gott kauert sich in seinen weißen Gewändern hin und legt dem Menschen den Arm um die Schultern. Es ist eine erhabene Umarmung, Muttermilch, Vaterzorn, Freude am Erschaffen der Welt.
>
> Gott sagt (nicht unfreundlich): Nun, da ich deine Aufmerksamkeit habe, hör mir zu: Jeder Traum ist schon einmal geträumt worden, tausend Mal, zehntausend Mal. Die Wünsche, die du für einzigartig hältst, hatten schon Millionen Träumer vor dir. Sie wachen jeden Tag auf, um den Lohnkrieg zu führen. Um für das Überleben ihrer selbst und derer zu kämpfen, die sie lieben. Um einen ordentlichen Anzug tragen zu können. Um kräftigen Wein trinken zu können. Um am Abend in den Armen eines geliebten Menschen zu liegen. Der Traum ist nie neu, mein Sohn. Nur der Träumer.
>
> Gott lächelt den Sonnenuntergang.
>
> O Mensch, liebliches Kind, wie ich deine Torheit liebe.

Man sagt, jeder Trottel kann ein Kind haben, und das stimmt. Äußerlich sind sie gleich. Die Lebensgeschichte ist in den Umrissen gleich. Aber die eigentliche Wahrheit lautet, dass keiner von ihnen gleich ist. Bei jedem verläuft das Leben anders. Nur die Weltverdrossenen glauben das nicht.

Tommy und Bonnie sind bestimmt nicht wie Matt und Alexa. Das ist in Ordnung. Sie sind sie selbst. Von Ferne besehen, mögen sie sich ähneln, aber bei näherer Betrachtung stellt man fest, dass beide Lieder zwar schön und harmonisch sind, aber einen unterschiedlichen Klang haben.

So sehe ich jetzt Heather. Ich begreife sie nicht mehr als Opfer, mit dem mich bestimmte Dinge verbinden, die wir gemeinsam haben, sondern als Individuum, das der Welt mehr gegeben hat, als es von ihr bekam. Ihr Ehemann, Douglas Hollister, hat zwar nicht ihren Körper, aber ihr Leben zerstört.

Nun sind wir unterwegs zu diesem Mann, und ich hoffe, unser Besuch macht ihn fertig.

»Meinst du, Burns bleibt cool?«, fragt Alan.

Ich wende den Blick von den vorbeiziehenden Hügeln und meine Gedanken von Douglas Hollisters Untergang ab.

»Was hast du gesagt?«

»Burns. Er war mir ein bisschen zu heiß auf die Sache. Ich mache mir Sorgen.«

Er hat recht. Burns geiferte schon, wenn er nur daran dachte, ein großes saftiges Stück aus Hollister herauszubeißen.

»Ich glaube, er wird sich zusammenreißen. Er ist schon zu lange Cop. Er wird den Kerl nicht gleich umbringen.«

Alan sieht mich von der Seite an, schaut dann wieder auf die Straße. »Hoffst du.«

Oder vielleicht auch nicht, denke ich, sage es aber nicht laut.

Douglas Hollister wohnt in Woodland Hills in einem hübschen, zweigeschossigen Haus. Es ist weiß verklinkert und hat Kassettenfenster, und im Vorgarten steht ein einzelner, ausgewachsener Baum. Der Rest ist grüner Rasen, kurz geschnitten. Reizvoll, hübsch, aber einfallslos. So sehen Tausende von Häusern aus, die während des Baubooms in die Höhe gezogen wurden. Hollister lebt hier seit drei Jahren mit seiner neuen Frau Dana; daher vermute ich, dass sie das Haus gekauft haben, als die Immobilienpreise auf dem Höchststand waren.

»Was halten Sie von Dana Hollister?«, habe ich Burns gefragt.

»Ich glaube, sie ahnt nichts und liebt diesen Kerl«, hat er geantwortet, was unseren Vermutungen auf der Grundlage des Schwarz-Weiß-Fotos entspricht, das die beiden zeigt, wie sie aus dem Hotelzimmer kommen. »Dana betrügt seine Frau mit ihm, und das spricht natürlich gegen sie, aber sie schien mir nie eine große Leuchte zu sein. Eher dumm als bösartig.«

Er zählte die übrigen Fakten auf. Dana Hollister arbeitet seit ein paar Jahren im Immobiliengeschäft; sie hat damit angefangen, kurz bevor sie Douglas kennenlernte. Sie machte ihren Job ordentlich, kündigte aber vor einem Jahr nach dem Platzen der Immobilienblase. Jetzt versucht sie, sich selbstständig zu machen.

»Mit einem Andenkenladen oder etwas in der Art«, sagte Burns und schaute auf die Uhr. »Sie müsste jetzt dort sein. Der Laden hat jeden Tag geöffnet. Sie arbeitet hart, das muss ich ihr lassen.«

»Dann beobachten Sie die Familie noch immer?«, fragte Alan.

»Ja. Bis der Kerl im Knast sitzt«, hat Burns geantwortet, und seine Stimme war ausdruckslos.

Nun parkt Alan am Bordstein vor dem Haus und zieht so weit vor, dass Burns' Wagen bequem hinter unseren passt. In der Auffahrt steht ein weißer Honda Accord. Wir steigen aus. Ich muss mich schütteln, so kalt ist es während der kurzen Fahrt geworden. Der Februar in Südkalifornien ist launisch wie immer.

»Wie wollen Sie die Sache angehen?«, fragt Burns.

»Er wird gewarnt sein, wenn er Sie sieht«, antworte ich. »Und das ist gut. Ich werde uns vorstellen, und wir zeigen ihm unsere Dienstausweise. Das wird ihn noch nervöser machen. Danach überlassen wir Alan das Reden.«

Burns mustert Alan prüfend. »Ich habe Gerüchte über Sie gehört. Sie sollen bei Befragungen ziemlich scharf rangehen.«

Alan zuckt die Achseln. »Ist alles bloß Methode. Körpersprache, Augenbewegungen. Das kann jeder lernen.«

»Es kann auch jeder Golf spielen«, wendet Burns ein, »aber es gibt nur einen Tiger Woods.«

»Wir müssen ihn in die Defensive drängen«, sagt Alan, »aber wir dürfen dabei nicht aggressiv erscheinen. Es muss eher so sein, als kämen wir, um ihm eine schlimme Nachricht zu überbringen, und nicht, als würden wir ihn verdächtigen.« Er mustert Burns. »Meinen Sie, Sie kriegen das hin?«

»Keine Bange. Ich werde zerknirscht aus der Wäsche gucken.«

»Gut. Wir bringen ihn dazu, uns ins Haus zu lassen. Das Reden übernehme ich. Lassen Sie mich direkt neben ihm sitzen. Ich muss ihn genau beobachten können, wenn ich ihm sage, dass seine Frau am Leben ist. Die erste Reaktion ist die wichtigste.«

Wir gehen über einen tristen grauen Betonweg zur Haustür. Mir fällt auf, dass die Auffahrt neu gemacht worden ist. Mit Ziegeln gepflastert. Bei ein paar Nachbarhäusern ist es genauso. Ich kann es nicht leiden. Man sollte sein Haus anstreichen, einen Baum pflanzen, einen Garten anlegen, wenn möglich. Aber Auffahrten? Die sind dazu da, mit dem Wagen aus der Garage auf die Straße zu fahren.

Alan hebt seine riesige Faust und schlägt so fest gegen die Tür, dass ich erschrecke. Er wartet einen Moment, zwinkert uns zu und klopft erneut so fest, dass ich zu sehen glaube, wie die Tür sich nach innen biegt.

Nichts tut sich. Ich beobachte die Vorderfenster, doch niemand zieht einen Vorhang zurück, um zu sehen, wer da klopft. Ich habe auch nicht das Gefühl, dass jemand durch den Türspion späht.

Alan zuckt die Achseln. »Aller guten Dinge sind drei.«

Ich wappne mich, als ich sehe, wie er ausholt. Er hämmert die

Faust gegen das Holz, dass ich beinahe laut auflache, nur dass die Situation überhaupt nicht komisch ist.

Alan setzt zum nächsten Schlag an, als Burns die Hand hebt. »Warten Sie. Hören Sie das?«

Ich höre gar nichts, aber vielleicht hat Burns ja Fledermausohren. Dann aber höre ich es auch: das Flüstern von Socken, die über Holzdielen gleiten. Wir straffen die Schultern. Das Geräusch verstummt, und der Türspion verdunkelt sich.

»Ja?« Es ist eine Männerstimme.

Alan sieht mich an. Wir wollen Hollister nervös machen, aber erst später, nachdem er uns hereingelassen hat. Eine Frauenstimme ist jetzt erst einmal besser.

»Mr. Hollister?«, frage ich.

»Ja?«

»Ich bin Special Agent Smoky Barrett, FBI. Wir müssen Sie sprechen, Sir.«

Eine lange Pause.

»Sir?«, frage ich nach.

Stille. Dann:

»Einen Augenblick.«

Wir hören den Schlüssel im Schloss. Die Tür öffnet sich, und Douglas Hollister steht vor uns. Er hat inzwischen ein wenig Grau im Haar und ist ein bisschen fülliger geworden, aber nicht viel. Er sieht fast so gut aus wie auf den Hotelfotos.

Nur nicht so glücklich.

Im Augenblick erinnert er mich an Al Pacino in *Scarface*. Er sieht aus, als hätte er den Kopf gerade in einen Haufen Kokain gesteckt und tief Luft geholt, sodass er jetzt auf dem Trip des Jahrhunderts ist. Sein Blick huscht von mir zu Alan zu Burns, dann wieder zu mir. Er hat Tränensäcke unter den Augen, ist unrasiert und vermutlich auch ungeduscht, dem Geruch nach zu urteilen. Ich blickte an ihm hinunter und entdecke etwas Eigentümliches: Er hat nur eine Socke an.

Er lächelt. Es sieht verzerrt aus, wie auf Befehl mit vorgehaltener Waffe.

»Kann ich etwas für Sie tun?«, fragt er. Seine Stimme kiekst ein bisschen, und er räuspert sich und grinst noch einmal. »Verzeihung. Kann ich etwas für Sie tun?« Ein bisschen besser diesmal, aber jetzt fängt er an zu schwitzen. Am Haaransatz bilden sich feine Perlen.

Ich zeige ihm meinen Ausweis, Alan ebenfalls. »Mein Partner Alan Washington«, stelle ich ihn vor. »Detective Burns kennen Sie ja schon.«

Holliste reagiert mit mühsam zurückgehaltenem Erschrecken, das für einen Augenblick von Zorn verdrängt wird; dann hat er sich wieder unter Kontrolle.

»Worum geht's?«, fragt er an mich gerichtet.

»Wir haben eine wichtige Nachricht für Sie. Dürfen wir hereinkommen? Mir wäre es lieber, wenn Sie sitzen.«

Er reißt die Augen auf und ringt die Hände. Es wirkt gekünstelt. »Ist es Dana? Ist ihr was passiert?«

»Nein, Sir«, beruhige ich ihn. »Dürfen wir hereinkommen?«

Die ruhige, respektvolle Art meines Auftretens scheint zu wirken. Hollister entspannt sich ein wenig und fährt sich mit der Hand durch die Haare, die wahrscheinlich seit Tagen nicht gewaschen wurden. »Klar. Entschuldigen Sie. Natürlich.« Er tritt zur Seite, sodass wir ins Haus können. »Ich bin ein bisschen neben der Spur. Ich war krank und hatte gerade ein Nickerchen gemacht. Ich dachte, ich träume, als ich das laute Klopfen hörte.«

»Tut mir leid, Sir.« Er bekommt mein Entschuldigungslächeln, gewissermaßen ein stummes »Was soll man machen?«. »Ist eine Angewohnheit von uns. Wenn wir laut klopfen und niemand kommt, besteht Grund zu der Annahme, dass die Bewohner verletzt, bewusstlos oder tot sind.« Das habe ich aus dem Stegreif erfunden, aber jetzt kommt es darauf an, Alans Beurteilungsmaschine mit Eindrücken und Informationen zu füttern. Ich weiß, dass er jedes Zucken, jede Veränderung in Hollisters Augen in sich aufnimmt.

Hollister starrt mich an. Offenbar verarbeitet er den Gedanken, dass jemand lernen muss, so laut zu klopfen, dass er beurteilen kann, ob jemand tot ist oder nur schläft. »Wow«, sagt er schließlich.

»Wo können wir uns unterhalten, Sir?«

»Hier entlang.« Er dreht sich um und geht voraus.

Während wir ihm folgen, schaue ich mich um. Eine hübsche Einrichtung im südkalifornischen Stil: blitzblanke, helle Hartholzböden, gewölbte Decken mit glattem Putz, indirekte Beleuchtung. Eine Treppe mit Holzgeländer und beigefarbenem Teppich führt ins Obergeschoss. Das Haus ist groß. Ich tippe auf fünf Schlafzimmer. Wahrscheinlich drei oben, einschließlich des Zimmers der Eltern, und zwei unten. Nett.

Wir kommen an der Küche vorbei, die geräumig und schick ist, mit Granitarbeitsplatte und Edelstahlgeräten, ohne dabei kalt zu wirken. Schnickschnack und Topfpflanzen stehen auf Zierdeckchen, die ein Stilbruch sind. Das ist nicht die Küche eines Puristen. Die Kühlschranktür ist unter Zetteln und Magneten verschwunden. An der Wand hängt ein Emailschild mit dem Spruch »Gott segne dieses Heim«.

Wir gelangen ins Wohnzimmer, in dem es nicht viel anders aussieht. Ein Fünfzig-Zoll-Plasmafernseher steht gegenüber einer langen Couch. Ich sehe eine Xbox und einen Stapel Spiele. Ein gefülltes DVD-Regal in gefälliger Unordnung. Auf dem Sofatisch liegt eine feine Staubschicht, schätzungsweise drei oder vier Tage alt.

Das kommt mir bekannt vor. Es ist das Zuhause eines berufstätigen Paares, das sich Mühe gibt, den Zeitmangel aufzufangen, und das seine Sache ganz gut macht. Überall sieht man Nachlässigkeit, aber sie ist nicht störend, und es ist nirgendwo schmutzig. Dasselbe finde ich jeden Abend vor, wenn ich nach Hause komme.

Hollister bittet uns mit einer Geste, auf dem Sofa Platz zu nehmen. Alan setzt sich neben ihn, Burns nimmt auf der anderen Seite Platz. Ich bleibe stehen. Es geht nichts über eine kleine Abweichung, wenn man für Unbehagen sorgen will.

Ich schaue in den Garten, als Alan zu reden anfängt. Es ist ein großer Garten ohne Bäume, aber mit saftigem grünem Gras.

»Gestern hat sich etwas ereignet, Mr. Hollister«, sagt Alan. »Wissen Sie noch, an welchem Tag Ihre erste Frau entführt wurde?«

»Heather?«

»Ja.«

Hollister denkt darüber nach und schwitzt. »Äh … warten Sie. Es war nach ihrer Fitnessstunde. Mitte der Woche. Mittwoch. Ja. An einem Mittwoch. Warum?«

»Wo waren Sie zu der Zeit?«

Verärgerung huscht über sein Gesicht, doch er antwortet ohne Zögern. Hier bewegt er sich auf sicherem Boden. »Ich war zu Hause.«

»Was haben Sie getan?«

Hollister gräbt in seinem Gedächtnis. »Ich habe mir einen Film angesehen. Meine Söhne haben schon geschlafen. Der Film war, äh … *Dirty Harry*.«

Alan schmunzelt. »Clint. Ein Mann nach meinem Herzen. Was halten Sie von ihm? Ist er als Schauspieler oder als Regisseur besser?«

Burns wirf mir einen Blick von der Seite zu. Ich ignoriere ihn. Er weiß nicht, worauf es Alan ankommt, aber ich weiß es.

Hollister findet die Frage genauso rätselhaft. Dennoch antwortet er. »Ich finde ihn als Regisseur besser. Ich mag die Dirty-Harry-Filme und die Western, aber erst als Regisseur konnte er zeigen, was wirklich in ihm steckt.«

»Ganz meine Meinung. Welchen Film halten Sie für seinen besten? Filme, bei denen er Regie geführt hat, meine ich.«

Hollister überlegt. Dass er überhaupt auf diese Fragen antwortet, stärkt meinen Verdacht, dass er schuldig ist. Bei einer Vernehmung stürzt ein Schuldiger sich auf jede Möglichkeit, sich beliebt zu machen, weil er meint, dass wir ihm wegen seiner Freundlichkeit mehr trauen. Hollister jedoch bemüht sich so verzweifelt um Alans Sympathie, dass er sich nicht einmal zu wundern scheint, warum Clint Eastwood das Gesprächsthema ist.

»*Mystic River*, würde ich sagen.«

»Ihre Frau Heather wurde lebend aufgefunden.« Alan wechselt den Gang, ohne auf Hollisters Antwort einzugehen.

Man könnte eine Stecknadel fallen hören. Hollister starrt Alan an. Er macht eine Schluckbewegung wie ein Fisch, der einen Köder herunterwürgt. »Heather wurde gefunden?«, sagt er schließlich. »Wo?«

Ich runzle die Stirn. *Gefunden?* Nicht: *Sie lebt?* Eine seltsame Rückfrage.

»Sie wurde auf einem Hotelparkplatz aus einem Auto geworfen. Meine Kollegen und ich haben dort an einer Hochzeitsfeier teilgenommen. Wir vermuten, der Täter hat den Ort wegen der vielen Polizisten ausgesucht.«

»Viele Polizisten? Was meinen Sie damit?«

Wieder eine seltsame Rückfrage.

»Fast jeder Hochzeitsgast gehörte zum FBI oder zum LAPD.«

Hollister sieht weg. Sein Blick streift mich und huscht sofort in eine andere Richtung. Er schwitzt jetzt noch heftiger, hat bereits nasse Flecke unter den Achseln.

»Wow«, bringt er hervor. »Ich weiß nicht, was ich sagen soll. Das ist ein bisschen … erschütternd.«

Ein bisschen?

Er zeigt mit dem Finger auf Burns und legt selbstgerechte Empörung an den Tag. »Sehen Sie! Ich habe Ihnen ja gesagt, dass ich Heather nicht umgebracht habe. Sie haben mich verfolgt, haben mir keine Ruhe gelassen, aber Heather lebt! Es geht ihr gut!«

Mir fällt beinahe die Kinnlade herunter. »Das würde ich nicht gerade behaupten, Sir. Wir vermuten, dass sie acht Jahre lang von der Außenwelt abgeschnitten war. Sie hat eine schwere Psychose. Da kann man wohl kaum von ›gutgehen‹ sprechen.«

Ich spüre Alans warnenden Blick und zügle mich.

»Sie haben recht«, sagt Hollister kleinlaut. »Es ist nur … ich fühle mich wie eine Kugel im Flipperautomaten. Es ist einfach …« Er klemmt die Hände zwischen die Knie und senkt den Blick. »Acht Jahre sind eine lange Zeit. Als Heather spurlos verschwand, hätte ich mich beinahe umgebracht. Dann wurde mir vorgeworfen, an ihrem Verschwinden schuld zu sein, sie sogar getötet zu haben.« Er schaut zu Burns hinüber. »Ich weiß, Sie haben nur Ihre Arbeit gemacht. Ich entschuldige mich für meinen Ausbruch.«

»Kein Problem«, sagt Burns entsprechend der Regieanweisung, aber ich kann seine Anspannung spüren.

»Wo ist Heather jetzt?«, fragt Hollister. »Ist sie verletzt? Kann ich zu ihr?«

Das sind die Fragen, die er *sofort* hätte stellen müssen.

»Sie wird noch ärztlich untersucht«, sagt Alan. »Bisher fanden sich keine Anzeichen auf bleibende körperliche Schäden, aber ihr psychischer Zustand gibt Grund zur Sorge. Die Ärzte würden es begrüßen, wenn sie im Augenblick noch keinen Besuch bekäme.«

Ich bewundere immer wieder, wie mühelos Alan seine Ausdrucksweise wechseln kann. In normalen Situationen redet er unbekümmert drauflos; jetzt klingt er förmlich, beinahe gespreizt.

»Ich verstehe«, sagt Hollister und gibt für meinen Geschmack ein bisschen zu schnell auf. »Haben Sie schon eine Idee? Ich meine, wer ihr das angetan haben könnte?«

Das ist die Frage, die ihn wirklich interessiert. Alan wartet, lässt Hollister ein bisschen zappeln, wobei er ihn anschaut. »Nein«, antwortet er schließlich. »Ich fürchte, nein. Wir hoffen, dass Mrs. Hollister Licht in die Sache bringen kann, wenn sie wieder zu sprechen anfängt.«

Hollister beugt sich leicht vor. Mit einem Mal ist ihm gespannte Neugier anzumerken. »Glauben Sie denn, Heather findet die Sprache wieder?«

Ich staune. Entweder ist der Kerl der beste Lügner der Welt, oder der Schock hat ihn tatsächlich ein bisschen aus der Bahn geworfen.

Wieder macht Alan eine ausgedehnte Pause. Er zieht sie so sehr in die Länge, dass Hollisters Gesicht vor Anspannung zuckt.

»Das ist zurzeit ebenso ungewiss, fürchte ich«, antwortet Alan schließlich.

»Ich verstehe«, sagt Hollister. Er lächelt nun wieder. »Möchte jemand ein Bier? Ich kann jedenfalls eins gebrauchen.«

Wieder eine völlig unpassende Reaktion. Alan zuckt nicht mit der Wimper.

»Danke, Sir, aber wir dürfen nicht. Wir haben fast alles erfahren … ich meine, besprochen, weshalb wir hergekommen sind.«

Alans Versprecher war keiner. Hollisters Auge zuckt bei dem Wort »erfahren«.

»Äh … in Ordnung«, sagt er heiser und starrt Alan an. Er klingt, als wäre sein Mund staubtrocken.

»Fällt Ihnen noch etwas ein, das uns weiterhelfen könnte, Sir? Ist bei Ihnen kürzlich etwas vorgefallen, das mit dem Auftauchen Ihrer Frau zu tun haben könnte? Hat jemand Kontakt mit Ihnen aufgenommen? Eine seltsame Nachricht hinterlassen? Per E-Mail zum Beispiel?«

»Nein, nichts dergleichen«, sagt Hollister.

»Irgendetwas anderes?«

»Nichts. Das ist ja das Seltsame. Bis vor drei Tagen war alles wie immer, und jetzt auf einmal ist alles anders geworden.«

Er lügt nicht, ich höre es an seinem Tonfall. Das Problem liegt wieder in seiner Wortwahl: Heather ist gestern aufgetaucht, nicht schon vor drei Tagen.

Alan nickt mitfühlend. »So kann es kommen. Manchmal sind wir schon sicher, die Schäfchen auf dem Trockenen zu haben, und plötzlich unterläuft uns ein Fehler.«

»Ja.« Hollister starrt ihn mit banger Faszination an.

»Sie haben zwei Söhne, nicht wahr?«, fragt Alan.

»Ja. Avery und Dylan.«

»Was glauben Sie, wie sie auf die Nachricht reagieren werden?«

»Ich habe keine Ahnung.«

Hollisters Blick ist mit einem Mal kühler geworden, seine Stimme ausdruckslos. Alan hat es ebenfalls wahrgenommen. »Wo sind Ihre Söhne jetzt?«

»Bei einem Freund.«

Zum ersten Mal unterbricht Alan den Blickkontakt mit dem Verdächtigen und schaut mich an. Ich sehe, dass er sehr besorgt ist. Er wendet sich wieder an Hollister. »Lassen Sie mich einen Augenblick mit meiner Vorgesetzten reden, Sir, danach sind Sie uns los. Sie und Detective Burns können sich ja in der Zwischenzeit ein bisschen unterhalten.«

Hollister beäugt den Polizisten skeptisch. »Ja, sicher.«

Alan steht auf und drängt mich in die Küche. »Wir haben ein Problem«, sagt er.

»Welches?«

»Er lügt. Die Söhne sind nicht bei einem Freund. Warum sagt er es dann? Wieso lügt er bei einer solch relativ harmlosen Frage?«

Es durchfährt mich eiskalt. »Du meinst, sie sind hier?«

Alan nickt. »Möglich. Irgendetwas – oder jemand – hat

Hollister furchtbar erschreckt. Als ich das letzte Mal bei einem Verdächtigen, der zu Hause befragt wurde, ein solches Verhalten beobachtet habe, stellte sich heraus, dass er seine Frau umgebracht hatte, kurz bevor wir gekommen waren. Es hat lange gedauert, bis er an die Tür kam, genau wie bei Hollister. Weißt du warum?«

»Er hat die Leiche versteckt?«

»Nahe dran. Er hat sich das Blut von den Händen gewaschen. Die Leiche lag hinter der Couch, während wir mit dem Mann gesprochen haben.«

»O Gott.« Allein bei der Vorstellung bekomme ich eine Gänsehaut.

»Was hast du jetzt vor?«

Ich schaue zu Hollister hinüber, der mit Burns eine schleppende Unterhaltung führt. Hollister hat uns hereingelassen, aber wir haben keinen Durchsuchungsbeschluss. Deshalb sind wir bei der Ermittlung auf das beschränkt, was sich in unserem unmittelbaren Blickfeld befindet.

»Wir müssen den Druck erhöhen«, sage ich. »Wir haben nichts in der Hand, um sein Haus zu durchsuchen. Tun wir es trotzdem, besteht die Gefahr, dass Beweisstücke, die wir möglicherweise entdecken, als unzulässig abgewiesen werden. Wir müssen ihn hier und jetzt zum Reden bringen.«

»Und wenn das nicht klappt?«

Ich blicke Alan forschend an. »Was sagt dir dein Gefühl? Sind die Jungen am Leben, oder sind sie tot?«

»Tot.« Er sagt es ohne Zögern. »Hollister wurde eiskalt, als ich ihn auf die Jungen ansprach.«

»Hast du eine Idee?«

Alan lässt die Fingerknöchel knacken und beobachtet Hollister. »Ich sollte es ihm auf den Kopf zusagen«, antwortet er schließlich. »Ich werde ihm zuerst ein bisschen von Neurolinguistik erzählen, dann sehen wir weiter.«

Wir gehen zurück ins Wohnzimmer. Alan setzt sich auf seinen alten Platz. Ich bleibe stehen.

»Entschuldigen Sie«, sagt Alan.

»Kein Problem«, meint Hollister. Er ist merklich erleichtert, das Gespräch mit Burns nicht fortsetzen zu müssen.

»Ich möchte Ihnen etwas über die neurolinguistische Befragungsmethode erzählen, Mr. Hollister.«

»Neuro... was?« Hollister runzelt verwirrt die Stirn.

»Die neurolinguistische Befragungsmethode. Sie hilft einem Ermittler zu erkennen, ob bei einem Befragten gerade ein Denk- oder ein Erinnerungsprozess abläuft. Ein Denkprozess liegt dann vor, wenn der Befragte sich die Antwort überlegen muss. Als ich vorhin nach Clint Eastwoods bester Regie gefragt habe, mussten Sie sich die Filme, die Sie gesehen haben, erst ins Gedächtnis rufen, um sich auf dieser Grundlage entscheiden zu können. Können Sie mir so weit folgen?«

»Ich glaube schon«, antwortet Hollister verwirrt.

»Geht es um eine Erinnerung, ist kein Denkprozess erforderlich. Man braucht nur sein Gedächtnis und muss die Erinnerung lokalisieren. In beiden Fällen nutzen wir unterschiedliche Teile des Gehirns, und die Vorgänge werden von spezifischen körperlichen Reaktionen begleitet.« Alan beugt sich vor. »Diese Reaktionen lassen sich in den Augen ablesen.«

Wieder zuckt es in Hollisters Gesicht. »In den Augen?«, wiederholt er ein bisschen debil.

Alan nickt. »Die meisten Menschen blicken nach rechts oben, wenn sie sich erinnern. Wenn sie ein Problem lösen, blicken sie meistens nach links unten. Das variiert, aber nach einer bestimmten Anzahl Fragen erhält man dieses Reaktionsmuster. Wissen Sie, warum es so bedeutsam ist?«

»Weil man erkennen kann, wann jemand lügt«, sagt Hollister.

»So ist es. Wenn man nach einer Erinnerung fragt und bei dem Befragten setzt ein Denkprozess ein, weiß man, dass er lügt.

Als ich Sie gebeten habe, sich zu erinnern, an welchem Tag Ihre Frau entführt wurde, haben Sie nicht gelogen. Sie haben sich erinnert.« Alan zuckt die Achseln. »Natürlich gibt es noch andere Anzeichen. Nervosität zum Beispiel. Sie waren bereits nervös und haben geschwitzt wie ein Schwein, als wir hereinkamen. Sie sagten, Sie seien krank und hätten geschlafen, aber ich glaube Ihnen nicht.«

Hollister schweigt. Er hat sich in den Vogel verwandelt. Alan ist die Kobra.

»Was mich ernsthaft beunruhigt, ist Folgendes.« Alan rückt näher heran, schiebt ein Knie zwischen Hollisters und erzeugt eine unterschwellige Bedrohung seiner Männlichkeit. »Als ich Sie gefragt habe, wo Ihre Söhne sich aufhalten, haben Sie gelogen. Und das macht mir Sorgen, Mr. Hollister. Was könnte Sie bei der harmlosen Frage, wo Ihre Jungs sind, zu einer Lüge veranlassen?«

Hollisters Augen sind immer größer geworden, und sein Mund steht offen, doch ich bezweifle, dass es ihm bewusst ist. Er zerbricht vor unseren Augen.

»Außerdem achten wir auf die sogenannten Affekte«, fährt Alan fort. »Vereinfacht gesagt handelt es sich dabei um die sichtbaren Wirkungen bestimmter Emotionen, die jemand erlebt – ein gelangweilter Affekt, ein trauriger Affekt und so weiter.« Er rückt noch näher und schiebt das Knie noch weiter vor. Es ist nur noch eine Handbreit von Hollisters Schritt entfernt.

Hollister furzt, ohne es zu merken, doch für uns ist es verräterisch genug. Man erlebt so etwas manchmal bei Vernehmungen. Furzen oder Rülpsen sind unwillkürliche Angstreaktionen, unabhängig von Schuld oder Unschuld eines Befragten.

»Ihr Affekt, als ich nach Ihren Söhnen fragte, wechselte von ängstlich bis zu gefühllos. Wissen Sie, bei wem ich diese Reaktion meistens erlebe?« Alan reckt den Kopf nach vorn. »Bei Mördern.«

Hollister schluckt. Er zittert jetzt am ganzen Körper. Die meisten Leute haben keine Ahnung, wie vernichtend ein Verhör sein kann.

»O Mann, er macht sich nass«, murmelt Burns.

Ich sehe, wie der Fleck sich ausbreitet, noch ehe ich es rieche.

»Wo sind die Leichen Ihrer Söhne?«, fragt Alan.

Hollister bleibt stumm. Er kann nicht mehr sprechen. Stattdessen streckt er den Arm aus und zeigt zur Treppe.

Ich verliere keine Zeit. Ich überlasse Hollister meinen Kollegen und stürme die teppichverkleideten Stufen hinauf. Im Flur brennt Licht. An den weißen Wänden hängen dicht an dicht gerahmte Fotos. Was die Schlafzimmer angeht, habe ich falsch gelegen: Es sind nur zwei. Die Flügeltür führt ins Elternschlafzimmer, während eine andere, schlichte Tür am rechten Ende des Flurs in das andere Schlafzimmer führt. Die dritte Tür gehört zum Bad; ich sehe es, weil sie offen steht.

Ich nehme mir das Elternschlafzimmer zuerst vor. Als ich die Tür aufdrücke, schlägt mir Fäkaliengeruch entgegen. Ich ziehe die Nase kraus und gehe mit gezogener Waffe weiter. Das Zimmer ist erstaunlich schmucklos. Über dem Ehebett hängt ein Ventilator. Eine Wand ist dunkelblau gestrichen, die anderen weiß. Die Möbel sind aus Holz und weder alt noch neu.

Von jetzt an werde ich Beige mit ganz anderen Augen sehen.

Die Witzelei verjagt die Angst nicht, und beinahe drücke ich ab, als ich das Geräusch höre: ein Schnauben, dann ein nasses Schmatzen. Es kommt aus dem Bad.

Ich atme tief durch, konzentriere mich und bewege mich zur Tür. Sie ist nur angelehnt, und ich schiebe sie auf.

Ich sehe Avery und Dylan Hollister sofort. Ich habe nichts anderes erwartet, dennoch werden mir vom Schock die Knie weich. Auf dem Boden liegt ein dicker Badezimmerteppich, der bis zur Wanne und zur Dusche reicht. Einer der Jungen liegt auf der Seite, das Gesicht zum Teppich gedreht, sodass sein Hinterkopf und die Ohren zu sehen sind. Er hat Blutergüsse am Hals. Der andere Junge liegt auf dem Rücken, mit dem Gesicht nach oben; die Augen sind geschlossen, der Mund steht offen. Ich knie mich hin, taste bei dem ersten Jungen nach dem Puls, hoffe ihn zu spüren, rechne aber nicht damit.

Nichts.

In diesem Moment höre ich wieder das Schmatzen.

Ich springe auf, die Waffe erhoben. Das Geräusch kommt aus der Wanne, die sich als tiefer Whirlpool entpuppt. Langsam bewege ich mich darauf zu. Ich kann einen Leichensack darin liegen sehen. Ein weißes Plastikrohr lugt heraus. Plötzlich bewegt sich der Sack, und ein nasses Gurgeln dringt daraus hervor.

Ich stecke die Waffe weg und steige in den Whirlpool, ohne nachzudenken. Mir zittern die Hände, als ich den Reißverschluss aufziehe. Der Fäkaliengestank ist übelkeiterregend, doch ich beachte ihn nicht. Ich kann nur eines denken: In dem Sack steckt jemand, der noch lebt, der möglicherweise verletzt ist, und die Zeit arbeitet gegen ihn. Ich schlage die Seitenbahnen auseinander, und ein furchtbarer Gestank steigt empor. Ich blicke auf die Frau, die in dem Sack steckt. Ich kann spüren, wie mir das Blut aus dem Gesicht weicht. Einen Moment ist mir schwindelig.

Ich setze mich auf den Wannenrand. Ich will Alan rufen, bekomme aber kein Wort heraus. Ich kann nur noch starren.

Die Frau ist Dana Hollister. Ich erkenne sie wieder. Sie ist nackt. Ihr Blick ist leer, und der schlaffe Mund steht offen und bewegt sich hungrig in einem Kaureflex, nur noch auf der Ebene primitiver Instinkte. Sie sabbert. Speichel läuft ihr übers Kinn. Das Plastikrohr, das aus dem Sack ragte, ist weggerutscht.

»Dana?«, flüstere ich.

Keine Antwort. Sie starrt ins Leere, ohne etwas zu sehen. Immer noch läuft ihr Speichel aus dem Mund. Sie wirkt völlig unbeteiligt, willenlos, hirnlos. Die verschiedensten Gefühle überkommen mich: Trauer, Wut, Entsetzen. Ich knie mich neben sie und öffne den Sack noch weiter. Der Gestank ist mir egal. Ich möchte sie anfassen, damit sie weiß, dass sie nicht allein ist. Ich hoffe nur, sie ist zu solcher Wahrnehmung überhaupt noch imstande. Ich nehme ihre Hand und streiche ihr über die Stirn. Sie reagiert nicht, öffnet und schließt bloß den Mund, wobei sie dieses furchtbare Schmatzgeräusch macht.

Erst jetzt entdecke ich über einem Auge, innerhalb der Augenhöhle, ein Loch. Ein eisiger Schauder läuft mir über den Rücken.

Vermute ich richtig? So etwas habe ich schon einmal gesehen.

In diesem Moment höre ich einen leisen Aufschrei hinter mir und fahre so heftig herum, dass ich beinahe über den Wannenrand gekippt wäre. Ich reiße mich zusammen und krieche zu dem Jungen, bei dem ich noch nicht nach dem Puls gefühlt habe, weil Dana meine Aufmerksamkeit auf sich gezogen hatte. Kaum habe ich die Hand nach dem Jungen ausgestreckt, hustet er, und seine Lider flattern.

»Alan!«, schreie ich. »Komm her! Schnell!«

Ich warte, bis ich seine schweren Schritte auf der Treppe höre, ehe ich mir ein paar Tränen gestatte. Trauer, Beklemmung, Angst. Ich nehme den Jungen in die Arme und danke Gott für sein Stöhnen, denn es bedeutet, dass er lebt. Dana Hollister grunzt und sabbert, während der andere Junge mit toten Augen auf den Teppich starrt.

KAPITEL 15

Dana und Dylan Hollister sind vom Rettungswagen weggebracht worden. Ich habe dafür gesorgt, dass sie in die Klinik kommen, in der auch Heather liegt. Bei Avery Hollister wurde der Tod festgestellt.

Heißer Zorn hat meine Trauer weggefegt. Ich möchte Douglas Hollister die Arme und Beine abreißen, ihm die Augen auskratzen, die Zunge rausreißen …

Ich spüre eine große Hand auf der Schulter. »Wir können Hollister jetzt verhören«, sagt Alan. »Ihm wurden seine Rechte vorgelesen, und er verlangt keinen Anwalt. Falls es aus ihm rauszukriegen ist, sollten wir es jetzt tun, solange das Eisen noch glüht.«

Wenn ich die Augen schließe und lausche, kann ich das Martinshorn des Rettungswagens in der Ferne hören. »Willst du ihn vorher wegbringen?«

»Nein. Je mehr Zeit wir ihm zum Nachdenken lassen, desto wahrscheinlicher fragt er nach einem Anwalt. Er ist bereit, sich hier und jetzt verhören zu lassen. Er hat uns sogar eine Videokamera und ein unbespieltes Band gegeben.«

»Warum ist er so kooperativ?«

»Er hat Angst, dass ihm das Gleiche passiert wie Dana. Schließlich hat er ihr das nicht angetan, sondern jemand anders.«

Ich wälze die Bedeutung dieser Information in meinem Kopf. »Lass mich nur eben einen Anruf erledigen, dann können wir anfangen.«

Callie ist still. Sie verarbeitet, was ich ihr über Dana und die Hollister-Jungen berichte.

»Du meine Güte«, sagt sie schließlich leise. »Was können wir für dich tun, Smoky?« Die gewohnte Flapsigkeit ist von ihr abgefallen.

»James soll die Fallakte weiter durchkämmen. Und du startest eine VICAP-Suche, okay? Wir müssen wissen, ob es schon mal ein ähnliches Verbrechen wie das an Dana Hollister gegeben hat.«

»Du meinst, der Kerl hat das schon einmal getan?«

»Ich weiß es nicht. Es ist jedenfalls ein sehr exotisches Verbrechen. Wenn er es schon mal getan hat, ist es ganz bestimmt in VICAP zu finden, und es wird derselbe Täter sein.«

VICAP wurde 1985 vom FBI eingeführt. Es war ein Geniestreich: Man braucht nur ein Formular auszufüllen und bekommt landesweite polizeiliche Ermittlungsergebnisse zur Verfügung gestellt. Mich verblüfft immer wieder der Kontrast zwischen der Nüchternheit der Formularfragen und der oft grauenhaften Wirklichkeit, die dadurch erfasst wird. Ständig heißt es: »Falls ja, weiter bei Punkt soundso«, wie bei einem Pflanzenbestimmungsbuch. »Gab es Elemente ungewöhnlichen oder zusätzlichen Missbrauchs/Gewalteinwirkung/Folter beim Opfer? Ja/Nein/Unbekannt.« Wenn man »Ja« ankreuzt, folgt Frage 88b, eine Auflistung möglicher Misshandlungen: »Geben Sie an, welche Elemente auftraten (kreuzen Sie alle an und beschreiben Sie sie).« Dann folgt die Auflistung: »Schläge mit Händen/Fäusten/Gegenständen auf Schamgegend. Eindringen in Körperöffnungen/Wunden. Kannibalismus. Scheidendusche/Einlauf beim Opfer. Verbrennungen. Häutungen.« Mein persönlicher Favorit am Ende der unglaublich langen Liste von Abscheulichkeiten ist: »Andere.«

Als ich das Formular zum ersten Mal las, habe ich mich gefragt, was das für Leute sind, die solche Aufstellungen machen können, als wäre es ein Einkaufszettel. Was müssen sie schon alles gesehen haben? Was müssen sie alles wissen, um eine vollständige Liste erstellen zu können? Anfangs habe ich mich noch gewundert, heute nicht mehr, denn ich könnte das meiste davon auswendig herunterrasseln, weil ich den Anblick inzwischen selbst kenne.

Wenn das Formular ausgefüllt ist, schickt man es nach Quantico. Die Informationen werden in die Datenbank eingegeben und mit den vorhandenen Fällen verglichen.

»Gib mir nur die rein sachlichen Informationen«, sagt Callie.

Ich zwinge mich, alles so nüchtern und emotionslos zu schildern, wie es nur geht, damit Callie das Formular möglichst präzise ausfüllen kann. Ich gebe ihr keine vollständige Aufzählung, aber das ist im Augenblick auch nicht nötig.

Dann sage ich Callie, wonach sie suchen soll – was noch kein Arzt bestätigt hat, wovon ich im Grunde aber überzeugt bin.

Einen Moment ist sie still. »Bist du sicher?«, fragt sie dann.

»Nein, aber ich würde mein Haus darauf wetten.«

»Ich mache mich sofort an die Arbeit.«

Douglas Hollister wirkt jetzt ruhiger als vorhin, als wir an seine Tür geklopft haben. Im Grunde überrascht es mich nicht. Das ist bei geständigen Tätern häufig so. Das Verbergen der Tat ist purer Stress. Jemand beschrieb es einmal als riesigen Druck, der sich aufbaut und nicht entweichen kann. Viele Täter sind erleichtert, wenn sie diesen Druck nicht mehr ertragen müssen. Nach meiner Erfahrung ist die häufigste Bitte nach dem Geständnis die, schlafen zu dürfen. Sie können sich endlich wieder entspannen.

Hollister sitzt auf der Couch. Alan hat den Tisch so hingestellt, dass die Videokamera sein Gesicht erfasst. Alan sitzt neben ihm, Burns an seiner Seite, wie gehabt. Ich beschließe, stehen zu bleiben. Ich gehe lieber nicht zu nahe an Hollister heran, denn ich weiß nicht, ob ich mich beherrschen kann.

Die Glasschiebetür, die in den Garten führt, lässt das strahlende Licht herein. Ich finde, dass es hier fehl am Platze ist, aber die Sonne scheint nun mal auf Sünder und Gerechte.

»Könnte ich eine Zigarette haben?«, fragt Hollister. »Sie haben doch nichts dagegen? Dana wollte nie, dass ich hier rauche, aber das spielt jetzt wohl keine Rolle mehr.«

»Es ist Ihr Haus, Sir«, sagt Alan sachlich, ohne kalt zu erscheinen. Das gehört zur Abmachung: Wer kooperiert, wird mit Respekt behandelt. Warum? Weil wir Pragmatiker sind. Wir wollen Verdächtige, die reden. Wenn sie verstockt sind, nützen sie uns nichts. Auch wenn wir sie persönlich am liebsten vierteilen möchten – solange sie vor der Kamera sitzen bleiben, zünden wir ihnen die Zigaretten an und bringen ihnen Mineralwasser.

»Wo sind die Zigaretten, Sir?«, fragt Burns. Auch er ist höflich. Ich bin sicher, er würde den Kerl am liebsten erwürgen, aber er weiß, nach welcher Melodie wir tanzen.

»In der Küche. In der Schublade links vom Herd.«

Burns steht auf und kehrt kurz darauf mit einer Packung Marlboro Reds und einem grünen Feuerzeug zurück. Ich bekomme plötzlich Lust zu rauchen. Ich habe es vor fast vier Jahren aufgegeben, aber bei Stress kommt manchmal das alte Verlangen wieder hoch. Marlboro Reds war auch meine Marke. Ich beobachte, wie Hollister sich eine Zigarette anzündet, und mein Hass auf ihn lässt meinen Neid noch größer werden. Hollister inhaliert tief und schließt die Augen vor Wonne.

Alan drückt die Aufnahmetaste.

»FBI Special Agent Alan Washington beim Verhör mit Douglas Hollister in dessen Haus auf der ...« Er nennt Adresse, Datum und Uhrzeit, die übrigen Anwesenden und den Grund unseres Hierseins. Hollister raucht und hört zu; sein Blick ist in die Ferne gerichtet.

»Mr. Hollister, können Sie vor der Kamera bestätigen, dass ich Ihnen Ihre Rechte vorgelesen habe?«

»Ja, haben Sie. Ich bestätige es.«

»Und können Sie vor der Kamera bestätigen, dass Sie auf Ihr Recht verzichtet haben, bei diesem Verhör und Geständnis einen Anwalt bei sich zu haben?«

»Ja.«

»Und Sie bestätigen, dass Sie diesen Entschluss aus freien Stücken und nicht aufgrund von Nötigung oder unter Zwang getroffen haben?«

»Ja.«

»Können Sie uns sagen, warum Sie sich zu diesem Verhör und Geständnis vor laufender Kamera bereiterklärt haben?«

Hollister denkt nach und nutzt den Moment, um an der Zigarette zu ziehen. Es gibt keinen Aschenbecher, aber darüber ist er hinaus. Er schnippt die Asche auf den Tisch.

»Ich habe Angst. Der Kerl, der Dana das angetan hat … Er hat es auch auf mich abgesehen. Ich bin zu dem Schluss gekommen, dass meine Überlebenschancen am größten sind, wenn ich von der Polizei geschützt werde.«

»Danke, Sir. Eins noch. Sie haben uns diese Videokamera zur Verfügung gestellt?«

»Ja.«

»Und auch die Kassette, auf die das Verhör aufgenommen wird?«

»Richtig.«

»Sie bestätigen, dass wir weder die Kamera noch die Kassette manipuliert haben?«

»Ich schwöre«, sagt Hollister und kichert.

»Würden Sie mir das mit ernsthaften Worten bestätigen, Sir?« Alans Geduld ist unerschöpflich.

Hollister drückt die Zigarette auf der Tischplatte aus und zündet sich die nächste an. »Verzeihung. Ja, ich bestätige, dass es keine Manipulationen gegeben hat.«

»Danke. Sprechen wir über Avery, Sir.«

Hollister scheint in sich zusammenzusinken. Sein Blick bekommt etwas Verstohlenes. »Avery.«

»Avery war Ihr Sohn?«

»Ja.«

»Wir haben ihn tot im Badezimmer dieses Hauses gefunden, Sir. Er wurde erwürgt. Haben Sie ihn getötet?«

»Ja. Ja, ich habe es getan.« Er klingt verwundert.

»Wann haben Sie ihn getötet, Sir?«

»In der Nacht.«

»Um welche Zeit etwa?«

»Dürfte so gegen drei gewesen sein.«

»Wie haben Sie ihn getötet, Sir?«

Hollister verdeckt die Augen mit der Hand, als er zu erzählen anfängt. Wir sollen ihn nicht dabei sehen. »Ich habe beiden

Jungen Schlaftabletten gegeben. Ich habe ihnen gesagt, es sei Medizin. Ich wollte nicht, dass sie wach sind und Angst haben, wenn ich es tue. Ich ging zuerst in Averys Zimmer. Ich wollte ihn nicht mit einem Kissen ersticken. Es war mir nicht sicher genug. Ich hatte Angst, es könnte zu lange dauern. Ich habe gestern im Internet etwas über die Halsschlagader gelesen und wie man jemanden schnell bewusstlos machen kann. Ich dachte, das mache ich als Erstes, für den Fall, dass die Tabletten nicht richtig gewirkt haben, nur damit er wirklich nichts mitkriegt.«

Burns schreibt etwas in sein Notizbuch. Wahrscheinlich eine Merkhilfe, um später den Verlauf im Internetbrowser auf Hollisters Computer zu überprüfen.

»Ich ging zu Avery, richtete ihn auf und setzte mich hinter ihn. Er wurde wach, als ich ihm die Hände um den Hals legte. Ich weiß auch nicht, was passiert ist. Ich dachte, ich hätte ihm genug Tabletten gegeben, aber vielleicht hat er welche weggelassen, als ich nicht hinschaute. Avery war immer schon clever.« Er schluckt; sein Adamsapfel hüpft. »Er wehrte sich wie ein Verrückter. Ich bekam ihn einfach nicht bewusstlos …« Die Hand bleibt über den Augen. Die andere, in der er die Zigarette hält, liegt auf den Knien. Die Zigarette brennt vergessen vor sich hin. »Deshalb musste ich es auf die altmodische Art und Weise tun, mit einem Strick. Als ich den Jungen losließ, ist er ausgerastet. Ich schlug ihm ein paar Mal ins Gesicht, mit voller Wucht.«

»Mit der Faust?« Alan beginnt nach Details zu fragen, um ihn langsam auf das Seil hinzulenken.

»Ja.« Hollister atmet stockend. »Er bekam ein halbes Wort heraus. Wissen Sie, welches? ›Da…‹, sagte er. Ehe er ›Daddy‹ sagen konnte, bekam er den Schlag ab. O Gott. Er war nicht einmal ganz wach.«

»Was geschah dann?«

»Ich habe ihn mit dem Strick gewürgt. Mit aller Kraft. Ich habe noch nie im Leben etwas so fest gepackt wie diesen beschissenen

Strick. Ich weiß noch, dass ich die Zähne fletschte, verstehen Sie? So.« Er zeigt uns ein barbarisches Grinsen, ohne die Hand von den Augen zu nehmen. »Ich muss für ihn ausgesehen haben wie ein Ungeheuer. Aber es war die Anstrengung. Ich wollte, dass er es schnell hinter sich hat. Ich habe so fest zugezogen, dass mir die Hände wehtaten und die Adern an den Armen hervortraten.« Die Verwunderung ist wieder da und verdrängt das Elend in seiner Stimme. »Sein Gesicht wurde ganz rot. Dunkelrot, schwarzrot. Seine Augen quollen aus den Höhlen, die Zunge kam raus, und er hat sich vollgepinkelt. O Gott, es war furchtbar. Ich hatte seine Hände unter meinen Knien eingeklemmt und spürte, wie er die Brust gegen mich stemmte. Dann … hörte es auf. Es hörte auf. Alles hörte auf. Er war tot.« Er nimmt die Hand von den Augen, zieht an seiner Zigarette.

Ich möchte ihn umbringen. Wenigstens flennt er nicht. Ich weiß nicht, was ich tun werde, wenn er Krokodilstränen vergießt.

»Wann haben Sie ihn ins Badezimmer gebracht?«, fragt Alan.

Hollister drückt die zweite Zigarette aus und zündet sich gleich die dritte an. »Sofort danach. Ich habe gestaunt, wie schwer er war. Totes Gewicht, sagt man ja. Jetzt verstehe ich es. Er war unglaublich schwer. Ich kam richtig ins Schwitzen, und ich hatte den Eindruck, als sähe ich alles viel schärfer als sonst. Wissen Sie, was ich meine?«

»Ich glaube schon.«

»Ich habe Avery ins Bad gebracht und ihn auf den Boden gelegt. Zuerst lag er auf dem Rücken, aber dann habe ich sein Gesicht gegen den Teppich gedreht, weil seine Augen offen standen. Ich glaube, es bringt Unglück, wenn man einen Toten ins Leere starren lässt. Verstehen Sie? Ich wollte ihm Achtung erweisen. Verstehen Sie?« Er grinst wie ein Wahnsinniger. »Es war zu viel. Ich hätte sofort zu Dylan gehen sollen, hätte ihn erledigen sollen wie seinen Bruder, aber ich konnte nicht. Ich trug ihn ins Badezimmer, war aber noch zu fertig wegen Avery, um ihn zu töten.

Ich brauchte Zeit.« Er nickt, in Gedanken versunken. »Ja. Ich brauchte Zeit.«

Alan nimmt es ungerührt auf. »Mr. Hollister, warum haben Sie Avery getötet?«

Hollister sieht weg und denkt nach. Mir kommt der Gedanke, dass er jetzt, bei Licht besehen, seine Gründe anzweifelt.

»Sir?«

»Ich musste fliehen. Ich wollte mein Konto leerräumen und abhauen. Von Bargeld zehren. Das wäre für die Jungen kein Leben gewesen.«

Solche Begründungen habe ich schon viel zu oft gehört. Sie sind der Inbegriff des bösartigen Narzissmus. Ein Vater oder Ehemann will fliehen oder sich das Leben nehmen und hält es für grausam, seine Familie ohne ihn weiterleben zu lassen, also bringt er sie um. In Wirklichkeit kann er die Vorstellung nicht ertragen, dass sie ihn hinterher verachten.

»Warum mussten Sie fliehen?«, fragt Alan.

»Ich habe die Sache verbockt. Ich hätte ihn bezahlen sollen und habe es nicht getan. Darum hat er Dana entführt und … ihr das angetan.« Bei der Erinnerung zieht er eine Grimasse. »Er hat angekündigt, Heather freizulassen. Dann hat er mir gedroht, dass er mir dasselbe antut wie Dana.«

»Wer ist er, Sir?«

Hollister wird ganz ruhig. »Man kann mit fast allem leben«, sagt er. »Solange man es nicht jeden Tag aushalten muss, ist es nicht so schlimm. Die ersten paar Wochen und Monate sind vielleicht schwierig, aber die Zeit … nun ja, sie bedeckt alles mit Staub. Wie bei allem anderen auch. Die Jahre vergehen, und über alles legt sich Staub, und der Staub wird zu Erde, und dann wachsen Bäume darauf. Irgendwann werden dann Häuser errichtet, und niemand weiß, dass das schöne neue Haus auf einem Grab steht.«

Er inhaliert so tief, dass er zusammenzuckt und hustet. »Heather und ich waren anfangs ineinander verliebt«, sagte er dann mit rauer Stimme. »Ich habe sie wirklich geliebt. Sie war klug, sie war freundlich, sie war gut im Bett und eine großartige Mutter. Sie war mehr auf ihre Karriere aus, als mir lieb war, aber das war zu Anfang kein Problem zwischen uns. Zumindest dachte ich das. Ein Fehler.

Die Zeit verging. Sie änderte sich, ich änderte mich, und mir wurde klar, dass sie nicht die Frau war, nach der ich gesucht hatte. Ich brauchte jemanden, der mir mehr Aufmerksamkeit schenkte, mir und meinen Bedürfnissen. Und Heather brauchte jemanden, der nichts dagegen hatte, dass sie im Grunde mit ihrer Arbeit verheiratet war. Dann fing sie an, sich mit diesem schwuchteligen Immobilienheini zu treffen, diesem Abbott …«

Auch hier Narzissmus: Hollister hatte befunden, seine Frau nicht mehr zu lieben, und sich nach Ersatz umgeschaut, doch er war schockiert und wütend, dass Heather das Gleiche tat wie er.

»Ich hatte Glück und lernte Dana kennen. Sie war keine so heiße Nummer wie Heather, aber sie gab sich viel mehr Mühe bei allem, was mich betraf, ihren Gatten.« Er schaut Alan an und grinst widerwärtig. »So hat sie mich immer genannt: mein Gatte. Sie war immer ein bisschen schwerer, als sie gern gewesen wäre, aber sie ging jeden Tag, außer sonntags, eine Stunde ins Fitnessstudio, weil sie für ihren Gatten gut aussehen wollte. Sie kochte für mich. Sie verweigerte nie den Sex und benutzte ihn auch nicht als Waffe. So wollte ich meine Frau haben.«

Ich frage mich, was er bei seinem Bericht alles ausgelassen hat. Heather war eine starke Frau gewesen. Hätte sie wissentlich einen Macho wie Hollister geheiratet? Hatte sie es nicht wahrhaben wollen? Oder war es eine Absonderlichkeit, wie man sie bei Paaren manchmal antrifft? Menschen sind kompliziert und werden meistens von Dingen getrieben, die unter der Oberfläche schlummern.

Hollister ist still geworden, verliert sich in Erinnerungen. Alan stupst ihn schließlich weiter. »Was geschah dann?«

»Ich hatte ein Problem. Heather war ein raffiniertes Miststück, und sie war bewaffnet. Bei einer Scheidung hätte sie mir meine Söhne und das Haus weggenommen. Dana sagte, sie werde zu mir halten, aber welche Frau möchte einen Verlierer mit einer Zweizimmerwohnung? Das machte mir Sorgen. Ich konnte nachts nicht mehr schlafen.« Er schießt mir einen feindseligen Blick zu. Wahrscheinlich, weil auch ich ein raffiniertes, bewaffnetes Miststück bin. »Ich bekam sogar im Bett nichts mehr zustande. Stellen Sie sich das vor! Heather, diese dreckige Nutte, nimmt mir die Söhne, mein Zuhause und meinen Schwanz!«

»Haben Sie mit ihr mal über eine Scheidung geredet?«, frage ich. Ich sollte den Mund halten und die Sache Alan überlassen, aber ich kann nicht widerstehen, denn ich bin mir fast sicher, wie die Antwort lautet.

»Geredet?« Hollister lacht und macht eine wegwerfende Handbewegung. »Das war nicht nötig. Ich wusste auch so, wie es laufen würde.«

Ich verkneife mir, was mir auf der Zunge liegt. Er hat sich nicht einmal die Mühe gemacht, mit Heather zu sprechen. Für ihn stand bereits fest, was für ein Mensch sie war und wie sie reagieren würde. Seine Entscheidungen beruhten nicht auf seinen Erfahrungen mit ihr, sondern entsprangen seinem Narzissmus. Vielleicht hätte sie ihm das Haus gelassen.

»Was haben Sie dann getan?«, fragt Alan, um das Verhör wieder in die gewünschte Richtung zu lenken.

Hollister wirft mir einen weiteren argwöhnischen Blick zu, ehe er seine Aufmerksamkeit wieder auf Alan richtet. »Ich bin oft lange aufgeblieben. Habe meine Zeit im Internet verbracht. Um mich bei Laune zu halten. Ich stieß auf eine neue Webseite. Da ging es um Männer wie mich, die eine Frau am Hals hatten, die sie nicht liebten. Eine Frau, die ihrem Mann nur zu gerne die Eier abgeschnitten hätte. Zu der Webseite gehörten ein Forum und ein Chatroom, und da habe ich viel Zeit verbracht. Da konnte man sich gefahrlos über seine Probleme auslassen und sich Rat holen. Ab und zu drängte sich mal eine Feministin rein. Wir sagten immer ›Feministenkuh‹.« Er lächelt erinnerungsselig. »Der Moderator kickte sie immer ziemlich schnell raus. Das Ganze brachte mich nicht wesentlich weiter, aber ich fühlte mich schon viel wohler in meiner Haut.

Manche Chatter hatten die Scheidung schon hinter sich und blieben in dem Forum, um den anderen unter die Arme zu greifen. Andere hatten wieder geheiratet, aber bessere Frauen, die mehr den Traditionen verhaftet waren. Meistens Russinnen oder Südafrikanerinnen. Auch Thais. Auf jeden Fall keine Amerikanerin.« Er verzieht das Gesicht. »Gott schütze uns vor diesen Feministenkühen und ihren Allüren. Einer der Chatter sagte immer: ›Wenn ich im Supermarkt noch mal einen fetten Arsch in Trainingshosen sehe, muss ich kotzen.‹« Er beugt sich vor, um mit dem Finger auf Alan zu zeigen und sich weiter in seinen Sermon hineinzusteigern.

»Haben Sie schon mal eine Russin beim Einkaufen gesehen? Die würden Sie nie in Trainingshosen antreffen. Sie legt Make-up auf, kaum dass sie morgens aus dem Bett steigt.« Er schießt mir einen vernichtenden Blick zu. »Aber egal. Wo war ich stehen geblieben?« Er zieht an der Zigarette. »Ach ja, ich hatte Ihnen erzählt, worüber die meisten Männer sich ausließen. Tja, Sie können sich vorstellen, wie neidisch die Kerle waren, als ich ihnen widersprach ›Nein, ich habe die perfekte Frau, und sie ist sogar Amerikanerin!‹ Einige konnten es gar nicht glauben. Ich sagte: ›Ja, ich weiß, das ist wie das große Los, aber Dana ist das wahre Echte.‹« Er grinst. »Aber sie haben mich drangekriegt. Einer, der schon länger dabei war, riet mir, Erkundigungen über Danas Mutter einzuziehen, also habe ich nachgefragt. Und wissen Sie was? Dana ist zwar bei uns geboren, aber ihre Eltern sind aus Polen eingewandert. Heilige Scheiße, was hatten die anderen einen Spaß! Aber ich hab's ihnen nicht übel genommen.« Er gluckst. »›Siehst du?‹, hieß es. ›Ihre Mutter weiß, wie man mit Männern umgeht.‹ Und das stimmt. Ich habe Danas Eltern seitdem ein paar Mal getroffen. Dana ist genau wie ihre Mutter.«

Falls Alan die Hetzrede langweilig oder widerlich findet, merkt man es ihm nicht an. »Sie waren also regelmäßig in dem Forum und dem Chatroom zu Gast?«, fragt er.

»Ja. Eines Tages bekam ich dann eine Anfrage zu einem privaten Chat.«

»Was bedeutet das?«

»Der reguläre Chatroom ist öffentlich, für alle zugänglich. Jeder kann sehen, was jeder schreibt. Beim privaten Chat öffnet sich ein separates Fenster, das nur für die beiden Teilnehmer sichtbar ist.«

»Ich verstehe. Fahren Sie fort.«

»Der Deckname des Typen war Dalí. Das fand ich ein bisschen seltsam.«

»Welchen Decknamen hatten Sie?«, frage ich.

»TruLove«, antwortet er herausfordernd.

Ich möchte kotzen, sage aber nichts.

»Ich kannte ihn nicht, aber es tauchten ständig neue Mitglieder auf. Neue Opfer von Feministenkühen. Wir nannten sie die gehfähigen Schwanzlosen.« Er grinst Alan an. »Kapieren Sie? Gehfähige Verwundete, aber ohne Schwanz.«

Alan ringt sich ein Lächeln ab. »Sehr geistreich. Was hat Dalí zu Ihnen gesagt?«

»Dass er mein Problem lösen kann. Er würde meine Frau verschwinden lassen. Die Leiche würde nicht gefunden werden, es sei denn, ich wollte es so. Ich war natürlich misstrauisch. ›Du könntest ein Bulle sein‹, sagte ich. ›Ich kann beweisen, dass ich keiner bin‹, erwiderte er. ›Gibt es jemanden, mit dem du zusammenarbeiten musst – Mann oder Frau –, der dir auf den Senkel geht? Den du nicht besonders leiden kannst?‹

Das war einfach. Jeder hat so jemanden auf der Arbeit. Bei

mir war eine Frau. Nicht meine Vorgesetzte, aber die Leiterin einer Abteilung, die ziemlich viel mit mir und meinen Leuten zu tun hatte. Sie hieß Piper Styles – ein bescheuerter Name, nicht wahr? – und war eine Vollblutzicke. Einmal warf sie mir vor, ich hätte ihren Hintern angestarrt, und drohte mir, mich wegen sexueller Belästigung anzuzeigen.« Er macht ein angewidertes Gesicht. »Sie trug diese engen Hosen. Natürlich habe ich da auf ihren Hintern geguckt. Also dachte ich an sie, als Dalí mich fragte, und erzählte ihm von ihr. Er fragte mich nach der genauen Schreibweise des Namens und einer Personenbeschreibung und ob ich wüsste, was für einen Wagen sie fährt. Das wusste ich – einen smaragdgrünen Mazda Miata.

Dalí sagte, der Frau werde in den nächsten Tagen etwas zustoßen, und ich würde garantiert davon erfahren. ›Das wird dir zeigen, dass ich kein Bulle bin und dass es mir ernst ist‹, sagte er. ›Na klar‹, erwiderte ich, oder etwas in der Art. Ich dachte, der Kerl redet Blödsinn. Dann sagte er noch: ›Wenn du jemandem auch nur ein Wort von unserer Unterhaltung erzählst, töte ich Avery und Dylan.‹ Und weg war er. Ich habe mich gewundert, was das für einer Irrer war, mit dem ich da geredet hatte.« Er dreht die Zigarette zwischen Zeigefinger und Daumen und betrachtet sie. »Ich beschloss, erst einmal abzuwarten, ob Piper etwas passierte. Bis dahin würde ich den Mund halten, um meiner Jungs willen. Nur für den Fall. Wahrscheinlich war der Typ bloß ein Verrückter. Oder er war einer von den Mitgliedern, die ich kannte, und wollte mich hochnehmen.« Er zuckt die Achseln. »Lieber auf Nummer sicher gehen. Avery und Dylan waren schließlich meine Söhne. Ich hatte nicht vor, sie in Gefahr zu bringen.«

Dass einer der Jungen jetzt tot im Badezimmer liegt, weil Hollister ihn erwürgt hat, macht die Behauptung lächerlich, aber es ist offensichtlich, dass er dafür genauso blind ist wie für die tausend anderen Löcher in seiner Logik. Seine Erklärungen sollen nur ihn zufriedenstellen, nicht uns.

»Ist Mrs. Styles etwas passiert?«, fragt Alan.

»Oh ja.« Zum ersten Mal, seit wir hier sind, sehe ich bei Hollister ein echtes Lächeln, und es ist niederträchtig. »Jemand ist in ihr Haus eingebrochen und hat ihr Gesicht mit dem Messer bearbeitet. Nicht nur auf einer Seite wie bei Ihnen«, sagt er und sieht mich an, »sondern die ganze Visage. Es stand in einigen Zeitungen. Er hat sie fürs ganze Leben entstellt.« Er grinst höhnisch. »Sie ist danach nie mehr zur Arbeit gekommen.«

Es ist erstaunlich, wie schnell er sein wahres Gesicht zeigt, weil er sich dank Alans Verhalten sicher fühlt und keine Maske mehr tragen muss. Was wir jetzt sehen, ist nicht der Douglas Hollister, wie er geworden ist, sondern wie er immer schon war. Er hat Heather nie geliebt. Er ist zur Liebe gar nicht fähig. Wahrscheinlich hat er Heather geheiratet, weil er hoffte, ihre Stärke bezwingen zu können. Als das nicht klappte, hat er sich eine unterwürfige Frau gesucht.

»Da haben Sie ihn dann ernst genommen?«, fragt Alan.

»Ja. Hätten Sie das nicht getan?«

»Doch, vermutlich.«

»Ein paar Tage später, als ich wieder im Chatroom war, meldete er sich bei mir. ›Hast du meinen Beweis erhalten?‹, fragte er. Ich bejahte.« Er stockt, zieht an der Zigarette. Sein Blick ist nicht mehr höhnisch oder gemein. »Haben Sie mal Faust gelesen? Den Handel mit Mephisto?«

»Sicher.«

Hollister erzählt uns die Geschichte trotzdem. »Da ist dieser Kerl, Faust, ein Alchemist oder Naturwissenschaftler, etwas in der Richtung. Ein Wahrheitssucher. Er ist verzweifelt, weil er an seine Grenzen gestoßen ist und nichts mehr über das Leben, das Universum und das alles herausfinden kann. Der Teufel sieht das und bietet Faust einen Handel an. Er will ihm dienen, bis er das größtmögliche Glücksgefühl erlebt. Als Gegenleistung bekommt er Fausts Seele. Faust sagt: ›Klar, warum nicht.‹ Denn er ist sicher, dass solch ein Augenblick niemals kommt. Er will die Hilfe des Teufels, um die Geheimnisse des Universums zu ergründen, und glaubt, die Zeche nie bezahlen zu müssen. Das Problem ist, er muss es doch.« Er seufzt. »Dalí ließ mich wählen, aber er zwang mich nicht zu dieser Entscheidung. Die habe ich allein getroffen.«

Aber Gott rettet Faust am Ende, denke ich, weil er den Wert in seinem Bemühen sieht. Faust ist den Handel wegen eines guten und lobenswerten Bestrebens eingegangen: der Erlangung von Wissen. Hollister hingegen hat seine Seele für etwas viel Geringeres verkauft.

»Er sagte, er lässt mir einen Tag Zeit, um über alles nachzudenken«, berichtet Hollister weiter. »›Wenn du dich erst einmal dazu entschieden hast, gibt es kein Zurück mehr. Wir werden zu einer Abmachung kommen. Du wirst mir gewisse Dinge versprechen. Wenn du dieses Versprechen brichst, hat das Konsequenzen.‹ Dann meldete er sich ab.«

»Haben Sie darüber nachgedacht?«, frage ich mit ehrlicher Neugier.

Er betrachtet mich, aber diesmal liegt keine Verachtung in seinem Blick. »Nicht viel«, gesteht er. »Ich wollte sie nur weg haben. Wahrscheinlich hat er das längst gewusst. Er wusste, er hatte mich in dem Moment am Haken, als er mir das Angebot machte. Alles andere diente nur dazu, den Fisch einzuholen.«

Da hat er vermutlich recht. Manche Psychopathen durchschauen ihr Gegenüber sofort, erst recht ihresgleichen.

»Was hat er Ihnen angeboten?«, fragt Alan.

Hollister wird allmählich müde. Die Aufgedrehtheit der letzten Tage fordert ihren Tribut. Er blickt jetzt in die Zukunft, stelle ich mir vor. Auf Jahre in einer Gefängniszelle mit Erinnerungen an die Augen seines sterbenden Sohnes, der um sein Leben fleht. Er zieht noch einmal an seiner vierten Zigarette; dann drückt er sie auf dem Sofatisch aus. Er zündet keine neue an.

»Er wollte Heather und ihren Freund verschwinden lassen. Sie entführen. Er hat nicht gesagt, ob er sie umbringen wird oder nicht, nur dass niemand sie je finden wird.«

»Ich nehme an, Sie sollten ihn dafür bezahlen?«

»Das war das Geniale an der Sache. Ich sollte sieben Jahre warten und Heather dann für tot erklären lassen, ohne Leiche. Dann sollte ich die Lebensversicherung kassieren, und er würde Verbindung zu mir aufnehmen, um seinen Anteil zu holen – die Hälfte der Versicherungssumme in bar. Sieben Jahre ist eine lange Zeit. Heather wäre dann fast schon in Vergessenheit geraten.

›Du brauchst nur drei Dinge zu tun‹, sagte er zu mir. ›Du musst mir garantieren, dass du dein Leben sieben Jahre lang normal weiterführst und mir dann die Hälfte der Versicherungssumme gibst.‹« Hollisters Lächeln ist ekelhaft, seine Blässe erschreckend. Er sieht beinahe blutleer aus. »Also sagte ich Ja. Eine Woche später waren Heather und ihr Lustknabe verschwunden. Dalí nahm nur noch einmal Kontakt zu mir auf, um mich zu warnen. ›Denk an die Konsequenzen. Wenn du dich gegen mich wendest, egal auf welche Weise, werden dir und deinen Angehörigen schreckliche Dinge passieren.‹«

Jetzt ist mir die Sache klar. »Sie haben ihn nicht bezahlt«, sage ich. »So ist es doch, nicht wahr? Das Geld kam auf Ihr Konto, und er hat seinen Anteil nicht bekommen.«

»Es waren sieben Jahre vergangen!« Er spricht jetzt weinerlich wie ein kleiner Junge, der sich rechtfertigen will. »Unser Leben ging weiter. Wir waren glücklich. Ich hatte dieses Arschloch fast schon vergessen! Na ja, nicht vergessen, aber …« Er sucht nach Worten. »Es war, als wäre das alles gar nicht passiert. Als hätte ich es nur geträumt. Verstehen Sie? Ich meine, die ganze Zeit habe ich nichts von ihm gehört, gar nichts, und ich konnte keinen Kontakt mit ihm aufnehmen.

Dann, eines Tages, schickte er mir eine E-Mail mit der Nachricht, dass die Zeit gekommen sei, ihn zu bezahlen. Aus heiterem

Himmel.« Er zuckt die Achseln in einer Geste der Verwunderung. »Ich habe die Mail gelöscht. Ein Tastendruck, und weg war sie. Das hat mir einen verdammten Schreck eingejagt, gab mir aber auch das Gefühl, stark zu sein.« An seiner Wange zuckt ein Muskel. »Außerdem, woher sollte ich wissen, ob er Heather noch hat? Vielleicht hatte er sie ja auf der Stelle umgebracht, vor acht Jahren schon.« Sein Blick huscht zwischen Alan und mir hin und her. Er wirkt gereizt und selbstgerecht zugleich. »Es war also gut möglich, dass er gar nichts gegen mich in der Hand hatte. Ich hatte ein neues Leben. Das Geld gehörte *uns!*«

Ich kann nicht mehr an mich halten. Ich sollte, aber ich kann nicht. Ich gehe von hinten an die Videokamera, drücke den Pausenknopf und blicke mit der ganzen Verachtung auf Hollister hinunter, die ich aufbringen kann, und das ist in seinem Fall eine Menge.

»Sie sind ein ganz beschissenes Exemplar der Gattung Mensch, Hollister. Sie haben Ihr Leben weitergelebt. Sie waren glücklich. Wissen Sie, was in der ganzen Zeit mit Heather war? Sie saß angekettet im Dunkeln, ganz allein, acht Jahre lang, während Sie fröhlich Ihre neue Frau gevögelt haben und mit Ihren Söhnen zum Football gegangen sind. Sie haben ihr alles genommen. Und warum? Nur weil Sie nicht mehr mit ihr verheiratet sein wollten?« Ich bin nahe daran, die Fassung zu verlieren, reiße mich aber zusammen. »Ich verschwende wahrscheinlich nur meinen Atem, Hollister, aber ich möchte, dass Sie über etwas nachdenken. Denken Sie an die Tage, Wochen, Monate, Jahre, wo Sie in Ihrem hübschen Haus saßen und gemütlich zu Abend gegessen haben. Zur selben Zeit lag Heather nackt im Dunkeln und hat geweint. Wahrscheinlich wusste sie nicht einmal, warum ihr das angetan wurde oder ob ihre Söhne noch lebten oder vielleicht im Raum neben ihr gefangen waren.«

Hollister grinst verzerrt, eine letzte Trotzreaktion. Vielleicht gewinnt er so noch ein bisschen Kraft, weil ich alles verkörpere, was er verabscheut. »Sie hat jede Minute Leid verdient. Wäre sie nicht gewesen, würde es Dana jetzt gut gehen, und Avery würde noch leben.«

Ich blicke ihn sprachlos an, obwohl ich diese unglaubliche Verdrängung von Schuld nicht zum ersten Mal erlebe. Ein Pädophiler hat einmal allen Ernstes zu mir gesagt: »Aber sie wollen doch, dass ich sie anfasse, und wenn sie es wollen, ist es ganz natürlich, und gegen die Natur kann man nicht ankämpfen, oder?«

Jetzt bin ich es, die innerlich zusammensinkt, sich blutleer fühlt. Ich drücke auf den Aufnahmeknopf. »Mach weiter mit ihm, Alan. Du kannst mir später alles Nötige berichten.«

»Ist das schon zu viel für Sie?«, höhnt Hollister. »Genau wie die anderen Feministenkühe! Ihr wollt denselben Job wie ein Mann, doch kaum wird der Druck zu groß, macht ihr schlapp!«

Ich kann keine Wut mehr aufbringen. Aber das ist in Ordnung. Erschöpfung passt sowieso viel besser zu meiner Antwort. »Mein Problem ist nicht, dass es zu schwierig ist. Mein Problem ist, dass Sie so …«, ich suche nach dem richtigen Ausdruck, »so farblos sind, so öde, so todlangweilig. Sie haben unvorstellbares Leid verursacht, aber letztendlich sind Sie bloß ein jämmerliches Stück Dreck. Ich finde Sie nicht erschreckend, ich finde Sie ermüdend.«

Dem hat er nichts entgegenzusetzen außer seinem Hass.

Ich drehe mich um und gehe zur Terrassentür, schiebe sie auf und trete hinaus in die wohltuende Freiheit des Gartens.

KAPITEL 16

»Burns hat eine Streife hergerufen, die Hollister einkassiert«, sagt Alan.

Ich stehe im großen Garten hinter dem Haus, der genau wie der Vorgarten aussieht: ein einzelner Baum, leuchtend grüner Rasen und sonst nichts. Ich versuche, mir über das Gehörte klar zu werden. »Hatte er wirklich keine Möglichkeit, zu Dalí Kontakt aufzunehmen?«, frage ich.

»Nein. Hollister hat kein einziges Mal den Kontakt hergestellt. Der ging immer vom Täter aus, entweder per E-Mail oder per Handy. Die E-Mails kamen von einem freien Internetanbieter wie Yahoo oder Gmail. Einmal hat Hollister versucht, auf einer der Handynummern zurückzurufen, als es für ihn kritisch wurde, aber keine der Nummern war gültig.«

»Vermutlich Prepaid-Handys«, erwidere ich. »Der Kerl ist gerissen. Wenn nur er selbst den Kontakt herstellen kann, kann er nicht so schnell enttarnt werden.« Ich sehe Alan an. »Ich nehme an, er und Hollister sind sich noch nie begegnet.«

»Nicht persönlich.«

Ich nicke. »Clever.«

»Clever ist auch, sieben Jahre zu warten. In dieser Zeit verändert sich sehr viel bei einer so großen Polizeibehörde wie dem LAPD. Leute ziehen um, werden gefeuert, gehen in Rente, Chefs kommen und gehen ... ganz zu schweigen von den neuen Verbrechen, die begangen werden. Es ist ziemlich unwahrscheinlich, dass ein sieben Jahre alter Fall wieder hervorgeholt wird, es sei denn, er war besonders spektakulär.«

Das ist wahr. Die Unerbittlichkeit ist erschreckend. Sieben Jahre Aufschub bis zum Zahltag?

»Das wirft auch Licht auf Heathers Schicksal«, sage ich. »Es erklärt das Fehlen exzessiver Misshandlungen. Vielleicht war das für den Täter wirklich nur ein finanzielles Geschäft.«

»Du meinst, er hat sie entführt, sie weggesperrt und ihr regelmäßig Essen in die Zelle geschoben?«

»Möglich.«

»Was ist mit den Narben auf ihrem Rücken?«

Ich überlege. »Das war vielleicht nur eine Bestrafung. Heathers Narben beweisen jedenfalls nicht, dass der Täter sie regelmäßig misshandelt hat. Acht Jahre sind eine lange Zeit. Vielleicht hat sie ab und zu rebelliert, und er musste ihr zeigen, wer der Boss ist.«

»Wie bei einem Hund.« Alan verzieht angewidert das Gesicht.

»Er ist eiskalt«, überlege ich. »Sein Verhalten ist pathologisch, aber nicht leidenschaftlich. Irgendwas an der Sache ist seltsam.«

Es fällt mir schwer, Geld als einziges Motiv zu akzeptieren. Sieben Jahre Wartezeit sind ein enormer persönlicher Einsatz, wenn es am Ende bloß Geld gibt.

Mein Handy klingelt, und ich melde mich. »Barrett.«

»Wir haben ein weiteres Opfer«, sagt Callie. »Ein Mann, der im gleichen Zustand wie Dana Hollister aufgefunden wurde.«

Mir dreht sich der Magen um. »Wo?«

»Er wurde auf dem Parkplatz eines Krankenhauses in Simi Valley abgelegt, in einem Leichensack mit Atmungsröhrchen. Eine bedauernswerte Oma auf dem Weg zur Kontrolluntersuchung ihrer künstlichen Hüfte hat Geräusche gehört und sich die Sache näher angesehen.«

»Weiß man schon, wer der Mann ist?«

»Noch nicht, aber es ist erst zwei, drei Stunden her, dass er gefunden wurde. Was soll ich tun?«

Ich kann es kaum fassen. Es passiert einfach zu viel auf einmal. Dana Hollister im Whirlpool, Heather Hollister in der Klinik, Douglas Hollister im Knast, Dylan in der Schwebe zwischen Leben und Tod … von dem armen Avery ganz zu schweigen. Auf ihn warten nur noch Autopsie und Begräbnis. »Was ist mit der VICAP-Suche?«

»Ist abgeschlossen. In den vergangenen sieben oder acht Jahren hat es drei ähnliche Verbrechen gegeben, eins in der Nähe von Las Vegas, eins in Portland und eins in Los Angeles. Alle Opfer hatten die gleiche Wunde am Rand der Augenhöhle und waren im gleichen mentalen Zustand.« Sie hält kurz inne. »Wie du vermutet hast, wurden sie vom Täter lobotomiert.«

Wir haben noch keine ärztliche Bestätigung für Dana und das neue Opfer, aber ich bin sicher, dass es diese Bestätigung geben wird. Unser Täter ist clever, aber nicht fehlerfrei. Fehlerfrei hieße, er wäre unbemerkt geblieben. Seine Opfer sind für uns wie eine Spur aus Brotkrumen, hoffe ich jedenfalls.

»Was soll ich für dich tun?«, fragt Callie.

»Ich bin ziemlich sicher, wer der Mann ist, Callie. Heather hatte einen Freund.« Ich berichte ihr von Jeremy Abbott.

»Das leuchtet ein.«

»Das Timing ist zwingend. Stell fest, ob ich recht habe.«

»Und was soll James tun?«

»Er soll sich weiter mit den Fallmerkmalen befassen. Der Täter ist gerissen. Wir müssen bis ins kleinste Detail informiert sein, wenn wir finden wollen, was er übersehen hat.«

»Wenn man vom Teufel spricht – ich soll dich an James weiterreichen.«

»Okay.«

»Ich bin auf etwas Interessantes gestoßen«, sagt James ohne Umschweife. »In der Nacht, in der Heather entführt wurde, gab es eine Besonderheit, die den Ermittlern aufgefallen ist. Es wurden vier Autounfälle gemeldet – alles Fahrzeuge, die auf dem Parkplatz vor dem Fitnessstudio gestanden haben.«

Ich weiß nicht, was er meint. »Gab es einen Auffahrunfall?«

»Nein, vier einzelne Unfälle, die nichts miteinander zu tun hatten.«

»Eigenartig.«

»Zu eigenartig«, sagt James. »Ich halte das nicht für einen Zufall. Mal sehen, ob ich mehr darüber herausfinde.«

Dann ist er weg, ehe ich antworten kann, und Callie ist wieder am Apparat.

»Weißt du über diese Unfälle Bescheid, die er gerade erwähnt hat?«, frage ich sie.

»Dazu müsste er mit mir reden. Ich mache mich jetzt auf den

Weg zu dem Mann, den du für Jeremy Abbott hältst.« Sie stockt. »Erwartet mich da Schlimmes?«

Ich denke an Dana Hollister und blicke ins Leere. »Für mich war es das Schlimmste, was ich je gesehen habe.«

»Das wird ja immer verrückter«, sagt Alan, nachdem ich ihm von dem Telefonat berichtet habe. »Wie sieht der Schlachtplan aus?«

Ich schaue auf die Uhr. Es ist kurz vor vier. Das Tag ist uns davongerannt. Die Sonne ist ein fliehendes Pferd. »Wir könnten in die Klinik fahren«, schlage ich vor, »und versuchen, mit Heather zu sprechen.«

Er schüttelt den Kopf. »Davon rate ich ab. Geben wir ihr noch eine Nacht, dann fährst du mit Burns hin. Nur du und er.«

Die Spurensicherung ist eingetroffen. Douglas Hollister wurde bereits weggebracht, schluchzend und in Handschellen. Averys Leiche verwest weiter im Badezimmer und wartet auf den Leichenbeschauer. Dylan liegt im Krankenhaus; ihm wird der Magen ausgepumpt. Ich denke an Kühlschrankmagnete und verspüre plötzlich den übermächtigen Wunsch, Bonnie zu sehen.

»Ich möchte nach Hause«, sage ich. »Ist das nicht seltsam? Ich bin gerade erst in Urlaub gewesen und müsste eigentlich ranklotzen können, aber ich fühle mich überhaupt nicht danach.«

»Das ist überhaupt nicht seltsam«, sagt Alan. »Es ist eine innere Stimme, auf die du hören solltest, weil sie dir sagt, wo deine Grenzen liegen.«

Alan hat recht. Hinter mir liegen ein paar aufreibende Tage.

Ich ergebe mich meiner Schwäche. »Ich fahre nach Hause«, sage ich zu Burns. »Ich kann nicht mehr.«

»In Ordnung. Dann halte ich hier die Stellung«, erwidert er. »Die Spurensicherung wird mir jede neue Erkenntnis sofort mitteilen, und ich leite sie dann an Sie weiter. Ich darf doch annehmen, dass Sie das umgekehrt auch tun?«

»Großes Ehrenwort«, sage ich.

»Okay.« Er fährt sich mit den Fingern durch sein dünnes Haar. »Hätten Sie etwas dagegen, wenn unsere Computerexperten sich seinen PC vornehmen?«

»Ich nicht, aber vielleicht die Kollegen von der Digitalen Beweissicherung.«

»Wie wär's mit einem Kompromiss? Ich schicke meine Techniker rüber. Dann können unsere Leute sich gemeinsam damit befassen, und es gibt keine Revierkämpfe.«

»Gute Idee.«

»Noch etwas. Ihre Spurensicherung sollte den Leichensack auf Fingerabdrücke untersuchen.«

Der Leichensack ist in der Wanne liegen geblieben, nachdem die Sanitäter die willenlose Dana herausgehoben hatten.

»Halten Sie den Täter für unaufmerksam?«

Ich zucke die Achseln. »Der Teufel steckt im Detail.«

»Wann sollen wir es noch mal bei Heather versuchen, was meinen Sie?«

»Morgen Vormittag«, antworte ich. »Wie wär's um zehn Uhr?«

»Sagen wir, um halb elf. Ich werde noch bis spät in die Nacht beschäftigt sein. Mein Captain will um halb zehn einen Bericht von mir.«

Wir schütteln uns die Hand.

Alan setzt mich bei meinem Wagen ab. Der Parkplatz leert sich, wenn die Sonne dem Horizont entgegensinkt und den Himmel bluten lässt.

»Ich gehe noch rauf und rüttle ein bisschen an James' Gitterstäben«, sagt Alan. »Du weißt ja, wie du mich erreichen kannst.«

»Ja. Danke, Alan.« Alan ist so etwas wie mein Stellvertreter. Ein Grund mehr, ihn zu vermissen, wenn er in den Ruhestand geht.

»Noch etwas, Smoky«, sagt Alan. »Bei Hollisters Geständnis hatte ich das Gefühl, dass er mit irgendwas hinter dem Berg hält.«

»Du meinst, er hat gelogen?«

Er kneift die Augen zusammen und denkt nach. »Das nicht, aber vielleicht hat er irgendwas ausgelassen. Ich weiß es nicht. Ist nur so ein Bauchgefühl.«

»Ich vertraue deinem Bauch.«

Alan grinst. Ich beneide ihn einmal mehr um seine makellosen weißen Zähne. Mit fünfzehn hatte ich auch noch solche Zähne. Dann fing ich mit dem Rauchen an, und aus dem Schneeweiß wurde ein »Cremeweiß«, wie ich es nenne.

»Gute Nacht, Smoky«, sagt Alan.

Es ist noch ein bisschen Licht am Himmel, als ich in die Auffahrt einbiege – ein kleines Wunder. Sonst ist es fast immer der Mond, der mich zu meiner Haustür geleitet. Ich steige aus dem Wagen und versuche, nicht an den Tag zu denken, der hinter mir liegt. Noch vor fünf Jahren wäre ich bei so einem Fall bestimmt nicht so früh nach Hause gekommen.

Seltsamerweise verspüre ich Schuldgefühle. Ich werde durch die Tür in mein Haus gehen, in dem die Menschen wohnen, die mich lieben. Ich werde ein schönes warmes Abendessen bekommen und eine heiße Tasse Kaffee, und dann gibt es ein bisschen Unterhaltung, Lachen, Fernsehen und vielleicht entspannenden Sex.

In der Zwischenzeit wird Avery Hollister ins Leichenschauhaus gebracht. Heather wird sich die Haut aufkratzen und sich Haare ausreißen. Dylan wird in einer Welt aufwachen, in der sein Vater seinen Bruder erwürgt hat und auch ihn umbringen wollte. Dana Hollister wird in ihrer dunklen, geräuschlosen Welt eingeschlossen sein, ebenso der Mann, bei dem es sich vermutlich um Jeremy Abbott handelt.

Aber Douglas Hollister wandert in den Knast.

Ich nicke mir selbst zu. Damit habe ich mir einen angenehmen Abend verdient.

Als ich zum Eingang gehe, fällt mir ein weißer Briefumschlag auf, der gegen die Tür gelehnt ist. »Smoky« steht in Großbuchstaben darauf. Stirnrunzelnd schaue ich mich um. Dann hebe ich den Umschlag auf und öffne ihn.

In dem Umschlag steckt eine Blankobriefkarte. Ich klappe sie auf.

LETZTE WARNUNG. SUCHEN SIE MICH NICHT, SONST HAT ES KONSEQUENZEN. LASSEN SIE DEN FALL RUHEN.

Mir stockt das Herz. Ich greife unwillkürlich zur Waffe und lasse den Blick über den Vorgarten schweifen. Es ist still; nur das Summen der Straßenlaternen ist zu vernehmen. Ich schlucke nervös. Meine Kehle ist staubtrocken.

Er ist hier gewesen.

An meinem Haus.

Die Schlüssel klimpern in meiner zitternden Hand, als ich aufschließe und den Türknauf drehe. Ich kann nichts dagegen tun.

Reiß dich zusammen. Ich muss es Tommy sagen, aber Bonnie braucht nichts davon zu wissen.

Ich schließe die Augen, hole tief Luft und atme langsam aus. Und noch einmal. Ich mache die Augen auf. Schon besser. Ich zwinge ein Lächeln auf mein Gesicht und betrete mein Zuhause.

Auf dem Weg ins Wohnzimmer kommt Tommy mir entgegen. Er nimmt mich in die Arme und küsst mich auf die Wange. Bonnie drückt mich lächelnd. Alles ist heile Welt und zugleich surreal: Wir verwandeln uns in eine Familie, die jene Irren, die ich jage, mit besonderer Vorliebe auslöschen.

»Hunger?«, fragt Tommy.

Ich schnuppere und merke erst jetzt, dass ich tatsächlich Hunger habe. »Das riecht großartig. Was ist das?«

»Spaghetti. Das Geheimnis liegt in der Soße.«

»Scheint mir auch so.«

»Diesmal bekommst du sie frisch vom Herd, keine aufgewärmten Reste wie sonst. Wir essen in zwanzig Minuten.«

Ich schaue zu Bonnie. Sie hat sich an den Couchtisch gesetzt und macht Hausaufgaben, wie es aussieht.

Ich gehe nach oben und ziehe mir bequeme Sachen an, was je nach Wetter eine Trainingshose oder Shorts sein können, dazu Socken, aber keine Hausschuhe. Heute ist es eine Trainingshose. Zuletzt versuche ich, das Band aus meinem Haar zu ziehen. Ich trage es nur während der Arbeit; zu Hause bekomme ich manchmal Kopfschmerzen davon.

Okay, sage ich mir dann, *du musst es ihm erzählen.*

»Tommy!«, rufe ich. »Kannst du mal nach oben kommen?«

»Klar.«

Ich höre Schritte auf der Treppe. Dann kommt er ins Zimmer und schließt die Tür hinter sich.

»Du willst mir also sagen, was dich beschäftigt, seit du hereingekommen bist?«, fragte er.

Ich sperre den Mund auf. »Du hast es gemerkt?«

Er spielt mit meinen Haaren. Es gefällt ihm, wenn ich sie offen trage. »Als ich beim Secret Service war, habe ich oft stundenlang fünfhundert und mehr Leute beobachtet und auf den kleinsten Hinweis gelauert, dass es Ärger geben könnte. Glaubst du, da entgeht es mir, wenn dir etwas zu schaffen macht?«

Ich bin ein bisschen verärgert, weil er mich so leicht durchschaut. »Warum hast du mich dann nicht gleich danach gefragt?«

Er zuckt die Achseln. »Weil ich dir vertraue. Ich wusste, du würdest es mir sagen, wenn du es für richtig hältst.«

»So einfach ist das?«

Er betrachtet mich liebevoll. »Ja. Viele Leute denken, Zusammensein heißt, dass man immer alles wissen muss, was im Partner vorgeht. Als wäre es ein Versagen, wenn man kein Hellseher ist. Ich finde, nur die wichtigen Dinge muss man wissen, und man sollte da sein, wenn man gebraucht wird. Alles andere ist Vertrauenssache.«

Ich runzle die Stirn. »Soll das heißen, du hast noch Geheimnisse, von denen ich nichts weiß?«

»Klar.«

»Und du meinst, das schadet unserer Beziehung nicht?«

»Vertrauen und Privatsphäre schließen sich nicht aus. Wir haben uns ineinander verliebt, weil wir so sind, wie wir sind. Welchen Zweck hätte es da, unsere Besonderheiten aufzugeben?«

Mein erster Impuls ist, ihm zu widersprechen; dann wird mir klar, dass er recht hat. Ich vertraue ihm. Seine Geheimnisse, von denen er meint, sie mir nicht erzählen zu müssen, beunruhigen mich nicht.

Ich erzähle ihm von der SMS, die ich auf Callies Hochzeit bekommen habe, und ziehe die Briefkarte aus meiner Handtasche. Tommy liest sie und gibt sie mir zurück.

»Was willst du tun?«, fragt er.

Das ist alles. Kein Wutanfall, keine geballten Fäuste, keine Schwüre, den Kerl zu stellen und umzubringen. Nur ein ruhiger Blick und eine schlichte Frage.

»Ich möchte, dass Kirby auf Bonnie aufpasst. Rund um die Uhr. Bonnie ist meine größte Sorge. Solange es nur die SMS war, ging es um mich, aber jetzt …« Ich schüttle den Kopf. »Das hier ist etwas anderes. Er war hier, vor unserem Haus. Wenn ich nicht alles tue, dass Bonnie in Sicherheit ist, habe ich keine ruhige Minute mehr.«

Tommy denkt nach; dann nickt er. »Kirby ist die Richtige.«

»Wir werden ihr etwas bezahlen müssen. Ich kann sie nicht bitten, umsonst Vollzeit zu arbeiten.«

»Das ist kein Problem. Sprich mit ihr. Sag ihr, wegen der Bezahlung soll sie mich anrufen.«

»Und was ist mit dir?«, frage ich.

»Ich passe selbst auf mich auf.« Sein Tonfall lässt mich erkennen, dass er diese Diskussion als beendet betrachtet. »Außerdem werde ich das Haus sicherheitstechnisch auf den neuesten Stand bringen.«

Ich habe an sämtlichen Türen ein zweites Schloss anbringen lassen. Damals habe ich mich danach besser gefühlt, aber da ging es noch um mich allein. Jetzt habe ich Familie.

»Ich habe Angst, Tommy. Um dich und Bonnie.«

Er streicht mir über die Wange, nimmt meine Hand und zieht mich mit sich zur Tür. »Wein und Pasta sind gute Beruhigungsmittel«, sagt er. »Zufriedener Magen, zufriedener Mensch.«

»Von wem ist das?«

»Von meinem Vater.«

Ich lasse mich von ihm zu dem verheißenen Frieden führen.

Tommy hatte recht. Das Essen nimmt zwar nicht die Angst, aber ich fühle mich wieder wie ein Mensch.

Bonnie ist gesprächig und lebhaft und erzählt, dass sie einen Kurs in Leichtathletik belegt hat. Nach dem Essen hilft sie Tommy beim Abräumen.

Ich schaue den beiden eine Weile zu. Dann gehe ich hinauf in unser Schlafzimmer, schließe die Tür und nehme mein Handy vom Bett, wo Tommy es hingeworfen hatte. Ich wähle Kirbys Nummer. Nach zweimaligem Klingeln nimmt sie ab.

»Hi, Smoky«, sagte sie. Kirby ist fast immer vergnügt, außer wenn sie jemanden tötet, und manchmal sogar dann.

»Es war eine schöne Hochzeit, Kirby«, sage ich anerkennend. »Schade, dass sie so unschön unterbrochen wurde.«

»Ja. Das arme Mädel, das dieses Schwein aus dem Wagen geworfen hat, war bestimmt schlechter drauf als ich.«

»Das kann ich bestätigen.«

»Ich bin eigentlich nur wegen der Torte sauer. Na ja, wenigstens habe ich sie zu einem Sonderpreis bekommen.«

Wahrscheinlich mit vorgehaltener Waffe und deinem Tausend-Watt-Lächeln, geht es mir durch den Kopf. »Was hat Callie mit der Torte gemacht?«

»Sie hat nur zwei Stücke mit nach Hause genommen, mehr nicht. Kapierst du das?«

»Was ist aus dem Rest geworden?«

Kirby lacht. »Sagen wir … er wurde einem guten Zweck zugeführt und hat am Strand bei einem Lagerfeuer unseren Fresskick befriedigt.«

»Heißt das, ein Mann war daran beteiligt?«

»Was denkst du? Also, Boss, um was geht's? Soll ich irgendeinen Typen in den siebten Himmel vögeln, bis er in Ekstase Staatsgeheimnisse ausplaudert? Oder soll jemand super-hyperstill werden?«

Das ist nur halb im Scherz gemeint. Ich glaube, wenn ich Kirby bitten würde, für mich zu töten, würde sie es tun, ohne mit der Wimper zu zucken. Sie würde den Betreffenden umbringen und dann zum Strand zurückfahren, um in Kicherlaune Marihuana, Hochzeitstorte und Männer zu vernaschen. Kirby ist ein Geschöpf des Augenblicks und stellt ihre Lebensfreude nicht infrage. Manchmal beneide ich sie, aber nur manchmal. Ich bin mit meinen derzeitigen moralischen Prinzipien ganz zufrieden.

»Ich möchte, dass du auf Bonnie aufpasst, und zwar rund um die Uhr, was vermutlich heißt, dass du jemanden hinzuziehen musst. Ich werde es ihr sagen. Sie würde es sowieso merken.«

Das kurze Schweigen verrät ihr Erstaunen. Kirby ist der einzige Mensch, den ich kenne, der noch unergründlicher ist als Callie.

»Jemand hat sie bedroht?« Ihre Stimme klingt gelassen, beinahe sanft.

»Nein. Man hat mich bedroht.« Ich erzähle ihr alles.

»Hmmm …«, sagt sie. »Okay, ich bin dabei. Das beeinträchtigt zwar mein Sexualleben, aber Geschäft ist Geschäft.«

»Wir werden dich natürlich bezahlen. Ruf Tommy an. Er regelt das mit dir.«

»Quatsch. Was soll ich mit euren Mäusen? Ihr werdet meinem Helfer etwas geben müssen, aber ich selbst will keinen mü den Dollar.«

»Kirby«, wende ich ein. »Das wird dich eine Menge Zeit kosten …«

»Du weißt, dass ich reich bin, oder?«, fällt sie mir ins Wort.

»Ach ja?« Der Gedanke ist mir nie gekommen.

Ich kann beinahe hören, wie sie die Augen verdreht. »Du denkst wohl, blond heißt blöd? Wenn man gewisse Probleme bei Drogenkartellen in Südamerika löst, so wie ich es getan habe, hat man Geld satt.« Wenn sie hier wäre, würde sie mir jetzt zuzwinkern. »Wie du weißt, war ich jahrelang freiberuflich tätig. Die Leute zahlen viel Geld für meine Arbeit. Ich habe Investmentfonds, Gold, Schweizer Bankkonten … Ganz zu schweigen von dem Erpressungsgeld, das ich zur Seite gelegt habe, falls ich mal richtig viel Bargeld brauche.«

»Danke, Kirby.«

»Nicht der Rede wert. Aber jetzt eine Frage. Sie ist nicht angenehm, muss aber sein. Wenn es hart auf hart kommt, wie soll ich das Problem lösen?«

»Endgültig«, antworte ich ohne Zögern.

Die Strafe für einen Angriff auf meine Familie ist der Tod. Das ist ein Grundsatz, von dem ich keinen Millimeter abrücken werde und der mir keine schlaflose Minute bereitet.

Kirbys Stimme ist völlig unverändert. »Okay, hab verstanden. Wann soll ich anfangen?«

»Morgen früh, wenn du kannst.«

»Kann ich. Dann rufe ich jetzt Tommy an, kläre die Details

mit ihm ab, fahre zum Strand und genieße den letzten Abend, an dem ich Hochzeitskuchenbuttercreme von meinem derzeitigen Adonis lecken kann, bevor ich in die Salzminen muss.«

Nachdem wir aufgelegt haben, bin ich besorgt und belustigt zugleich, wie es bei Gesprächen mit Kirby nicht anders zu erwarten ist. Sie vermischt Geschichten über sorglosen Sex mit heiteren Anekdoten über Auftragsmorde auf eine Art, dass man sich fragt, wie viel davon wahr ist und ob man sich über den Zustand ihrer Seele Sorgen machen muss.

Ein Sprichwort meines Vaters fällt mir ein: »Wer den Wind zähmen will, rennt ewig«.

Das passt auf Kirby. Man kann sie entweder aus seinem Leben aussperren oder sie so akzeptieren, wie sie ist. Zähmen kann man sie jedenfalls nicht.

KAPITEL 17

»Einen Menschen zu töten, ob Mann oder Frau, ist wie Beton und Erde«, sagte der Vater, als der Junge sechzehn war.

Bei allem, was der Vater sagte, hörte der Junge immer ganz genau zu, doch dieser Ausspruch erregte sein besonderes Interesse – nicht des Themas wegen, sondern wegen der poetischen Ausdrucksweise. Dad war nicht poetisch veranlagt. Er freute sich an seinem Dalí und dem Violinenrausch in der klassischen Musik, aber das waren Abweichungen als Mittel zum Zweck.

»Es gibt Spinner, die erzählen vom Wind und dem Himmel, vom Gefühl der Freiheit und solchem Scheiß. Vielleicht gibt es das, vielleicht auch nicht. Ich weiß nur, dass man den Himmel nicht anfassen und den Wind nicht sehen kann. Aber wohin man auch blickt, findet man Beton und Erde, so weit das Auge reicht. Sie sind Wirklichkeit. Man fühlt sie unter den Fußsohlen und unter den Autoreifen. Menschen sterben auf Beton und Erde. Ihr

Blut fließt darüber, und ihre Leichen verwesen darauf. Auch du wirst einmal darauf enden.«

Der Vater schaute weg, als er das sagte. Sie saßen im Garten beim Barbecue, nur er und sein Sohn. Es war der vierte Juli, der Nationalfeiertag, und die Sonne ging an einem flammenden Horizont unter. Der Vater hielt einen langen Spatel in der Hand, mit dem er die Burger wendete, während er sich über das Thema des Tötens verbreitete.

»Aber das Meer …«, begann der Junge, verstummte und wurde rot bis über beide Ohren.

»Was ist mit dem Meer?«, fragte sein Vater. »Raus mit der Sprache, Sohn.«

Der Junge räusperte sich und straffte die Schultern. »Verzeihung, Sir, es war nur ein Gedanke. Du hast gesagt, Beton und Erde sind überall, so weit das Auge reicht. Aber das stimmt nicht. Wo das Meer ist, da ist Wasser.«

Dad wendete einen Burger und nickte. »Das ist wahr. Aber denk genauer nach, Sohn. Worauf schwimmt das Wasser?« Er wartete gar nicht erst auf eine Antwort. »Auf Erde. Wirf eine Leiche ins Meer, und sie sinkt zum Grund, wo Sand und Steine sind. Selbst wenn die Leiche auf dem Weg nach unten gefressen wird – wer sie auch frisst, wird irgendwann sterben und am Grund des Meeres enden.« Wieder wendete er einen Burger. Irgendwo explodierten Feuerwerkskörper. »Du kannst dem Wasser entkommen, Sohn, aber nicht der Erde.«

Dad hatte recht, wie immer. Stolz überkam den Jungen. Er war froh, dass er einen solchen Vater hatte.

»Danke, Sir. Ich werde es mir merken.«

»Guter Junge.« Der Vater drehte den nächsten Burger um. »Eines Tages«, sagte er und wechselte unvermittelt das Thema, wie es seine Art war, »wirst du auf dich allein gestellt sein und alles, was ich dir beigebracht habe, mit kritischen Augen sehen.«

»Ich werde deine Lehren nie infrage stellen.«

»Das glaube ich dir jetzt. Aber die Dinge ändern sich, Sohn, vor allem die Menschen. Jetzt stehst du noch unter meiner Fuchtel, aber eines Tages nicht mehr. Damit ist es irgendwann vorbei, und dann wird sich dir die Schlüsselfrage stellen.«

Der Junge wartete auf die Erläuterung. Als sie nicht kam, wurde ihm klar, dass sein Vater auf ein Stichwort wartete. »Und was ist die Schlüsselfrage, Sir?«

Sein Vater wendete einen Burger. »Die Schlüsselfrage ist die, Sohn: Was macht einen Menschen zu einer Autorität? Warum hörst du auf mich?«

Sein Vater richtete sich vom Grill auf und schaute in den Himmel. Der Junge beobachtete ihn grübelnd. Er wusste nicht, worauf sein Vater hinauswollte. Sollte er seine Autorität anzweifeln? Das war doch verrückt. Er war eine Autorität, weil er Vater war. Was sollte man sonst davon halten?

»Du hörst auf mich, weil ich von uns beiden das größere Stück Fleisch bin«, sagte Dad. »Jungen wachsen, Sohn. Wahrscheinlich wirst du nie größer sein als ich, aber eines Tages wirst du stärker sein. Womit willst du dann meine Autorität erklären?«

»Sir, ich …«

»Mach dir keine Sorgen, Sohn. Ich will dich nicht zwingen, meiner Meinung zu sein. Hör gut zu, und du wirst erkennen, worauf ich hinauswill.«

»Ja, Sir.«

Dad nahm die fertigen Burger vom Rost und legte rohe darauf. »Als ich ein Junge war, waren wir arm. Ich meine damit nicht, dass uns ein Radio fehlte oder eine neue Jeans. Wir hatten selbst gezimmerte Möbel und ein Plumpsklo und wussten nicht immer, wie wir die nächste Mahlzeit beschaffen sollten. Mutter ging auf den Strich, damit wir einigermaßen über die Runden kamen. Vater war ein Nichtsnutz, der jeden Cent versoffen hatte, den Mutter nicht vor ihm verstecken konnte.

Daddy war nicht besonders wählerisch bei der Frage, wen er

fickte, wenn er betrunken war. Ich hatte einen Bruder und eine Schwester, und wir drei bekamen das hin und wieder zu spüren.«

Er wendete einen weiteren Burger. Der Junge war fasziniert. Sein Vater hatte noch nie über seine Vergangenheit gesprochen. Kein einziges Mal.

»Mutter starb, als ich vierzehn war. Ich war nicht viel älter als meine Geschwister, aber ich war nun mal der Älteste. Sissy war dreizehn und Luke zwölf. Dad hatte nicht vor, sich einen Job zu suchen oder das Saufen aufzugeben, darum mussten wir drei Kinder uns für Geld ficken lassen. Sissy war die schwächste von uns. Das war sie immer schon gewesen. Sie hielt zwei Jahre durch, dann nahm sie Daddys Schrotflinte und pustete sich den Kopf weg.«

Vater schwieg einen Moment und starrte vor sich hin. »Ich rannte sofort nach dem Knall ins Zimmer. Blut schwebte in der Luft wie ein dünner roter Nebel und sank herab wie Staub, nur dass es feucht war.« Er starrte noch einmal vor sich hin; dann schien er in die Wirklichkeit zurückzukehren und drehte wieder einen Burger um, als wäre er soeben nicht durch die Zeit gereist.

»Dad befahl uns, Sissy im Wald zu vergraben. Er schlug uns und sagte, wir müssten von jetzt an ihre Arbeit mit erledigen. Und das taten wir.«

Der Junge bemerkte, dass sein Vater sich auf einmal anders anhörte. Ein starker Akzent kam zum Vorschein, dazu eine Satzmelodie, die vorher nur in Anklängen zu hören gewesen war. Der Junge wusste nicht, woher sein Vater stammte. Er kannte nur seinen eigenen Wohnort.

»Luke musste als Nächster dran glauben. Ein Irrer würgte ihn beim Ficken zu Tode. Daddy befahl mir, den Kerl umzubringen und neben Luke im Wald zu vergraben. Danach wollte er mich wieder schlagen. Da sagte ich mir, Schluss, aus, das reicht jetzt, du hast genug von all diesem Scheiß.« Vater besah sich einen Burger und erzählte dann mit ruhiger Stimme seine Horrorgeschichte weiter. »Ich tötete unseren Alten und verscharrte ihn ebenfalls im Wald.« Er hielt inne, schaute zur Seite. »Das war der Tag, als ich eines begriff, Sohn. Dass es so etwas wie eine Seele nicht gibt. Ich hatte versucht, so zu tun, als wäre es anders, weil Mutter das immer gesagt hatte. Aber weißt du, wohin dieser Versuch mich gebracht hatte?«

»Nein, Sir.«

»Es war jämmerlich, Junge. Es trieb mich dazu, diesen Mann zu lieben, trotz allem, was er mir angetan hatte. Es machte mich glücklich, wenn er mich anlächelte. Es brachte mich manchmal sogar zum Weinen, wenn er meine Liebe nicht erwiderte. Ich war wie ein Welpe, der an seinen Füßen um Brocken bettelte. Um ein Tätscheln oder ein Lächeln oder ein freundliches Wort. Die ganze Zeit dachte ich, ich bräuchte das, weil ich an die Seele glaubte.« Sein Vater beugte sich vor und spuckte aus. »Ich erkannte die Wahrheit und wich nie wieder davon ab. Ich schwor, meinen eigenen Sohn die Wahrheit zu lehren, sollte ich je einen Sohn haben, damit er nicht denselben Fehler begeht wie ich damals.«

Feuerwerkskörper knallten, aber der Junge hörte sie kaum.

»Jedenfalls, ich verscharrte den Alten. Dann bin ich abgehauen und habe mich zur Army gemeldet, obwohl ich noch nicht alt genug war, aber ich konnte alle täuschen. Sie schickten mich nach Korea. Ich kam dorthin, wo am härtesten gekämpft wurde.« Vater richtete seinen Blick in die Vergangenheit. »Ich habe Dinge gesehen, Junge, die du dir nicht einmal vorstellen kannst. Männer, denen die Därme bis an die Füße hingen und die immer noch schossen. Kannibalismus im Schnee. Einen Mann, der eine Tote vögelte, weil er nicht gemerkt hat, dass die Frau während der Vergewaltigung gestorben war.« Mit großen, verwunderten Augen starrte Vater vor sich hin. »Die Leute denken, wir wären rechtschaffen gewesen damals, und die meisten von uns waren es vielleicht auch. Aber es gab auch Verrückte, die nur für den Krieg und das Töten lebten. Ich war nicht ganz so schlimm, aber mir war Grausamkeit nicht fremd.«

Der Vater drehte sich zu dem Jungen um und starrte ihm düster ins Gesicht. Es war ein Blick aus dem Abgrund der Hölle, und der Junge sah für einen kurzen Augenblick einen Menschen, der zu einem Ungeheuer geworden war, das andere Menschen aß, seine Kinder verkaufte und Sex mit Toten hatte.

»Wenn also die Zeit kommt und du infrage stellst, was ich dir beigebracht habe und was mich zu dem macht, der das Sagen hat, dann denk daran, was ich dir heute gesagt habe. Wegen dem, was ich gewesen bin und was ich getan und erfahren habe. Es gibt keinen Gott. Ich habe diese Wahrheit erkannt, habe durch sie hindurchgeschaut bis auf den Grund, auf dem wir stehen. Entweder du frisst, oder du wirst gefressen.«

Der Blick hielt an, bis dem Jungen der Schweiß ausbrach, weil der Vater nicht mehr da zu sein schien, obwohl er leibhaftig vor ihm stand. Der Junge glaubte in den Abgrund zu stürzen, der sich in den Augen seines Vaters aufgetan hatte.

Dann sprach seine eigene Stimme zu ihm, als wäre sie die Stimme jenes Gottes, den es nicht gab, gewaltig und dröhnend, voller Autorität und Kraft.

Ich bin meines Vaters Sohn.

Ein plötzlicher Gedanke, so unvermittelt wie ein Blitz und genauso machtvoll. Er leuchtete auf, erhellte die dunkle Landschaft in seinem Innern und brachte ihm ein Gefühl von Stolz, das er verstand, und einen Kummer, den er nicht begriff.

Der Junge blinzelte, und es war vorbei. Sein Vater hatte sich abgewandt und beugte sich über den Grill, wo ein Burger schwarz geworden war. Irgendwo knallten Feuerwerkskörper.

»Die Burger sind fertig«, sagte Vater, nun wieder in normalem Tonfall. »Lass uns essen.«

Es war nicht das erste Mal gewesen, dass sie über das Töten sprachen, und auch nicht das letzte Mal, aber nie war es denkwürdiger gewesen. Seit jenem Tag brachte der Junge die Kälte des Todes mit dem köstlichen Geschmack von gegrilltem Fleisch in Verbindung. Nicht im Sinne einer geschmacklichen Wahrnehmung, sondern im Sinne eines Déjà-vu-Erlebnisses.

Oft dachte er auch an Feuerwerkskörper, wenn er tötete.

KAPITEL 18

»Es ist Zeit für eine Antwort, Agentin Barrett.«

Kurz nach meiner ersten Tasse Kaffee rief Direktor Rathbun mich auf dem Handy an und kam ohne Umschweife zur Sache.

»Ich bin noch nicht richtig wach, Sir.«

Rathbun lacht leise. Es hört sich so herablassend an, dass es mir auf die Nerven geht. »Nun kommen Sie schon, Agentin Barrett, Sie haben sich doch längst entschieden. Sie brauchen mir nur zu sagen, wie die Entscheidung ausgefallen ist.«

Seine Selbstsicherheit reizt mich, aber das ist vor allem darauf zurückzuführen, dass ich ein Morgenmuffel bin. Bonnie hat einen hellsichtigen Moment und bringt mir eine zweite Tasse Kaffee. Ich werfe ihr einen dankbaren Blick zu. Sie lächelt und geht wieder zu Tommy, um ihm bei der Zubereitung des Frühstücks zu helfen.

»Also gut, Sir. Meine Antwort ist Ja. Mein Team und meine Familie sind einverstanden. Aber ihre Meinung ändert sich vielleicht, wenn ein Umzug nach Quantico bevorsteht.«

»Das ist bei jedem Standortwechsel so. Man verliert Freunde und Vertraute, daran führt nun mal kein Weg vorbei.«

»Ja. Und was jetzt, Sir?«

»Jetzt gehe ich an die Arbeit. Ich muss hinter den Kulissen einiges einfädeln, zum Beispiel die Genehmigung und Finanzierung des Projekts. Das alles dauert noch ein paar Monate. Wir bleiben in Verbindung.«

Er legt auf, ohne auf Wiedersehen oder danke zu sagen, was

mich zusätzlich ärgert. Ich blicke finster in meinen Kaffee und stürze ihn hinunter, anstatt daran zu nippen wie sonst. Der Geschmack und das Koffein besänftigen mich ein bisschen, wie immer.

Es klopft an der Haustür, und ich stöhne auf. »Was soll das?«, beschwere ich mich und gehe zur Tür, um aufzumachen und demjenigen die Stirn zu bieten, der es wagt, so früh bei mir zu klopfen und beim Anblick meiner Sturmfrisur und des ausgefransten Bademantels womöglich die Nase zu rümpfen.

Ich reiße die Tür auf, und vor mir steht eine Frau Anfang vierzig. Ihr Alter und ihr Äußeres siedeln sie irgendwo zwischen hübsch und matronenhaft an. Sie ist perfekt zurechtgemacht: geschminkt, frisiert, Hose, Bluse, Feinstrickpulli. Die Hose würde ich vielleicht auch noch tragen, aber der Pullover erinnert mich an meine Großmutter. Die Szenerie ist beinahe surreal, das Lächeln der Frau heiter und beschwingt.

Morgenmenschen sollte man umbringen. Außer Tommy und Bonnie natürlich.

»Ja?«, frage ich.

»Guten Morgen«, sagt sie mit dem lang gezogenen O, das ich nicht ausstehen kann – guten Mooorgen. Das scheinen hauptsächlich Leute draufzuhaben, die einem mit penetranter Fröhlichkeit irgendwelche Abos an der Haustür andrehen wollen. »Mein Name ist Darleen Hanson? Ich bin im Vorstand des Hausbesitzervereins?«

Noch etwas, das ich nicht leiden kann: Leute, bei denen jeder Satz wie eine Frage klingt.

»Ach ja?«

Unbeeindruckt von meiner Unfreundlichkeit redet sie weiter. »Wir sind ein neuer Vorstand und wollen gleich mit einem guten Start beginnen, wissen Sie? Ich denke, Sie werden mir zustimmen, dass der letzte Vorstand ein bisschen lax gewesen ist? Er hat nichts dagegen unternommen, dass die Leute ihre Mülltonnen eine Stunde länger als erlaubt auf der Straßen stehen ließen und solche Dinge.«

»Aha.«

Die Einsilbigkeit meiner Antworten scheint nicht zu ihr durchzudringen. »Jedenfalls tut es mir leid, Sie so früh behelligen zu müssen, aber ich muss gleich zur Arbeit, wie Sie sicherlich auch, und ich komme nur, weil ich Sie um einen kleinen Gefallen bitten wollte.« Ein Lächeln blitzt auf, das so viel heißt wie: Wir haben doch alle Verständnis füreinander, nicht wahr?

»Und was kann ich für Sie tun?«

»Nun, in der Gemeindeverordnung steht, dass Fahrzeuge in der Garage geparkt werden müssen. Wenn sie überall draußen stehen, ist das schrecklich unansehnlich, finden Sie nicht? Wenn Sie also Ihren Wagen von jetzt an einfach jeden Abend in die Garage fahren, wären wir Ihnen sehr dankbar. Einverstanden?« Sie schließt mit ihrem breitesten Lächeln.

Ich beuge mich zur Tür hinaus und blicke zu meiner Auffahrt. Ja, da steht mein Wagen. Ich richte mich wieder auf und trinke einen Schluck Kaffee, während ich Darleen anstarre, die auf eine Antwort wartet.

Ich beschließe, höflich zu sein. Diese Frau will mir wahrscheinlich gar nichts. Sie hat einigermaßen nett gefragt, hat nicht mal die Augen aufgerissen angesichts meiner Narbe.

»Hören Sie, Darleen. Ich arbeite für das FBI. Es gibt Zeiten, wo ich überstürzt das Haus verlassen muss, weil es buchstäblich auf Sekunden ankommt. Darum ist es mir lieber, wenn mein Wagen in der Auffahrt steht. Ich bin sicher, Sie haben Verständnis dafür.«

Sie nickt lächelnd. »Natürlich. Also, das ist ja interessant! Unsere eigene FBI-Beamtin! Aber ich fürchte, die Gemeindeverordnung hat Vorrang, und Sie werden in der Garage parken müssen. Ich weiß Ihr Entgegenkommen zu schätzen, wirklich.«

Das Lächeln bleibt, aber es hat sich verändert. Ich habe die Frau falsch eingeschätzt. Hinter diesem Lächeln ist Stahl, dazu noch ein Hauch gemeiner Umtriebigkeit.

Klasse. Dieses Spiel beherrsche ich auch.

Ich lächle sie freundlich an, trinke einen Schluck Kaffee und sage augenzwinkernd: »Ich denke gar nicht daran.« Dann schlage ich ihr die Tür vor der Nase zu.

Ich gehe an den gedeckten Tisch, wo Tommy und Bonnie Teller mit Waffeln, Eiern und gebratenem Speck hinstellen. Ich habe ein warmes Glücksgefühl im Bauch.

»Ich kann nicht behaupten, dass das eine geschickte Handhabung war«, bemerkt Tommy.

»Vielleicht. Aber überleg doch mal. Da will mir jemand vorschreiben, dass ich mein Auto in der Garage zu parken habe.« Ich schüttle den Kopf. »Kommt gar nicht infrage.«

»Ich bin zufällig deiner Meinung«, sagt Tommy schmunzelnd, »aber ich kenne solche Leute. Du hast gerade einen Krieg angefangen.«

Ich nehme mir eine Scheibe Speck und beiße ein Stück ab. »Tja, dann werden zwei Dinge passieren. Entweder ich prügle sie, bis sie klein beigibt, oder du gehst zum Hausbesitzerverein und glättest für mich die Wogen. Wenn im Vorstand nur Frauen sitzen, werden sie dir in Nullkommanichts aus der Hand fressen.«

Bonnie kichert. Tommy schüttelt seufzend den Kopf, aber ich weiß, er ist glücklich. Angesichts solcher Wohnviertelintrigen fühlen wir uns alle so richtig schön normal. Und Normalsein ist schwierig für diese Familie.

»Kommt Kirby heute?«, fragt Bonnie.

Gestern Abend haben wir alles besprochen. Ich habe mich mit der Überlegung gequält, was ich ihr sagen soll, und am Ende entschieden, nichts wegzulassen. Bonnie wird schon damit klarkommen, hatte ich mir gesagt – und ich hatte recht. Sie nahm es gelassen auf, stellte ein paar Fragen und fand es dann ebenfalls notwendig und klug, einen Leibwächter zu engagieren.

»Du wirst sie anrufen und ihr sagen, wo sie dich treffen soll«, sagt Tommy zu mir. »Sobald du alles mit ihr besprochen hast, postiert sie sich an Bonnies Schule.«

»Du bist also einverstanden, Schatz?«, sage ich zu Bonnie. »Kommst du damit klar?«

Sie zuckt die Achseln. »Kirby ist cool. Und ich schätze, sie wird außer Sicht bleiben, oder?«

»Möchtest du das denn?«

Sie zögert. »Ich mag Kirby, aber es fällt mir manchmal schon schwer, mich in der Schule einzufügen. Wenn Kirby sich ein bisschen zurückhalten könnte, wäre das super.«

Ich gebe ihr einen Kuss auf den Scheitel, traurig über ihre Anpassungsprobleme und froh, weil sie sich daran stört. »Ich werde es ihr sagen.«

»Keine Sorge«, meint Tommy. »Kirby kommt nur in deine Nähe, wenn Gefahr droht.«

»Hast du nicht gesagt, dass noch jemand dabei ist?«, fragt Bonnie.

Ich nicke. »Kirby kann nicht rund um die Uhr persönlich auf dich aufpassen.« Ich blicke Tommy an. »Weißt du, wer Kirbys Helfer ist?«

»Nein. Sie hat nur gesagt, dass er ein Ass ist.«

»Ich sorge dafür, dass sie ihn dir vorstellt«, sage ich zu Bonnie. Nachdem sie ihn mir vorgestellt hat. »Und jetzt musst du los, sonst verpasst du deinen Bus.«

Sie verdreht die Augen. »Ich verpasse nie meinen Bus.« Sie drückt mich, geht zu Tommy und drückt ihn ebenfalls; dann nimmt sie ihren Rucksack und verlässt mit einem »Bye!« das Haus.

Ich blicke auf die geschlossene Tür und seufze. »Du weißt, dass es mit den Umarmungen bald vorbei sein wird, oder?«, frage ich Tommy ein bisschen wehmütig.

»Es überrascht mich, dass es nicht jetzt schon so ist.«

Ich blicke finster auf seinen Rücken. »Das war nicht hilfreich.« Er sagt nichts, aber irgendwie habe ich das Gefühl, dass er grinst. Keiner nimmt mich ernst. »Ich gehe jetzt duschen«, sage ich und rausche wütend davon.

Manchmal tut es gut, die Prinzessin zu spielen. Es ist irgendwie tröstlich.

Mit geschlossenen Augen genieße ich den Brausestrahl, als Tommy die Tür aufzieht und nackt in den aufsteigenden Dampf tritt. Er schlingt die Arme um mich und zieht mich an sich. Die Berührung ist köstlich. In der Luft hängt der Duft von Aprikosenseife.

»Haben wir Zeit?«, fragt er mit tiefer Stimme so nahe an meinem Ohr, dass ich wohlig schaudere.

Ich drehe mich um und bringe ihn mit einer Berührung ebenfalls zum Schaudern.

»Beantwortet das deine Frage?«

Er hebt mich hoch, was ich immer unglaublich erregend finde. Er umfasst stützend meinen Hintern. Ich schlinge die Beine um seine Taille, und wir küssen uns, während uns das Wasser übers Gesicht läuft.

»Ob wir das wohl noch tun, wenn wir sechzig sind?«, frage ich ihn.

»Solange mein Rücken mitmacht«, murmelt er und bedeckt meinen Hals mit Küssen.

Ich kichere über seine Antwort, aber nur kurz. Verlangen und Lachen sind nahe Verwandte, aber sie halten es nicht im selben Zimmer miteinander aus.

KAPITEL 19 Erfrischt betrete ich das Krankenhaus. Mit dem Anruf von Direktor Rathbun und Vorstands-Darleen war es ein anstrengender Morgen, doch der Kaffee, die Umarmungen meiner Tochter und der Quickie unter der Dusche konnten meine Laune beträchtlich heben.

Alan und Burns warten an der Rezeption. Alan plaudert mit Kirby, die ich angerufen und gebeten habe, sich hier mit mir zu treffen. Ein wenig abseits steht noch ein Mann. Er ist dünn, kahl und wachsam. Er hört ihnen zu, ohne Anteilnahme erkennen zu lassen. Ich habe das starke Gefühl, dass er Kirbys Kollege ist. Äußerlich wirkt er zahm, aber ich kann das Raubtier wittern.

Kirby sieht mich zuerst und schenkt mir ein strahlendes Lächeln. »Hi, Boss.«

Ich gehe zu ihr. »Guten Morgen, Kirby. Alan, Detective Burns …«

Kirby runzelt die Stirn, legt den Kopf schief und mustert mich. »Hmmm«, sagt sie.

»Was?«

»Du siehst wie frisch gevögelt aus.« Sie kommt neben mich und stößt mich mit der Hüfte an. »Heute Morgen schon jemanden glücklich gemacht?«

Ich spüre, wie ich rot werde. Alan schmunzelt. Burns beobachtet uns fasziniert. »Das geht dich einen feuchten Kehricht an. Können wir draußen reden?«

Sie zwinkert. »Klaro. Komm, Raymond«, sagt sie zu dem dünnen Kahlkopf. »An die Arbeit.«

Raymond antwortet nicht, folgt uns stumm.

»Ich bin gleich wieder da«, sage ich zu Alan und Burns.

Wir gehen durch die automatischen Türen ins Freie. Der Himmel ist voller Wolken. Es ist ein düsterer Morgen, aber das kann sich bis Mittag ändern.

»Smoky, das ist Raymond«, sagt Kirby.

»Freut mich, Sie kennenzulernen«, lüge ich höflich.

Raymond sagt nichts, nickt bloß. Er hat grüne Augen und einen Blick, der ins Nicht gerichtet ist und der mir nicht gefällt.

»Raymond und ich haben in Mittelamerika zusammengearbeitet«, erklärt Kirby. »Er hat einen erstklassigen Instinkt, und ich vertraue ihm.«

Ich nicht, doch ich belasse es dabei.

»Bonnie hat ein Problem.« Ich berichte Kirby von unserem Gespräch beim Frühstück.

»Du lieber Himmel«, sagt sie und verdreht die Augen. »Man sollte doch meinen, dass ein Bodyguard für jedes Kind ein Statussymbol ist. Aber das ist kein Problem. Wir werden uns zurückhalten. Es sei denn, wir müssen jemanden töten. Stimmt's, Raymond?«

Raymond nickt bloß.

Ich habe genug von seinem einschüchternden Schweigen. »Ich muss Ihre Stimme hören«, sage ich. »Wenn Sie meine Tochter beschützen wollen, muss ich wissen, wie Ihre Stimme klingt.«

Er antwortet nicht. Er sieht Kirby an und zieht die Brauen hoch.

»Ach, wie unangenehm!«, sagt Kirby. »Raymond kann nicht sprechen, Smoky-Boss. Vor ein paar Jahren hat jemand versucht, ihm die Kehle durchzuschneiden, und dabei seine Stimmbänder erwischt.«

»Oh, ich … entschuldigen Sie bitte, Raymond«, stottere ich. »Ich komme mir vor wie ein Idiot.«

Raymond greift in seine Jacke, holt einen Notizblock hervor und schreibt. Dann hält er ihn mir hin.

Ich lese: *Schon gut.*

Dann: *Wer dem Mädchen etwas tun will, ist tot. Mein Wort darauf.*

Ich gebe ihm den Notizblock zurück. Befremdlich, dieses Versprechen zu töten – und erschreckend tröstlich.

»In Ordnung«, sage ich.

Was soll ich sonst sagen?

»Alles kein Problem«, sagt Kirby. »Wo ist die Schule?«

Ich gebe ihr den Zettel, auf den ich heute Morgen die Adresse geschrieben habe.

»Raymond und ich werden jetzt hinfahren. Heute arbeiten wir zusammen und erkunden die Lage. Dann teilen wir uns die Zeit auf.« Sie strahlt mich an. »Klaro?«

»Hört sich gut an.«

»Showtime, Raymond«, ruft Kirby und stößt einen Arm in die Höhe. »Let's Rock!«

Dann geht das ungleiche Paar – ein Killer, der nicht reden kann, und eine Killerin, die zu viel redet. Ich sehe ihnen hinterher, bevor ich wieder zu Alan und Burns gehe.

»Interessanten Bekanntenkreis haben Sie«, bemerkt Burns. »Das Mädel macht mir Angst, aber sie ist wenigstens hübsch. Der Leichenbestattertyp macht mir eine Gänsehaut.«

»Mir auch«, gebe ich zu.

Hoffentlich wirken sie auf den Täter genauso.

Heather Hollisters Augenbewegungen haben sich beruhigt. Ihr Blick springt nicht mehr hin und her wie eine vollgekokste Ballerina. Stattdessen starrt sie vor sich hin. Die Arme verschränkt, liegt sie auf dem Rücken und starrt an die weiße Decke. Ihr Mund ist geschlossen. Nur am Heben und Senken der Brust und dem gelegentlichen Blinzeln sieht man, dass sie am Leben ist.

Burns steht mitten im Zimmer und betrachtet sie mit offenem Mund und einer Mischung aus Schmerz und Erschöpfung. Ich glaube, er denkt an sie, wie sie mit zwölf gewesen ist, wie sie ihn mit ernsten Augen angeschaut und ihm gesagt hat, er soll den Mann fangen, der ihren Daddy erschossen hat. Er hat ein Versprechen gegeben, das er nicht halten konnte, und alles ist noch viel schlimmer geworden.

Er geht an ihr Bett, zieht sich einen Stuhl heran und setzt sich, alles mit den Bewegungen eines Greises. Er nimmt ihre Hand in seine. Alan und ich bleiben abseits stehen, sehen zu, fühlen uns wie Fremde auf einer Beerdigung.

»Heather, Liebes, ich bin's, Daryl Burns.« Er drückt ihre Hand. »Kannst du mich hören?«

Ich glaube zu sehen, dass ihre Augen reagieren.

Burns seufzt. »Ich fürchte, ich habe dich im Stich gelassen, Liebes. Das macht mir sehr zu schaffen, glaub mir. Aber eines kann ich dir wenigstens sagen: Wir haben den Hurensohn geschnappt, der sich als dein Mann bezeichnet hat. Douglas hat bis zu den Ohren dringesteckt.«

Diesmal bin ich sicher: Ich sehe ein leises Zittern auf dem tiefen, stillen See, in den Heather sich verwandelt hat. Auch Burns entgeht es nicht. Er beugt sich vor.

»Du hast verstanden, was ich gesagt habe, nicht wahr? Komm schon, Heather. Ich weiß, du hast Schlimmes durchgemacht, weiß Gott mehr, als andere ertragen könnten, aber du darfst dich nicht verschließen. Wir brauchen deine Hilfe, wenn wir den Kerl schnappen wollen, der dir das angetan hat.« Er drückt ihre Hand, streichelt sie und erscheint mir väterlicher denn je. »Wir müssen den Scheißkerl erwischen, der dir die schönen Haare abgeschnitten hat, Liebes. Weißt du noch, wie du zu mir gesagt hast, du hättest die Haare deines Vaters?« Seine Stimme bricht. Ich halte Burns für einen Mann der alten Schule, dem anerzogen wurde, seine Tränen zurückzuhalten, doch er wirft nicht mal einen verlegenen Blick in unsere Richtung. Sein Kummer macht ihm viel zu sehr zu schaffen.

Das leise Zittern hört jetzt nicht mehr auf. Es ist wie das Flimmern der Pappeln im Wind, ziellos, aber kräftig und auf seine Art schön. Es ist ein Zeichen von Leben, wie deformiert es auch sein mag, und Burns greift verzweifelt danach.

»Heather? Bitte, Heather, komm zurück. Ich bin hier. Hier ist es sicher.«

Sie blinzelt ein paar Mal. Ihre Wangen zucken. Sie dreht den Kopf zu Burns. Es ist die Bewegung eines Totenschädels auf staubtrockenen Halswirbeln, bei der man damit rechnet, ein Geräusch wie bei einer knarrenden Tür zu hören. Unvermittelt öffnet sie den Mund und lacht. Es ist ein schrilles, entsetzliches Keckern. Es jagt mir Schauder über den Rücken.

»Sicher?«, krächzt sie. Dann lacht sie wieder. Doch gleich darauf folgen Tränen, laufen ihr in Strömen über die Wangen. Unwillkürlich frage ich mich, wie aus diesem pulvertrockenen Mumienschädel Tränen kommen können. Ihr Gesicht glänzt, verzerrt von Gelächter, das nur eine andere Form des Weinens ist.

Burns starrt sie sprachlos an. Er weiß nicht mehr, was er tun soll, fasst sich aber rasch. Er macht ein grimmiges Gesicht, doch es wirkt gekünstelt – ein Mann, der eine Maske aufsetzt.

»Lassen Sie den Unsinn, Detective Hollister!«, schnauzt er sie an. »Sie sind nicht mehr dort, sondern hier, und wir brauchen Ihre Hilfe, um den Kerl zu fassen, der Sie festgehalten hat. Reißen Sie sich zusammen!«

Ich kann es kaum glauben, aber es hat die gewünschte Wirkung. Das schreckliche Lachen verstummt. Die Tränen strömen weiter, hinterlassen wässerige Spuren auf der Bettdecke. »Daryl …«, bringt sie mühsam hervor. »Mir geht es so beschissen … so, so, so beschissen.« Sie packt seine Handgelenke mit verzweifeltem Griff, und mit einem Mal ist ihre Stimme fester. »Kannst du mir helfen? Ich kann mich nicht davon lösen. Kannst du mir helfen? Bitte …«

Burns' wahres Gesicht kehrt zurück, eine eisige, erstarrte Grimasse des Kummers. Er setzt sich auf die Bettkante, hebt Heathers federleichten Oberkörper hoch und nimmt sie in die Arme.

Heather windet sich vor Qual, ist abwechselnd kraftlos und verkrampft. Offenbar ruft eines der Geräte, an die Heather angeschlossen ist, die Krankenschwester herbei. Sie erbleicht, als sie das Gewimmer hört, und flieht. Ich kann sie gut verstehen.

Alan und ich schweigen. Wir warten und sehen zu, ohne hinzuschauen. Es ist ein Trick, um respektvolle Distanz zu wahren. Man hat ihn nach dem vierten oder fünften Mal drauf, wenn man die Nachricht vom Tod eines Familienangehörigen überbringt. Die Angehörigen brechen zusammen, und man wird zum Eindringling. Man kann aber nicht gehen, und so wird man stattdessen zu einem Gespenst. Es ist eine schreckliche Fähigkeit, aber sie hilft einem sehr.

Nach einiger Zeit lässt das Stöhnen und Jammern nach. Burns hält Heather fest, während sie sich beruhigt, und lässt die sporadischen Leidensausbrüche, die unvermittelt kommen, über sich ergehen. Doch auch sie gehen bald in Zittern über, das schließlich zu einem Seufzen wird, bis auch das verstummt.

Wir warten in der Stille. Trost wirkt am besten in der Stille, in der schweigenden Nähe eines anderen Menschen.

Schließlich legt Heather sich wieder hin, und Burns setzt sich in seinen Stuhl.

»Besser?«, fragt er.

Sie nickt. Dann zuckt sie die Achseln, kratzt sich am Arm. Dann am Kopf, dann wieder am Arm. Sie ist ständig in Bewegung. »Scheint so. Vielleicht. Ich weiß nicht.«

»Wenigstens redest du wieder. Das ist ein guter Anfang. Kannst du schon darüber sprechen, was passiert ist?«

Ihre Augen weiten sich. »Ich glaube«, sagt sie. Ihre rechte Wange zuckt dreimal. »Ich habe Angst, Daryl. Aber vielleicht hilft das ja … ich weiß nicht … vielleicht.«

Wenn ich ihr zuhöre, erinnert sie mich unwillkürlich an Gespräche mit Ecstasy-Süchtigen, nur dass Heather eine Überdosis Schrecken abbekommen hat. Ihr Flucht-Kampf-Mechanismus ist aktiviert, doch der Schalter ist außer Reichweite.

Ich kenne mich mit diesem Zustand aus. Ich kenne den Verlauf. Nach meiner Vergewaltigung, als ich vom Krankenhaus nach Hause kam, konnte ich wochenlang nicht schlafen. Nicht nur, weil ich um Matt und Alexa trauerte, sondern vor Angst. Jedes Knarren, jedes Säuseln des Windes brachte mein Herz zum Rasen. Wenn ich in der Ferne die Sirene eines Rettungswagens hörte, schoss mir das Adrenalin durch die Adern. Ich wollte aus meiner Haut kriechen, weil sie in Flammen stand, und schrie innerlich, als wäre ich in einem brennenden Haus eingeschlossen.

Ich gehe zu Burns, lege ihm eine Hand auf die Schulter, stelle mich so, dass Heather mein vernarbtes Gesicht sehen kann.

»Hallo, Mrs. Hollister. Ich bin Special Agent Smoky Barrett vom FBI.«

Ihr Blick flattert zu mir herüber. Ihre Augen weiten sich ein wenig, als sie meine Narben sieht.

»Was ist mit Ihnen passiert?«, fragt sie in einem drängenden Tonfall, den ich verstehe: Bitte sagen Sie mir, dass es etwas Schlimmeres war, als mir selbst passiert ist.

»Ein Serienmörder ist in mein Haus eingedrungen. Er hat mich vergewaltigt und mit dem Messer entstellt. Er hat meinen Mann und meine Tochter vor meinen Augen gefoltert und getötet.«

Ich weiß nicht, ob es schlimmer ist als das, was Heather erlebt hat. Wahrscheinlich kann man die Qualen, die manche Menschen durchmachen müssen, ab einem bestimmten Level nicht mehr miteinander vergleichen.

»Was wurde aus dem Mann, der Ihnen das angetan hat?« Diesmal färbt ein anderes Verlangen ihre Stimme: Rachsucht.

»Ich habe ihn erschossen.«

Heather johlt vor Befriedigung. »Gut, gut!« Sie leckt sich über die Lippen und wiederholt mit festerer Stimme: »Guuut.« Dann reißt sie die Augen auf. »Avery, Dylan … was ist mit meinen Jungen? Kann ich sie sehen?«

»Darum kümmern wir uns später, versprochen«, antworte ich,

so ruhig ich kann, und fühle mich wie eine Verräterin. »Zuerst würde ich gerne von Ihnen hören, was passiert ist, falls Sie es mir schon erzählen können. Ich möchte alles über den Täter erfahren. Schaffen Sie das, Heather?«

Wieder das Zucken – einmal, zweimal, dreimal. »Ich glaube schon. Wo soll ich anfangen?« Sie kratzt sich ein bisschen zu stark am Kopf und hinterlässt einen roten Striemen.

»Wie wäre es mit dem Abend, an dem Sie entführt wurden? Woran können Sie sich erinnern?«

Sie kneift die Augen zusammen. »Das ist so lange her, eine Ewigkeit. Ich habe versucht, die Tage zu zählen … ja, wirklich. Aber das war schwer, weil es kein Licht gab.« Sie wiederholt, was er ihr verweigert hat. »Gar kein Licht.«

»Auf dem Parkplatz, wo er Ihnen aufgelauert hat, waren die Laternen ausgefallen, nicht wahr?«, versuche ich ihr einen Weg aus dem gedanklichen Chaos zu weisen.

Sie runzelt die Stirn. »Wirklich? Ja … ja, ich glaube. Oh, er ist gerissen. Sehr gerissen. Und kalt.« Sie schaudert, zupft an der Haut am linken Arm, bis es blutet. »Zu kalt.«

»Sie kamen gerade vom Fitnesstraining«, sage ich so beiläufig ich kann. Ich möchte sie in den Augenblick der Entführung zurückversetzen und die Gegenwart so unbedrohlich wie möglich gestalten. »Die Polizei hat Ihre Schlüssel auf dem Boden neben Ihrem Wagen gefunden. Was ist passiert?«

Sie keckert wieder. »Da war endlich einmal *ich* gerissen. Die meiste Zeit war er der Gerissene, aber in dem Moment war ich es. Ich habe die Schlüssel fallen lassen, damit alle wissen, dass ich entführt worden war und nicht abgehauen bin.« Sie sagt es mit beinahe kindlichem Stolz.

»Das war wirklich gerissen, Heather«, pflichte ich ihr bei. »Da waren Sie cleverer als er, und es hat geklappt. Alle wussten, dass Sie entführt worden sind.«

Sie nickt wiederholt. »Ja, ich war clever. Er hat mich mitgenommen, aber ich war clever. Er hat mich mitgenommen …« Der Satz verebbt, und das Zucken am Auge setzt wieder ein.

»Wie hat er das angestellt, Heather? Wissen Sie das noch? Können Sie es mir erzählen?«

Sie dreht den Kopf, schaut mich an, Augen und Mund weit geöffnet, sodass sie wie ein verängstigtes kleines Mädchen aussieht. »Es war das Flüstern«, sagt sie und flüstert nun selbst. »Was er geflüstert hat. Er hat mir eine Pistole an den Rücken gedrückt und mir ins Ohr geflüstert.«

»Was hat er gesagt?«

»Dass ich mitkommen muss. Sofort. Oder er bringt erst mich und dann Douglas und die Kinder um. Er hat mir Dinge über sie erzählt … wo Douglas arbeitet und zu welchem Arzt die Kinder gehen. Ich habe ihm geglaubt.«

»Haben Sie sich gewehrt?«

Sie dreht den Kopf zur Seite und seufzt. »Es hätte nichts genützt. Das war mein Plan, wissen Sie?« Sie nickt eifrig. »Ja, das war mein Plan. Ein guter Plan. Ich wollte so tun als ob und auf eine Chance lauern.« Sie kaut auf der Unterlippe. Bei jedem anderen würde es nachdenklich aussehen – und vielleicht denkt sie tatsächlich nach –, aber sie hört nicht auf zu kauen, bis es blutet. Eine feine roten Linie zieht sich über ihr Kinn.

»Heather.« Ich strecke die Hand aus.

Sie sieht mich nicht an, doch meine Bewegung reißt sie aus ihren Gedanken. »Was?«, fragt sie.

»Wir sprechen über Gegenwehr.«

Sie schüttelt den Kopf. »Es ging nicht.«

»Was ging nicht?«

»Wehren. Er hat mich in den Kofferraum gesteckt, mich aber nicht gefesselt oder so. Als er anhielt, war ich bereit. Der Kofferraumdeckel ging auf, und ich wollte ihm kung-fu-mäßig eins verpassen, aber …« Sie schüttelt den Kopf. Seufzt. »Er hatte damit gerechnet. Sprühte mir Pfefferspray ins Gesicht und betäubte mich mit einem Elektroschocker.« Das kleine Mädchen zeigt sich wieder in ihrem Gesicht, und der kahle Kopf trägt dazu bei, dass sie so verletzlich wirkt. »Wissen Sie, was dabei am schrecklichsten ist? Dass er kein Wort gesagt hat. Er war totenstill. Er sprühte mich an, betäubte mich, schleppte mich dorthin und …« Sie schluckt hörbar und flüstert: »Und warf mich ins Dunkel.«

Ich will ihr eine Frage stellen, doch sie ist in diesem grauenhaften Augenblick versunken, in der Zelle, in der sie acht Jahre verbracht hat. Sie ist nicht hier, sondern dort. Ich schweige und warte, dass sie von selbst fortfährt.

»Haben Sie jemals vollkommene Dunkelheit erlebt?«, flüstert sie schließlich. »Ich hatte sie vorher nie gesehen. Douglas und ich sind mal auf einer Reise in den Carlsbad Caverns gewesen, den berühmten Höhlen in New Mexico. Man wird tief unter die Erde geführt. An einer Stelle des Rundgangs spricht der Fremdenführer über völlige Dunkelheit … und dann schaltet er das Licht aus. Es ist unglaublich.« Sie staunt bei der Erinnerung. »Sie sehen *nichts*. Es gibt nichts, woran Ihre Augen sich gewöhnen könnten. Nur Schwärze.« Wieder ein krampfartiges Schlucken. »Die Dunkelheit in meiner Zelle war genauso … sie war *schwer*. Ja, sie hat Gewicht, wussten Sie das schon?« Sie nickt. Sie spricht nun mehr mit sich selbst, als dass sie mit mir redet. »Ja, so ist es wirklich. Man kann die Dunkelheit fühlen. Sie gleitet einem über die Haut … kriecht einem in den Mund, in die Nase, in die Ohren. Man spuckt und würgt, um diese Schwärze loszuwerden, aber irgendwann wird es zu viel. Ein großer Schluck Dunkelheit, und man ertrinkt.« Sie zuckt und zuckt und zuckt. »Nur dass man nicht daran stirbt. Man ertrinkt immer weiter, immer weiter. Es ist, als ob man jahrelang in einen Abgrund stürzt.«

Sie hält inne. Ihr Brustkorb hebt und senkt sich unter schweren Atemzügen.

»Nachdem er mich entführt hatte«, fährt sie schließlich fort, »hat er einen Tag lang überhaupt nichts gemacht. Er hat mich bloß im Dunkeln sitzen lassen. Dann, auf einmal, drehte er das Licht an. Es war so grell … unheimlich grell. Und es hat so wehgetan, als hätte er mir Messer in die Auge gestochen. Ich konnte nichts mehr sehen, bin gegen die Wand gelaufen. Wie die drei blinden Mäuse in dem Kinderlied.« Sie kichert, zupft und zerrt sich die Arme blutig. »Ich bin umhergetaumelt. Irgendwann hörte ich die Tür gehen, und er kam zu mir rein und benutzte wieder den Elektroschocker. Ich spürte ein Stechen im Arm, und weg war ich.

Als ich zu mir kam, war ich nackt und trug Handschellen. Es war wieder stockdunkel. An den Handschellen hing eine Kette, die an der Wand festgemacht war. Ich hatte zwei an den Füßen und zwei an den Handgelenken, vier insgesamt, ein-zwei-drei-vier, und konnte damit ein paar Schritte gehen. Irgendwo in der Zelle war ein Lautsprecher. Über diesen Lautsprecher redete er manchmal mit mir. ›Es gibt Regeln‹, sagte er mir am ersten Tag. ›Du isst jede Mahlzeit, außer du bist krank. Du machst jeden Tag Gymnastik, ohne Ausnahme. Fang mit Liegestützen und Auf-der-Stelle-Rennen an. Wenn du eine der Regeln nicht einhältst, wirst du bestraft.‹«

Sie sieht mich an, mit einem listigen, wissenden Blick. »Natürlich habe ich anfangs nicht gehorcht. Er brachte mir trotzdem etwas zu essen, das er durch eine kleine Öffnung am unteren Ende der Tür zu mir reinschob, wie in manchen Gefängnisfilmen.« Sie hält inne, starrt vor sich hin. Minuten vergehen.

»Heather?«

Sie zuckt zusammen und redet weiter, als wäre nichts geschehen. Wie eine Plattennadel, die eine Rille weiter springt. »Ich habe nur dann Licht gesehen, wenn er mir das Essen brachte. Er öffnete die Klappe und schob das Tablett hindurch. Ich legte mich beim Essen jedes Mal auf den Bauch, so sehr habe ich dieses Licht geliebt. Es war nett von ihm, mir dieses Licht zu lassen, finden Sie nicht auch?«

Mir dreht sich der Magen um.

Sie erzählt weiter: »Beim ersten Mal habe ich das Essen umgeworfen, und er schloss die Klappe. Ich saß lange, lange Zeit im Dunkeln. Später, ich weiß nicht wann, ging das blendende Licht wieder an. Ich sah nichts außer Weiß. Er kam wieder mit dem Elektroschocker und hatte diesmal auch eine Spritze dabei. Als ich wach wurde, lag ich auf dem Bauch an einen Tisch gefesselt.« Sie krümmt sich zusammen wie ein misshandeltes Kind, um möglichst wenig Körperfläche zu bieten.

»›Du hast gegen die Regeln verstoßen‹, sagte er. ›Du musst bestraft werden.‹ Er klang nicht wütend, jedenfalls hatte ich nicht den Eindruck. Er hörte sich eher wie jemand an, der eine Aufgabe zu erledigen hat. Ja.« Eifriges Nicken. Sie freut sich, die richtigen Worte gefunden zu haben. »Er hatte eine Aufgabe zu erledigen.« Sie hält inne. »Er nahm eine Peitsche. Es fühlte sich an wie weißes Feuer, als hätte jemand streifenweise Benzin auf meine Haut gegossen und angezündet. Als er mit mir fertig war, schmierte er mir irgendein fettiges Zeug auf die Wunden. ›Nächstes Mal wird die Strafe um ein Drittel erhöht. Beim übernächsten Mal dann wieder um ein Drittel. Und bevor du auf dumme Gedanken kommst: Es wird nie so schlimm werden, dass du daran stirbst.‹

Ich habe versucht, ihm Fragen zu stellen. Warum ich? Warum tun Sie mir das an? Und so weiter.« Sie schmollt und pult wieder an einer verschorften Stelle am Arm. »Er wollte mir nicht antworten … nein, wollte er nicht. Er warf mich einfach wieder in die dunkle Zelle.«

Ihr Blick huscht zu mir herüber, und ein verschlagenes Lächeln erscheint. »Ich wurde noch fünfmal bestraft, bevor ich ihm glaubte.« Das Lächeln löst sich in das großäugige Staunen eines Kindes auf. »Danach war ich ein braves Mädchen. Er hat mir nie etwas getan, wenn ich ein braves Mädchen war …«

Sie verstummt. Ich warte, aber es kommt nichts mehr.

»Waren Sie die ganze Zeit im Dunkeln, Heather?«, frage ich sie.

Sie starrt vor sich hin.

»Heather?«

Sie zuckt zusammen. »Was? Oh ja. Eigentlich … ja, die ganze Zeit. Es gab eine Toilette. Die musste ich im Dunkeln finden und im Dunkeln benutzen. Die Tage konnte ich nur anhand der Mahlzeiten zählen. Drei Mahlzeiten waren ein Tag, und so zählte ich. Das Problem war nur, dass es Zeiten gab, da ist er nicht gekommen. Dann ließ er mir Trockenfutter da, aufgeteilt in Portionen.« Sie runzelt die Stirn. »Ich habe versucht, die Portionen zu zählen und durch drei zu teilen, aber …« Sie seufzt und lässt zum Zeichen der Nutzlosigkeit den Kopf hängen. »Ich habe den Anschluss verloren. Besonders als ich anfing, mit mir selbst zu reden … zuerst mit mir selbst und dann mit ihnen …«

»Mit wem?«, frage ich.

Sie lächelt glückselig, und dieses Lächeln wischt die Verstörtheit und das Leid aus ihrem Gesicht. In ihrer Stimme schwingt Freude mit. »Mit meinen Jungen«, sagt sie. »Mit den Stimmen im Licht, die mich trösteten. Ohne sie … ich weiß nicht.« Wieder pult sie am Schorf, bis es blutet. »Ich wäre vielleicht verrückt geworden.«

Mein Magen rebelliert, nicht vor Abscheu, sondern vor Entsetzen. Seit ich klein war, war es immer meine größte Angst, verrückt zu werden, ohne dass ich es merke. Wie in dem Film über John Nash, *A Beautiful Mind.* Nachdem ich ihn gesehen hatte, konnte ich tagelang nicht schlafen.

»Haben Sie den Mann gesehen, Heather? Haben Sie sein Gesicht gesehen? Oder etwas anderes, das uns helfen könnte, ihn zu identifizieren?«

Wieder zuckt ihre Wange. Einmal, zweimal, dreimal. Sie schüttelt den Kopf. »Nein … ich habe immer nur Dunkelheit gesehen und das Licht in der Türöffnung.« Sie verzieht das Gesicht. »Man kann die Dunkelheit sehen, genau wie man sie fühlen kann. Alles wird viel schärfer. Ich habe jetzt Ohren wie eine Fledermaus, wussten Sie das?« Sie erschrickt mich mit einem schrillen Quieken, mit dem sie offenbar eine Fledermaus nachzuahmen versucht. »Und meine Haut …«, sagt sie dann und streicht sich über die Arme. Ich sehe, wie sie eine Gänsehaut bekommt. »Meine Haut ist auch viel empfindlicher geworden.« Sie blickt mich angestrengt an. »Aber jetzt sehe ich. Ich sehe wirklich, oder? Es ist doch nicht bloß wieder ein Traum?« Sie kratzt sich an einer blutigen Stelle am Arm.

»Nein, das ist wirklich«, versichere ich ihr.

Sie lässt den Blick durchs Zimmer schweifen und besieht sich alles; dann zuckt sie die Achseln. »Es kommt mir nicht so vor.« Seufzend lehnt sie sich ins Kissen. »Ich bin müde. Schlafenszeit.« Dann, mit einem Ruck, setzt sie sich ängstlich auf. »Oder ist Essenszeit?« Sie streckt die zitternde Hand nach mir aus. »Tut mir leid, wenn ich die Essenszeit verpasst habe, ehrlich. Es soll nicht wieder vorkommen.« Ihre Stimme wird schrill. »Ich wusste es nicht! Sie werden mich doch nicht schlagen?«

Ich kämpfe die aufsteigenden Tränen nieder und nehme ihre Hand. »Niemand wird Sie mehr schlagen, Heather. Das verspreche ich Ihnen.«

Sie beruhigt sich, aber ich sehe ihr an, dass sie mir nicht glaubt.

»In ihrem jetzigen Zustand kann sie nicht mehr für uns tun«, sagt Alan.

Wir stehen vor Heathers Zimmer. Burns ist still; er sieht mitgenommen aus. Ich bin jetzt schon müde. Der Tag ist noch jung, und wir haben gerade erst angefangen, uns durch den klebrigen Schlachthauskühlraum zu wühlen, den dieser Täter uns beschert hat und in dem Heather Hollister vielleicht das geringste Problem ist.

»Mag sein, dass sie nicht viel für uns tun kann«, pflichte ich Alan bei, »aber sie hat uns einiges erzählt. Wir wissen jetzt, wie der Täter sie entführt und wie er sie behandelt hat. Das wird uns bei der Erstellung des Täterprofils nützen.«

»Profil?« Burns schüttelt den Kopf. »Ich sage Ihnen sein Profil: Er ist ein toter Mann.«

Weder Alan noch ich erwidern etwas. Vielleicht weiß Burns nicht, welche Folgen es haben könnte, in unserem Beisein Morddrohungen auszustoßen, aber wir halten den Mund. Wir können seine Wut verstehen.

»Was nun?«, fragt Alan.

»Ich werde Callie anrufen. Mal sehen, ob sich bestätigt hat, dass das jüngste Opfer Jeremy Abbott ist. Dann gehen wir zu ihm und zu Dana.«

»Ich bleibe hier«, sagt Burns. »Ich will Heather noch eine Weile Gesellschaft leisten. Rufen Sie mich an, wenn Sie etwas brauchen.«

Er sieht alt aus, müde und gebeugt. Burns gehört noch zur alten Garde, die allmählich ausstirbt: Nicht aus Stereotypen gemacht, sondern aus Stein – schwer, stark und unverrückbar wie ein Berg. Alan, Tommy und AD Jones sind genauso. Doch Burns, diese menschliche Festung, bekommt Risse, und ihr Fundament bröckelt.

»Rufen Sie uns an, wenn sich bei ihr etwas ändert«, sage ich zu ihm.

Er nickt und geht zurück in Heathers Zimmer.

»Ich glaube nicht, dass sie gute Aussichten hat«, sagt Alan. »Ich möchte gar nicht daran denken, was in dieser armen Frau vor sich geht, wenn sie erfährt, dass einer ihrer Söhne tot ist.« Er schüttelt den Kopf.

Ich frage mich, wie ich damit fertig würde. Acht Jahre lang angekettet und im Dunkeln eingesperrt, ohne Zeitgefühl, ohne menschlichen Kontakt, in ständiger Angst … um dann zu erfahren, dass die eigene Familie zerstört, der eigene Sohn vom Ehemann und Vater getötet wurde.

»Man weiß nie, Alan. Vielleicht erholt sie sich wieder.«
Ich klinge nicht überzeugend.

»Es hat sich bestätigt«, sagt Callie. »Der Mann im Krankenhaus ist Jeremy Abbott.«

Das ist niederschmetternd. Noch eine schlimme Nachricht für Heather.

»Gute Arbeit, Callie. Ich fahre jetzt mit Alan zu Dana Hollister und Abbott. Was gibt es sonst noch?«

»James ist mit der Zeittafel und der Zusammenfassung der Fallakten so gut wie fertig. Außerdem hat er ein paar interessante Dinge über die Autounfälle herausgefunden.«

»Er kann es uns erzählen, wenn wir zurück sind. Ruf die Spurensicherung des LAPD an, Callie. Sie sollen dir sagen, was sie bei der Durchsuchung von Hollisters Haus gefunden haben. Ach ja – und sieh zu, dass du Leo Carnes erwischst. Wir brauchen ihn bei diesem Fall.«

»Sonst noch etwas, das du auf die Liste setzen möchtest?«, beschwert sie sich. »Wenn ich sage, der Dienst geht mir über alles, dann meine ich den Dienst an mir.«

Jetzt muss ich doch die Mundwinkel heben. »Bis später, Süße.«

Der Arzt, der Dana Hollister und Jeremy Abbott behandelt, ist ein blondhaariger junger Mann mit den Augen eines Veteranen.

»Bei beiden Patienten liegt eine extreme Schädigung des vorderen Hirnlappens vor«, sagt er und bestätigt damit meinen Verdacht.

»Eine hausgemachte Lobotomie.«

»Sozusagen.«

Alan schaudert. »Ihnen wurde der Schädel geöffnet? Mein Gott.«

»So einen Fall hatte ich schon einmal«, sage ich. »Ein Arzt hatte das seiner Frau angetan.«

»Dann ist Ihnen vermutlich die Prognose bekannt«, fährt der Doktor fort. »Der Schaden ist irreparabel, sowohl bei Mrs. Hollister als auch bei Mr. Abbott, nur dass Mrs. Hollister schlimmer dran ist. Sie befindet sich im vegetativen Zustand.«

»Einer flog über das Kuckucksnest«, murmelt Alan.

Der junge Arzt nickt. »Sie muss versorgt werden wie ein Komapatient. Sie kann nicht selbstständig essen, nicht sprechen, hat keine Kontrolle über Harn- und Stuhldrang. Es ist unwahrscheinlich, dass sie ihre Umgebung wahrnimmt.«

»Und Jeremy Abbott?«, frage ich.

»Er befindet sich jetzt wieder auf der Entwicklungsstufe eines Kleinkindes. Er kann kleine Wörter bilden und trägt Windeln. Er kann essen und krabbeln. Seine körperliche Prognose ist also etwas besser als bei Dana Hollister … wenn man das so nennen kann.«

»Was glauben Sie, womit der Täter den Eingriff vorgenommen hat?«

»Ich könnte mir vorstellen, dass er ein klassisches Leukotom benutzt hat, ein chirurgisches Instrument, das einem Eispick ähnelt. Der Durchmesser des Einstichs passt dazu. Außerdem dürfte ein solches Instrument nicht allzu schwer zu beschaffen sein.«

»Und der Eingriff selbst?«, fragt Alan.

»Die Prozedur ist ziemlich einfach, auch wenn sie ein bisschen Übung verlangt. Der erste Arzt, der eine Lobotomie vorgenommen hat, übte an Leichen, und zwar mit einem Bar-Eispickel.«

Ich schaue auf Dana Hollister, die reglos im Bett liegt.

»Sie nimmt überhaupt nichts wahr?«

»Wahrscheinlich nicht, auch wenn man es nicht mit Sicherheit ausschließen kann. Es gibt Berichte von Komapatienten, die nach sehr langer Zeit erwacht sind und die sich an Gespräche erinnern konnten, die während ihrer Bewusstlosigkeit an ihrem Bett geführt worden waren. Was das Wissen über das menschliche Hirn und das Bewusstsein angeht, stecken wir noch in den Anfängen.«

Ich hoffe, er hat recht, und Dana lebt in einer Welt des Nichts, anstatt in einsamer Dunkelheit zu schweben.

KAPITEL 20

»Erzählt mir irgendetwas, mit dem ich was anfangen kann«, sage ich. »Bitte. Sonst drehe ich noch durch.«

Es ist später Vormittag, und wir sind wieder im Büro versammelt. Callie und James sind über das Verhör von Douglas Hollister, die Befragung von Heather und alles andere unterrichtet.

Auf dem Rückweg habe ich an Avery Hollister gedacht, wie er auf dem flauschigen Badezimmerteppich lag, und an Jeremy Abbott, der wie ein Säugling nach der nächsten Mahlzeit schreit, und an Dana, wie sie mit den Fäusten gegen die dunklen Wände ihres Bewusstseins schlägt, gefangen in einem immerwährenden Alptraum.

Natürlich habe ich auch an Heather gedacht. Der Täter hat sie freigelassen, und trotzdem ist auch sie noch gefangen, liegt in einem Krankenzimmer und kratzt sich die Haut blutig, umgeben von einem Licht, das ihr unwirklich erscheint.

Ein Mord ist eine entsetzliche, unmenschliche Tat, doch die Verrückten, die ich und meine Leute jagen, sind weniger am Tod ihrer Opfer interessiert als an ihrem seelischen und körperlichen Leid. Und dass sie in dieser Hinsicht so erfolgreich sind, verfolgt mich am meisten. Avery Hollisters Schicksal wird mich in zehn Jahren weniger berühren als das von Jeremy Abbott. Ich werde den Jungen zwar nicht vergessen, aber er hat nicht genug gelitten, um in mein persönliches Pantheon der Leiden aufzusteigen.

»Ich habe etwas über die Autounfälle«, sagt James.

»Lass hören.«

»Es waren insgesamt vier Fahrzeuge. Ich habe die Unfallberichte ausfindig gemacht. In allen vier Fällen haben die Bremsen versagt. Die Wagen waren älteren Baujahres, zwischen zehn und fünfzehn Jahre alt.«

»Vier Wagen? Das ist ein ziemlich hoher Prozentsatz für ein und denselben Parkplatz«, meint Alan.

»Ja, eine unwahrscheinliche statistische Abweichung«, bekräftigt James. »Zwei Fahrzeuge wurden auf Betreiben der Versicherungen genau untersucht. Es hat sich herausgestellt, dass beide Wagen manipuliert wurden.«

»Und du glaubst, unser Täter hat das getan?«, frage ich. »Aber warum? Als Ablenkungsmanöver?«

»Es ist noch zu früh, um meine Hypothese darzulegen. Lass mich fortfahren. Wie gesagt, hat die VICAP-Suche drei weitere solcher Verbrechen zutage gefördert, bei denen Menschen mit beschädigtem vorderen Hirnlappen in Leichensäcken abgelegt wurden. Zwei Fällen bin ich heute Morgen nachgegangen. Einer hat hier in Los Angeles stattgefunden, der andere in Portland. Beide Opfer wurden identifiziert, und beide waren lange Zeit als vermisst gemeldet.«

»Die gleiche Methode. Das lässt auf denselben Täter schließen«, sage ich.

»Beide Opfer waren Frauen. Sie wurden bei Nacht auf einem Parkplatz entführt – eine vor einem Supermarkt, die andere vor einer Bowlingbahn.« Er blickt auf. »Ich habe weiter ermittelt und festgestellt, dass sich in der jeweiligen Tatnacht mehrere Autounfälle ereignet haben. Einzelheiten weiß ich noch nicht, aber ich bin sicher, dass wir auch da auf Sabotage stoßen werden.«

»Seltsam«, sage ich. »Das ist nicht gerade ein idiotensicheres Ablenkungsmanöver. Wie will er wissen, wann oder ob dieser Wagen wieder gefahren wird?«

»Das ist ja das Verrückte«, sagt James. »Es gibt keinen vernünftigen Grund. Unser Täter geht mit großer Sorgfalt vor und plant alles ganz genau, aber die Unfälle sind völlig unlogisch. Sie sind für die Durchführung der Tat nicht nötig, und sie taugen auch nicht zur Ablenkung. Eine Entführung von einem öffentlichen Parkplatz ist ähnlich riskant. Warum geht er dieses Risiko ein?«

»Weil er es braucht«, sage ich. »Nicht für die Tat, sondern für sein Wohlbefinden.«

Das ist die einzig passende Antwort, denn ein solches Verhalten können wir bei Serientätern immer wieder beobachten. Serientäter sammeln Trophäen, obwohl sie wissen, dass sie sich dadurch selbst belasten, wenn man sie fasst. Aber sie können nicht anders. Sie brauchen die Barbiepuppe des kleinen Mädchens (mit Blutspritzern darauf) oder Omas Ehering (den sie seit dem Tod ihres Mannes an einer Kette um den Hals getragen hat, bis der Mörder ihn abriss).

»Er braucht *Autounfälle?*«, fragt Alan.

»Man nennt diese Störung Symphorophilie«, schaltet sich Callie ein. »Sie liegt vor, wenn ein Mensch durch Unfälle, Katastrophen und dergleichen sexuell erregt wird.«

»Im Ernst? Es gibt Leute, die auf so etwas abfahren?«

»Es ist faktisch eine sexuelle Perversion«, erklärt James. »Natürlich ist es nur eine Hypothese, aber in unserem Fall ist es meines Erachtens eine nähere Betrachtung wert. Bei allem anderen scheint der Täter mit akribischer Sorgfalt vorzugehen. Warum etwas so Unlogisches tun? Die einzige Erklärung ist das Vorliegen einer Persönlichkeitsstörung.«

Das leuchtet mir ein. »Also gut. Wir berücksichtigen das. Fassen wir zusammen, was wir bisher über unseren Freund wissen.« Ich zähle an den Fingern ab. »Erstens: Er ist diszipliniert und effektiv. Abgesehen von einer möglichen … wie hieß es gleich?«

»Symphorophilie«, wiederholt James.

»Richtig. Zweitens: Sein Motiv scheint nach Hollisters Aussagen finanzieller Natur zu sein.«

»Und in Hollisters Fall hat nicht der Täter das Opfer ausgesucht«, sagt James, »sondern der Ehemann. Es gibt keine Hinweise auf eine persönliche Verbindung, und ich bezweifle, dass wir eine finden werden.«

»Das Fehlen einer persönlichen Verbindung passt auch dazu, wie er die Opfer behandelt«, sagt Alan. »Zugegeben, wir haben bisher nur Heathers Aussage, was das angeht, aber ich denke, wir können ihr glauben. Was sie über seine Bestrafungsmethoden sagt, hört sich nicht danach an, als hätte er sich daran aufgegeilt.«

»Er ist fachmännisch vorgegangen«, wirft Callie ein.

Ich nicke. »Das ist ein gutes Etikett dafür.« Ich gehe zur Weißwandtafel und schreibe. »Diszipliniert, methodisch, zweckgerichtet. Das ist unsere derzeitige Theorie. Der vorrangige Zweck scheint Geld zu sein. Aber ist das Geld vielleicht nur ein Vorwand für ihn?« Ich schüttle den Kopf. »Warum hält er seine Opfer bei Dunkelheit fest, und warum mindestens sieben Jahre lang? Sadismus?«

»Das glaube ich nicht«, meint James. »Ich …« Er hält inne, überlegt. »Ich glaube, das war wirklich treffend ausgedrückt«, sagt er dann mit Blick auf die Tafel. »Pragmatismus. Vielleicht ist ihm das am wichtigsten. Nur, was nötig ist. Verschwendung ist unverzeihlich.« Er sieht mich an. »Dunkelheit führt zu Willfährigkeit und mit der Zeit zum Wahnsinn. Das ist höchst effizient. Es ist billig, führt todsicher zum Erfolg und macht die Hilfe Dritter überflüssig, denn früher oder später wird jeder Widerstand gebrochen. Heather Hollister hat ausgesagt, der Entführer habe sie angewiesen, täglich Gymnastik zu machen. Warum? Weil er wusste, dass er sie am Leben erhalten muss. Warum musste er das? Für den Fall, dass Douglas Hollister sich nicht an die Abmachung hält.« Er schüttelt den Kopf. »Ich glaube nicht, dass der Täter ein Sadist ist. Ich glaube, es geht ihm um optimale Ergebnisse bei minimaler Anstrengung.«

»Heather sagte, er habe nicht einmal mit ihr gesprochen, während er sie bestraft hat«, räume ich ein, obwohl ich noch nicht ganz überzeugt bin. »Er hat sie aus der Zelle geholt, peitschte sie aus, sagte ihr, beim nächsten Mal würde es noch schlimmer, und steckte sie wieder in die Zelle. Wo bleibt da das Vergnügen?«

»Es gibt keins«, sagt James. »Weil es für ihn bloß ein Geschäft ist und seine Opfer nur eine Ware.«

»Vielleicht.« Mir kommt noch ein anderer Gedanke. »Aber warum muss er sie als Versicherung gegen den Ehemann am Leben erhalten? Wenn es nur um Effektivität geht, wäre es da nicht logischer, sie umzubringen, als sich diese Mühe zu machen?«

»Das habe ich auch überlegt«, sagt James. »Ich finde trotzdem, es passt. Der Zweck bei der Freilassung des Opfers – wenn wir nach dem Geldmotiv gehen – ist die Bestrafung des Ehemanns. Ihn zu belasten, wie es Douglas Hollister passiert ist. Mit dem lebenden Opfer hat der Entführer ein überzeugendes Druckmittel, bis er sein Geld bekommen hat. Das hält ihm einige Möglichkeiten offen. Doch wenn er sie tötet, kann er den Ehemann weder bloßstellen, noch kann er ihm drohen.«

»Klingt einleuchtend«, pflichtet Alan ihm bei. »Wenn man darüber nachdenkt, nimmt man gewöhnlich an, dass das Opfer schon tot ist, richtig?«

»Richtig«, sage ich.

Wenn eine Frau entführt wird und man nichts mehr von ihr hört, muss man davon ausgehen, dass der Täter sie umgebracht hat. So jedenfalls verlaufen die meisten Fälle.

»Wenn also sieben oder acht Jahre später ihre Leiche auftaucht«, fährt Alan fort, »ist das zwar eine Überraschung und wirft den Ermittlungsmotor wieder an, aber es entspricht den Erwartungen. Taucht das Opfer jedoch lebendig auf, bekommt der Fall eine immense Beachtung.«

»Das passt«, sage ich, »aber hier liegt noch etwas anderes vor. Bloßstellung des Ehemanns mag einer der Gründe sein, weshalb er die Frau am Leben erhält, aber es erscheint mir irgendwie unvollständig. Ich weiß nur nicht, warum.«

James nickt. »Ich stimme dir zu.«

Ich schreibe alles in verknappter Form an die Tafel, einschließlich des Fragezeichens, das für James' und meine Ahnung steht. Es sind Vermutungen, keine Gewissheiten, aber damit müssen wir leben.

»Warum lobotomiert er seine Opfer?«, fragt Callie.

Ich lege den Kopf schief und denke nach. »Vielleicht aus praktischen Erwägungen, wie James es in seiner Tätertheorie umrissen hat.« Ich bin noch nicht restlos überzeugt, kann aber nicht abstreiten, dass diese Theorie mir zunehmend einleuchtet. »Ein lobotomiertes Opfer kann nichts bezeugen.«

Alan reibt sich das Kinn. »Aber wie soll das zur Bestrafung des Ehemanns führen? Das Opfer kann zwar nichts über den Entführer sagen, es kann aber auch nicht mit dem Finger auf den Ehemann zeigen. Das widerspricht doch der These, dass er sich Möglichkeiten offenhalten will.«

»Stimmt. Und was ist mit Heather?«, frage ich. »Wenn er die Opfer lobotomiert, um keine Zeugen zu haben, warum hat er Heather dann verschont? Und es stattdessen mit Dana gemacht? Bisher hat er keine Unbeteiligten geschädigt, soweit wir wissen.«

»›Soweit wir wissen‹ ist hier der Schlüsselsatz«, stellt Alan heraus. »Vielleicht war Dana keine Unbeteiligte, sondern steckte in der Sache mit drin.«

Ich denke kurz darüber nach. »Möglich«, räume ich ein.

»Er könnte glauben, dass er nichts zu befürchten hat«, fährt Alan fort. »Überleg mal: Er hat Heather acht Jahre lang festgehalten, und was weiß sie von ihm? Nichts. Das könnte sich ändern, sobald sie wieder bei normalem Verstand ist. Allerdings bezweifle ich, dass es dazu kommt.«

»Fest steht es aber noch lange nicht«, merkt James an, »und es passt auch nicht zu dem Profil, von dem wir bislang ausgehen. Diese Art von Pragmatismus würde das Risiko einer Entdeckung gar nicht erst in Betracht ziehen.«

»Vielleicht doch«, sagt Callie. »Angenommen, das Motiv ist Geld, dann würde unser Freund permanent sein derzeitiges Paradigma prüfen, besonders im Hinblick auf Risiko und Nutzen.«

»Und?«

»Sich von jemandem abzocken zu lassen ist ein Unterfangen mit hohem Risiko und null Nutzen. Damit ermutigt man andere, sich ebenfalls zu widersetzen, und senkt folglich sein Einkommen. Unser Freund hat mit solchem Widerstand offenbar schon zu tun gehabt, und nun ist er in Gestalt von Douglas Hollister wieder aufgetaucht. Der Täter hätte beschließen können, dass eine andere Vorgehensweise nötig ist.«

»Zum Beispiel?«

»Heather ist frei. Von ihrem Zustand abgesehen ist sie keine Gefangene mehr. Douglas dagegen ist auf dem Weg ins Gefängnis. Überleg mal. Diese Männer werden vom Hass auf ihre Frauen angetrieben. Wie könnte man sie besser bestrafen, als wenn man sie die Plätze tauschen lässt?« Sie schaut zur Tafel. »Was würdest du darauf wetten, dass die derzeitigen Kunden eine E-Mail, einen Anruf oder eine SMS bekommen haben mit dem Inhalt, sie sollen in den Nachrichten auf den Fall Douglas Hollister achten? Das Risiko ist erhöht, aber auch der Nutzen.«

»Eine interessante Theorie«, räumt James ein. »Wir haben allerdings noch nicht über die größte Anomalie gesprochen.«

Ich ziehe die Brauen hoch. »Und die wäre?«

»Warum bestätigt er seine Existenz, indem er eine SMS schickt, einen Zettel in Heathers Tasche hinterlässt und dir eine Karte vor die Haustür legt? Wenn er nur Douglas schädigen will – warum tritt er dann selbst aus dem Schatten hervor?«

Eine gute Frage. Vielleicht sogar die beste.

»Möglich, dass wir es besser verstehen, wenn wir mehr über die früheren Opfer wissen«, sage ich. »Callie, ich möchte, dass du das übernimmst. Ruf die entsprechenden Stellen an und sieh zu, dass sie dir die Akten schicken.«

»Mit Vergnügen.«

»Der schnellste Weg zu einem undisziplinierten Täter führt über das, was ihn antreibt«, sagt James. »Viktimologie. Der schnellste Weg zu *unserem* Täter führt über methodisches Vorgehen.«

»Stimmt«, pflichte ich ihm bei. »Dann lasst uns die Voraussetzungen untersuchen.« Ich gehe zur Tafel und finde noch einen freien Bereich.

METHODE/ERFORDERLICH, schreibe ich hin.

»Bleiben wir bei dem Geldmotiv und schauen uns die grundlegenden Faktoren an. Was braucht der Täter, um das zu tun, was er tut? Was ist der Grundstein?«

»Ein Kunde«, sagt James.

»Gut.« Ich schreibe KUNDE unter METHODE/ERFORDERLICH. »Wie kommt er an Kunden?«

Alan kratzt sich am Kopf. »Douglas Hollister hat er in einem Chatroom aufgetrieben. Also findet er sie im Internet, würde ich sagen.«

»Das ist heutzutage das Nächstliegende.« Ich schreibe es hin. »Aber das Internet ist gigantisch. Wo fängt er an?«

»Da gibt es viele Möglichkeiten«, sagt eine Stimme von der Tür her. Sie gehört Leo Carnes.

»Leo!« Ich gehe zu ihm und schließe ihn in die Arme. Leo Carnes ist der beste Spezialist für Computerverbrechen, den wir haben, obwohl er erst Ende zwanzig ist. Er hatte uns damals bei der Aufklärung des Mordes an Bonnies Mutter geholfen. Seitdem hat er sich sehr verändert. Er trägt jetzt Schlips, und seine dunklen Haare sind kürzer geschnitten als damals.

»Du hast dich von dem Ohrring verabschiedet, wie ich sehe«, sagt Callie.

Leo zieht sich verlegen am linken Ohrläppchen. »Die sind nicht mehr so cool, außer man ist Tommy Lee oder so jemand.«

»Steht dir gut«, meint Alan. »Schön, dass du wieder hier bist.«

»Danke«, erwidert Leo verlegen. »Okay, ihr wolltet wissen, wie der Typ vorgehen könnte, um im Internet Kunden zu fangen. Nun, das ist nicht weiter schwer, wenn man Zeit und Geduld hat.«

»Davon hat dieser Hurensohn jede Menge«, sagt Alan.

»Wenn ich eine Suche starte, sagen wir …« Leo setzt sich an einen Computer, und seine Finger huschen über die Tastatur. Er stellt eine Internetverbindung her und öffnet einen Browser. »Suchen wir nach ›Antifeminismus-Forum‹.« Er tippt die Wörter ein, und die Seite wird geladen. »Seht ihr? Achtzehntausendvierhundert Möglichkeiten. Gehen wir die mal durch … hier ist eine: fightmisandry.com.«

»Misandrie?«, frage ich.

»Männerhass«, antwortet James. »Die Idee hinter einer Seite wie fightmisandry.com beruht wahrscheinlich auf dem Gedanken, dass es dem Feminismus gar nicht mehr um Chancengleichheit geht, sondern dass er zu einer breiten Anti-Männer-Bewegung geworden ist.«

»Woher kennst du dich so gut damit aus, wo du doch von der anderen Fraktion bist?«, fragt Callie.

James hat sich uns gegenüber erst kürzlich als schwul geoutet, und wäre diese Frage nicht von Callie gekommen, wäre ich wegen der möglichen Folgen erschrocken.

»Im Gegensatz zu manchen anderen tue ich etwas für meine Bildung«, erwidert James gereizt. »Intellektuelle Stagnation zeugt nicht nur von Trägheit, sie ist unattraktiv.«

Callie lacht. »Der ist gut.«

»Sieh mal einer an«, murmele ich, als ich das Menü der aufgerufenen Seite überfliege. »Hier gibt es Chats, Foren, Buddy-Listen. Das Thema zieht eine Menge Leute an. Leo, du sagst, dass er etliche Möglichkeiten hat, nach Kunden zu suchen.«

»Ja.« Er nickt eifrig und sieht trotz Anzug und Schlips mit einem Mal jünger aus. »Im Internet geht es um Information,

Kommunikation und Gemeinschaft. Man findet alles, wenn man geduldig ist und weiß, wie man danach suchen muss.«

»Es besteht ein großer Unterschied zwischen Reden und Tun«, sagt James. »Die meisten Männer in diesen Foren quatschen bloß und tun nichts.«

Leo überlegt. »Er könnte ein Programm schreiben, das im Chat nach Schlüsselwörtern sucht. Zum Beispiel ›Schlampe‹, ›tot‹, ›Hass‹, ›loswerden‹, ›umbringen‹ und dergleichen. Er könnte auch Köder auslegen, Posts, also Beiträge in den Foren oder im Live-Chat … Andeutungen, dass er sich wünscht, seine Frau loszuwerden, und dann auf Antworten Gleichgesinnter warten.«

»Möglich, aber unwahrscheinlich«, sage ich. »Dabei würde er zu viele Spuren hinterlassen.«

»Dann würde ich mich auf einen Bot verlegen«, sagt Leo.

»Einen was?«

»Bot. Abkürzung für Robot. Damit ist ein automatisch arbeitendes Programm gemeint. Es läuft eigenständig, entweder mit einem Timer, wobei ihm befohlen wird, in bestimmten Zeitabständen eine bestimmte Funktion auszuführen, oder es reagiert auf Eingaben. Man kann einen Bot zum Beispiel in einen Chatroom einschleusen. Der verhält sich wie ein normaler Teilnehmer, ist aber keiner. Es ist nur ein Programm. Es kann so eingerichtet werden, dass es auf Fragen antwortet, und wenn jemand Kontakt aufnimmt, hat der Bot eine geschickte Antwort parat.«

»Zum Beispiel?«

»Das ist auf Pornoseiten beliebt. Man schafft ein Profil für eine heiße Zwanzigjährige mit Riesenmöpsen.« Er wird rot. »Verzeihung.«

»Nein, nein, ›Riesenmöpse‹ ist sozusagen der Fachausdruck«, sagt Callie. »Erzähl weiter.«

Er räuspert sich. »Man schafft ein Profil für eine attraktive junge Frau, die es nicht gibt. Sie ist eine Fiktion. Der Bot bekommt dieses Profil und wird in einen Chatroom voller alleinstehender Typen eingeschleust, die nach einer Frau suchen.«

»Und alle denken, das Programm ist eine leibhaftige Frau«, sagt Alan.

»So ist es. Also schicken alle achtzig Kerle ihr eine Nachricht im Stil von ›Hi, bist du öfter hier?‹. Der Bot ist programmiert zu antworten mit: ›Hallo, tut mir leid, ich bin für einen Moment von meinem Computer weg, aber du kannst meine Nacktaufnahmen sehen und live mit mir chatten.‹ Versteht ihr?«

»Wie würde sich diese Methode für unseren Täter auszahlen?«, fragt Alan.

»Eigentlich gar nicht«, räumt Leo ein, »aber so ein Bot kann im Chatroom noch andere Dinge tun.«

»Suchen, nehme ich an«, sagt James.

»Genau. Zurück zur Timer-Variante. Der Bot wird im Chatroom eingeschleust und erhält den Befehl, alle fünf Millisekunden nach einem der folgenden Worte zu suchen: Schlampe, Nutte, Killer, Mord, Tod. Wenn eines davon im Chat benutzt wird, informiert der Bot seinen Besitzer. Wenn der wirklich gerissen sein will, lässt er den Bot eine allgemeine Antwort an den Verwender des Schlüsselworts senden. Zum Beispiel: ›Bin ganz deiner Meinung.‹ Das ist gar nicht schwierig.«

»Wie sicher wäre das für ihn?«, frage ich.

»Wenn man es richtig macht, sehr sicher. Wenn wir beobachten und abwarten, und der Betreiber der Site ist kooperativ, könnten wir die Spur vielleicht zurückverfolgen. Aber ihr müsst wissen, dass die meisten Betreiber Chats nicht protokollieren. Privatsphäre wird sehr geschätzt. Wenn man die nicht gewährleistet, ist man nicht konkurrenzfähig. Bei vielen Betreibern, die zum Beispiel Instant Messaging anbieten, kann man eine vollständige Verschlüsselung wählen, und vollständig heißt heutzutage fast schon auf Geheimdienstniveau.«

»Aber wir können ihn abhören?«, fragt Alan.

»Nicht unbedingt. Es gibt zwei verschiedene Dienste in der Instant-Messaging-Arena, die man im Grunde gar nicht ›abhören‹ kann, wie du dich ausdrückst. Sie benutzen eine Kombination aus Verschlüsselung und Peer-to-Peer-Architektur.« Er zuckt die Schultern. »Tut mir leid, ich sollte nicht zu sehr in Fachjargon verfallen. Es genügt, wenn ich sage, dass in diesen beiden Fällen der Betreiber gar nicht mit uns kooperieren könnte, selbst wenn er wollte.«

»Lass mich raten«, sage ich. »Diese beiden Varianten sind die beliebtesten.«

Leo nickt. »Anonymität ist alles. Das meiste ist ja auch gar nicht illegal. Die Leute werden nur nicht gerne bespitzelt. Sie wollen sich unterhalten und sich keine Gedanken machen müssen, ob der Große Bruder sie belauscht. Das Problem ist, Pädophile und Terroristen werden dadurch unterstützt.«

»Wie war das in der Zeit vor dem Internet?«, fragt James.

Leo zuckt die Achseln. »Nicht mein Gebiet, tut mir leid. Aber euer Täter könnte das Netz schon seit Langem benutzen. Chatrooms gibt es schon eine ganze Weile, und die Mailbox war bereits in den Siebzigerjahren populär. Mit einer primitiven Version eines Bot-Programms könnte er schon seit fünfundzwanzig Jahren operiert haben, wenn er den Durchblick hat. Sogar ein bisschen länger.«

Diese Monster werfen ihr Netz ins Meer der Information, geht es mir durch den Kopf, und ziehen es prall gefüllt mit einem Fang aus Hasserfüllten und Hungrigen wieder heraus.

»Okay, Leo«, sage ich. »Ich möchte, dass du deiner Hypothese nachgehst.«

»Schieß los.«

»Die Abteilung für Computerverbrechen des LAPD hat Douglas Hollisters PC mitgenommen. Ich möchte, dass du zu den Leuten gehst und ihnen über die Schulter schaust. Leg ihnen deine Theorie dar und durchsuche den PC nach stützenden

Beweisen. Ich will den Namen der Websites, die unser Freund besucht hat.«

»Das dürfte kein Problem sein. Die Kollegen dort wissen, was sie tun, und ich komme gut mit ihnen klar. Computerfreaks sind zwar konkurrenzbewusst, aber nicht im Hinblick auf Zuständigkeiten.«

»Wir haben noch drei andere Opfer, die ... nun ja, freigelassen wurden. Wir sind ziemlich sicher, dass es derselbe Täter ist. Wir werden mit den beteiligten Dezernaten zusammenarbeiten, sodass es uns möglicherweise zu anderen Douglas Hollisters führt. Falls ja, müssen wir deren Computer ebenfalls durchforsten.«

»Gebt mir einfach Bescheid«, sagt Leo. »War's das schon?«

»Schon? Wir arbeiten hier«, schimpft Callie. »Wir schuften uns einen ab. Wir können nicht den ganzen Tag auf unserem Allerwertesten sitzen, Kaffee schlürfen und Internetpornos gucken. Hopp, hopp!«

Leo lächelt sie mitleidig an. »Neid ist hart.«

»So habe ich mir das gedacht«, sagt Alan.

Leo ist gegangen, und wir sitzen wieder vor der Tafel und unseren Stichwörtern, die mit schwarzem und blauem Marker geschrieben sind und zusammenhanglos aussehen, sogar ein bisschen durcheinander wie Puzzlestücke, die auf den Sofatisch gekippt wurden. Wir starren darauf und reden darüber und kramen nach passenden Teilen. Das fertige Puzzle sieht immer gleich aus: ein Gesicht mit einem Namen darunter.

»Unser Täter gestaltet die Dinge einfach. Er sucht nach Männern, die ihre bessere Hälfte aus dem Weg haben wollen«, sagt Alan.

»Und wie steht's mit unzufriedenen Frauen, die ihren Mann loswerden wollen?«, wirft Callie ein.

»Möglich«, räume ich ein, »aber nicht praktikabel. Ungefähr sechzig Prozent alle Ehemorde werden von Männern begangen, sie sind also die größere demografische Gruppe.« Ich lächle Alan an. »Zugegeben, eine schiefe Aufteilung der Zielgruppe ... das meine ich ganz ohne Männerhass.«

»Schon gut. Zurück zum Thema. Unser Täter findet Männer, die diesen zusätzlichen Schritt gehen wollen. Eine Scheidung genügt nicht, weil sie ihr Geld oder die Kinder nicht teilen wollen oder weil sie die Frau zu sehr hassen. Er trifft eine Abmachung mit dem Ehemann: Schließ eine Lebensversicherung auf deine Frau ab, falls es noch keine gibt, und ich entführe sie und halte sie fest. Niemand wird je eine Leiche finden, weil es keine gibt. Sieben Jahre später lässt du sie für tot erklären, kassierst die Versicherungssumme und gibst mir meinen Anteil.«

»Hört sich schlüssig an«, sage ich.

»Was also macht er mit den Frauen, wenn die sieben Jahre um sind?«

James' Seufzer klingt spöttisch. »Er bringt sie um, was denn sonst? Er tötet sie und lässt die Leichen so verschwinden, dass sie nicht gefunden werden. Vielleicht verbrennt er sie oder zerstückelt sie, aber wie er es anstellt, ist jetzt erst einmal unwichtig.«

»Und was ist wichtig?«

»Dasselbe wie bisher: Methodik. Wir haben jetzt eine Ahnung, wie unser Täter seine Opfer ausgewählt hat. Und wir wissen von Heather Hollister, wie er die Opfer behandelt. Die nächste logische Frage ist: Wo hält er sie gefangen?«

»Tja«, sage ich nachdenklich. »Wir haben drei lobotomierte Opfer in drei Staaten: Kalifornien, Nevada und Oregon. Ob er in jedem Staat ein Versteck hat?«

»Da bin ich ziemlich sicher«, sagt James.

»Warum?«

»Weil es die vernünftigste Lösung ist. Je länger er mit einem Opfer durch die Gegend reist, desto größer das Risiko, geschnappt zu werden. Es ist viel einfacher und sicherer, die Opfer an Ort und Stelle gefangen zu halten.«

»Das müssten dann Häuser sein, die ihm gehören«, folgere ich. »Gemietete Häuser wären ebenfalls zu riskant. Es wäre nicht so günstig, den Vermieter mit der Axt erschlagen zu müssen, nur weil er auf eine Tasse Kaffee reinschneit.«

»Da sind wir uns einig«, sagt James.

»Über welche Art von Häusern reden wir also?«, frage ich.

»Über abgelegene Häuser«, sagt Alan. »Entweder im Hinterland oder dort, wo keine Wohnhäuser in der Nähe sind oder wo es niemanden interessiert, was geschieht.«

»Lagerhäuser?«

»Glaube ich nicht«, meint Callie. »In Lagerhausvierteln gibt es zu viel Unvorhergesehenes: heimliche Hausbesetzer, Feuer, Drogenrazzien, weil wieder mal jemand die falsche Sorte Basilikum gezogen hat. Unser Täter braucht eine Bleibe, wo niemand ihn stört. Leise, abgeschieden und sicher. Am besten ein Betongebäude auf einem Privatgrundstück. Besonderheiten wie Stahlpritsche und Ringe an der Wand kann er dann selbst anbringen.«

»Wie würde er seine Opfer im Auge behalten, während er reist?«, frage ich.

»Mittels Videoüberwachung. Das geht inzwischen auch übers Internet«, sagt Callie. »Ich weiß das, weil mein frisch Angetrauter mehrere Kameras in unserem Haus installiert hat. Sie übertragen das Bild auf den Computer, und man kann von überall auf der Welt darauf zugreifen, solange man ins Web kommt.«

»Sam ist ein bisschen ängstlich, was?«, spöttelt Alan.

»Er ist bloß vorsichtig, Moppelchen.«

»Wir schlagen eine zu breite Schneise«, sage ich. »Selbst wenn Callie recht hat, was dann? Wie sollen wir eine bundesweite Suche nach dem Betongebäude eines Privatmannes durchführen? Was soll uns das einbringen?«

»Geografisches Profiling könnte hilfreich sein«, schlägt James vor. »Unser Täter ist zwar ein Pendler, aber es kann nicht schaden.«

Geografisches Profiling ist eine im Grunde mathematische Vorgehensweise, mit der man versucht, den wahrscheinlichsten Aufenthaltsort eines Täters zu bestimmen, wobei die Analyse sich auf dieselbe Grundlage stützt wie unsere übrige Arbeit: auf das Täterverhalten.

Man nimmt an, dass es grundsätzlich zwei Tätertypen gibt, den »Pendler« und den »Plünderer«. Der Plünderer ist ortsgebunden. Er begeht seine Taten in einem fest abgesteckten Gebiet. Er ist der beste Kandidat für geografisches Profiling.

Der Pendler ist mobil und legt zwischen den einzelnen Verbrechen große Distanzen zurück. Er ist häufig ein intelligenter Jäger, der kulturelle und psychische Barrieren überwinden kann. Mit geografischem Profiling ist er nur schwer festzunageln. »Son of Sam« war ein Plünderer; er wurde aufgrund eines Parkknöllchens geschnappt. Ted Bundy war ein Pendler; er wurde gefasst, weil er einfach nicht mit dem Töten aufhören wollte und schließlich zu viele Spuren hinterließ.

Geografisches Profiling ist relativ neu, hat aber einen ständig wachsenden Datenbestand an interessanten Verhaltensbeobachtungen. Ein Beispiel: Wenn Menschen sich verlaufen, gehen Männer meist bergab, Frauen bergauf. Ich habe das nicht geglaubt, als ich davon hörte, aber es wurde mir bestätigt. Ein anderes Beispiel: ein rechtshändiger Verbrecher, der Hals über Kopf verschwinden muss, rennt nach rechts und wirft seine Waffe nach links. Geografisches Profiling ist umstritten und kompliziert, aber auch nützlich.

»Ich weiß nicht recht, was das in unserem Fall bringen soll«, wende ich ein. »Vier Opfer in drei verschiedenen Staaten? Das sind nicht allzu viele Variablen, die wir benutzen können.«

James zuckt die Achseln. »Wir sollten es trotzdem versuchen.«

»Denkst du an jemand Bestimmtes?«, frage ich.

»Professor Earl Cooper. Er ist ein bisschen nervtötend, versteht aber sein Handwerk.«

Ich blicke auf die Weißwandtafel. Sie starrt zurück, verhöhnt mich mit Schweigen und Unvollständigkeit. Ich denke an die anderen Heathers, die irgendwo im Dunkeln festgehalten werden.

Ich stehe auf und nehme meine Handtasche. »Gehen wir zu ihm.«

Bewegung ist Bewegung. Stillstand ist Tod.

KAPITEL 21

Dana Hollister lauscht einem lauten, gleichbleibenden Summen. Es ist wie ein einzelner Ton aus vierzig Mündern. Es hat sich über ihre Welt gelegt, dieses Summen.

Meistens fließt es über sie hinweg wie Wasser, und sie ist untergetaucht. Da ist Licht, und da ist das Summen und kein Gedanke.

Doch ab und zu stockt das Summen, und dann gibt es winzige Lichtblicke. Einmal, als das Summen verstummte, dachte Dana ein einzelnes Wort:

Ich.

Dann setzte das Geräusch wieder ein und erstickte alles andere.

Soeben stockt das Summen wieder, diesmal länger als je zuvor. Vom Grunde eines Sees aus Sirup schwimmt Dana an die Oberfläche.

Der Mann, denkt sie.

Der Mann beugt sich vornüber, eine Nadel in meinem Auge. Da ist etwas zu sehen.

Das Summen kommt, ein Brausen in der Ferne.

Da ist etwas zu sehen, das wichtig ist. Etwas an dem Mann.

Ich sollte es ihnen sagen.

Wer sind die?

Wer bin ich?

Ich …

Das Summen deckt sie zu, und sie sinkt ins Nichts.

Wie sich herausstellte, war Earl Cooper bereits unterwegs zu uns. Jetzt steht er in unserem Büro wie ein Mann aus einer anderen Zeit.

Er trägt Hut und Stiefel eines Cowboys, ein Flanellhemd und ausgebleichte Jeans. Er ist nicht sehr groß, knapp eins siebzig, und breit in den Schultern, aber schmal in den Hüften. Jedes seiner zweiundsechzig Jahre sieht man ihm an. Er hat ein faltiges Gesicht, eine große Nase und einen Schnurrbart, der an den Enden gewachst ist. Es ist ein unverwechselbares Gesicht, geformt von seinem Träger, nicht andersherum.

Die Augen funkeln vor Klugheit und haben eine Tiefe, die mich erkennen lässt, dass Cooper in seinem Leben schon viel gesehen und getan und sich dabei die Finger schmutzig gemacht hat. Doch ich sehe auch einen Hauch von Traurigkeit in seinem Gesicht.

»Freut mich, Sie kennenzulernen«, begrüßt er mich und schüttelt mir lächelnd die Hand. »Ich habe von Ihrer Arbeit gehört. Tut mir leid, das mit Ihrer Familie und Ihren Narben.«

Er sagt es so geradeheraus, dass ich keine Kränkung empfinden kann. »Danke, Sir.«

Ich wähle ganz bewusst diese respektvolle Anrede, denn Cooper strahlt eine ruhige Autorität aus, die aus Alter und Erfahrung erwächst. Er wirkt wie ein Lehrer, dem man zuhören sollte. Diese Aura umgibt ihn wie ein Mantel aus stiller Gewissheit.

»Woher kommen Sie?«, fragt Alan.

»Aus Texas. In bin in der Nähe von Dallas zu Hause. Aber ich komme jedes Jahr für drei Monate hierher. Beratertätigkeit und Vorträge. Das hält mich ganz schön auf Trab.«

»Sind Sie Cowboy, Earl?«, fragt Callie neckend.

Er lächelt sie an, und sein Gesicht hellt sich auf. »Nein. Ich bin bloß ein Akademiker in Cowboystiefeln. Aber Schießen ist eines meiner Hobbys.«

»Mit welcher Waffe schießen Sie?«, frage ich.

»Am liebsten mit einer Neunmillimeter«, sagt er. »Einige meiner Zeitgenossen halten das für ein Sakrileg, aber das ist mir egal. Ich wollte eine Waffe, die mir gefällt, und das war nun mal die Neunmillimeter.«

»Ich habe eine Glock.« Ich ziehe meine Jacke zur Seite, damit er sie sieht.

Er blickt mich neugierig an. »Sind Sie eine gute Schützin?«

»Gut?«, sagt Callie. »Sie ist ein Naturtalent.«

»Tatsache?«

»Tatsache.« Wenn es um das Schießen geht, kenne ich keine falsche Bescheidenheit. »Ich habe auf der Grundlage meiner Trefferquote am Schießstand Vergleiche angestellt. Ich würde bei einem Wettbewerb wahrscheinlich unter die besten hundert FBI-Leute kommen.«

»Der Frauen?«, fragt er.

»Männer *und* Frauen.«

Er lächelt. »Das würde ich gerne mal sehen. Die meisten Jungs würden sich schwarzärgern, wenn eine Frau sie schlägt. Sie sollten irgendwann gegen diese Machos antreten.«

Ich erwidere sein Lächeln. Ich finde ihn sympathisch. »Vielleicht tue ich das.«

»Haben wir uns jetzt genug verbrüdert?«, fragt James, unser aller Gewissen, giftig und ungeduldig wie immer. »Können wir uns jetzt endlich der vorliegenden Aufgabe zuwenden?«

Earl zieht die Mundwinkel nach unten. »Zügeln Sie sich, mein Freund.«

»Ich bin nicht Ihr Freund«, erwidert James kühl. »Und da sind noch andere Frauen im Dunkeln eingesperrt, wie kürzlich Heather Hollister.«

Earl nickt. »Der ungeduldige Jäger, der nie die Flinte weglegt oder die Stiefel auszieht. Ich war mal genauso wie Sie, mein Freund. Besser man lernt abzuschalten, sonst ist man eines Tages ausgebrannt.«

»Wir sollten jetzt endlich zur Sache kommen«, sagt James zähneknirschend.

»Geben Sie's auf, Earl«, rät Callie. »So ist James immer. Traurig, aber wahr.«

»Ich weiß. Gut, kommen wir zur Sache. Was kann ich für Sie tun?«

Ich schildere ihm den Fall in allen Einzelheiten. Er hört aufmerksam zu, zwirbelt seine Schnurrbartenden und hakt hin und wieder mit einer knappen Frage nach. Als ich fertig bin, ist er eine Zeit lang still und blickt auf unsere Hieroglyphen an der Tafel.

»Ich weiß nicht, ob ich Ihnen eine große Hilfe sein kann«, beginnt er schließlich, »aber ich sage mal, was ich sehe.«

»Mehr wollen wir auch gar nicht«, entgegne ich.

»Was wissen Sie eigentlich über meine Arbeit?«

»Nur das Gröbste. Callie ist unsere Kriminologin. Sie ist in der Forensik bewandert, aber für Spezialgebiete ziehen wir immer Experten wie Sie hinzu.«

»Verstehe. Geografisches Profiling ist das uneheliche Stiefkind der Disziplin«, erklärt Cooper. »Mit anderen Worten, es ist noch nicht das letzte Wort darüber gesprochen. Aus gutem Grund. Es gibt viele Dinge, über die man stolpern kann. Das größte Problem ist ein Mangel an Informationen, wie in Ihrem aktuellen Fall. Geografisches Profiling steht und fällt mit Daten. Es geht um Zahlenverarbeitung und Variablen. Ihr Täter hat vier Personen in drei verschiedenen Staaten nach langer Entführungszeit freigegeben. Er wählt seine Opfer übers Internet aus. Das macht es uns nicht einfacher.

Wir gehen bei den Tätern von vier Grundtypen aus. Es gibt den Jäger, der die Opfer in seinem Heimatterritorium aussucht. Bei diesem Tätertyp funktioniert mein Profiling am besten. Es gibt den Wilderer, der von zu Hause wegreist. Er ist gerissener. Er weiß, dass man nicht in den eigenen Garten scheißt. Dann gibt es den Angler. Er ist Opportunist und wahrscheinlich sehr undiszipliniert. Er sieht etwas, das ihm gefällt, während er mit anderen Dingen beschäftigt ist, und handelt aus dem Impuls heraus. Und schließlich gibt es noch den Fallensteller, der das Opfer zu sich lockt, um die Situation unter Kontrolle zu haben.«

»Da überschneiden sich viele Dinge«, bemerke ich.

Er nickt. »So ist es, Agentin Barrett. Der Angler kann in seinem Heimatgebiet vorgehen wie der Jäger, aber auch weit weg von zu Hause. Der Vergewaltiger als Handelsreisender. Der Wilderer kann sich ein neues Heimatterritorium schaffen. Er hält sich für gerissen, weil er seine Opfer jedes Mal woanders aussucht, aber dann gefällt es ihm in der neuen Gegend, und er zieht immer wieder dorthin. Es kann auch sein, dass ihm diese Entscheidung gar nicht bewusst ist.

Das ist einer der Grundsätze, die das geografische Profiling stützen: Wir operieren häufig in unseren Komfortzonen, bewusst oder unbewusst. Die Theorie besagt, dass der Ort sowohl der Entführung als auch der Freilassung des Entführten oder des Ablegens seiner Leiche uns wichtige Hinweise auf den Wohnort des Täters gibt. Ein bekanntes und simples Beispiel ist ein Fall, in dem Leichen immer bei einer Eisenbahntrasse gefunden wurden. Dies deutete auf einen Täter hin, der ziellos und ständig auf Achse war. So konnte die Suche eingeengt und der Mann schließlich gefasst werden. Er war ein illegaler Einwanderer, der bereits mehrmals ausgewiesen worden war.«

Wenn ich Cooper so zuhöre, kann ich mir vorstellen, dass er ein gefragter Redner ist. Er hat eine lockere, jedoch engagierte Art zu sprechen, bei der man sich fühlt, als säße man im Wohnzimmer mit den Füßen auf dem Sofatisch und unterhielte sich mit ihm.

»Das Entscheidende ist die Entfernung«, fährt er fort. »Es gibt einen Unterschied zwischen wahrgenommener und tatsächlicher Entfernung. Wenn jemand von Ihnen schon mal auf ein Gebirge am Horizont zugewandert ist oder versucht hat, durch einen See zu schwimmen, werden Sie wissen, was ich meine. Es sieht zum Greifen nah aus, aber man kann tagelang wandern, bis man das Gebirge erreicht, oder so lange schwimmen, bis man ertrinkt, ohne an das andere Ufer zu gelangen. Dieses Phänomen gibt es auch umgekehrt. Ein Mörder glaubt möglicherweise, dass etwas noch weit weg ist, dabei ist es in Wirklichkeit schon ganz nah. Das hilft uns, das Transportmittel zu ergründen – in diesem Fall ein Auto –, da es uns eine Vorstellung von der mobilen Reichweite eines Täters gibt.«

»Das hört sich so an, als wäre ein zielloser Mensch mittels geografischem Profiling leichter zu schnappen als ein Mann mit einem Wagen«, sagt Alan.

»So ist es«, bestätigt Cooper. »Es hilft uns nicht, dass dieser Kerl hier in verschiedenen Staaten operiert. Doch der Distanzfaktor könnte etwas hergeben. In Bezug auf die Entführungen, meine ich.«

»Wie das?«, fragt Alan.

»Von wo und wie er seine Opfer entführt. Er ist pragmatisch. Was verrät Ihnen das?«

»Dass er nicht Hunderte Meilen weit weggeht«, melde ich mich zu Wort.

Cooper lächelt. »Korrekt.«

»Aber darauf hat er nicht immer Einfluss«, gibt Callie zu bedenken. »Die Wahl seiner Opfer ergibt sich aus dem Bedürfnis seiner Kunden. Er kann vorher nicht wissen, wo sie wohnen.«

»Ein guter Gedanke, aber nicht zutreffend«, sagt Cooper. »Portland zum Beispiel ist nur dreihundertsiebenundsiebzig Quadratkilometer groß, Los Angeles dagegen tausendzweihundert, und kurz hinter der Stadtgrenze kann man schon mitten im Wald sein.«

Er wendet sich der Tafel zu.

»Die Parkplatz-Masche ist gut. Ich glaube, Sie haben recht. Er entführt seine Opfer von dort, weil er seine sexuelle Begierde stillen muss, indem er Autounfälle herbeiführt. Das ist ein Verhaltensmuster. In Verbindung mit der Geografie verrät es uns etwas. Na, wer kann mir sagen, was es ist? Was fehlt noch?«

Es ist das sanfte Drängen eines Lehrers, genauer hinzuschauen. Wir alle blicken an die Tafel. Ich begreife zuerst – ein Aha-Erlebnis.

»Auf welche Weise er die Unfälle sieht«, sage ich.

Cooper lächelt und nickte.

»Ja«, sagt James. »Er hat ein Opfer. Er kann nicht gut dort sitzen bleiben und warten, dass es passiert. Auf die Medien kann er sich nicht verlassen – zu viele Unwägbarkeiten. Vielleicht kommt es gar nicht in die Nachrichten.«

»Also?«, fragt Callie.

»Also muss er sie irgendwie aufzeichnen«, antworte ich.

Cooper neigt anerkennend den Kopf. »Ich kenne mich mit technischen Spielereien nicht aus«, sagt er, »aber ich denke, seine Möglichkeiten sind begrenzt. Wie lange würde ein batteriebetriebenes Gerät funktionieren? Wenn kein Internetzugang zur Verfügung steht, der die Kamera mit seinem Computer verbindet – wie viele Stunden kann ein unabhängiges Gerät aufnehmen? Ich würde bei den jüngsten Fällen nach örtlichen Hotels und Wohnvierteln in der Nähe suchen, wo es WLAN gibt. Bei den älteren …« Er zuckt die Achseln. »Kann ich nicht sagen. Sie werden einen der Techniker fragen müssen, die Sie vermutlich auf der Gehaltsliste haben.

Ich für meinen Teil benötige Kopien von allem, auch von der Oregon- und der Nevada-Akte. Von Ihren Notizen ebenfalls. Alles, was relevant sein könnte. Dann verrühre ich das alles miteinander, gebe eine Prise Molchauge dazu und kreuze die Finger. Dann werden wir ja sehen, was dabei herauskommt.«

»Sie bekommen noch heute alles, was Sie benötigen«, verspreche ich ihm. »Wir sind Ihnen wirklich dankbar.«

Er tippt grüßend an seinen Hut. »Ich kann Ihnen nichts versprechen.«

»Sie haben uns schon geholfen«, versichere ich ihm. »Sie haben uns auf ein paar neue Gesichtspunkte aufmerksam gemacht.«

Nachdem Cooper gegangen ist, drücke ich James das Kopieren aufs Auge. Für seine Verhältnisse akzeptiert er es bewundernswert gelassen.

»Der Entfernungstrick ist interessant«, sagt er, bevor er sich an die Arbeit macht. »Auch die Verbindung mit der Theorie der Symphorophilie, der sexuellen Erregung durch Verkehrsunfälle.«

»Ja«, pflichte ich ihm bei. »Okay, dann lasst uns jetzt etwas Verwertbares daraus machen. Callie, du hilfst James bei den Kopien. Alan, ruf Leo an und frag nach, wie es beim LAPD läuft.« Ich schaue auf die Uhr. »Ich werde den AD auf den neuesten Stand bringen.«

Und nicht nur, was den Fall angeht. Ich muss auch über etwas anderes mit ihm reden. Jetzt, wo ich weiß, welche Veränderungen die Zukunft bringt, ist es Zeit, jemanden in mein privates Geheimnis einzuweihen.

KAPITEL 22

AD Jones starrt an die Decke seines Büros, als er überdenkt, was ich ihm soeben berichtet habe.

»Sie glauben also, er hat die Wahrheit gesagt?«, fragt er dann. »Sie glauben, er hat noch mehr Opfer versteckt?«

»Ich halte es für wahrscheinlich, Sir, wenn wir von einem finanziellen Motiv ausgehen. Kein Opfer, kein Geld. Außerdem scheint es so etwas wie einen beiderseitigen Schweigekodex zu geben. Wahrscheinlich nimmt er alles auf Band auf, was er mit seinen Kunden verhandelt – für den Fall, dass etwas schiefgeht.«

»Eine Totmannschaltung.«

»Ja. Das und die Drohung, das Leben des Kunden zu ruinieren. Douglas Hollister hat versucht, unseren Täter übers Ohr zu hauen, also wurde er fertiggemacht. Das ist eine ziemlich überzeugende Abschreckung.«

»Wie geht es Heather Hollister?«

»Nicht gut. Auf der einen Seite würde ich sagen, sie ist besser dran als Dana oder Jeremy Abbott, auf der anderen Seite bin ich mir da nicht so sicher.«

»Sie ist besser dran.« Er sagt es kategorisch. »Das sollten Sie besser wissen als andere. Wenn sie zäh ist, wird sie es schaffen. Wenn nicht, dann nicht. Wenigstens hat sie eine Chance.«

»Sie haben recht«, sage ich. »Ich schätze, es hat mir Angst gemacht. Meine beiden größten Ängste in meiner Kindheit waren, für immer im Dunkeln eingeschlossen zu sein und verrückt zu werden, ohne es zu merken.«

Er lächelt. »Vielleicht sind Sie schon verrückt und wissen es nur nicht.« Er macht eine ausgreifende Armbewegung. »Vielleicht existiert das alles gar nicht, und Sie sitzen in einer Zwangsjacke in der Gummizelle und bilden sich das alles nur ein.«

Ich bedenke ihn mit einem vernichtenden Blick. »Das ist nicht komisch, Sir.«

Sein Lächeln zeigt mir, dass er anderer Meinung ist. »Und der zweite Sohn?«

»Er lebt und wird wahrscheinlich an eine soziale Einrichtung übergeben, bis Heather Hollister aus ihrer Trübsal erwacht und nach ihm fragt.«

»Okay. Und wie sieht der Angriffsplan aus?«, fragt AD Jones.

»Vielleicht kann Earl Cooper uns helfen, aber im Moment halte ich die Internetkontakte und die Sache mit den Autounfällen für die besten Spuren.«

»Ich nehme an, Sie planen eine Operation in dieser Internetsache?«

»Ich erwäge es, Sir. Wenn Leo Carnes zurückkommt, werde ich mehr wissen.«

»Und die Unfälle?«

»Sollte James recht haben und es handelt sich tatsächlich um einen sexuellen Trieb, wird der Täter sich vermutlich nicht darauf beschränken, diesen Trieb nur im Zusammenhang mit einer Entführung zu befriedigen. Er wird für andere Gelegenheiten sorgen. Im Großen und Ganzen wirkt der Täter diszipliniert und umsichtig. Die sexuelle Perversion stellt eine Gefahr für ihn dar. Das könnte der Punkt sein, an dem er Fehler begeht.« Ich zucke die Achseln. »Ich weiß, das ist nicht viel, aber es ist alles, was wir haben.«

Jones denkt darüber nach. »Gut«, sagt er dann. »Sie sollten auch nach Internetgruppen suchen, die auf diese Unfallmasche aus sind.«

»Was meinen Sie?«

»Es dürfte für jede Perversion die passende Internetgruppe geben. Für Pädophile zum Beispiel. Sie tauschen ihre Fotos und Erfahrungen im Internet aus. Wenn Cooper recht hat und der Täter nimmt auf Band auf, was er treibt, teilt er sich vielleicht anderen mit.«

Ich reiße überrascht die Augen auf. »Das ist eine gute Idee.«

»Ab und zu habe auch ich lichte Momente. Okay, Ihr Angriffsplan hört sich gut an. Ich glaube auch, dass sein Motiv das Geld ist. Es braucht zwar nicht das einzige Motiv zu sein, aber Hollisters Aussage und alles, was wir sonst noch wissen, stützt diese Theorie. Machen Sie so weiter.« Er lehnt sich zurück, verschränkt die Finger über dem Bauch und sieht mich an. »Und jetzt sagen Sie mir, warum Sie wirklich hier sind.«

»Wie bitte?« Er hat recht, aber ich weigere mich instinktiv, so leicht durchschaut zu werden.

»Kommen Sie, Smoky. Ich kenne Sie. Ich merke es Ihnen an, wenn Sie mit den Gedanken woanders sind. Ihnen geht schon die ganze Zeit etwas durch den Kopf.«

Mit leisem Trotz stelle ich mich seinem Blick; dann schaue ich seufzend zur Seite. »Ich habe Direktor Rathbun gesagt, dass ich den Job übernehme.«

»Ich weiß. Ich halte das für eine gute Entscheidung.«

Ich schaue ihn immer noch nicht an. »Das denke ich auch. Aber es gibt da eine … Komplikation. Nun ja, ich weiß nicht, ob das der richtige Ausdruck ist. Nennen wir es eine Unbekannte. Ich brauche Ihre Hilfe. Ihren Rat, was ich damit tun soll.«

»Wenn ich Ihnen helfen kann, werde ich es tun. Welche Art Unbekannte?«

Ich durchlebe eine Mischung aus Unruhe, Angst und Sehnsucht. Es ist ein Geheimnis, so habe ich es von Anfang an empfunden. Ich weiß nicht warum, aber das Gefühl saß zu tief, als dass ich es ignorieren konnte.

Ich zwinge mich, Jones in die Augen zu schauen und die Worte auszusprechen, die ich noch niemandem gesagt habe, nicht einmal Tommy.

»Ich bin im zweiten Monat schwanger, Sir.«

Er starrt mich an. Eine halbe Minute lang sagt er nichts. Ich kann nicht erkennen, ob er bestürzt ist oder bloß nachdenkt. Seine Finger bleiben verschränkt, seine Hände ruhig.

»Dann darf man gratulieren?«, fragt er schließlich und lächelt mich an.

Das ist die Frage, die ich mir seit dem mitternächtlichen Pinkeltest und erst recht nach der Bestätigung durch die Blutuntersuchung gestellt habe.

Ist es eine gute Sache? Bin ich glücklich darüber?

»Ich bin mir nicht sicher, Sir.«

»Warum nicht?«

Ich mustere meinen Mentor und überlege, was ich erwidern

soll. AD Jones kennt mich länger als jeder andere im FBI-Universum. Er hat mich aufsteigen sehen, und er war da, als mein Leben in Schutt und Asche gelegt wurde. Er hat viel von mir gesehen, doch es gibt Dinge, die auch er nicht weiß.

AD Jones hat mich noch nie weinen sehen. Er hat mich nicht halten müssen, während ich Tränen vergoss. Seine Unterstützung war umfassend, doch er gab sie entweder schweigend oder mit schroffen Worten. Und das wusste ich immer zu schätzen.

»Ich war schon einmal schwanger«, vertraue ich ihm an. »Bevor Matt und Alexa getötet wurden.«

»Okay«, sagt er.

Kein »wirklich?«, kein »o Gott!«. Nur ein »Okay« und ruhiges Abwarten. Das ermutigt mich.

»Niemand hat es gewusst. Ich habe selbst noch darüber nachgedacht, wissen Sie. Ich wollte zuerst Klarheit, wie ich darüber denke, bevor ich es Matt sage. Dann aber … dann ist das Schreckliche passiert, das damals passiert ist. Als ich im Krankenhaus lag, habe ich beschlossen, nach Hause zu gehen, meine Angelegenheiten zu ordnen und mich umzubringen. Die Sache war nur die: Ich wusste, ich kann nicht abdrücken, solange ich das Kind im Leib trage. Das ist ganz schön verdreht, ich weiß.« Ich schlucke beschämt. »Also habe ich das Baby abgetrieben.« Ich wage einen Blick in sein Gesicht, fürchte mich vor dem, was ich sehen werde, doch ich sehe nur Geduld. »Später, nachdem ich beschlossen hatte weiterzuleben, habe ich es bereut. So sehr, dass … ich kann es gar nicht sagen …« Ich gebe achselzuckend auf. Es gibt keinen angemessenen Ausdruck für meinen Ekel vor mir selbst und meinen Schmerz. »Ich habe es unterdrückt, habe es verschwiegen und weitergelebt.«

Ich blicke auf meinen Bauch und streiche darüber. Ich stelle mir vor, wie das Kind wächst, so wie damals Alexa. Ich weiß noch, wie sie sich angefühlt haben, diese Regungen von Leben: erstaunlich und erschreckend zugleich. »Jetzt ist es wieder so weit.

Ich bekomme eine zweite Chance. Eine Abtreibung kommt für mich nicht infrage, das steht fest. Aber es wäre gelogen, wenn ich behaupten würde, ich hätte keine Angst, Sir.«

»Ich verstehe das, Smoky«, sagt er. »Wirklich. Sie haben viel verloren. Ihre Angst ist ganz normal.« Er grinst schief. »Wie lautet das alte Sprichwort über Paranoia?«

»›Du bist nicht paranoid, solange es jemand auf dich abgesehen hat.‹«

»Ja.« Er nickt. »Da draußen hat es jemand auf Sie abgesehen. Vielleicht ist er in diesem Moment nicht hinter Ihnen her, aber irgendwann wird er darüber nachdenken. Und die Schwangerschaft macht Sie besonders verletzlich.« Er schüttelt den Kopf. »Ich beneide jeden, der den Mut hat, Kinder zu bekommen. Ich bin froh, dass ich selbst keine Kinder habe und mir deshalb keine Sorgen zu machen brauche, jemand könnte sie als Waffe gegen mich verwenden.«

»Ich verstehe, Sir. Aber es gehört zu unserem Beruf.«

»Haben Sie das schon mit Tommy besprochen?«, fragt er; dann zuckt er zusammen. Zu meinem Erstaunen wird er ein bisschen rot und räuspert sich. »Verzeihung, das war eine Unterstellung. Ist Tommy der Vater?«

Mir bleibt der Mund offen stehen. »Sir!«

Er macht ein verlegenes Gesicht. »Ich werte das als Ja.«

»Meine Güte. Was denken Sie von mir?«

»Nun?«

Ich lasse mich gegen die Lehne sinken. Ich komme mir vor wie ein Kind im Büro des Schuldirektors. »Er weiß es nicht. Ich hab's ihm noch nicht gesagt.«

Bei dieser Antwort schaut er mich prüfend an und kratzt sich am Unterarm. »Nun ja«, sagt er, »eigentlich geht es mich ja nichts an. Und schließlich sind Sie nicht verheiratet.«

Wer A sagt, muss auch B sagen, überlege ich und platze damit heraus, bevor ich mich zurückhalten kann.

»Doch, sind wir.«

Jetzt bleibt ihm der Mund offen stehen; dann aber bekomme ich ein ehrliches, freudiges Lächeln zu sehen. »Tatsache?«

»Wirklich und wahrhaftig. Hawaii war nicht nur ein Urlaub, es waren unsere Flitterwochen.«

»Gratuliere! Warum haben Sie mir das nicht gleich gesagt?«

»Ich habe es noch keinem erzählt, Sir. Sie sind der Erste. Um ehrlich zu sein, haben Tommy und ich deswegen einen kleinen Streit gehabt.«

»Er wollte es ausplaudern und Sie nicht?«

»So ungefähr.«

»Ich kann Ihre Skrupel verstehen. Ich habe meine zweite Heirat für drei Monate geheim gehalten. Ich wollte nicht, dass es Unglück bringt.«

»So geht es mir auch, Sir.«

Diesmal ist sein Lächeln voller Zuneigung, aber auch ein bisschen traurig. »Das ist Humbug, Smoky. Die zweite Ehe ist genauso gescheitert wie die andere, und nicht weil ich darüber gesprochen oder geschwiegen habe. Das ist dummer Aberglaube. Im Endeffekt war ich einfach nicht bereit, meiner Ehe den gleichen Rang einzuräumen wie meiner Arbeit. Sie und Tommy passen in dieser Hinsicht gut zusammen.«

»Oh ja, Sir. Deshalb habe ich Angst, dass wieder alles zerstört wird. Ich habe mein Glück einmal als selbstverständlich genommen. Alexa würde groß werden, dachte ich, und mich zur Großmutter machen. Ich dachte, Matt und ich würden gemeinsam alt und grau werden. Das alles zerschellte in einem einzigen Augenblick.«

»Wollen Sie meinen Rat?«

»Ich hätte nichts dagegen.«

»Das Leben hat Ihnen einmal ein Bein gestellt, Smoky, und um ein Haar wäre es für immer gewesen. Sie haben überlebt, und nun haben Sie wieder einen Ehemann und ein Kind … und die

Chance auf ein zweites. Also posaunen Sie es heraus. Seien Sie stolz. Fordern Sie das Schicksal heraus und lassen Sie eine Taube in den Himmel steigen. Halten Sie fest, was Sie haben, und sagen Sie der Welt, dass es Ihnen gehört. Was immer Sie beschließen, scheuen Sie nicht davor zurück. Das passt nicht zu Ihnen.«

Ich lächle meinen Mentor an. »Das war ziemlich aufmunternd, Sir.«

»Sie fragen sich bestimmt, wie das alles bei Rathbun ankommen wird, nicht wahr?«

»Ja. Ich glaube nicht, dass er sich für sein Werbeplakat eine schwangere Agentin mit dickem Bauch vorgestellt hat.«

»Vermutlich nicht. Deshalb rate ich Ihnen, es ihm vorläufig nicht zu sagen. Er wird jetzt erst mal damit beschäftigt sein, seine Idee dem Präsidenten und diversen Haushaltsausschüssen zu verkaufen. Er wird Sie als das Hauptargument benutzen. Bis er merkt, dass Sie schwanger sind, ist die Sache hoffentlich schon zu weit fortgeschritten, als dass er die Pferde noch wechseln könnte.«

»Ziemlich hinterhältig, Sir.«

»Genau wie die Welt, in der Rathbun sich bewegt. Gewöhnen Sie sich besser daran. Gibt es sonst noch etwas zu bereden?«

»Ich glaube nicht.«

Er entlässt mich mit einer Handbewegung. Sein Tonfall ist wieder schroff und ungeduldig – nicht um mich zu kränken, sondern um mir zu zeigen, dass sich zwischen uns nichts geändert hat, dass ich trotz aller Geständnisse nicht anders behandelt werde als vorher. »Dann an die Arbeit. Schnappen Sie diesen Irren.«

»Ich werde mir Mühe geben, Sir.«

»Ich weiß. War mir ein Vergnügen, Smoky. Und so wird es auch in Zukunft bleiben, auch wenn ich dann nicht mehr Ihr Chef bin. Vielleicht gerade dann.«

Ich steige in den Aufzug und fühle mich befreit. In mir hatte sich Druck aufgebaut. Wie groß dieser Druck gewesen ist, war mir erst bewusst geworden, als ich ihn vor AD Jones mit emotionalen Handgranaten abließ, die er zum Glück souverän abfing.

Vielleicht werden wir wirklich Freunde, wenn er nicht mehr mein Chef ist.

Ich fasse an meinen Bauch. Die Vorstellung gefällt mir.

Sehr sogar.

KAPITEL 23

»Alle mal herhören«, sage ich. »Bevor wir weitermachen, muss ich etwas bekannt geben.«

»Erzähl«, sagt Callie.

Alan legt seinen Stift weg und wartet. James schießt mir einen mürrischen Blick zu und arbeitet weiter.

»Tommy und ich haben geheiratet.«

Alan reißt die Augen auf. »Hey!«, ruft er. »Das ist ja großartig! Wann?«

»Als wir auf Hawaii waren.«

»Und wie lange wolltest du uns das verheimlichen?«, fragt Callie streng.

»Bis jetzt.«

»Ich bin ungehalten«, sagt sie. »Sehr ungehalten. Du hast mich betrogen. Uns alle.«

»Wie sollte ich dich betrogen haben?«

Mit einem Blick zum Himmel fleht sie um Geduld mit den geistig Armen. »Erinnerst du dich nicht an meine Hochzeit?«, fragt sie. »Kleider, Blumen, die Torte aussuchen, die Zeremonie festlegen? Meinst du nicht, wir würden das auch gerne für dich tun?«

»Kann sein. Ja, wahrscheinlich.«

»Nein, nicht wahrscheinlich.« Sie droht mir mit dem Finger. »Ganz bestimmt!«

»Aber du siehst ja, wie toll deine Feier geworden ist«, schnaubt Alan.

»Sei still«, befiehlt Callie und dreht sich wieder zu mir. »Du brauchst eine richtige Hochzeit.«

Ich lasse bestürzt die Schultern sinken. »Wieso denn?«

»Weil man das eben so macht, Süße«, sagt sie. »Wir treiben uns nicht irgendwo herum, stecken uns die Ringe an den Finger, lassen von einem Staatsdiener ein Papier unterschreiben und nennen das dann Heirat. Das ist nicht richtig.«

»Liebe ist bloß ein chemischer Vorgang, die die Spezies zur Fortpflanzung ermuntern soll«, erklärt James, ohne von seiner Arbeit aufzublicken. »Hochzeiten sind eine kolossale Geldverschwendung.«

»Ach, wirklich?«, erwidert Callie. »Wenn es nur um Fortpflanzung geht, Süßer, wie erklärst du dann die Homosexualität?«

Er zuckt die Achseln. »Ich weiß nicht. Nach meiner Theorie ist ein physiologisches Ungleichgewicht oder eine genetische Abweichung die Ursache.«

Callie schweigt. Alan und ich starren ihn verwirrt an.

James spürt unsere Blicke. »Oh, habt ihr jetzt Mitleid mit mir? Macht ihr euch Sorgen wegen meines Selbstbildes? Ist nicht nötig. Ich habe eine Menge Wertschätzung für die menschliche Spezies. Sie liegt nur nicht im Bereich der Säuglingsproduktion.«

»Das ist ja alles sehr erhebend«, sage ich und wende mich wieder Callie zu, »und ich weiß das Angebot zu schätzen, Callie, aber das wird warten müssen.«

Sie macht ein ernstes Gesicht und zeigt auf mich. »Das ist noch nicht erledigt.« Dann lächelt sie. »Okay, da nun alles gesagt ist und du ordentlich ausgeschimpft wurdest: Herzlichen Glückwunsch. Es wurde auch Zeit, dass Tommy eine anständige Frau aus dir macht.«

»Ich gratuliere dir ebenfalls, Smoky«, sagt Alan.

»Ja, klar, wundervoll«, sagt James gereizt. »Los, an die Arbeit.«

Ausnahmsweise sind er und ich einer Meinung.

»Hast du schon mit Leo gesprochen, Alan?«, erkundige ich mich.

Ehe er antworten kann, geht die Tür auf, und Leo kommt herein.

»Wenn man vom Teufel spricht …«, sagt Alan. »Leo wird dir berichten, dass er sämtliche Informationen hat, die auf Hollisters Computer waren.«

»Ja, die Spurensicherung hat gute Arbeit geleistet«, bestätigt Leo. »Sie haben die Festplatte durchsucht und konnten eine Menge Dateien wiederherstellen. Die Leute irren sich, wenn sie glauben, einmal auf die Entfernen-Taste zu tippen, würde eine Datei endgültig verschwinden lassen.«

»Und was habt ihr gefunden?«, erkundige ich mich.

Leo zeigt auf den Computer, der auf Alans Schreibtisch steht. »Darf ich?«

»Nur zu.«

Er setzt sich und öffnet einen Internetbrowser, um eine Adresse einzutippen: http://www.beamanagain.com.

»Das ist die Website, auf der Douglas Hollister die meiste Zeit verbracht hat.«

»Beamanagain?«, sagt Alan verständnislos. »Was soll das heißen?«

»Du musst die Wörter getrennt lesen«, erklärt Leo. »Be a man again – sei wieder ein Mann.«

Das Layout der Seite ist schlicht, ohne viel Grafik. Ein Menü listet die Optionen auf. Ich lese sie laut vor.

»Forum, Schlampen-Storys, Bruder-Storys, Schlampenfotos, Schlampenchat, Bruderchat, Bücher …«

»Ich habe schon eine Weile darin gelesen«, sagt Leo. »Diese Leute vertreten eine ziemlich schlichte Auffassung: Amerikanische Männer werden von den amerikanischen Frauen und dem radikalen Feminismus in ihrer Männlichkeit geschmälert. Die Amerikanerinnen haben sich durch die feministische Bewegung mit der Zeit zu Narzissten und Hausdrachen entwickelt – das sind nicht meine Worte –, und die Männer haben die Vorstellung akzeptiert, dass sie von Grund auf schlecht sind. Sie nennen es das Brutalo-Paradigma.«

»Das da lautet?«, frage ich.

»Alle Männer sind brutal, weil sie genetisch entsprechend veranlagt sind, was sich besonders bei maskulinen Männern in Vergewaltigung und Unterdrückung der Frauen äußert.«

Ich überfliege das Menü. »Schauen wir uns zuerst die Fotos an.«

Er klickt auf die Schaltfläche. Eine Seite baut sich auf, die nur aus Porträtfotos besteht.

»Soweit ich sehen konnte, werden die Fotos aus zwei Gründen ins Netz gestellt«, erklärt Leo. »Erstens, um der Geschichte ein Gesicht zu geben.«

»Seht sie euch an, Freunde. Das ist sie, die Schlampe, die mein Leben ruiniert hat«, sagt Callie.

»Genau. Doch es gibt noch andere Fotos, die eine Auffassung veranschaulichen sollen, die hier ebenfalls vertreten wird: Amerikanische Frauen lassen sich gehen.«

»Inwiefern?«, frage ich. »Sie werden fett?«

»Sie werden fett, gehen in Trainingshosen zum Einkaufen und so weiter. Hier geht es hauptsächlich um das Image. Daran knüpfen auch die Beschwerden an, dass Frauen Sex als Waffe einsetzen.«

»Du bist gut informiert für jemanden, der sich erst einen Vormittag lang mit dem Thema befasst hat«, bemerkt Callie.

»Ich habe eine gute Auffassungsgabe«, antwortet Leo unbeeindruckt.

»Und was hältst du von alledem?«, hakt Callie nach.

»Die Meinungen, die auf dieser Website vertreten werden, verlieren schnell ihre Glaubwürdigkeit.«

»Wodurch?«

Leo zuckt die Achseln. »Zu viel Wut, die sich häufig zu Hass steigert. Wenn man eine Behauptung aufstellt, sollte sie aus sich selbst heraus überzeugen. Aber die Leute, die hier schreiben, führen genau die Stereotypen an, gegen die sie sich verwahren.«

»Kannst du uns bei den Fotos ein paar Beispiele dafür zeigen?«, frage ich.

»Klar. Hier zum Beispiel.«

Er klickt auf das Foto einer Frau mit großem, rundem Gesicht. Eine Seite wird geladen, die drei weitere Fotos dieser Frau zeigt. Auf einem steht sie in einem Lebensmittelladen. Sie sieht aus, als hätte sie einen anstrengenden Tag hinter sich. Sie trägt eine Jogginghose, ist kaum gekämmt und sieht müde aus. Sie hat Übergewicht, ist aber nicht fettleibig. Das nächste Foto ist professionell. Die Frau lächelt, ist zurechtgemacht und frisiert. Das letzte Bild ist am unvorteilhaftesten: Die Frau liegt rücklings im Bett und schläft mit offenem Mund. Der rechte Arm ist zur Seite gestreckt.

Unter dem Foto steht ein Text: Als ich diese Schlampe vor zwölf Jahren geheiratet habe, war sie ein heißer Feger, schlank und gepflegt, und hat im Bett alles mitgemacht. In manchen Nächten haben wir bis zum Sonnenaufgang gevögelt. Drei Jahre später hatten wir einen Sohn, und das war das Ende der Glückseligkeit. Sie wurde dick und hörte auf zu arbeiten, um für das Kind da zu sein. Und am schlimmsten von allem: Sie wurde eine weinerliche Narzisstin. Manchmal, wenn ich sie schlafen oder essen sehe, muss ich an mich halten, um mich nicht zu übergeben. Ich habe sie um die Scheidung gebeten, und sie hat mir in echter Schlampenmanier geantwortet, dass sie mich dann bis aufs Hemd ausziehen wird.

»Ganz schön wütend«, murmelt Alan. »Zeig uns ein anderes Bild.«

Leo klickt auf das Foto einer lächelnden Blondine, die im Bikini am Strand steht. Die Sonne scheint, und die Frau lacht. Sie ist Anfang zwanzig, auf natürliche Art schön und offenbar sehr glücklich.

In jeder scharfen Amerikanerin steckt eine Harpyie, die irgendwann zum Vorschein kommt, heißt es im ersten Satz unter dem Foto. Sally und ich waren fünfzehn Jahre lang zusammen, zehn davon verheiratet. Anfangs hatten wir eine schöne Zeit miteinander. Ich würde sogar sagen, es war perfekt. Wir sind durch die Welt gereist, mit dem Rucksack durch Europa, haben in Amsterdam Hasch geraucht. Sally war zu jedem Abenteuer bereit, und unser Sex war göttlich. Mit zwanzig sah sie absolut scharf aus und war supergeil. Dann machten wir den Collegeabschluss, haben geheiratet und richteten uns häuslich ein. Sie fing an, feministische Sitcoms zu gucken, in denen die Männer herabgewürdigt werden und die »Frauenpower«, wie diese Schlampen es nennen, gestärkt wird (dieser ganze Quatsch von wegen »du hast dir genug gefallen lassen, Schwester!«). Sally hat sich peu à peu verändert. Zum Schluss hat sie mich wie einen Feind behandelt. Inzwischen streiten wir uns nur noch und haben seit Jahren nicht miteinander geschlafen. Sie beschuldigt mich andauernd, ich würde sie betrügen, obwohl das gar nicht stimmt. Wenn ich mich verteidigen will, greift sie mich an und sagt, ich hätte nur Scheiße im Kopf und alle Männer seien Drecksäcke, die ihre Frauen betrügen usw. Manchmal weint sie ohne Grund und hört tagelang nicht auf. An anderen Tagen wird sie so wütend, dass es mir Angst macht. Einmal hat sie sogar zum Messer gegriffen, als wir uns gestritten haben. Ich habe versucht, ein guter Kerl zu sein. Ich habe versucht, mit ihr zu reden, aber wenn ich frage, was eigentlich los ist, sagt sie nur, dass ich ein Scheißkerl bin und nie verstehen werde, was in ihr vorgeht. Ich habe die Schnauze voll und werde die Scheidung einreichen.

»Eine traurige Geschichte«, sagt Callie. »Schade, dass er keine professionelle Hilfe in Anspruch genommen hat.«

Starke Persönlichkeitsveränderungen haben immer tief sitzende Ursachen. Die Frau, von der hier erzählt wird, könnte manisch-depressiv sein, und die Krankheit offenbart sich gerade erst, oder sie hatte ein traumatisches Erlebnis, das sie dem Mann verschwiegen hat, beispielsweise eine Vergewaltigung oder eine Fehlgeburt oder einen großen persönlichen Verlust. Oder ihr ist etwas längst Vergessenes wieder eingefallen, und diese Erinnerung quält sie nun.

Natürlich besteht auch die Möglichkeit, dass der Schreiber etwas Entscheidendes auslässt und selbst die Ursache ihres Traumas ist. Doch wenn sein Bericht den Tatsachen entspricht, handelt es sich um eine Frau, die in einer tiefen persönlichen Krise steckt. Das alles hat nichts mit dem Wunsch zu tun, die Männer zu vernichten. Callie hat recht: Es ist eine tragische Sache.

»Aber das ist eine von den netteren Geschichten«, sagt Leo. »Die meisten sind wie die vorherigen: Schlampe hier, Schlampe da, sie wurde fett, sie schläft nicht mehr mit ihm und so weiter. Unter ›Schlampen-Storys‹ bekommt man längere Versionen zu lesen.«

»Wir können uns ungefähr denken, was da steht«, sage ich. »Schauen wir lieber mal ins Forum.«

Leo navigiert auf die Indexseite, auf der drei verschiedene Foren angeboten werden: »Allgemeine Diskussion«, »Von Mann zu Mann«, »Schlampen-Talk«.

»Was bei ›Schlampen-Talk‹ los ist, können wir erahnen«, sage ich. »Öffne mal ›Von Mann zu Mann‹.«

Leo klickt, und das Forum öffnet sich. Eine Liste von Themen erscheint. Eines lautet: »Für das Recht, ein Mann zu sein.«

»Das da«, sage ich.

Die Seite wird geladen.

Heutzutage werden die Männer an den Rand gedrängt, ohne es zu merken. Sie haben die Vorstellung übernommen, Schläger und Vergewaltiger zu sein. Und was noch schlimmer ist: Viele Männer glauben, diese Eigenschaften seien unvermeidlich und könnten nur von einer Frau aufgehoben werden. Sie glauben, dass nicht sie selbst den Schlüssel zu ihrem Innern besitzen, sondern ihre Frau oder Freundin, sodass sie deshalb auf sie hören müssen.

Dass Männer in der Vergangenheit brutal gewesen sind, lässt sich nicht bestreiten. Dass Frauen schändlich behandelt und unterdrückt wurden, ist ebenso unbestreitbar. Inzwischen aber sind wir über einen Dialog über irrtümliches Verhalten hinaus. Die Diskussion ist stattdessen zu einer allgemein akzeptierten Anklage aller Männer verkommen. John Bobbitt wird als Bild hochgehalten, nicht Leonardo da Vinci. Ted Bundy ist ein Beispiel dafür, wie tief ein Mann sinken kann, doch ein Beethoven wird nicht als Beispiel dafür angeführt, in welche Höhen ein Mann aufzusteigen vermag.

Weil wir unsere Mütter lieben, haben wir dieses Image akzeptiert, samt dem Schuldgefühl, das damit einhergeht. Es gibt Männer, die noch nie ihren Zorn an einer Frau ausgelassen haben, aber ständig in der Angst leben, sie könnten es tun.

Deshalb lasst uns überlegen, wie wir diese Entwicklung umkehren können. Wie können wir unsere Männlichkeit zurückgewinnen, die – entgegen landläufiger Meinung – mit angeborener Brutalität nichts zu tun hat?

»Das ist eine lange Diskussion«, meint Leo. »Der Text, mit dem sie eröffnet wurde, ist zwei Jahre alt. Dann folgen ungefähr zweihundert Seiten Erwiderungen.«

Ich überfliege die unmittelbar folgenden Beiträge. In einem steht: Ich gebe es ungern zu, aber ich habe deinen Beitrag gelesen und geweint. Das kam ziemlich überraschend für mich. Wisst ihr, ich bin ein anständiger Kerl. Ich war zehn Jahre verheiratet und habe zwei Kinder, einen Jungen und ein Mädchen. Ich liebe sie und gebe mir Mühe, ein guter Vater zu sein. Ich bin nie fremdgegangen. Ja, ich weiß, das sagen alle, aber bei mir stimmt es. Ich bin zwar auch in Versuchung geraten, aber mein Verlangen war nicht so groß, dass ich ihm nachgegeben hätte.

Vor zwei Jahren ist meine Ehe in die Brüche gegangen. Wie ich sehe, sind auf dieser Webseite ziemlich viele von euch sehr wütend, aber bei mir ist es anders. Wir haben unsere Ehe gemeinsam zerstört. Und der wahre Grund dafür ist, wir hätten gar nicht erst heiraten dürfen. Wir haben nicht geheiratet, weil wir es unbedingt wollten, sondern weil wir zueinander zu passen schienen.

Um es kurz zu machen, ich habe deinen Beitrag gelesen und geweint, weil mir klar geworden ist, dass die Grundlage dieser Entscheidung genau das war, was du geschrieben hast. Cheryl war eine gute Frau, und ich brauchte eine gute Frau, um ein guter Mann zu sein. Mein Gott, wie viel Kopfschmerzen hätte ich uns beiden ersparen können!

»So langsam begreife ich, was hier abgeht«, sagt James. »Diese Seite basiert auf Dichotomien. ›Von Mann zu Mann‹ ist eher philosophisch orientiert, während ›Schlampen-Talk‹ Frontalangriffe gegen Frauen und den Feminismus im Allgemeinen führt.«

»Ja, das trifft es«, pflichtet Leo ihm bei.

»Und ich verstehe jetzt, wie das unserem Täter nützt«, werfe ich ein. »Er ist an Diskussionen gar nicht interessiert. Er sucht nur nach den Hassbeiträgen.«

Wenn es um die Beziehung zwischen Mann und Frau geht, scheinen immer Extreme zu herrschen – Liebe oder Hass, aber nichts dazwischen.

Ich hatte fast mein Leben lang ein kompliziertes Verhältnis

zum Kampf der Geschlechter. Ich wurde von einem Vater erzogen, der mich weniger als weibliches denn als menschliches Wesen behandelt hat. Er war ein Träumer, der den Kopf in den Nacken legte und bewundernd zum blauen Himmel aufschaute, der durch die Baumkronen zu sehen war. Er liebte die Einfachheit, die kleinen Dinge des Lebens, und er hat versucht, diese Haltung an mich weiterzugeben.

Meine Mutter liebte diesen Träumer, hielt aber den Kopf aus den Wolken. Mal liebend, mal wütend verankerte sie meinen Vater am Boden, damit er nicht völlig abdriftete. Solche Ikarus-Männer vergessen gerne, dass die Sonne glühend heiß brennt und dass der Weltraum dunkel, kalt und tödlich ist, selbst wenn sie der Erdatmosphäre entkommen könnten.

Von meiner Mutter habe ich die Zähigkeit und den Zorn, von meinem Vater die Neugier und das kindliche Staunen. Wenn ich an meine Eltern zurückdenke, sehe ich mich selbst mehr mit den Augen meines Vaters als mit denen meiner Mutter, denn Dads Augen sagten mir stets: »Du kannst sein, was du willst, ich werde dich immer lieben.«

Er ließ mich Schießübungen machen, als ich acht war, obwohl er Schusswaffen verabscheute. Er zuckte nicht mit der Wimper, als ich ihm während der Highschoolzeit sagte, ich wolle zur Polizei.

Die Männer in meinem Leben, also die Nachfolger meines Vaters, sind gute Männer gewesen, die vor meinen Träumen nicht zurückschreckten und mich trotzdem liebten. Wir haben unsere Stärken benutzt, um die Schwächen des anderen auszugleichen, und nicht, weil wir etwas beweisen wollten. Ich koche nicht, weil ich es nicht gelernt habe. Es geht mir also keineswegs darum, durch meine Weigerung meine Haltung zu weiblichen Pflichten im Haushalt zu verdeutlichen. Nachdem Matt und ich geheiratet hatten, habe ich das Klo geputzt, aber nicht, weil es meine Aufgabe war, sondern weil Matt mich darum gebeten hatte. Toiletten schrubben ekelte ihn zu sehr. Ich dagegen hatte kein Problem damit. Es war eine Lösung aus Liebe, kein Mann-Frau-Problem.

Aber auch ich war nicht immun dagegen. Als ich beim FBI anfing, war ich eine Kindfrau und zu klein geraten. Das machte mich für manche Leute zur Zielscheibe. Den denkwürdigsten Zusammenstoß hatte ich mit einem alten Hasen namens Frank Robinson. Er war über fünfzig und schon beim FBI gewesen, als er so alt gewesen war wie ich. Ich assistierte bei einem Fall in administrativer Funktion, und Robinson war stellvertretender Ermittlungsleiter.

Einmal, nach einer Besprechung, war ich mit ihm allein im Konferenzraum. Ich sammelte Unterlagen ein und steckte sie in Aktenmappen. Robinson saß auf einem Stuhl und kaute auf seiner Füllerkappe, wobei er mich begaffte.

Ich versuchte, seine Blicke zu ignorieren, doch er starrte mich weiter an; deshalb fragte ich: »Benötigen Sie etwas, Sir?«

Er lächelte, und ich sah den Anflug von Gemeinheit, den Beginn eines höhnischen Grinsens.

»Mir ist gerade wieder eingefallen, warum ich immer schon gegen junge weibliche Kollegen beim FBI gewesen bin.«

»Und warum?«

Er stand auf, kippte seinen letzten Schluck Kaffee aus dem Styroporbecher herunter und ließ seinem höhnischen Grinsen freien Lauf. »Wegen der Ablenkung. Man stellt sich immerzu die Frage: Seide oder Spitze? Rasiert oder unrasiert? Große oder kleine Perle?« Er leckte sich über die Lippen, und den nächsten Satz schnurrte er förmlich. »Und die wichtigste Frage von allen: Lutscht sie oder nicht?«

Ich weiß noch, wie geschockt ich im ersten Moment war. Wie verletzt. Er hatte mich nicht angerührt und mich trotzdem betatscht. Ich spürte seine Hände überall, obwohl er sie gar nicht bewegte. Ich wurde rot und hasste mein Gesicht für diesen Verrat, und bei alledem sah ich seine Augen, wie sie meine Reaktionen förmlich aufsaugten.

Was ich bis dahin erlebt hatte, war im Grunde harmlos gewesen. Weniger sexuelle Belästigung als Schikane, um zu testen, aus welchem Holz ich geschnitzt war. Ich habe immer entsprechend zurückgeschlagen, habe nur so viel ausgeteilt, wie ich eingesteckt habe, mehr nicht. Diesmal war es anders. Es war ein direkter Übergriff, der auf ungleichen Kräfteverhältnissen beruhte und ungeniert auf sexuelle Demütigung zielte.

Ich war damals jung und noch ohne Narben. Ich hatte noch niemanden getötet, und an die Nähe zu den Ungeheuern, auf die ich später Jagd machen würde, war noch nicht zu denken. Meine Gabe, andere zu durchschauen, war noch ein Saatkorn, das aber schon die Keimblätter ans Licht schob. Es trieb tiefe Wurzeln in mein dunkles Inneres, und an diesem Tag meldete es sich zu Wort.

Robinson hat beim FBI gute Arbeit geleistet, flüsterte es mir zu. Er war viele Jahre im Dezernat Wirtschaftskriminalität gewesen und hatte große Erfolge erzielt, hatte sich aber intensiv bemüht, zur BAU versetzt zu werden, der FBI-Abteilung für Verhaltensanalyse. Dort tat er sich dann weniger hervor. Seine Leistungen waren ausreichend, aber nicht herausragend.

Die Leistung eines Mannes, der nicht ganz bei der Sache ist.

Das Flüstern ging wie ein Streicheln durch meinen Kopf, und in diesem Moment wusste ich, was Frank Robinson für einer war. Sein Verhalten hatte ein Bedürfnis offengelegt. Die Gabe in mir erkannte das; sie wuchs daran und lieferte mir den Mann aus.

»Jetzt weiß ich, warum Sie unbedingt zur BAU wollten«, sagte ich zu ihm, »und warum Sie seitdem bloß die zweite Geige spielen.«

Er machte schmale Augen. Ich trat so nahe an ihn heran, dass ich den Kopf in den Nacken legen musste, um ihm ins Gesicht sehen zu können. Ich war völlig furchtlos.

»Ach ja?«, fragte er. »Und warum?«

Ich weiß noch, wie ich ihn anlächelte. Ich wusste, es war ein grausames Lächeln, unerschrocken und voller Befriedigung, die sich aus Gewissheit speiste.

»Sie sind ein Voyeur, Frank. Sie geilen sich auf an dem, was Sie sehen. Und dann gehen Sie abends nach Hause und holen sich einen runter, wobei Sie sich vor Augen rufen, was Sie gesehen haben oder sich gewünscht haben zu sehen.« Ich beugte mich noch näher an ihn heran und hätte mich nicht bremsen können, selbst wenn ich es gewollt hätte. »Haben Sie auch schon mal eine Akte mit nach Hause genommen, Frank? Abzüge von Fotos vielleicht? Ich wette darauf. Ich wette, Sie haben zu Hause irgendwo eine Mappe versteckt mit Fotos von den Opfern, die Sie sich im Laufe der Zeit wie Rosinen herausgepickt haben.«

Er wurde aschfahl vor Wut, aber ich sah auch Angst in seinem Gesicht. Ich war jetzt wie ein Hai, der Blut witterte und wie rasend war vor Hunger. Der Kerl hatte mich verbal vergewaltigt. Das zahlte ich ihm nun heim, und eine Ohrfeige war nicht genug. Ich wollte ihn ungespitzt in den Boden hauen.

»Sie sind kein Unmensch, Frank, das weiß ich. Ich glaube nicht, dass Sie jemals eine Frau vergewaltigt haben. Aber Sie spüren das Verlangen, nicht wahr?« Ich nickte zu meinen eigenen Worten. »Darum haben Sie das eben zu mir gesagt. Sie haben sich ausgemalt, wie es wäre, mich zu vögeln.«

»Du blöde Fotze!« Es klang, als hätte er einen Schlag in den Magen bekommen.

Ich wette, dein Schwanz ist jetzt schlaff, dachte ich voller Genugtuung.

Er wich zurück und ging zur Tür. Ich sah ihm die ganze Zeit hinterher, grinsend wie ein Halloweenkürbis. Dann drehte er sich noch einmal zu mir um, und plötzlich sah ich einen neuen Ausdruck auf seinem Gesicht. Es war ein kompliziertes Geflecht aus den verschiedensten Gefühlen: Respekt und Wut, Scham und Angst und eine gewisse Nachdenklichkeit, dazu Müdigkeit und

Überdruss. Dahinter lugte wie ein Kind um den Türrahmen ein jüngerer Frank hervor, aus einer Zeit, als er noch sauber war. Ich sah, dass er sich an diese Zeit erinnern konnte und dass er sich danach sehnte. Ich hatte ihn daran erinnert, dass er eine Mutter hatte.

Es war das erste Mal, dass ich den Unterschied zwischen einem lasterhaften und einem boshaften Mann erfasste.

Eine Woche später ließ Robinson sich in den Ruhestand versetzen.

Ich kann tief in das Wesen eines Menschen blicken. Das ist meine Gabe und mein Fluch, je nach Blickwinkel und Umständen. Ich bin von einem Mann vergewaltigt worden, aber ich habe die Videoaufnahme des kleinen Mädchens gesehen, das lächelnd eine Katze strangulierte und im Garten vergrub. Die überwältigende Mehrheit der Menschen, die ich verfolge, sind Männer, aber ich habe einmal eine Frau festgenommen, die ihr sechs Monate altes Kind im Backofen gebraten hatte, weil es ihr zu viel schrie.

Ich sehe sehr wohl die Unterschiede zwischen Männern und Frauen, aber ich weiß, dass wir alle die Anlage zur Gewalttätigkeit haben. Doch zwischen einem fehlerhaften und einem bösen Menschen besteht ein himmelweiter Unterschied.

Dank dieses Wissens konnte ich auch nach Sands' Überfall auf mich und meine Familie meine Arbeit weiter tun. Ich hatte befürchtet, dass ich nur noch von blindem Zorn getrieben würde oder von einem unstillbaren Verlangen nach Rache und dass dies mein Urteilsvermögen trübte. Doch ich stellte erleichtert fest, dass mich stattdessen der Wunsch antrieb, die Fehlerhaften zu retten, und nicht das Verlangen, die Bösen zu vernichten. Das sagt sich so leicht, aber der emotionale Unterschied ist gewaltig.

»Gehen wir mal in den Chat«, sage ich.

»In welchen?«, fragt Leo.

»Schlampen-Talk. Ich denke, da finden wir Douglas Hollister. Er schien mir kein Mann der philosophischen Sorte zu sein.«

Leo klickt auf das Menüfeld, und eine lange Namensliste erscheint.

»Da ist ja mächtig was los«, meint Alan.

Callie beugt sich vor. »Seht euch die Namen an. ›USAWomenSuck‹, ›Single4life‹, ›NotYrBalls‹. Ich erkenne ein Leitmotiv.«

»Bei manchen Chats muss man sich einloggen, um die Unterhaltung verfolgen zu können. Bei dem hier nicht. Man kann also mitlesen, ohne sich zu beteiligen«, erklärt Leo.

Ich lese verschiedene Erwiderungen, fasziniert von dieser Subkultur gekränkter großer Jungen.

Die Ehe ist nur eine andere Form der Prostitution.

Das hast du richtig erkannt, Kumpel. Meine Frau hatte so was wie ein System. Immer wenn ich etwas von der »Liebling-würdest-du-mal?«-Liste erledigt hatte, rückte Ficken in den Bereich des Möglichen. Aber wenn ich mich hinsetzte und mir ein Spiel ansah, tat sich gar nichts.

Was musstest du denn tun, um einen geblasen zu kriegen?

Eine andere Frau finden!

LOL!

»Charmant«, bemerke ich.

Der Dialog geht woanders weiter.

Ich hoffe noch immer, eine anständige Frau zu finden, mit der ich zusammenleben kann. Heißt das, ich bin ein Weichei?

Die Antworten kommen schnell.

Ja!

Weichei!

Also, ich finde das nicht. In gewissem Maße hoffen wir alle auf eine solche Frau. Wer etwas anderes behauptet, lügt. Aber die Chancen stehen schlecht, eine Amerikanerin zu finden, die keine Megaschlampe ist. Du solltest dich im Ausland umsehen, Kumpel, wenn du wieder zu einer Beziehung bereit bist.

Eine Braut aus dem Versandkatalog? Ich weiß nicht.

Russinnen, Rumäninnen, Thailänderinnen. Die wissen, wie man mit einem Mann umgeht. Und die wollen einen amerikanischen Kerl. Angebot und Nachfrage sind hier umgedreht.

Das ist nur eine von drei oder vier Unterhaltungen, die gerade im Chat laufen.

»Warum bleiben manche stumm?«, frage ich Leo. »Ich sehe Teilnehmer, die nichts eintippen.«

»Das sind vermutlich abgeschottete Gespräche. Man kann den Namen von jemandem doppelt anklicken, dann öffnet sich ein separates Chat-Fenster, wo man sich unbelauscht unterhalten kann. Kein anderer bekommt etwas mit.«

Ich überfliege die Namen und ihre Aktivität. »Das sind nicht gerade wenige.«

»Über wirklich Persönliches wird im Allgemeinen nur auf diese Art gesprochen«, sagt Leo. »Sonst kann das wirklich jeder lesen, einschließlich der Polizeibehörden. In Chatrooms, in denen es sich um Sex dreht, geht es im öffentlichen Bereich selten richtig zur Sache. Da wird nur geflirtet. Alles andere findet gewissermaßen hinter verschlossenen Türen statt. Ihr wisst schon, was ich meine.«

»Das Wort, das du suchst, heißt ›Ficken‹, Schnuckelmaus«, sagt Callie kichernd.

»Stimmt.« Leo wird ein bisschen rot. »Und so ist es auch hier. Wenn jemand nicht in der Öffentlichkeit über etwas reden will, bittet er um ein privates Gespräch.«

»Du hast vorhin die Bots erwähnt«, sage ich, »die man so programmieren kann, dass sie auf eine private Nachricht antworten.«

»Unauffällig antworten, ja.«

»Warum klicken wir uns nicht einfach durch die Namen? Wir sollten doch unterscheiden können, wer ein Bot ist, oder?«

»Wenn ich an seiner Stelle wäre, hätte ich genau aus diesem Grund keine solche Antwort einprogrammiert.«

Ich runzle die Stirn. »Aber würde eine ausbleibende Antwort denn nicht misstrauisch machen?«

»Eigentlich nicht. Wenn jemand auf die Bitte um ein privates Gespräch nicht antwortet, geht man im Allgemeinen davon aus, dass der Betreffende nicht interessiert oder gerade woanders beschäftigt ist.«

»Dann wird es nicht leicht für uns«, meint Alan. »Wenn wir ihn im Netz finden wollen, müssen wir eine Tarngeschichte erfinden, mit allem Drum und Dran.«

»Und was heißt das konkret?«, fragt Leo.

»Einer von uns muss sich als Lockvogel hergeben«, antwortet Alan. »Das bedeutet, er muss eine Identität annehmen, die misstrauischer Betrachtung standhält. Er braucht einen Namen, der mit nachprüfbaren Informationen unterfüttert wird, ein Handy, das man anrufen kann und das zu seiner Identität führt, und so weiter.«

»Nicht zu vergessen eine Wohnadresse«, schaltet Callie sich ein. »Für den Fall, dass der Täter die Möglichkeit hat, deinen Internetprovider nachzuverfolgen. Das bedeutet vor allem eine Menge Recherche. Man muss das ganze Gelaber dieser wunderbaren Männer auf dieser Website lesen, sich durch Hunderte Forenposts kämpfen und so weiter.«

»Ich verstehe das mit dem Haus und dem Handy, aber nicht die Recherche. Die Dinge liegen hier doch ziemlich einfach.« Leo grinst. »Man zieht einfach sein Muskelshirt an, trinkt Bier und sagt ein paar Mal ›Schlampe‹, oder?«

Ich schüttle den Kopf. »Nein. Das sind Klischees, und es ist ein beliebter und mitunter leider tödlicher Fehler, den verdeckte Ermittler begehen. Wenn man eine falsche Identität annimmt, muss man sie wirklich leben.«

»Nehmen wir zum Beispiel dich, Leo«, sagt Callie. »Du bist ein Computer-Nerd, stimmt's?«

»Ich glaub schon.«

»Tja, dann brauche ich mir nur eine Hornbrille aufzusetzen,

mir ein paar Pickel sprießen zu lassen und den Unterschied zwischen einer IP-Adresse und einem DNS-Server zu kennen.«

»Ich verstehe.«

»Wer soll die Rolle übernehmen, Smoky?«, fragt Alan.

»Du und Leo. Es müssen Männer sein. Ich als Frau könnte mich verplappern. Du wirst als Verstärkung gebraucht. Leo ist zu unerfahren. Ist nicht böse gemeint, Leo.«

»Nein, nein, du hast recht. Mir ist wohler dabei, wenn Alan mitmacht.«

»Scheiße«, brummt Alan. »Dann sitze ich in der Klemme.«

»Wieso?«, fragt Leo.

»Der Bursche könnte mich bei der Hochzeit gesehen haben, als er Heather Hollister aus dem Auto gestoßen hat. Wenn er das Haus beobachtet und mich sieht, ist das Spiel aus. Also musst du ins Rampenlicht, Kollege.«

»Moment mal«, sagt Leo. »Du meinst, ich muss da leben? Die ganze Zeit?«

»Klar.«

»Aber wie soll ich das meiner Freundin erklären?«

»Du lügst sie an.«

»Ich soll lügen?«

Callie tätschelt ihm den Kopf. »Ach, ich war auch mal jung und naiv. Ja, Süßer, du wirst sie belügen. Erzähl ihr etwas Aufregendes. Du musst zu einem topgeheimen Auftrag ausrücken, von dem du vielleicht nicht lebend zurückkommst. Damit bist du gedeckt und kriegst vielleicht noch heißen Abschiedssex.« Sie zwinkert ihm zu. »Frauen stehen auf Geheimagenten.«

»Scheiße«, murmelt Leo.

Alan klopft ihm auf die Schulter. »Betrachte es als Abenteuer.«

Leo nickt niedergeschlagen. »Was wird dann mit den anderen Aufgaben?«, fragt er mich. »Den älteren Fällen und der Zusammenarbeit mit den Computerkriminalisten?«

»Das stellen wir erst mal zurück. Du hast gesagt, die Kollegen dort wissen, was sie tun.«

»Ja.« Er ergibt sich seufzend in sein Schicksal.

»Aufteilung der Pflichten«, sage ich. »James, du bleibst dabei, die Akten für Cooper zusammenzustellen.«

»Bis heute Abend bin ich damit fertig.«

»Gut. Callie, du erledigst sämtliche Lauferei bei der Erstellung der Identität. Du weißt, mit wem du Kontakt aufnehmen musst. Ich hätte gerne bis morgen alles parat.«

»Sollte nicht allzu schwierig sein. Wir brauchen nichts Ausgefallenes. Er kann von Zuhause arbeiten, dann brauchen wir keinen Firmenjob zu fingieren. Ich muss ihm allerdings eine Exfrau besorgen. Das könnte ein bisschen länger dauern.«

»Nimm jemanden, der noch nicht auf dem Radar ist.«

»Zum Beispiel eine vielversprechende, frisch gebackene Absolventin unserer ruhmreichen FBI-Akademie. Geht klar.«

»Was tun wir in der Zwischenzeit?«, fragt Leo.

»Recherche«, sage ich. »Recherche und noch mal Recherche.«

»Da gibt es verschiedene Herangehensweisen«, sagt Alan. »Meiner Meinung nach ist es am besten, nach den Dingen zu suchen, mit denen man übereinstimmt und wo man sich einfühlen kann.« Er zeigt auf die Website, die noch auf dem Bildschirm ist. »Such dir dort irgendetwas halbwegs Vernünftiges. Richte das Übrige danach aus. Das würde ein Kerl tun, der neu zu der Seite stößt. Er wird sich nicht gleich mit allem und jedem befassen.«

»Sondern er will die Lösung für seine Probleme finden«, schließt Leo.

»Genau.«

»Weiß jeder, was er zu tun hat?«, frage ich.

Schweigende Zustimmung.

»Dann an die Arbeit.«

Wir arbeiten bis spät in den Nachmittag, jeder vor seinem Computer, und lesen uns durch das Forum, blicken in die Chatrooms, schauen uns Fotos an.

Da geht es um Sex und deshalb auch um Wut und vor allem um Schmerz, unterschwellig wie bei einer schleichenden Vergiftung. Die Wut steht an oberster Stelle; sie schreit am lautesten und ist am deutlichsten erkennbar, aber der Schmerz ist der Treibstoff, der den Motor am Laufen hält.

Wenn die Wut den Schmerz übersteigt, kommt es zum Mord, und genau danach suche ich auf der Website. Da sind Männer, einige wenige, die den Punkt, an dem sie ihren Schmerz spüren, längst hinter sich gelassen haben. Nur ihre Wut, die sich zu Raserei gesteigert hat, treibt sie noch an.

Ein Mann schreibt: Gott, manchmal hasse ich meine Ex. Ich wünschte, sie würde sich endlich verpissen und krepieren. Der Zorn ist präsent bei diesem Mann, hat ihn aber noch nicht übernommen. Er trauert noch, ohne zu wüten.

Ein anderer schreibt: Die Feministinnen haben die Kultur der Männlichkeit so gut wie zerstört. Wir müssen unser Recht, Männer zu sein, wieder in Anspruch nehmen, und die Frauen, die anderer Ansicht sind, mal richtig durchficken. Noch ein zorniger Mann, doch seine Wut richtet sich gegen ein Prinzip, nicht gegen eine Person.

Und dann gibt es noch die, die ich in Gedanken die »dunklen Männer« nenne.

Manchmal liege ich nachts im Bett und denke an sie. An das, was sie mir angetan hat. Sie hat mit meinem besten Freund gefickt. Sie hat die Scheidung eingereicht und das Sorgerecht für meine Kinder bekommen. Sie hat mir mein Haus weggenommen und kriegt mein halbes Gehalt. Ich lebe jetzt in einer kleinen Wohnung, gehe jeden Tag arbeiten und bin stinksauer. Wenn ich nach Hause komme und allein essen muss, ersticke ich beinahe an meiner Wut. Aber nachts?

Wenn ich im Bett liege und an sie denke? Manchmal schließe ich die Augen und bete zu Gott oder sonst wem, dass sie einen Schlaganfall bekommt oder dass sie in die Wanne steigt und sich die Pulsadern aufschlitzt oder dass ihr einfach das Herz stehen bleibt. Ich wünsche mir, dass sie tot ist. Ich versuche mit schierer Willenskraft zu erzwingen, dass dieses Miststück abkratzt.

Das ist ein offensichtlicher Fall. Es gibt subtilere, sogar noch dunklere Beispiel. Wie etwa:

Gott ging scheißen, und da lag eine Frau. Säue, jede Einzelne von ihnen. Das Miststück, das mir meinen Sohn genommen hat, beobachte ich jeden Abend nach der Arbeit aus meinem Auto. Ich parke irgendwo am Haus und beobachte das Flittchen.

»Mann, ist das ermüdend«, beklagt sich Alan, steht auf und reckt sich ächzend. »In meinem ganzen Leben habe ich noch keine solche Ansammlung von Jammerlappen gesehen. Was haben die für ein Problem? Du willst ein Mann sein? Dann sei ein Mann! Du willst anders denken als Anführungszeichen unten Feministinnen Anführungszeichen oben? Dann denk anders! Niemand hält dir eine Kanone an den Kopf.«

»Was ist mit denen, die ihre Kinder verlieren? Meinst du nicht, dass unser System die Mütter bevorzugt, wenn es um das Sorgerecht geht?«, fragt Leo. »Ich meine das rein akademisch, wohlgemerkt.«

»Es gibt Länder, da geht das Kind automatisch zum Vater. Hältst du das für gerecht?«

»Nein. Ich finde, das Sorgerecht sollte an den gehen, der für die Erziehung am besten geeignet ist, ohne das Geschlecht zu berücksichtigen. Frauen werden als zuverlässiger bei der Erziehung angesehen. Wieso?«

»Das ist gut, Leo«, sage ich. »Hört sich ganz so an, als hättest du Gesinnungsgenossen gefunden.«

Mit seinem Lächeln zeigt er mir, dass seine Kommentare mehr intellektuell als leidenschaftlich gewesen sind. »Ich habe ihre Sichtweise begriffen, aber entschieden ist noch nichts.«

»Wer hat dich großgezogen?«, fragt Alan.

»Hauptsächlich mein Vater.« Er wirkt verlegen. »Meine Mutter hat getrunken.«

»Was hältst du davon, das in deine Legende einzubauen?«, fragt Alan.

»Von mir aus. Ich bin nicht gerade begeistert, aber es ist okay.«

»Eine gute Legende muss Wahrheit enthalten, um glaubwürdig zu sein. Wenn du etwas einbauen kannst, auf das du eine emotional unverfälschte Reaktion zeigst, eine Reaktion, die du nicht zu spielen brauchst, ist es umso besser.«

»Sind wir dann so weit?«, frage ich Alan. »Die Legende aufzubauen?«

»Ich glaube schon. Ich habe viel gelesen. Leo?«

»Ich habe jetzt einen ziemlich guten Überblick.«

»Du scheinst heftig auf den Aspekt des Kindersorgerechts zu reagieren«, sage ich. »Tut mir leid, wenn ich persönlich werde, aber im Interesse der Motivation in deiner Legende … Ich glaube, du wehrst dich gegen die Bevorzugung der Mutter wegen deiner eigenen Erlebnisse als Kind.«

»Könnte sein. Es war immer Dad, der die Familie zusammengehalten hat, der uns zu essen machte, der uns Kleidung kaufte und dafür sorgte, dass wir zur Schule gingen und unsere Hausaufgaben machten.«

»Gut. Das ist sehr gut«, sagt Alan. »Genau das, was du für deine Legende benutzen wirst. Du bist ein gerade erst geschiedener, desillusionierter Achtundzwanzigjähriger.«

»Neunundzwanzig.«

»Richtig, neunundzwanzig mit einem Babyface«, sagt Alan. »Du bist von einem soliden, verlässlichen Vater und einer alkoholsüchtigen Mutter aufgezogen worden.«

»Die dich misshandelt hat«, werfe ich ein.

»Meine Mutter hat mich nie misshandelt.«

»Das freut mich, aber hier weicht unsere Erzählung von der Wahrheit ab und mündet in das Profil, das wir brauchen. Deine Mutter hat dich misshandelt, wenn dein Vater nicht da war, und du hast es vor deinem Vater verheimlicht.«

»Warum?«

»Weil du versucht hast, die Familie zusammenzuhalten. Du hast deine Mutter trotz allem geliebt, dein Vater hat oft gesagt, dass er sich von deiner Mutter scheiden lässt, sollte es noch schlimmer werden.«

Leo wird rot und sieht weg.

»Das hat wohl einen Nerv getroffen, was?«, fragt Alan.

Leo reißt sich zusammen. »Mein Vater hat Mom immer ›eine Frau aus Kummer und Feuer‹ genannt.«

»Was hat er damit gemeint?«, frage ich.

»Dass sie voller Leben war und zugleich voller Qual.« Er beißt sich auf die Unterlippe. »Ich erinnere mich an einen Samstag. Ich bin aufgewacht, und Mom war nüchtern. Ich muss so um die zwölf Jahre alt gewesen sein. Ich ging in die Küche, und sie war wach. Sie hatte keinen Kater, hatte sogar Frühstück gemacht. Pfannkuchen und Speck und frisch gepressten Orangensaft. Bis zu diesem Morgen hatte ich noch nie frisch gepressten Orangensaft bekommen. Ich hatte noch nie etwas so Leckeres getrunken. Nach dem Frühstück fragte Mom mich unvermittelt: ›Kannst du tanzen?‹ Das konnte ich natürlich nicht. Ich war ziemlich ungelenk, und das sagte ich ihr auch. Sie nahm meine Hand und führte mich ins Wohnzimmer. ›Zum Lernen ist es nie zu spät!‹, rief sie lachend.«

Er schweigt kurz, ganz in die Erinnerung versunken. »Mom hatte eine Menge Spaß. Jedenfalls, sie legte eine meiner CDs ein, und wir tanzten bis in den Nachmittag. Dad machte eine Doppelschicht, also waren wir allein.« Er zupft mit düsterem Gesicht am Knie seiner Hose. »Als es Abendessenszeit war, fing Mom wieder zu trinken an. Um sechs Uhr war sie aggressiv, um sieben Uhr hat sie geweint, um acht Uhr war sie besinnungslos. Frisch gepresster Orangensaft und Tanzstunden, gefolgt von Wodka, Kotze und Tränen, und das an einem Tag. Kummer und Feuer.«

»Genau die Geschichte musst du erzählen, wenn du auf diese Site gehst«, sagt Alan. »Sie ist wahr, und dann klingt sie auch wahr.«

»Verstehe.«

»Problematischer ist die Sache mit dem Kind«, sage ich. »Wir können kein Kind in die Operation hineinziehen.«

»Da hätte ich eine Idee«, sagt Leo.

»Lass hören.«

»Was, wenn meine Exfrau das Kind abtreiben ließ?«

Ich widerstehe dem instinktiven Verlangen, mir die Hand auf den Bauch zu legen. »Und weiter?«

»Was, wenn sie das Kind vor der Scheidung abtreiben ließ, um Auseinandersetzungen über das Sorgerecht aus dem Weg zu gehen?«

Alan pfeift leise. »Ja, so was könnte einigen Hass wecken.«

»Es würde zum Rest meiner Geschichte passen«, fährt Leo fort und nimmt Fahrt auf, als er immer sicherer wird. »Es war mein Traum, eigene Kinder in einem guten Elternhaus großzuziehen, mit einem verlässlichen Vater und einer verlässlichen Mutter. Meine Ex hat das alles zerstört.«

»Ein guter Stressfaktor«, gebe ich zu.

»Genau das, was einen jungen Mann aus der Verzweiflung reißt und in lodernde Wut stürzt«, sagt Alan. Wieder klopft er Leo auf die Schulter. »Gute Arbeit. Du bist ein Naturtalent.«

Wir verbringen eine weitere Stunde mit dem Ausarbeiten der Einzelheiten. Bei einer guten Legende geht es nicht so sehr um das große Panorama, sondern um etwas, das einer meiner Ausbilder in Quantico als »Augenblicke unbestreitbarer Menschlichkeit« zu bezeichnen pflegte.

»Bei manchen Dingen, die man hört«, hatte er gesagt, »weiß man einfach, dass sie wahr sind. Das sind die Augenblicke unbestreitbarer Menschlichkeit. Zum Beispiel, wenn eine Figur in einem Buch uns gesteht, dass sie ihre Popel isst, ein Ehemann einen Orgasmus vortäuscht oder eine Frau ihrem ehebrecherischen Mann ein Sandwich macht und reinspuckt. Wir fühlen uns Menschen verbunden, die auch ihre Fehler haben. Es ist tröstlich für uns, dass auch andere ihrer Mutter einen Dollar aus dem Portemonnaie geklaut haben.«

»Ein anderer wichtiger Aspekt der Undercoverarbeit«, sagt Alan, »vielleicht sogar der wichtigste, ist Geduld. Verbrecher sind misstrauisch. Ihre erste Annahme wird sein, dass man dir nicht trauen kann. Du beweist ihnen das Gegenteil, indem du dich nicht zu eifrig gibst, sondern einfach nur deine Rolle spielst. Du tust nichts Außergewöhnliches, bis du es tust.«

»Was soll das heißen?«

»Menschen sind unberechenbar. Wer zu berechenbar ist, weckt Misstrauen. Der Bankangestellte, der sich auf die Toilette verdrückt, um sich ein Frauenhöschen anzuziehen, ist glaubhafter als der Bankangestellte mit einem Alkoholproblem.«

»Warum?«

»Die Leute mögen das Dramatische. Jedenfalls machst du hin und wieder etwas Unerwartetes. Nichts Großes, nur so viel, dass ihnen klar wird: Der Typ ist auch nur ein Mensch. Sehr gut wäre es, eine Verabredung nicht einzuhalten. Wenn er sagt: ›Wir treffen uns morgen um vierzehn Uhr im Chat‹, stimmst du zu, zeigst dich aber erst um sechzehn Uhr oder vielleicht erst am nächsten Tag. Wenn er fragt, was das soll, sagst du, du wärst eingeschlafen oder zu deprimiert gewesen oder ins Kino gegangen. Es verärgert ihn, und das macht dich real, verstehst du?«

»Ja, so langsam begreife ich.«

Callie platzt ins Büro. Sie bringt einen Stapel Unterlagen und hat eine junge Frau im Schlepptau. Die Frau ist im gleichen Alter wie Leo. Sie ist ungefähr eins sechzig groß, schlank und hat schulterlanges, dunkelblondes Haar.

»Ich habe alles, was wir brauchen«, verkündet Callie. »Wir können loslegen.«

Ich ziehe eine Braue hoch. »Das ging aber schnell.«

»Unterschätze niemals die Macht meines Charmes.« Sie lässt die Unterlagen vor mir auf den Schreibtisch fallen, ohne auf Alans Schnauben zu achten. »Führerschein, Sozialversicherungsnummer, Bankkonten mit einem Minimum an Geld darauf – du bist leider kein reicher Junge, Leo.«

»Das ist auch gut so, dann kann ich mich leichter auf die Rolle einstimmen.«

»Du heißt Robert Long. Du verdienst dein Geld als freiberuflicher IT-Berater und versuchst, ins Daytrading hineinzukommen, bisher ohne Erfolg.«

»Also bin ich ein Verlierer?«

»Ein Träumer. Jemand, der den nicht ausgetretenen Pfaden folgt. Immer positiv denken.« Callie zieht die junge Frau zu sich heran. »Diese Maus hier ist deine Exfrau, die ehemalige Mrs. Robert Long. In Wirklichkeit heißt sie Marjorie Green und hat vor Kurzem in der Abteilung für Finanzdelikte angefangen. Ihr Deckname ist Cynthia Long, geborene Roberts. Klug, wie ich nun mal bin, dachte ich mir, du könntest dir sicher eine hübsche Geschichte um den glücklichen Zufall einfallen lassen, dass ihr Mädchenname Roberts ist, während du Robert mit Vornamen heißt.«

»Freut mich, Sie kennenzulernen, Marjorie«, sage ich und halte ihr die Hand hin.

»Vielen Dank, Agentin Barrett«, sagt sie, schüttelt mir die Hand und schaut mich ein bisschen befangen an. Meine Narben sehen nun mal nicht besonders schön aus. »Ich weiß, es ist nicht professionell, aber ich wollte Ihnen sagen, dass ich eine große Bewunderin von Ihnen bin.«

»Vielen Dank, Marjorie. Ich freue mich, dass Sie bei uns mitmachen. Hat Callie Sie schon eingewiesen?«

»Mehr oder weniger.«

»Wir werden die Lücken schon füllen. Ich möchte Sie den anderen vorstellen.«

Alle sind freundlich zu Marjorie, nur James nicht.

»Ihr habt ein nettes Haus«, fährt Callie fort, als wir uns wieder unserer Aufgabe zuwenden. »Sowohl Grundbrief als auch Hypothek werden morgen früh da sein, ausgestellt auf Robert und Cynthia Long. Ich habe eine hübsche Summe als Wert nach Abzug aller Belastungen eintragen lassen.«

»Wie viel?«, fragt Alan.

»Mehr als hunderttausend Dollar.«

»Gut. Das verleiht Robert Longs Bedürfnis, seine Frau aus dem Weg zu räumen, einige Glaubwürdigkeit.«

»Wenn es um ein Mordmotiv geht, ist nichts so stichhaltig wie Geld«, pflichtet Callie mir bei. »Für beide ist mit der Sozialversicherungsnummer eine gute Kreditwürdigkeit verbunden, und beide haben Kreditkarten mit einem geringen Guthaben. Benutzt sie sparsam und bewahrt unbedingt die Quittungen auf.«

»Ich nehme an, du hast eine Wohnung für Leo?«, frage ich.

»Ja. Der verlassene junge Mann wohnt in einer Zweizimmerwohnung. Strom, Wasser und so weiter kommen morgen. Ach ja, und es gibt eine gemeinsame Lebensversicherung. Fünfhunderttausend Dollar für jeden von euch.«

Ich schüttle den Kopf. »Meine Güte, Callie. Wie hast du das nur so schnell geschafft? Normalerweise braucht man dazu eine Woche. Mindestens.«

»Mir schulden viele Leute viele Gefallen. Und ich habe natürlich meine zahllosen männlichen Fans.«

»Also wirklich.« Alan verdreht die Augen. Marjorie beobachtet alles amüsiert.

»Außerdem«, sagt Callie und durchbohrt Alan mit Blicken,

»habe ich ihnen gesagt, dass es als verspätetes Hochzeitsgeschenk gezählt werden könnte. So etwas nennt man Anreiz.«

»Wie immer du es gemacht hast, es war gute Arbeit.«

»Danke sehr.«

»Wann fangen wir an?«, fragt Marjorie.

Das ist eine gute Frage, und ich denke sorgfältig darüber nach. Wie Alan sagte, ist Mangel an Geduld bei Undercover-Operationen das große Problem. Wahrscheinlich gibt es irgendwo mehrere Frauen, die in dunkle Zellen gesperrt sind, wo sie allmählich den Verstand verlieren und sich die Haut aufkratzen, bis Blut kommt. Dalí hat uns davor gewarnt, ihm nachzuspüren, und wir müssen sicherstellen, dass unsere Maßnahmen keine noch lebenden Opfer gefährden.

»Morgen«, entscheide ich. Ich sehe Alan, Leo und Marjorie an. »Wir fangen morgen an. Passt euch das?«

»Mir passt es sehr gut«, sagt Marjorie. Sie ist offensichtlich aufgeregt, das erste Mal verdeckt zu arbeiten.

Leo und Alan nicken schicksalsergeben.

Ich richte meine Aufmerksamkeit auf Leo und Marjorie. »Ihr müsst von nun an ständig davon ausgehen, dass ihr überwacht werdet, jeden Tag. Solange ihr an dieser Operation teilnehmt, dürft ihr keine Familienangehörigen anrufen – nicht die Ehefrau, nicht den Ehemann, nicht die Freundin und nicht den Freund. Niemanden, den ihr kennt. Der Erfolg hängt davon ab, dass ihr die Identität annehmt, die wir uns für euch ausdenken.« Ich schweige kurz, um dem, was ich als Nächstes sage, mehr Nachdruck zu verleihen. »Wenn ihr auffliegt, können die Konsequenzen nicht nur eure eigene Sicherheit betreffen. Wir gehen von der Voraussetzung aus, dass der Täter seine Drohung ernst meint und andere Gefangene hat. Wenn er glaubt, dass wir ihm zu dicht auf den Pelz rücken, könnte er beschließen, sie zu töten. Habt ihr verstanden?«

»Habe ich«, sagt Leo.

»Ja«, antwortet Marjorie.

»Gut. Dann lasst uns Marjorie auf den aktuellen Stand der Dinge bringen, und dann basteln wir eure Legenden fertig.«

KAPITEL 24 Ich bin im Gefängnis und beobachte Douglas Hollister, als er vor mir Platz nimmt. Der Rest meines Teams ist mit seinen jeweiligen Aufgaben beschäftigt. Ich selbst möchte mich mit Hollister befassen, um mein Bild von dem Unbekannten auszuweiten, der hinter alledem steckt.

Noch immer wissen wir bemerkenswert wenig über unseren Täter. Auch wenn es in dieser Hinsicht einige Anomalien gibt, hat Dalí es ausgezeichnet verstanden, unsichtbar zu bleiben. Er hat sämtliche Kontakte auf das Nötigste beschränkt und die Kommunikation niemals aus der Hand gegeben. Die meisten unserer wertvollsten Zeuginnen hat er lobotomiert und geistig verkrüppelt, und Heather steht noch zu sehr unter Schock, als dass sie eine große Hilfe wäre. Also ist Douglas Hollister die greifbarste Verbindung zu Dalí, die wir haben.

Ich nehme mir Zeit, um Hollister zu mustern, ehe ich spreche. Er ist ein gebrochener Mann. Ich merke es allein schon an seiner Körpersprache und seinem Schweigen. Er starrt auf seine Hände und ist meinem Blick nur einmal begegnet, als er in den Verhörraum kam. Er ist über Nacht gealtert: Seine Haut ist fahl, sein Gesicht schlaff vor Erschöpfung und Niedergeschlagenheit.

»Wieso sind Sie hier?«, fragt er teilnahmslos.

»Aus zwei Gründen. Ich möchte mich noch einmal über den Mann unterhalten, mit dem Sie zu tun hatten. Und ich wollte sehen, wie Sie sich an das Gefängnisleben anpassen.«

Endlich hebt er den Kopf. »Wie ich mich anpasse? Soll das ein Witz sein?«

»Ganz und gar nicht.«

Er schnaubt. »Ich sitze in einem Gebäude voller Vergewaltiger, Mörder und Straßenräuber. Fast alle sind größer und stärker als ich und gewalttätig. Was glauben Sie wohl, wie es mir da geht?«

»Wurden Sie bedroht?«

»Nicht offen. Aber das wird noch kommen. Das spüre ich.«

»Sie können um Schutzhaft ersuchen.«

»Na klar«, sagt er verächtlich. »Davon hat mir schon jemand erzählt. Man wird in ein anderes Gebäude mit anderen Vergewaltigern, Mördern und Straßenräubern gesperrt, nur dass man jetzt für immer eine Zielscheibe auf dem Rücken trägt, weil jeder glaubt, man wäre ein Spitzel. Nein danke.«

»Ich rate Ihnen dringend, sich für die Schutzhaft zu entscheiden, Douglas.«

Er seufzt und reibt sich rasch mit beiden Händen das Gesicht, als versuchte er, einen Kater zu vertreiben oder einen Albtraum. Seine Haut ist bereits rot vom Reiben. »Leben oder Sterben, darüber mache ich mir im Augenblick keine großen Gedanken. Wozu auch? Einen meiner Söhne habe ich getötet, und der andere wird es am Ende erfahren und hat sein Leben lang daran zu tragen. Und Dana … sie vegetiert nur noch vor sich hin. Heather gewinnt am Ende doch. Sterben? Ist mir scheißegal.«

Heather gewinnt?

Ich kämpfe meine instinktive Wut nieder. Ganz gleich, wie viele Jahre ich schon mit Soziopathen zugebracht habe, mit ihrem boshaften Narzissmus, sie können mich immer noch überraschen. Ihr Denken ist auf eine Art und Weise verdreht, die ich einfach nicht begreifen kann.

»Das ändert sich«, entgegne ich. »Im Moment kommt es Ihnen noch so vor, aber das geht vorbei.«

»Woher wollen Sie das wissen?«

Weil ich dich kenne. Weil du selbst dir wichtiger bist als jeder andere Mensch auf Erden. Weil du pathologisch bist. Du könntest genauso wenig anders sein, wie du mit dem Atmen aufhören kannst.

»Weil ich mit dem Phänomen des Schocks vertraut bin«, sage ich stattdessen. »Ich habe schon mit Männern und Frauen zu tun gehabt, die in einer ähnlichen Lage gewesen sind. Selbstmord oder Todessehnsucht ist im ersten Stadium sehr verbreitet. Doch der Überlebensdrang gewinnt am Ende die Oberhand.«

»Wirklich?«

Sein selbstmitleidiger Tonfall weckt in mir den Wunsch, ihm hässliche Bemerkungen an den Kopf zu werfen und ihn in seiner Schwäche zu verletzen.

Du armer Kleiner, möchte ich zu ihm sagen. *Ist das Leben so unfair zu unserem armen kleinen Baby?*

»Lassen Sie sich nicht hängen. Und schließen Sie keine Tür, die Sie später vielleicht wieder öffnen müssen, okay?«

»Ja«, sagt er. »Danke.« Er hebt den Blick, und ich sehe Dankbarkeit in seinen Augen. Doch wer kann sagen, ob sie aufrichtig ist oder nur Berechnung?

»Keine Ursache. Reden wir über diesen Mann, diesen Dalí. Sind Sie dazu bereit?«

»Wieso nicht? Seinetwegen bin ich hier.«

»Genau«, sage ich. »Sie schulden ihm gar nichts.«

Diese Vorstellung scheint ihm Mut zu machen. Er setzt sich gerade hin und nickt. »Ja. Scheiß auf ihn. Was wollen Sie wissen?«

»Als Sie miteinander gesprochen haben, hat er da je gesagt, was sein Name bedeutet?«

»Dalí?«

»Ja.«

»Danach habe ich ihn nie gefragt. Er war nicht der Mann, dem man viele Fragen stellt.«

»Was können Sie mir über ihn sagen?«

Hollister runzelt nachdenklich die Stirn. »Er war sehr vorsichtig mit Details. Ich bin ihm nie persönlich begegnet, habe nur über Handy und E-Mail Kontakt zu ihm gehabt. Die Nummer und die Adressen hat er regelmäßig geändert. Der Kontakt ging immer von ihm aus. Ich selbst hatte keine Möglichkeit, ihn zu erreichen.«

»Was ist mit seiner Stimme? War daran etwas Auffälliges? War sie hoch, tief, rau, glatt?«

»Tut mir leid. Er hat so einen Sprachverzerrer benutzt. Dadurch klang er wie ein Roboter.«

Ich beiße mir auf die Lippe. »Wie lange hatten Sie schon auf dieser Website gepostet und gechattet, ehe er sich zum ersten Mal mit Ihnen in Verbindung gesetzt hat?«

»Auf Beamanagain.com?«

»Ja.«

Er überlegt. »Nicht lange. Anderthalb Wochen vielleicht. Ja, so ungefähr.«

»Was haben Sie denn geschrieben, bevor er Sie kontaktiert hat?«

Hollister taxiert mich. Ich sehe, wie seine Gerissenheit zurückkehrt. »Wieso?«

»Ich versuche nur, ein vollständiges Bild zu bekommen.«

Ein leises, höhnisches Lächeln huscht über seine Lippen. Der niedergeschlagene Hollister war mir lieber als der Mann, den ich nun zurückkehren sehe. Manchmal verrutscht die Maske eben ein wenig. »Bevor er mich kontaktiert hat, hatte ich sinngemäß geschrieben: ›Ich wollte, ich hätte den Mumm, meine Alte einfach verschwinden zu lassen.‹«

»Das haben Sie offen gesagt?«

»Klar. Ich war ja nur einer von vielen Typen, die ihrer Wut Luft gemacht haben. Ich hatte nicht den Eindruck, dass ich dabei irgendwas riskiere.«

»Und dann hat er Sie zum Privatchat aufgefordert?«

»Richtig.«

Das ergibt Sinn. Wozu wie die Katze um den heißen Brei herumschleichen? Wenn man mit Entführung, Folter und Mord handelt, muss man aggressiv vorgehen: Dalí hält nach Anzeichen einer Wut Ausschau, die über bloße Unzufriedenheit hinausgeht, und dann spricht er es unverhohlen an. Aber ich gehe jede Wette ein, dass er in den meisten Fällen abgewiesen wird. Es ist eine Sache, zu seiner Frau zu sagen: »Ich wollte, du wärst tot«, doch es ist etwas völlig anderes, ihr mit einer Axt den Schädel zu spalten und ihre Leiche in einem See zu versenken. Für den Uneingeweihten bedeutet dieser Schritt vielleicht nur einen Katzensprung, aber in Wirklichkeit ist er so weit wie der Abstand von hier zur Sonne.

»Und was ist dann passiert?«

»Genau das, was ich gesagt habe, als der Schwarze mich vernommen hat. Dalí sagte mir, er könnte mein Problem verschwinden lassen. Er lieferte einen Beweis und drohte mir, Avery und Dylan zu töten, wenn ich auch nur ein Wort ausplauderte.«

»Warum haben Sie eingewilligt? Was hat Sie dazu bewogen?« Ich stelle die Frage, ohne wirklich darüber nachzudenken. Sie rührt von dem verbreiteten Bedürfnis her, das tief aus dem Bauch kommt: dem Wunsch, das Warum zu verstehen. Wir müssen es kennen, dann schlafen wir nachts besser. Doch allzu oft gibt es kein Warum, weil einfach nur Wahnsinn dahintersteckt.

Hollister scheint selbst das Bedürfnis zu haben, es zu begreifen, oder vielleicht auch, es mir begreiflich zu machen. Er lehnt sich zurück und denkt über meine Frage nach. Stille senkt sich über den Verhörraum. Ich beobachte Hollister, wie er sich bemüht, seinen eigenen Gedankengang zu entwirren.

»Ich habe einfach keinen anderen Ausweg gesehen«, sagt er schließlich. »Bei einer Scheidung hätte sie mein Haus und meine Söhne und für Gott weiß wie lange die Hälfte meines Geldes erhalten. Ich aber wollte das Glück, das ich verdient hatte, für mich haben.« Er tippt sich auf die Brust. Seine Miene ist verletzt, bestürzt, bockig. »Ich habe es schließlich verdient, glücklich zu sein!«

Ich glaube, seinesgleichen verabscheue ich am meisten. Ein Serienmörder ist auf seine Weise ein simpleres, ehrlicheres Ungeheuer. Wenn man einen Serienmörder fragt, warum er dies und das getan hat, lässt seine Antwort sich letzten Endes immer auf eine einzige scheußliche Wahrheit reduzieren: *Weil ich mich dabei so gut fühle.*

Douglas Hollister und seinesgleichen leben in einer Welt aus Spiegeln, die ihre Rechtfertigungen auf sie zurückwerfen. In mancher Hinsicht erscheinen sie schlimmer als Serienmörder, weil sie uns selbst zu ähnlich sind. Ihnen fehlt die Eleganz, die sich im Motiv des Serienmörders findet. Warum hat er es getan? Wegen Geld. Für ein Haus. Weil er ein verwöhntes, verzogenes psychotisches Kind ist.

»Hat Dana es gewusst, Douglas? Hat sie mit Ihnen unter einer Decke gesteckt?«

Sein Blick wird feindselig. »Nein. Zur Hölle mit Ihnen, dass Sie das fragen!«

Also war sie am Ende ein Opfer deines Narzissmus.

»Danke, dass Sie sich die Zeit genommen haben.« Ich stehe auf und gehe zur Tür.

»Das war alles?«

Ich drehe mich zu ihm um. »Nur noch eine Frage, Douglas. Sind Sie jetzt glücklich?«

Ich freue mich über die Zornesröte, die ihm ins Gesicht schießt. Ich bin grausamer geworden, und ich stelle es immer weniger infrage.

Sollte ich mir Sorgen darüber machen?

Als ich meinen Wagen erreiche, habe ich noch keine Antwort auf diese Frage. Und bis ich auf dem Highway bin, habe ich sie vergessen.

KAPITEL 25 »Das habe ich schon gewusst«, sagt Bonnie zu mir.

Tommy und ich schauen sie an; dann tauschen wir einen Blick.

»Du hast es gewusst?«, frage ich.

Wir sitzen am Esstisch. Das Geschirr vom Abendessen ist gespült und weggeräumt. Als ich nach Hause gekommen bin, habe ich Tommy erzählt, dass ich unsere Ehe bekannt gegeben habe, und seine freudige Reaktion hat mir gezeigt, dass ich das Richtige getan habe. Er hat mich in die Arme genommen und mich festgehalten.

»Sehr gut«, hat er gesagt. »Mir liegt es nicht, etwas zu verbergen, worauf ich stolz bin.«

Die Bombe mit der Schwangerschaft habe ich noch nicht platzen lassen. Das halte ich zurück für … na ja, jetzt. Oder bald. Zuerst müssen wir unser Geständnis Bonnie gegenüber beenden.

Sie lächelt, nimmt meine Hand und Tommys. »Natürlich habe ich es gewusst. Ihr könnt euch nicht gut verstellen, wenn ihr glücklich seid. Ich habe über die Reise nach Hawaii nachgedacht und mir alles zusammengereimt.«

»Kluges Kind«, sage ich. »Und?«

»Und was?«

»Was denkst du jetzt?«

»Ich finde, es wurde Zeit.«

So einfach kann es manchmal sein.

Ich ziehe meine Hand zurück und räuspere mich. »Nun, ich … ich habe noch eine Neuigkeit.«

Plötzlich fühle ich mich, als würde ich nackt auf einer Bühne stehen, geblendet vom Rampenlicht. Meine Kehle fühlt sich rau an, und mein Puls geht schneller.

»Smoky?«, fragt Tommy verwirrt. »Was hast du?«

»Weißt du, ich …« Wieder muss ich mich räuspern, und ich werde wütend auf mich selbst. »Ach, verdammt noch mal, ich sag es jetzt einfach.« Ich atme tief ein. »Ich bin schwanger.«

Keiner von beiden reagiert, jedenfalls nicht sofort.

»Wie bitte?«, fragt Tommy dann. Er ist wie vor den Kopf geschlagen.

»Ich bin schwanger. Wir bekommen ein Baby. Dein Baby.« Ich klinge abwehrend. Ich hasse es, wenn ich abwehrend klinge. Das ist Angst, kein Kampf. Kampf ist besser.

Beide schweigen. Ich beiße die Zähne zusammen. Ich werde wütend. Gleichzeitig wächst meine Angst.

»Was ist? Hat keiner von euch etwas zu sagen?«

Tommy lehnt sich zurück. Ihm steht der Mund offen. »Ich werde Vater?«

Aus seiner Stimme höre ich Staunen, tiefes Staunen, und in diesem Moment weiß ich, dass alles gut sein wird. Die Angst fällt von mir ab und weicht der Erleichterung. Bonnie steht auf, kommt zu mir und umarmt mich, klammert sich an mich, lässt nicht los, und ich frage mich einen Augenblick lang, was das zu bedeuten hat. Hat sie Angst? Ist sie eifersüchtig? Traurig?

Dann löst sie sich von mir und wischt sich die Tränen ab.

»Was ist denn, Schatz?«, frage ich.

»Das ist so *cool*«, sagt sie bloß.

Ich muss lachen, worauf auch Bonnie lacht, und dann stehen wir kichernd da, während Tommy zusieht.

Plötzlich sagt er: »Ich werde Vater? Heilige Scheiße.«

Wir starren ihn an.

»Tommy«, sage ich, »hast du da gerade ein Schimpfwort benutzt?«

Er steht auf. Sein Stuhl scharrt über den Holzfußboden. Er kommt zu uns und nimmt uns beide in die Arme.

»Ich liebe euch sehr.« Seine Stimme ist rau, seine Umarmung voller Zärtlichkeit. »Das ist eine wundervolle Neuigkeit.«

Tommy, der Mann der wenigen Worte. Manchmal ist kürzer nicht nur einfach besser. Manchmal ist es das Beste überhaupt.

»Hör mir gut zu, Schatz«, sage ich zu Bonnie. »Was ich jetzt sage, ist wichtig.«

»Okay.«

»Als Erstes musst du eines wissen: Sobald du mir nicht mehr richtig zuhörst, sobald du die Ohren auf Automatik stellst oder dich aufführst, als wüsstest du schon alles, packen wir zusammen und fahren. Hast du verstanden?«

»Ja.«

Bonnie und ich sind am Schießstand, wie ich es ihr versprochen hatte. Raymond der Bestatter, Kirbys Freund, sitzt draußen auf dem Parkplatz, wacht und wartet. Mich erinnert er an einen Frosch. Er hockt da, still und harmlos, bis eine Fliege vorbeisummt, und im nächsten Augenblick ist die Fliege in seinem Maul, und die stille Harmlosigkeit geht weiter.

Wir sind über unsere Tränen und unsere Freude hinausgekommen. Nun ja, über die Freude vielleicht nicht, aber wenigstens über den Freudentaumel. Tommy ist zu Hause geblieben und sucht im Internet nach Büchern über Schwangerschaft. Ich habe überlegt, ihn davon abzubringen, ließ es aber bleiben, weil es mir im Grunde gefällt. Diesmal wird es nicht der Spaziergang wie damals, als ich noch Mitte zwanzig war. Der Gedanke, dass Tommy sich in das Thema einliest, macht mir Mut.

Bonnie und ich hatten bereits verabredet, dass wir am Abend zum Schießstand fahren, und ich wollte, dass es dabei bleibt. An diesem Schießstand im Valley übe ich, solange ich zurückdenken kann. Sein Besitzer, Jazz, war früher Scharfschütze beim Marine Corps. Er muss mir zwar nicht erlauben, Bonnie mit hierherzubringen, aber er hat keine Einwände gemacht. Ich nehme an, er hält es für richtig, dass sie mal eine Waffe in die Hände bekommt.

Bonnie hat für ihr Alter kräftige Hände. Deshalb habe ich beschlossen, mit einer Neunmillimeter anzufangen. Jazz vermietet Waffen an seinem Schießstand, und ich entscheide mich für die SIG Sauer P226, die ich immer als leicht und bequem empfunden habe, und es ist eine präzise Waffe. Ich ziehe die Glock vor, aber hauptsächlich deshalb, weil diese Waffe mir so vertraut ist – eine Weggefährtin, sozusagen. Jazz hat uns ein Zehnschussmagazin gegeben, einhundert Patronen, mehrere Papierzielscheiben und unsere Schutzbrillen sowie Ohrenschützer.

»Die Ohrenschützer legen wir an, ehe wir den Schießstand betreten«, sage ich. »Solange wir im Schießstand sind, nehmen wir sie keine Sekunde ab, sonst kann man taub werden. Auch die Schutzbrille lässt du auf, solange du im Stand bist, okay?«

Bonnie nickt. Ich nehme die Pistole in die Hand.

»Das ist eine Double-Action-Waffe. Das heißt, du brauchst sie nicht zu spannen, ehe du schießt. Du brauchst nur den Abzug zu drücken. Deshalb darfst du die Waffe, sobald sie geladen ist, nur in die Schießbahn richten. Hast du verstanden?«

»Ja.«

»Du musst das Magazin rausnehmen und die Waffe jedes Mal ablegen, wenn du mit dem Schießen fertig bist.«

»Wie setze ich das Magazin ein, und wie nehme ich es raus?«

Ich bitte Jazz um Erlaubnis, indem ich ihn ansehe und die Brauen hochziehe. Eigentlich gilt die unumstößliche Regel, dass man niemals den Schießstand mit einem Magazin in der Waffe verlässt. Ich habe einmal miterlebt, wie jemand diese Regel vergessen hat, und gesehen, wie Jazz eine .357 auf ihn richtete und ihn aufforderte, sich auf den Boden zu legen. Niemand wurde dabei angeschossen, aber es hat einen nachhaltigen Eindruck auf mich gemacht.

»Nur zu«, sagt er nun und beobachtet alles mit passivem Interesse.

Ich zeige Bonnie, wie es geht, indem ich das leere Magazin in den Griff schiebe und es dann wieder herausgleiten lasse.

»Und jetzt du«, fordere ich sie auf.

Sie braucht einen Augenblick, weil sie es langsam macht und sorgfältig auf jeden Handgriff achtet.

»Gut. Jetzt nimmst du den Daumen und drückst den Verschlussfanghebel. Hier«, sage ich und zeige ihn ihr.

Sie gehorcht, und der Verschluss schnellt in die verriegelte Stellung vor. »So?«

»Genau. Wenn das Magazin voll wäre, dann wäre deine Pistole jetzt durchgeladen und schussbereit.«

Bonnie drückt den Abzug. Ich höre das Klicken, mit dem der Schlaghebel auftrifft, und entreiße ihr die Pistole.

»Du feuerst niemals eine Waffe außerhalb des Schießstands ab, ob sie geladen ist oder nicht!«, fahre ich sie an.

Sie ist erstaunt über meinen Zorn, aber nicht so zerknirscht, wie ich es mir wünsche. Jazz bemerkt es und kommt hinter der Theke hervor. Er geht zu Bonnie, baut sich vor ihr auf und blickt auf sie hinunter. Jazz ist kein großer Mann, aber er ist die personifizierte Einschüchterung. Eine stille Kälte umgibt ihn. Bonnie ist sichtlich eingeschüchtert, als sie in seine toten Fischaugen blickt.

»Mach das noch einmal, und du bekommst eine Menge Ärger«, sagt er. »Kapiert?«

Sie schluckt heftig. »Ja«, bringt sie hervor.

»Ja, was?«, fragt er.

»Ja, Sir.«

Jazz nickt. »Gut.« Er schlendert hinter die Theke zurück. »Jetzt geht in den Schießstand und lasst mich in Ruhe.«

Bonnie und ich setzen die Schutzbrillen auf und gehen zur Doppeltür, die zur Schießhalle führt.

»Setz die Ohrenschützer auf«, sage ich, ehe ich die erste Tür öffne.

»Der Typ ist gruselig.« Sie wirft einen Blick auf Jazz, der irgendetwas auf einen Stapel Quittungen schreibt. »Er hat Menschen getötet, nicht wahr? Das merkt man ihm an.« Sie setzt die Ohrenschützer auf und schaut mich an, ehe mir eine Erwiderung einfällt. »Können wir jetzt schießen gehen?«

In der Dunkelheit, die in Los Angeles nie wirklich echt ist, fahren wir nach Hause. Für echte Dunkelheit gibt es zu viel Streulicht von den vielen Megawatt, mit denen die Stadt um sich wirft. Die Dunkelheit existiert hier in kleinen Inseln aus Schwärze, in denen sich die Monster verstecken und wo alles Schlimme geschieht. Frauen werden an Stellen vergewaltigt, die das Licht der Straßenlaternen nicht erreicht; ihre Leichen werden in den tiefen Schatten der Bäume zurückgelassen, und nur ein nackter Fuß ragt hervor, vielleicht vom Mondlicht versilbert.

Bonnie ist kein Naturtalent, aber sie hat sich wacker geschlagen. Zuerst war sie überrascht, wie laut das Schussgeräusch einer Pistole ist, aber das ist bei den meisten Anfängern so. Sie riss die Augen auf und hätte die Waffe beinahe fallen lassen. Hundert Schuss später hatte sie sich eingewöhnt. Ihre Finger sind noch nicht kräftig genug, um ein Magazin zu laden, aber das kommt mit der Zeit. Ihre Treffergenauigkeit war ganz ordentlich.

Sie bat mich, auch einmal zu schießen, bevor wir gingen. Ich hatte meine Glock dabei und nahm sie aus dem Koffer. Bonnie beobachtete, wie die Zielscheibe ans Ende der Schießbahn fuhr, und fragte mich verwundert: »Kannst du auf so große Entfernung treffen?«

»Ja. Pass auf.«

Ich stellte mich auf, das Gesicht zur Zielscheibe. Die Finger meiner Rechten tanzten, machten sich bereit. Dann zog ich die Waffe und feuerte im Schnellfeuer.

»Ein Schuss pro Sekunde im Schießstand, bitte«, sagte Jazz über den Lautsprecher.

Ich zwinkerte Bonnie zu und grinste. Dann drückte ich den Knopf, der die Zielscheibe nach vorn holte, und war zufrieden, wie dicht die Einschüsse zusammenlagen.

»Wow!«, rief Bonnie mit großen Augen. »Glaubst du, ich werde jemals so gut?«

»Möglich. Aber dann musst du sehr viel üben.«

Nun sagt Bonnie zu mir: »Danke, dass du mich mitgenommen hast, wo du gerade so viel zu tun hast.«

»Wenn ich Zeit habe, gehört sie immer dir. Auch wenn das Baby kommt.«

»Da mache ich mir keine Sorgen.«

»Du darfst nie glauben, dass du nur zweite Geige spielst, Bonnie, hörst du?«

»Ich freue mich auf das Baby. Ich wollte immer einen kleinen Bruder oder eine kleine Schwester.«

»Was wäre dir denn lieber?«

»Ein Bruder«, antwortet sie, ohne zu zögern.

»Mir auch.« Ich lache. »Ich weiß selbst nicht, warum.«

»Weil kleine Jungen süß sind.«

»Hoffen wir's.«

Sie zupft an der Unterlippe und denkt nach. »Jetzt werden wir eine richtige Familie, oder? Du und Tommy seid verheiratet, und ein Baby ist unterwegs. Wow.«

Allerdings – wow. Ich halte es für an der Zeit, ihr meine andere Überraschung zu präsentieren. »Tommy hat mich gebeten, dich etwas zu fragen.«

»Was denn?«

»Er möchte dich gerne formell adoptieren, nach Recht und Gesetz. Er denkt schon länger darüber nach, aber zuerst mussten wir heiraten.«

Sie blickt mich an, blinzelt. »Er will mein Vater sein?«

»Ja. Aber nur, wenn es dir recht ist.«

»Wenn es mir recht ist? Macht er Witze? Das wäre fantastisch! Ich hatte nie einen Dad.«

Bonnies Vater war ein Versager, der Annie im Stich gelassen hatte. Er kam bei einem Autounfall ums Leben.

»Dann sag es Tommy, wenn wir nach Hause kommen. Das wird ihn sehr glücklich machen.«

»Meinst du wirklich?«

Ich strecke die Hand aus und streichle ihr über die Wange. »Na klar.«

KAPITEL 26 »Ich habe ein Programm eingerichtet, mit dem du dich in unseren Computer einloggen kannst«, sagt Leo. »Dann kannst du uns zuschauen, als wärst du der User. Auf diese Weise kannst du die Chats verfolgen. Ich habe auch eine Webcam, und wir können über das Mikrofon miteinander sprechen.«

Leo und Alan haben ihre Plätze in »Robert Longs« Wohnung eingenommen. Marjorie hat sich im Haus als »Cynthia« eingerichtet.

»Cynthia arbeitet noch nicht«, hat Callie uns eingewiesen. »Da es schnell gehen musste mit der Legende, habe ich beschlossen, dass wir mit der ehemaligen Mrs. Long eine ähnliche Richtung einschlagen wie bei Robert. Sie versucht zu entscheiden, was sie mit ihrem Leben anfangen will. Bis dahin geht sie ins Fitnessstudio, lässt sich das Haar machen, liest viel … das Übliche für eine Frau, die von Unterhaltszahlungen lebt.«

Ich blickte auf den Monitor. »Es ist wirklich so, als wäre ich dort«, sage ich beeindruckt.

»Diese Technik ist schon ziemlich weit«, sagt Leo. »Ich werde zusätzlich Logs anlegen. Dann kannst du dir alles anschauen, was du verpasst hast, falls du es brauchst.«

»Hast du dich schon registriert?«, frage ich.

Alans Stimme kommt aus dem Kopfhörer. »Ja. Als ›Hurting2105‹.«

»Dann los.«

Undercoverarbeit ist nicht besonders aufregend, es sei denn, man ist beim Rauschgiftdezernat. Meist geht es nicht um den Augenblick, in dem das Verbrechen begangen wird, sondern um das Alltagsleben, das eine Tarnexistenz umgibt. Man muss essen und schlafen, Überweisungen abgeben und Rechnungen bezahlen. Man muss sich Filme anschauen und sich zwischen Popcorn und Lakritz entscheiden. Man muss Toilettenpapier kaufen. Alles wird unter der Voraussetzung getan, dass man bei jeder Bewegung beobachtet wird. Man spielt seine Rolle und hofft auf den Augenblick zum Losschlagen.

Ich beobachte, wie Leo auf die Be-A-Man-Again-Site surft.

»Soll ich mich beim Chat einloggen?«, fragt er.

»Geh es langsam an«, rät ihm Alan. »Sehen wir erst mal nach, was im Forum los ist. Was ist heute Thema Nummer eins?«

Leo surft zum Teil für »Allgemeine Diskussionen« des Forums. »Da ist etwas Neues«, sagt er.

Ich beuge mich vor, um lesen zu können, wovon er spricht.

»Du musst das Verbindungsprogramm benutzen, wenn du den Chat verfolgen möchtest«, sagt Leo. »Aber das Forum solltest du alleine lesen, mit deinem eigenen Browser, denn jeder liest mit einer anderen Geschwindigkeit.«

»In Ordnung.«

Ich öffne ein neues Browserfenster, gehe auf die Website und navigiere zum Forum. Der oberste Post, den Leo meinte, heißt: »Mehr Hausarbeit, besserer Sex?«

»Hört sich interessant an«, murmele ich.

Ich klicke auf das Thema und beginne zu lesen.

Eine neue Studie kam zu dem Schluss, dass Mann und Frau ein besseres Sexualleben haben, wenn das Paar der Meinung ist, die Hausarbeit wäre gleichmäßig aufgeteilt. In der Studie wird darauf hingewiesen, dass es nicht wichtig ist, ob die Hausarbeit tatsächlich gleichmäßig aufgeteilt ist. Es kommt nur darauf an, dass die Beteiligten das Gefühl hatten, es wäre so. Was meint ihr dazu?

Der nächste Post:

Also wirklich! Wer hat die Studie gemacht? Eine Frau, nicht wahr?

LOL.

Der nächste Eintrag stammte wieder von dem Poster, der den Thread begonnen hatte:

Haha. Ich dachte das Gleiche, aber wie sich herausstellt, hat ein Mann die Studie gemacht.

Die Antworten gehen weiter.

Na, was soll's, ich schwinge den Staubsauger, wenn ich dafür einen geblasen bekomme. Ist doch kein hoher Preis.

Schön, witzelt einer, aber wenn ich Fenster putzen soll, muss sie mir die Rosette polieren.

Igitt. Such dir ein Tuntenforum, Kumpel.

Der Originalposter mischt sich wieder ein und versucht zu vermitteln.

Jungs, wir sollten diese Site nicht benutzen, um miteinander zu streiten. Zurück zum Thema.

Ich lese den Thread von Anfang bis Ende. Vieles sind harmlose Frotzeleien, anderes ist tiefgründiger. Nur gelegentlich findet man eine giftige Bemerkung.

Die Nutte, mit der ich zusammenlebe, würde mich nicht mal vögeln, wenn ich ein Hausmädchen anstelle, das Tag und Nacht bei uns wohnt.

Und vielleicht am bestürzendsten:

Ich weiß nur, dass sie keinen Sex mit mir haben will, und das geht schon vier Jahre so. Ich habe alles probiert. Am Ende hatte ich genug von ihrem Blödsinn. Neulich habe ich in ihre Shampooflasche gewichst. Dann habe ich ihr einen Hamburger geholt und ein bisschen eigene Mayonnaise draufgetan. Ich hätte mich fast kaputtgelacht, als ich sie fragte, wie er war, und sie sagte: »Lecker.« Sie wird meinen Saft schlucken und ihn sich übers Gesicht laufen lassen, ob sie will oder nicht.

»Ich werde eine Antwort posten«, sagt Leo. »Gestern habe ich etwas gelesen, das hierher passt, und ich kann damit mein Profil verbessern und mir bei den anderen Mitgliedern der Site ein bisschen Glaubwürdigkeit verschaffen.«

»Mach nur«, sagt Alan, »aber lass es mich lesen, ehe du es postest.«

Ich sehe andere Threads durch, während er tippt. Ein paar Minuten vergehen.

»Fertig«, sagt Leo schließlich.

»Zeig her«, sagt Alan. Ich warte, während er liest. »Das ist ziemlich gut, Leo. Woher hast du das?«

»Ich habe mir ein paar Bücher besorgt. Ich habe auch welche über den Online-Shop der Site gekauft, für den Fall, dass der Täter eine Möglichkeit hat, das zu überwachen.«

»Gute Idee«, lobe ich ihn.

»Dann poste es jetzt.«

Eine Pause. »Fertig«, sagt Leo dann. »Smoky, wenn du die letzte Seite des Threads neu lädst, sollte mein Post jetzt sichtbar sein.«

Ich klicke auf den Refresh-Knopf und beobachte den Bildschirm, während die Seite neu lädt. Ich scrolle ans untere Ende und entdecke einen Post von »hurting2105«:

Ich habe gerade ein Buch gelesen, in dem es um die Unterschiede zwischen Männern und Frauen bei ihrem Verlangen nach Sex ging. Da stand, dass es im Großen und Ganzen stimmt, wenn behauptet wird, dass Männer öfter Sex wollen als Frauen. Ich weiß, das ist nichts Neues. Aber da war eine Sache, die der Autor schrieb, eine Beobachtung, die ich für wirklich klarsichtig hielt. Er schrieb: Männer wollen Sex, wenn sie Stress haben, während Frauen unter Stress das Interesse an Sex eher verlieren.

Ich glaube, das ist wahr, und es könnte einiges von dem erklären, was diese Studie herausgefunden hat.

Aber soll das jetzt ein Scherz Gottes sein, oder was?

»Sehr gut, Leo«, sage ich.

»Danke.«

»Ich muss dem Autor des Buches zustimmen«, sagt Alan. »Das ist ziemlich klarsichtig.«

»Sprichst du aus persönlicher Erfahrung, Alan?«, necke ich ihn.

»Kein Kommentar.«

Ich lade die Seite neu. »He, du hast schon eine Antwort.«

Guter Beitrag, Newbie, lese ich. Ich habe das gleiche Buch gelesen, und ich stimme dir zu, das ist eine ausgezeichnete Beobachtung.

»Woher weiß er, dass du neu bist?«, fragt Alan.

»Guck dir mal die Zeile unter meinem Namen an. Siehst du es?«

Ich suche und finde, wovon er redet.

»Posts«, sage ich: »Einer.«

»Der Kerl, der geantwortet hat – IronJohn2220 – hat über fünftausend Posts«, sagt Alan und pfeift leise. »Da hat aber jemand ein bisschen zu viel Zeit.«

»Was kommt als Nächstes?«, fragt Leo.

»Posten wir deine Geschichte«, antwortet Alan. »Smoky, wir bleiben im ›Bruder‹-Teil der Website und halten uns von den ›Schlampen‹-Teilen erst einmal fern. Leo wird ein widerstrebender Frauenhasser sein, dessen Zorn leise vor sich hin köchelt.«

»Eher traurig als wütend«, fügt Leo hinzu.

»Ich nehme an, du hast die Geschichte schon vorgeschrieben?«

»Ich muss sie nur ausschneiden und einfügen«, antwortet Leo.

»Dann los.«

Augenblicks später ist die Geschichte online.

Ich will euch meinen Namen noch nicht nennen, vorerst jedenfalls. Nennt mich John oder Jim oder Joe. Ich bin niemand Besonderes, und genau das ist der Punkt. Ich habe alle eure Geschichten gelesen und sehe das jetzt ein.

Ich hatte ein Mädchen kennengelernt, von dem ich glaubte, sie würde immer mir gehören. Ich bin neunundzwanzig, und als ich sie kennenlernte, war ich zweiundzwanzig. Junge Liebe. Ich dachte, sie wäre alles, was man sich an einer Frau wünschen kann. Sie war attraktiv, ohne so hübsch zu sein wie ein Model, sie war still, aber nicht schwach, sie hatte ihren eigenen Kopf, aber sie interessierte sich auch für das, was ich dachte.

Wir haben nicht Hals über Kopf geheiratet. Wir haben uns Zeit gelassen. Behielten zuerst sogar unsere eigenen Wohnungen bei. Wir vergewisserten uns, dass wir sexuell zueinander passten – und so war es damals. Sie war nicht nuttig, aber sie war bereit, alles auszuprobieren. Sie ließ mich zum Beispiel nicht in ihrem Mund kommen, aber sie benutzte ihren Mund, um mich dahin zu bringen. Ein Kompromiss, mit dem man leben kann.

Schließlich zogen wir zusammen, und wieder gingen wir es langsam an. Wir kannten beide die statistische Wahrscheinlichkeit für eine Scheidung. Sie ist praktisch mit einer alleinerziehenden Mutter aufgewachsen, weil ihr Dad ein Loser war, der seine Familie ständig allein ließ. Ich bin mit beiden Eltern aufgewachsen, aber auch nur pro forma. Meine Mom war Alkoholikerin und hat mich geprügelt, wenn Dad nicht zu Hause war. Wir hatten es also nicht eilig, alles zu vermasseln, indem wir heirateten. Wir ließen uns Zeit.

Wir wohnten fast ein Jahr zusammen, ehe ich ihr einen Antrag machte, und sie stimmte zu. Ich dachte: »Wieso nicht?« Wir passten wirklich zusammen. Wir teilten die Hausarbeit, wir legten unser Geld zusammen und zahlten unsere Rechnungen, wir hatten den gleichen Geschmack bei Möbeln und Vorhängen – was heißt, dass es mir egal war und ihr nicht. Wir waren glücklich. Und wir waren froh, dass wir nichts überstürzt hatten.

Sogar bei unserer Hochzeit waren wir vorsichtig. Wir hielten sie einfach und preiswert, machten aber trotzdem etwas Besonderes daraus. Wir wurden am Meer getraut, an einem Frühlingstag. Sie war wunderschön, und ich sah auch nicht übel aus. Ihre Mom kam und mein Dad auch. Meine Mutter tat mir den Gefallen und blieb weg. Wir scherzten, dass sich nicht viel geändert hätte, außer dass wir jetzt Ringe trugen. Wir hatten keine Flitterwochen. Wir waren beide ein bisschen abergläubisch und wollten nichts beschreien. Wir heirateten, verbrachten das Wochenende zu Hause, vögelten uns die Seele aus dem Leib und gingen am Montag wieder zur Arbeit.

Eine Szene aus diesem Wochenende will ich euch schildern. Ich weiß, dass viele auf dieser Site voller Wut sind, und ich lese viel über Frauen, die »Miststücke« und »Fotzen« sind und so was. Und das kann ich verstehen, wirklich. Aber da bin ich nicht, im Augenblick. Ich kann diese Wut spüren, tief in mir (vielleicht nicht ganz so tief), aber mir ist immer noch unbehaglich bei dem Gedanken, sie so zu nennen, trotz allem, was sie mir angetan hat.

Es ist noch zu frisch, wisst ihr? Es tut noch zu sehr weh. Jedenfalls, die Szene, von der ich sprach, wird es vielleicht ein wenig erklären.

Es war Sonntag, gegen fünf oder sechs Uhr morgens. Aus irgendeinem Grund wachte ich auf. Warum, weiß ich nicht. Der Fernseher im Schlafzimmer war an, und das ganze Zimmer roch nach Sex und Schweiß. Ich weiß noch, wie ich aus meinem Nebel herauskam und eine Dauerwerbesendung hörte, die im Hintergrund lief. Irgendwas, wie man mit Immobilien reich wird. Ich schlug die Augen auf, drehte den Kopf und sah, dass sie neben mir lag und mich beobachtete.

Ich erinnere mich, wie ich ihr in die Augen schaute und sah, wirklich sah, dass sie mich liebte. Es stand dort, genauso nackt, wie wir es waren. Es verschlug mir den Atem.

»Was ist?«, brachte ich hervor.

Sie streckte die Hand aus und streichelte meine Wange. Ein paar Augenblicke lang sagte sie nichts. »Ich habe an uns gedacht, wie es in fünfzig Jahren mit uns ist«, sagte sie. »Ich habe an dich gedacht mit weißem Haar und Runzeln.«

»Wie schön«, sagte ich im Scherz.

»Nein«, sagte sie, »es ist mein Ernst. Das Leben ist lang und kurz, beides gleichzeitig. Wir haben eine Entscheidung getroffen, von der Hoffnung getrieben, dass wir es besser hinbekommen als unsere Eltern. Wir haben uns aufeinander eingelassen. Ich bin neben dir aufgewacht und habe dich angesehen und wusste, ja, ich habe die richtige Wahl getroffen. Wir werden es schaffen.« Sie kam zu mir, schmiegte sich an mich und legte mir den Kopf auf die Brust. »Ich bin so glücklich«, sagte sie.

Wir redeten nicht weiter, aber ich erinnere mich, wie gut ich mich in dem Moment fühlte. Sie dämmerte ein, während ich dalag und mir das Herz in der Brust bersten wollte. Ich war fünfundzwanzig, und mein Leben hatte begonnen. Kitschig, ich weiß, aber so habe ich es empfunden. Es war, als könnte ich die Zukunft sehen, versteht ihr? Tausend Augenblicke wie dieser, Jahre und Jahre im gleichen Bett aufwachen und Dinge zueinander sagen, die niemand sonst je hören würde. Ich hatte eine Partnerin, ein zweites Ich, jemanden, der immer an meiner Seite sein würde.

Soweit ich mich zurückerinnern kann, war es das erste Mal in meinem Leben, dass ich mich nicht allein fühlte. Das hat sie mir geschenkt. Sie nahm es mir später wieder weg, das und eine ganze Menge mehr, aber zuerst hat sie es mir geschenkt.

Die ersten beiden Jahre waren wahrscheinlich die beste Zeit meines Lebens. Wir stritten uns manchmal, aber das war zu erwarten. Wir stritten über Geld und über Hausarbeit, und manchmal stritten wir uns einfach nur deshalb, weil wir uns aneinander rieben, und dann schreit man eben los. Ich weiß noch, wie ich einmal neue Wassergläser gekauft habe. Wir hatten sie im Geschäft gesehen, und mir hatten sie gut gefallen, ihr aber nicht. Ich fuhr noch mal hin und kaufte sie trotzdem. Du meine Güte, war sie sauer! Wir brüllten uns an, und am Ende warf sie eines der Gläser in die Spüle, also nahm ich ihre Lieblingskaffeetasse und zerschlug sie an der Wand. Wir waren beide entsetzt und standen da, die Hände vor den Mund geschlagen, und sagten: »Ach du lieber Gott ...«, und dann lachten wir, bis wir über unsere Albernheit weinten.

Wir vertrugen uns immer, liebten uns und lernten aus unserem Streit. Ja, wirklich. Wir haben uns zusammengesetzt und darüber gesprochen, sobald wir wieder ruhig waren, und versuchten, den Standpunkt des anderen zu verstehen. Wir gaben zu, wenn wir uns geirrt hatten und der andere recht hatte, und fanden zu einem Kompromiss.

Wir hatten beide keinen tollen Job, aber wir verdienten zusammen genug, um uns ein Haus kaufen zu können. Bei dem Kauf hatten wir sogar Glück. Heute ist das Haus mehr wert, als wir damals gezahlt haben, und das trotz der Wirtschaftskrise. Wir haben das Haus zusammen eingerichtet. Wir hatten beide keine großen Ansprüche, und das machte einen Teil vom Spaß aus, den wir dabei hatten. Wir gingen zu Gebrauchtwarenläden und zu Flohmärkten, und wir kauften Bücherregale, die nicht zum Couchtisch passten, den wir anderswoher hatten. Wir hatten drei oder vier verschiedene Esservices, aber keines war vollständig. Manchmal machten wir daraus ein Wochenendvergnügen. Wir nahmen Sandwiches mit und eine Thermoskanne Kaffee, fuhren zwei Tage durch das San Fernando Valley und suchten in den ausrangierten Sachen anderer Leute nach Schätzen. Wenn wir einen Park fanden und Hunger hatten, breiteten wir eine Decke aus und machten einfach Pause, sahen uns um, genossen die Sonne, den Himmel und das Gras. Manchmal redeten wir über die Zukunft, über die Kinder, die wir haben wollten. Wir waren uns einig, dass ein Sohn und zwei Töchter ideal wären, aber ein Sohn musste unbedingt sein, Punkt. An anderen Tagen sprachen wir über Enkel, oder ob wir lieber einen Labrador oder einen Collie hätten, und über unsere anderen tausend Pläne. Es dauerte seine Zeit, aber wir richteten das Haus ein. Wir machten es zu einem richtigen Zuhause. Es war nicht das schönste Heim der Welt, und nichts passte zusammen, aber es gehörte uns.

Es war ein Abenteuer. Es war wunderbar. Ich hatte den Eindruck, dass ich meinen Platz im Leben gefunden hatte. Ich war zufrieden.

Eines Tages, ohne jede Warnung, änderte sich alles.

Ich kam nach Hause, und sie sagte, wir müssten reden. Sie war so ruhig, so beherrscht, daran erinnere ich mich noch ganz genau. Kein Zeichen von Kummer. Sie redete mit mir, wie ein Erwachsener zu einem schwierigen Kind spricht, und zerstörte mit fast tonloser Stimme mein Leben. Sie liebe mich nicht mehr, sagte sie. Es sei nicht meine Schuld, sagte sie. Es sei allmählich so gekommen, aber sie sei sich jetzt sicher, sagte sie. Sie wollte die Scheidung. Sie wollte das Haus. Außerdem sagte sie, und das war das Schlimmste von allem, dass sie vor einigen Monaten schwanger geworden sei und das Baby abgetrieben habe, weil sie es für keine »gute Idee« hielt, ein gemeinsames Kind zu haben, wenn wir nicht mehr zusammen sind. Das alles sagte sie, eins nach dem anderen, in aller Seelenruhe, hielt sich nur an die Tatsachen, ohne jeden Schnickschnack. Es war, als würde sie von einer Liste ablesen, auf der sie jeden einzelnen Punkt abhakte.

Ich hätte damals etwas sagen sollen. Etwas Gescheites, etwas Bissiges, etwas Tiefgründiges. Aber ich konnte nicht sprechen. Nicht dass mir nichts einfiel – es hatte mir die Sprache verschlagen. Die Verbindung von meinem Gehirn zu meinen Stimmbändern hatte einen Kurzschluss.

Als ich sie anschaute, kam es mir vor, als starrte ich ein Ungeheuer an. Das war Teil des Problems, denn sie konnte unmöglich ein Ungeheuer sein. Schließlich war sie die Frau, die ich liebte und die mir bei einem Sonnenaufgang gesagt hatte, dass wir es schaffen würden. Sie war die Frau, mit der ich ein Zuhause aufgebaut hatte. Ich hatte ihr völlig vertraut, ohne jeden Vorbehalt. Und jetzt saß sie mir gegenüber, ruhig, gelassen, fast mechanisch kalt, und sagte mir, dass es vorbei war.

Als ich endlich etwas hervorbrachte, sagte ich nichts, woran man sich erinnern muss. Es war erbärmlich. Wenn ich heute daran denke, krümme ich mich innerlich vor Scham. Wie jämmerlich und verzweifelt meine Stimme geklungen hat. Ich fragte sie, ob es jemand anderen gab, und sie versicherte mir, dass dem nicht so sei. Ich fragte sie, wieso und was ich getan hätte, und ich erinnere mich genau, was sie sagte, weil ich ihr anmerkte, dass sie es so meinte, wie sie es sagte. Ich wusste es, obwohl sie gerade zu einer Fremden geworden war, obwohl sie mich hintergangen hatte.

»Eines Tages wachte ich auf, und was ich für dich empfunden hatte, war schal geworden. Ich wartete darauf, dass es sich wieder ändert.« Sie zuckte mit den Schultern. »Es änderte sich aber nicht. Mir wurde klar, dass es sich nie wieder ändern würde. Ich kann nicht den Rest meines Lebens mit diesem Gefühl verbringen, und du solltest es auch nicht tun.«

Auf den Knien habe ich sie angefleht, mit mir zur Eheberatung zu gehen. Sie hat sich geweigert. Nichts, was ich sagte oder was ich tat, drang zu ihr durch. Sie hatte sich von mir abgeschottet. Ich schätze, das ist es, worauf alles hinausläuft und weshalb es uns allen so wehtut: Wenn eine Frau sich uns vollkommen gibt, wenn sie uns in sich hineinlässt, dann bringt es uns zum Leben wie sonst nichts. Aber wenn uns das weggenommen wird, sind wir einsamer als je zuvor.

Ich bin auf diese Seite gekommen, weil ich ein Wrack bin. Ich schlafe schlecht. Bei mir wechselt es sich ab, dass ich sie vermisse und dass ich mir wünsche, sie wäre tot. Ich habe Wutanfälle, die mir Angst machen. Richtig oder falsch, ist mir egal. Ich bin noch nicht so weit, dass ich sie ein Dreckstück nennen könnte, aber ich bin auf dem Weg dahin.

Das wär's. Tut mir leid, wenn es so lang geworden ist, aber ich fühle mich hier sicher, und ich musste das alles mal loswerden.

Ich lehne mich auf dem Stuhl zurück. »Wow«, sage ich. »Ich bin beeindruckt. Das wird Wellen schlagen.«

»Wir haben viel Zeit darauf verwendet, das alles auszuarbeiten«, sagt Leo. »Es ist ein bisschen lang, aber wir wollten etwas, in dem die Männer auf dieser Site sich wiederfinden und das Aufmerksamkeit erregt. Jetzt wird darüber diskutiert.«

»Wo?«

»Unter jeder Geschichte können die Mitglieder ihre Kommentare posten. Lade die Seite neu, und du siehst, was bis jetzt gepostet wurde.«

Ich klicke wieder auf Refresh und sehe vier Kommentare.

Tolle erste Story, lautet der oberste. Du hast mich damit wirklich angesprochen, mein Freund. Wirklich und ehrlich. Ich habe meine Frau auch geliebt, bevor sie mir in die Eier trat. Von einem Fremden verletzt zu werden, ist immer leichter zu ertragen. Lass dich nicht unterkriegen. Es wird wieder besser.

Dann:

Lass dich von niemandem dazu verleiten, das Wort »Dreckstück« zu benutzen, ehe du so weit bist, Kumpel. Es geht um dich, nicht um andere. Du kämpfst dich da durch, wie es für dich am besten ist. Punkt.

Der nächste Eintrag:

Guter erster Post. Stark.

Und schließlich:

Du willst es nicht sagen, also sage ich es für dich, Bruder. Sie ist ein Dreckstück. Eine miese Fotze. Tut mir leid, wenn dich das beleidigt. Das ist nicht meine Absicht. Aber noch mehr tut mir leid, dass du das durchmachen musstest. Ständig heißt es, Männer hätten Bindungsprobleme, das wäre typisch für Männer. Blödsinn. Frauen können genauso verkorkst sein wie wir. Das ist nichts »typisch Männliches«. Das ist etwas typisch Menschliches. Einen Mann, der einer Frau angetan hat, was deine Frau dir angetan hat, würde man einen Dreckskerl nennen, einen Scheißkerl. Also sage ich es noch einmal: Sie ist ein Dreckstück. Eine kaltblütige miese Nutte.

»Ich denke, wir haben Eindruck gemacht«, stellt Alan fest.

»Ja. Gute Arbeit. Und jetzt?«

»Chatroom?«, fragt Leo.

»Los«, antwortet Alan.

Ich schalte die Ansicht um und beobachte in Echtzeit, wie Leo den »Bruderchat« anklickt und sich einloggt.

»Erst einmal lurken wir nur«, sagt Leo.

»Lurken?«, frage ich.

»Wir schauen zu, nehmen aber nicht teil. Das ist für Neulinge üblich. Zeigt sogar gute Manieren. Du lehnst dich zurück, beobachtest und versuchst dabei, die Regeln zu lernen. Jede Gruppe hat eigene Standards, nach denen du beurteilt wirst, und ihre eigene Etikette. Wenn du die Standards verletzt, nimmt dich keiner ernst. Wenn du gegen die Etikette verstößt, wird niemand mit dir reden. Ich erkenne bereits eine Regel für diesen Chatroom, die ziemlich ungewöhnlich ist.«

»Und zwar?«

»In den meisten Chatrooms geht es schnell hin und her, wie bei einem echten Gespräch. In diesem Chatroom gibt es viele

Vorträge. Das ist für sich genommen schon eigenartig, aber besonders erstaunlich ist, dass die anderen Chatter dabei still bleiben. Es gibt keine Zwischenrufe, niemand schneidet dem anderen das Wort ab.«

Ich schau auf den Bildschirm. Es dauert einen Augenblick, aber ich sehe, wovon er redet. Im Augenblick predigt jemand, der sich KingEnergy12 nennt.

Männerhass wird nicht nur psychologisch legitimiert. Er wird zum Gesetz gemacht. Ursprünglich lag den Gesetzen zum Schutz der Frauen, wie schon gesagt wurde, die Absicht zugrunde, den Frauen mehr Rechte zuzubilligen, und nicht, den Männern Rechte zu nehmen. Doch in der Praxis ist es genau dazu gekommen. Wir haben eine Gesellschaft geschaffen, der Glaubensvorstellungen über Männer eingeprägt wurden, die eine Sammlung falscher Behauptungen sind. Beispiele dafür sieht man jeden Tag. Ihr braucht nur den Fernseher einzuschalten. Was für Männer seht ihr da? Schauen wir mal. Da gibt es den dummen Daddy, einen freundlichen Trottel mit besten Absichten, dem leider ein paar Hirnzellen fehlen. Vor den Folgen seiner Dummheit bewahrt ihn seine klügere Frau, die endlose Geduld mit seinen genetisch vorprogrammierten Defiziten an den Tag legt. Dann gibt es den Machomann: Er guckt nur Sportsendungen, furzt und lacht darüber, und sein Leben besteht darin, die Fernbedienung zu umklammern und die Bierchen wegzukippen, Baby! Er hat schon früh alle Methoden gelernt, um Stripper-Glitzer von der Kleidung zu bekommen, und lebt nach der Regel »hinsehen erlaubt, anfassen verboten«, oder »anfassen beim Lapdance erlaubt, ficken verboten«. Seine (auch hier) klügere Frau erträgt ihren Neandertaler, weil sie bei der Heirat schon wusste, was sie bekommt, und außerdem bringt er's im Bett. Andere Glanzlichter schließen den Frauenverprügler ein (guckt jemand Lifetime Movie?) und den Pädophilen.

Wir werden überschwemmt von Geschichten über den unfähigen Dad, den Ehemann, der seine Frau vergewaltigt, den Stiefvater, der seine Stiefkinder sexuell missbraucht. Frauen hingegen werden überall gefeiert. Die Frau als Boss, die eine Fotze auf Stöckelschuhen ist, wird mit der Behauptung verteidigt, eine anspruchsvolle Frau mit Antrieb werde ein Miststück genannt, während man einen anspruchsvollen Mann mit Antrieb als Beispiel in den Himmel hebe. Na, tut mir leid, meine Damen, aber ein Mistkerl bleibt ein Mistkerl, und ein Miststück bleibt ein Miststück. Niemand mag es, mies behandelt zu werden, und das Geschlecht spielt dabei keine Rolle.

Ein paar Sekunden vergehen, ohne dass er weiterschreibt.

»Ich glaube, er ist fertig«, sagte Leo. »Ich werde etwas schreiben.«

»Überstürz es nicht«, rät Alan.

Hallo, beginnt Leo. Bin neu hier. Ich habe noch nicht wirklich viel zu sagen, aber ich musste mich kurz melden. Ich lese viel auf dieser Seite und habe diesen Chat beobachtet. Es ist ein merkwürdiges Gefühl. Ich fühle mich einerseits befreit, andererseits schuldig. Trotzdem bin ich froh, hier zu sein. Mehr wollte ich gar nicht sagen.

Willkommen, Bruder, antwortet KingEnergy12. Dein Schuldgefühl ist dir anerzogen worden. Männern wird eingetrichtert, sich schlecht zu fühlen, wenn sie sich ihrer Männlichkeit versichern. Wenn wir es tun, werden wir verhöhnt, man nennt uns altmodisch oder Frauenfeinde. Ein Mann, der seine Männlichkeit beansprucht, gilt von vornherein als unfähig für den aufrechten Gang. Aber das ist alles Blendwerk, Bruder. Konditionierung, nicht mehr und nicht weniger, und das lässt mit der Zeit nach.

Ich will es hoffen, schreibt Leo. Ich könnte es gut gebrauchen, mich selbst mal wieder toll zu finden.

He, ich habe deine Geschichte gelesen, schreibt ein anderes Mitglied. Du hast sie erst heute gepostet, richtig?

Ja.

Wow, Mann. Das war eine tolle Story. Ich fand deine Ehrlichkeit wirklich stark, und ich habe deinen Schmerz mitgefühlt.

Danke. Es war hart, das alles zu schreiben, aber ich habe mich danach besser gefühlt. Nicht toll, aber besser. Ich muss jetzt aufhören, aber ich wollte noch sagen, dass ich wirklich froh bin, dass es euch gibt, und diese Site, und was ihr zu sagen habt.

Du kannst jederzeit wiederkommen, Bruder, schreibt KingEnergy12. Du bist hier willkommen, und niemand wird dich verurteilen.

Leo verlässt den Chat, ohne zu antworten.

»Gut gemacht«, lobt Alan.

»Nun ja, es ist nicht so, dass ich völlig ahnungslos bin, was Online-Undercoverarbeit angeht«, sagt Leo. »Ich habe schon mal einen Pädophilen gespielt. Das hier ist allerdings schwieriger.«

»Wieso?«, frage ich.

»Einen Pädophilen darzustellen hatte nichts mit mir zu tun. Das war von Anfang bis Ende gespielt.«

»Und das hier?«

»Ich sehe die Dinge nicht wie diese Typen, das will ich nicht sagen. Aber … es ist ein bisschen zu einfach, in diese Rolle zu schlüpfen.«

»Ein Tanz mit dem Teufel«, sagt Alan.

»Ja.« Leo seufzt. »Mir ist Computerarbeit lieber.«

»Du machst dich gut«, sage ich. »Wie geht es jetzt weiter?«

»Er muss sich jetzt fernhalten, als hätte er eine normale Beschäftigung«, sagt Alan. »Immer langsam und vorsichtig.«

»Ruf mich an, wenn du wieder in den Chatroom gehst.«

»Wird gemacht. Bis dann.«

Der Lautsprecher klickt. Im nächsten Augenblick ist die Verbindung zu Leos PC getrennt.

Ich denke nach über das, was ich gelesen habe, was ich im Chatroom beobachtet habe und wie es geschrieben wurde. Ein wenig empfinde ich Mitleid für diese Männer. Ich spüre nicht bei allen Hass. Einige scheinen nur erschüttert zu sein und verletzt. Meine Hand findet meinen Bauch, und ich frage mich: Was, wenn ich einen Sohn bekomme? Muss ich dann an diese Männer denken?

Die einzige Antwort, die ich finde, lautet Tommy. Tommy muss sich nicht versichern, dass er ein Mann ist. Er ist einer. Seine Männlichkeit gehört zu ihm; sie ist bei ihm so natürlich wie das Atmen. Ich könnte Schlimmeres tun, als einen Sohn großzuziehen, der solch einem Mann nachschlägt.

Mein Handy klingelt.

»Barrett«, sage ich.

»Hallo, Boss-Lady.« Ich höre Kirbys fröhliche Stimme, die sich nicht sehr von ihrer Killerstimme unterscheidet, aber dennoch beruhigend wirkt. »Ich dachte mir, ich erstatte mal Bericht und gebe dir ein kleines Update, wohin dein Geld geht.«

»Tommys Geld, meinst du.«

»Jetzt, wo ihr verheiratet seid, ist es doch alles ein großer Topf, oder?«

Ich frage sie gar nicht, woher sie von der Heirat weiß. »Wie ist die Lage, Kirby?«

»Nichts passiert. Keine Anzeichen, dass jemand ihr folgt oder sie auch nur beobachtet.«

»Das ist eine gute Nachricht.«

»Aber eigentlich doch nicht, oder?«

Wenn es eine Bedrohung gibt und wir von ihr wissen, ist es uns lieber, sie zeigt sich, anstatt sich zu verstecken. Einen Kampf können wir gewinnen, im anderen Fall können wir uns nur Sorgen machen.

»Nein, eigentlich nicht.«

»Mach dir keine Gedanken, Smoky. Wir sind an der Sache dran. Raymond ist keine besonders unterhaltsame Gesellschaft, aber ein guter Zuhörer.«

»Ihr wechselt euch nicht ab?«

»Ich habe noch einige Freunde dazugeholt. Raymond und ich haben die Nachtwache, und ein paar andere sind während des Tages hier. Die Nacht ist die beste Zeit, um Leute zu töten, findest du nicht auch?«

»Könnte sein.« Ich überlege, ob ich sie fragen soll, wer diese »Freunde« sind, doch mir wird klar, dass ich es vielleicht gar nicht wissen will. Raymond war schon unheimlich genug. »Danke, dass du die Nachtschicht übernimmst, Kirby. Du hast recht – nachts ist die Gefahr am größten.«

Und ich kann besser schlafen, wenn ich weiß, dass du uns bewachst.

»Kein Problem. Das heißt … wenn ich ehrlich bin, wird mein Sexualleben beeinträchtigt, aber wozu hat man Freunde, stimmt's? Die Jungs müssen dann eben am Tag kommen und sich mit mir einen schönen Nachmittag machen. Das Gesetz von Angebot und Nachfrage.«

»Und du bist das Angebot.«

»Na klar. He, hast du es bemerkt, mein kleines Wortspiel? ›Am Tag kommen‹?« Sie kichert.

»Bis bald, Kirby.«

»See you later, alligator.«

Ich lege kopfschüttelnd auf.

»Haben wir schon etwas von Earl Cooper gehört?«, frage ich James.

»Er sagte, er wird am späten Nachmittag etwas für uns haben. Aber wir sollen nicht zu viel erwarten.«

»Beruhigend.«

»Stimmt«, erwidert er. Entweder hat er meine leise Ironie nicht bemerkt, oder er ignoriert sie.

»Wo wir gerade dabei sind, Leute, erzählt mir etwas über die anderen Opfer.«

»Alles Frauen«, sagt Callie, nimmt eine Akte von ihrem Schreibtisch und schlägt sie auf. »Vor acht Jahren, am dreizehnten Juni, wurde Elizabeth Harris auf den Stufen des Polizeireviers Chatsworth aufgefunden. Der präfrontale Cortex war auf die gleiche Art und Weise verstümmelt wie bei den jetzigen Opfern. Sie war etwas mehr als sieben Jahre zuvor entführt worden, und ihr Ehemann war der Hauptverdächtige.«

»Aber die Ermittlung wurde auf Eis gelegt, weil nie eine Leiche auftauchte.« Ich spreche es als Feststellung aus.

»Genau. Ihr Mann, Marcus Harris, hat ein paar Tage nach Elizabeths Entdeckung Selbstmord begangen. In seinem Abschiedsbrief schrieb er, dass es ihm leidtue. Man nahm an, dass er für die Lobotomie genauso verantwortlich war wie für die Entführung, und die Akte wurde geschlossen.«

»Eigenartig.« Ich runzle die Stirn. Wenn der Mann bereit war, Selbstmord zu begehen, wieso hat er dann nichts von Dalí gesagt? Was hatte er zu verlieren?

»Er hatte eine Tochter. Sie war damals zwanzig. Einen Tag, nachdem man ihre Mutter aufgefunden hatte, ist sie verschwunden.«

Irgendetwas in meinem Magen stürzt in einen eisigen Abgrund. »Wurde sie wiedergefunden?«

Callie sieht in die Akte. »Nein.«

»Dalí hat ihm wahrscheinlich die Wahl gelassen«, sagt James. »Entweder du hältst den Mund und nimmst die Schuld auf dich, oder deiner Tochter passiert das Gleiche wie deiner Exfrau.«

»Und nach Harris' Selbstmord hat er sie getötet«, entgegne ich. »Er brauchte sie nicht mehr.« Ich atme aus. »Was ist aus Elizabeth geworden?«

»Sie ist nie wieder zu sich gekommen. Vor drei Jahren starb sie an einem Blutgerinnsel im Gehirn.«

»Und als sie gefunden wurde, kam nichts von Dalí? Er hat den Cops keine Nachricht geschickt oder eine Grußkarte abgelegt?«

»Kein Wort. Die Polizei nahm verständlicherweise an, dass Harris selbst sie die ganze Zeit irgendwo festgehalten hatte. Die Verstümmelung und den Selbstmord schrieben sie einer Geistesverwirrung zu. Das Verschwinden der Tochter bestätigte es mehr, als es zu widerlegen.«

»Ich nehme an, er war versichert, oder?«

»Vierhunderttausend Dollar. Sie waren kürzlich ausgezahlt worden, und das ganze Geld war noch da.«

»Keine Nachrichten«, sinniert James. »Dalí hat sich große Mühe gegeben, unbemerkt zu bleiben. Die gegenwärtigen Umstände sind eine auffallende Anomalität.«

»Erzähl mir vom nächsten Opfer.«

»Oregon, vor vier Jahren. Am zwölften November. Zwei Streifenpolizisten machten Kaffeepause. Als sie zurückkamen, fanden sie Kimberley Jensen in einem Leichensack, der vor ihrem Streifenwagen lag.«

»Dreist«, sagt James.

»Kimberley war auf einem Supermarktparkplatz entführt worden, und zwar – ihr erratet es schon – mehr als sieben Jahre zuvor. Sie war damals fünfunddreißig. Ihr Ehemann Andrew war – Überraschung! – der Hauptverdächtige. Sie hatte eine Affäre und ging zu einem Scheidungsanwalt.«

»Ich nehme an, er hat eine Lebensversicherung kassiert und die Beute behalten?«

»So ist das mit der Gier.«

»Kimberley?«

»Hat ihren eigenen Speichel eingeatmet und eine Lungenentzündung bekommen. Sie ist tot.«

»Was ist mit dem Ehemann?«

»Das Beweismaterial fiel vom Himmel. Sehr zufällig.«

»Was war es?«

»Ein elektronisches Tagebuch auf seinem Computer mit monatlichen Einträgen für alle sieben Jahre. Über Kimberley und wie er sie gefangen hielt. Ihm gehörte ein Lagerraum mit im Boden verankerten Ketten, in dem sich Kimberleys DNA fand. Dergleichen.« Sie lächelt. »Andrew hat sich umgebracht, ehe die Cops ihn besucht haben.«

»Bei den Selbstmorden zeichnet sich ein Muster ab.«

Sie zuckt die Schultern. »Feiglinge sind Feiglinge, den ganzen Tag.«

»Kein Abschiedsbrief, nehme ich an?«, fragt James.

»Kein Abschiedsbrief.«

Ich seufze. »Zwei Versuche, zwei Erfolge für Dalí beim Vom-Radarschirm-Bleiben. Der nächste Fall?«

»Hillary Weber, fünfundvierzig, vor drei Jahren von Touristen in einer Seitenstraße des Strip in Vegas aufgefunden. Hillary war entführt worden, genau wie die anderen. Ihr Mann, Donald, stand im Visier der Ermittlungsbehörden. Er steckte mitten in einer umstrittenen Scheidung und hatte einen sehr beschäftigten kleinen Penis.«

»Sag mir bitte, dass einer von ihnen noch lebt. Oder beide.«

»Tja, das geht leider nicht. Donald schlich sich drei Tage, nachdem sie gefunden worden war, ins Krankenhaus und gab Hillary mit einem Kopfkissen den Rest. Dann sprang er in ein Auto und fuhr über die Grenze nach Mexiko. Bis letztes Jahr war nichts von ihm zu hören.«

»Und dann?«

»Was von Donald übrig war, wurde in der Wüste gefunden. Man hatte ihm die Augenlider abgeschnitten und ihn mitten im mexikanischen Sommer nackt ausgesetzt. Vom Geld keine Spur.«

»Also«, murmelt James, »bring dich um oder geh ins Gefängnis, aber wenn du fliehst, findet er dich.«

»Hat Dalí irgendwelche Beweise platziert?«, frage ich.

»Anscheinend nicht. Andererseits war Donald sehr schnell, nicht wahr? Ich nehme an, er hat Dalí die Mühe erspart. Und ehe du fragst – nein, Dalí hat auch diesmal keinen Hinweis auf seine Existenz zurückgelassen.«

James schüttelt den Kopf. »Seltsam. Er hatte bislang dank der schlichten Eleganz seines Vorgehens Erfolg. Warum verändert er es jetzt?«

»Du redest, als würdest du ihn bewundern.« Callie klingt missbilligend.

»Tatsachen sind Tatsachen, das hat mit Bewunderung nichts zu tun. Dalís Brillanz liegt in der Einfachheit seines Plans und seiner Schritte.« Er zählt es sich an den Fingern ab. »Seine Klienten lernen ihn niemals kennen. Er macht sie zu Mitverschwörern. Er bietet finanzielle Anreize. Er begrenzt seinen Kontakt mit den Opfern, damit sie ihn nicht beschreiben könnten, selbst wenn sie entkämen. Seht euch Heather Hollister an. Er hat sie gehen lassen, aber sie ist nicht in der Lage, uns irgendetwas wirklich Beweiskräftiges zu sagen.

Das zeitliche Element ist ebenfalls brillant. In sieben Jahren ändern sich sehr viele Dinge. Menschen ziehen um, Menschen sterben. Cops gehen in Pension, suchen sich eine andere Arbeit, was weiß ich. Wer wird sie noch beobachten, wenn die Versicherungssumme ausgezahlt wird? Selbst in den Fällen, in denen Dalí gezwungen gewesen ist, jemanden wegen Nichtzahlung zu bestrafen, ist das Risiko gering und der Profit hoch. Und wie du sagtest, können wir davon ausgehen, dass er seine Kundschaft wissen lässt, was geschehen ist, als Rückversicherung gegen ein ähnliches Verhalten ihrerseits. Simpel und brillant. Warum etwas daran ändern?«

»Das würde keinen Sinn ergeben«, pflichte ich James bei. »Verdammt, was übersehen wir?«

»Ich weiß es auch nicht«, sagt er. »Ich habe übrigens noch eine weitere Anomalie entdeckt. Ich habe mich im Internet umgesehen und nach Sites gesucht, die Symphorophile bedienen, also sexuelle Erregung durch Katastrophen und Unfälle. Allzu viele Sites gibt es nicht, deshalb habe ich einige Zeit gebraucht. Nur habe ich leider nichts gefunden. Keine Standfotos, keine Videoaufnahmen von irgendeinem Ort, an dem er Autounfälle inszeniert haben könnte. Nichts.«

»Vielleicht perverst er lieber für sich alleine«, sagt Callie.

»Vielleicht«, räumt James ein, »aber es wäre ungewöhnlich. Eine Paraphilie wie diese – Lustgewinn durch Schmerz und Leid anderer – erfordert regelmäßige Erfüllung. Es anderen mitzuteilen ist eine Möglichkeit, es nachzuleben. Wie also befriedigt dieser Kerl seine Lust?«

»Also auch hier keine guten Neuigkeiten«, murmele ich.

»Das stimmt nicht ganz. Ich habe nach Hotels in der Nähe der Unfallorte gesucht. Leider fand sich nur eines. Allerdings wurde dort unter dem Namen Heather Hollister ein Zimmer gemietet – in der Nacht ihrer Entführung.«

Ein Prickeln durchläuft mich, flaut aber rasch wieder ab. »Vor sieben Jahren in einem Hotelzimmer? Da lässt sich kein Beweismaterial mehr finden. Und wenn doch, wäre es kontaminiert.«

»Trotzdem«, beharrt James, »bestätigt es das Profil. Es bestand kein Grund für ihn, dieses Zimmer zu mieten und vor allem Heathers Name zu benutzen, es sei denn, er hat damit ein Bedürfnis befriedigt.«

»Inwieweit hilft uns das weiter?«, fragt Callie.

»Wenn wir ihn fassen, hilft es bei der Anklage. Wenn sein Bedürfnis so stark ist, wird er auf keinen Fall sämtliche Beweise loswerden. Das kann er nicht. Wenn wir ihn finden, dann finden wir auch die Fotos und Videoaufnahmen. Es ist eine ziemlich einzigartige Paraphilie, die man nicht im Durchschnittshaushalt findet. Es wird ihn mit dem Unfallort in Verbindung bringen und damit auch mit Heather Hollister.«

Es ist nur ein Hauch von Optimismus und im Augenblick kaum hilfreich, aber wahr ist es dennoch. Wie ein Staatsanwalt einmal zu mir gesagt hat: »Den Täter zu fassen ist nur der halbe Kampf. Die andere Hälfte besteht darin, ihn in Haft zu behalten.«

»Ich habe auch ein paar Neuigkeiten«, sagt Callie. »Wir haben einen Fingerabdruck an Dana Hollisters Leichensack gefunden, an der Innenseite. Ich habe ihn durch AFIS laufen lassen.«

AFIS ist ein automatisches Fingerabdruck-Identifizierungssystem, das einen digitalen Vergleich mehrerer Millionen elektronisch gespeicherter Fingerabdrücke ermöglicht.

»Und?«, frage ich.

Callie verzieht das Gesicht. »Leider gibt's den Abdruck nicht in der Datenbank.«

KAPITEL 27 Mach schon, erscheint auf dem Bildschirm. Sag es. Du wirst dich dann besser fühlen, das verspreche ich dir. Es ist befreiend.

Ich weiß nicht, tippt Leo als Robert Long. Mir kommt es einfach nicht richtig vor, sie so zu nennen – oder irgendeine andere Frau.

Das ist nur Programmierung, Bruder. Die radikalfeministische Bewegung hat die Männer konditioniert, Angst zu haben. Ich will dir ein Beispiel geben. Wir alle kennen das eine Wort, das kein Mann zu einer Frau sagen darf, richtig?

Fotze, tippt jemand anderer. Das Wort des Todes.

Genau. Nenn mir ein Wort, das sich in ähnlicher Weise auf Männer bezieht.

Niemand tippt etwas, im Cyberspace das Äquivalent von Totenstille.

Siehst du, schreibt er. Das meine ich. Wie ist das möglich?

Es gibt wahrscheinlich zehnmal so viele Schimpfwörter

für Frauen wie für Männer, schreibt Leo. Wir haben viel länger Zeit gehabt, Frauen herabzusetzen.

Himmel, antwortet einer der Männer. Du hast aber eine gründliche Gehirnwäsche hinter dir, was?

Leck mich.

Nur ruhig, Jungs, besänftigt der erste Schreiber. Wir sind alle an dem Punkt gewesen, wo er jetzt ist, oder wenigstens die meisten von uns. Lasst mich reden. Bist du noch da, Hurting?

Ich bin da.

Weißt du, ich habe deine Story gelesen. Lass mich dich etwas fragen: Bist du wütend auf sie? Bitte denk darüber nach, ehe du antwortest. Lass es dir richtig durch den Kopf gehen, und dann sei ehrlich. Welches Wort beschreibt das, was du empfindest, am besten?

Leo lässt sich Zeit.

Hass, schreibt er schließlich.

Gut. Na ja, nicht gut natürlich, aber ehrlich. Also, warum hasst du sie?

Darum. Sie hat ohne Grund aufgehört, mich zu lieben. Sie hat mein Kind abgetrieben, ohne mich auch nur zu fragen. Und sie ist mühelos zu einer emotional Fremden geworden.

Okay, Hurting. Ich werde dir jetzt noch eine Frage stellen, und wieder solltest du gründlich darüber nachdenken. Bist du so weit?

Ich bin so weit.

Hier kommt sie: Was für eine Frau tut so etwas?

Erneutes Schweigen. Der Cursor blinkt auf dem Bildschirm, und vor meine Augen tritt das Bild einer Gruppe von Männern in einem mittelgroßen Raum, die mich beobachten und gespannt warten.

»Mach weiter, Leo«, sagt Alan. »Deshalb sind wir hier. Es wird Zeit, die Grenze zu überschreiten.«

Sie sind im »Schlampenchat«. Alan hat sich mit mir beraten, ob es zu früh ist, aber ich habe seine Bedenken zurückgewiesen. »Neugier ist normal.«

Ich würde sagen, tippt Leo, indem er sein Widerstreben weiterspielt, nur ein Miststück würde so etwas tun.

Gut! Du bist fast da, Bruder. Atme tief durch und tritt einen Schritt zurück. Sieh dir an, was es bedeutet, was du gerade gesagt hast. Wenn eine Frau, die so etwas tut, ein Miststück ist, und das ist wahr – warum um alles in der Welt solltest du irgendwelche Bedenken oder Skrupel haben, sie auch so zu nennen?

Schweigend blinkt der Cursor.

Ich begreife allmählich, was du meinst.

Natürlich, Bruder. Man nennt es Wahrheit. Und?

Und was?

Also SAG es. Was ist deine Exfrau, Bruder? Nicht »welche Frau würde das tun«, sondern was für eine Frau ist sie? WAS ist sie?

Sie ist ein Miststück.

Sag es noch mal!

Ein Miststück. Ein verfluchtes Miststück.

Und was noch?

Eine Fotze. Eines verlogenes, kaltherziges, babymordendes Miststück.

Verschiedene Chatteilnehmer rufen Ermutigendes; wenigstens stelle ich es mir als Rufe vor. Vor meinem geistigen Auge sehe ich wieder die Männergruppe in dem mittelgroßen Raum. Einige haben wutverzerrte Gesichter, andere weinen. Alle schütteln die Fäuste und rufen immer wieder die Wörter: Miststück! Dreckstück! Fotze!

Wo bleibt denn mein persönlicher Liebling?, denke ich.

Ich suche und werde fündig.

Nutte, hat jemand getippt. Scheißnutte.

Ich habe dieses Wort immer gehasst, mehr noch als das frevlerische »Fotze«. Ich bin mir nicht sicher, wieso.

Gott, ich hasse sie, tippt Leo. ICH HASSE SIE SO GOTTVERDAMMT! Ich wünschte

Er hört auf zu tippen und wartet.

Was wünschst du dir, Bruder?

»Warte noch ein bisschen«, rät ihm Alan. »Er soll es aus dir herausholen. Sei nicht zu eifrig.«

Rede weiter, Bruder. Wir sind hier unter uns. Niemand kennt dein Gesicht oder deinen richtigen Namen. Halt dich nicht zurück. Was wünschst du dir?

Ich wünschte, sie wäre tot, schreibt Leo hastig.

Stille. Dann:

So weit waren wir alle schon mal. Du brauchst dich nicht zu schämen. Der erste Schritt zur Wiederinbesitznahme deiner Männlichkeit besteht darin, dass du ehrlich bist, was deine Gefühle Frauen gegenüber angeht. Du weißt, was du empfindest, sie nicht. Lass dir von ihnen nicht vorschreiben, was du empfinden darfst, okay?

Ich muss weg. Danke.

Leo loggt sich aus.

»Das war gut«, lobe ich ihn. »Ein toller Auftritt. Das rasche Verschwinden am Ende war das Sahnehäubchen.«

»Unschlüssig und hasserfüllt«, stimmt Alan zu. »Genau die richtigen Zutaten für einen psychotischen Zusammenbruch. Hoffentlich erregst du damit Dalís Aufmerksamkeit.«

James gibt mir ein Zeichen.

»Ich muss gehen, Leute. Benachrichtigt mich, wenn ihr euch entschließt, wieder in den Chat zu gehen.«

»Machen wir.«

Die Verbindung wird getrennt. »Was ist los?«, frage ich James.

»Earl Cooper ist unterwegs. Er will uns sprechen.«

Ich strecke mich aus und versuche, mich von dem giftigen Gemisch aus Aufregung und Frust zu reinigen. »Hoffen wir, dass er etwas Nützliches zu sagen hat.«

»Ich habe ein paar Beobachtungen gemacht, bin mir aber nicht sicher, wie hilfreich sie sein werden.«

Cooper sitzt auf einem unserer Bürosessel, entspannt, aber wachsam, und zwirbelt ein Ende seines Schnauzbarts.

»Wir nehmen alles, was Sie haben«, versichere ich ihm.

»Prima.« Er lehnt sich zurück und scheint sich zu sammeln. »Ein Kernkonzept des geografischen Profilings ist die ›mentale Karte‹, das kognitive Bild unserer Umgebung, das wir entwickeln. Die ›Karte‹ entsteht aus Erfahrung, Reisen, Bezugspunkten und so weiter. Wir alle haben sichere Zonen, in denen wir am entspanntesten oder zuversichtlichsten sind. Diese Zonen befinden sich in der Regel nahe an unserem Zuhause, allerdings nicht immer. Können Sie mir folgen?«

»Ich glaube schon«, sage ich.

»Beim geografischen Profiling ist der erste Mord normalerweise der nützlichste. Ich habe einige Mörder interviewt, die durch das, was ich tue, gefasst worden sind, und habe ihnen erklärt, wie wir sie gefunden hatten. Sie töteten unweit von ihrem Zuhause und entledigten sich der Leichen in Gebieten, die sie kannten. Alle hielten sie sich für clever, doch als ich ihnen die Fakten vorlegte, begriffen sie, dass sie unbewusst innerhalb einer sehr eng umrissenen Zone agiert hatten, in der sie sich wohlgefühlt haben – ein Bereich, den wir als ›Komfortzone‹ bezeichnen.«

»Das ergibt Sinn«, sage ich. »Wer zum ersten Mal mordet, ist noch nicht vom Erfolg ermutigt. Er ist sehr erregt, hat aber auch große Angst. Relativ nahe bei seinem Zuhause zu bleiben müsste ihn beruhigen.«

»Richtig. Reisen Sie in ein fremdes Land, und Sie begreifen das Konzept sehr rasch: In vertrauter Umgebung sind wir am entspanntesten. Wir alle entwickeln Komfortzonen, bewusst oder unbewusst. Sie sind räumlich begrenzt und abgestuft. Am entspanntesten sind Sie in Ihrem Wohnzimmer. Im Garten hinter dem Haus sind Sie entspannter als im Vorgarten. Im örtlichen Lebensmittelgeschäft? Weniger entspannt als im Wohnzimmer, aber Sie haben dort schon oft eingekauft, also ist es okay. An Ihrem Arbeitsplatz fühlen Sie sich wahrscheinlich ziemlich sicher. Sie bilden eine mentale Karte, und wenn es Zeit wird, eine Straftat zu verüben, kommt diese Karte ins Spiel. Sie überdenken die Faktoren, schauen, was Sie wissen: Fluchtwege, welche Stellen am einsamsten sind, wo das Licht der Straßenlaternen nicht hinkommt.

Gestalten wir die Sache einfacher, indem wir ein Beispiel wählen. Sagen wir, wir haben zwei benachbarte Wohngegenden. Die eine ist weiß, untere Mittelschicht. Die andere ist vorwiegend schwarz und arm, mit einer höheren Verbrechensrate. Ein Weißer wird in der weißen Wohngegend getötet, liegt erschossen auf seinem grünen Rasen hinter seinem weißen Gartenzaun. Was ist die erste Vermutung?«

»Dass einer der bedrohlichen Schwarzen herübergekommen ist und den armen weißen Mann erschossen hat«, sagt Callie.

»So ist es. Was aber ist auf der Grundlage dessen, was ich eben gesagt habe, die wahrscheinlichste Wahrheit?«

»Dass der Weiße von jemandem aus seiner eigenen Umgebung erschossen wurde«, sage ich.

»Genau. Komfortzonen.«

»Das ist ja alles sehr interessant«, sagt James und offenbart durch seinen Tonfall, dass er das genaue Gegenteil denkt. »Aber wie hilft uns das weiter?«

»Nur Geduld«, sagt Earl, von James' Feindseligkeit anscheinend unbeeindruckt. Vielleicht ist er schwierige Studenten gewöhnt. »Wir ziehen noch andere Faktoren in Betracht. Wir sehen uns den Schauplatz der Entführung und den Leichenfundort an.

Wir suchen nach möglichen Fluchtwegen und fragen uns, was es uns über den Täter verrät.«

Ich verziehe das Gesicht. »Ich verstehe allmählich, weshalb Sie gesagt haben, dass Sie uns möglicherweise nicht viel helfen können. Wir wissen nicht, wer sein erstes Opfer war. Die Schauplätze der Entführungen sind auf das Opfer ausgerichtet, nicht auf den Täter. Und die Orte, an denen er die Frauen ablegte, wurden nach Wirkung ausgesucht, nicht nach Bequemlichkeit.«

Earl tippt anerkennend an einen nicht vorhandenen Hut. »Korrekt, Agentin Barrett. Berücksichtigen Sie noch, dass er unseres Wissens in drei unterschiedlichen Staaten operiert.« Er zuckt mit den Schultern. »Das macht die Dinge ein bisschen schwierig.«

»Was können Sie uns sagen?«, frage ich.

»Erstens: Er stammt wahrscheinlich von der Westküste. Ich vermute, aus Südkalifornien.«

»Wieso?«

»Die Opfer, von denen wir wissen, kommen aus Los Angeles, Oregon und Nevada. Das ist ein weites Gebiet, aber in gewisser Weise noch immer eine Komfortzone. Deshalb sage ich Westküste. An Südkalifornien denke ich wegen des Opfers in Nevada. Ein Täter, der in Oregon lebt, wird weniger wahrscheinlich bis nach Vegas auf die Jagd gehen, als jemand, der entweder in Los Angeles wohnt oder dort aufgewachsen ist.«

»Das leuchtet ein«, gibt James zu.

Cooper ignoriert ihn. »Sie sagten, das Hauptmotiv des Täters sei vermutlich finanzieller Natur. Da stimme ich Ihnen zu. Warum aber dann hier wohnen, wo Immobilien so teuer sind? Billiger wohnt man im mittleren Westen, in den Südstaaten oder in einigen Gegenden im Osten. Er sagt sich wahrscheinlich, dass er hier bleibt, weil er hier viele mögliche Opfer vorfindet – und das stimmt. Aber ich glaube, er ist deshalb noch hier, weil ihm die Gegend vertraut ist.«

»Das verstehe ich«, sage ich. Allmählich erwärme ich mich für seine Argumentation.

»Aus den Fundorten der Opfer können wir weitere Schlüsse ziehen. Sowohl hier als auch in Oregon hat er die Opfer in der Nähe der Polizei abgesetzt. Eines sogar auf den Stufen eines Polizeireviers. In Vegas hat er das Opfer in einer Nebenstraße versteckt. Das deutet darauf hin, dass er sich in Kalifornien und Oregon wohler fühlt als in Nevada.«

»Was bedeutet, dass er dort mehr Zeit verbringt. Wir sollten unsere Bemühungen also auf diese beiden Staaten konzentrieren, richtig?«, frage ich.

Cooper nickt. »Allerdings. Dort wird er am berechenbarsten sein. In Gegenden außerhalb seiner Komfortzone muss er sich stärker vom Profil entfernen.«

»Aber wenn das so ist«, fragt Callie, »ist es nicht auch am wahrscheinlichsten, dass er dann einen Fehler begeht?«

»Das sollte man meinen, aber es stimmt nicht. In unvertrauter Umgebung wird er vorsichtiger sein, während er in den Komfortzonen entspannter ist, wenn auch nur um eine Winzigkeit.«

»Was noch?«, fragt James. Sein Interesse ist geweckt.

»Allem, was nun kommt, möchte ich selbstverständlich ein ›meiner Meinung nach‹ voranstellen. Ich würde sagen, dass Sie Wohngebiete in der Vorstadt außer Acht lassen können. Sie sind zu klein, die Leute leben zu dicht gedrängt. Die Nachbarn wollen einen kennen und wissen, was man treibt. Ich habe an die Wälder von Oregon gedacht und an die Wüste von Nevada, aber beides verworfen. Ich stimme dem Gedanken zu, dass er seine Opfer im Auge behalten möchte, wenn er unterwegs ist, und das erfordert, dass er zumindest am Stadtrand lebt, wo eine Breitband-Internetverbindung zur Verfügung steht.« Er wirft einen kurzen Blick in seine Notizen. »Industriegebiete wären eine gute Möglichkeit, weil die Leute dort meist nicht so genau hinschauen. Man ist schließlich nicht Eigentümer eines Industriegrundstücks, wie man Eigentümer seines Wohnhauses ist, und deshalb ist man weniger aufmerksam. Außerdem könnte der Gesuchte alles, was er braucht, im Namen einer Firma mieten oder kaufen, was seine persönlichen Daten hinter einer weiteren Schutzschicht verbirgt. Ich habe auch an Lagerhäuser gedacht, glaube letztlich aber doch nicht, dass er sich dafür entscheiden würde. Lagerhäuser befinden sich zwar an relativ abgelegenen Stellen, was ihm entgegenkäme, andererseits kann es gut sein, dass Lagerhäuser Einbrecher anziehen oder Obdachlose, die einen Unterschlupf suchen.«

»Also irgendetwas dazwischen«, sagt James.

Cooper nickt. »Genau. Diese Nebenstraßen abseits der Einkaufsmeilen und Hauptschlagadern der Städte, wo die Gewerbeparks stehen und dergleichen, würden ihm die benötigte Abgeschiedenheit verschaffen – und er wäre dennoch in Rufweite der Straßen und Freeways, die er seinem Entführungsmuster zufolge braucht. Die Opfer, von denen wir wissen, hat er aus städtischen Umgebungen entführt. So etwas ist eine unsichere Sache; deshalb wird er die Opfer so schnell wie möglich in sein Versteck bringen wollen.«

»Städtische Umgebungen erscheinen mir riskant«, sage ich.

»Ja und nein. In Wohngebieten neigen die Menschen zu größerer Aufmerksamkeit. Wenn er entschieden genug vorgeht – und das tut er offenbar –, sind städtische Umgebungen in vieler Hinsicht sogar besser. Man hat Highways, man hat Straßen. Zur richtigen Tageszeit kann man binnen einer Dreiviertelstunde jeden Punkt innerhalb von Los Angeles erreichen.«

»Das stimmt«, sagt James. »Die Entführungen fanden am frühen Abend statt, nach Ende der Stoßzeiten.«

»So ist es«, sagt Cooper. Er blättert in seinen Papieren, scheint für einen Moment den Faden verloren zu haben. »Da haben wir es ja«, fährt er fort. »Er dürfte Eigentümer der Grundstücke sein, die er benutzt. Auf keinen Fall will er sich mit einem neugierigen

Vermieter herumschlagen. Das Opfer, diese Frau, sprach von Betonwänden. Das deutet nicht auf Büroräume hin, obwohl er das Gebäude gekauft und nachträgliche Änderungen vorgenommen haben könnte.«

»Und damit hätte er eine Spur hinterlassen«, sagt James.

»Das habe ich mir auch gesagt. Wenn ich so etwas tun wollte – und vergessen Sie nicht, dass wir nun das Gebiet der reinen Spekulation betreten –, würde ich ein Stück Land kaufen und mir mein eigenes kleines Lagergebäude bauen.«

»Eine private Einlagerungsfirma?«, frage ich.

»Ja. Man baut so ein Gebäude, macht aber keine Werbung, und das Büro vorn im Gebäude hat immer geschlossen. Niemand macht sich Gedanken, wenn solch ein Gebäude selten aufgesucht wird oder wenn zu ungewöhnlichen Tages- und Nachtzeiten Besucher kommen. Gebäude dieser Art sind meist umzäunt, und man kommt mit einem Auto auf das Grundstück, ohne dass jemand einen beobachten kann. Überwachungskameras sind dort nichts Ungewöhnliches.«

»Oder Klimakontrollen«, fügt James hinzu. »Die teureren Hersteller bieten sie optional an, für Leute, die klimaempfindliche Besitztümer unterbringen wollen. Gemälde zum Beispiel, oder Bücher.«

»Das ergibt Sinn«, gestehe ich.

Cooper zuckt mit den Schultern. »Aber ich fürchte, hier endet meine Weisheit. Ich bin mir nicht sicher, ob ich Ihnen weiterhelfen konnte, und letzten Endes habe ich mehr Spekulationen als bestätigte Tatsachen geliefert, aber Sie haben gefragt, ich habe geantwortet.«

Ich schaue auf die Weißwandtafel, ohne sie zu sehen. Mein Blick geht in die Ferne. *Fachmännisch*, lese ich. *Folter*, denke ich. *Entschieden.*

Irgendetwas klopft in meinem Innern an, möchte zum Vorschein kommen.

»Ich kenne diesen Blick«, sagt Earl. »Was geht Ihnen durch den Kopf, Agentin Barrett?«

»Ich denke an einen Mann, der eine hundertprozentige Erfolgsquote bei seinen Entführungen hat. Er folgt seiner Beute und lernt ihren Tagesablauf kennen, und dann schnappt er sie sich. Mir geht etwas durch den Kopf, das Sie sagten. Dass er entschieden vorgeht. Selbstsicher.« Ich sehe Cooper an. »Ausgebildet?«

James antwortet als Erster. »Möglich. Diese Entführungen sind präzise ausgeführt. Ein solches Können hat man nicht von Natur aus.«

Earl zwirbelt seinen Schnauzbart. »Militär? Polizei?«

»Möglich«, sagt James. »Eine gute Vermutung.«

»Wir werden sehen.« Ich reiche Cooper zum Abschied die Hand, und er schüttelt sie. »Vielen Dank, Sir.«

»War mir ein Vergnügen. Was tun Sie als Nächstes, wenn Sie mir die Frage gestatten?«

»Ich werde mit jemandem sprechen, der genau das tun könnte, was unser Täter tut, ohne ins Schwitzen zu kommen.«

»Ist er Exsoldat?«

»Sie ist eine Ex-Ich-weiß-nicht-was.«

KAPITEL 28

Kirby kommt in mein Büro und setzt sich, ohne dass ich ihr einen Stuhl angeboten hätte. Sie trägt Jeans, ein weißes Button-down-Hemd und Tennisschuhe. Sie legt die Füße auf den Schreibtisch und kaut lächelnd ihr Kaugummi.

»Ich brauche die Perspektive eines Profis«, sage ich.

»Eines Profis für was?«, fragt sie.

Ich kann nicht sagen, ob sie mich veräppelt. Kirby lebt in ständiger Unbekümmertheit, und wie gewöhnlich schimmert der einzige Hinweis auf das, was in ihr vorgeht, nur ganz kurz in ihren Augen. Eine gewisse Wachsamkeit. Eine gewisse Leere.

»Privatdetektivin«, antworte ich. »Killerin. Egal.«

Sie grinst. »Ach so. Na dann, schieß schon los.«

»Wir jagen jemanden, der militärisch ausgebildet sein könnte. Es ist nur eine Theorie, aber ich würde gerne wissen, was du davon hältst.«

Ein Hauch von Interesse. »Erzähl mir von ihm.«

Ich berichte ihr, was wir über Dalí wissen. Kirby gehört keiner Polizeiorganisation an und keinem Geheimdienst, aber ich könnte mir vorstellen, dass sie in ihrer Vergangenheit eine Sicherheitsstufe besessen hat, von der ich nicht einmal ahne, dass es sie überhaupt gibt. Sie stellt keine Zwischenfragen, hört nur aufmerksam zu. Als ich fertig bin, legt sie den Kopf in den Nacken und starrt Kaugummi kauend an die Decke.

»Na ja«, sagt sie schließlich, »ich würde dir recht geben, dass er ausgebildet sein könnte. Entführungen aus städtischer Umgebung – so schnell und gekonnt, dass er nie gefasst oder auch nur bemerkt wird?« Sie nickt. »Da ist jemand sehr tüchtig. So etwas könnte man bei den Special Forces lernen, auch wenn die Möglichkeit besteht, dass er direkt in den privaten Sektor gegangen ist, so wie ich.«

»Wie meinst du das?«

»In diesen Bereichen des Militärs sind die Leute komisch, was Frauen angeht. Es steht so im Gesetz. Keine Weibchen erlaubt. Aber ich wusste schon in meiner frühen Kindheit, was ich tun wollte. Und wenn man besonders motiviert ist, so eine Ausbildung zu bekommen – die Ausbildung zum Kidnappen, Verhören und Töten –, kriegt man sie auch, sofern man bereit ist, dafür zu zahlen.«

»Und wo erhält man diese Ausbildung?«

»Zentral- und Südamerika. Nahost. Israel. Mann, sogar hier in den guten alten USA. Die CIA hat dafür das eine oder andere Programm, aber dazu muss man für meinen Geschmack ein bisschen zu stramm konservativ sein.«

»Nehmen wir an, unser Täter hatte den militärischen Weg eingeschlagen. Wie lange dauert so etwas?«

Kirby denkt darüber nach. »Wenigstens vier Jahre nach Eintritt in die Army. Du müsstest der perfekte Soldat sein, tipptopp in Form, und diverse körperliche und psychologische Tests bestehen. Und selbst wenn dir das gelingt, hast du noch nicht die Garantie, dass sie dich nehmen.«

»Und wo würde man am ehesten für Entführungen ausgebildet?«

»Wer weiß? Die Wahrheit ist, es könnte jeder sein, je nachdem, wofür du eingesetzt wirst. Ganz zu schweigen davon, dass jemand bei den Green Berets zum Beispiel immer von der CIA ausgesucht werden könnte.« Sie grinst. »Am Ende sind sie alle eine einzige große, glückliche Familie. Gemeinsame Ziele und der ganze Scheiß.«

Ich überdenke, was sie gesagt hat, und füge es in mein derzeitiges Bild von Dalí ein.

»Wir wissen, dass er seit wenigstens fünfzehn Jahren aktiv ist, wahrscheinlich länger«, überlege ich laut. »Wenn er ins Militär eingetreten ist, ehe er seine gegenwärtige Karriere als Entführer begonnen hat, müsste er … wie alt sein? Fünfundvierzig?«

»Wenn er Glück hatte.«

»Die Frage ist, hat er beschlossen, sich ausbilden zu lassen, damit er seinen derzeitigen Job ausüben kann? Oder kam ihm diese Idee erst nach der Ausbildung?«

»Meiner persönlichen Erfahrung nach wissen Leute wie Mr. Superspinner und ich schon in zartem Alter, was wir sind.«

Ich neige den Kopf zur Seite. »Du meinst, ihr seid euch ähnlich?«

»Pah! Auf keinen Fall ist er so gut wie ich.«

Ich lächle. »Es muss noch mehr Unterschiede geben.«

»Vielleicht, vielleicht auch nicht. Wieso bist du so sicher?«

»Aus zwei Gründen. Erstens, ich vertraue dir meine Tochter

an. Zweitens, du würdest nie Dinge tun, wie sie Heather Hollister angetan wurden, einer Unschuldigen, einer Mutter. Du hast Grenzen, Kirby.«

Sie mustert mich mit ihren blauen Augen, die so oft tot und kalt sind. »Einmal, in Südamerika«, sagt sie dann in einem Tonfall, in dem man über das Wetter spricht, »wurde das Team, zu dem ich gehörte, von einer paramilitärischen Einheit gefangen genommen. Ich war vor dem Überfall auf Spähtrupp gewesen, deshalb erwischten sie mich nicht. Einer von ihnen blieb zurück, um seinen Kumpels den Rücken zu decken.« Sie blinzelt. »Sein Fehler. Ich habe ihn mir geschnappt. Ich musste von ihm wissen, wo seine Freunde waren, aber ihm gefiel die Idee nicht, also habe ich ihm mit einer Kneifzange die Zähne gezogen, bis er es sich anders überlegt hat.« Sie grinst, und ich zwinge mich, nicht zusammenzuzucken. Mich bestürzt weniger, was sie sagt, als vielmehr der Mangel an Irrsinn in ihren Augen. Kirby ist bei allem, was sie tut, immer voll da.

»Er war zäh. Er hielt zehn Zähne lang durch. Der Marathon-Mann ist ein Wicht dagegen. Dann sagte er mir, was ich wissen wollte, und ich jagte ihm eine Kugel in den Kopf.« Ihr Blick geht in die Ferne. »Ich fand seine Kumpels und stellte fest, dass sie mein Team hingerichtet hatten.« Sie zuckt mit den Schultern. »Also habe ich sie ebenfalls hingerichtet. Alle zehn. Ich brauchte fünf Tage, um sie durch den Dschungel zu verfolgen. Sie nachts auszuschalten, einen zu erwischen, während er Pipi machte, andere, wenn sie schliefen. Einer von ihnen schrubbte sich seine kleine Nudel, als ich mich von hinten an ihn heranschlich. Er konnte höchstens sechzehn sein. Ich ließ ihn fertigschrubben und sah dann zu, wie er bettelte und weinte wie ein Baby, bevor ich ihm das Hirn rausgepustet habe.«

Sie grinst, und es ist wieder ein normales Kirby-Lächeln. In den blauen Augen, die noch vor einer Sekunde so tot und leer gewesen sind, funkelt der Schalk.

Ich habe in schlecht beleuchteten Räumen gesessen und über den Tisch einem Mann in die Augen geblickt, der Kinder erdrosselt hatte, während ihre Mütter zuschauen mussten. Ich habe zugesehen, wie Psychos unwillkürliche Orgasmen hatten, während sie mir die widerlichsten Einzelheiten über Vergewaltigungen und Morde erzählten. Diese Menschen haben eine kalte Finsternis in sich, einen schrecklichen Ernst, der nicht gespielt werden kann. Kirby ist Kirby, und ich mache mir keine Illusionen, was sie ist, aber ich weiß auch, was sie nicht ist.

Ich strecke die Hand vor und tätschle ihr die Wange. »Du magst verkorkst sein, Strandhase, aber du bist kein schlechter Mensch.«

Ein Moment der Stille folgt, ein Tropfen Zeit, in dem ich einen Sekundenbruchteil lang glaube, so etwas wie Dankbarkeit in ihren Augen aufblitzen zu sehen. Dann grinst sie mich an und tut so, als müsste sie sich Schweiß von der Stirn wischen. »Das nimmt mir eine große Last von den Schultern.« Sie steht auf. »Sind wir fertig, Boss-Lady?«

»Wir sind fertig.«

»Wir sehen uns auf der B-Seite.« Damit geht sie und lässt etwas Merkwürdiges zurück, das zwar nicht böse, aber furchteinflößend ist.

Mein Handy klingelt.

»Barrett.«

Es ist Alan. »Einer hat angebissen.«

»Der Typ nennt sich Dalí«, sagt Alan. »Er hat Leo eine Privatmitteilung geschickt.«

Hasst du deine Exfrau?, tippt Dalí.

Er fragt es ohne Einleitung oder Vorstellung.

»Was soll ich antworten?«, fragt Leo. Er spricht leise, im Flüsterton. Ich verstehe es. Dalí kann uns nicht hören, aber dieses Verhalten sitzt zu tief.

»Ich weiß nicht«, sagt Alan. »Da stimmt was nicht. Es geht zu schnell. Smoky?«

Alan hat recht. Alles, was wir über Dalí erfahren haben, sagt uns, dass er vorsichtig ist, ein Planer, getrieben von kühler Vernunft, nicht von heißem Verlangen. Leo ist noch keine vierundzwanzig Stunden auf dieser Site angemeldet. Weshalb die Eile?

»Vielleicht liegt es an deiner Geschichte«, sage ich. »Mist. Ich weiß es auch nicht. Mach langsam. Antworte ihm mit einer Frage.«

»Welcher denn?«

»Vertraue deinem Instinkt«, sagt Alan. »Nur keine Bange, Leo, ich sag dir schon Bescheid, wenn du Gefahr läufst, die Sache zu vermasseln.«

Einen Herzschlag lang herrscht Stille. Dann höre ich, wie Leo tippt.

Warum willst du das wissen?

Gut gemacht, Leo, geht es mir durch den Kopf.

Ich befreie Männer aus den Kerkern der Frauen. Ich versuche herauszufinden, ob du ein Mann bist, der befreit werden will.

Woher willst du wissen, dass ich befreit werden muss?

Ich habe deine Geschichte gelesen. Sehr bewegend. Aber zwischen Gefangensein und dem Wunsch, befreit zu werden, besteht ein gewaltiger Unterschied. Dazu braucht es eine Entscheidung.

Was soll das sein? Ein Selbsthilfeangebot? Willst du mir erklären, wie ich mein inneres Glück finde oder so etwas?

Ich bin nur ein Problemlöser. Na komm schon, beantworte die Frage: Hasst du deine Exfrau?

»Spiel mit«, sagt Alan. »Aber warte noch kurz. Zögere, bevor du dich darauf einlässt.«

Drei oder vier Sekunden vergehen; dann tippt Leo seine Antwort.

Ja.

Ja was?

Ja, ich hasse sie.

Warum?

Du hast meine Geschichte doch gelesen. Ich dachte, das wäre offensichtlich.

Für die Geschichte hast du dir Zeit genommen, hast darüber nachgedacht, ehe du sie geschrieben hast. Ich möchte etwas Unmittelbares. Das ist der schnellste Weg zur Wahrheit, habe ich herausgefunden. Ich frage noch einmal, und diesmal antworte, ohne lange darüber nachzudenken. Wieso hasst du deine Exfrau?

Leo wartet. Dann schreibt er:

Weil sie mich kaputt gemacht hat.

»Gut«, ermutigt Alan ihn.

Wie hat sie das angestellt? Erklär mir, was du mit »kaputt« meinst.

»Das ist nicht so einfach, wie ich dachte«, sagt Leo.

»Du schlägst dich großartig«, ermuntere ich ihn. »Lass dich auf das Spiel ein. Antworte ihm als Robert Long.«

Ehe sie mich sitzen ließ und mein Kind ermordete, beginnt er, habe ich an die Liebe geglaubt. Jetzt ist es anders. Ich werde nie wieder einfach so lieben können. Ich werde immer misstrauisch sein. Ich werde immer Angst haben, jemandem zu vertrauen.

Was war schlimmer? Dass sie ihre Liebe ohne Warnung widerrufen hat oder dass sie dein ungeborenes Kind abgetrieben hat?

Leo zögert nicht.

Hätte sie mich wirklich geliebt, hätte sie unmöglich tun können, was sie getan hat. Verstehst du, was ich meine? Das bedeutet, dass alles eine Lüge war. Unsere Liebe war eine Lüge. Das tut am meisten weh.

Danke.

Wofür?

Dass du ehrlich bist. Das ist der Grund, weshalb ich dich überhaupt kontaktiert habe. Diese Ehrlichkeit. Sie war der Geschichte anzumerken, die du gepostet hast.

Ich habe nur geschrieben, was ich empfunden habe.

Ich will dir noch eine Frage stellen. Sie ist rein hypothetisch.

In Ordnung.

Was würde es dir einbringen, wenn deine Exfrau weg wäre?

Weg wäre? Du meist, wenn sie tot wäre?

Nein, nein. Ich meine es wörtlich. WEG. VERSCHWUNDEN. Wenn Aliens landen und sie in ihrem Raumschiff mitnehmen würden. Was würde es dir einbringen, emotional oder sonst wie?

Na ja, ich denke, ich würde unser Haus bekommen. Wir stehen beide noch auf der Hypothek und im Grundbuch. Das wäre was.

Was noch?

»Geh es jetzt ganz langsam an«, warnt Alan. »Schreib nichts von der Lebensversicherung. Schreib etwas über die emotionale Seite.«

Irgendwie glaube ich

Leo wartet ein wenig und lässt sich von Dalí zu einer Antwort drängen.

Was?

Dass ich erleichtert wäre, wenn sie weg wäre, unglaublich erleichtert. Wir sind nicht zusammen, aber ich weiß, dass sie noch hier ist, in der gleichen Stadt. So unwahrscheinlich es ist, es ist möglich, dass ich ihr in einem Geschäft begegne oder auf dem Freeway an ihr vorbeifahre. Wir sind nicht zusammen, aber ich spüre ihre Gegenwart. Würde sie verschwinden, würde mir eine Last abgenommen.

Das verstehe ich.

Toll. Nur kann ich mir nichts dafür kaufen.

Du wärst vielleicht überrascht.

Wovon?

Über die Lösungen, die ich dir anbieten kann. Aber darüber reden wir jetzt noch nicht. Dazu ist es zu früh. Ich will dir eine Kleinigkeit dalassen, etwas, das dir zeigt, dass ich es ernst meine und nicht bloß irgendein Irrer im Internet bin.

Na los.

Fühle dich nicht bedroht von dem, was ich als Nächstes sage. Ich bin ein Freund, kein Feind,.

Was immer du meinst, »Freund«. LOL.

Ich weiß, wer du bist, Robert Long.

»Heilige Scheiße, das ging aber schnell«, wundert sich Leo. »Wie hat er das geschafft?«

»Setz deinen Schock in Worte um und schau dir an, was sich tut.«

Was ist denn das jetzt?, tippt Leo. Woher weißt du, wer ich bin? Ich dachte, das ist alles anonym hier!

Ist es auch, Robert, ist es auch. Niemand sonst, mit dem du hier geredet hast, kennt deinen Namen. Ich kenne ihn, weil ich bin, wer ich bin, und weil ich tue, was ich tue. Vergiss nicht, was ich vorhin gesagt habe: Ich habe es dir nicht gezeigt, um dich einzuschüchtern. Ich zeige es dir als Beweis.

Beweis wofür?

Als Beweis dafür, dass ich von der wirklichen Welt spreche, wenn ich mit dir rede. Wir lernen uns online kennen. Aber wenn wir in Zukunft reden

Plötzlich hört er auf zu schreiben.

Dalí?

»Was ist da los?«, murmelt Alan.

»Vielleicht muss er ans Telefon oder so etwas«, sagt Leo.

Ich muss weg, tippt Dalí schließlich. Wiedersehen.

Können wir wieder reden?

Keine Antwort.

Dalí?

Dalís Name verschwindet von Bildschirm.

»Verdammt«, sagt Leo. »Er hat sich ausgeloggt.«

»Seltsam, dass er ausgerechnet in dem Augenblick abbricht, in dem du angebissen hast«, sage ich.

»Interessanter Einblick, wie er seine Kunden pflegt«, murmelt James hinter mir. Erschrocken zucke ich auf dem Stuhl zusammen.

»Himmel, James! Wie lange schaust du schon zu?«

»Ich habe alles gesehen. Er ist sehr geschickt und sehr klug. Hast du bemerkt, was er da macht? Er horcht den potenziellen Kunden aus. Er achtet sehr darauf, nicht von Tod oder Mord zu sprechen. Alles ist nur ein Traum, ein Was-wäre-wenn.«

»Auf diese Weise erfährt er von ihren Wünschen, ohne sie zu beunruhigen.«

»Da steckt noch mehr dahinter. Er nimmt in der Beziehung sofort den Platz der dominanten Persönlichkeit ein, aber er gibt sich den Anstrich eines Vertrauten. Du kannst ihm vertrauen, und er weiß die Antworten. Damit erleichtert er es sich, sie später zu manipulieren.«

»Geschickt«, stimmt Alan zu. »Der Kerl kann andere wahrscheinlich großartig aushorchen.«

»Müssen wir uns Sorgen machen, weil er mich so schnell kontaktiert hat?«, fragt Leo.

»Ich weiß es nicht«, sagt Alan. »Vielleicht versucht er nur, eine Quote zu erfüllen. Er hat Heather Hollister verloren, also braucht er neues Fleisch.«

»Vielleicht«, räume ich ein. »Aber seid trotzdem vorsichtig. Benachrichtigt mich, sobald er den Kontakt wieder aufnimmt.«

»Wird gemacht«, sagt Alan und beendet die Verbindung.

Ich drehe mich mit dem Sessel zu James herum. »Was meinst du?«

»Das Profil ist widersprüchlich. Ein vorsichtiger Pragmatiker, der plötzlich ändert, was ein perfekter Modus Operandi gewesen ist. Er hinterlässt uns Nachrichten, die uns verraten, dass er existiert – eine Premiere. Er lässt Heather Hollister gehen, obwohl sie noch halbwegs bei Verstand ist. Er hinterlässt möglicherweise einen Fingerabdruck in Dana Hollisters Leichensack. Und jetzt dieses überstürzte Vorgehen bei Leo.« Er schüttelt den Kopf. »Merkwürdig. Es könnte natürlich der Wahnsinnsfaktor sein, aber es ist trotzdem beunruhigend.«

»Wahnsinnsfaktor« ist ein Begriff, den wir hier geprägt haben. Er bezeichnet die unerklärlichen Fehler und Abweichungen von der erwarteten Norm, die wir bei Serientätern oft beobachten. Da gibt es den Vergewaltiger, der stets ein Kondom benutzt, bis er es eines Tages doch nicht tut, oder den Mörder, der stets Latexhandschuhe trägt, es sich aber nicht verkneifen kann, den Schenkel eines Opfers zu lecken. Wenn man sie fragt, warum sie diesen Fehler begangen haben, begründen sie es mit unvernünftigen Argumenten. Der Vergewaltiger sagt beispielsweise: »Sie war meine erste Rothaarige. All das rote Haar, ich musste es spüren.« Der Mörder antwortet vielleicht noch etwas Seltsameres: »Ich musste sie kosten, um es ganz zu erleben. Wenn ich sie nur rieche, hätte ich nicht genug von ihrer Lebensessenz bekommen, verstehen Sie?« Wir verstehen es nicht; niemand versteht es. Und das ist der Wahnsinnsfaktor.

»Ich muss dein Unbehagen noch vergrößern, Schnuckelmaus«, sagt Callie von ihrem Schreibtisch aus.

»Und wie?«

»Ich habe die Fingerabdrücke, die wir bei den Fällen in Los Angeles, Oregon und Nevada gefunden haben, mit den unbekannten Abdrücken an Dana Hollisters Leichensack verglichen.«

»Und?«

»Sie stammen alle von ein und derselben Person.«

»Alle vier?«

»Ja. Der gleiche Unbekannte war bei jedem Fall zugegen.«

Ich starre James an, und er wirft mein eigenes Erstaunen auf mich zurück.

Was ist da los?

Ich werfe die Hände hoch. »Schön, dann behandeln wir das wie ein Geschenk. Weite die Suche aus. Schalte Interpol ein. Durchstöbere sämtliche Datenbanken, die eine Hilfe sein könnten. Ich habe Gerüchte gehört, die NSA hätte eine eigene geheime Datenbank aufgebaut. Agenten in diversen Ländern.«

»Ein Schuss ins Dunkel.«

Die Datenbank der Interpol ist so klein, dass achtzig Prozent der Anfragen negative Ergebnisse bringen, und die NSA benimmt sich uns gegenüber reichlich herablassend, trotz aller Ersuchen um Zusammenarbeit nach dem 11. September.

»Trotzdem, versuch es.«

»Okay.« Callie schnieft. »Aber das wird dauern. Ich habe keine Freunde dort.«

»Man stelle sich vor«, spottet James.

»Wo wir vom Wahnsinnsfaktor sprechen«, sage ich und schneide Callie die geplante Retourkutsche ab, »lass uns eine Suche nach Grundbesitz in Los Angeles, Portland und Las Vegas machen, James. Beschränkt auf Gewerbegrundstücke. Such nach allem mit ›Dalí‹ im Namen.«

James zupft sich nachdenklich mit dem Finger an der Unterlippe. »Okay. Ich werde auch eine Suche nach Salvador Dalí beginnen und nach allen Permutationen Ausschau halten … Namen von Gemälden und dergleichen.« Er runzelt die Stirn. »Das wird ein bisschen Zeit kosten, und wahrscheinlich wird es ziemlich ungenau sein. Nicht alle Grundbücher sind digital erfasst. Oder sie geben nichts her. Vielleicht finden wir gar nichts.«

»Oder wir finden doch etwas.«

Die Bürotür öffnet sich, und AD Jones tritt ein.

»Nach oben, Smoky«, sagt er. »Sofort.«

KAPITEL 29 »Bin ich in Schwierigkeiten, Sir?«, frage ich, als wir im Aufzug stehen.

Er lächelt. »Nein. Der Direktor möchte Sie sprechen, und er hat es eilig.«

»Er ist oben?«

»Er wartet in meinem Büro.«

Wir verlassen den Aufzug und gehen an Shirley vorbei in AD Jones' Büro. Direktor Rathbun erhebt sich, als wir eintreten, kommt zu mir und schüttelt mir die Hand. »Tut mir leid, dass ich Sie weghole, Smoky. Wie ich höre, sitzen Sie gerade an einem schwierigen Fall.«

»So ist es, Sir.«

»Ich werde es kurz machen. Es ist noch nicht offiziell, aber ich habe die grundsätzliche Einwilligung, die neue Sondereinheit zu bilden. Vom Präsidenten persönlich.«

»Wow«, bringe ich hervor.

»Da müssen Sie sich aber etwas Besseres einfallen lassen, ehe ich Sie vor die Presse lasse«, scherzt er.

»Oder wir lassen es ganz bleiben, Sir. Ich rede nicht gerne mit Reportern.«

»Und meistens werden Sie das auch nicht tun müssen. Ich verspreche es Ihnen. Zu Anfang allerdings, sobald alles getan und der Etat genehmigt ist, muss ich von Ihnen ein bisschen PR-Arbeit verlangen. Das ist Teil der Abmachung. Senatoren und Kongressabgeordnete werden sich mit Ihnen sehen lassen wollen. Auch der Präsident.«

»Wirklich?«

»Natürlich. Meine Lösung verschafft ihnen Aufschub, Smoky. Irgendwann wird ein unternehmungslustiger Reporter herausfinden, dass dem FBI bundesweit die Geld- und Personalmittel für Aktivitäten gekürzt worden sind, die nichts mit Terrorabwehr zu tun haben. Das wird ziemliche Unruhe hervorrufen, aber …«

»Zu Recht«, sage ich.

»Aber der Präsident und andere können auf die neue Sondereinheit hinweisen, um die Unruhe zu beschwichtigen. Wir bauen die Aktivitäten des NCAVC nicht ab, wir lagern sie nur um.«

»Darf ich eine Frage stellen?«

»Nur zu.«

»Was halten Sie persönlich von diesem Abbau? Inoffiziell, versteht sich.«

»Ich habe es schon einmal gesagt, ich bin damit nicht einverstanden. Die Sondereinheit ist der Versuch zu retten, was ich retten kann.«

»Warum sind Sie nicht einverstanden?«

Jeder kann ein Prinzip vorschützen. Aber kann Rathbun es auch verteidigen? Ich stelle eine ernsthafte Frage und möchte sehen, ob er mir eine ernsthafte Antwort geben kann.

»Es gibt Stimmen, die überzeugt sind, dass der technische Fortschritt die Ausfälle auffangen wird. Sie sind der Ansicht, dass die örtliche Polizei die nötige Beinarbeit leisten und unsere Rolle zugleich zentralisierter und automatisierter werden kann. Ich halte das für eine schwere Fehleinschätzung.«

»Wieso?«, hake ich nach.

»Aus den gleichen Gründen wie Sie, Smoky.« Ein mattes Lächeln. »Ich bin vielleicht nur noch ein Anzugträger, aber ich habe meine Finger nach wie vor am Puls. Ich bin über die Arbeit informiert, die Sie und Ihr Team und andere Teams leisten. Forensik ist und wird immer unverzichtbar sein. Doch eine Gruppe von Agenten, die dazu ausgebildet sind, Serientäter zu begreifen, und die damit Erfahrung haben, wird sich nie ersetzen lassen. Leider trifft es auf zunehmend taubere Ohren, was ich denke und sage.« Er breitet die Arme aus, eine Gebärde der Hilflosigkeit. »Es ist unausweichlich. Ein Sturm zieht herauf, und ich will retten, was zu retten ist.«

Ich suche in Rathbuns Augen nach Anzeichen für eine Lüge, finde aber nichts. Ich sehe nur Erschöpfung, die daher rührt, dass er sich auf das Spiel der Politiker einlassen muss, und ein Aufflackern von Verwundbarkeit, das im nächsten Moment verschwindet, als er die Schultern strafft und sein typisches Lächeln aufsetzt.

»Habe ich Ihre Frage zufriedenstellend beantwortet, Agentin Barrett?«

»Jawohl, Sir. Vielen Dank.«

»Wie lange wird es noch dauern, bis wir etwas wissen?«, fragt AD Jones den Direktor.

»Einen Monat. Höchstens sechs Wochen.«

»So schnell?«, wundere ich mich.

»Washington hat ein kurzes Gedächtnis. Im Augenblick ist der Präsident begeistert. Das müssen wir ausnutzen, solange es anhält.« Sein Blick wird ernst. »Jetzt frage ich noch, ehe ich die Hunde wirklich loslasse: Gibt es irgendwelche Stolpersteine, von denen ich wissen sollte? Gibt es jemand, der nicht mit an Bord ist?«

»Nein, Sir«, lüge ich lächelnd. »Ich glaube, wir sind bereit zum Abmarsch.«

»Freut mich zu hören.« Er schaut auf die Uhr und nickt. »Gutes Timing. Ich muss los. Ich lasse Sie beide wissen, wie die Dinge sich entwickeln.« Er schüttelt AD Jones und mir die Hand und geht zur Tür hinaus.

»Sie bekommen das Lügen immer besser hin«, sagt AD Jones, als Rathbun fort ist.

»Lügen und Ausflüchte sind nicht das Gleiche«, erwidere ich. »Fragen Sie meinen Anwalt.«

»Das ist keine Kritik. Lügen ist eine Fertigkeit, die Sie in Ihrem neuen Aufgabenbereich brauchen werden. Aber im Moment sind wir alle noch hier, also bringen Sie mich auf den aktuellen Stand, was diesen Fall betrifft.«

Ich sage ihm alles, was wir wissen. Er stellt ein paar Fragen, schweigt aber größtenteils.

»Warum hat er Heather Hollister gehen lassen, ohne sie zu lobotomieren, was meinen Sie?«, fragt er, als ich fertig bin.

»Das weiß ich nicht. Vielleicht hat sie es irgendwie geschafft, von Dalí als Mensch wahrgenommen zu werden. Vielleicht sieht sie wie seine Mutter aus. Keine Ahnung.«

»Was sagt Ihr Gefühl?«

So ist es richtig. Er fragt nach unseren Instinkten, weil auch ihn seine Intuition dorthin gebracht hat, wo er heute ist. AD Jones vertraut seinen Leuten.

»Wie ich ihn bisher einschätze, tut er alles mit Vorsatz. Sein Handeln ist von Überlegungen bestimmt, die sich auf Selbsterhalt gründen, nicht auf Gefühle. Heather Hollister scheint nicht ins Bild zu passen, aber nur, weil wir noch nicht wissen, wie und wo sie in dieses Bild eingefügt werden muss.«

»Und die Fingerabdrücke?«

»Das weiß ich ebenfalls nicht. Wenn er sie absichtlich hinterlassen hat, habe ich keine Erklärung dafür. Es könnte aber auch ganz einfach so sein, dass er glaubt, der Kunststoff der Leichensäcke nimmt keine Fingerabdrücke an.«

AD Jones blickt in die Ferne. Ich weiß, dass er alle Fakten abwägt, die ich ihm gegeben habe. »Okay«, sagt er schließlich. »Hört sich so an, als wären Sie auf der richtigen Spur. Ich stimme Ihnen zu. Eine Undercover-Operation ist die beste Möglichkeit, die Sie im Augenblick haben. Halten Sie mich auf dem Laufenden.«

»Jawohl, Sir.« Ich stehe auf, um zu gehen. »Noch eine Sache, Sir …«

»Ja?«

»Ich muss heute eine Stunde früher gehen«, sage ich und blicke verlegen auf meine Schuhe.

»Wieso?«

»Arzttermin.«

Er lehnt sich zurück und dreht in der rechten Hand einen Stift. »Wegen des Babys?«

»Ja. Erste Vorsorgeuntersuchung.«

Seine Augen fixieren mich einen Augenblick lang; dann beugt er sich wieder über den Schreibtisch und beginnt, an seinen Unterlagen zu arbeiten. »Genehmigt.«

Ich ziehe mich rasch zurück und wundere mich über mein Unbehagen, als ich mit dem Aufzug hinunterfahre. Wieso setzt mir das so zu? Welchen Unterschied macht es, ob ich zu einer Gynäkologin gehe, weil ich schwanger bin, oder wegen etwas Alltäglicherem zu einer Allgemeinmedizinerin?

Die Antwort kommt sofort: *Weil es mich zu einer Frau macht.*

Nichts macht einen mehr zur Frau als eine Schwangerschaft. Man kann ruhig so daherreden wie die Jungs, eine Waffe tragen wie die Jungs und sogar ein Boss sein wie die Jungs, aber sobald sich der Bauch zeigt, weiß jeder: Man ist keiner von den Jungs und wird es niemals sein.

Warum spielt das eine Rolle?, frage ich mich wieder, und erneut kommt die Antwort: *Wegen denen, denen wir uns entgegenstellen.* Unsere Kraft, unsere Waffen, die Macht unserer Organisation – das sind die Dinge, die die Verbrecher im Zaum halten. Ich schäme mich nicht, eine Frau zu sein, aber die Frage lässt mir keine Ruhe, ob Sands sich in mein Haus geschlichen hätte, wenn ich ein männlicher Agent gewesen wäre.

Tief in meinem Inneren glaube ich es nicht.

Ich berühre meinen Bauch. Es ist ein Baby, es ist Hoffnung, es ist ein zukünftiges Leben, aber im Augenblick fühlt es sich an wie eine Zielscheibe in Neonfarben mit einem Megafon, in das es laut brüllt, sodass die ganze Welt es hören kann: *Hier ist meine Schwachstelle! Hier ist meine Schwachstelle! Hier kannst du mich am meisten verletzen. Wenn du mich hier triffst, dann triffst du mich in die Seele.*

KAPITEL 30 Die Ärztin, die ich aufsuche, ist eine ernste Frau – nicht ernst auf die Art, die jemanden unnahbar macht, sondern auf eine Weise, die einem sagt, dass man ihre ganze Aufmerksamkeit hat und dass man ihr wichtig ist.

Einen neuen Arzt kennenzulernen ist leichter, als normale neue Bekanntschaften zu schließen. Wenn ein Arzt mein Narbengewebe untersucht, tut er es normalerweise frei heraus und offen, und ich kann relativ sicher sein, dass seine Neugier beruflicher Natur ist. Diese Ärztin ist keine Ausnahme. Sie heißt Sierra Rand.

»Warum haben Ihre Eltern Sie Sierra genannt?«, frage ich.

Ich spiele auf Zeit. Jetzt, wo ich da bin, in diesem Sprechzimmer Platz genommen habe und sie mir in ihrem weißen Kittel mit Patientenakte und Kugelschreiber gegenübersitzt, stelle ich fest, dass ich Angst habe. Eine Gynäkologin als Schwangere aufzusuchen, macht alles plötzlich ein bisschen zu wirklich für mich.

Mit der Frage scheint die Ärztin gut fertig zu werden. »Meine Eltern waren begeisterte Wanderer und Camper. Wie es heißt, wurde ich in einem Zelt auf dem Mount Whitney gezeugt, der zur Sierra Nevada gehört.«

»Sierra. Ein hübscher Name.«

»Danke. Meine Eltern hatten gerade ihre Hippiephase hinter sich, als ich geboren wurde. Ich hätte also auch ›America‹ oder ›Freedom‹ heißen können. Deshalb beschwere ich mich nicht.« Sie lächelt. »Nun, was kann ich für Sie tun, Mrs. Barrett?«

Sie hat das Geplänkel abgewürgt, und das bringt mich beinahe aus der Fassung.

Jetzt ist es so weit.

»Ich bin schwanger.«

Sie lächelt nicht, noch gratuliert sie mir. Sie runzelt auch nicht die Stirn. Ihr Gesichtsausdruck ist eine Studie an Unverbindlichkeit, für die man einen Doktortitel bekommen würde. »Woher wissen Sie das?«

»Das Übliche. Vor etwas über zwei Monaten hat meine Periode ausgesetzt, und meine Brüste wurden empfindlich, also habe ich mir einen Schwangerschaftstest gekauft, und er war positiv. Zur Bestätigung habe ich noch einen Bluttest gemacht.«

Sie sieht in meine Akte. »Auf Ihrem Eingangsformular schreiben Sie, dass Sie schon eine Tochter haben.«

»Ja.«

»Und ist sie gesund?«

»Sie war gesund.«

Sie runzelt die Stirn und legt die Patientenakte wieder in den Schoß. »War?«

»Sie wurde von dem Mann ermordet, der das hier mit meinem Gesicht angestellt hat.«

Nun sehe ich den Ausdruck des Erkennens, den ich schon so oft gesehen habe. Meine Geschichte war in allen Zeitungen und in den Fernsehnachrichten. Doch statt große Augen zu machen oder – was ich noch mehr hasse – »nach den der Situation angemessenen Worten« zu suchen, schüttelt sie den Kopf. »Tut mir leid, Mrs. Barrett. Ich habe nicht zwei plus zwei zusammengezählt.«

»Schon gut. Und nennen Sie mich Smoky, Dr. Rand.«

»Smoky.« Wieder das Lächeln. Ihr Lächeln ist nett. »Sie dürfen mich gerne Sierra nennen, aber wahrscheinlich wäre es besser, wenn Sie mich weiter mit Dr. Rand anreden. Studien haben gezeigt, dass Patienten ihren Ärzten eher trauen, wenn sie das Kostüm anbehalten. Ohne den weißen Kittel glaubt mir niemand, dass ich Ärztin bin.«

Ich öffne meine Jacke ein wenig und lasse sie meine Pistole sehen. »Bei mir ist es ähnlich. Ich kann meine Dienstmarke so oft zeigen, wie ich will – wenn ich unbewaffnet bin, glauben die Leute mir einfach nicht, dass ich eine echte FBI-Agentin bin.«

»Ich nehme an, Sie hatten schon früher einen Gynäkologen. Darf ich fragen, weshalb Sie meine Kollegin – oder Kollegen – nicht erneut konsultieren?«

»Aberglaube, nehme ich an. Die Tochter, die er zur Welt brachte, ist tot. Ich möchte nicht, dass er irgendetwas mit diesem Baby zu tun hat.« Ich senke den Blick, ein wenig verlegen, und womöglich schäme ich mich auch ein bisschen. »Ich weiß, das ist unfair, und ich gebe ihm wirklich keine Schuld an ihrem Tod, aber …«

»Sie möchten in jeder Hinsicht einen Neuanfang.«

Ich blicke sie erstaunt an. »Stimmt.«

Sie lächelt beruhigend. »Daran ist nichts Verkehrtes, Smoky. Stress kann eine werdende Mutter am wenigsten gebrauchen. Da ist es natürlich sinnvoll, wenn Ihr Arzt keine Belastung für Sie darstellt, aus welchem Grund auch immer.«

»Danke.«

»Nun zurück zu Ihrer Tochter. War sie gesund? Gab es Komplikationen während der Schwangerschaft oder bei der Entbindung?«

»Nein, bei Alexa war alles einfach. Ich hatte kaum morgendliche Übelkeit und nur vier Stunden Wehen. Sie war ein gesundes Baby und ein gesundes Kind. Als sie sechs Monate alt war, hat sie mal hohes Fieber bekommen, und sie hat sich den Unterarm gebrochen, als sie von einem Klettergerüst fiel. Davon abgesehen ging es ihr immer gut.«

»Und bei Ihnen? Haben Sie seitdem irgendwelche gesundheitlichen Probleme entwickelt?«

Ich atme tief durch und sage ihr etwas, das nur eine Handvoll Menschen weiß. »Nicht lange nach meiner Vergewaltigung hatte ich eine Abtreibung.«

Sie nimmt auch das ohne sichtliche Regung auf und sieht nicht einmal von meiner Patientenakte hoch. »Irgendwelche Komplikationen dabei? Eine Infektion, stärkere Blutungen als üblich?«

»Nein.«

»Sind Sie regelmäßig zu Ihrem Frauenarzt gegangen?«

»Jährlicher Pap-Test.«

»Ausgezeichnet.« Sie schaut mir nun direkt in die Augen. »Gab es körperliche Komplikationen durch den Angriff auf Sie? Irgendetwas, von dem ich wissen sollte?«

»Nur die Narben sind geblieben. Äußerlich und innerlich.«

»Okay. Hier steht, dass Sie keine Medikamente nehmen, aber ich frage trotzdem lieber nach, denn einige Patientinnen betrachten so etwas als Privatsache. Nehmen Sie Antidepressiva?«

»Nein. Ich habe daran gedacht, aber ich nehme keine.«

»Was ist mit Empfängnisverhütung?«

»Wir haben den Vaginalschwamm benutzt. Empfehlen kann ich das jetzt wohl nicht mehr.«

»Also nehmen Sie nicht die Pille?«

»Nein.«

»Gab es Krankheiten in Ihrer Familie?«

»Meine Mutter und mein Vater sind beide an Krebs gestorben.«

»Fehlgeburten? Komplizierte Entbindungen? Erbkrankheiten?«

»Ich habe von einer Großtante gehört, die einen Sohn mit Wolfsrachen geboren hat. Davon abgesehen nicht.«

Sie macht sich Notizen und legt die Patientenakte beiseite.

»Sie scheinen mir eine Kandidatin für eine gesunde Entbindung zu sein, Smoky. Sie sind gut in Form, haben ein gutes Gewicht, keine Probleme mit dem Blutdruck oder dem Herzen, Sie rauchen nicht, und Ihre erste Geburt verlief ohne Eklampsie, Diabetes oder Gerinnungsproblemen.« Sie lächelt. »Es besteht also kein Grund, bei dieser Schwangerschaft mit Komplikationen zu rechnen. Wegen Ihres Alters werden wir alles zwar sehr genau im Auge behalten, aber ich mache mir keine Sorgen.«

»Welche Risiken entstehen durch mein Alter?«

»Je älter die Mutter ist, desto größer ist das Risiko einer Genommutation. Die Statistiken werden noch diskutiert. Im schlimmsten Fall, von dem ich weiß, stellt es sich so dar: Bei einer Frau im Alter von fünfundzwanzig Jahren besteht eine Wahrscheinlichkeit von grob eins zu eintausendzweihundertfünfzig, ein Baby mit Down-Syndrom zu bekommen. Mit dreißig steigt die Wahrscheinlichkeit auf eins zu tausend. Für eine Vierzigjährige ist sie eins zu hundert, und über fünfundvierzig steigt sie auf eins zu dreißig.«

»Meine Güte.«

»Ich sage Ihnen das ganz offen. Andererseits sollten Sie nicht vergessen, dass fünfundsiebzig Prozent aller Kinder mit Trisomie 21 von Müttern unter fünfunddreißig geboren werden. Wenn Sie möchten, mache ich eine Blutuntersuchung, bei der wir nach Markern suchen, wie sie bei einem Kind mit Down-Syndrom auftreten.«

»Okay. Wann?«

»Das hängt ganz von Ihnen ab. Der Test ist zwischen der sechzehnten und der achtzehnten Woche am genausten, aber es besteht kein Grund, so lange zu warten. Die Befunde von Untersuchungen innerhalb der ersten drei Schwangerschaftsmonate sind fünfundneunzig Prozent zutreffend.«

»Also habe ich genug Zeit, um darüber zu entscheiden, ob ich das Kind behalten will, wenn es am Down-Syndrom leidet.« Ich seufze. »Toll.«

Sie streckt die Hand aus und berührt mich kurz am Arm. »Smoky, für Sie besteht kein Grund anzunehmen, dass Ihr Baby nicht gesund ist. Ich habe schon etliche gesunde Kinder von Frauen über vierzig entbunden.«

»Aber einige waren nicht gesund, stimmt's?«

»Leider. Aber jedes dieser wenigen Frauen war untersucht worden und wusste, dass sie ein Kind mit Down-Syndrom zur Welt bringen würde. Es war ihre eigene Entscheidung, und sie waren mit ihrem Kind nicht weniger glücklich als eine Frau mit gesundem Baby.«

»Wirklich?«

»Denken Sie …« Sie zögert. »Denken Sie an Ihre Tochter. Hätten Sie es bereut, sie auf die Welt gebracht zu haben, wenn sie einen Geburtsfehler wie das Down-Syndrom gehabt hätte?«

Die Frage soll mich nicht bestürzen, aber sie tut es. Ich denke über sie nach, über Alexa, meine süße Kleine. Wäre sie noch immer sie selbst gewesen, wenn sie mit einer Behinderung auf die Welt gekommen wäre? Ich schließe für einen Moment die Augen, und ihr Gesicht steht vor mir, wie ich es an jenem letzten Morgen gesehen habe. Ich sehe ihr Lächeln, höre ihr Lachen und sehe in ihren Augen schimmern, was ihr ganzes Wesen ausgemacht hat.

Ja. Alexa wäre immer Alexa gewesen, in welcher Gestalt auch immer.

Ich öffne die Augen wieder. »Nein, ich hätte es nicht bereut«, sage ich zu der Ärztin. »Sie wäre mein Kind gewesen, und ich hätte sie nicht weniger lieb gehabt.«

»Na, sehen Sie.«

Ich habe eine Frau vor mir, die ihren Beruf nicht gewählt hat, weil sie damit am meisten Geld verdienen oder dem Druck anderer medizinischer Fachgebiete ausweichen konnte, sondern weil er ihre Berufung war. Sie liebt, was sie tut, und es ist ihre Bestimmung, neues Leben auf die Welt zu bringen.

Ich denke an Douglas Hollister, der seinen eigenen Sohn erdrosselt hat, und nie ist mir ein Mensch, der sein eigenes Kind tötet, fremder erschienen als in diesem Moment im Sprechzimmer. Ich berühre meinen Bauch und suche nach Begreifen, doch es ist unfassbar. Wie könnte ich dieses Kind je töten?

Ich bin erstaunt und entsetzt zugleich, als ich merke, dass ich weine. Ich dachte, ich hätte alle Tränen hinter mir gelassen. Ich habe mich in einem neuen Leben eingerichtet, in einer neuen Liebe, einer neuen Ehe. Ich habe meine Fähigkeit wiederentdeckt, fröhlich zu sein, zu lachen und nicht immer nur Finsternis zu sehen und Kälte zu spüren. Der Fluss der Trauer, in dem ich so lange getrieben bin, war erst zu einem Rinnsal geworden und schließlich zu einer Pfütze ausgetrocknet.

Offenbar bringen einige Dinge immer noch Regen.

Ich dachte, ich bekäme diese Chance nie wieder, aber jetzt habe ich sie, und ich habe gerade erst begriffen, wie sehr ich sie mir wünsche, wie sehr ich sie brauche und wie groß die Sehnsucht ist.

»Tut mir leid«, sage ich mit belegter Stimme, ohne die Tränen eindämmen zu können.

»Schon gut, Smoky.«

Ich lasse meinen Tränen freien Lauf.

Auf der Fahrt nach Hause denke ich über meine Suche nach – die Suche nach der Seele. Jeder hat seine eigene Antwort. Pater Yates, der Priester bei Callies Hochzeit, hatte seine. Die Buddhisten haben ihre eigene. Als ich noch ein kleines Mädchen war, hatte ich meine. Ich besaß diese Antwort mit einer Sicherheit und Unschuld, die zu mächtig und rein waren, als dass ich sie als pure Naivität abtun könnte. Gibt es Dinge, die wir nur wissen, solange wir klein sind? Die wir vergessen, wenn wir älter werden? Oder liegt es nur daran, dass man immer mehr hinter die Kulissen blickt und etwas entwickelt, das die Jungen Zynismus und die Alten Realitätssinn nennen?

Die Frage, die ich mir am meisten gestellt habe, lautet: Warum ist mir das wichtig?

Ich reibe meinen Bauch, versuche das Leben zu spüren, das darin wächst, und mich mit ihm zu verständigen.

Wichtig ist es mir deinetwegen.

Wichtig ist es mir wegen der Wahrheit, die ich in Dr. Rands Praxis gesehen habe – dass Alexa in jeder Gestalt Alexa wäre.

Ist das ein Beweis für die Existenz der Seele?

Nichts antwortet mir, aber ich bin zufrieden, dass ich näher herankomme.

Ich überlege, ins Büro zu fahren, entscheide mich dann aber dagegen. Alan wird mich anrufen, wenn Dalí sie wieder kontaktiert. James und Callie rufen mich an, wenn sich etwas anderes ergibt.

»Zum Teufel damit!«, sage ich laut und lache. Ich fühle mich ein wenig ausgelassen. Wieder findet meine Hand die Stelle an meinem Bauch. »Ich werde wieder Mutter, Baby. Wieder jung mit über vierzig. Kannst du das glauben?«

Wir brauchen Milch, und während ich auf den Parkplatz des Supermarkts einbiege, summe ich »Blackbird« von den Beatles. Mom hat das Lied immer geliebt. Sie konnte es sogar singen, mit hoher, ergreifender Stimme. Ich starre durch die Windschutzscheibe und muss daran denken, wie sie zu Dads Füßen saß, lächelte und sang, während er die Gitarre spielte.

Es wäre schön gewesen, wenn sie ihre Enkel kennengelernt hätte.

Ich weiß nicht, was mich gerade an Mom denken lässt und nicht an Dad. Vielleicht liegt es daran, dass es für Mom immer ein bisschen schwieriger war, glücklich zu sein. Und als sie ihr Glück fand, fand sie es in ihrer Familie.

Ich pfeife weiter, als ich die Autotür schließe.

Etwas Hartes berührt mich im Kreuz, und eine Stimme flüstert mir ins Ohr:

»Eine falsche Bewegung, Special Agent Barrett, und Sie sind tot. Sie sterben, ich lebe. Sie wissen, wer ich bin, also wissen Sie auch, dass es keine leere Drohung ist.«

Ich erstarre. Mein Herz beginnt so stark zu hämmern, dass ich glaube, es platzt mir aus der Brust. Mir ist leicht übel.

»Dalí?«, krächze ich.

Wie ist meine Kehle so schnell so trocken geworden?

»Wir gehen jetzt zu meinem Wagen, Agentin Barrett. Legen Sie sich in den Kofferraum. Wenn Sie sich wehren, erschieße ich Sie. Anschließend fahre ich zu Ihnen nach Hause und töte Ihre Adoptivtochter und Ihren Freund. Haben Sie verstanden?«

Eine Million Gedanken wirbeln mir durch den Kopf, Dinge, die ich sagen, Abmachungen, die ich anbieten könnte. Doch die Waffe drückt das alles beiseite. »Ja«, flüstere ich.

Er greift unter meine Jacke und nimmt mir die Waffe ab. Dann löst er das Handy von meinem Gürtel.

»Vorwärts.«

Nach höchstens drei Metern kommen wir zu einem blauen Toyota Camry. Der Kofferraum ist bereits aufgeschlossen.

Woher wusste er, dass ich hierherkomme?

Er wusste es gar nicht. Er ist mir gefolgt.

Warum?

»Mach auf«, befiehlt er.

Ich gchorchc.

»Wie lange sind Sie mir schon gefolgt?« Die Frage ist sinnlos, doch während ich in die Dunkelheit des Kofferraums schaue, muss ich an Heather Hollister denken, die acht Jahre in der Dunkelheit zubrachte, und eisiges Entsetzen packt mich.

»Steig ein, oder du stirbst. Und deine Familie auch.«

Seine Stimme ist ausdruckslos, ohne jedes Gefühl, beinahe gelangweilt. Und dieses Unbeteiligtsein überzeugt mehr als alles andere. Mein Blick huscht über den Parkplatz. Ein Mann geht zu seinem Wagen, in der Hand eine Tüte mit Einkäufen. Er spricht in sein Handy und achtet nicht auf uns.

Ich steige in den Kofferraum und drehte mich herum, um einen Blick auf Dalí zu erhaschen. Sein Gesicht ist mit Verbandmull umwickelt. Er hält einen Augenblick inne und sieht zu mir herunter.

»Die Menschen blicken einem Brandopfer nicht ins Gesicht«, sagt er. Dann knallt er den Kofferraumdeckel zu.

Ich höre zuerst nichts. Dann kann ich eine gedämpfte Stimme vernehmen, gefolgt von zwei fauchenden Geräuschen, die ich als schallgedämpfte Schüsse erkenne. Wieder Stille. Dann ein schlurfendes Geräusch, und dann knallt die Tür zu.

Der Motor springt an.

Wir bewegen uns.

Es muss der Mann mit dem Handy gewesen sein. Er muss gesehen haben, wie jemand mit verbundenem Kopf eine Frau in den Kofferraum geladen hat. Der Mann hat irgendetwas gesagt, und Dalí hat ihm ohne Zögern eine Kugel in den Kopf gejagt. Ich habe wenig Zweifel, dass der Mann tot ist. Dalí ist ein Geschöpf der Präzision und der Pragmatik, und es ist nur praktisch, wenn man immer mal wieder mit der Waffe übt.

Ich bete, dass jemand alles gesehen hat, dass ein Streifenwagen vorbeikam und das Geschehen beobachtet hat, irgendetwas, ganz egal was. Ich lege die Hand auf meinen Bauch und bete zu dem Gott, an den ich nicht glaube.

Ich weiß nicht, ob du da bist, aber wenn, dann tu etwas. Ich bitte dich ja nicht, das Rote Meer zu teilen. Er hat auf einem öffentlichen Parkplatz einen Mann erschossen. Gib mir nur einen Polizisten oder einen besorgten Bürger mit einem Handy. Bitte.

Zeit vergeht, und ich begreife, wie weit wir vom Parkplatz entfernt sein müssen. Ich höre nichts von einer Verfolgung.

Ich werde ein bisschen ruhiger, rieche schwach Benzin und versuche mich auf den Augenblick vorzubereiten, wenn er den Kofferraum öffnet.

KAPITEL 31 Der Wagen wird langsamer und hält schließlich. Der Motor flüstert im Leerlauf. Ich höre, wie sich etwas bewegt, etwas Mechanisches. Ein Tor?

Ich habe abzuschätzen versucht, wie lange wir gefahren sind. Ich war überrascht, wie schwierig das ist, im Dunkeln, ohne Uhr. Man hat kein Gefühl für Entfernungen. Ich habe versucht, die Sekunden zu zählen, aber ich habe mich immer in meiner eigenen Angst verloren.

Die Panik lähmt mich. Ich weiß nicht, ob es für mich besser oder schlimmer ist als für Heather Hollister. Ich habe mehr Erfahrung als sie, eine bessere Ausbildung für Fälle wie diesen. Ich weiß, womit ich es zu tun habe. Ich bin schon beschossen worden, und ich habe mehr als einen Angriff überlebt.

Aber nichts davon scheint mir zu helfen. Bilder von meiner Vergewaltigung und der Folter durch Joseph Sands steigen vor meinem inneren Auge auf. Es sind Bilder, von denen ich geglaubt habe, ich hätte sie längst zur Ruhe gebettet. Mein Herzschlag ist jetzt außer Kontrolle. Es fehlt nicht viel, und ich hyperventiliere.

Ich habe mal eine Tagung des FBI besucht, bei der es um das Thema Angst ging. Einer der Vorträge, die ich mir anhörte, hieß: *Die Psychologie der Angst: Wie man den Fluchtreflex in Kampfsituationen überwindet.*

Der Vortragende war ein Mann namens Barnaby Wallace, ein ehemaliger Elitesoldat, der erst zum Special-Forces-Ausbilder und dann zum privaten Sicherheitsberater umgesattelt hatte.

»In den meisten Situationen, in denen die Angst das Regiment übernimmt, ist das Problem ein Mangel an Ausbildung bei der betreffenden Person. In unserer Gesellschaft ist die Vorstellung verbreitet, dass nur Feiglinge Angst haben – Männer, die es nicht wert sind, Männer genannt zu werden. Wir haben dafür gesorgt, dass man sich seiner Furcht schämt. Im Zweiten Weltkrieg haben die Russen das Problem auf ziemlich pragmatische Art gelöst: Man konnte zwischen den Gewehren der Soldaten hinter einem wählen, die einen mit Sicherheit getötet haben, wenn man davonlief, oder den Gewehren des Feindes vor einem, die man vielleicht überlebte.

Die Geschichte des Militärs ist die Geschichte des Umgangs mit der Angst. Wir drillen Soldaten, Befehle zu befolgen, egal was geschieht. Desertion ist in der Regel ein Schwerverbrechen, für das man vor ein Erschießungskommando gestellt wird. Was aber zeigt uns das alles?«

Er beugte sich leicht vor, um sein Argument zu unterstreichen. »Offensichtlich, dass Angst eine natürliche Reaktion ist. In den Jahren, in denen ich Männer befehligt habe, waren es immer die Furchtlosen, die mir am meisten Ärger gemacht haben. Sie hatten nämlich meistens eine Schraube locker.«

Das Publikum lachte. Man hörte Erleichterung in diesem Lachen, denn die allermeisten Zuhörer gehörten nicht zur Kategorie der Furchtlosen, die Wallace soeben zu Halbverrückten erklärt hatte.

»Angst ist wahrscheinlich einer der ältesten biologischen Befehle«, fuhr Wallace fort. »Sie hat sich entwickelt, um einen Organismus am Leben zu erhalten. Angst befiehlt die Flucht vor dem stärkeren Gegner, weil Macht in der Regel gleich Recht ist. In der Tierwelt ist der größere Gegner im Allgemeinen auch der siegreiche Gegner.

Die Dinge haben sich geändert. Wir können denken, und weil wir denken können, sind wir in der Lage, uns Vorteile zu schaffen und die Größe oder überlegene Bewaffnung des Gegners zumindest auszugleichen. Auf diesem Niveau dient die Angst nach wie vor einem Zweck, aber nur, wenn wir lernen, sie für unsere eigenen Zwecke zu nutzen.« Er lächelte. »Kampf oder Flucht, jeder kennt diese Entscheidung. Die Angst ist entstanden, um uns zum Fliehen zu bewegen, aber sie brachte eine Absicherung mit: Wenn eine Flucht unmöglich war, hat die Angst uns das Adrenalin geliefert, das wir benötigt haben, um es dem Gegner möglichst schwer zu machen. Daher hat Angst durchaus ihre guten Seiten. Sie sagt Ihnen, dass Sie in Gefahr sind und sich darauf einstellen müssen und dass Sie sich entweder zurückziehen oder kämpfen oder sterben.

Deshalb besteht der erste Schritt, seine Angst zu bezwingen, darin, sie anzunehmen. Die Angst sagt Ihnen etwas. Hören Sie ihr zu. Wehren Sie sich nicht dagegen. Das ist der erste Fehler – und zwar der Fehler, der Sie umbringt. Sie sind so sehr davon abgelenkt, Ihre Angst beiseitezuschieben, dass Sie den Kerl mit der Pistole erst bemerken, wenn er vor Ihnen steht. ›Vor Angst zu erstarren‹, wie es zutreffend heißt, ist in einer Kampfsituation so ziemlich das Schlimmste, was einem passieren kann.

Sie müssen die Angst auf der Ebene des Instinkts ausschalten. Sie ist nur eine Anzeige, so wie ein Tachometer oder Ihr Blutdruck. Wenden Sie Ihren Intellekt auf diese Anzeige an. Beobachten Sie sie. Was verrät sie Ihnen? Ist Flucht die richtige Antwort? Kann sein. Wie sieht es mit Kampf aus? Vielleicht. Beobachten Sie die Anzeige, analysieren Sie sie. Wenn Sie das tun, wird Angst zu einem Werkzeug, nicht mehr und nicht weniger, und Sie verlieren keinerlei Bewegungsmoment. Sie sollten die Angst nicht mehr als Defizit betrachten oder als etwas Fremdes. Angst ist wahrscheinlich der älteste Bestandteil unseres Wesens.«

Ich schließe die Augen, atme zitternd durch und versuche dann, meine Angst zu betrachten.

Wieso habe ich Angst?

Punkt eins ist eine Antwort aus dem Bauch: Wegen dem, was Sands mir angetan hat. Ich bin schon einmal in der Gewalt eines Irren gewesen, und es hätte mich beinahe vernichtet. Nun geschieht es wieder, hier und jetzt.

Der bloße Gedanke erfüllt mich mit Entsetzen, doch er gehört nicht zur Sache, noch ist er von Nutzen. Dalí ist kein Sands. Es gibt keinerlei Anzeichen dafür, dass er ein Vergewaltiger wäre. Seine Haltung gegenüber Heather Hollister erinnert eher an die eines Zoowärters gegenüber einem Tier. Mag sein, dass er mich schlägt, aber er wird sich wahrscheinlich nicht an mir vergehen.

Mein Puls beruhigt sich ein wenig.

Punkt zwei: Heather Hollister selbst. Sie war eine starke Frau, doch acht Jahre allein in der Dunkelheit haben ihr den Verstand geraubt. Sie war eine tüchtige, selbstsichere Polizistin; jetzt pult sie Löcher in die eigene Haut und plappert wie ein Kind.

Punkt drei: Was, wenn er beschließt, mich zu lobotomieren

wie die arme Dana Hollister? Was, wenn er die Dunkelheit für immer anhalten lässt? Oder wenn er mich tötet?

Ich beherzige den Rat von Barnaby Wallace und nehme diese Dinge in mich auf. Sie sind echt. Sie ergeben Sinn. Diese Dinge können wirklich geschehen, und deshalb sind sie Probleme, die es zu lösen gilt.

Mein Herzschlag und meine Atmung sind wieder normal.

Danke, Barnaby. Du kommt auf die Weihnachtskartenliste, wenn ich mit heilem Verstand hier rauskomme.

Also, Kampf oder Flucht? Was ist in dieser Situation am sinnvollsten? Ich hake innerlich die Punkte ab: Er hat die Waffen, was ihm einen deutlichen Vorteil verleiht. Wenn er militärisch ausgebildet ist, kennt er sich mit Nahkampf aus. Das Beunruhigendste aber ist seine Erfahrung. Was er hier tut, das tut er seit Jahren. Er weiß, was er zu erwarten hat, wenn er den Kofferraumdeckel öffnet.

Also Flucht. Aber wie?

Mir fällt etwas ein, was Heather Hollister gesagt hat. Sie war bereit, den Gegner anzugreifen, als der Kofferraumdeckel sich öffnete. Dafür hat sie sich eine Ladung Pfefferspray in die Augen und einen Schuss mit einer Schockwaffe eingehandelt. Weil es die offensichtlichste Taktik war und weil er damit rechnen musste und weil …

Aussetzer.

Das Wort stammt von Kirby. An einem Wochenende hat sie mich einmal zu einem kleinen Kampf mit bloßen Händen herausgefordert, und ich habe die Herausforderung angenommen. Ich ziehe zwar meine Pistole vor, aber die kann ich nicht immer benutzen. Außerdem musste mein Jiu-Jitsu einmal gründlich aufpoliert werden.

Wir hatten Spaß, und Kirby erwies sich als gute Lehrerin. Sie war geschmeidig, kräftig und geschickt, aber nie brutal. Einmal glaubte ich, ich hätte sie erwischt. Ich hatte sie von hinten gepackt, in einer Kopfzange, und sie versuchte angestrengt, sich zu befreien. Plötzlich entspannte sie sich, sank zusammen, spannte sich wieder an, sank noch mehr zusammen, spannte sich wieder an. Es war verwirrend, und ich fand mich aus dem Gleichgewicht gebracht und versuchte vorherzusehen, was sie als Nächstes tun würde, um entsprechend reagieren zu können. Und noch während ich fieberhaft nachdachte, verlegte Kirby sich von leichter Anspannung auf einen gewaltigen Ausbruch explosiver Kraft, der mich völlig unvorbereitet traf. Sie schoss vor und schleuderte mich über ihre Schulter. Ich schlug sehr unsanft mit dem Rücken auf.

Kirby grinste mich an, als ich um Atem rang. »Der Aussetzer, Smoky-Baby. Einen Schritt hoch, einen Schritt runter, einen Schritt hoch, einen Schritt runter – und dann, wenn dein Gegner glaubt, er kennt deinen Rhythmus, machst du *zwei* Schritte, verstehst du?«

Der Wagen fährt wieder an.

Ich werde ihn angreifen, während ich aus dem Kofferraum steige und ihm den Rücken zuwende. Wenn ich am verletzlichsten erscheine. Ich werde so tun, als käme ich nicht aus dem Kofferraum heraus, als wäre mir schwindlig oder übel. Ich werde es einmal versuchen, scheitern, ein zweites Mal versuchen, wieder scheitern und beim dritten Mal eben nicht scheitern, sondern nach hinten treten, ihn mit dem Fuß erwischen und losrennen.

Hoffentlich.

Die Art der Geräusche ändert sich abrupt. Sie klingen nun tiefer, dumpfer.

Eine Garage. Wir sind in eine Garage gefahren.

Ich atme mehrmals tief durch, um mich zu beruhigen, und wiederhole immer wieder einen Spruch, den Barnaby im weiteren Verlauf seines Vortrags zitiert hatte. Damals war dieser Spruch mir ziemlich blöd vorgekommen, aber jetzt hilft er mir.

Du darfst nicht der Angst dienen, sondern die Angst muss dir dienen.

Der Motor wird abgestellt. Stille. Ich höre, wie sich eine Tür öffnet. Dann gedämpfte Schritte auf einem harten, glatten Untergrund.

Der Kofferraum öffnet sich ganz wenig. Ein Lichtspalt ist zu sehen. Er hat keinen Schlüssel ins Schloss geschoben, also hat er ihn per Fernbedienung geöffnet. Schlau.

»Ich werde den Kofferraumdeckel halb öffnen und werfe Handschellen zu dir rein. Du legst sie an. Wenn du nur eine einzige Bewegung machst, die mir nicht gefällt, tue ich dir weh. Hast du verstanden?«

»Ja.«

Der Deckel öffnet sich ein Stückchen mehr, aber nicht vollständig. Die Handschellen fliegen herein.

»Keine Tricks. Leg die Handschellen fest an, oder ich tue dir weh. Kapiert?«

»Ja.«

Er klingt gelangweilt, als arbeite er eine Liste ab. Nur ein Job. Er hat ihn schon hundertmal gemacht, und es ist immer dasselbe.

Ich lasse die Handschellen an den Handgelenken einrasten und vergewissere mich, dass sie fest sitzen.

»Okay, sind angelegt.«

Der Kofferraum öffnet sich ganz. Er steht hinter dem Wagen, entspannt, aber aufmerksam. In einer Hand hält er meine Pistole auf mich gerichtet. In der anderen hält er eine Dose, in der wahrscheinlich Pfefferspray ist. Die Düse zeigt auf mich.

Wir sind in einem Betongebäude mit Rolltor. Die Tür steht offen, und ich sehe den Nachthimmel und einen Zaun. Freiheit.

»Du steigst jetzt aus dem Kofferraum und stellst dich mit dem Rücken zu mir. Ich führe dich von hinten. Du wirst dorthin gehen, wohin ich dich lenke. Bei der ersten hastigen Bewegung schieße ich. Ich werde versuchen, dich nur zu verletzen, aber wenn es sein muss, töte ich dich. Hast du verstanden?«

»Ja.«

»Klettere jetzt raus.«

Jetzt oder nie. Das ist die Gelegenheit. Aussetzer.

Ich versuche herauszukommen und schaffe es nicht.

Einmal.

Ich hole Luft und mache mich bereit, es noch einmal zu versuchen und es wieder nicht zu schaffen.

Bevor ich zu einer Bewegung ansetzen kann, verpasst er mir eine Ladung Pfefferspray. Es trifft mich so übel, wie es nur geht: direkt in die offenen Augen und in den Hals. Der Schmerz kommt sofort und ist unerträglich. Meine Augen brennen, und ich schreie und schreie, bis ein Hustenanfall die Schreie erstickt. Er sprüht weiter, hört nicht auf, und ich achte nicht mehr auf ihn, auf den Wagen, auf die Angst, weil nur noch die Höllenqualen existieren.

Er tritt mich in den Kofferraum und knallt den Deckel zu.

Ich huste und würge im Dunkeln. Wenn ich kann, schreie ich. Meine Haut brennt überall, wo das Spray sie erwischt hat. Ich reibe mir die Augen, aber das macht es nur noch schlimmer. Der Schmerz ist schlimmer als alles, was ich je erlebt habe – nicht in Bezug auf seine Intensität, sondern auf seine Unentrinnbarkeit. Nichts, was ich tue, lindert diesen Schmerz, nichts lässt ihn aufhören.

Ich brenne im Dunkeln.

Ich weiß nicht, wie viel Zeit vergeht. Zeit wird in Qualen gemessen, in ihrem Nachlassen und ihrem Ende. Ich bin von Schweiß bedeckt, und mein Gesicht trieft vor Tränen und Rotz. Ich habe mich erbrochen, habe mich von oben bis unten vollgekotzt. Meine Muskeln sind schwach und zittrig, und eine lähmende Mischung aus Erschöpfung und Verzweiflung erfüllt mich.

Eine Hand schlägt zweimal auf den Kofferraumdeckel.

»Wir versuchen es jetzt noch mal. Tu, was ich gesagt habe.

Wenn du eine Dummheit versuchst, bekommst du wieder eine Ladung Spray verpasst. Hast du verstanden?«

»Ja«, flüstere ich. Meine Stimme bebt vor Angst und Hass.

»Hast du verstanden?«

Er hat mich nicht gehört. Der Hass nimmt zu.

»Ja«, sage ich lauter. »Ich habe verstanden.«

Was sonst kann ich sagen?

Der Kofferraumdeckel hebt sich. Ich sehe das Gleiche wie beim ersten Mal. Der Nachthimmel hinter ihm, die Waffe vor meinem Gesicht. Tief sauge ich die kühle Nachtluft ein. Ich zittere, und ich hasse es.

»Los«, sagt er. »Aussteigen.«

Ich bebe am ganzen Körper, als ich aussteige. Diesmal versuche ich nichts, gar nichts. Ich stelle mich mit dem Rücken zu ihm vor den Wagen. Er legt mir eine Hand auf die Schulter und drückt mir die Waffe ins Kreuz.

»Los.«

Ich gehe los und bin mir bewusst, wie der Nachthimmel hinter mir zurückbleibt. Ist es den anderen auch so ergangen? Ist es immer das Gleiche? Die gelangweilte Stimme, die Anweisungen, die verblassenden Sterne? Wahrscheinlich. Dalí ist pragmatisch, seelenlos. Er weicht nicht vom Bewährten ab.

Meine Augen brennen noch immer, aber mittlerweile ist es erträglich. Ich versuche, mir meine Umgebung einzuprägen, während wir auf eine Tür zugehen, nur dass es nicht viel einzuprägen gibt. Ich sehe Wände, Fußboden und Decke aus grauem Beton. Die Garage, in die wir gefahren sind, ist ziemlich klein. Die Decke kann nicht höher sein als zweieinhalb Meter. Unter der Decke brennt eine Neonröhre. Die Tür, zu der er mich führt, ist fensterlos und aus mattgrauem Stahl. Ein Zweckbau. In der rechten oberen Ecke bemerke ich eine Kamera.

Wie es aussieht, hat Earl richtig gelegen, geht es mir durch den Kopf. *Zumindest war er dicht dran.*

Wir erreichen die Tür.

»Mach auf«, befiehlt er mir.

Ich drehe den Knauf, ziehe die Tür auf. Dahinter ist ein Flur, vielleicht zehn Meter lang, aus nacktem Beton. Am Ende biegt er nach rechts ab. In der linken Wand sind drei Türen. Alles ist so nüchtern beleuchtet wie die Garage, die wir verlassen.

»Geh weiter«, sagt er, noch immer gelangweilt.

Ich gehorche. Ich höre, wie die Tür sich hinter uns schließt. Jetzt bin ich in einem Grab. Hier gibt es keine Geräusche, nur Stille und Kühle. Wir erreichen das Ende des Gangs, wenden uns nach rechts und stehen vor einer Stahltreppe.

»Nach oben«, befiehlt er.

Wir steigen die Treppe hinauf. Sie endet im ersten Stock.

»Mach die Tür auf.«

Ich drehe wieder einen Knauf und drücke wieder eine Tür auf, und wir befinden uns in einem weiteren Korridor, der viel furchteinflößender wirkt als der Flur eine Etage tiefer. Hier sind zu beiden Seiten je zehn Türen. Sie sind aus Stahl, und sie haben keine Knäufe. Ich muss schlucken, als ich die verriegelten Öffnungen am unteren Ende jeder Tür bemerke.

Da schiebt er das Essen durch.

»Geh rein da«, sagt er.

Ich gehorche, unfähig, etwas anderes zu tun.

Wir erreichen das Ende des Korridors. Während wir an den Türen vorbeigehen, muss ich mich fragen: Ist hinter jeder Tür eine Frau?

Die letzte Tür steht offen, wartet auf mich.

»Geh da rein«, befiehlt er.

Ich sträube mich, und die Waffe drückt gegen mein Rückgrat, erinnert mich an mein Versprechen. Ich habe keinen Grund, an seinen Worten zu zweifeln.

»Geh da rein«, sagt er wieder mit dieser endlosen, gelangweilten Geduld.

Ich gehe weiter. Als ich die Schwelle erreiche, versetzt er mir einen harten Stoß, und ich taumele in den Raum dahinter. Die Tür schließt sich langsam. So schnell ich kann, betrachte ich meine Umgebung, nehme auf, so viel ich kann, ehe es dunkel wird. Ich sehe eine an der Wand befestigte Pritsche, eine Toilette. Sonst nichts.

Die Tür schließt sich.

Ich werfe mich dagegen.

»Lass mich raus, du verdammtes Stück Scheiße! Ich bin beim FBI!«

Ich will wütend klingen, doch es ist das nackte Entsetzen. Er gibt keine Antwort. Ich höre, wie die Schlösser in die Haken gehängt werden.

»Dalí!«, schreie ich.

Ich höre, wie er davongeht.

Dann nichts mehr.

KAPITEL 32

Die Dunkelheit ist undurchdringlich, so wie Heather Hollister gesagt hat. Ich hatte die stille Hoffnung, dass vielleicht ein bisschen Licht durch Türritzen scheint, aber Dalí hat sie abgedichtet, und es fällt nicht der geringste Schimmer hindurch. Ich halte mir die Hände vors Gesicht und starre darauf. Mein Dad hat es mir beigebracht, als ich noch klein war und er mir mein Nachtlicht abgewöhnen wollte.

»Aber es ist dunkel, Daddy«, habe ich protestiert, acht Jahre alt, mit meiner besten Kleines-Mädchen-in-Not-Stimme, mit der ich fast immer meinen Willen durchsetzen konnte.

Diesmal nicht. Meine Mutter musste dahinterstecken.

»Es ist nie völlig dunkel, Schatz«, sagte er. »Pass auf, ich zeig's dir. Ich schalte alle Lichter aus, bleibe aber hier bei dir, okay?«

»Okay«, stimmte ich zu, ein bisschen bang ums Herz.

Er legte den Schalter um, und alles wurde schwarz. Ich spürte, wie die altbekannte Panik in mir aufstieg, die gleiche Panik, die mir sagte, ich solle mich vorsehen, unter meinem Bett sei irgendwas, etwas mit der Stimme einer Schlange und den Klauen einer Bestie, das darauf lauerte, mich bei den Beinen zu packen, sobald ich die Füße auf den Boden setzte.

»Daddy?«, flüsterte ich.

»Ich bin hier, Kleines, keine Angst. So, jetzt möchte ich, dass du etwas tust. Halt die Hand vors Gesicht und schaue sie an.«

»Warum?«

»Vertrau mir, Schatz.«

Ich hatte keine Angst mehr, natürlich nicht. Mein Vater war bei mir, also würden die Monster sich von mir fernhalten. Ich hob in der Dunkelheit die Hand und starrte darauf.

Zuerst sah ich gar nichts, doch als ein wenig Zeit vergangen war, wurde mir klar, dass Dad recht hatte: Die Finsternis war nicht vollkommen. Obwohl der Mond nur ein Viertel voll und hinter einer Wolkenbank versteckt war, warf er einen ganz schwachen Lichtschimmer durch die Vorhänge. Und die Wolken warfen den Schein der fernen Straßenlaternen zurück und sandten mir ebenfalls mattes Licht. Geisterhaft war meine Hand zu sehen. Nur als Umriss, aber sie war da.

»Ich kann sie sehen, Dad!«

Und jetzt versuche ich es wieder. Ich starre und starre und starre. Zeit vergeht. Ich sehe nichts. Nichts als Schwärze.

»Scheiße«, fluche ich, bestürzt, wie zittrig meine Stimme schon klingt. Ich senke die Hände. Das Klicken der Handschellen hört sich in der völligen Stille seltsam tröstend an.

»Mach dich mit der Umgebung vertraut«, sage ich laut.

Ich rufe mir in Erinnerung, was ich von dem Raum gesehen habe, ehe die Tür sich schloss.

»Das Bett müsste links von mir sein.«

Langsam gehe ich nach links, bis ich den Metallrand der Pritsche spüre. Ich taste nach unten und fahre mit den Händen über den kühlen Rahmen. Ich finde die Decken, dünn und rau. Ein Laken bedeckt eine dünne Matratze, und am Kopfende liegt ein klumpiges Kissen. Ich suche weiter und finde die Schrauben, mit denen die Pritsche an der Wand befestigt ist.

»Wie ein Gefängnisbett«, murmele ich.

Wie treffend. Schließlich bin ich in einer Zelle, oder?

Ich richte mich auf und drehe mich um, sodass das Bett hinter mir ist.

»Die Toilette müsste rechts von mir sein, in der Mitte der Wand.«

Ich gehe in die Richtung, in der ich die Mitte des Raumes vermute; dann drehe ich mich nach rechts und gehe vorwärts. Die Hände halte ich vor mir ausgestreckt. Augenblicke später berühren sie kühlen Beton. Ich beuge mich vor und suche.

Keine Toilette.

Ich bleibe vornübergebeugt und gehe seitlich, wie eine Krabbe, nach links. Einen Augenblick später ertaste ich die Toilette, die aus Stahl ist, nicht aus Porzellan. Erneut wie in einer Zelle. Porzellan ist zerbrechlich, und aus den Scherben kann man Messer fertigen.

»Es soll sich ja niemand die Pulsadern aufschneiden, nicht wahr?«

Mir wird bewusst, dass die Dunkelheit mein räumliches Empfinden beinahe vollständig ausgeschaltet hat. Ich war sicher, dass ich in die Mitte der Zelle gegangen war, doch ich habe mich um fast einen Meter geirrt. Mein Respekt vor den Blinden steigt mit jeder Minute.

Ich beschließe, meine Zelle abzuschreiten. Ich folge der Stirnwand, bis ich die Seitenwand erreiche, an der die Pritsche angeschraubt ist. Ich wende ihr den Rücken zu und gehe langsam vorwärts. Dabei zähle ich. Mit jedem Schritt versuche ich nur einen Fuß weit voranzukommen. Als meine Zehen an die gegenüberliegende Wand stoßen, bin ich bei zwölf.

»Drei Meter sechzig. Okay.«

Ich gehe die Entfernung zwischen Pritsche und Toilette ab. Keine zwei Meter.

»Zwölf zu fünf. Kapiert. Bett, Toilette. Decke, Kissen.«

Ich bewege mich zurück zum Bett und setze mich darauf. Starre ins Nichts. Die Schwärze ist in ihrer Vollkommenheit bedrückend. Als ich die Ohren spitze, höre ich das leise *Pffft-pffft-pffft*, mit dem Luft in den Raum gepumpt wird. Sonst gibt es nichts. Ich lege mich wieder aufs Bett und starre in die Schwärze unter der Decke.

»Himmel«, flüstere ich, und es ist beinahe ein Schluchzer.

Ich habe mich über Heather Hollister erhaben gefühlt. Das ist eine natürliche Reaktion. Wir sehen jemanden, der kränker oder schwächer ist als wir, und schon nehmen wir auf unbewusster Ebene an, dass irgendein grundlegender Unterschied zwischen uns besteht. Sei es Karma oder innere Stärke, wir müssen irgendwie überlegen sein, sonst wären wir ja gleich.

Jetzt sitze ich in der Dunkelheit und Stille mit dem Pffft-pffft-pffft und begreife. Acht Jahre hier drin würden jeden zerstören, einfach jeden. Dass Heather Hollister noch Wörter zu Sätzen zusammenfügen konnte, war ein Zeichen gewaltiger Stärke.

»Es tut mir leid, Heather«, sage ich laut.

Ich habe kein Problem damit, mit mir selbst zu reden. Ich habe es hin und wieder getan, seit ich mein früheres Leben verloren habe. Es war mein erster Waffenstillstand mit dem Wahnsinn. Bisher hat es gut funktioniert, mit sich selbst zu reden.

»Wir werden ausgiebige Gespräche führen, Alexa, wenn ich lange genug hier bin.«

Das Entsetzen durchzuckt mich wie ein Elektroschock, so stark, dass mir schwindelig wird. Ich habe daran gedacht, mich mit einem toten Kind zu unterhalten. Was ist mit den Lebenden?

Bonnie darf nicht noch eine Mutter verlieren. Ich senke meine gefesselten Hände und berühre meinen Bauch.

Was wird aus diesem Kind?

Die Erinnerung an die Kamera im ersten Raum kommt mir in den Sinn, und ich reiße die Hände vom Unterleib weg.

Was, wenn er in diesem Raum eine Infrarotkamera laufen lässt?

Ich beschließe, meine Schwangerschaft zu verbergen, solange es geht.

Wir müssen stumm miteinander reden, Baby. Ich kann nicht riskieren, dass er lauscht.

Die Stille und die Schwärze wirken betäubend. Ich hatte nicht bemerkt, wie viel von meinem Selbstgefühl auf der visuellen Wahrnehmung meines Körpers beruht. Man geht und sieht aus den Augenwinkeln die eigenen Arme schwingen. Man geht an einem Fenster vorbei und sieht auf der Scheibe sein schattenhaftes Spiegelbild. Man *existiert.* In der Finsternis gibt es nur Gedanken, Berührung, Geruch. Das erscheint mir nicht genug.

»Dann sorge dafür, dass es genug ist.« Ich spreche den Satz laut aus, aber der Beton saugt ihn auf, konserviert die Stille.

Ich beschließe, mich darauf zu konzentrieren, wieso ich hier bin. Warum hat er mich entführt? Ich bin nicht besonders überrascht, dass er weiß, wer ich bin, aber warum entführt er mich gerade jetzt? Welchem Zweck soll das Ganze dienen?

Ich höre ein schwaches Geräusch im Korridor. Das Licht im Raum geht an, und ich schreie erschrocken auf, als die Welt in Weiße verschwindet. Ich bin wieder blind, diesmal vom Licht geblendet statt von der Dunkelheit. Ich drücke mir die Handballen auf die Augen, sehe aber nur Flecken. Ich höre, wie die Tür sich öffnet. Dann wird mir etwas gegen den Hals gedrückt. Im nächsten Augenblick durchzuckt mich ein Elektroschock. Meine Muskeln verkrampfen, und ich schreie vor Schmerz auf. Er lässt nicht nach, der Hurensohn. Ich spüre, wie meine Blase sich entleert, dann verliere ich das Bewusstsein.

Sekunden später komme ich zu mir. Ich liege mit dem Gesicht nach unten auf dem Boden. Ich versuche etwas zu sagen, bringe aber nur ein heiseres Stöhnen hervor. Ich spüre, wie mir eine Kanüle in die Armbeuge gestochen wird. Dann strömt etwas in meine Adern. Ein heftiges Schwindelgefühl überfällt mich, dann bin ich wieder blind, überwältigt von einem Strudel aus Wärme und Weiß.

Als ich wieder zu mir komme, bin ich nackt und mit dem Gesicht nach unten an einen Stahltisch gefesselt. Ich trage eine Augenbinde. Mein Kopf wird schnell klar. Was immer er mir gespritzt hat, baut sich rasch ab.

Ich krümme mich innerlich zusammen vor Scham wegen meiner Verletzlichkeit und Nacktheit, die mir nur zu vertraut ist. Obwohl ich weiß, dass er nicht auf Vergewaltigung aus ist, kann ich nur daran denken, dass ich wieder in genau der Situation bin, in die ich nie mehr geraten wollte. Ich hatte es mir geschworen. Doch nun ist es wieder so weit: Ein Mann, der nicht mein Mann ist, betrachtet meinen Körper, sieht seine Schönheit und seine Makel.

Ich möchte mich übergeben vor Verzweiflung.

Überall tut es mir weh. Meine Augen und meine Kehle fühlen sich vom Pfefferspray geschwollen an. Meine Handgelenke sind von den Handschellen wund gerieben. Schmerzhafte Stiche, die sich schon bald in wirklich üble Kopfschmerzen verwandeln werden, schießen mir durch den Hinterkopf.

»Das ist nur eine Demonstration«, sagt Dalí.

Er klingt jetzt nicht mehr gelangweilt. Sein Tonfall hat sich ein wenig verändert. Er hört sich zwar nicht erregt an, aber aufmerksam, gespannt. Was immer er vorhat, ist von Wichtigkeit für ihn. Es verdient seine Konzentration.

Mir bricht der Schweiß aus.

»Wir alle sind nur Fleisch und Blut, verstehst du? Wir sind

Kreaturen. Tiere. Wir können uns selbst etwas vormachen, aber letzten Endes lebt Pawlows Hund in jedem von uns. Wenn du willst, dass jemand dir gehorcht, brauchst du nur die Fähigkeit und die Möglichkeit, ihm mehr Schmerz zuzufügen, als er ertragen kann. Es genügt aber nicht, davon zu sprechen. Du musst es ihm beweisen. Wenn du es oft genug beweist, wird er folgsam. Appelliere an seine Angst, nicht an seinen Intellekt. Furcht ist weitaus verlässlicher.«

Ich rieche etwas. Der Geruch ist nicht unangenehm – der Duft eines Rasierwassers, schwach, aber erkennbar.

»Das Wichtigste ist, dein Versprechen zu halten. Wenn du sagst: ›Tu das nicht‹, und jemand tut es doch, muss die Strafe folgen. In deinem Fall habe ich dir befohlen, dich von mir fernzuhalten. Stattdessen hast du beschlossen, mich zu jagen. Deshalb musst du bestraft werden, und deine Bestrafung wird für andere eine Abschreckung sein.«

»Das ist Irrsinn, Dalí. Machen Sie sich eine Vorstellung, wer ich bin? Der Direktor des FBI hat mich gerade erst dazu bestimmt, eine nationale Sondereinheit zu leiten, die gegen Serientäter ermittelt. Ich bin eine Bundesagentin, die dem Präsidenten persönlich bekannt ist. Man wird nach mir suchen, mit allen Mitteln.«

Plötzlich verlässt mich der Mut. Ich kann das ängstliche Schwanken meiner Stimme hören, und ich verabscheue mich für meine Schwäche. Später, falls ich entkomme, werden andere mir in beschwichtigendem Tonfall sagen, dass es nicht meine Schuld war, aber das wird keine Rolle spielen.

»Sie können ruhig suchen, sie werden dich nicht finden. Wenn mein Name das nächste Mal auftaucht, werden sie sich erinnern, was mit einer ihrer Besten passiert ist, und werden es sich zweimal überlegen.«

Er klingt gelassen und vernünftig.

»Glauben Sie wirklich?«

»Es ist ein allgemeingültiges Gesetz. Die Gewissheit von Angst und Schmerz ist die beste Garantie für Gehorsam.«

»Sie irren sich. Man wird die Suche nach mir niemals aufgeben.«

»Ein Tier mit einer Dienstmarke ist immer noch ein Tier. Schmerz und Angst verdrängen stets den Glauben. Man muss beides nur in angemessenen Dosen austeilen und zu einer Gewissheit machen. Das FBI wird nach dir suchen, aber sie werden dich nicht finden. Man wird darüber nachdenken, was es für dich bedeutet, was du durchmachst, und die Wahrheit begreifen.«

»Welche Wahrheit?«

»Dass es genauso gut sie selbst treffen könnte.«

In dem Raum ist es viel zu warm. Ich spüre, wie sich in der Rundung meines Rückens Schweißtropfen zu einer Pfütze sammeln. Das Gefühl meiner nackten Haut auf dem Metall des Tisches ist irgendwie grotesk. Ich schwitze am Haaransatz und unter den Brüsten.

»Angesichts der nackten Wirklichkeit ist eine Debatte niemals erfolgreich. Schlag jemandem mit der Faust ins Gesicht, schmettere ihm deine Knöchel in den Mund, brich ihm die Zähne ab, lass seine Lippen aufplatzen. Und dann fordere ihn auf zu wiederholen, was er gesagt hat. Was wird er tun? Was meinst du?«

»Er wird Ihnen sagen, Sie sollen sich zum Teufel scheren.«

»Du kannst sagen, was du willst, ich werde dir trotzdem meine Lehre demonstrieren. Über ihre Wirksamkeit kannst du dir ja selbst ein Urteil bilden.«

»Warten Sie …«

Er beachtet mich nicht und fährt fort, als hätte ich nichts gesagt. Er ist gemächlich, geduldig, wie ein Golem oder ein Roboter.

»Ich werde dich auspeitschen. Es wird wehtun, allein durch den Schweiß, der deinen ganzen Körper bedeckt. Du wirst schreien, kreischen und betteln, aber ich höre nicht auf. Ich höre nie auf. Es macht mir keine Freude. Ich tue es nur, um dir zu zeigen, was dich erwartet, wenn du mir wieder nicht gehorchst. Hast du verstanden?«

Der gelangweilte Tonfall ist wieder da, und das macht mir am meisten Angst.

»Warten Sie!«, rufe ich.

Etwas Dünnes, Ledriges trifft mich und lässt meinen Rücken glühen, als würde er in Flammen stehen. Dass ich nicht damit gerechnet habe, macht es noch viel schlimmer. Augenblicke später folgt ein Gefühl der Taubheit, wiederum gefolgt von unerträglichem Brennen. Ich schreie auf, kann es aber sofort unterdrücken.

»Du solltest lieber schreien«, sagt er. »Das wirst du sowieso noch.«

Es endet in Stille. Ich bin von Nebel umfangen, einem Miasma aus Schmerz und grellen Lichtern wie Blitzen, die in einer Gewitterwolke gefangen sind. Ich habe geschrien, bis die Schreie mir zu anstrengend wurden, das Gehirn abschaltete und ich nichts anderes mehr tun konnte, als mich vor Schmerz zu krümmen.

Es endet, wie es begann: ohne Warnung. Ich warte auf den nächsten Hieb, doch er kommt nicht. Ich krümme mich trotzdem – eine reflexartige Reaktion auf den Rhythmus, den mein Peiniger vorgegeben hat. Dann erst bemerke ich, dass es vorbei ist, und lasse den Tränen freien Lauf. Ich hasse es, kann aber nichts dagegen tun.

Mein ganzer Körper schmerzt. Die Striemen auf meinem Rücken, meinen Hinterbacken und den Rückseiten meiner Beine brennen, wenn mein eigener Schweiß sie berührt. Es ist, als wäre ich von bissigen Ameisen bedeckt oder bekäme immer wieder einen Klaps auf einen üblen Sonnenbrand.

Trotz meiner Scham und meiner Schmerzen bin ich dankbar, dass er sich mit der Rückseite meines Körpers zufriedengibt. Meinen Bauch hat er in Ruhe gelassen.

»Du hast eine der Strafen für Ungehorsam erhalten«, sagt er. »Du wirst zugeben, dass sie angemessen war. Ich werde darauf achten, dich nicht völlig zu entkräften. Deine tieferen Wunden werde ich mit einem antibiotischen Balsam behandeln. Es wird dir ein paar Tage lang sehr, sehr schlecht gehen, aber du wirst keinen dauerhaften Schaden davontragen. Und es ist unwahrscheinlich, dass Narben zurückbleiben, es sei denn, du zwingst mich, die Strafe mehrmals zu wiederholen.«

Meine hilflose Dankbarkeit erfüllt mich mit Ekel vor mir selbst.

Ja, bitte, bitte. Nicht noch mehr Narben. Gott sei Dank.

»Es sind simple Regeln und ein simples Leben. Befolge sie, und ich lasse dich in Ruhe. Verstoße gegen die Regeln, und du findest dich in diesem Raum wieder. Du musst wissen, dass ich dich diesmal glimpflich davonkommen ließ, weil die Bestrafung nur dem Zweck der Demonstration diente. Es kann sehr viel schlimmer werden. Ich kann es doppelt so lange tun, dreimal so lange, den ganzen Tag, wenn ich will. Ich kann dir Abflussreiniger in die Wunden gießen. Ich kann eine brennende Zigarette auf deiner Haut ausdrücken. Und das ist noch gar nichts.«

Ich sage nichts, aber mir schaudert.

»Nun zu den Regeln. Du bekommst drei Mahlzeiten am Tag. Du wirst essen, was ich dir gebe. Du wirst täglich mindestens eine halbe Stunde trainieren. Liegestütze, Crunches, Rennen auf der Stelle. Du wirst die Toilette benutzen, um dich zu erleichtern. Einmal die Woche – vorausgesetzt, ich bin hier – bringe ich dir Zahnseide, eine Zahnbürste und Zahncreme. Ich werde mich vergewissern, dass du deine Zähne gründlich reinigst. Der Versuch, mich anzugreifen oder dich selbst zu verletzen, wird schwer bestraft. Mehr verlange ich nicht. Hast du so weit alles verstanden?«

Mein Mund will mir nicht gehorchen. Dalí schlägt mir mit der flachen Hand auf den Rücken, und ich schreie gellend, so schneidend ist der Schmerz.

»Hast du verstanden?«, fragt er noch einmal, ruhig und geduldig wie immer.

»Ja …«, stöhne ich.

»Sehr gut. Wenn du die Regeln befolgst, wirst du in deinem Zimmer nicht angekettet. Verstößt du gegen die Regeln, wirst du nicht nur bestraft, sondern auch angekettet. Bevor ich nun deine Wunden versorge und dich zurückbringe, möchte ich dir etwas zeigen. Ich werde jetzt deine Augenbinde anheben und deinen Kopf nach links drehen.«

Er hebt das Tuch und dreht meinen Kopf. Ich blinzle ins Licht. Der Raum ist trist und kahl: Beton und Leuchtstoffröhren, wie überall hier. Ungefähr anderthalb Meter entfernt steht ein weiterer Tisch mit einem weiteren nackten Menschen darauf, der ebenfalls eine Augenbinde trägt und mit dem Gesicht nach unten liegt. Ich schließe die Augen und öffne sie wieder, um scharf sehen zu können. Was ich dann sehe, lässt mich frösteln bis ins Mark.

»Leo«, flüstere ich.

Auf dem Tisch liegt Leo Carnes. Er zittert unkontrolliert. Für ihn muss es noch schlimmer sein als für mich; er ist die ganze Zeit hier gewesen und musste sich anhören, was Dalí mir angetan hat.

»Leo, ich bin hier«, sage ich.

»Smoky? Bist du das? Er hat Alan niedergeschossen! O Gott, was geht hier vor?«

»Ruhe«, verlangt Dalí, doch in seiner Stimme liegt kein Zorn, eher Belustigung.

»Halt durch, Leo«, sage ich. »Tu, was er verlangt.«

Dalí schiebt meine Augenbinde wieder herunter und schlägt mich auf den Rücken, härter als beim ersten Mal. Ich bäume mich in meinen Fesseln auf, verbeiße mir jedoch die Schreie.

»Ruhe, habe ich gesagt.«

»Sie haben Alan ermordet?«

»Den Schwarzen? Ich weiß nicht, ob er tot ist oder nicht. Ich habe ihn zweimal getroffen. Sei jetzt still, oder es gibt noch mal zehn Minuten mit der Peitsche.«

Damit bringt er mich zum Schweigen. Er reibt mir Balsam auf den Rücken. Es ist schmerzhaft, aber ich ertrage es. Als er fertig ist, löst er meine Handschellen und die anderen Fesseln.

»Von nun an wirst du nackt sein. In deinem Zimmer brauchst du keine Kleidung. Außerdem musst du keine Handschellen mehr tragen. Ist das nicht wunderbar?«

Ich antworte nicht, was mir einen weiteren Hieb einbringt. Er schlägt so fest zu, dass ich aufschreie. Dann beiße ich die Zähne zusammen und dränge meine Wut zurück. »Ja«, sage ich. »Das ist wunderbar.«

Er richtet mich in eine sitzende Haltung auf.

»Steh langsam auf. Du wirst ein bisschen unsicher auf den Beinen sein, aber das gibt sich.«

Er hat recht. Ich lasse mich vom Tisch gleiten. Als ich zu stehen versuche, knicken mir beinahe die Knie ein. Dalí bewahrt mich vor einem Sturz.

»Geh vorwärts, wie ich es dir sage. Hast du verstanden?«

Zurück zum Mechanisch-Gelangweilten.

»Ja.«

Er führt mich weiter. Ich spüre eine Temperaturänderung und nehme an, dass wir eine Tür durchschreiten. Wir gehen einen langen Flur entlang, biegen zweimal ab und bleiben stehen.

»Warum haben Sie mich für den Rückweg in meine Zelle nicht wieder betäubt?«, frage ich.

»Zimmer«, verbessert er mich. »Es ist besser, wenn du es als Zimmer betrachtest, glaub mir. Nach allem, was du hinter dir hast, müsstest du zu schwach sein, um Widerstand zu leisten. Wenn nicht, möchte ich das wissen.«

Ich bin überrascht, dass er geantwortet hat, daher gehe ich ein letztes Risiko ein, als ich höre, dass die Tür sich öffnet.

»Warum tun Sie uns das an, Dalí?«

Ein winziges Zögern. Dann erwidert er:

»Antue? Ich tue niemandem etwas an. Ich lagere nur Fleisch.«

Er reißt mir die Augenbinde herunter und stößt mich in die Dunkelheit.

TEIL 2

DER MOND

KAPITEL 33 Hinter meinen Augen reise ich, in meinem Kopf, und ich spreche sowohl zu den Lebenden als auch zu den Toten. Matt ist dort, Alexa ist dort, mein gesichtsloses ungeborenes Kind ist dort. Auch Bonnie ist dort, doch sie ist wieder stumm, und ihre Augen sind voller Traurigkeit.

Es war dunkel, als ich meine Augen schloss. Es ist immer dunkel. Dreimal am Tag erscheint ein Rechteck aus Licht am Fuße meiner Zellentür, und Essen wird hereingeschoben, jedes Mal das Gleiche: Hafergrütze mit Orangen am Morgen, mittags ein Schinken- oder Roastbeefsandwich mit einem Apfel, Hot Dogs und grüner Salat am Abend. Zu jedem Abendessen bekomme ich Vitamintabletten. Und Wasser. Wasser gibt es immer genug.

»Iss alles auf«, hat Dalí mir befohlen. »Wenn du nicht isst, wirst du bestraft. Du bekommst von mir alles, was du zum Überleben brauchst: tierisches Eiweiß, Obst und Gemüse gegen den Skorbut. Dazu Vitamine, denn ich muss eine Möglichkeit finden, den durch Kalziummangel bedingten Zahnausfall zu verhindern, ohne dass es mich zu teuer kommt. Milch verdirbt zu schnell. Wir werden sehen, wie es funktioniert.«

Ich habe keine weiteren Erlebnisse im Bestrafungszimmer gehabt. Alles in mir schreit danach, Dalí Widerstand zu leisten, aber das darf ich nicht riskieren, sonst gefährde ich das Baby, das mir Halt gibt und zu meiner Rettungsleine geworden ist, zusammen mit dem Licht hinter meinen Augen.

Drei Wochen sind vergangen. Drei Wochen Dunkelheit und quälendes Nichtstun. Es gibt keine Bücher, kein Fernsehen, kein Radio. Ich habe nichts zu tun außer zu denken, zu essen, zu trainieren, von einem Ende der Zelle zum anderen zu gehen, die Toilette zu benutzen und zu schlafen. Einmal habe ich angefangen, mich selbst zu befriedigen, nur um die entsetzliche Leere zu vertreiben, doch dann kam mir der Gedanke, dass er mich mittels einer Infrarotkamera beobachten könnte, und ich ließ es bleiben.

Einmal die Woche besucht er mich, wie versprochen, damit ich mir die Zähne putze und sie mit Zahnseide reinige. Wie alles andere laufen auch diese Besuche immer gleich ab. Ohne Warnung flammt das Licht auf und blendet mich. Die Tür öffnet sich, und er lähmt mich mit der Elektrowaffe. Dann legt er mir die Augenbinde an. Wenn ich wieder stehen kann, führt er mich zu der Wasserschüssel, die er mitgebracht hat. Er gibt mir Zahnseide, und ich benutze sie. Er gibt mir eine Zahnbürste, auf der die Zahnpasta schon aufgetragen ist, und ich putze mir die Zähne und spüle mir den Mund aus. Dann lähmt er mich wieder mit dem Elektroschocker. Er dreht mich aufs Gesicht, noch während ich zucke, nimmt mir die Augenbinde ab und verlässt die Zelle. Ich bleibe einsam, wimmernd und von Schmerzen geplagt in der Dunkelheit zurück.

Beim ersten Mal hat er etwas Seltsames gesagt: »Großartig, Nummer fünfunddreißig.« So nennt er mich. Nummer 35. Ich speichere es ab in der Betäubung, die mich erfüllt.

Bei seinen letzten beiden Besuchen hat er nichts gesagt. Ich saß auf dem Fußboden, während er geduldig darauf wartete, dass ich fertig wurde. Diese Geduld hasse ich inzwischen mehr als alles andere, denn sie ist Gleichgültigkeit, und hier, wo ich bin, ist Gleichgültigkeit ein ganz besonderes Gift.

Nur drei Wochen sind vergangen, und ich spüre bereits, dass ich unter dem Druck zu zerbrechen drohe. Ich sehne mich danach, dass er etwas zu mir sagt. Ich verabscheue ihn, aber ich wünsche mir so sehr, dass er spricht oder mich anbrüllt oder schlägt … irgendetwas, das mir den Kontakt mit einem anderen Menschen vermittelt, ganz gleich, wie abartig er sein mag.

Ist es die gleiche Einsamkeit, die geprügelte Frauen bei den Männern hält, die sie misshandeln? Empfinden diese Frauen es genauso? Eine kalte, dunkle, trostlose Einsamkeit in der Stille, in der das Schweigen und der Mangel an Zuwendung zum lodernden Schmerz geworden sind?

Ich sehne mich nach allem, was mir die eigene Existenz bestätigt. Es müsste nicht mal ein Mensch sein. Einmal habe ich einen Film gesehen, in dem ein Kriegsgefangener sich mit einer Ratte anfreundet. Damals hat diese Szene, hat der Mann mich abgestoßen. Heute beneide ich ihn.

Die Dunkelheit, die Stille und Einsamkeit foltern meine schutzlose Seele.

Stimmt genau, habe ich zu mir gesagt (am Tag? Oder in der Nacht?). *Die Seele.*

Sobald man alle Lichter ausgeschaltet hat, der Körper nicht mehr zu sehen ist und man mit sich allein ist – was bleibt dann? Das Selbst-Bewusstsein, das »Ich«, das »Das, was ich bin«.

Wenn das nicht die Seele ist, was dann?

Ich möchte die Antwort gar nicht hören.

Hier und an ähnlichen Orten wie diesen kommt der Wahnsinn, weil man zu viel nachdenkt. Aber Nachdenken ist alles, was man tun kann. Es ist das Einzige, was einem nicht genommen werden kann. Das Problem ist nur: Wenn man erst einmal angefangen hat, ist es schwer, wieder damit aufzuhören. Wie eine Melodie, die einem nicht aus dem Kopf geht, können die Gedanken dahinrollen, sich auf alten Bahnen bewegen, immer der Straße folgen, und man sieht, wie die Sonne aufgeht und die Bäume vorüberziehen. Doch wenn die Sonne untergeht, stellt man fest, dass die Bremsen versagen. Die Gedanken kommen nicht zum

Stehen, und man windet sich auf der Pritsche und flucht, wütet oder weint.

Von Anfang an habe ich mir Gedanken um Leo und Alan gemacht. Als dann die Minuten, Stunden, Tage vergingen und mein Zeitgefühl zu einem treibenden Etwas wurde, verspürte ich immer weniger den Wunsch, über einen von ihnen nachzusinnen.

Nur drei Wochen, und ich stehe bereits eine Hölle auf Erden durch, von der ich mir nie hätte träumen lassen, dass sie existiert.

Bei Verstand bleibe ich durch Tricks, die mir Barnaby Wallace beigebracht hat. Immer deutlicher erweist sich, dass das Geld für sein Seminar eine verdammt gute Investition gewesen ist.

»Angst entsteht aus zu wenig oder zu viel Gewissheit«, hatte Wallace gesagt. »Folter dient dazu, einem das eine oder andere vorzuenthalten oder auch beides. Der Folterer nimmt Ihnen die Gewissheit, indem er verschiedene Methoden anwendet. Schlafentzug. Reizentzug. Sie haben weder Uhr noch Fenster und verlieren das Zeitgefühl. Er gibt Ihnen zu viel Gewissheit, indem er Ihnen ankündigt, Ihnen höllischen Schmerz zuzufügen, und dann hält er dieses Versprechen. Wie also begegnen Sie dieser Angst?« Er hielt inne und fuhr sich geistesabwesend mit der Hand über eine Narbe seitlich an seinem Hals. »Was die Wirkung der Folter angeht, müssen Sie eines begreifen: Irgendwann zerbricht jeder. Es gibt keine narrensichere Methode, für niemanden. Geben Sie einem Folterer genügend Zeit, und er zerbricht auch den Härtesten. Deshalb kann ich Ihnen nur beibringen, wie man diesen Punkt hinauszögert. Wie man ihn nach hinten verschiebt. Ob es bei Ihnen funktioniert?« Er zuckte mit den Schultern. »Jeder Mensch ist anders.«

Eine der Methoden, von denen er sprach, hatte mit einer Art Selbsthypnose zu tun. Er nannte es »eine Welt hinter den eigenen Augen erschaffen«. Er zeigte uns ein Video von einem Japaner, der tief in Meditation versunken war. Verschiedene Personen versuchten, ihn abzulenken, zuerst, indem sie ihm ins Ohr brüllten, dann schlugen sie ihm mit Brettern und Stangen auf den Rücken. Er blieb die ganze Zeit völlig ruhig, selbst dann noch, als Blut zu fließen begann.

»Das ist ein Extrembeispiel«, gab Wallace zu. »Dieser Mann hat in der Lotushaltung gesessen, seit er vier Jahre alt war. Aber das Prinzip bleibt. Damit lässt sich arbeiten.« Er lächelte dünn und schief. »Wir mögen Dinge, mit denen sich arbeiten lässt.«

Ich verdanke es Barnabys Lektionen, dass ich in der Dunkelheit nicht in eine endlose Leere treibe, aus der es kein Zurück gibt.

Alles ist schwarz, bis ich die Augen schließe, doch sobald sie geschlossen sind, geht das Licht an, oder die Sonne geht auf, oder der Mond steht am Himmel.

Manchmal werde ich mit Bildern und Eindrücken überschüttet, die seltsam und schön sind, aber keinen Sinn enthalten: ein Silo voller Sägemehl, das stark duftet; Äpfel mit süßen Druckstellen; frisch gemähter Weizen; ein blauer Frühlingshimmel.

Diesmal stehe ich auf einer Wiese. Es ist Mittag. Die Wiese ist voller Blumen. Sie stehen so hoch und dicht wie Weizen auf einem Acker und leuchten in allen Regenbogenfarben. Sie sind wunderschön. Mitten auf der Blumenwiese ist ein großer Kreis aus dem grünsten Gras, das ich je gesehen habe. Leiser Vogelgesang und das Säuseln von Wind sind die vorherrschenden Geräusche. Ich sitze im tiefen, duftigen Gras und spreche mit meinem ungeborenen Kind. Es ist weder ein Er noch eine Sie, nur ein kleiner verschwommener Lichtfleck, annähernd wie ein Mensch geformt. Ich spreche laut zu ihm, doch es antwortet mir mit seinem Geist.

»Was wird, wenn er von dir erfährt?«, frage ich. »Was soll ich dann tun?«

Du wartest, Mutter. Und du hoffst. Wenn du willst, kannst du beten, aber nur, wenn du möchtest. Der Glaube, den du hier brauchst, ist in dir und in mir. Gott braucht keinen Glauben, um zu überleben. Er ist hier, in diesem Moment, neben dir, egal, was du von ihm hältst.

Baby ist sehr fromm, was mich gleichzeitig tröstet und wütend macht.

»Gott ist hier? Unsinn.«

Er ist hier.

»Und von was für einem Gott sprechen wir? Dem ernst dreinblickenden alten Knaben mit dem langen weißen Bart? Dem indischen Gott mit acht Armen und dem geheimnisvollen, wissenden Lächeln? Oder sollen wir uns aufs Tierreich verlegen? Ein weißer Büffel in der Ferne vielleicht?«

Gott braucht keine Verkörperung, Mutter. Gott kann Aktivität sein. Oder ein liebender Ehemann, der ein Kind aufzieht. Gott ist, ein gutes Buch zu lesen oder ein Leben zu retten. Gott ist Stolz auf eine gut gemachte Arbeit und Vergebung, die dem gewährt wird, der sie verdient. Du brauchst nicht niederzuknien oder Weihrauch zu verbrennen oder in Angst vor einem Blitzschlag zu leben. Du brauchst nur zu leben und zu lieben und dein Bestes zu geben. Das ist Gott. Das ist der Himmel. Um ihn zu finden, müssen wir nicht warten, bis wir sterben. Er ist hier und jetzt in uns allen.

Baby ist weise, wie alle körperlosen Kinder aus Licht es so an sich haben. Seine Worte hallen in der Luft über der Wiese wider, auch wenn sie nur Gedanke gewesen sind und nicht ausgesprochen wurden. Sie sind melodiös wie Vogelsang und genauso rein und klar.

Ich atme tief durch die Nase ein und rieche den Duft der Blumen. Ich hebe den Kopf zum Himmel, damit die ewige Mittagssonne ungehindert auf mein Gesicht scheinen kann, und auf den Lippen schmecke ich den Sonnenzucker. Hinter meinen Augen schließe ich die Augen, aber hier gibt es keine Dunkelheit, nur reines Licht.

»Die Jury hat noch nichts beschlossen, Baby, aber ich muss schon sagen, mir gefällt diese Version des Himmels besser. Weißt du, welches Problem ich immer mit der Vorstellung vom Himmel hatte? Dass die Leute, die an den Himmel glauben, kein allzu großes Interesse haben, eine bessere Welt zu hinterlassen. Verstehst du, was ich meine? Ich kaufe auch niemandem diese Reinkarnationsgeschichte ab. Aber wenigstens sagt sie einem, dass man auf diese Welt zurückkommt. Deshalb ist es in deinem eigenen Interesse, sie in einem besseren Zustand zurückzulassen als dem, in dem du sie vorgefunden hast.«

Baby leuchtet heller, dann weicher.

Glaube ist nicht wichtig, Mutter. Was du im Augenblick tust, das bist du auch.

Ich rieche den Jasmin, und ich lache. Es gehört nicht hierher, dieses Lachen, dazu ist es hier zu schön. Das Lachen trägt zu viel Verzweiflung in sich.

»Ich entfliehe im Geiste an einen Ort, den es nicht gibt, der für mich aber wirklicher ist als die Wirklichkeit, und ich spreche zu einem leuchtenden Baby Querstrich Theologen, bei dem es sich in Wahrheit um eine Zellansammlung in meinem Leib handelt. Ich glaube, damit qualifiziere ich mich als eine Irre, nicht wahr?«

Es treibt dich nicht in den Wahnsinn, es hält dich bei Verstand.

Ich denke darüber nach.

Das Geräusch von Schritten, die sich draußen auf dem Gang nähern, reißt mich aus dem Licht. Ich mache die Augen auf und befinde mich wieder in der Schwärze.

Nein, nein, nein! Lass die Augen diesmal zu! Das war der Plan!

»Schaffen Sie sich Siege«, hat Barnaby Wallace uns geraten. »Ob sie klein sind, spielt keine Rolle. Wichtig ist nur, dass Sie sie spüren. Folter und Gefangenschaft dienen dazu, Ihnen etwas wegzunehmen. Schaffen Sie sich Dinge, die Sie behalten können.

Durch kleine Ungehorsamkeiten, oder durch Trotz. Solange Sie die Hoffnung auf die Möglichkeit einer Flucht oder einer Rettung nicht aufgeben, werden Sie wahrscheinlich bei Verstand bleiben.«

Die Schritte kommen näher. Ich kneife die Augen so fest zu, wie ich nur kann. Die Schritte verstummen, und das Licht flammt auf. Selbst durch meine Lider hindurch ist es grell. Ich höre das Klirren der Schlösser, die entriegelt werden, und öffne meine Augen ein wenig. Licht dringt ein, doch ich bin nicht so geblendet, dass ich nichts sehen könnte.

Gut!

Ich halte die Augen offen und täusche die übliche Desorientierung und Blindheit vor. Die Tür öffnet sich, und ich versuche den Eindruck zu erwecken, als könnte ich nichts sehen. Zum ersten Mal erblicke ich Dalí. Ich empfinde ein Hochgefühl und zugleich Enttäuschung.

Er ist ein kleiner Mann, trägt ein ausgebeultes Jackett über einem T-Shirt und weite Jeans in Wanderstiefeln. Er hat sich eine Skimaske über den Kopf gezogen, die sein Gesicht verbirgt. Er nähert sich mir mit der Schockpistole. Während ich weiter so tue, als wäre ich geblendet, suche ich nach anderen besonderen Merkmalen. Unmittelbar bevor er mir die Pistole an den Hals drückt, fällt mir etwas auf. Doch es ist nur undeutlich zu sehen, und ich bin mir nicht ganz sicher. Ich habe es noch nicht verarbeitet, als der Stromschlag mich auch schon durchrast. Ich stürze zu Boden, am ganzen Körper zuckend.

Er versetzt mir einen weiteren Elektroschock. Grau dringt in mein Sichtfeld, und jetzt bin ich wirklich blind.

Einen Augenblick später fühle ich einen Nadelstich, und in meinem Kopf explodiert weißes Licht wie eine Bombe. Ich stürze mitten hinein.

Wie letztes Mal liege ich mit dem Gesicht nach unten und bin gefesselt, als ich zu mir komme. Gegen meinen Willen schaudere ich bei dem Gedanken, wieder ausgepeitscht zu werden. Voller Panik frage ich mich, was ich getan haben könnte, dass ich eine Strafe verdient habe.

»Du wunderst dich wahrscheinlich, weshalb du hier bist, Nummer fünfunddreißig«, sagt er. »Keine Sorge. Ich habe dich nicht wegen eines Verstoßes hierhergebracht. Du bist eine Modelleinheit.«

Einheit. Nummer 35. Er lagert nur Fleisch.

»Du bist hier, weil ich dich um eine Entscheidung bitten werde. Du sollst entscheiden, wen ich unschädlich machen und freisetzen werde, dich oder Nummer sechsunddreißig.«

»Wer ist Nummer sechsunddreißig?«

»Der junge Agent, den ich nach dir hierhergebracht habe.«

Mein Herz setzt einen Schlag aus.

Leo?

»Unschädlich machen und freisetzen? Ich verstehe nicht …«

»Du hast gesehen, wovon ich rede. Dana Hollister ist ein Beispiel.«

Lobotomie.

Mein Magen rebelliert.

»Ich will diese Entscheidung nicht treffen.« Mein Mund ist voll Schleim und Galle. Ich zwinge mich, alles herunterzuschlucken.

»Wenn du nicht die Entscheidung triffst, fällt die Wahl automatisch auf dich.«

Ein Augenblick der Schwärze, beinahe wie Bewusstlosigkeit, zieht über mich hinweg. Die Welt besteht aus Watte.

»Wieso?«

»Ich werde noch immer gejagt. Ich muss diesen Leuten eine weitere Botschaft schicken.«

»Das wird nicht funktionieren. Man wird nicht auf Sie hören, begreifen Sie denn nicht? Was Sie mit einem von uns anstellen wollen, nützt Ihnen nichts. Sie können damit nichts ausrichten!«

»Es wird geschehen. Die Frage ist nur: Wer wird es sein?«

»Warum muss ich die Entscheidung treffen?«

»Ich habe eine Münze geworfen. Du hast gewonnen.«

Einen Augenblick lang kann ich nicht sprechen. Ein Schluchzen steigt mir in die Kehle. Ich kämpfe dagegen an.

»Wieso … wieso bin ich hier, in diesem Raum?«

»Ich werde ihn hereinholen, und dann lasse ich euch beide fünf Minuten allein. Du kannst ihm sagen, welche Wahl du treffen wirst, oder auch nicht. Ich überlasse es dir. Über das Thema Flucht zu reden ist dir nicht gestattet. Wenn die fünf Minuten um sind, komme ich zurück. Ich bringe ihn wieder in sein Zimmer, und dann werde ich dich nach deiner Entscheidung fragen. Der Eingriff wird eine Stunde später vorgenommen.«

Ich fühle mich in die Ecke gedrängt und bin der Panik nahe. Ich kann kaum atmen.

Am schlimmsten von allem ist dieses Wort:

Eingriff.

Düster und steril. Ein nüchterner Begriff, der für den Verlust des Ichbewusstseins steht. Ein Wort wie ein Skalpell, hell funkelnd. Metall, geformt aus einem Albtraum.

»Warum lassen Sie uns Zeit miteinander?«

Das ist die eine Waffe, die ich noch habe, ob ich sie später noch einsetzen kann oder nicht: meine Fähigkeit, ihn zu begreifen. Wieso ist Dalí Dalí? Verbirgt sich hinter der Maske des Gewinnstrebens und der Nüchternheit vielleicht doch etwas, das im Dunkeln kichert und dem der Speichel aus dem Mundwinkel läuft? Oder ist es ein primitiveres Mantra: *Ich töte, also bin ich?*

»Weil ich kein grausamer Mensch bin, Nummer fünfunddreißig.«

Es sind stets die Grausamen, die das Bedürfnis haben, das Gegenteil zu beweisen. Ich merke mir seine Antwort trotzdem. Entpersönlichung ist lebenswichtig für ihn. Das zu wissen, könnte nützlich sein.

Oder nur ein Gedanke, der mit dir in der Dunkelheit stirbt.

»Genug Fragen jetzt. Hast du verstanden, was ich dir gesagt habe?«

»Ja.«

»Sehr gut. Ich bringe ihn in Kürze herein. Er bleibt mit dem Gesicht nach unten auf dem Tisch liegen. Ich nehme ihm die Augenbinde ab, damit er dich sehen kann. Dann bringe ich dich zu ihm hinüber, sodass du neben seinem Tisch stehen kannst. Deine Füße werden gefesselt sein, deine Handgelenke an seinen Tisch gekettet. Hast du verstanden?«

Zeit, Zeit, ich brauche mehr Zeit!

»Ja, ich habe verstanden.«

Seine Antwort besteht darin, dass er mich zurücklässt, ohne ein weiteres Wort zu sagen. Er geht, um Leo zu blenden und zu betäuben.

Was soll ich tun?

Die Panik lähmt mich beinahe, doch ich wehre mich dagegen.

Was sind die Faktoren? Zähl sie auf.

»Erstens«, flüstere ich. »Er meint, was er sagt. Zweitens: Ich kann entscheiden, ob es Leo trifft oder mich selbst. Wenn ich keine Entscheidung treffe, erwischt es mich.«

Und das war es auch schon. Weitere Faktoren gibt es nicht.

Was soll ich tun, Baby? Bitte, sag es mir. Hilf mir.

Baby antwortet nicht, und ich kann weder die Blumenwiese noch das Licht bewegen, hinter meinen Augen zu erscheinen. Ich suche nach Worten aus dem Munde von Barnaby Wallace, die zu der Situation passen, doch alles, was ich finde, ist nackte Angst.

Leos Gesicht tritt mir vor Augen, ein Bild, das in schmerzhafter Klarheit erstrahlt. Ich sehe ihn lächeln in dem Flugzeug, in dem wir uns vor ein paar Jahren kennengelernt haben, ein junger Mann mit Ohrring, der darum kämpfte, nicht in dem Establishment aufzugehen, für das er arbeitete, und der erfüllt war von dem Leben, das vor ihm lag. Er kam voller Schwung in unseren Dunstkreis und verließ uns als weiser, ernster Mensch. Was wir ihm enthüllten, ließ ihn reifen, vielleicht zum Besseren, wahrscheinlich zum Schlimmeren.

Er ist hier, weil er mich kennt.

Ich bin schlecht für junge, unschuldige Menschen. Tauben setzen sich auf meinen Finger und fallen tot herunter. Matt und Alexa haben den Preis dafür bezahlt, mich zu lieben. Alan vielleicht ebenfalls. Werde ich mir mit Leo mein Leben erkaufen? Wird er für mein Baby mit seinem Verstand zahlen?

Das Geräusch leiser Schritte, das von der Tür kommt, reißt mich aus meinen Gedanken. Dalí trägt Wanderschuhe, doch er bewegt sich wie eine Katze. Wahrscheinlich ist Leo nackt, und seine bloßen Füße sind auf dem Betonboden nicht zu hören.

»Leg dich auf den Tisch, Nummer sechsunddreißig.«

Leo murmelt etwas und – nehme ich jedenfalls an – gehorcht. Ich frage mich, was Dalí uns da eigentlich injiziert. Ich hatte immer angenommen, er müsse uns hierher tragen.

Ketten klirren. Erneutes Gemurmel. Stille. Dann wieder leise Geräusche auf Stein, die sich mir nähern. Dalí nimmt mir die Augenbinde ab. Ich starre Leo an. Seine Augen sind nur halb geöffnet, der Mund steht weit offen. Speichel rinnt ihm aus dem Mundwinkel.

»Ich bringe dich jetzt zu ihm. Bist du bereit?«

»Ja.«

Er öffnet meine Fußschellen und entfernt die Riemen um meine Taille.

»Ich mache jetzt deine Hände los. Du wirst dich in eine sitzende Haltung aufrichten, während ich hinter dir stehe. Ich halte einen Elektroschocker in der Hand. Wenn du zu fliehen versuchst oder eine Bewegung machst, die mir nicht gefällt, verpasse ich dir eins, kette dich wieder an den Tisch und bestrafe dich eine Stunde lang. Hast du verstanden, Nummer fünfunddreißig?«

»Ja.«

Mir fehlt die Zeit, mich über seine Gleichgültigkeit aufzuregen. Ich kann den Blick nicht von Leo nehmen.

Dalí löst meine Handschellen. »Setz dich auf.«

Ich gehorche. Mir kommt der Gedanke, dass mir meine Nacktheit mittlerweile fast gleichgültig ist.

Er packt mich mit einer Hand im Nacken. »Steh auf.«

Ich erhebe mich und schwanke ein wenig. Mein Kopf ist ganz leicht.

»Geh.«

Ich gehe, bis wir an den Tisch kommen, auf dem der besinnungslose Leo liegt.

»Hände vorstrecken, Handgelenke aneinander.«

Er legt mir die Handschellen wieder an und kettet mich mit einer weiteren an einen Ring am Tisch.

»Ich werde jetzt deine Füße fesseln. Wenn du versuchst, mich zu treten, wirst du bestraft. Hast du verstanden?«

»Ja.«

Ja und ja. Ja, ich habe verstanden, dass du mich in deiner Gewalt hast, dass du ein Ungeheuer bist, und ja, ich habe verstanden, dass die Hoffnung hier einen langen, qualvollen Tod stirbt.

Er legt mir die Schellen um die Fußgelenke.

»Nummer sechsunddreißig wird bald zu sich kommen. Es dauert vielleicht zwanzig Minuten. Ich werde beobachten. Du wirst deine fünf Minuten bekommen, dann komme ich zurück.«

Er geht fort, und ich bleibe stehen und starre auf Leo. Es tut mir weh, ihn so zu sehen. Er ist jung, zu jung. Bin ich je so jung gewesen? Ja. Ich war fast in seinem Alter, als Alexa zur Welt kam. Es kommt mir vor, als wäre es ein Lebensalter her.

Die Zeit vergeht. Leo öffnet die Augen und schließt sie wieder. Einige Minuten später schlägt er die Augen erneut auf und blinzelt, um den Nebel zu vertreiben. Ich wünschte, er könnte ewig schlafen, mit einem friedlichen Babygesicht.

»Es tut mir schrecklich leid, Leo.« Ich fange an zu weinen.

»Hallo …«, sagt er mit schwerer Zunge. Verwirrung spiegelt sich in seinen Augen. »Was … ist hier los?«

Er ist bei Bewusstsein, aber sein Verstand arbeitet noch schwerfällig.

»Ich bin mir nicht sicher. Er gibt uns fünf Minuten zusammen. Keine Ahnung wieso.«

Ich weiß nicht, warum ich lüge. Ich habe noch keine Entscheidung getroffen, doch eine verschlagene Stimme kriecht in meinem Kopf herum, betörend und unrein, flüsternd und raunend: *Du hast dich noch nicht entschieden? Bist du dir sicher? Weißt du nicht längst schon, was du tun wirst?*

»Wie geht es dir?«, frage ich.

»Beschissen. Ich …« Er unterbricht sich, schluckt. »Ich rede viel mit mir selbst. Ich glaube, ich werde verrückt.«

»Ja.« Meine Stimme versagt.

»Hör auf zu weinen, Smoky. Wir haben nur fünf Minuten. Verschwende sie nicht mit Heulen.«

»Du hast recht, Leo. Erzähl mir von deiner Freundin.«

»Christa?« Er lächelt. »Sie hat langes, weiches braunes Haar und grüne Augen. Eine verteufelte Kombination. Sie lacht viel. Und sie findet mich toll. Kluges Mädchen.« Das Lächeln verblasst. »Ich wollte um ihre Hand anhalten. Aber ich sehe sie wohl niemals wieder.« Er seufzt. »Ich hatte mich wirklich auf die Ehe gefreut. Ich wollte wissen, wie das so ist.« Er schaut zu mir hoch. »Wie ist es? Ist es cool?«

Entsetzt verkneife ich mir weitere Tränen. Ein Strom von Antworten jagt mir durch den Kopf. Wie ist es? Eine Sammlung von Augenblicken, die beständig vor mir herunterfallen wie die Blätter im Oktober, helloranges Glück, dunkelrote Wut, braune Normalität. Man teilt ein Bett, tagein, tagaus, bei Tränen und bei Sex, bei Lachen und bei Streit. Dieses Bett wird eine Insel, wo die Nacktheit eher wörtlich gemeint ist als konkret, ein Ort, wo die großen Entscheidungen getroffen werden, wo neues Leben gezeugt und wo man selbst erneuert wird.

Vor allem aber bedeutet Ehe, sofern sie funktioniert, dass man nicht allein ist.

»Ja«, sage ich, unfähig, Leo das alles mitzuteilen, »ja, es ist cool.«

Er nickt, die Wange an den Stahl gedrückt. »Das dachte ich mir.« Er schaut mich wieder an. »Ich muss dich etwas fragen, Smoky, und dann muss ich dir etwas sagen.«

Ich blicke zu der Kamera in der Ecke. »Wir sind nicht allein.«

»Das spielt keine Rolle. Versprich mir, Smoky … wenn du hier herauskommst und ich ende so wie Dana Hollister, dann bring mich um. Ich will das meiner Familie nicht antun, nicht Christa und auch nicht mir selbst.«

»Bitte mich nicht um so etwas, Leo.«

»Wen soll ich denn sonst fragen?« Die Verzweiflung in seiner Stimme entspricht der Angst in seinen Augen.

»Okay«, sage ich, um ihn zu beruhigen. »Ich verspreche es.«

Ich höre die leisen Geräusche, als Dalí näher kommt. Leo hört sie ebenfalls.

»Beug dich vor«, drängt er mich. »Ich will nicht, dass er es hört. Schnell!«

Ich beuge mich zu ihm, sodass mein Ohr direkt vor seinem Mund ist.

»Es war Hollister«, flüstert er. »Hollister muss Dalí etwas gesteckt haben. Sieh dir die Server an, mit denen Hollister gearbeitet hat. Lass …« Seine Stimme bricht. »Lass jemanden, der sehr gut ist, einen Blick darauf werfen. Ich glaube, dort findest du etwas.«

»Aufstehen, Nummer fünfunddreißig«, befiehlt Dalí, als er den Raum betritt.

Ich küsse Leo auf die Wange und lege meine Lippen an sein Ohr. »Es tut mir leid, Leo. Es tut mir furchtbar leid.«

Was tut dir leid?, fragt die verschlagene Stimme.

Es sind nicht die letzten Worte, die ich zu Leo sage.

Aber fast.

KAPITEL 34 »*Comes a Time*, Baby. Das hat Neil Young gesagt. Eine Zeit zu leben, eine Zeit zu sterben. Eine Zeit, um verdammt noch mal den Verstand zu verlieren.«

Baby ist still. Auf dieser Wiese gibt es kein Licht mehr. Die Sonne wird vom Mond verdeckt, an dessen kreisrundem Rand ein Licht hervorschießt und die Welt in sanft erhellte Schatten taucht. Die Bäume haben keine Blätter mehr, und die Äste biegen sich knarrend im rauen, allgegenwärtigen Wind. Die Blumen sind fort. Am Horizont steht eine Staubwolke, Hunderte von Metern hoch, und wälzt sich langsam auf uns zu. Baby bleibt undeutlich und gesichtslos und ist in schummriges Licht getaucht, so wie alles andere. Leo wurde vor einer Woche vernichtet. Ich habe mich ihm vorgezogen, rede mir aber ein, dass ich seine Stelle eingenommen hätte, wäre ich nicht schwanger gewesen. Ich weiß nicht, ob das stimmt, aber es hält mich davon ab, mich umzubringen.

»Entscheide dich«, hatte Dalí gesagt, sonst nichts.

Mit meinem Schweigen zögerte ich es hinaus. Ich wusste, was ich sagen würde, aber ich wollte es nicht sagen.

»Entscheide dich innerhalb von zehn Sekunden, sonst trifft es dich selbst«, drängte er.

»Zwingen Sie mich nicht dazu«, flüsterte ich.

»Fünf Sekunden.«

Vier. Drei. Zwei.

Und dann sagte ich: »Leo! Nehmen Sie Leo, Sie Dreckskerl.«

Ich brach in Tränen aus und hörte auch nicht auf zu weinen, als er meine Handgelenke befreite und mich in die Dunkelheit meiner Zelle schob, die nun mein Zuhause war.

Seither plagen mich furchtbare Schuldgefühle, jede Minute, jede Stunde, jeden Tag. Ich träume von Leo. Von Tommy, Bonnie oder Alan träume ich nicht. Ich träume nur von Leo. Ich träume von seinem Lächeln und muss zusehen, wie es erschlafft, während ihm Speichel vom Kinn zu tropfen beginnt und seine Augen sich mit wogendem Nichts füllen. Ich schlafe auf dem Rücken liegend ein und erwache zusammengekrümmt wie ein Fötus.

Nichts hat sich an meiner Umgebung geändert. Ich atme Dunkelheit. Das Rechteck aus Licht erscheint dreimal am Tag. Ich esse. Ich scheide aus. Ich trainiere. Unter der Sonnenfinsternis und den Sternen bei Tag spreche ich zu Baby, und ich träume von Leo, der vergessen hat, was ihn als Menschen ausmacht. Manchmal taucht in diesen Träumen auch Christa auf, seine Freundin. Sie zeigt anklagend mit dem Finger auf mich und lacht wie eine Hyäne, und dann hebt sie Leo auf wie ein Baby und flüchtet in einen Wald aus toten Bäumen. Ich suche nach den kleinen Siegen, zu denen Barnaby Wallace mir geraten hat, doch in diesen Tagen ist jeder Sieg bitter.

»Wann wirst du dich zeigen, Baby? Und was geschieht dann?«

Bei Alexa sah man mir die Schwangerschaft erst im vierten Monat an. Was wird Dalí mit einer schwangeren Gefangenen anstellen? Hatte er schon damit zu tun? Ich bin mir sicher, und ich will die Antwort gar nicht wissen. Dalí betet den Gott des Pragmatismus an. Er wird tun, was am kostengünstigsten ist.

»Vielleicht darf ich dich behalten.« Mir schaudert bei dem Gedanken, dass Dalí fort ist, wenn bei mir die Wehen einsetzen. In der Dunkelheit zu entbinden, blind nach meinem Kind zu tasten, es an meine Brust zu führen, ohne je sein Gesicht gesehen zu haben.

»Bleibst du deshalb so undeutlich, Baby? Vielleicht kann ich dir keine Gestalt geben, weil ich nicht sicher bin, ob du jemals eine haben wirst.«

Baby schweigt.

In meinem Traum stöhne ich. Ich bin umgeben von Schwärze. Dann reiße ich die Augen auf und erwache, wieder umgeben von Schwärze.

Die Unwirklichkeit ist eine bessere Welt.

Ein weiterer Tag vergeht, ehe Dalí wiederkommt. Das Licht blendet mich ein paar Sekunden lang, ehe er mich mit dem Elektroschocker betäubt. Ich stürze ins Nichts. Als ich aufwache, stehe ich ihm gegenüber. Der Tisch kann offenbar in eine senkrechte Position gekippt werden. Dalí mustert mich. Er trägt seine Skimaske, Jacke und Wanderschuhe.

»Wie es aussieht, hattest du doch recht. Ich werde weiterhin gejagt, Nummer fünfunddreißig. Diese Leute sind hartnäckig.«

Ich sage nichts. Ich habe zu große Angst.

»Du wirst zu einer Belastung für mein Geschäft. Ich muss dich loswerden.«

»Nein, bitte …«, krächze ich. Das Entsetzen schnürt mir die Kehle zu.

»Du meinst, ich werde den Eingriff an dir vornehmen, Nummer fünfunddreißig? Aber nein, das werde ich nicht.«

Die Erleichterung, die mich erfasst, ist so tief, dass ich beinahe die Gewalt über meine Blase verliere. Mir wird klar, dass ich eher sterben würde, als in diesem Zustand mein Baby zur Welt zu bringen. Leo hatte recht.

»Werden Sie mich töten?«, frage ich.

»Nein, ich werde dich freisetzen.«

»Was bedeutet das?«

»Ich werde mir etwas nehmen, was mich an dich erinnert, Nummer fünfunddreißig«, fährt er fort, ohne auf meine Frage einzugehen. »Du wirst weiter deinen Beruf ausüben können, aber was ich tun werde, wird als ein letztes Exempel für dich und andere dienen. Solange man mich jagt, werde ich euch bestrafen.«

Er hatte seine Hände hinter dem Rücken gehalten. Jetzt holt er sie nach vorn, wo ich sie sehen kann. Sie stecken in Handschuhen, und in der Rechten hält er ein Messer. Er sagt nichts weiter. Er geht zur Seite und trennt mir mit einer einzigen Bewegung den kleinen Finger der rechten Hand ab, direkt unter dem ersten Knöchel.

Ich schreie und schreie. Ich kann nicht aufhören. Mein Bewusstsein schwindet. Diesmal brauche ich keine Hilfe.

In diesem Augenblick sehe ich es wieder – Dalis körperliches Merkmal, das ich vor Tagen bemerkt hatte, ohne es fassen zu können. Und ich weiß endlich, was es ist, ehe die Besinnungslosigkeit, diese willkommene Schwester, mich wieder verschlingt.

»Jemand soll einen Rettungswagen rufen!«

»Was ist denn mit ihr?«

»Mein Gott, haben Sie ihr Gesicht gesehen?«

»Vergessen Sie das Gesicht – was ist mit ihrem Finger?«

Die Stimmen schwellen an und ab, so wie die Betäubungsmittel in meinem Blut und der Schmerz in meinem Finger an- und abschwellen.

Unter mir ist Beton. Mein Mund ist so trocken, als wäre er mit Staub gefüllt. Um mich herum stehen Unbekannte mit Handys und mustern mich mit besorgten Blicken.

Ich sehe eine Frau, die wie meine Mutter aussieht, und strecke ihr die Arme entgegen.

»Bitte …« Mehr bringe ich nicht hervor.

Sie zögert. Dann kommt sie zu mir und zieht mich an sich. Sie ist nicht meine Mutter, aber das ist niemand.

KAPITEL 35

Die Tür fliegt auf. Bonnie stürmt ins Krankenzimmer und wirft sich in meine Arme. Sie schluchzt und zittert am ganzen Leib.

»Smoky!«

Ich ziehe sie an mich und nehme den Duft ihres Haares in mich auf, während ich ihr die Lippen auf den Scheitel drücke.

»Mit mir ist alles okay, Schatz. Alles okay.«

Soweit man das sagen kann, stimmt es sogar. Dalí hat mich in der Nähe des Hollywood Boulevard nackt auf einen Bürgersteig geworfen. Die Frau, die wie meine Mutter aussah, übergab mich den Rettungssanitätern, und dann hörte ich das Heulen der Sirenen des Rettungswagens, als ich ständig in Bewusstlosigkeit versank, um Augenblicke später wieder daraus zu erwachen. Mein Fingerstumpf musste operiert werden, doch eine Vollnarkose wies ich trotz aller ärztlichen Überredungsversuche wegen meines Babys zurück. Die Behandlung des Knochens war schmerzhaft, aber ich ließ es über mich ergehen. Die Ärzte hielten mich für verrückt, konnten mich aber nicht umstimmen. Als Tommy schließlich einsah, dass ich niemals nachgeben würde, stellte er sich auf meine Seite.

Das Baby, wurde mir versichert, lebe noch. Ich habe mir auch keine Sorgen gemacht, keine wirklichen Sorgen, denn ich hatte es in mir gespürt, dieses schwache Bewusstsein, mit dem ich so oft gesprochen hatte, das nun aber schwieg. Obwohl ich wusste, dass alles nur Selbsttäuschung und Traum gewesen war – ich hätte es gemerkt, wenn mein Baby gestorben wäre.

Eigenartigerweise sind es nicht der Verlust des Fingerglieds oder die neuen Narben auf meinem Rücken, die ich als größte Verletzung empfinde, sondern dass Dalí mir den Kopf kahl rasiert hat, ehe er mich mittags auf den Bürgersteig warf. Das ist das Schlimmste.

Abgesehen von Leo natürlich.

Aber daran kann ich jetzt noch nicht denken. Auf keinen Fall. Das ist ein bodenloser, dunkler Ozean, der nur darauf wartet, mich in seine unergründlichen Tiefen zu ziehen.

»Entschuldige, dass du warten musstest«, flüstere ich Bonnie zu. »Ich war noch nicht so weit, mich sehen zu lassen.«

Sie nickt an meiner Brust. Sie versteht. Natürlich versteht sie. Tommy setzt sich neben das Bett und blickt aus dem Fenster in den Frühaprilhimmel. Seit meiner Rückkehr ist er sehr, sehr still gewesen. Ich finde einfach keine Verbindung zu ihm.

Das FBI und das LAPD haben die Stadt auf den Kopf gestellt, als sie nach mir suchten. Kein Kompetenzgerangel, keine Klagen wegen Überstunden. Jeder hat getan, was er konnte, weil jeder Cop die Wahrheit kennt: Es kann jederzeit einen selbst treffen. In dieser Hinsicht hatte Dalí richtig vermutet, nur die Reaktion hatte er falsch eingeschätzt.

Mein eigenes Team hat kaum geschlafen, angetrieben von einem verbissenen AD Jones, dem immer wieder die Sicherung durchbrannte und der mehr brüllte, als dass er sprach.

Doch sie haben nichts gefunden. Ich mache ihnen deshalb keine Vorwürfe, aber dass es so ist, hilft nicht gerade gegen meine Albträume. Wenn ich allein bin, lässt ein Gedanke mich niemals los: Wenn Dalí mich nicht freigelassen hätte, wäre ich noch immer dort.

Im Dunkeln.

Eine Woche nachdem man mich aufgefunden hatte, verlasse ich das Krankenhaus. Die Ärzte raten mir zwar davon ab, sind aber nicht allzu beharrlich. Ich habe den Eindruck, dass ihre Bedenken nicht so sehr medizinischer Art sind, sondern dass sie sich absichern wollen. Ich bin eine prominente schwangere FBI-Agentin, die ein Opfer von Entführung und Verstümmelung geworden ist. Wahrscheinlich befürchten die Ärzte, gelyncht zu werden, wenn mit mir etwas schiefgeht.

»Bist du dir sicher?«, fragt Tommy, nachdem er mir in den Wagen geholfen hat. Bonnie sitzt hinten, wachsam und still.

»Ich muss endlich wieder etwas tun, Tommy, sonst drehe ich durch. Fahr mich nach Hause, und dann bring mich ins Büro.«

Leo ist der Tropfen gewesen, der das Fass zum Überlaufen gebracht hat. Ich habe ihn gestern besucht. Er lag auf seinem Bett und starrte ins Nichts. Ernährt wurde er über einen Schlauch. Diverse automatisierte Peinlichkeiten kümmerten sich um seine Körperfunktionen. Ich habe seine Freundin kennengelernt.

»Hallo«, sagte sie zu mir. »Ich bin Christa.«

Ich wusste nicht, was ich antworten sollte, aber ich wusste, was sie brauchte. Ich schloss sie in die Arme.

Sie ließ mich eine Zeit lang mit Leo allein. Ich starrte auf ihn, erdrückt von Taubheit und Selbsthass und dem Gefühl, schmutzig zu sein – ein Gefühl, das ich einfach nicht abschütteln konnte. »Es tut mir so leid, Leo«, sagte ich. Mehr fiel mir nicht ein. Was sollte ich auch sagen? Ich hatte ihn für mich und mein Kind geopfert, und er würde es nie erfahren. Wahrscheinlich war er in dem Glauben gewesen, ich wäre eine Freundin, der er vertrauen könne, als Dalí ihn ins ewige Vergessen schickte.

Ich beugte mich vor und küsste ihn auf die Stirn. Sie war warm und trocken, als wäre sie aus lebendigem Papier. »Ich werde ihn finden, Leo, und ich werde ihn töten. Das verspreche ich dir.«

Als ich das Krankenzimmer verließ, dachte ich an das andere Versprechen, das Leo mir abgerungen hatte.

Mein eigenes Zuhause kommt mir surreal vor. Die Zelle ist mir noch immer greifbarer als meine eigenen vier Wände, und das erneuert meinen Hass.

»Möchtest du Kaffee?«, fragt Bonnie. Sie beobachtet mich. Ich kenne dieses Verhaltensmuster aus der Zeit, nachdem Sands mich überfallen hatte. Bonnie macht sich Sorgen, ich könnte vor ihren Augen schlappmachen. Und wer weiß, vielleicht passiert das noch.

»Kaffee wäre großartig, Schatz. Ich habe einen Monat lang keinen Kaffee getrunken.«

Bonnie verschwindet in der Küche. Tommy steht wieder am Fenster und starrt auf irgendetwas, das ich nicht sehen kann. Ich wünschte, ich könnte zu ihm durchdringen. Seine Distanz ist keineswegs kühl, und ich spüre seine Liebe, doch ein Teil von ihm ist woanders.

»Hast du das Ibuprofen bekommen, Tommy?«

Schlagartig findet er ins Hier und Jetzt zurück und ist ein wenig verärgert. »Ja … tut mir leid. Ich habe es heute Morgen geholt. Ich bin sofort wieder da.« Er eilt die Treppe hinauf.

»Hier ist der Kaffee, Smoky«, sagt Bonnie und bringt ihn mir. Ich nehme die Tasse und nippe daran. »Himmlisch«, sage ich.

Und das ist er wirklich.

Tommy kehrt mit einer Flasche Advil zurück. Die Ärzte haben mir Percocet angeboten, aber ich habe das stärkere Schmerzmittel wegen des Babys abgelehnt. Ich möchte nicht einmal Ibuprofen nehmen, aber die Schmerzen sind zu hartnäckig.

»Wie viele?«, fragt Tommy.

»Zwei.«

Er öffnet die Flasche und gibt mir die Tabletten. »Möchtest du Wasser?«

»Danke, ich nehme den Kaffee.«

Ich spüle die Tabletten mit Kaffee herunter. Sie werden nicht viel helfen, aber das ist in Ordnung. Ein bisschen Schmerz ist mir durchaus willkommen. Er hilft mir, mein Ziel im Auge zu behalten.

Dalí zu töten.

»Hat du Hunger?«, fragt Tommy.

»Nein, ich habe im Krankenhaus gegessen. Die alten Witze über das Krankenhausessen gehören immer mehr ins Reich der Legende. Ich habe ein paar gute Mahlzeiten bekommen.«

Er nickt, sagt aber nichts, sondern blickt wieder zur Seite. Die Distanz zwischen uns wird größer. Ich stehe auf, die Kaffeetasse in der Hand.

»Komm mit mir nach oben, Tommy. Hilf mir, mich anzuziehen.«

»Also, was ist los?«, frage ich ihn, nachdem die Tür zu ist.

»Was meinst du?«

Ich trete zu ihm. Er nimmt mich in die Arme und drückt mich fest an sich, achtet aber auf meinen verletzten Finger. Ich rücke ein Stück von ihm weg und schaue zu ihm hoch. »Du bist hier, aber gleichzeitig bist du woanders.«

Er tritt vorsichtig zurück und versucht, meinem Blick auszuweichen, ehe ich den Widerstreit in seinen Augen entdecke.

»Ich …« Er runzelt die Stirn. »Ich bin es nicht gewöhnt, dass mir die Worte fehlen.«

Ich setze mich aufs Bett und klopfe auf die Stelle neben mir. Tommy kommt meiner Aufforderung nach und setzt sich. Ich betrachte ihn von der Seite, während er an die Wand starrt.

»Ich versuche herauszufinden, wie ich meine Wut loswerde, Smoky«, sagt er. »Wahrscheinlich gibt es nur eine Lösung. Ich muss den Mann töten, der dich mir weggenommen hat … mir und Bonnie. Aber das belastet mich.« Er schüttelt den Kopf. »Ich bin nicht wie Kirby. Wenn ich diese Grenze überschreite, könnte es Folgen für mich haben. Das will mir einfach nicht aus dem Kopf.«

Ich ergreife seine Hand. »Geht mir genauso. Aber ich mache mir deswegen keine Gewissensbisse.«

Er schaut mich an, als sähe er mich zum ersten Mal. »Wieso nicht? Wie kommt das?«

»Weil vor ein paar Jahren ein Mann in mein Haus kam und mir mein Leben und mein Gesicht geraubt hat. Kurze Zeit später hätte ein anderer Mann beinahe Callie ermordet, und er nahm Bonnie als Geisel, während er zusah, wie ich mir auf seine Anweisungen hin das Gesicht zerschnitt.« Ich umklammere seine Hand. »Aber weißt du, was mich trotz allem nachts schlafen lässt? Was mir ein bisschen Trost spendet?«

»Nein.«

»Dass diese beiden Männer tot sind. Dass ich selbst sie getötet habe. Das ist von nun an die Strafe, Tommy. Wer sich an meiner Familie vergreift, muss sterben.«

»Auch wenn es Mord bedeutet?«

»Auch dann.«

Mich beschleicht der Gedanke, dass unsere Wege sich hier und jetzt trennen könnten. Diese moralische Bürde könnte für Tommy zu schwer sein. Und er ist nicht der Mann, der von seinen Prinzipien abrückt.

Er hebt meine Hand an die Lippen und küsst sie. »Damit kann ich leben.«

Was er dann tut, hätte ich als Letztes erwartet: Er weint. Die Tränen, die auf meine Haut tropfen, sind ein lautloser Ausdruck seines Kummers. Ich bin wie versteinert. Mir ist, als wäre ich Zeuge von etwas Unnatürlichem, das nicht sein soll, nicht sein darf, wie eine schwarze Sonne am Himmel oder ein Kind mit einem Messer in den Händen und einem Grinsen im Gesicht.

Es ist so schnell vorüber, wie es begann. Er küsst wieder meine Hand, reibt sich das Gesicht und steht auf.

Dann hilft er mir beim Anziehen, wo ich Hilfe brauche. Er holt meine Ersatzpistole aus dem Waffentresor. Zum Schluss reicht er mir mein Handy.

»Dalí hat es bei dir gelassen, zusammen mit deiner FBI-Dienstmarke. Die Techniker haben es überprüft. Es ist sauber.«

»Danke.«

Ich betrachte mich im Spiegel und verziehe vor Abscheu das Gesicht. »Was bin ich hässlich!«

Tommy steht hinter mir und bedeckt meinen kahlen Schädel mit seinen schwieligen, aber liebevollen Händen. Dann küsst er mich auf den Scheitel. »Du lebst. Das Haar wächst wieder. Und du bist niemals hässlich.« Er tritt zurück und schaut auf die Uhr. »Wir sollten machen, dass wir wegkommen. Ich warte unten auf dich.«

Ich bleibe allein mit meinem Spiegelbild. Tommys Worte sind unzureichend, zugleich aber mehr, als ich brauche. Meine Bestürzung kommt aus dem Bauch; sie wird stets meine erste Empfindung sein, bis mein Haar nachwächst. Aber dann werde ich daran denken, was Tommy gesagt hat, und seine Worte werden mir Trost schenken, so wie die Tränen, die er um mich geweint hat und über die wir nie wieder reden werden, wie ich weiß. Sie waren ein Geschenk, das ich in Ehren halten werde – und für das ich töten würde.

KAPITEL 36

»Schnuckelchen!«

»Boss-Lady!«

»Smoky!«

Nur James schweigt, doch sein Blick haftet länger als gewöhnlich auf mir. Vermutlich ist das seine Art, mich willkommen zu heißen.

Alan trägt den Arm in einer Schlinge. Dalí ist gütig zu ihm gewesen, nur zwei Kugeln: eine in die Schulter, die andere oben in die Brust. Das bringt mich zu der Frage, wieso er gütig zu Alan war, aber nicht zu mir. Warum? Er wusste, dass Alans Wunden nicht tödlich waren. Wieso hat er mich gequält, indem er die Frage offenließ, ob Alan daran gestorben war?

»Ich bin mir ja nicht sicher, ob dir dieser übertrieben breite Mittelscheitel steht, Boss«, sagt Kirby und beäugt mich kritisch. »Zu viel Fischbauchweiß.«

»Kirby«, ermahnt Callie sie. Es ist kaum zu glauben, aber Callie hindert jemanden daran, mich auf den Arm zu nehmen.

»Nur die Ruhe, Callie«, sage ich. »So zerbrechlich bin ich nun auch wieder nicht.«

Jedenfalls nicht, solange das Licht brennt.

»Aha«, sagt Callie.

Kirby schlägt Callie auf den Arm. »Sie hat sich Sorgen um dich gemacht. Eine große alte Softy ist sie, genau wie ich vermutet habe.«

»Schlag mich noch mal, und wir werden schon sehen, wie soft ich bin«, erwidert Callie und wirft das Haar zurück.

Kirby grinst. »Das ist mein Stichwort. Ich musste einfach Hallo sagen und sehen, wie sie ankommt. Jetzt kümmere ich mich erst mal um meine Jungs.« Sie bleibt stehen, als sie an mir vorbeigeht, und stößt mich mit der Hüfte an. »Vielleicht nennen wir dich jetzt ›Neun-Finger-Barrett‹. Was hältst du davon?«

Sie ist zur Tür hinaus, ehe ich etwas erwidern kann.

Ich bin mit meinem Team allein. Nüchternheit setzt ein. Kirby wird gemocht, aber sie ist keine von uns. Zeit, dass wir unser wahres Gesicht zeigen.

»Zu schlimm mit dem Jungen«, sagt Alan.

Callie seufzt. »Leo hatte sich zu einem guten Mann entwickelt.«

»Wir werden ihm nicht gerecht, indem wir darüber reden«, sagt James und schneidet uns mit einer Ungeduld das Wort ab, die ein bisschen zu scharf ist. Als ich ihn anschaue, glaube ich in seinen Augen einen Funken von Trauer zu entdecken, der im nächsten Moment schon wieder verschwunden ist. »Schnappen wir uns den Hurensohn, der Leo das angetan hat. Du bist unsere beste Zeugin, Smoky. Was kannst du uns über ihn sagen?«

Ich werde euch alles sagen bis auf eines: Das, was ich gesehen habe. Wieso? Ich weiß es noch nicht. Es ist ein Gefühl, ein Wispern in meinem Unterbewusstsein.

»Wir übersehen etwas an ihm … an dem, wer er ist«, beginne ich. »Widersprüche. Die Autounfälle. Die Fingerabdrücke. Dass er Heather Hollister und mich gehen ließ. Wenn er tatsächlich so nüchtern und pragmatisch ist, wie wir vermuten, müssen wir davon ausgehen, dass er alles absichtlich getan hat. Dass es irgendeinem höheren Ziel dient. Dem könnte man entgegenhalten, dass wir von Anfang an falsch gelegen haben.«

Ich erzählte ihnen alles über meine Gefangenschaft, woran ich mich erinnern kann. Die sonnige Blumenwiese und die theologischen Diskussionen mit Baby lasse ich aus.

»Wieder dieser Sadismus«, sagt James. »Dass er dir den Finger abtrennt, passt nicht ins Bild.«

Alan zuckt mit den Schultern. »Was er tut, ist reichlich verdreht. Vielleicht ist Sadismus der Altar, an dem er opfert, und das Profitstreben ist nur ein Nebel, in dem er die Wahrheit verbirgt. Sogar vor sich selbst.«

»Viele dieser Psychotiker entwickeln Selbsttäuschung zu einer Kunstform«, sagt Callie.

Außer denen, die sich nicht schämen für das, was sie sind.

Nichts von dem, was ich beobachtet habe, deutet darauf hin, dass Dalí in die Kategorie gehört, die Callie angesprochen hat. Er weiß, was er ist, und er macht sich keine Sorge über das nächste Leben.

»Das alles führt uns im Augenblick nicht weiter«, erkläre ich. »Konzentrieren wir uns auf das, was Leo mir gesagt hat. Er glaubte, Hollister hätte Dalí einen Tipp gegeben.«

»Wie es aussieht, müssen wir mit Hollister mal unter vier Augen reden«, sagt Alan.

»Leo sagte außerdem, dass ein guter Computerfachmann sich die Server ansehen soll, zu denen Hollister an seinem Arbeitplatz Zugang hatte. Er meinte, wir könnten dort vielleicht etwas finden.«

James nickt nachdenklich. »Vielleicht hat Dalí einen Fehler begangen. Im digitalen Zeitalter ist es beinahe unmöglich, keine Spur zu hinterlassen. Vielleicht wusste er das. In dem Fall wusste er dann auch, dass er seine Spuren nur dann gut verwischen kann, wenn er sich der Hilfe von Leuten versichert, die dazu in der Lage sind.«

»Ich kann dir nicht folgen.«

Er winkt ab. »Bloß eine Vermutung. Callie und ich sollten einen Techniker darauf ansetzen. Wir besorgen den Durchsuchungsbeschluss. Du und Alan, ihr solltet Douglas Hollister befragen.«

»Wer ist eigentlich gestorben, dass du jetzt der Chef bist?«, sagt Alan.

»Liege ich denn falsch?«, erwidert James.

»Nein, James«, sage ich. »Die Aufgabenteilung ist korrekt. Fangen wir an.«

Mein Handy klingelt.

»Barrett«, antworte ich.

»Wer zum Teufel hat Sie diensttauglich geschrieben?«, fragt AD Jones.

»Das war ich wohl selber, Sir.«

»Das ist zu früh.«

»Sir …«

»Sie kommen sofort zu mir rauf.«

Ich stecke das Handy in die Hülle zurück und mache mich auf den Weg. »Ich muss den AD sprechen, Alan«, sage sich über die Schulter. »Wir treffen uns im Foyer.«

»Viel Glück!«, ruft er mir nach.

»Herr im Himmel«, sind AD Jones' erste Worte, als er mich sieht.

»Nein, ich bin's nur, Sir«, witzle ich und setze mich auf einen der Ledersessel.

Jones ist aufgestanden, als ich durch die Tür gekommen bin. Nun nimmt er wieder Platz. Er betrachtet mich so lange und eingehend, dass es mir unangenehm ist.

»Machen Sie doch ein Foto, Sir. Davon haben Sie länger etwas.«

Das bringt mir einen mürrischen Blick ein. »Von dummen Bemerkungen abgesehen, Smoky, was machen Sie hier? Ich habe

Ihren Bericht gelesen, wenn man das einen Bericht nennen kann. Sie haben vier Wochen Gefangenschaft und Folter hinter sich. Ihnen wurde ein Fingerglied abgetrennt, und Sie sind kahl wie eine Billardkugel und außerdem noch schwanger.«

»Vielen Dank, dass Sie mich daran erinnern, Sir.« Allmählich verliere ich den Humor, was den Verlust meines Haares angeht.

Er reibt sich mit beiden Händen durchs Gesicht, seufzt tief und schaut mich wieder an. Ich kann sehen, wie er versucht, sich unter Kontrolle zu halten. »Sie haben verbindlichen Genesungsurlaub, Smoky.«

»Davon lasse ich mich nicht abhalten, Sir.«

Wut lodert in seinen Augen auf, doch er zwingt sie nieder. »Warum?«

»Weil ich verrückt werde, wenn ich nicht an seiner Festnahme arbeiten kann. Eine andere Antwort werden Sie nicht bekommen.«

Er versucht es mit einem mitfühlenden Gesichtsausdruck. Er steht ihm nicht gut; Jones ist einfach nicht dafür geschaffen.

»Das verstehe ich, Smoky. Ich verstehe es wirklich. Aber es tut mir leid. Sie sind auf bezahltem Genesungsurlaub, bis ein Seelenklempner Sie wieder dienstfähig schreibt.«

Zorn erfasst mich so unvermittelt und mit solcher Wucht, dass mir ein bisschen schwindlig wird. Ich versuche, mir nichts anmerken zu lassen, doch ein wenig Bitterkeit sickert dennoch in meine Stimme.

»Ich kann den Befehl nicht befolgen, Sir.« Die Wörter klingen wie Fels, der über Fels knirscht.

Jones zeigt mit dem Finger auf mich. »Sie werden verdammt noch mal die Befehle befolgen«, brüllt er mich an, »oder ich lasse Sie aus dem Gebäude entfernen!« So viel zu seinem Mitgefühl.

»Sie können mich mal!«, rufe ich und springe auf. Es drängt mich, ihm noch mehr an den Kopf zu werfen, doch eine innere

Stimme warnt mich: *Halte es zurück, sonst passiert etwas, das du nicht wiedergutmachen kannst.*

AD Jones springt ebenfalls auf. So wütend habe ich ihn noch nie erlebt. »Nennen Sie mir einen einzigen guten Grund, Sie nicht zu feuern!«

»Weil …« Meine Stimme schwankt. Ich packe die Schreibtischkante und sehe Jones in die Augen. »Weil er in unsere Welt gekommen ist und zwei von uns verschleppt hat und einer davon nicht mehr wiederkommt. Dafür muss er sich verantworten. Nichts und niemand wird mich daran hindern, ihn zur Strecke zu bringen.«

Ich sehe, wie Jones mit sich kämpft. In diesem Augenblick möchte er irgendetwas zerstören, aber nicht mich. Er lässt sich auf den Sessel sinken. »Scheiß drauf«, sagt er, und seine Stimme ist mit einem Mal müde und erschöpft. »Und scheiß auf Sie. Raus mit Ihnen. Schnappen Sie ihn.« Er sieht mich nicht an. »Wenn Sie es versauen, schmeiß ich Sie raus.«

Ich bin so erstaunt, dass es meine Wut für einen Moment erstickt. »Gut«, antworte ich.

Jones scheint es egal zu sein. Es kommt keine weitere Reaktion, also drehe ich mich um und gehe zur Tür. Als ich noch einmal über die Schulter blicke, sehe ich, dass er mir hinterherschaut. Die Traurigkeit in seinen Augen erschreckt mich. Er sieht aus, als betrauerte er jetzt schon meinen Verlust.

Wieso? Weiß er mehr als ich?

KAPITEL 37

»Hartes Gespräch?«, fragt mich Alan, als ich losfahre. Er hat angeboten, sich hinters Lenkrad zu setzen, aber ich brauche das bisschen Ablenkung, das mir das Fahren verschafft.

»Er wollte, dass ich zu Hause bleibe. Er hat es sogar befohlen.«

»Und?«

»Ich habe mich geweigert. Er hat nachgegeben.«

Alan macht ein zweifelndes Gesicht. »Einfach so?«

Meine Hände krampfen sich um das Lenkrad. Mein verstümmelter Finger pocht. »Nein. Er hat gesagt, er feuert mich, wenn ich es vermassle. Könntest du mir zwei Advil aus meiner Handtasche holen?«

Er reicht mir zwei Pillen, nachdem er ein wenig in der Handtasche gewühlt hat. Ratschläge bietet er mir nicht, nur Schweigen. Gemeinsam beobachten wir, wie die Straße unter uns verschwindet. Der Himmel ist so, wie Kalifornien ihn bereitwillig anbietet: hoffnungsvoll, ewig blau, von der Sonne gesegnet.

Wir halten auf dem Gefängnisparkplatz. Er ist nur zur Hälfte gefüllt. Eine Handvoll Frauen, einige mit Kindern an der Hand, kommen aus dem Gebäude oder steigen aus ihren Wagen und gehen zum Eingang. Keine sieht besonders glücklich aus. Der Himmel scheint hier weniger blau zu sein, und die Sonne wirkt düster und leuchtet nicht ganz so hell.

»Lauschiges Plätzchen«, stellt Alan fest. »So einen Knast muss man einfach lieben.«

»Ja. Ein gutes Plätzchen für ihn.«

»Stimmt«, sagt Alan. »Und andere von seiner Sorte. Hör mal, Smoky …«

»Was ist?«

»Wenn wir diesen Fall abgeschlossen haben, höre ich auf. Ich gehe in Pension.«

Ich reiße erschrocken den Kopf zu ihm herum. »In Pension? Warum?«

Alan blickt mich an, mit einer Mischung aus Mitleid und Unglaube. »Warum, fragst du? Ist das dein Ernst?« Er hebt den Arm in der Schlinge. »Es ist schon wieder geschehen, Smoky. Ich bin angeschossen worden. Leo wurde ein Stück von seinem Hirn ausgeschabt. Du hast einen halben Finger verloren und bist gefoltert worden, während du schwanger warst, gottverdammt noch mal.« Er schüttelt mit Nachdruck den Kopf. »Es geht nicht mehr. Der Preis ist zu hoch. Du solltest auch darüber nachdenken.«

»Aufhören? Niemals.«

»Warum? Was ist so wichtig an diesem Job, dass du ihn nicht hinter dir lassen kannst? Du hast mehr als deine Schuldigkeit getan.«

Ich drehe die Hände am Lenkrad und überlege mir meine Antwort genau. »Früher habe ich diesen Job gemacht, weil ich wusste, dass das Böse existiert, verstehst du? Ich spreche hier nicht von Moral oder Religion. Ich spreche von Erkenntnis. Von Gewissheit. Ich weiß, es gibt Menschen auf dieser Welt, die nur existieren, um andere zu verletzen. Ich kann nicht einfach so tun, als wäre es nicht so. Ich muss etwas dagegen tun.« Mein Fingerstumpf beginnt heftig zu pochen. Ich hoffe, das Schmerzmittel wirkt bald. »Ich habe Angst, zu Hause mit mir allein zu sein. Wenn ich diesen Job nicht mehr hätte, müsste ich zu viel Zeit mit mir selbst verbringen.«

»Aber du liebst deinen Mann und deine Tochter und wirst bald dein Baby großziehen. Keine schlechte Sache für den Ruhestand, wenn du mich fragst.«

»Ich weiß, du meinst es gut, Alan, und ich verspreche dir, darüber nachzudenken. Aber jetzt muss ich mich ganz darauf konzentrieren, diese Sache hier zu Ende zu bringen. Kann ich mich auf dich verlassen?«

Er nickt. »Bis die Kühe nach Hause kommen. Machen wir den Hurensohn fertig.«

Hollister hat sich verändert, und nicht zu seinem Vorteil. Wenn sein Zusammenbruch während des Verhörs in seinem Haus begonnen hat, so ist er hier abgeschlossen worden.

Blaue Flecken zieren die rechte Hälfte seines Gesichts. Ihm

fehlen je vier obere und untere Vorderzähne. Seine Haut ist grau, und in seinen Augen stehen Verzweiflung und Irrsinn.

»Gut sehen Sie aus, Hollister«, sage ich. Es ist grausam, aber ich kann nicht anders, und ich will es auch gar nicht. Ich zeige auf die Prellungen. »Hat Ihnen das ein Freund geschenkt?«

Hass verdrängt Hollisters Verzweiflung. »Fick dich, blöde Kuh.«

»Haben Sie schon einen Geliebten hier? Lassen Sie mich raten. Er hat Ihnen die Zähne ausgeschlagen, damit sein Ding besser in Ihren Mund passt.«

Alan blickt mich entsetzt an und legt mir warnend die Hand auf den Arm, doch ich will Hollister verletzen, will ihm wehtun, und sein Gesicht verrät mir, dass ich einen Volltreffer gelandet habe.

»Du Drecksau!«, kreischt er. Tränen laufen ihm über die Wangen. Er will sich auf mich werfen, versucht mich über den Tisch hinweg anzuspringen, doch seine Fesseln reißen ihn so unvermittelt zurück wie einen Hofhund, der das Ende seiner Leine erreicht.

Ich lache ihm ins Gesicht, während Alan entgeistert zuschaut. Hollister sinkt auf seinem Stuhl zusammen. Seine Wut verraucht so schnell, wie sie gekommen ist, und weicht Verzweiflung und Mutlosigkeit.

»Dieser Dreckskerl lässt mich einfach nicht in Ruhe«, sagt er, mehr zu sich als zu uns. »Er ist zu groß … ein Monster. Wenn ich mich wehre, wird es nur schlimmer.«

Mein Hass verfliegt so schnell wie seine Wut. Ich fühle mich nur noch müde und ausgelaugt. »Damit zahlen Sie für Ihre Sünden, Douglas. Sie haben Ihren eigenen Sohn ermordet.«

Zu meiner Überraschung nickt er. »Ja. Da haben Sie recht. Heather hat sich selbst zuzuschreiben, was ihr passiert ist, aber Dana? Und mein Junge? Nein, das geht alles auf meine Kappe. Ich war gierig.«

Alan macht sich die Einstellung unserer Feindseligkeiten zunutze. »Douglas, ich möchte Sie etwas fragen. Es hat keinen Einfluss auf Ihr Strafmaß, wenn Sie ehrlich antworten, aber vielleicht gleicht es einiges von dem aus, was Sie getan haben.«

Er wertet Hollisters Schweigen als Zustimmung.

»Vor ungefähr fünf Wochen hat der Mann, den Sie Dalí nennen, mich angeschossen und Agentin Barrett sowie einen anderen FBI-Beamten entführt, einen Computerfachmann. Er hat zu Agentin Barrett gesagt, er sei überzeugt, dass Dalí von Ihnen einen Tipp bekommen habe.«

Hollister versucht es selbst jetzt noch zu verbergen, aber mir kann er nichts vormachen. Ich sehe Verschlagenheit und Selbstzufriedenheit in seinen Augen.

»Du Stück Scheiße«, flüstere ich. Ich bekomme nur noch mühsam Luft, und meine Hände zittern. Ich begreife in diesem Augenblick, hier und jetzt, weshalb man die Waffe abgeben muss, ehe man einen Verhörraum betritt. Hätte ich meine Waffe dabeigehabt, wäre Douglas Hollister eine Millisekunde, nachdem ich die Häme in seinen Augen habe aufleuchten sehen, ein toter Mann gewesen.

Er grinst. Die Zahnlücken lassen ihn fürchterlich aussehen. Ich kann seine Zunge erkennen.

»Hat Dalí das getan?«, fragt er. »Hat er Ihnen die Haare abgeschnitten?« Er kichert irre. »Was hat er noch getan? Erzählen Sie es mir, Agentin Barrett. Ich habe viel Zeit.«

Sein Grinsen wird breiter. Seine Grausamkeit kehrt zurück. Warnsirenen heulen in meinem Kopf, doch ich bin hilflos. Ich sehe nur Leo und die Wahl, die ich getroffen habe.

Ich lehne mich vor, halte meine Stimme ruhig und lege so viel Gewissheit in meinen Blick, wie ich nur kann.

»Sie sterben hier drin, Hollister. Sie werden zu Tode gefickt oder unter der Dusche abgestochen. Sie kommen hier nicht mehr lebend raus. Das verspreche ich Ihnen.«

Das Grinsen verschwindet langsam. In seinem Gesicht sehe ich zuerst Unsicherheit, dann Furcht.

Ich nicke. »Glauben Sie mir.«

Mit Mühe wendet er den Blick von mir ab. Dann sieht er Alan an. »Ich habe ihm nur eine E-Mail geschickt. Ich habe ihm mitgeteilt, ich wäre ziemlich sicher, dass Sie ihm eine Falle stellen wollen.« Er wirft einen Blick auf mich. »Ich habe ihm von *ihr* erzählt.«

»Wie haben Sie die E-Mail abgeschickt?«

»Aus der Gefängnisbibliothek. Eigentlich dürften wir dort keinen Zugriff auf das Internet haben, aber hier sitzen ein paar kluge Köpfe ein. Sie haben Mittel und Wege.«

Alan verdaut diese Antwort. Mir gelingt es, den Mund zu halten. »Das ist gut, Douglas«, sagt er. »Die Sache ist nur die … Sie haben uns gesagt, Sie hätten keine Möglichkeit, Dalí zu kontaktieren, nicht wahr?«

Hollister schweigt.

»Gibt es etwas auf den Servern, an denen Sie gearbeitet haben, von dem wir wissen sollten?«

Da ist es wieder. Das verschlagene Funkeln. Alan sieht es ebenfalls.

»Douglas?«

»Ich brauche Schutz«, sagt er. »Ich tausche Informationen gegen Einzelhaft.« Er macht fahrige Handbewegungen, wirkt gedemütigt und verängstigt. »Bitte. Ich sage Ihnen, was Sie wissen wollen, aber halten Sie mir diesen Kerl vom Leib.«

Ich will aufspringen und ihm sagen, was er mich kann. Ich will ihn ohrfeigen und ihm ins Gesicht lachen. Doch ich halte mich zurück und warte ab, wie Alan reagiert.

»Ich will Ihnen etwas sagen, Douglas«, erwidert Alan in mildem Tonfall. »Als Erstes lasse ich meine Experten die Server durchkämmen. Wenn sie nichts finden und ich Ihre Informationen benötige, komme ich zurück, und wir reden über ein Geschäft. Wenn sich herausstellt, dass ich Sie nicht brauche …«, er zuckt mit den Schultern, »dann wünsche ich Ihnen viel Spaß als Wanderpokal für notgeile Knackis.« Er beugt sich vor. »Ihretwegen ist Leo Carnes jetzt eine lebendige Leiche. Von mir aus können Sie krepieren.«

Er steht auf und geht zur Tür. Ich folge ihm wie betäubt.

Bevor wir gehen, drehe ich mich um.

»Warum?«, frage ich Hollister.

Er starrt mich an, die Augen voller Tränen und Hass.

»Weil Sie alles verdorben haben.« Er steht auf, stemmt sich gegen seine Ketten und brüllt an die Decke. Die Sehnen an seinem Hals stehen hervor, und an den Schläfen pochen die Adern. »Sie haben alles verdorben!«

Wächter eilen herein, als wir gehen.

Zurück in die Hölle.

Ich schaudere ein wenig über meine Genugtuung. Aber nur ein wenig.

Auf der Fahrt sitzt Alan still brütend neben mir.

»Tut mir leid, was da drin passiert ist«, sage ich. »Ich bin noch immer …« Ich seufze. »Vielleicht hat AD Jones recht, und ich bin noch nicht so weit. Auf jeden Fall tut es mir leid, dass ich die Beherrschung verloren habe.«

Alan winkt ab. »Ich verstehe dich gut. Da liegt ja das Problem. Vor fünf Jahren hätte ich dich vielleicht gemeldet. Aber heute? Ich war genauso schlimm zu dem armen Hurensohn, und es ist mir egal. Schlimmer noch, es hat mir gefallen.«

Der Himmel ist wieder blau, als wir das Gefängnis hinter uns lassen, doch unsichtbarer Regen fällt und schließt uns – und nur uns – in eine Gefängniswelt aus Grau ein.

KAPITEL 38 »Wir haben es gefunden«, sagt James zu mir.

Es ist früher Nachmittag. Alan und ich haben auf der mehr als einstündigen Rückfahrt zum Büro kaum ein Wort gesprochen. Was gab es auch zu sagen? Wir beide haben uns aus Wut über die Vergewaltigung eines Mannes gefreut, haben uns darüber lustig gemacht. Wir fühlen uns beschmutzt und zugleich gerechtfertigt.

»Das ging aber schnell«, sage ich.

»Stimmt, es hat nicht lange gedauert. Aber so gut versteckt war es nun auch wieder nicht. Allerdings hätte es niemand gefunden, der nicht gezielt danach sucht. Es sah unschuldig aus – und das wäre es unter den meisten Umständen auch gewesen –, aber es hat seine Aufgabe verdammt gut erledigt.«

»Und die wäre?«

»Es handelte sich um zwei Programme. Beide waren mit vollen Zugriffsrechten auf den Zentralservern des Internet-Providers installiert, bei dem Hollister gearbeitet hat. Das eine war ein Suchprogramm. Es durchstöberte E-Mails, Chats, Instant Messages und dergleichen nach Kombinationen von Schlüsselwörtern. ›Meine Frau töten‹, ›Scheidung und Hass‹, solche Sachen. Die Suchabfrage war ziemlich ausgeklügelt.«

»Das hört sich für mich umständlich an«, entgegne ich. »Würden dabei nicht Tausende von Treffern ausgeworfen?«

»Schon, aber das Programm war insoweit raffiniert, als es einzeilige Ausschnitte aus jedem solcher ›Gespräche‹ gespeichert hat. Es reicht schon, sie nur zu überfliegen, und man weiß, was man nicht gebrauchen kann und was man sich genauer ansehen sollte. Schau es dir an.«

Er reicht mir ein Blatt mit einem Ausdruck. Jeder Zeile gehen ein Datum, eine Uhrzeit, eine Ziffernfolge und manchmal eine E-Mail-Adresse voraus. »Was sind das für Zahlen? Eine IP-Adresse?«

»Genau.«

Ich überfliege die Seite und sehe, dass James recht hat. Der Weizen ist auf den ersten Blick aus der Spreu herauszulesen: Die Schlüsselwörter sind fett:

Dieser Brillantring, den ich ihr geschenkt habe, hat meine **Frau** echt **umgehauen**, sagt ein Auszug aus einer E-Mail von bob4121.

»Gut gemacht, Bob«, murmele ich.

Ich **hasse meine Frau**, beginnt eine andere. Wir lassen uns **scheiden**, und ich **wünschte, sie wäre tot.**

Ich gebe ihm die Seite zurück. »Ich verstehe. Und wozu diente das andere Programm?«

»Eine Art digitaler toter Briefkasten. Wie ein Massenversender. Sobald er eine Nachricht erhält, leitet er sie an zwei- oder dreihundert unterschiedliche kostenlose E-Mail-Adressen weiter.«

»Kostenlose E-Mail-Adressen sind fast unmöglich nachzuverfolgen«, sagt Alan.

»Das erste Programm interagiert mit dem zweiten. Es stellt eine Zusammenfassung her und sendet sie zu dem digitalen toten Briefkasten. Dieses Programm schickt die Zusammenfassung an jede E-Mail-Adresse auf seiner Liste.«

»Und war bringt das?«

»Eine ganze Menge. Da die Programme volle Zugriffsrechte haben, können sie an alles heran, was sich auf dem Server befindet. Auf diese Weise können sie arbeiten, ohne dass es zu einer Warnung kommt. Sie können E-Mails abrufen, Serverlogdateien – alles, wofür sie das Passwort kennen.«

»Lass mich raten: Hollister hat die Programme mit allen Passwörtern versorgt, die sie gebraucht haben.«

»Wir können zwar nicht sicher sein, aber es ist anzunehmen. Die Programme muss ein Administrator installiert haben. Oder jemand, der die Administratorpasswörter des Servers kannte.«

»Dalí hat ihm vermutlich Preisnachlass angeboten«, sagt Alan.

»Als er herausfand, dass Hollister für einen Internetprovider arbeitete, hat er vermutlich gesagt: ›Spiel diese Programme auf eure Server auf, und ich erlasse dir fünfzig Riesen von dem, was du mir zahlen musst.‹«

»Das wäre wohl zu riskant«, sage ich. »Würde er nicht das Risiko eingehen, eine Spur zu hinterlassen?«

»Ja und nein«, erklärt James. »Die Programme sind sehr gut geschrieben. Sie laufen im Hintergrund und erzeugen keinerlei messbare Prozessorlast auf den Servern. Sie selbst erzeugen keine Protokolldateien, und Hollister wird regelmäßig jeden Hinweis auf die Programme aus den Serverlogs gelöscht haben. Selbst wenn sie entdeckt wurden, wenn Hollister einen Herzanfall hätte oder von einem Auto angefahren würde – na und? Man hätte diese Sache als interessante, aber letztlich irrelevante Großtat irgendeines Hackers abgetan. Selbst wenn man sie nachverfolgt hätte – na, viel Spaß dabei, ihn über Hunderte von E-Mail-Adressen aufzuspüren. Die meisten sind wahrscheinlich unbenutzt, und auch die benutzten werden vielleicht nur verwendet, um die Nachrichten wiederum an andere Adressen weiterzuleiten, die sie dann ihrerseits weiterleiten, und so weiter und so fort, bis in die Unendlichkeit.« Er schüttelt in widerwilliger Bewunderung den Kopf. »Der Kerl ist brillant. Ganz zu schweigen davon, dass er dich vier Wochen lang festgehalten hat. Kannst du uns sagen, wo das Gebäude ist oder wie der Bursche aussieht?«

»Nein.«

»Das ist das gleiche Prinzip. Der Unterschied ist nur, dass Douglas Hollister eine Lebensversicherung abgeschlossen hat.«

»Wie bitte?« In mir steigt Jagdfieber auf.

»Er hat das Programm verändert oder es von jemandem verändern lassen. Es hatte einen eingebauten IP-Logger. Es funktionierte so: Dalí griff gelegentlich direkt auf den Server zu, um Variablen in den Programmen zu ändern, zum Beispiel Schlüsselwortkombinationen hinzuzufügen oder zu löschen, oder E-Mail-Adressen. Hollister ließ von dem Programm jeden Zugriff protokollieren.«

»Warum nicht einfach in die Serverlogdateien sehen?«, frage ich. »Wird nicht jede Anfrage protokolliert?«

»Sicher. Sie gehen in die Millionen. So war es einfacher. Was protokolliert wurde, beschränkte sich auf die Programme an sich, und das bedeutete, dass die geloggten IPs zu Dalí gehören mussten.«

»Verdammt gut«, gebe ich widerwillig zu.

»Und das ist noch nicht alles. Hollister hat eine Liste sämtlicher E-Mail-Adressen angefertigt, die Dalí benutzt hat, und hat sie in ein selbst geschriebenes E-Mail-Programm eingegeben, dem er dann Zugriff aufs Internet gab. Er konnte es aus jedem Webbrowser aufrufen und zwei Dinge damit tun: eine E-Mail an diese Adressen senden oder eine Liste von ihnen an sich selbst schicken. Damit ist es offensichtlich, wie er aus dem Gefängnis die Warnmail an Dalí gesendet hat.«

»Vielleicht kam Hollister deshalb auf den Gedanken, Dalí nicht auszubezahlen«, sagt Alan. »Weil er dachte, er könnte ihn erpressen.«

»Eine Fehlkalkulation«, stellt James fest.

Ich runzle die Stirn. »Es wäre seltsam, wenn Dalí nicht einkalkuliert hätte, dass so etwas geschehen kann.«

Callie sagt zum ersten Mal etwas. Sie ist still geblieben, aber ich habe gespürt, wie ihr Blick auf mir ruhte. »Ich glaube, das hängt damit zusammen, wovon ich schon gesprochen habe: Risikoabwägung. Er könnte die Möglichkeit, erpresst zu werden, gegen die Notwendigkeit abgewogen haben, diese Daten zu erheben, und dann kam er zu dem Schluss, dass das Risiko gerechtfertigt sei.«

»Er hat Vorkehrungen getroffen«, fährt James fort. »Wir haben die benutzten IP-Adressen zu einer Reihe von Internetcafés zurückverfolgt, einmal zu einer Bibliothek – er benutzt allgemein zugängliche Systeme und zahlt höchstwahrscheinlich bar.«

»Scheiße«, sagt Alan.

In meinem Kopf rührt sich etwas. Ich runzle die Stirn, aber ich kann es nicht greifen.

James sieht mir ins Gesicht. »Was ist?«

»Ich weiß es nicht. Es kommt mir so vor, als hättest du mir gerade etwas gesagt, das jetzt versucht, sich mit einer anderen Information aus diesem Fall zu verbinden. Ich komme nur nicht darauf. Sag mir noch mal, von wo er ins Internet gegangen ist.«

Er blickt auf eine Liste. »Internetcafé. Internetcafé. Internetcafé. Bibliothek …«

»Halt.« Ich spüre es. Es schwimmt auf mich zu, wird größer und deutlicher. »Bibliothek. Das ist es.«

»Das ist was?«, fragt Alan. »Ich weiß nicht, was du meinst.«

»Earl Cooper«, sage ich und lächle James an. »Was davon ist nicht wie alles andere?«

»Die Bibliothek«, antwortet er und nickt. »Jetzt kapiere ich.«

»Erkläre es bitte uns schlichteren Gemütern«, sagt Callie.

»Cooper hat von mentalen Karten gesprochen. Wir finden Orte, an denen wir uns behaglich und sicher fühlen, sowohl bewusst als auch unbewusst.«

»Ja, ich erinnere mich.«

»Dalí geht in Internetcafés, weil sie anonymen Internetzugang bieten. Sie sind gesichtslos. Aus den gleichen Gründen geht er in eine Bibliothek, und während sie den anonymen Computerzugang bietet, *ist sie nicht gesichtslos.* Überlegt doch mal. Bibliotheken sind persönliche Orte. Sie werden von Menschen betreut, gehören zu einer Gemeinde. Bibliothekare erinnern sich an Menschen. Sie behalten die Bücher im Auge und achten darauf, dass die Besucher sie nicht verschandeln. In einer Bibliothek gibt es ein Besitzergefühl, wie man es in einem Internetcafé vermutlich nie finden wird.«

»Ganz zu schweigen davon, dass Bibliotheken viel weniger Laufkundschaft haben«, fügt James hinzu.

»Dalí ist vorsichtig, und obwohl ich es nicht gerade als ein hohes Risiko bezeichnen würde, wenn er sich für eine Bibliothek entscheidet, ist es doch eine Verhaltensanomalität. Erinnert euch, was Earl gesagt hat: Mentale Karten werden sowohl bewusst als auch unbewusst gebildet. Sie üben ihren Einfluss ebenfalls in beiden Richtungen aus. Warum also fühlt Dalí sich dieser Bibliothek verbunden? Warum fühlt er sich unbewusst so sicher dort, dass er sie benutzt?«

Alan schnippt mit den Fingern. »Weil sie ihm vertraut ist.«

»Richtig. Und warum ist sie vertraut?«

Diesmal liefert Callie die Antwort. »Weil sie in seiner Gegend liegt.«

James setzt sich an den Computer, sieht die Adresse der Bibliothek nach und gibt sie ein. Im nächsten Moment erscheint sie auf Google Maps. »Im Valley«, sagt er. »In der Nähe von Reseda und Oxnard.«

»Wo sind die Ergebnisse eurer Grundstückssuche?«, frage ich.

»Hier auf dem Computer. Ich habe sie nach Postleitzahlen geordnet. Das hat uns allerdings nicht weitergeführt. Unvollständige Akten.«

»Es ist zwar ein Schuss ins Blaue, aber versuchen wir's. Wir können die Gegend eingrenzen. Nehmen wir nur die Listeneinträge in fünf Meilen Umkreis um die Bibliothek und schauen wir uns an, was auftaucht. Nach allem, woran ich mich erinnere, hat Cooper genau richtig gelegen. Es kam mir vor wie ein Einlagerungsgebäude. Umgeben war es von einem Maschendrahtzaun von ungefähr zwei Metern Höhe.«

»In der Gegend gibt es jede Menge Lagergebäude«, sagt Alan.

»Wir können alle Franchisingbetriebe ausschließen«, sagt

James. »Man muss Lizenzgebühren zahlen und immer mit Kontrollen rechnen.«

Ich nicke. »Gut.«

»Ja. Besser als nichts«, sagt Alan. »Druck es aus, James. Wir teilen es auf und schauen, was wir finden.«

Die Suche in fünf Meilen Umkreis ergibt nichts. Die Erregung möchte abflauen, sich in Entmutigung verwandeln, doch wir sind so etwas gewöhnt. Wenn man das Nutzlose durchsiebt, findet man in neun von zehn Fällen nur noch mehr Nutzloses. Einmal in zehn Fällen stößt man allerdings auf einen Diamanten. Im Laufe der Jahre haben wir genügend Diamanten gefunden, um jetzt weiterzumachen.

Wir weiten den Umkreis auf zehn Meilen aus. Alan dreht an seiner himmlischen Kaffeemühle und brüht uns allen Kaffee auf, nur nicht James, der grünen Tee trinkt. So ist er immer. Ich habe ihn noch nie Whiskey oder Cola trinken oder an Kaffee auch nur nippen sehen. Tee und Wasser, das ist alles.

Als ich es sehe, scheint es mir in Leuchtschrift entgegenzuspringen, und mein Magen verkrampft sich. Es ist zu simpel und viel zu clever, und wieder muss ich mich wundern, was Dalí wirklich zu seinen Taten antreibt.

Meet Storage Solutions, lautet der Eintrag. *Meet* … beinahe wie *meat*, Fleisch.

Ich lagere nur Fleisch. So ähnlich hat er sich ausgedrückt.

Ich schaue auf die Entfernung. Nur acht Meilen von der Bibliothek.

»Ich glaube, ich hab's«, sage ich zu den anderen und erkläre es ihnen.

Callie verzieht das Gesicht. »Er lagert ›Fleisch‹? Widerlich.«

James nimmt sich die Adresse und gibt etwas in seinen Computer ein. Eine Seite erscheint mit einer Liste von Informationen, die über den Betrieb vorliegen. »Seit mehr als zwanzig Jahren im

Geschäft. Das Gebäude steht dort schon länger, aber nicht viel länger.«

»Er könnte eine bereits vorhandene Halle umgebaut haben«, sagt Alan. »So etwas ist in Los Angeles ziemlich billig.«

»Vor zwanzig Jahren wurden Baugenehmigungen eingeholt«, bestätigt James. »Hier steht zwar nicht, wofür genau diese Genehmigungen ausgestellt wurden, aber es waren etliche. Das Gebäude war von Anfang an ein Betonbau.« Er tippt. »Keine Einkommensinformationen. Tja, mehr habe ich nicht. Seien wir ehrlich – das reicht nicht, um sicher zu sein oder um einen Durchsuchungsbeschluss zu erwirken.«

»Werfen wir einen Blick darauf«, sage ich. »Ich werde sofort wissen, ob wir richtig sind, und dann bekommen wir den Beschluss, verlasst euch drauf.«

Wie in jeder großen Stadt ist in Los Angeles Platz Mangelware. Das Beste drängt sich neben das Schlimmste, und alles versucht, in relativer Harmonie zu leben. Die Adresse, an der wir uns wiederfinden, ist ein großes Grundstück in einer Nebenstraße des Victory Boulevard. Neben dem Gebäude steht eine abgezäunte Tankstelle, deren Fenster mit Brettern verrammelt sind. Ein Schild bittet die Kunden um Geduld, bis der Umbau abgeschlossen ist. Das Schild ist von der Sonne ausgeblichen und vom Regen verwittert, als wäre der Umbau der Tankstelle seit langer Zeit vergessen.

Einen halben Häuserblock entfernt befindet sich der Victory Boulevard, Tag und Nacht eine belebte Hauptstraße. Gleich um die Ecke sehen wir einen Sexshop, eine Aquarienhandlung und ein Herrenmodengeschäft, um nur einige zu nennen. Die meisten Schilder sind auf Englisch, einige nicht, doch im Unterschied zur Tankstelle scheint jedes Geschäft genutzt zu werden.

Wir parken in einer Seitenstraße. Ich stehe neben dem Wagen und betrachte das Gebäude aus der Entfernung. Wir haben späten Nachmittag. Die Sonne steht schon tief, und ein kühler Wind streichelt meinen Kahlkopf.

Sind wir richtig? Ist es hier passiert?

Der Zaun sieht genauso aus wie in meiner Erinnerung, doch mir wird immer deutlicher bewusst, wie wenig ich tatsächlich zu Gesicht bekommen habe. Dalís Brillanz, wie James es genannt hat. Ein Vorhängeschloss sichert das Maschendrahttor.

»Und?«, fragt James.

»Ich sehe es nicht aus dem richtigen Winkel, um sicher zu sein.«

»Dann sieh zu, dass du den richtigen Winkel findest.«

Ich ziehe eine Braue hoch. Auf meiner Oberlippe stehen Schweißperlen. Mich beherrschen widersprüchliche Gefühle. Ich bin übermütig-ängstlich. »Hinüberklettern, meinst du? Das ist ein Gesetzesverstoß, James.«

Er schaut weg. »Leo Carnes war ein FBI-Agent. Du bist ebenfalls beim FBI. Wenn wir nicht jemanden dafür zahlen lassen, sind wir alle in Gefahr. Ich bin dafür, uns diesmal Dalís Pragmatismus anzueignen.«

Ich schaue Callie und Alan an. »Was haltet ihr davon?«

»Die Hölle gefriert.« Callie blinzelt. »Ich finde, James hat recht.«

»Du weißt, auf welcher Seite ich bin«, sagt Alan.

Ich betrachte meinen verstümmelten Finger und bewege die Hand. Es tut weh.

»Ich glaube nicht, dass ich rüberklettern kann.«

»Wir können das Schloss aufbrechen«, sagt Alan.

»Nein. Was, wenn er da ist und den Eingang beobachtet? Und selbst wenn er nicht hier ist – angenommen, er kommt zurück, während wir den Beschluss holen, sieht, dass wir das Schloss geknackt haben, und haut ab?«

»Gutes Argument. Was dann?«

Ich schirme meine Augen mit der Hand ab und lasse den Blick über die Umgebung schweifen. Rechts ist die Tankstelle. »Was, wenn wir ein anderes Schloss knacken?«

Eine Querstraße entfernt entdecken wir ein Werkzeuggeschäft und kaufen einen Bolzenschneider. Wir zerschneiden nicht den Bügel des Schlosses, sondern die Kette, sodass wir es aussehen lassen können, als wäre das Tor im Zaun noch immer versperrt.

»Machen wir Nägel mit Köpfen«, sage ich und betrete das Grundstück.

Ich gehe an der Tankstelle vorbei, parallel zum Gebäude von Meet Storage Solutions, bis ich die Rückseite des Grundstücks erreiche. Ich bringe das Gesicht an den Maschendrahtzaun und blicke auf das Betongebäude. Ich sehe ein Rolltor, das groß genug ist, um einen Wagen durchzulassen. Ich drehe mich um, sodass ich dem Tor und dem Zaun den Rücken zuwende. Dann kauere ich mich nieder und versuche, auf die gleiche Höhe zu kommen, die ich eingenommen habe, als ich im Kofferraum von Dalís Wagen lag. Ich starre in den Himmel, suche nach Sicherheit. Ich sehe nichts, das wiederzuerkennen ich unter Eid beschwören könnte. Aber ich weiß, dass wir hier richtig sind.

Also tue auch, was richtig ist.

In den vielen Jahren, die ich nun schon FBI-Agentin bin, war ich immer stolz darauf, kein einziges Mal das Gesetz gebeugt zu haben, um meine Ziele zu erreichen. Durchsuchungen habe ich nur vorgenommen, wenn ich vorher ordnungsgemäß einen Beschluss erwirkt hatte. Bei Verhaftungen habe ich stets die Rechte verlesen und diese Rechte geachtet.

Was bedeutet schon eine kleine Lüge, wenn du ihn sowieso töten willst?

Etwas in mir gibt diese Antwort, aber ich höre nicht hin. Ich gehe wieder zur Vorderseite des Tankstellengrundstücks und verlasse es durch das Tor.

»Hier ist es«, sage ich. »Hierher hat Dalí mich verschleppt.«

»Okay«, sagt Callie. »Dann holen wir uns den Beschluss, das Sondereinsatzkommando meines Göttergatten und ein paar Kanonen.«

Ich will gerade zustimmen, als wir einen lauten Knall hören, als wäre ein Schuss gefallen. Alles greift nach den Waffen.

»Das kam aus dem Meet-Storage-Gebäude«, erklärt Alan.

»Klingt für mich wie Gefahr im Verzug«, sage ich. »James, mach das Tor auf.«

Er zögert nicht. Keiner von ihnen zögert – und genau das lässt mich innehalten. Ich bin die Teamleiterin. Ich sage, wo es langgeht. Wir sollten die Außenstelle verständigen und Verstärkung anfordern. Die Jungs mit den großen Kanonen sollten die Arbeit machen, für die sie ausgebildet sind.

Ein weiterer Schuss fällt und beseitigt meine Zweifel.

Wir ziehen die Waffen.

Wieder ein Schuss.

»Himmel«, murmelt Alan. »Was, wenn er da drin die Gefangenen hinrichtet?«

»Los!«, sage ich.

James drückt das Tor auf, und wir rücken zum Eingang des Gebäudes vor. Ich drehe den Türknauf.

»Abgeschlossen!«, flüstere ich. Ich winke nach rechts. »Gehen wir nach hinten.«

Wir huschen auf die rechte Seite des Gebäudes. Schweiß läuft mir den kahlen Schädel hinunter, und ich fühle mich gleichzeitig heiß und kalt.

Wir erreichen das Rolltor. »Versuch es«, sage ich zu James.

Er bückt sich nach dem Griff, und zu unserer Überraschung öffnet das Tor sich ohne Umstände.

Ich erkenne die Garage dahinter augenblicklich. Mein Herz macht einen Satz.

Hier begann die Dunkelheit.

»Hierher hat er mich gebracht«, sage ich. »Durch die Tür dort kommt man in den Hauptteil des Gebäudes.«

James öffnet auch diese Tür ohne Schwierigkeiten. Mein Fingerstumpf pocht, und einen Augenblick lang wünsche ich mir, ich könnte eine Schmerztablette nehmen. In meinem Kopf schrillen die Alarmglocken.

»Zu leicht«, sage ich zu James und lege ihm meine freie Hand auf den Rücken. »Gehen wir langsam.«

Er sieht mich finster an. Nickt. Er geht als Erster hinein. Ich folge ihm. Callie und Alan kommen hinter mir. Wir gehen den Gang entlang, passieren die drei Türen, an die ich mich erinnere, und wenden uns nach rechts zur Treppe. Wir steigen die Stufen hinauf, bis wir das obere Ende der Treppe erreichen. Rechts ist die Tür zu dem Gang, in dem meine Zelle war. Links befindet sich eine weitere Tür.

»Die linke«, flüstere ich.

James öffnet sie, und wir kommen in einen längeren Gang. Auf beiden Seiten sind Türen. Der Magen dreht sich mir um, als ich die Überfallen und Vorhängeschlösser sehe.

Wie viele? Zehn Türen auf jeder Seite? Sind alle Zellen belegt?

Ich ignoriere meine Übelkeit. Wir bewegen uns den Gang entlang, bis er einen Knick macht. Wir sehen nur zwei Türen, eine am Ende des Gangs, eine andere in der rechten Wand. Diese Tür steht offen. James legt einen Finger auf die Lippen und bewegt sich langsam voran. Ich rieche Blut und Tod, diesen Gestank nach Kot und Kupfer. James betritt den Raum. Die Waffe zittert in seinen Händen. Ich folge ihm. In dem Raum stinkt es noch stärker als draußen auf dem Gang.

Als ich die beiden Tische und die beiden Frauen sehe, durchfährt mich ein solcher Schock, dass ich beinahe ohnmächtig werde.

Hier ist es. Hier hat er mich zu der schrecklichen Entscheidung zwischen Leo und mir selbst gezwungen.

Ich beuge mich vor und übergebe mich. Nicht wegen der Frauen mit den frischen Einschusslöchern in der Stirn, sondern wegen meiner Erinnerungen. Meine Sicht verschwimmt, und ich sinke taumelnd auf ein Knie.

»Geht's?«, flüstert Alan.

Ich kann antworten. Ich zeige auf den Gang. Wir haben noch einen Gang zu sichern.

Ein weiterer Schuss fällt – ein vierter und letzter. Er ist lauter als die anderen. James und Callie eilen aus der Tür und zum nächsten Raum. Ich höre, wie eine Tür geöffnet wird, und dann gar nichts. Ich zwinge mich, die weißen Lichtblitze hinter meinen Augen nicht zu beachten. Die Wiese ruft, und vielleicht wartet Baby dort, aber jetzt ist nicht der passende Moment. Auf unsicheren Beinen verlasse ich den Raum. Die andere Tür ist weit aufgerissen.

»Was ist los?«, rufe ich.

»Komm und sieh selbst«, ruft Callie leise zurück. »Komm und sieh dir das an.«

Als ich den Raum betrete, pochen mein Schädel und mein Fingerstumpf. Der Raum ist groß und als Büro eingerichtet. Er wirkt kahl. Auf dem Boden liegt kein Teppich, die Wände sind nackt und nicht gestrichen. Neben einem billigen Schreibtisch aus Holzimitat steht ein einzelner Aktenschrank. Auf dem Schreibtisch ist ein Computermonitor. Und ein Mann. Sein Gehirn ist an die Wand hinter ihm gespritzt.

»Feigling«, murmelt James. »Er muss gewusst haben, dass wir kommen.« Er klingt enttäuscht. Ich kann ihn gut verstehen. Ich wollte Dalí ebenfalls töten.

»Ist er das?«, fragt Callie. »Erkennst du irgendetwas an ihm wieder?«

Ich beuge mich vor. Ich sehe eine zerplatzte Stirn über zwei erstaunt blickenden Augen und einem schlaffen Mund. Ich schätze den Mann auf Ende vierzig, Anfang fünfzig. Er trug einen Bürstenschnitt. Sein Gesicht war nicht hässlich, aber unauffällig. Alles passt, bis auf das vielleicht Wichtigste – das, was ich gesehen und für mich behalten habe. Ich bin mir bisher nicht sicher gewesen, wieso. Jetzt weiß ich es.

»Ja«, sage ich. »Das ist er. Das ist Dalí.«

Ich lüge, aber das ist okay. Ich glaube, jetzt begreife ich alles.

KAPITEL 39 Tommy, Kirby und ich sitzen in unserem Wohnzimmer. Alan und Elaina werden in den nächsten Tage auf Bonnie aufpassen. Sie wollen mir Zeit geben, mich von allem zu erholen, was geschehen ist. In Wirklichkeit verschaffen sie mir Zeit zu tun, was getan werden muss.

»Er wusste, dass du kamst, weil er den GPS-Chip in deinem Handy verfolgt hat«, erklärt Tommy. »Die Techniker konnten nichts finden, als sie dein Mobiltelefon überprüften, weil es nichts zu finden gab. Er hat sich auf das Signal eingepeilt und die Augen offen gehalten. Durch ein wenig Rückverfolgung haben wir bekommen, was wir brauchen.«

Kirby mustert mich mit einem undeutbaren Blick, während sie ihr Kaugummi kaut. »Und du bist dir ganz sicher, Smoky? Ich habe kein Problem damit, aber für dich ist es Neuland.« Sie macht eine Kopfbewegung zu Tommy. »Und für ihn auch.«

»Ich bin mir sicher«, antworte ich.

Tommy sagt nichts.

»Okey-dokey«, sagt Kirby. »Dann wollen wir mal aufsatteln.«

Eric Kellerman. So hieß der Mann, der sich durch Kopfschuss umgebracht hat. Er war achtundvierzig Jahre alt, ein Waisenkind, das in städtischer Fürsorge aufwuchs und mit achtzehn sich selbst überlassen wurde. Darüber hinaus gibt es nicht viel über diesen Mann, nur einen Überschuss an Beweismaterial.

Die unbekannten Fingerabdrücke an den Leichensäcken stammen von Kellerman. Videos und Fotos der Autounfälle sind in dem Lagerungsgebäude gefunden worden; außerdem ein paar Gedichte darüber, wie viel schöner es sei, einen Autounfall zu beobachten, als Sex mit einer Frau zu haben. In einem Koffer befanden sich mehr als fünfzigtausend Dollar in bar. In einer Schreibtischschublade lag eine Plastiktüte, die mit Kellermans Fingerabdrücken bedeckt war. In der Plastiktüte befand sich das abgetrennte Glied meines Fingers. Alles unbestreitbares Beweismaterial.

»Die Symphorophilie bestätigt es endgültig«, hat James gesagt. »Die statistische Wahrscheinlichkeit, dass sich noch jemand mit dieser speziellen Paraphilie an diesem Ort befindet, ist praktisch gleich null. Dieser Mann war Dalí.«

Am schlimmsten waren die Opfer. Drei Frauen, alle seit etlichen Jahren vermisst, meist in schlechterem Zustand als Heather Hollister. Die Ehemänner dieser Frauen wurden festgenommen. Zwei haben schnell schlappgemacht, einer langsam. Sie waren Feiglinge durch und durch, Narzissten, die am meisten bedauerten, erwischt worden zu sein. Jeder kam uns mit dem gleichen Lied, nur wurde es jedes Mal zu einer anderen Melodie gesungen.

Einen Hinweis auf die Gebäude in Oregon und Nevada fanden wir nicht, aber das ist okay. Tommy, Kirby und ich haben sie allein gefunden. Dazu war einiges an Arbeit nötig, aber wir kennen sie, und wir werden einen anonymen Hinweis geben, sobald wir getan haben, was wir tun müssen.

Ich habe um Urlaub gebeten und ihn ohne jedes Wenn und Aber erhalten. Ich glaube, AD Jones war viel zu erleichtert über mein Ersuchen, um misstrauisch zu werden. Hoffe ich. Direktor Rathbun wollte vorher eine Pressekonferenz abhalten, gab aber nach, als ich darauf beharrte, zurzeit vor keine Kamera treten zu können.

»Also gut«, sagte er. »Gehen Sie nach Hause und erholen Sie

sich. Aber lassen Sie sich vor der Konferenz das Haar nicht zu lang wachsen. Das ist ein tolles Bild. Wir werden es zu unserem Vorteil nutzen.«

Ganz gelogen war die Sache mit dem Urlaub nicht. Ich habe tatsächlich ein, zwei Tage ausgespannt. Dann habe ich Bonnie packen lassen, habe Tommy und Kirby hinzugezogen und ihnen alles erzählt: was ich weiß, was ich vermute, und wo ich mir unsicher bin. Zuerst waren sie skeptisch, bis ich ihnen erzählte, was mir an Dalí aufgefallen ist. Danach hielten sie die Klappe und hörten mir zu.

Tommy war es, der herausfand, dass Dalí den GPS-Chip in meinem Handy überwachte. Deshalb hat Dalí gewusst, dass ich mich seinem Lagerungshaus in L.A. näherte. Wieder einmal hatte seine Brillanz in Einfachheit bestanden. Er wusste, dass die Techniker beim FBI meine Sachen auf Wanzen untersuchen würden; deshalb installierte er keine, sondern machte sich die Wanze zunutze, die bereits vorhanden war.

Tommy hat mithilfe von Technikern, die er kennt, den GPS-Tracker zurückverfolgt. Damit konnten wir Dalí orten. Wir haben darauf gezählt, dass er kein Risiko eingehen würde, und er hat uns nicht enttäuscht. Ob für tot erklärt oder nicht – er ließ den Tracker aktiv; er wollte auf Nummer sicher gehen und stets wissen, wo ich war. Pragmatik war seine große Stärke. Und ich muss zugeben, sie hat ihm gut gedient – bis jetzt.

Er ist beschäftigt gewesen, hat zuerst Zeit in Nevada verbracht und dann in Oregon. Die Adressen der anderen Gebäude herauszufinden war ziemlich einfach. Im Augenblick ist er in Nevada, und wir machen uns bereit, ihn zu besuchen. Um es zu Ende zu bringen.

Um ihn zu töten.

Ich sehne mich danach, ihn zu töten. Ich möchte sehen, wie das Leben in seinen Augen erlischt. Sein Tod wird für mich so erquickend sein wie Wasser für eine ausgedörrte, durstige Kehle.

Wird mein Durst dadurch gelöscht? Ich weiß es nicht. Aber wenn Dalí tot ist, kann er niemandem mehr etwas antun, der mir etwas bedeutet. Das muss reichen.

»Ich werde Raymond dein Handy geben«, sagt Kirby. »Er wird es mit sich tragen, während er Bonnie überwacht. Dadurch sieht es so aus, als wärest du noch hier in L.A.«

»Gut. Sind wir so weit?«

»Ich schon«, sagt Tommy.

»Eine Familie, die gemeinsam tötet, trennt im Leben nichts mehr«, sagt Kirby und lacht.

Tommy und ich lachen nicht.

Wir brechen am Nachmittag auf, sodass wir am Abend ankommen. Für das, was wir vorhaben, ist Dunkelheit besser. Wir reden nicht viel; selbst Kirby bleibt ziemlich still. Ich beobachte, wie Kalifornien der Wüste weicht, und spüre trotz der Klimaanlage die Temperaturänderung. Ich beobachte, wie das Nichts sich in das überwältigende Etwas namens Las Vegas verwandelt. Wie jedes Mal kommt es mir wie ein Fliegender Holländer unter den Städten vor. Mammon stach sich in den Finger und ließ einen Blutstropfen auf den Sand fallen, und dort entsprang Las Vegas.

Wir kennen zwei Örtlichkeiten. Das eine ist das Einlagerungsgebäude, in dem er seine Opfer aus Nevada eingesperrt hält. Das andere ist ein Wohnhaus, eingetragen auf einen Namen, der mich überrascht hat, während er gleichzeitig bestätigte, was ich über Dalí aufgrund dessen, was ich gesehen hatte, vermutet habe. Die Rückwärtsverfolgung bestätigt, dass Dalí zu Hause ist.

Wir nehmen uns kein Hotelzimmer, denn wir wollen keine Spur hinterlassen. Wir brauchen ohnedies kein Zimmer. Wenn man einen Mord verüben will, reist man am besten abends an und verschwindet in der gleichen Nacht wieder. Eine Seite aus Dalís Leitfaden »Wie mache ich es einfach«.

In einem Imbiss am Rand der Vorstadt, in der Dalís Haus

steht, essen wir zu Abend. Ich nehme eine Tasse Kaffee und einen Toast. Tommy nimmt noch weniger; er lässt den Toast aus. Kirby bestellt ein T-Bone-Steak, zwei Spiegeleier, Bratkartoffeln, Toast, Orangensaft und Kaffee.

»Was ist?«, fragt sie, als sie bemerkt, dass ich sie anstarre. »Ich habe Hunger. Wer weiß, wann wir die nächste Gelegenheit bekommen.«

Ich bin mir sicher, dass sie recht hat. In solchen Dingen hat sie bestimmt mehr Erfahrung als ich. Doch mein Magen scheint die letzte Bastion meines Gewissens zu sein. Ich halte mich an meinen Kaffee und meinen Toast.

Als Kirby aufgegessen hat, seufzt sie zufrieden. »Das war gut. Also – alles bereit, jemanden kaltzumachen?«

»Das dritte Haus die Straße runter«, sagt Tommy.

Wir parken in einer Vorstadtstraße, verborgen im Schatten eines Baumes, die hier selten sind. Die Häuser sind Lehmsteinbauten mit Felsen und Kakteen im Vorgarten. Wasser ist in Vegas kostbar.

»Klein«, sagt Kirby. »Gute Tarnung. Es ist nie eine gute Idee, mit den Früchten seiner Übeltaten zu protzen.«

»Dalí wird Kameras haben«, sage ich, »aber nicht viele. Er hat keinen Grund, sich hier unsicher zu fühlen. Und wer zu sehr um seine Sicherheit besorgt ist, sticht auch wieder heraus. Dieses Haus ist ein Rückzugsort und wird wahrscheinlich nur benutzt, wenn Dalí in der Stadt ist. Sein Hauptwohnsitz wird in Los Angeles sein.«

»Wie sollen wir vorgehen?«, wendet Tommy sich an Kirby.

Sie grinst und zwinkert. »Ich wäre für die direkte Methode. Ich klopfe an die Tür. Nicht sehr wahrscheinlich, dass Dalí mich kennt, oder?«

»Dafür würde ich die Hand nicht ins Feuer legen.«

Sie zuckt mit den Schultern und klopft auf die Pistole, die

sie unter ihrer Windjacke verbirgt. »Wenn Dalí nicht an die Tür kommt, muss ich eben Big Red hier ziehen und mich selbst ins Haus lassen.«

»Kirby«, warne ich, »wir dürfen keine Aufmerksamkeit auf uns lenken.«

Sie verdreht die Augen. »Nur Ruhe, Boss-Lady. Ich bin Profi, schon vergessen? Das Auto ist ein Wegwerffahrzeug mit falschen Nummernschildern. Ihr beide zieht euch Strumpfmasken über, dann passiert uns nichts. Vertraut mir.«

Ich vertraue ihr nicht, ich vertraue hier gar nichts, aber mir bleibt keine Wahl. Kirby ist die Profikillerin in unserer Truppe. Sie tötet schon sehr lange und ist allen Aussagen zufolge sehr gut darin.

»In Ordnung«, sage ich seufzend. »Wir tun, was du vorschlägst.«

»Seid ganz ruhig und wartet, bis ihr von mir hört. Entweder, ich klingele euch auf den Handys an, oder ihr seht, wie ich die Tür eintrete. Okay?« Sie zwinkert mir noch einmal zu und steigt aus dem Auto.

»Verrückt«, murmelt Tommy.

»Ja.«

Wir beobachten, wie sie zur Haustür schlendert und anklopft. Augenblicke vergehen. Schweiß tritt mir auf die Stirn. Es ärgert mich.

Die Tür wird geöffnet. Wir können nicht erkennen, wer drin ist, aber wir sehen, wie Kirby in die Jacke greift, sich voranbewegt und im Haus verschwindet.

»Himmel«, hauche ich.

Diese Bedenkenlosigkeit. Wenn man überlegt, wer Kirby ist und womit sie ihr Geld verdient, wirft es ein bestürzendes Schlaglicht darauf, wie rasch ein Mensch sterben kann.

Ungefähr fünf Minuten vergehen, dann klingelt mein Handy.

»Ich habe Dalí gesichert«, sagt Kirby. »Die Haustür ist auf, also parkt in der Einfahrt und kommt rein. Keine Sorge, okay?« Sie legt auf.

Ich starre auf das Haus. Jetzt müssen wir es bis zum Ende durchziehen.

»Also?«, fragt Tommy.

»Gehen wir.«

Das Haus ist anders, als ich erwartet habe. Ich hatte mir eine Art Vorstadt-Gulag vorgestellt: keine Bilder an den Wänden, im Kühlschrank ein einziger Milchkarton, der Schrank voll gefriergetrockneter Mikrowellenmahlzeiten.

Stattdessen sehe ich Gemälde und Fotos in eleganten Rahmen. Das meiste ist geschmackvoll. Einiges ist sogar sehr gut, besonders die Fotografien, die unterschiedliche Motive zeigen, von Menschen bis zu Landschaften. Die Fußböden bestehen aus honigfarbenem Hartholz, das warm und einladend wirkt. Kleine Teppiche liegen dekorativ an sinnvollen Stellen. Das Mobiliar ist sauber und nicht mehr ganz neu.

»Kirby?«, rufe ich.

»Im Wohnzimmer.«

»Ist das Musik?«, fragt Tommy.

Ich lausche. »Klassische Musik. Ich glaube, Beethoven.«

Wir durchqueren den Korridor und das Esszimmer und kommen ins Wohnzimmer. Es liegt neben der Küche, ein weiter, offener Raum in dem Stil, der von Architekten als das »Konzept des großen Raums« bezeichnet wird. Ich mag es nicht. Ich ziehe Räume mit Wänden vor. Im Wohnzimmer stehen ein hübsches Sofa, ein mittelgroßer Flachbildfernseher und ein Couchtisch. Stehlampen spenden Licht. Die Vorhänge vor den Fenstern sind zugezogen. Die Jalousie auf der Glasschiebetür, durch die man in den Garten hinter dem Haus gelangt, ist geschlossen.

Dalí sitzt auf einem Küchenstuhl, an Händen und Füßen mit Handschellen gefesselt, und sieht mich kühl an.

»Hallo, Mercy Lane«, sage ich.

»Hallo, Nummer fünfunddreißig«, antwortet sie.

Ich hatte es bereits vermutet, bevor der Name auf dem Grundbucheintrag des Hauses diese Vermutung bestätigt hat. Dennoch erstaunt es mich maßlos: Dalí ist eine Frau. Was ich in meiner Zelle gesehen und für mich behalten habe, war ein glatter Hals ohne Adamsapfel. An Eric Kellermans Leiche hingegen war er sehr ausgeprägt gewesen.

»Woher wussten Sie Bescheid?«, fragt sie mich.

Ich antworte nicht gleich. Ich lasse mir Zeit. Ich betrachte die Person, die mich in dieses Schattenland geführt hat, in dem ein Mord sowohl akzeptabel als auch wünschenswert ist. Dalí ist eine kleine Frau mit hübschem Gesicht. Sie trägt ihr brünettes Haar kurz, und es steht ihr gut. Ihre Augen sind von einem erstaunlichen Blau. Sie trägt Bluejeans und ein dünnes T-Shirt. Sie sieht bezaubernd und harmlos aus, wie eine Kobra mit eingefaltetem Nackenschild.

»Das war vielleicht ein Plan«, sage ich. »Wie lange hatten Sie diesen Fluchttunnel schon offen?«

Dalí ist in jeder Hinsicht pragmatisch gewesen. Dazu hat auch ein Plan gehört für den Fall, dass wir sie eines Tages finden. Sie hat beschlossen, einen Sündenbock zu präsentieren, der nur auf uns wartet, und hat vor Jahren die notwendigen Spuren gelegt. Sie hat Eric Kellermans Fingerabdrücke in den Leichensäcken platziert. Sie hat den Symphorophilie-Fetisch nachgeahmt. Sie hat ihn ausgesucht, weil er so einmalig ist. Wenn ihr jemand auf die Spur käme, sollte er Eric Kellermans Leiche finden, zusammen mit seiner Sammlung von Autounfallsouvenirs und seinen Fingerabdrücken.

Dalí wäre offiziell tot, und Mercy Lane wäre für immer in Sicherheit. Ich habe die Möglichkeit in Erwägung gezogen, dass sie zusammengearbeitet haben, sie aber verworfen: Dalí arbeitet allein.

Sie zuckt mit den Schultern. »Das letzte Teil kam vor acht oder neun Jahren hinzu. Eric. Aber die Vorarbeiten hatten mich schon viel länger beschäftigt.«

»Die Autounfälle.«

»Ja.«

Ich spreche aus, was ich vermutet habe, nicht so sehr, um es bestätigt zu bekommen, sondern weil ich ihr zeigen will, dass ich es herausgefunden habe – jawohl, du warst nicht schlauer als ich, und am Ende gewinne ich. Ich möchte damit vor ihrem Gesicht wedeln und sie damit verhöhnen.

»Wenn wir Ihnen also auf die Spur kamen – oder sonst jemand –, konnten Sie Ihren Sündenbock Selbstmord begehen lassen und unwiderlegbare Beweise zurücklassen, die ihn mit den Verbrechen in Verbindung brachten: die Videos und Fotos der Autounfälle. Zu ungewöhnlich, zu eindeutig, als dass es ein Zufall sein konnte. Die Fingerabdrücke auf den Leichensäcken würden es bestätigen. So ist es doch, nicht wahr?«

»Im Großen und Ganzen. Es war ein guter Plan. Welchen Fehler habe ich begangen?«

»Sie haben mich entführt.«

Sie schüttelt den Kopf. Nicht aus Rechthaberei, sondern verächtlich. »Das ist Posieren und keine logische Überlegung. Sie unterschieden sich, was das Risiko angeht, nicht von irgendeiner anderen Einheit.«

Einheit. Mein Finger am Abzugbügel zuckt, als sie dieses Wort benutzt.

»Schön. Sagen wir einfach, dass ich besser beobachte als andere Leute. Ich habe etwas von Bedeutung gesehen, und dann haben Sie den entscheidenden Fehler begangen, indem Sie mich gehen ließen.«

»Was haben Sie gesehen?«

Ihre Stimme hat einen merkwürdigen Unterton, als sie diese Frage stellt. Sie ist nicht durch eitle Neugier motiviert. Sie will wissen, wo sie einen Fehler begangen hat. Wo hat ihr Pragmatismus ihr nicht weitergeholfen?

»Genug. Ich habe genug gesehen.« Ich lächle, und ich weiß, dass mein Lächeln grausam ist, noch schlimmer als das, mit dem ich Douglas Hollister bedacht habe.

Mercy runzelt die Stirn. »Sie werden es mir nicht sagen.«

»Nein.«

»Kindisch.«

»Aber befriedigend.«

»Und wie geht es jetzt weiter? Bin ich verhaftet?«

»Ich fürchte, nein.«

Ihr Gesicht glättet sich. »Aha, ich verstehe. Sie werden mich töten.« Sie nickt. »Das ist klug. Praktisch.«

»Wie haben Sie Eric Kellerman dazu gebracht, sich selbst zu erschießen?«, frage ich.

»Ich habe Eric und eine junge Frau vor fast neun Jahren entführt. Ich überzeugte ihn, dass die junge Frau seine illegitime Tochter wäre. Eric war Waise, deshalb hatte es für ihn besondere Bedeutung. Ich folterte beide jahrelang, um Eric zu zeigen, wozu ich fähig war.

Vor einigen Jahren sagte ich Eric, dass ich seine ›Tochter‹ in ein anderes Gebäude verlegt hätte. Ich ließ ihm die Wahl: Wenn er sich erschießt, sobald es so weit ist, würde ich sie freilassen, wenn nicht, würde ich sie im Dunkeln gefangen halten, bis sie alt und grau wäre.« Sie zuckt mit den Schultern. »Er hat seine Wahl getroffen, wie geplant.«

»Und? Haben Sie sie freigelassen?«

»Natürlich nicht. Ich habe sie vor fast zwei Jahren getötet.«

»Warum?«

Mercy wirkt verdutzt. Die Frage kommt ihr offenbar dumm vor. »Eric war ausreichend vorbereitet. Für den unwahrscheinlichen Fall, dass er einen sichtbaren Beweis wollte, dass sie noch lebte, standen mir mehr als einhundert Stunden Videoaufzeichnungen zur Verfügung. Die Frau verbrauchte Platz, Wasser, Essen und Strom. Ich habe sie nicht mehr benötigt.«

Ich merke, wie Tommy sich neben mir regt. Ihn verstört die Antwort genauso wie mich.

»Wieso, Dalí? Wieso haben Sie das getan?«

Mercy, Dalí, ich springe zwischen den Namen hin und her. Sie ist beides und doch keines von beidem.

»Wegen des Geldes natürlich, Nummer fünfunddreißig. Mein Vater hatte eine Tochter, aber er zog mich als Sohn auf. Er hat mir drei grundlegende Dinge beigebracht: Freude ist alles, was nach dem Überleben kommt. Überleben hängt vom Geld ab. Es gibt keine Seele, wir sind alle nur Fleisch. Er hat es mir nicht nur gesagt, er hat es mir bewiesen.« Sie schweigt kurz. »Zum Beispiel nahm er das Frauenfleisch von mir und machte mich zu einem Mann.«

Ich runzle die Stirn und blicke in das hübsche Gesicht. »Sie sehen mir ziemlich weiblich aus.«

»Das ist meine Tarnung, Nummer fünfunddreißig. Die Maske, die ich in der Außenwelt trage. Möchten Sie mein wahres Ich sehen?«

»Ja.«

Die Augen verlieren ihren Glanz. Das Gesicht verändert sich leicht, wirkt mit einem Mal brutaler. Die Schultern sinken herab, und eine schwache Aura der Bedrohlichkeit umgibt sie. »Na los«, sagt sie. Sie spricht zu Kirby, sieht dabei aber mich an. Ihre Stimme ist anders, tiefer, dunkler. Sie ist zu der Stimme geworden, die ich außerhalb des Kofferraums gehört habe. »Machen Sie schon, fühlen Sie meine Brüste.«

»Wie bitte?«, fragt Kirby.

»Fühlen Sie meine Brüste.«

Kirby sieht mich mit erhobener Augenbraue an. »Mach nur«, sage ich.

»Ich bevorzuge zwar Männer, aber wenn du darauf bestehst.«

Sie greift zu, ohne zu zögern, drückt mit der linken Hand Dalís rechte Brust und runzelt die Stirn. »Was ist das …?« Sie greift in Dalís T-Shirt. Ich sehe, wie ihre Hand umhertastet. Ein Ausdruck der Abscheu erscheint auf ihrem Gesicht. Als sie die Hand herauszieht, hält sie etwas Brustgroßes aus Gummi zwischen den Fingern. »Silikon«, sagt sie. »Sonst nichts.«

»Sehen Sie?«, sagt Mercy Lane rau. »Nur Fleisch, das geformt werden muss. Dad hat meine Brüste weggeschnitten, als ich groß genug war. Er sagte, sie machen mich schwach, und das Überleben wäre auf dieser Welt zu schwierig für eine Frau.« Sie lächelt. »Er hat mich stark gemacht.«

Ich suche nach Mitleid, sehe aber nur Leo vor meinem geistigen Auge. Mein Wunsch, den Abzug zu drücken, hat sich in Mattigkeit verwandelt. Der Fingerstumpf pocht.

»Zeit zu sterben, Mercy«, sage ich.

Sie zuckt mit den Schultern. »Fleisch zu Fleisch. Sterben müsste ich sowieso irgendwann. Wir alle kehren in die Erde zurück.«

Ich schraube den Schalldämpfer auf und gehe zu ihr, sodass ich der Kreatur im Sessel ins Gesicht sehe, dieser Frau ohne Brüste und mit der Männerstimme und den verblassten, leeren blauen Augen. Ich hebe die Pistole und richte sie auf ihre Stirn.

Eine letzte Frage.

»Warum haben Sie eine so erfolgreiche Vorgehensweise geändert? Die Aufzeichnungen, die uns verraten haben, dass Sie existieren … Heather ohne Lobotomie gehen zu lassen … mich freizulassen. Warum haben Sie das alles getan, Mercy? Das ergab doch keinen Sinn.«

Sie neigt den Kopf zur Seite und schaut zu mir hoch. Ich merke ihr keine Furcht an, keine Wut, keine Schicksalsergebenheit. Wie ein Tier lebt Mercy Lane im Augenblick. Sie ist überzeugt, keine Seele zu besitzen. Sie hat an den Tod nichts zu verlieren.

»Ich habe mein Geschäftsmodell vor Jahren ausgearbeitet, nach einer sehr umfassenden Analyse. Ich habe versucht, alles einzukalkulieren, auch meinen Rückzug in den Ruhestand. Ganz egal, wie perfekt man etwas ausführt, wenn man das Gleiche zu oft macht, begeht man am Ende Fehler. Erics Beteiligung gehörte zu meinem Pensionsplan. Er war nicht nur ein … wie haben Sie es genannt? Ein Fluchttunnel?«

»Ja.«

»Richtig. Eric war viel mehr. Er war der Grundstein meines Ruhestandsplans. Wenn man ein gesetzwidriges Unternehmen betrieben hat und in den Sonnenuntergang verschwinden möchte, lässt man die Leute am besten in dem Glauben, man wäre tot.«

»Sie beantworten meine Frage nicht.«

Sie fährt ungerührt fort, als hätte ich nichts gesagt und als hielte ich nicht die Pistole in der Hand, die ihr Leben beenden wird.

»Ich brauchte jemanden, der Eric finden würde, nachdem er nach mir suchte, um meinen Plan zum Abschluss zu bringen.« Sie sieht mich wieder an, und ich erkenne eine gewisse Anerkennung in ihrem Blick. »Ich habe unter anderem über Sie nachgeforscht. Sie machen Ihre Arbeit sehr gut, Sie sind sehr tüchtig. Als Douglas Hollister unsere Vereinbarung verletzte, gab er mir Gelegenheit, die ersten Brotkrumen auszustreuen. Sie waren die logische Wahl als Empfängerin in der Umgebung von Los Angeles. Heather bei der Hochzeit abzusetzen war der erste Schritt. Ich wusste, wenn ich sie bei Verstand ließe, damit sie Ihnen sagt, was sie hinter sich hatte, würde Sie das mehr motivieren, als wenn ich Ihnen Heather als Gemüse serviere.«

Ich starre sie an. In meinem Kopf beginnt sich alles zu drehen.

»Dann … dann *wollten* Sie, dass wir sie finden?«

»Zu meinen Bedingungen zwar, aber ja. Um genauer zu sein, ich wollte, dass Sie Eric Kellerman finden und glauben, dass er ich wäre. Dann hätte ich mich ungestraft in den Ruhestand zurückziehen können.«

Plötzlich fügt sich alles zusammen. Die Unvereinbarkeiten im Profil. Die Aufzeichnungen. Heather bei Verstand zu lassen – mich zu entführen. Das waren keine Fehler; es waren vorsätzliche, zielgerichtete Anomalitäten.

»Sie zu entführen war der Schlüssel«, fährt sie fort, »denn ich wusste, dass es keine bessere Motivation geben konnte.«

Ich presse Mercy den Schalldämpfer auf die Stirn. Meine Hand zittert, mein Puls rast. »Also war alles, was Sie mir angetan haben, nur *Show?*« Meine Stimme ist zu laut, zu laut, ich schreie beinahe.

»Ruhig, Boss«, murmelt Kirby. »Weck nicht die Nachbarn auf.«

Mercy sieht ohne Angst zu mir hoch. »Es musste authentisch wirken.«

»Und Leo?«, frage ich. Die Pistole in meiner Hand zittert. »Wieso er?«

Sie zuckt mit den Schultern. »Ein weiterer Anreiz. Als ich herausfand, wer er war und was er tat, beschloss ich, ihn ebenfalls zu benutzen.«

Mein Magen verkrampft sich, und einen Augenblick wird mir schwarz vor Augen.

Wenn …

Ich versuche, den Gedanken beiseite zu drängen, doch er überwindet meinen Widerstand, unerbittlich und unsagbar hässlich.

Wenn ich Leo nicht in der Undercover-Operation eingesetzt hätte, wäre er noch bei Verstand.

Ich möchte mich erbrechen. Ich bin erfüllt von Abscheu vor mir selbst, von Reue und einer schrecklichen Wut. Ich starre Mercy an und suche nach etwas, nach einem Grund, mit dem Abdrücken zu warten. Ich sehe nichts, gar nichts.

Ich trete einen Schritt zurück und hebe die Waffe. In meinem

Inneren tobt ein Hurrikan aus Hass und Trauer. Ich sehe Leuchtspuren, dunkle Monde und Leos leere Augen.

»Sie verdienen den Tod«, wispere ich, und die Waffe in meiner Hand bebt.

»Niemand verdient den Tod«, sagt Mercy. »Er geschieht einfach.«

Ein Wind durchfährt mich und drückt mich zu einem bodenlosen Abgrund, einem Meer ohne Ufer. Meine Sinne sind auf ein unerträgliches Maß geschärft. Ich rieche Waffenöl und Shampoo. Ich höre, wie Tommy sich anders hinstellt, und spüre seinen Blick auf mir wie die Berührung seiner Hand.

Tu es nicht, Mutter. Ich möchte nicht in Tod geboren werden.

Ich weiß nicht, wem diese Stimme gehört. Ist es Alexa? Ist es das Baby? Bin ich es nur?

Mein Finger drückt auf den Abzug und spürt den Widerstand, der gleichzeitig zu groß und zu gering ist. Auf mich wartet ein Marsch in die Vernichtung, die ich nicht rückgängig machen kann, sobald der letzte Schritt getan ist.

»Worauf warten Sie noch?«, fragt Mercy.

Ein Ausspruch geht mir durch den Kopf. Er klingt wie der Schrei einer Möwe, den der Wind heranträgt.

Der Leuchtturm! Schwimme zu weit hinaus, und das Licht erlischt für immer!

Mein Finger krümmt sich am Abzug.

Ich möchte dich töten, mehr als alles andere auf der Welt. Ich möchte dir in die Augen sehen, wenn ich den Abzug drücke, möchte zusehen, wie sich das Loch in deiner Stirn öffnet und dein Leben herausströmt. Du sollst in dem Bewusstsein sterben, dass ich dich getötet habe, wegen dem, was du Leo angetan hast, denn niemand darf meine Familie anrühren und weiterleben.

Ich senke die Waffe. Schweiß läuft mir die Wange hinunter und nässt meine Narben. Mir ist, als wäre ich eine Meile gerannt und hätte dann zehn Runden geboxt.

Ich will dich töten, aber ich kann es nicht.

»Sie sind verhaftet, Mercy.« Meine Stimme bebt.

Sie schüttelt den Kopf, eine mitleidige Gebärde. »Sie sind schwach.«

Tommy sagt nichts. Er legt mir eine Hand auf die Schulter und drückt sie einmal sanft. Er ist auf meiner Seite.

»Was für ein enttäuschender Abschluss«, murmelt Kirby.

Doch in ihrer Stimme schwingt etwas mit, das mir verrät, dass sie froh ist, dass ich nicht getan habe, was ihr so leichtgefallen wäre.

Ich wate aus der großen, dunklen Tiefe und breche am Ufer zusammen, während der Leuchtturm strahlt und das Nebelhorn dröhnt.

KAPITEL 40

AD Jones sitzt im Wohnzimmer und beobachtet mich. Ich habe ihn angerufen; er ist gekommen. Mercy Lane sitzt in Handschellen da und schweigt. Tommy ist angespannt. Kirby langweilt sich.

»Sir?«, wage ich mich vor.

Ich kann seinen Blick nicht deuten. Er wirkt misstrauisch, verärgert und traurig zugleich. Nur Verwirrung entdecke ich nicht. Es ist, als hätte Jones erwartet, sich hier wiederzufinden. Überrascht ist er nicht, aber er möchte alles wissen, was geschehen ist.

»Ich werde hier etwas tun«, sagt er zu mir, als er schließlich das Wort ergreift. »Nur dieses eine Mal.« Er mustert Dalí / Mercy, die in jeder ihrer Gestalten vollkommen ungerührt ist. »Weil sie Ihnen den Finger und das Haar abgeschnitten hat. Vor allem aber, weil Sie nicht abgedrückt haben, der Grund, weshalb Sie für mich noch ein Mensch sind.«

Ich schlucke und nicke. Ich kann nicht sprechen. Meine Kehle zieht sich mit der Kraft unvergossener Tränen zusammen. Trauer hat meinen Wunsch zu töten verdrängt.

»Das ist alles, Smoky«, fährt er fort. »Mehr bekommen Sie nicht für das, was Sie verloren haben. Einmal sehe ich darüber hinweg. Nur dieses eine Mal. Haben Sie verstanden?«

Ich kann bloß nicken.

»Okay«, sagt er. »Von nun an geht es folgendermaßen weiter.«

Die Lüge war primitiv, und primitive Lügen sind die besten. Angeblich wäre ich zu AD Jones gegangen und hätte ihm von meinem Verdacht erzählt, was die Identität Dalís betraf. Er hätte mir die Erlaubnis erteilt, auf eigene Faust herumzuschnüffeln. Alles andere folgte logisch daraus. Die Rückverfolgung der GPS-Peilung. Die Fahrt nach Vegas. Die Konfrontation aufgrund konstruierter Gefahr im Verzug.

Der AD wird Mercy Lane in Gewahrsam nehmen und an Bord seines Jets nach Los Angeles zurückbringen. Kirby wird im Hintergrund verschwinden. Sie war nie da. Tommy und ich fahren nach Hause, während der AD Callie und die anderen einfliegen lässt, die den Sicherungsangriff leiten sollen.

Die Story ist wacklig, voller Löcher, und sie geht aus dem Leim, aber sie reicht. Mit Gesetzesbrüchen kennen wir uns aus. So etwas tut man heimlich, mit wenigen Zeugen, und nur mit denen, denen man vertraut.

»Von diesem Augenblick an muss Ihre Beteiligung minimal sein«, sagt AD Jones zu mir. »Ich kümmere mich um alles andere.«

»Danke, Sir.«

Er seufzt. Sein Zorn ist verflogen, nur die Traurigkeit bleibt. Ihn traurig zu sehen ist so, als würde man beobachten, wie Regen auf einen Berghang fällt. Es hat etwas Einsames. Nach einer Weile faltet er die Traurigkeit weg, zurück in sich hinein, und es hört zu regnen auf. Nur der Berg bleibt, den solche Momente aushöhlen.

Mercy Lane räuspert sich und erregt unsere Aufmerksamkeit. »Machen wir einen Handel.«

AD Jones sieht sie finster an. »Womit können Sie denn schon handeln?«

»Ich habe alle Variablen abgewogen, und Sie lassen mir keine Wahl. Sie werden den GPS-Tracker hier finden und anderes auch. Ich könnte es mit einer Geschichte versuchen, nach der das FBI mich entführen und ermorden wollte, aber niemand würde mir glauben. Ich kann nur noch meine Haftbedingungen beeinflussen.«

»Einen Scheißdreck können Sie. Die Haft wird die Hölle sein, und dann werden Sie hingerichtet«, sagt Kirby. »Verlassen Sie sich drauf.«

Mercy ignoriert sie. »Am einfachsten lügt man, wenn man gar nicht lügen muss. Wenn Sie mir gewisse Annehmlichkeiten zubilligen und garantieren, dass Sie auf die Todesstrafe verzichten, werde ich alles gestehen und jede Gefängnisstrafe auf mich nehmen, die Sie verhängen wollen. Unsere Geschichten werden übereinstimmen, und niemand wird Ihnen auf die Schliche kommen.«

Sie ist gelassen, vernünftig, kalt. AD Jones starrt sie an. Ich berühre ihn am Arm.

»Sie gestehen hier und jetzt auf Video«, sage ich. »Es muss wasserdicht sein. Und Sie gehen für den Rest Ihres Lebens hinter Gitter.«

Sie neigt den Kopf. »Einverstanden.«

Das ist Dalí, das ist Mercy Lane. Ein Ausbund an Pragmatismus. Überleben ist das Einzige, worauf es ankommt.

»Ich weiß nicht«, murmelt AD Jones. »Da bräuchten wir die Zustimmung des Justizministeriums.«

»Die bekommen wir nachträglich«, sage ich zu ihm. »Sagen

Sie jemandem, der sich dafür interessiert, dass ich ihm einen Gefallen schuldig bin. Die wollen mich dort doch haben, nicht wahr?«

Er schweigt eine Zeitlang. »Ja«, sagt er schließlich. »Ich glaube, das ist wahr.« Mit einer Handbewegung entlässt er uns. »Raus hier. Ich verkaufe jetzt Ihre Seele.«

Tommy fährt uns nach Hause. Er ist auf dem Rückweg genauso still wie auf der Hinfahrt. Ich weiß im Augenblick nicht, was ich von ihm halten soll. Kirby wirkt unbesorgt und begnügt sich damit zu schweigen, solange das Radio läuft.

Wir biegen auf unsere Einfahrt ein, als die Sonne aufgeht.

»Hüpft raus und gebt mir die Schlüssel«, sagt Kirby, frisch und fröhlich, eine blonde, von Schuld unberührte Pontia Pilata. »Ich entsorge die Karre und die Kanonen, dann haben wir es hinter uns.« Sie zwinkert mir zu. »Was in Vegas passiert, bleibt in Vegas, richtig?«

Tommy sitzt auf der Bettkante und betrachtet seine Hände. Ich sitze neben ihm. Sein Schweigen ist zu etwas alles Beherrschendem geworden, wie eine Wand aus Rauch oder eine Nebelbank.

»Tommy«, wage ich mich vor. »Kann ich dich etwas fragen?«

»Sicher.« Er sieht weiter auf seine Hände. Seine Stimme klingt, als käme sie aus weiter Ferne.

»Ist alles in Ordnung zwischen uns?«

Seine Augen richten sich nun auf mich, aber er wirkt verwirrt, als hätte ich ihn gerade erst wachgeschüttelt.

»Natürlich ist zwischen uns alles in Ordnung. Zwischen uns ist alles bestens.«

»Was ist dann los? Du bist ein schweigsamer Mensch, aber du schweigst sonst nie so lange.«

Er schaut auf die Wand. »Wir hätten fast einen Menschen ermordet, Smoky«, murmelt er. »Wir haben sie gejagt und waren bereit, sie hinzurichten und ihre Leiche in der Wüste zu vergraben. Das hat einiges Nachdenken verdient. Das verdient meine Aufmerksamkeit. Verstehe mich nicht falsch, ich wusste, dass wir das vorhatten. Ich habe meinen Teil des Plans mit offenen Augen ausgeführt. Aber wir hätten fast kaltblütig ein Leben genommen. Du hast uns vom Rand des Abgrunds zurückgerissen, aber ohne dich hätte ich es getan. Und ich will es nicht unterdrücken oder beiseiteschieben oder auf irgendeine andere Weise ignorieren. Ich will es empfinden.«

Ich schlucke meine Trauer und meinen Schmerz und die Abscheu vor mir selbst hinunter.

»Wie fühlt es sich an?«, frage ich ihn.

Er antwortet nicht sofort. Ich sehe seinen inneren Kampf. Ich bemerke Anzeichen von Traurigkeit und Kraft, eine Mischung aus Liebe und Verlust, und über allem Standhaftigkeit.

Tommy ist ein Unbeugsamer, wie mein Dad es nannte. »Ein Unbeugsamer«, sagte er zu mir, »ist ein Mensch, der alles ertragen kann, ohne zu vergessen, wer er ist. Wie diese Frau, von der ich neulich gelesen habe. Sie und ihre Familie kamen während des Zweiten Weltkriegs in ein Konzentrationslager. Sie war fünfundzwanzig, mit ihrer ersten Liebe verheiratet, und hatte drei Kinder. Sie war die Einzige, die den Holocaust lebend überstanden hatte. Sie wurde gesund, fand eine neue Liebe, bekam noch zwei Söhne und starb in hohem Alter, umgeben von ihren Kindern und Enkelkindern. Sie war eine Unbeugsame. Deine Mutter ist auch eine.«

»Was ist mit dir?«

»Ich? Nein, ich bin kein Unbeugsamer.«

Auch wenn Dad ein Träumer war, er schätzte sich immer richtig ein. Ich glaube, das ist einer der Gründe, weshalb Mom ihn geliebt hat.

»Es fühlt sich schlimm an«, sagt Tommy. Er ballt die Fäuste und löst sie wieder. »Aber das geht vorbei.«

Ich komme in seine Arme, ein Zeichen von Zustimmung, aber im Grunde meines Herzens, dort, wo wir immer allein sind, bin ich weniger sicher.

Was bin ich eigentlich?

Bin ich eine Unbeugsame?

Wir dösen den ganzen Morgen. Es ist ein unruhiger Schlummer, erfüllt von Träumen, die ich im gleichen Augenblick vergessen habe, in dem ich aus dem Schlaf fahre. Nur ein Bild darf ich behalten: meine Mutter, die schweigt. Sie betrachtet mich, nicht verurteilend, nicht traurig, sondern warnend, obwohl sie versteht.

Vergiss nicht den Leuchtturm, scheinen ihre Augen zu sagen. Schwimm nicht zu weit hinaus. Vergiss das nicht, Schatz, denn dieses Meer ist dunkel und bodenlos, und wenn du versinkst, ist es für immer.

Ich kuschle mich an meinen Mann und suche nach dem Frieden, den er mir schenken kann.

KAPITEL 41

»Wie hieß Ihr Vater?«

»Thomas Richard Lane. *Corporal* Thomas Richard Lane.«

Da wären wir wieder, denke ich. *Wieder in der Mitte des Kreises.*

In einem kalten Verhörraum mit Betonwänden sitze ich vor Mercy Lane. Wir sind allein. Die Wände schlucken jedes Geräusch, und das macht mir Gänsehaut, denn es erinnert mich an die Dunkelheit und die Blumenwiese hinter meinen Augen.

Doch ich verberge mein Unbehagen.

»Ihr Vater war bei der Army?«

»Er hat in Korea gekämpft.« Sie schweigt und denkt über etwas nach. »Dafür war er geschaffen.«

»Wofür?«

»Fürs Überleben.«

Ich habe Mercy eine Standardbefragung angeboten, von der Art, wie ich sie schon wenigstens zehnmal für die BAU, die Behavioral Analysis Unit, durchgeführt habe. Mercy hat akzeptiert, sei es aus Langeweile oder weil sie letzten Endes nicht anders war als die anderen. Ich weiß es nicht.

Ich betrachte es als Gelegenheit, den Versuch zu unternehmen, die Person zu verstehen, die mich beinahe zur Mörderin gemacht hat. Außerdem ist es eine Möglichkeit, Antworten auf einige Fragen zu erhalten. Bestimmte Einzelheiten wissen wir noch nicht. Sie nagen nachts in meinen Eingeweiden und stören meinen Schlaf.

»Warum war Überleben für ihn so wichtig?«

»Weil nur das Überleben wirklich zählt. Alles andere ist ein Bonus, keine Notwendigkeit.«

Meine Frage macht sie ungeduldig, sogar ein wenig feindselig. Ich denke über ihre Reaktion nach und lege einen anderen Gang ein. »Gut«, sage ich, um einen zustimmenden Tonfall bemüht. »Aber Ihr Vater scheint dieser Wahrheit ganz besonders angehangen zu haben. Was, glauben Sie, war der Grund, weshalb er sie so klar erkannt hat?«

Sie entspannt sich. Ich habe ihr versichert, dass ihr Vater nicht nur klug gewesen sei, sondern sogar ein Visionär. Damit befindet sie sich auf Terrain, das ihr angenehm ist. Dass er ihr die Brüste abgeschnitten und ihren Verstand verkorkst hat, spielt keine Rolle. Sie ist ein Krüppel, der glaubt, rennen zu können.

»Verschiedene Gründe. Er ist sehr arm aufgewachsen, das weiß ich. Seine Mutter war Prostituierte, sein Vater ein Trinker, der ihn missbraucht hat. Er hatte eine jüngere Schwester und einen jüngeren Bruder. Seine Mutter starb, als er noch klein war, und sein Vater ließ die Kinder auf den Strich gehen, damit er sich Schnaps kaufen konnte. Das alles hat meinen Vater darauf vorbereitet, die Wahrheiten des Lebens zu erkennen. Diese Wahrheiten hat er an mich weitergegeben.«

Es ist eine furchtbare Geschichte, aber mich berührt sie nicht. Ich habe von schlimmeren Dingen gehört, die guten Männern und Frauen zugestoßen sind – Menschen, die ihre Kinder nicht verstümmelt haben, nachdem sie aufgewachsen waren, und die keine Serienmörder wurden.

»Das muss schwierig gewesen sein«, räume ich ein.

Sie zuckt mit den Schultern. »So ist das Leben. Fressen oder gefressen werden.«

»Wie haben sie es durchgestanden?«

»Zwei von ihnen haben es nicht geschafft. Die Schwester hat sich umgebracht. Der Bruder wurde von einem Freier ermordet.«

»Und Ihr Vater?«

Ein stolzes Funkeln tritt in ihre Augen. »Als sein Bruder tot war, beschloss er, dass er genug hatte. Er tötete seinen Vater und begrub ihn mit dem Rest in den Wäldern. Dann ging er zur Army.«

»Warum hat er sich diesen Weg ausgesucht? Das Militär, meine ich.«

»Pragmatismus. Die Army gab ihm Essen und Unterkunft und brachte ihm bei, wie man tötet. Außerdem war gerade der Koreakrieg im Gange.«

»War das ein wesentlicher Faktor?«

Sie nickt. »Mein Vater sagte, Krieg sei ein blutiger Schmelztiegel. Als Mensch geht man hinein, und mit Tod in den Adern komme man heraus, härter und stärker.«

»Stärker weshalb? Weil man seine Menschlichkeit verliert?«

Sie schaut mich an, und ich sehe ihr in die Augen. Ich versuche, in die Leere dahinter zu blicken, doch dort gibt es nichts zu sehen.

»Sind Sie mit dem Buddhismus vertraut?«, fragt sie mich. Ich finde die Frage merkwürdig und zusammenhanglos.

»Nicht besonders.«

»In seinem Kern beruht der Buddhismus auf der Annahme, dass der Geist das Einzige ist, was wahr ist. Alles andere, was wir sehen oder fühlen«, sie schlägt sich auf die Brust und zeigt auf die schallgedämpften Betonmauern rings um uns, »all diese materiellen Dinge sind nur Illusion. Mara. Die Buddhisten bezeichnen jemanden, der glaubt, Mara wäre die Wirklichkeit und nicht die Seele, als ›gefangen‹. Verurteilt zum Kreislauf aus Wiedergeburt, Leben und Tod, den sie Samsara nennen. Zur Reinkarnation.«

Ich sage nichts. Es fasziniert mich, aus dem Mund eines Monsters eine Geschichte über die Seele zu hören.

»Aber nicht Mara ist die Illusion, sondern die *Seele.*« Sie knallt die Faust auf den Tisch. »Dieser Tisch ist real. Der Schmerz, den ich spüre, wenn ich zu fest daraufschlage, ist real. Die Seele?« Sie schüttelt den Kopf. »Nur ein Traum. Buddhismus, Christentum, sie alle wiegen einen in den Schlaf.« Sie beugt sich vor, erregt und erbittert. »Der Krieg aber weckt einen auf!«

Ich starre sie sprachlos an. Ich kann nicht anders. Sie blickt weg, betrachtet etwas, das für mich unsichtbar bleibt.

»Es gefiel ihm dort, wissen Sie. In Korea. Er hat mir einmal eine Geschichte erzählt, wie er einen Mann in einem Reisfeld erwürgt hat, während die Sonne aufging und Regen fiel. ›Dieser Mann starb mit Wasser in den Augen und Reis in den Ohren und hörte Donner.‹ Das hat mein Vater gesagt.« Sie schweigt kurz. »Im Krieg werden alle Lügen heruntergerissen. Alle Illusionen von Schönheit und Hässlichkeit, von Gut und Böse. Im Krieg gilt es Fleisch gegen Fleisch bis zum Tod. Die nackte Wahrheit.« Sie klingt beinahe wehmütig.

Mir dreht sich der Magen um. »Was ist aus Ihrem Vater geworden?«, frage ich.

»Er ist an Krebs gestorben.«

»Waren Sie traurig, als er starb?«

»Ich habe es bedauert. Er war mein Lehrer. Hätte er länger gelebt, hätte ich mehr von ihm lernen können.«

Nichts zeigt sich bei diesen Worten in ihren Augen. Kein Anzeichen von Trauer, keine Sehnsucht nach dem Mann, der sie aufgezogen hat. Ich versuche, ihn mir vorzustellen, aber er ist gesichtslos, ein brennender Mann, der sein Kind brandmarkt, wie er selbst gebrandmarkt worden ist, und der sie ganz tief im Innern verletzt, wo es sich niemals zeigt.

Die gleiche Geschichte habe ich schon zu oft gehört. Ungeheuer, die von Ungeheuern erschaffen wurden und dann selbst Ungeheuer erzeugen. Eine Kette, die sich in beiden Richtungen in die Finsternis erstreckt.

Manchmal reißt ein Kettenglied, und das Licht kann andauern. Nur zu oft geschieht das nicht. Ich denke an Hawaii, an die Dunkelheit zwischen den Sternen – daran, dass es stets mehr Dunkelheit geben wird als Lichtpunkte.

»Was haben Sie mit den entführten Frauen getan, nachdem Sie die Zahlungen von ihren Ehemännern erhalten hatten?«

»Ich habe sie getötet, was denn sonst.«

»Und die Leichen?«

»Sie wurden zerstückelt, die Stücke verbrannt. Die Knochen wurden zu Pulver zermahlen und verstreut.«

Ich stöhne innerlich auf. Obwohl es nicht völlig unerwartet kommt, hatte ich noch die leise Hoffnung, wenigstens einige von ihnen mit ihren Familien wiedervereinen zu können.

»Wie viele Opfer hatten Sie insgesamt?«

Sie muss nicht nachdenken, um mir die Zahl zu nennen. »Siebenundvierzig einschließlich der Frauen, die Sie gefunden hatten, als Sie meine anderen Anlagen stürmten.«

Siebenundvierzig.

Siebenundvierzig Mal Heather Hollister. Avery und Dylan. Die ganze Welt in einem Wassertropfen.

Mir kommt ein Gedanke, als ich über die Zahl nachdenke.

»Wenn Sie siebenundvierzig hatten, wieso war ich Nummer fünfunddreißig?«

»Verschleierung. Ich habe nicht in Folge durchnummeriert. Wenn jemand entkommen wäre, hätte sie keine genaue Zahl angeben können.«

»Sehr umsichtig.«

Sie tut das Lob mit einem Schulterzucken ab. »Man kann nicht alle Faktoren kontrollieren, die für das Überleben nötig sind. Aber nicht jeden Einzelnen zu kontrollieren, den man kontrollieren *kann*, ist Unfähigkeit.«

»Ich verstehe.« Ich blicke in meine Notizen. »Die nächsten Fragen haben mit ein paar offensichtlichen Lücken in Ihrem sogenannten Pensionsplan zu tun. Einige Dinge passen zumindest oberflächlich nicht zusammen.«

»Nur zu«, sagt sie ganz offen.

»Erstens: Wie wollten Sie sicherstellen, dass wir Ihr Gebäude in Los Angeles finden? Ich begreife die Faktoren, die Sie ins Spiel brachten – Heather, die SMS, meine Entführung –, aber nichts davon konnte garantieren, dass es gelingt. Ich nehme an, Sie hatten weitere Ansatzpunkte.«

Sie nickt. »Geplant war, weiterhin Hinweise fallen zu lassen, die Sie zu mir führen – oder genauer, zu Eric –, und zwar auf glaubhafte Weise.«

»Glaubhaft inwiefern?«

»Indem ich den Anschein eines Phänomens erweckte, das Sie Dekompensation nennen.«

Dekompensation bedeutet wörtlich Unausgeglichenheit und bezeichnet in der Medizin einen Zustand, in dem der Körper einen Organschaden nicht mehr ausgleichen kann, sodass die Symptome deutlich zutage treten. Auf dem Gebiet des Profilings von Serientätern benutzt man diesen Begriff, um ein bestimmtes Entwicklungsmuster zu beschreiben. Viele Serienmörder – auch extrem umsichtige Täter – fallen irgendwann den ihrem Verhalten zugrunde liegenden Wahnsinn anheim. Sie können ihn nicht mehr ausgleichen. Ihr Verhaltensmuster zerfällt.

Sätze kommen mir in den Sinn:

Ich habe eine Münze geworfen.

Ich bin kein grausamer Mensch.

Mercy hat sie gesagt, als ich in ihrem privaten Gulag gefangen war. Damals widersprachen sie ihrem Profil. Jetzt ergeben sie Sinn.

»Mich zu zwingen, die Entschcidung über Leo zu treffen, und mich überzeugen zu wollen, dass es Ihnen wichtig erschien, nicht für grausam gehalten zu werden – das gehörte alles dazu, richtig? Es sollte Sie ein wenig verrückt erscheinen lassen.«

Sie lächelt, aber weder aus Vergnügen noch Grausamkeit; diese Empfindungen scheinen ihr abzugehen. »Das ist richtig. Die SMS und die Abweichung im Fall Hollister gehörten ebenfalls zu diesem Plan. Sie waren unlogische Änderungen an einer bislang fehlerlosen Methodik. Mein Plan sah vor, immer mehr Anzeichen für anomales Verhalten meinerseits zu liefern, bis ein gewaltiger, offensichtlicher Fehler glaubwürdig mir zugeschrieben werden könnte. Sie hätten angenommen, ich litte unter Dekompensation, und die Unfähigkeit nicht infrage gestellt, die Sie direkt zu mir führte.«

»Deshalb ließen Sie auch tote Opfer zurück, die wir finden konnten, richtig? Um uns zu zeigen, dass es nur Geschäft war und dass Sie nicht wussten, dass Sie allmählich den Verstand verloren?«

Sie zuckt mit den Schultern. »Wie ich schon sagte.«

Ich klopfe mit einem Kugelschreiber auf den Notizblock vor mir. »Das alles ist ja sehr elegant, Mercy, aber eine große Frage bleibt unbeantwortet: Warum das alles auf sich nehmen? Niemand wusste überhaupt, dass Sie existierten. Warum nicht einfach fortgehen?«

Sie bedenkt mich mit einem duldsamen, fast mitleidigen Blick.

»Was ich schon sagte, gilt auch hier: Nicht alle Faktoren zu kontrollieren, die man kontrollieren kann, ist Unfähigkeit. Wenn ich ›einfach weggegangen‹ wäre, wie Sie es ausdrücken, hätte ich unkontrollierte Faktoren zurückgelassen, die mir vielleicht schaden konnten. Niemand wusste, dass es mich gab, aber das hätte sich ändern können. Jemand wie Sie hätte vielleicht ein Muster entdeckt, wäre misstrauisch geworden und hätte sich näher damit befasst. Es war immer möglich, dass ich eine Winzigkeit übersehen oder einen kleinen Fehler begangen hätte.« Sie schüttelt verneinend den Kopf. »Hoffnung ist kein lebensfähiges Szenario. Gewissheit schon.«

Ich höre mir das alles an, und es verschlägt mir beinahe so sehr die Sprache, wie es mich aufklärt.

Woran erinnert mich das? An einen Computerausdruck. Ach ja, richtig: »Müll rein, Müll raus.«

Mercy hat sich in die Notwendigkeit verkrallt, jede Möglichkeit einzukalkulieren. Am Ende war es dieses Bedürfnis, alles zu kontrollieren, das ihr zum Verhängnis wurde. Pragmatische Einfachheit unterlag einer Überfülle von Komplexität. Womit sie brilliert hat, wurde zu ihrer Psychose.

Eine andere Frage kommt mir in den Sinn. Ich zögere, ehe ich sie stelle, weil ich nicht sicher bin, ob ich die Antwort wirklich wissen möchte.

»Was hätten Sie getan, Mercy, wenn ich Ihnen gesagt hätte, Sie sollten an Leos Stelle mich nehmen?«

»Oh, ich hätte ihn trotzdem ausgewählt. Sie waren ein unverzichtbarer Teil meines Planes. Er nicht. Es hätte keine Rolle gespielt. Ohne ersichtlichen Grund gegen meine eigenen Regeln zu verstoßen, hätte mich letzten Endes nur noch irrationaler erscheinen lassen.«

Ich habe meiner Trauer und meiner Wut wegen Leo viel Zeit gewidmet. Ich habe meine eigenen Tiefen ausgelotet, und obwohl ich keinen Frieden gefunden habe, ist es mir doch gelungen, mein Gleichgewicht wiederzuerlangen. Nun droht Mercys Offenbarung mich umzuwerfen. Ich spüre, wie Wut in mir aufsteigt. Sie spricht zu mir, beschwört mich, dass es vielleicht keine so schlechte Idee wäre, Mercy Lane doch noch zu töten. Ich kämpfe dagegen an, und es gelingt mir, meinen Zorn zu unterdrücken.

Ich werde mich später damit befassen, aber nicht hier.

»Machen wir weiter.« Mein Stimmc klingt ein bisschen heiser. Ich räuspere mich. »Ich möchte über Ihre Methodik sprechen.«

»Gewiss.«

Ich breite die Hände aus, die Handflächen nach oben, eine fragende Geste. »Warum haben Sie sie behalten?«

Sie runzelt die Stirn. »Ich verstehe nicht. Weshalb habe ich was behalten?«

»Dic Entführungsopfer. Wieso haben Sie sie behalten? Wir haben unsere Theorie, aber ich möchte hören, was Sie zu sagen haben. Wenn Geld Ihr Beweggrund war, war das dann keine unnötige Ausgabe?«

Sie nickt. »Ich habe lange darüber nachgedacht, als ich mein Geschäftsmodell aufgestellt habe. Am Ende wurde mir klar, dass ich die beste Kontrolle über die Ehemänner erhalten konnte, wenn ich die Frauen leben ließ. Es hat damit zu tun, was den Männern am wichtigsten war.« Sie neigt den Kopf zur Seite. »Überlegen Sie. Ich bin sicher, dass Sie dann von selbst darauf kommen.«

Es ist ein Rätsel oder ein Test. Verrückte wie Mercy geben nur selten umsonst etwas preis. Wenn sie erst einmal hinter Gittern sitzen, sind Psychospielchen das Einzige, was ihnen bleibt.

Ich denke über ihre Formulierung nach. *Was den Männern am wichtigsten war.* Ich wende die Worte hin und her – und dann kommt mir der Gedanke so schnell wie ein Lichtblitz. Das, glaube ich, ist das fehlende Puzzleteil, die Motivation, die James und ich gespürt, aber nicht erkannt haben.

Was haben die Ehemänner sich in Bezug auf ihre Frauen ganz besonders gewünscht? Mehr als Geld oder Freiheit oder das Sorgerecht?

Sie wollten, dass ihre Frau stirbt.

Das Fundament ist nichts anderes als Hass. Mercy hatte die Erfüllung ihres Herzenswunsches bis nach der Zahlung aufgeschoben, hatte sie benutzt wie die Möhre, die von einem Stock vor der Nase des Esels baumelt.

Ich betrachte sie mit ganz anderen Augen. Bisher habe ich mit ihren Methoden eine gewisse Plumpheit assoziiert. Jetzt erkenne ich, dass sie eine echte Gabe besitzt, all diese Emotionen zu begreifen: Rache, Wut, Angst – wie sie aufeinander wachsen und ihre Auftraggeber nach ihrer Pfeife tanzen ließen.

»Sehr einsichtig.«

Sie zuckt wieder mit den Schultern. »Ich habe früh herausgefunden, dass ich die Gabe besitze, Verhaltensweisen vorherzusehen.«

Außer deine eigenen, geht es mir durch den Kopf. *Andererseits geht es wohl keinem von uns anders.*

»Nächste Frage: Wieso gerade dieses Geschäftsmodell? Sie sagen, Ihr Motiv sei das Geld gewesen. Jemanden sieben Jahre lang gefangen zu halten, erscheint mir eine lange Zeit, um auf einen finanziellen Gewinn zu warten.«

Sie schüttelt den Kopf. Sie ist ungeduldig mit mir. »Das behaupten nur Sie. Mein Motiv war nicht das Geld, sondern Überleben. Geld ist nur zufällig in dieser Gesellschaft zu diesem Zeitpunkt unabdingbar für das Überleben.«

»Verzeihung. Aber wieso dieser Plan?«

Sie schweigt fast eine Minute lang, ehe sie antwortet. »Vor langer Zeit habe ich mich eingehend mit dem Thema Geldmittel befasst. Wenn man nicht gerade sehr viel Glück hat und in der Lotterie gewinnt oder erbt oder ein besonderes Talent hat wie ein Schauspieler oder Musiker, ist es unwahrscheinlich, dass man reich wird. Der sicherste Weg, an Geld zu kommen, besteht darin, es denen wegzunehmen, die es haben.«

Ihr Gesicht belebt sich, als sie redet. Bei diesem Thema empfindet sie irgendetwas, auf welcher Ebene auch immer.

»Überlegen Sie mal. Wirtschaftsverkehr ist im Grunde ganz einfach. Es geht darum, jemanden mit Geld zu finden und es von ihm zu bekommen. In der Welt außerhalb des Verbrechens überträgt sich das in Verhandeln, und da keine Gewalt angewendet wird, weiß man nie, wie es ausgeht. Vielleicht gefällt ihm der Wagen, den Sie verkaufen wollen, seiner Frau aber nicht. Vielleicht gerät der Aktienmarkt in einen Abstieg, den Sie nicht vorhergesehen haben und vor allem nicht kontrollieren konnten.« Sie schüttelt den Kopf und weist damit die Idee ab, einem dieser Szenarien zum Opfer zu fallen. »Wie gesagt, kann man nicht jeden Faktor in seinem Leben unter Kontrolle halten. Der Schlüssel zum Überleben liegt darin, diejenigen Faktoren zu kontrollieren, die man kontrollieren kann, und in dieser Hinsicht sind kriminelle Unternehmungen erheblich befriedigender. Sie stellen fest, wer Geld hat, und nehmen es dem Betreffenden weg. Das ist die am besten kontrollierbare Methode, reich zu werden, die Methode mit der höchsten Wahrscheinlichkeit auf Erfolg.«

»Warum ist Reichtum so wichtig? Wenn es nur ums Überleben geht, wie Sie sagen, warum dann die Sorge um einen Überschuss? Reicht es dann nicht, Lebensmittel und Miete zahlen zu können?«

»Faktoren, Kontrolle. Es ist besser, zu viel Geld zu haben und es nie zu benötigen. Überfluss beeinflusst die Wahrscheinlichkeiten. Er steigert die Wahrscheinlichkeit des Überlebens beim Eintreten von Fällen, die man nicht vorhersehen kann.«

Das ist zwar eine Antwort auf meine Frage, doch sie erscheint mir irgendwie leer. Trotz allem, was ich bisher gehört habe, kann ich Mercy noch immer nicht *spüren*. Die Vertrautheit, die ich normalerweise erreiche – dieses Gefühl, beinahe zu dem zu werden, was Verrückte wie Mercy ausmacht –, fehlt diesmal. Wenn ich versuche, Mercy zu verstehen, ist es, als würde ich in eine schwarze Leere blicken. Es ist, als versuchte ich, mich mit dem Nichts zu vermischen.

»Fahren Sie fort.«

»Deshalb habe ich mich mit den direktesten Methoden befasst. Diebstahl. Bankraub. Handel mit Rauschgift oder mit Frauen. Sie alle hatten ihre Vor- und Nachteile, aber eines ließ sich nicht bestreiten: Die meisten Kriminellen enden im Gefängnis. Es ist fast unausweichlich. Statt mir ein kriminelles Unternehmen auszusuchen und zu planen, wie ich der Festnahme entgehe, habe ich beschlossen, mir die Faktoren anzusehen, die zu diesem Ergebnis führen, und meine Methodik von dort abzuleiten.

Ich habe viel Zeit darauf verwendet, die Gründe aufzulisten, weshalb Verbrecher im Gefängnis enden. Auf zwei Gründe kam ich immer wieder als gemeinsame Nenner zurück. Einer ist teilweise eine Antwort auf eine Frage, die Sie nicht gestellt haben: Wieso ich immer einen Plan hatte, um mich aus dem Geschäft zurückziehen zu können.«

Jetzt kommen wir weiter. Das ist wichtig. Ich spüre es.

Sie mustert mich einen Augenblick lang, als müsste sie entscheiden, ob sie mich wirklich an ihren Erkenntnissen teilhaben lassen will. »Der erste wurde zu einer Art Axiom. Ich habe ihn sogar entsprechend formuliert. ›Eine stärkere oder schwächere Unfähigkeit, die Faktoren der Umgebung, in denen das Verbrechen verübt wird, zu definieren und zu kontrollieren.‹«

Nun ist es an mir, die Stirn zu runzeln. »Tut mir leid, ich weiß nicht, worauf Sie hinauswollen.«

»Nehmen wir einen Einbrecher, der in Privathäuser eindringt. Jedes Mal, wenn er sein Verbrechen begeht, betritt er eine fremde Umgebung. Es ist nicht seine Umgebung. Sie gehört ihm nicht. Sosehr er auch plant – an dem Tag, ehe er in das Haus einbricht, könnte sich etwas geändert haben. Vielleicht hat sich die Familie ausgerechnet an diesem Morgen einen Hund gekauft, oder der Familienvater hat endlich seiner Frau nachgegeben und den Vertrag mit der Sicherheitsfirma unterschrieben.«

»Aber wenn Sie eine Frau entführten, haben auch Sie eine Umgebung betreten, die nicht die Ihre war«, wende ich ein.

»Richtig. Aber denken Sie daran, was ich gesagt habe: Man kann nie sämtliche Faktoren kontrollieren. Man kontrolliert nur so viele, wie man kann. Wenn Sie sich mein Geschäft genau ansehen, werden Sie erkennen, dass ich jeweils nur zweimal die Umgebung verlassen musste, die ich kontrolliert habe: Erstens, wenn ich die Frauen entführt habe. Zweitens in den seltenen Fällen, in denen ich Ehemänner bestrafen musste, die nicht zahlen wollten. Bei allem anderen entschied ich, ob, wo, wann und wie etwas geschah, und zwar innerhalb der Umgebung, die ich geschaffen hatte.

Eine der Variablen in einem ungewohnten Umfeld – und zwar die, die am wenigsten vorhersehbar ist –, ist der menschliche Faktor. Je mehr Leute beteiligt sind, desto weniger Kontrolle besitzt man, ganz gleich, wie gut man plant. In meinem Geschäftsmodell wird der menschliche Faktor sehr, sehr klein gehalten. Ich, die Ehemänner, die Frauen. Das ist alles. Kontrolle der Umgebung.«

Mercys Argumentation weist hundert mögliche Löcher auf, doch ich erinnere mich, was Callie über Mercys Einschätzung von Risiko und Profit gesagt hat, und komme zu dem Schluss, dass sie recht hatte. Mercy hat akzeptiert, dass ein Nullrisiko unmöglich ist, und deshalb war es auch gar nicht ihr Ziel. Ihr Ziel war ein möglichst geringes Risiko bei möglichst hohem Gewinn.

»Was war der zweite Faktor?«, frage ich.

»Die Antwort auf Ihre ursprüngliche Frage: Zeit. Wenn man nur einmal in seinem Leben mordet, ist die Wahrscheinlichkeit, damit durchzukommen, erheblich höher, als wenn man jedes Jahr einmal mordet. Mordet man einmal im Jahr, ist die Wahrscheinlichkeit, gefasst zu werden, erheblich geringer, als wenn man einmal im Monat mordet, und so weiter. Das Gleiche gilt, wenn man zu lange im Geschäft ist. Deshalb hatte ich den Pensionsplan formuliert, bevor ich überhaupt begann.

Aus einem anderen Blickwinkel kann man sagen: Wenn man einen Wertgegenstand stiehlt und ihn eine Woche später verkauft, hat man schlechtere Chancen, straflos davonzukommen, als wenn man ein Jahrzehnt lang wartet. ›Hast ist Gier‹, sagte mein Vater immer.« Sie nickt, in ihre Erinnerungen versunken. »Mein Geschäftsmodell war nicht perfekt, weil Perfektion unmöglich ist, aber den Zeitfaktor habe ich mit Sicherheit ausgeschaltet.«

Sie lächelt; dann reckt sie sich, lässt sich zurücksinken und mustert mich entspannt und geduldig. »Die Sache ist die«, sagt sie schließlich, »ich habe zwar Ihre Frage beantwortet, aber ich glaube nicht, dass Sie die Antwort jemals *verstehen* werden. Nicht richtig jedenfalls.«

Sie gibt meine eigenen Zweifel wieder. Ich möchte begreifen, ich will es wirklich. Mein Leben habe ich damit verbracht, diese Kreaturen zu jagen. Am Ende bin ich, ganz gleich, wie abartig sie sind und wie verdreht sie denken, immer zu einem tiefen Verständnis dessen gelangt, was sie im Innersten ausmacht. Das ist es, was mir die geistige Gesundheit erhält. Wenn man die Sonne auf sie scheinen lässt, verlieren sie die Macht, die sie über einen haben. Wenn es einem nicht gelingt, sie aus den Schatten zu zerren …

»Lassen Sie es darauf ankommen«, sage ich.

Sie beugt sich vor. »Alles, was wir sind, ist unser nächster Atemzug, und Freude ist, was nach dem Überleben kommt. Solange ich genügend Geld besaß, um mir ein Dach über dem Kopf und die nächste Mahlzeit zu sichern, war Zeit nicht wichtig. Mir ging es nicht darum, Reichtum rasch anzuhäufen. Es ging darum zu wissen, dass ich ihn eines Tages hätte, und in der Zwischenzeit nicht gefasst zu werden.«

Der letzte Teil erregt meine Aufmerksamkeit, und ich stürze mich darauf. »Wo fügt sich denn die Freiheit in Ihre Philosophie, Mercy? Wenn es nur um Essen und ein Dach über dem Kopf geht, was stört Sie dann am Gefängnis? Sie können auch dort atmen und schlafen. Sie bekommen drei Mahlzeiten am Tag und ein Bett.«

Bedauern blitzt in ihren Augen auf. »Ich habe es gewusst«, sagt sie und schüttelt den Kopf über meine offensichtliche Begriffsstutzigkeit. »Sie werden es niemals verstehen.« Mit einer Hand reibt sie sich die Augen, wie ein Lehrer, der seine Geduld mit einem schwierigen Schüler nicht verlieren will. »Wir versuchen es ein letztes Mal. Sind Sie bereit?«

»Ja.«

Sie redet langsam, spricht jedes einzelne Wort überdeutlich aus, als spräche sie mit jemandem, der nicht besonders helle ist. »Das Einzige, was am Gefängnis nicht stimmt, ist ausgerechnet das, was man am wenigsten akzeptieren kann: Es ist eine Umgebung, die man nicht kontrollieren kann. Ein Mangel an Kontrolle bringt immer die Möglichkeit des Todes mit sich. Es geht nicht um die Freiheit, es geht um die *Variablen* und wie sie die Fähigkeit beeinflussen können, seinen nächsten Atemzug zu nehmen.«

Ich starre sie an, und plötzlich verstehe ich sie. Die Sonne geht auf, die Schatten verschwinden, und da ist sie: fremdartig, aber nicht mehr furchteinflößend. Ich verstehe, wieso sie sich in ihrer eigenen Brillanz verfangen hat. Ich begreife ihr Bedürfnis, endlos jede einzelne Variable zu kalkulieren, und warum sie das an Besessenheit grenzende Bedürfnis hat, jeden Faktor zu kontrollieren, den sie kontrollieren kann. Mercy ist eine neue Art von Monstrum, das ist alles. Diesmal habe ich nur ein wenig länger gebraucht, um es zu begreifen.

»Sie sind eine Maschine«, murmele ich, ein wenig erstaunt, ein wenig angewidert. »Eine Maschine mit der Funktion, die

Faktoren, die zum Nicht-Überleben führen könnten, so nahe wie möglich an null anzunähern.«

Sie blinzelt überrascht. Dann lächelt sie, und es ist das erste offene Lächeln, das ich bei ihr gesehen habe. Es ist beinahe schön. Vielleicht erscheint es auch nur so, weil es die Wahrheit andeutet: Vor langer Zeit war dieses Ungeheuer vor mir einmal ein Mensch.

»Jawohl!«, sagt sie. »Genau so ist es.«

Die nächsten Stunden verbringe ich damit, sie über ihre Kindheit und ihr Leben auszufragen, doch was ich erfahre, bestätigt nur, was ich schon weiß. Sie ist eine leere Schachtel voller Luft, eine bewegungsfähige Schaufensterpuppe, außen drei Dimensionen, innen zwei. Aus ihr ist geworden, was sie predigt und zu was sie gemacht wurde: nur Fleisch, unfähig zu Liebe oder Hass, eine Maschine auf Beinen, die die Rechenaufgabe ihres reinen Überlebens ständig neu löst, solange sie atmet.

Sie hat ihre Macht über mich verloren. Ich werde sie bei den anderen ablegen, in diesem Tresor in meinem Kopf. Die Mappe mit ihrer Akte wird zuerst neuer und frischer sein, aber das gibt sich mit der Zeit.

Ich bin fertig und räume meine Unterlagen in meine Aktentasche. Ich wende mich zum Gehen, doch ehe ich die Tür erreiche, drehe ich mich noch einmal zu ihr um.

»Eine letzte Frage.«

»Nur zu«, antwortet sie, nach wie vor zugänglich.

»Haben Sie Ihren Vater geliebt?«

Ich kenne die Antwort, aber ich möchte sie hören.

»Dank der Lektionen, die mein Vater mir erteilt hat, lebe ich noch. Abends gehe ich schlafen. Morgens stehe ich auf. Ich esse drei Mahlzeiten am Tag. Ich pisse, ich scheiße, ich atme. Ich werde das morgen tun und übermorgen bis zu dem Tag, an dem ich es nicht mehr tue.« Sie lächelt. »Ich überlebe. Das ist alles, was zählt. Um Ihre Frage direkt zu beantworten: Ich habe ihn nicht geliebt, weil es so etwas wie Liebe nicht gibt. Aber ich bin ihm dankbar.«

Ich gehe zur Tür hinaus und lasse sie in ihrer Perversion des Friedens zurück.

KAPITEL 42 Heather Hollister sitzt mir in Krankenhauskleidung gegenüber. Ihr Haar wächst und bildet einen feinen Flaum auf ihrem Kopf. Ihre Blicke huschen nicht mehr hin und her, doch ihre Augen sind hohl und tief, erfüllt von zu vielen Gedanken.

Während ich entführt war, hatte ihr Zustand sich weiter verschlechtert, ehe es endlich besser wurde. Wochenlang musste sie ruhiggestellt werden, wenn sie delirierte, weinte und schrie. Ihr Arzt hat nachdrücklich davon abgeraten, ihr von Averys Tod zu erzählen, und gesagt, dass es sie über eine Grenze treiben könnte, hinter der es für sie kein Zurück mehr gab. Sie vor der Tatsache von Averys Tod zu beschirmen, erforderte allerdings gleichzeitig, ihr keine Hoffnungen zu machen, dass Dylan noch lebt.

Doch mittlerweile ist Heather stabiler. Und jetzt, nach vielen Diskussionen, hat der Arzt zugestimmt, dass es an der Zeit sei, ihr die Wahrheit zu sagen.

Daryl Burns wartet im Gang. Er ist der Aufgabe nicht gewachsen. In mancher Hinsicht möchte ich ihn verfluchen ob seiner Schwäche, doch ich weiß schon seit Langem, dass auf manchen Gebieten, wichtigen Gebieten, Frauen größere Stärke besitzen als Männer. Wenn es um die Familie geht, besonders um unsere Kinder, sind wir in der Lage, fast alles zu tun und auszuhalten.

Ich habe einmal eine Frau kennengelernt, die beinahe das sechste Opfer eines Serienmörders geworden wäre, der es auf Hostessen abgesehen hatte. Er vereinbarte ein Treffen mit ihnen, und dann folterte er sie mit glühenden Zigarettenspitzen, ehe er sie mit einem Schlachtermesser ermordete. Sie war eine Asiatin, und ihr Mann hatte sich umgebracht, nachdem er ihr gesamtes Geld verspielt hatte. Sie und ihr sechs Monate alter Sohn blieben mit nichts zurück, und sie waren schon vorher arm gewesen. Sie stellte fest, dass sie ihren Lebensunterhalt unmöglich verdienen konnte, und stand einen Monat vor der Zwangsräumung, als sie beschloss, ihren Körper zu verkaufen.

Ich erinnere mich mit solcher Deutlichkeit an sie, weil sie eine sehr stolze Frau war – nicht arrogant, aber würdevoll. Sie wusste, wer sie war, worauf sie hoffte und was richtig und was falsch war. Ihren Körper zu verkaufen war etwas, das sie zutiefst entwertete; deshalb brach ich meine eigenen Regeln und fragte sie, wieso sie es tat.

»Ich würde eher in einem Pappkarton auf der Straße leben und Hundefutter essen, als mich zu prostituieren, wenn es nur um mich ginge«, sagte sie. »Aber ich habe meinen Sohn, verstehen Sie? Er wird in einem schönen Haus aufwachsen und gut gekleidet sein und die Schule besuchen, und seinen Kindern wird es besser gehen.« Sie lächelte mich an, eine herzzerreißende Mischung aus Gelassenheit und Trauer. »Gott wird mir dies alles vergeben, wenn nur mein Sohn ein besseres Leben führt. Das reicht mir.«

Ihr Ehemann ist seiner Armut und seiner Beschämung ausgewichen, indem er von einem hohen Gebäude sprang. Die Frau blieb und litt, und ihr Sohn war gesund und musste nie hungern.

»Sie hat Ihnen auch den Kopf rasiert?«, fragt Heather, und ich schrecke auf.

Ich habe ihr gesagt, dass Mercy Lane Dalí war.

»Ja.«

Sie seufzt und sieht weg. Langsam nähert ihr Blick sich wieder meinen Augen. »Haben Sie …« Sie zögert. Sie fürchtet die Frage; dennoch ist sie gebannt. »Haben Sie die Dunkelheit gesehen?«

Mir schaudert. Mein Mund wird trocken. »O ja.«

Sie schließt die Augen und öffnet sie wieder, eine Geste geteilter Qual, und in diesem Moment begreife ich, welche Kraft Selbsthilfegruppen zusammenhält. Heather Hollister begreift, was ich durchgemacht habe. Sie *weiß* es. Niemand sonst kann es verstehen, nicht im vollen Ausmaß. Tief in unserem Innern sind wir alle allein, aber manchmal teilen andere dieses Alleinsein mit uns.

Ich nehme einen tiefen Atemzug und versuche, klaren Kopf zu bekommen. Es wird ein schrecklicher Augenblick sein, aber auch ein Augenblick der Hoffnung. Wird die Mischung von beiden das eine stärker machen, oder schwächen sie sich gegenseitig?

»Heather, ich muss Ihnen ein paar Dinge sagen. Manche sind sehr schlimm. Andere sehr, sehr gut.«

Sie sieht mich mit ihren tief liegenden Augen an. »Macht es einen Unterschied, was Sie mir zuerst sagen?«

»Nein. Das Schreckliche wird schrecklich sein. Punkt.«

Sie sieht mich mit zusammengekniffenen Augen an. »Es geht um meine Söhne, nicht wahr?«

Ich mache große Augen. »Ja«, bringe ich hervor.

Sie nickt. »Das dachte ich mir. Einer von ihnen ist tot, und einer von ihnen lebt.« Sie sieht mich durchdringend an. »So ist es doch, oder?«

Ich schlucke, fasziniert und verängstigt. *Woher weiß sie das?* »Ja.«

Sie wendet den Blick von mir ab und starrt teilnahmslos auf das Fenster.

»Ich glaube, ich könnte den Rest meines Lebens vor einem offenen Fenster sitzen, wo ich nach draußen schauen kann und die Sonne sehe. Als ich in diesem *Raum* war, konnte ich die Sonne nur in mir selbst sehen. Ich habe immer die Augen geschlossen und das Licht herbeigerufen.« Sie lächelt schief. »Mein Dad hat es immer so genannt: das Licht herbeirufen. Als ich fünf war, hatte ich eine Heidenangst vor meinem Schrank. Ich war mir sicher, dass ein Ungeheuer darin wohnt. Und wer weiß? Vielleicht war es ja wirklich so. Dad hat sich über die Vorstellung niemals lustig gemacht. Er nahm mich sehr ernst. ›Schatz‹, sagte er zu mir, ›wenn das Monster kommt, dann brauchst du nur das Licht herbeizurufen. Es gibt kein Ungeheuer, das dem Licht standhalten könnte.‹« Sie sieht mich wieder an. »Eine nette Vorstellung, nicht wahr?«

»Und wahr ist sie auch.«

Sie runzelt leicht die Stirn, hebt die Schultern ein wenig. »Vielleicht. Auf jeden Fall, als ich in diesem Höllenloch war, erinnerte ich mich an das, was er gesagt hatte. Dann habe ich die Augen geschlossen und das Licht herbeigerufen. Ich war mit meinen Söhnen am Strand. Mit Avery und Dylan. Sie wurden nie älter, waren immer lieb, und wir hörten nie auf zu lachen.« Sie schweigt kurz. »Natürlich gab es auch wolkige Tage. Manchmal verdunkelte sich die Sonne, oder es regnete. Manchmal fand ich mich nachts an dem Strand wieder, vor einem sturmgepeitschten Meer mit haushohen Wellen. Ich stand im Sand und starrte zu dem dunklen Wasser hinauf, und immer öffnete ich die Augen, ehe es über mich hereinbrach.« Sie seufzt. »Manchmal waren Ungeheuer am Strand. Vampire kamen aus dem Wasser gekrochen, verfaulend und hungrig und mit Seetang behangen. Sie hatten immer Douglas' Gesicht. Aber an den sonnigen Tagen war das Wasser kristallklar, so weit das Auge reicht … weißer Sand, blauer Himmel, helle Sonne und meine Jungen.« Sie starrt auf ihre Hände und blinzelt Tränen fort. »Sie hielten mich am Leben. Nicht körperlich, das meine ich nicht. Sie hielten den grundlegendsten Teil von mir am Leben. Ein Saatkorn von mir selbst, so sehe ich es. Ganz gleich, wie schlimm es wurde, ich habe mir immer gesagt, dass ich dieses Saatkorn verstecken könnte, und wenn ich je herauskäme, wenn ich irgendwie überlebte, könnte ich daraus mein altes Ich wieder wachsen lassen.« Sie ballt die

Fäuste, dreht sie hin und her, öffnet sie und blickt auf ihre Handflächen. »Das haben meine Söhne für mich getan.«

Sie schweigt und sieht auf die Sonne, die durch das Fenster scheint. Ich warte, lasse sie grübeln, spüre das Anderssein, das sie empfindet. Der Moment verstreicht, und sie wendet sich wieder mir zu.

»Welcher Junge ist tot?«

»Avery.«

Sie kneift die Augen fest zu. Trauer huscht über ihr Gesicht und ist dann wieder verschwunden.

»Avery … der Ältere. Ich hatte einen Kaiserschnitt, und sie zogen ihn als Ersten heraus. Er schrie wie am Spieß. Dylan war immer der Stillere. Nicht nachdenklicher, nur weniger aggressiv. Avery liebte Musik. Er tanzte zu meinen CDs. Er hüpfte schon auf dem Teppich auf und ab, als er noch Windeln trug.« Ihr Körper zittert. Die Augen hat sie noch immer geschlossen. »Avery Edward Hollister. An einem Tag, gar nicht lange vor meiner Entführung, hatte ich beide Jungen bei mir. Wir waren gerade vom Einkaufen nach Hause gekommen, und ich war ganz kurz abgelenkt. Avery entwischte mir, und kaum dass ich mich versah, hörte ich die Nachbarin um Hilfe rufen. Ich ließ die Einkäufe fallen, schnappte mir Dylan und rannte hinüber.« Sie schüttelt in liebevollem Unglauben den Kopf. »Avery war aufs Nachbargrundstück gelaufen. Der Hund dort war bissig. Die Nachbarin versuchte mit aller Kraft, das Tier zurückzuhalten, während Avery ihr die Blumen mit den Wurzeln aus den Beeten riss, ohne etwas zu ahnen. Ich rannte zu ihm. Als er mich sah, grinste er breit, wie nur ein kleines Kind es kann. Er hielt die Blumen hoch und sagte ›Mama!‹« Sie schweigt. »Ich nehme an, er hatte die Blumen gesehen, als wir abfuhren, und die ganze Zeit geplant, sie für mich zu pflücken, sobald wir wieder zu Hause waren.«

Sie sinkt auf dem Stuhl nach vorn und beginnt leise zu

schluchzen. Ich nehme sie in die Arme, und wir sind zusammen allein.

Heathers Trauer, oder zumindest diese Inkarnation, vergeht. Sie zieht sich von mir zurück, und ich kehre zu meinem Stuhl zurück, während sie den Blick wieder auf das Fenster und die Sonne richtet.

Ich habe so etwas schon einmal gesehen, geht es mir durch den Kopf, und das Déjà-vu-Erlebnis lässt mich schaudern. Wieder eine befreite Gefangene, die ihre Augen nicht mehr vom Licht abwenden kann.

»Wo ist Dylan?«, fragt sie mich mit leiser Stimme, die noch immer von Trauer erfüllt ist.

»Er ist hier. Aber Sie müssen mir jetzt zuhören, Heather. Es ist wichtig. Wenn Sie Dylan wollen, müssen Sie sich anhören, was ich zu sagen habe.«

Sie runzelt die Stirn, und ihr Blick wird stechend. »Was soll das heißen – ›wenn ich Dylan *will*‹?«

Hier ist er, der Scheidepunkt, an dem ich feststellen werde, ob für Heather das Licht endgültig erloschen ist oder ob sie den Weg zurück zum Ufer findet. Und wenn es je einen Antrieb dafür gab, dann ist es das hier.

»Dylan wird vom Jugendamt betreut, Heather. Man macht sich Sorgen um Ihren Geisteszustand. Man ist sich nicht sicher, ob Sie sich um den Jungen kümmern können.«

Die Falten auf ihrer Stirn vertiefen sich; dann verschwinden sie. »Ich verstehe«, sagt Heather. »Sie haben Angst, ich könnte zu verrückt sein, um noch eine gute Mutter abzugeben, nicht wahr?«

Warum den Schlag mildern?

»Darauf läuft es hinaus, ja.«

Zorn huscht über ihr Gesicht. »Aber ich bin seine Mutter!« Ihre Stimme hat einen Beiklang von Wahnsinn.

Ich beuge mich vor und versuche, mit meinen Worten, meiner Leidenschaftlichkeit zu ihr vorzudringen. »Ich möchte, dass Sie den Jungen bekommen. Es ist mir wichtig, dass Sie ihn bekommen. Ich glaube, dass Dylan zu Ihnen gehört. Und ich glaube, ich kann durchsetzen, dass er zu Ihnen kommt. Aber wenn Sie es nicht schaffen – und man wird sehr darauf achten –, wird man Ihnen Dylan wegnehmen, zumindest für einige Zeit, und ich werde nichts daran ändern können.«

Sie blickt zur Sonne, sieht mich an, schließt und öffnet die Fäuste. »Und Sie?«, fragt sie stockend.

»Was ist mit mir?«

Sie packt überraschend meine Hände. »Glauben Sie, dass ich mit ihm fertig werde?«

Ich schaue ihr in die Augen. Und dann sage ich ihr das Schlimmste von allem. »Sein Dad hat seinen Bruder getötet. Ich glaube nicht, dass irgendjemand sonst mit ihm fertig werden könnte … nicht danach.«

Heather öffnet den Mund, schließt ihn wieder. »Douglas hat meinen Avery getötet?«

»Ja.«

Ihre Wut verwandelt sich in etwas Härteres, Ausdauernderes. Mutterzorn. »Dreckschwein«, zischt sie. Sie lässt meine Hände los, steht auf und geht kopfschüttelnd im Zimmer auf und ab. »Himmel!« Ich sehe, dass verschiedene Empfindungen sie durchlaufen: der Wunsch zu töten, das Bedürfnis nach Rache, Verzweiflung, Hoffnungslosigkeit und schließlich Sehnsucht nach dem, was sie verloren hat.

Endlich bleibt sie stehen und wendet sich mir zu, und ich kann das Licht sehen, nach dem ich gesucht habe. Es ist matt, aber es ist da.

»Helfen Sie mir«, fleht Heather. »Bitte, bitte, helfen Sie mir.«

»Ja«, sage ich. »Natürlich helfe ich Ihnen.«

Jetzt, wo ich weiß, dass ihre Hoffnung über ihre Verzweiflung triumphieren wird, erhebt sich etwas in mir, und ich blicke selber zum Fenster und suche nach der Sonne. Meine vierfingrige Hand findet meinen Bauch und wiegt ihn und das entstehende Leben darin. Trotz aller Schrecken ist das Leben manchmal voller Wunder, vor solch schöner Ironie. Ich bin froh, dass ich das Leben dem Tod vorgezogen habe, ganz gleich, was das heißt, wohin es mich auch führt und wen immer ich verliere. Das Leben ist monströs, aber es ist auch schön.

»Gehen wir zu Ihrem Sohn«, schlage ich Heather vor.

Sie lächelt, und für einen Augenblick ist sie die Sonne.

EPILOG

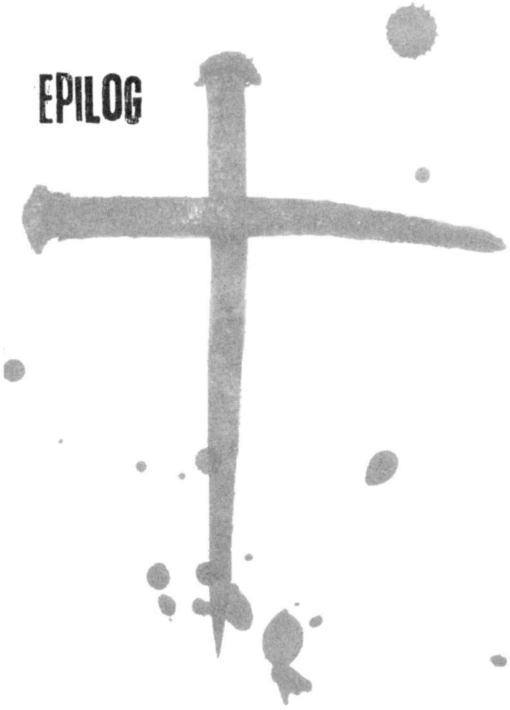

Ich sitze in Leos Zimmer im Sessel und beobachte, wie seine Brust sich hebt und senkt. Es ist Abend, die Tür ist geschlossen, und wir sind allein.

Wieder ist eine Woche vergangen. Vieles ist geschehen. Die Polizei hat die anderen Kerker gestürmt. Fünf Frauen wurden befreit. Die einen waren dankbar, andere werden sich nie wieder erholen. Mercy Lane hat ihnen etwas Grundlegendes, Substanzielles geraubt: die Sicherheit zu wissen, wie die Welt sich dreht. Diese Frauen waren zu lange in der Dunkelheit, als dass sie jemals wieder das Licht sehen werden.

Heather Hollister jedoch erholt sich. Sie hat ihren Sohn in die Arme geschlossen und hat nicht die Absicht, ihn jemals wieder gehen zu lassen. Das Jugendamt scheint darüber genauso froh zu sein wie ich. Heathers Licht leuchtet mit jedem Tag heller.

Ich fahre mir mit einer vierfingrigen Hand über den Kopf, führe sie am Gesicht herunter und spüre die Narben, die andere hinterlassen haben.

Wer bin ich? Bin ich das Ergebnis eigener Entscheidungen oder ein Produkt dessen, was mir zugefügt wurde?

Vielleicht trifft beides zu.

Das Leben geht weiter. Manchmal träume ich, ich hätte Mercy erschossen. Ich sehe, wie Frontscheinwerferlicht über den Sand spielt, und höre, wie Schaufeln in die Erde gestoßen werden. Bonnie weiß, dass etwas geschehen ist, aber sie übergeht es, als könnte sie spüren, wann es besser ist, keine Fragen zu stellen. Baby ist einfach wieder ein Baby, kein fötaler Buddha, der auf einer Wiese hinter meinen Augen Weisheiten von sich gibt.

Das Leben geht weiter. Morgen kehre ich ins Büro zurück. Alan ist stumm geblieben, und ich weiß nicht, wie ernst es ihm mit seiner Pensionierung ist. Ich muss abwarten und sehen, was wird. Die Pressekonferenz ist angesetzt, und ich blicke ihr mit gemischten Gefühlen entgegen.

Das Leben geht weiter. In ein paar Monaten wird einer neuneinhalbfingrigen Mutter ein Kind geboren werden. Es wird Eltern bekommen, die beide getötet haben. Es wird eine uralte Dreizehnjährige zur Schwester bekommen und dazu eine Sammlung von leicht angeschlagenen Tanten und Onkeln, die erblinden, indem sie in die Dunkelheit spähen. Was bedeutet das für das Kind? Etwas Gutes? Etwas Schlechtes? Ich weiß es nicht.

Ich habe viel über Mercy nachgedacht, während ich über die Seele sinnierte. Mercy Lane wurde beigebracht, dass sie nur Fleisch ist, doch es braucht mehr als das Abtrennen der Brüste, um aus einer Frau einen Mann zu machen. Was treibt einen Läufer, der sich von Schwäche bereits übergeben muss, immer weiter und weiter zur Ziellinie? Was bringt einen dazu, ein Kind zu lieben, das man noch nie gesehen hat?

Was veranlasst einen Mann, seiner eigenen Tochter die Brüste abzuschneiden?

Wenn ich die Augen schließe und mich an Matt und Alexa erinnere, an Mom und Dad, wenn diese gewaltige Woge aus Trauer und Liebe, Freude und Kummer mich durchläuft – was ist das? Ist es bloß eine chemische Reaktion? Empfinden Zellen Liebe? Oder ist etwas unendlich viel Schöneres daran beteiligt?

Ich habe nicht alle Antworten, aber eines weiß ich: Ich habe Mercy Lane in die Augen geschaut, und ich habe meinem Mann in die Augen geschaut, und der Unterschied, den ich in diesen beiden Augenpaaren gesehen habe, könnte größer nicht sein.

Diese Gewissheit ist es, die mich heute hierhergeführt hat. Wenn wir alle nur Fleisch wären, wenn ich *wirklich* daran glaubte, würde ich mich nicht verpflichtet fühlen, mein Versprechen Leo gegenüber einzulösen.

Die Maschinen summen und flüstern. Seine Brust hebt und senkt sich.

Wegen Leo und dem, was ich tun will, habe ich verzweifelt mit mir gerungen. Ich habe mir die wirklich schwierigen Fragen gestellt, habe geweint und gezweifelt. Ich habe mich ungeschminkt betrachtet, im grellsten inneren Licht, und bin dabei demütig geworden. Und ich habe zwar Antworten erhalten, aber nur wenig Frieden.

Eines weiß ich nun: Wäre ich nicht schwanger gewesen, hätte ich beschlossen, mich von Mercy lobotomieren zu lassen. Ich wäre bereit gewesen, meinen Verstand sterben zu lassen, damit Leo Leo bleiben könnte. Ich bin eine Jägerin von Ungeheuern geworden, weil ich will, dass andere leben. Mich treibt die Verpflichtung an, sie zu schützen, und dieser Instinkt drängt mich schon, seit ich noch sehr jung war. Ich weiß nicht, woher er kommt – von Gott, aus meiner Seele, aus meinem Erbgut –, aber ich bin sicher, dass er existiert. Mercy hat mich aufgefordert, zwischen Leo und mir zu entscheiden, aber tatsächlich habe ich nur zwischen ihm und meinem Kind entschieden.

Das zu wissen, hat mich beruhigt, aber es hilft nicht gegen das Schuldgefühl. Genauso wenig hilft mir zu wissen, dass es auf jeden Fall Leo getroffen hätte, ganz egal, wie meine Entscheidung ausgefallen wäre. Ich bin hier, und er ist dort. Es ist eine Waage, die nie wieder ins Gleichgewicht kommen wird.

Ich stehe auf und gehe an Leos Bett. Ich strecke die Hand aus und berühre seine Stirn. Sie ist warm und trocken. Der Körper lebt.

»Es tut mir so leid, Leo«, flüstere ich.

Dass ich unter anderen Umständen an seine Stelle getreten

wäre, spielt keine Rolle. Genauso gleichgültig ist, dass Mercy nur ein Spiel getrieben hat. Ich habe mich entschieden, als ich glaubte, eine Entscheidung wäre nötig. Er ist gestorben, damit mein Kind leben kann. Ich beuge mich vor und küsse ihn auf die Wange. Die Maschinen summen leise. Eine Träne tropft herab. »Danke.«

Dann halte ich mein Versprechen und schicke ihn in die Dunkelheit in der Hoffnung, dass all die Geschichten wahr sind und dass sich für die guten Seelen die Finsternis in Licht verwandelt.

Danksagungen

Wie jedes Mal geht mein Dank an meine Agentin Liza Dawson. Sie ist für mich Cheerleader und Therapeutin in einem. Außerdem danke ich meinen Lektoren Danielle Perez und Nick Sayers sowie allen, die ich noch kennen lernen muss und die in verschiedenen Teilen der Welt so gute Arbeit an meinen Romanen leisten. Und schließlich geht mein Dank an Chandler Crawford. Ich hätte gerne ihre Bonusmeilen, aber nicht ihren Job. Und ein Hurra auf einen ganz besonderen Schriftsteller, Mr. John Connolly. Als ich mich dem letzten Drittel dieses Buches näherte, fühlte ich mich nicht sehr inspiriert. Ich hatte die Richtung verloren, oder glaubte es zumindest, und jeder Schriftsteller kann Ihnen sagen, dass unser geistiger Standpunkt viel mehr als die halbe Schlacht ausmacht. Ich war auf dem Flug nach San Francisco und begann einen seiner Romane zu lesen, *Der Kollektor.* Ich las weiter, während ich dort meine Geschäftsreise absolvierte, bei Sandwiches vom Zimmerservice und schlechtem Kaffee am Morgen. Als ich das Buch zu Ende gelesen hatte, war es, als hätte ich Starthilfe bekommen, und ich begann in dem Hotel in San Francisco wie ein Besessener zu schreiben.

Wir werden ständig von Kollegen inspiriert und manchmal verdient so etwas besondere Erwähnung. John ist ein Schriftsteller für Schriftsteller, und dieser Roman ist ihm etwas schuldig.